Zum Buch:

Als während ihrer Schicht in der Notaufnahme eine lebensbedrohlich verletzte Frau eingeliefert wird, findet sich Sara Linton plötzlich in einem Albtraum wieder: Die Verletzungen der jungen Dani Cooper scheinen nicht zu dem Autounfall zu passen, der ihr angeblich zugestoßen ist, sondern sie kommen Sara nur allzu bekannt vor. Sie kämpft um Danis Leben, doch mit ihrem letzten Atemzug flüstert Dani Sara zu, was tatsächlich geschehen ist. Nur Sara konnte ihre letzten Worte verstehen und versucht nun fieberhaft, gemeinsam mit Will Trent den Täter zu überführen. Doch niemand rechnet damit, dass es eine Verbindung zu Saras eigener Vergangenheit gibt – zu einem schrecklichen Vorfall vor fünfzehn Jahren, den sie glaubte, hinter sich gelassen zu haben …

Zur Autorin:

Karin Slaughter ist eine der weltweit berühmtesten Autorinnen und Schöpferin von über 20 New York Times-Bestseller-Romanen. Dazu zählen »Cop Town«, der für den Edgar Allan Poe Award nominiert war, sowie die Thriller »Die gute Tochter« und »Pretty Girls«. Ihre Bücher erscheinen in 120 Ländern und haben sich über 40 Millionen Mal verkauft. Ihr internationaler Bestseller »Ein Teil von ihr« ist 2022 als Serie mit Toni Collette auf Platz 1 bei Netflix eingestiegen. Eine Adaption ihrer Bestseller-Serie um den Ermittler Will Trent läuft derzeit erfolgreich auf Disney+, weitere filmische Projekte werden entwickelt. Slaughter setzt sich als Gründerin der Non-Profit-Organisation »Save the Libraries« für den Erhalt und die Förderung von Bibliotheken ein. Die Autorin stammt aus Georgia und lebt in Atlanta. Mehr Informationen zur Autorin gibt es unter www.karinslaughter.com

KARIN SLAUGHTER

DIE LETZTE NACHT

THRILLER

Aus dem amerikanischen Englisch von
Fred Kinzel

HarperCollins

Die Originalausgabe erschien 2023 unter dem Titel
After That Night bei William Morrow, New York.

1. Auflage 2024
© 2023 by Karin Slaughter
Ungekürzte Taschenbuchausgabe
© 2023 für die deutschsprachige Ausgabe
by HarperCollins in der
Verlagsgruppe HarperCollins Deutschland GmbH, Hamburg
Published by arrangement with
William Morrow, an imprint of HarperCollins Publishers, US
Will Trent ist ein Markenzeichen der Karin Slaughter Publishing LLC.
Gesetzt aus der Stempel Garamond
von GGP Media GmbH, Pößneck
Druck und Bindung von ScandBook
Umschlaggestaltung von PPP Pre Print Partner nach einem
Originalentwurf von Hafen Werbeagentur, Hamburg
Umschlagabbildung von Daniel Hernanz Ramos / Getty Image,
Groundback Atelier / Shutterstock
Printed in Lithuania
ISBN 978-3-365-00844-7
www.harpercollins.de

Für Liz

Denk daran, aus der Narbe zu sprechen,
nicht aus der Wunde.
(Anonym)

Guten Morgen, Dani, ich habe den Abend neulich echt genossen … bin nicht so oft mit jemandem zusammen, der sowohl klug als auch schön ist … eine seltene Kombination.

???

Ich habe die Kontaktinfo für den Stanhope-Wahlkampf, falls du noch interessiert bist?

Wer soll das sein?

Sehr witzig! Ich weiß, sie suchen noch Leute, die von Tür zu Tür gehen, also wenn du noch helfen willst?
Ich könnte dich auf dem Weg zum Wahlkampfbüro abholen, wenn du magst.

Tut mir leid, ich glaube, du hast die falsche Person erwischt.

Du wohnst an der Juniper, im Beauxarts Building, oder?

Nein, ich bin zu meinem Freund gezogen.

Ich mag deinen Humor, Dani.
Würde wirklich gern mehr Zeit mit dir verbringen.
Ich weiß, du liebst den Blick aus deinem Eckschlafzimmer in den Park.
Vielleicht kannst du mich ja Lord Pantaloons vorstellen?

Woher weißt du von meiner Katze?

Ich weiß alles über dich.

Bestimmt hat dich Jen dazu angestiftet,
oder? Du machst mir Angst.

*Ich denke immer an diesen Leberfleck an deinem
Bein, und dass ich ihn küssen will ... noch einmal.*

Wer zum Teufel ist da?

Willst du es wirklich wissen?

Das ist nicht komisch. Sag mir sofort, wer
du bist, verdammt.

*In der Schublade neben deinem Bett sind Stift und
Papier.*
Schreib eine Liste von allem, was dir Angst macht.
Das bin ich.

PROLOG

Sara Linton presste das Telefon ans Ohr und beobachtete gleichzeitig, wie ein Arzt im Praktikum einen Patienten mit einer klaffenden Wunde am rechten Arm begutachtete. Der frischgebackene Dr. Eldin Franklin hatte nicht seinen besten Tag. Seine Schicht in der Notaufnahme war gerade mal zwei Stunden alt, und schon hatte ein Käfigkämpfer auf Drogen damit gedroht, ihn umzubringen, und die Rektaluntersuchung, die er bei einer obdachlosen Frau durchführte, war entsetzlich aus dem Ruder gelaufen.

»Ist es zu fassen, dass er so etwas zu mir sagt?« Tessas Empörung drang knisternd aus dem Handy, aber Sara wusste, dass ihre Schwester keine Ermunterung brauchte, um sich weiter über ihren neuen Ehemann auszulassen.

Stattdessen behielt sie Eldin im Auge und krümmte sich innerlich, als er Lidocain in eine Spritze aufzog, als wäre er Jonas Salk bei der Erprobung des ersten Impfstoffs gegen Kinderlähmung. Er schenkte der Ampulle mehr Beachtung als seinem Patienten.

»Ich meine«, fuhr Tessa fort, »er ist einfach unglaublich.«

Sara brummte zustimmend und wechselte mit dem Telefon ans andere Ohr. Sie griff nach ihrem Tablet und rief das Krankenblatt für Eldins Patienten auf. Die offene Wunde war das kleinere Problem. Die Triage-Schwester hatte vermerkt, dass der einunddreißigjährige Mann bei einer Körpertemperatur von 38,1 Grad Celsius Herzrasen hatte, in einem akuten Erregungszustand war und unter Verwirrung und Schlaflosigkeit litt.

Sie sah von ihrem Tablet auf. Der Patient kratzte sich ständig am Hals, als krabbelte etwas über seine Haut. Sein linker Fuß zitterte so heftig, dass das ganze Bett bebte. Die Feststellung zu treffen, dass sich der Mann in einem ausgewachsenen Alkoholentzug befand, war, als erklärte man, die Sonne werde im Osten aufgehen.

Eldin nahm keines der Anzeichen wahr – was nicht gänzlich unerwartet kam. Das Medizinstudium war so angelegt, dass es einen nicht auf das echte Leben vorbereitete. Man verbrachte das erste Jahr damit, zu lernen, wie die Körpersysteme funktionierten. Studienjahr zwei widmete sich dem Verständnis dafür, wie diese Systeme aus der Bahn geraten konnten. Im dritten Jahr bekam man dann Patienten zu sehen, aber nur unter strenger und häufig unnötig sadistischer Aufsicht. Im vierten Studienjahr war schließlich das *Matching Program* angesagt, das wie der schlimmste Schönheitswettbewerb aller Zeiten war und wo man gespannt darauf wartete, ob man seine Assistenzarztzeit in einer prestigeträchtigen, großen Einrichtung oder im Äquivalent einer Tierklinik in einer abgeschiedenen ländlichen Gegend absolvieren würde. Eldin war es gelungen, als Assistenzarzt am Grady Memorial Hospital unterzukommen, Atlantas einzigem öffentlichen Krankenhaus und einem der geschäftigsten Level-1-Traumazentren des Landes. Er lief unter »Praktikant«, weil er noch im ersten Jahr seiner Assistenzzeit war. Bedauerlicherweise hielt ihn das nicht davon ab, zu glauben, er wüsste schon alles. Sara sah ihm an, dass er gedanklich bereits abgedriftet war, als er sich über den Arm des Patienten beugte und die Umgebung der Wunde zu betäuben begann. Eldin dachte wahrscheinlich an das Abendessen oder an ein Mädchen, das er anrufen wollte, oder vielleicht berechnete er die Zinsen für seine vielen Studiendarlehen, die ungefähr dem Wert eines Einfamilienhauses entsprachen.

Sara fing den Blick der Oberschwester auf. Johna beobachtete Eldin ebenfalls, aber wie alle Schwestern zu allen Zeiten würde sie es den Nachwuchsdoktor auf die harte Tour lernen lassen. Es dauerte nicht lange.

Der Patient beugte sich ruckartig vor und öffnete den Mund.

»Eldin!«, rief Sara, aber es war zu spät.

Erbrochenes spritzte wie aus einem Feuerwehrschlauch über Eldins Rücken.

Er taumelte und war einen Moment wie schockstarr, ehe er trocken zu würgen begann.

Sara blieb auf ihrem Sessel in der Schwesternstation sitzen, während der Patient mit einem Ausdruck vorübergehender Erleichterung auf das Bett zurücksank. Johna zog Eldin beiseite und hielt ihm eine Standpauke, als wäre er ein kleiner Junge. Seine gequälte Miene war Sara vertraut. Sie hatte ebenfalls ihre Assistenzzeit im Grady verbracht und ähnliche Standpauken über sich ergehen lassen müssen. Niemand warnte einen im Medizinstudium vor, dass man genau so lernte, ein richtiger Arzt zu werden – durch Demütigung und Kotze.

»Sara?«, sagte Tessa. »Hörst du mir überhaupt zu?«

»Ja. Tut mir leid.« Sara konzentrierte sich wieder auf ihre Schwester. »Was sagtest du gerade?«

»Ich sagte, wie schwer kann es sein, zu bemerken, dass der verdammte Mülleimer voll ist?« Tessa hielt kaum inne, um Luft zu holen. »Ich arbeite ja auch den ganzen Tag, aber ich soll diejenige sein, die sauber machen, sich um die Wäsche kümmern, kochen *und* den Müll raustragen darf, wenn sie nach Hause kommt?«

Sara hielt den Mund. Tessas Klagen waren allesamt nicht neu oder überraschend. Lemuel Ward war eines der ichbezogensten

Arschlöcher, denen Sara je begegnet war, und das wollte etwas heißen, nachdem sie ihr ganzes Arbeitsleben unter Medizinern verbracht hatte.

»Ich komme mir vor, als hätte man mich heimlich für eine Rolle in *Der Report der Magd* verpflichtet.«

»Stammt das aus dem Stück oder dem Buch?« Sara bemühte sich, die Schärfe aus ihrem Tonfall zu nehmen. »Ich kann mich an keine Szene erinnern, in der es darum ging, wer den Müll rausbringt.«

»Du kannst mir nicht erzählen, dass es nicht genau damit anfing.«

»Dr. Linton?« Kiki, eine der Hilfskräfte auf der Station, klopfte auf den Tisch. »Vorhang drei wird gerade vom Röntgen nach oben gebracht.«

Sara dankte ihr und schaute auf ihrem Tablet nach den Bildern. Der Patient von Vorhang drei war ein neununddreißig Jahre alter Schizophrener, der sich als Deacon Sledgehammer angemeldet und mit einer golfballgroßen Schwellung am Hals, einer Temperatur von 38,2 Grad Celsius und unkontrollierbarem Schüttelfrost eingefunden hatte. Er hatte sich freimütig zu einer fast lebenslangen Heroinabhängigkeit bekannt. Nachdem die Venen in seinen Armen, Beinen und Füßen sowie in der Brust und am Bauch unbrauchbar geworden waren, hatte er begonnen, sich subkutan zu spritzen. Dann war er dazu übergegangen, direkt in die Halsschlagadern zu spritzen. Die Röntgenaufnahmen bestätigten Saras Vermutung, aber sie konnte sich nicht darüber freuen, dass sie recht gehabt hatte.

»Meine Zeit ist genauso viel wert wie seine«, sagte Tessa. »Es ist verdammt noch mal lachhaft.«

Sara gab ihr recht, sagte aber nichts dazu, während sie die Notaufnahme durchquerte. Normalerweise hatten sie zu dieser Nachtstunde alle Hände voll mit Schuss- und Stichwunden, Autounfällen, Überdosen und einem gerüttelt Maß an Herzinfarkten zu tun. Vielleicht lag es am Regen oder daran, dass die Braves gegen Tampa Bay spielten, aber es war wohltuend ruhig in der Notaufnahme. Die meisten Betten waren frei, das Surren und Piepsen von Apparaten übertönte hier und dort ein Gespräch. Sara war theoretisch die Kinderärztin vom Dienst, aber sie war freiwillig für einen anderen Arzt eingesprungen, damit dieser dabei sein konnte, wenn seine Tochter in der Schule ihr Forschungsprojekt vorstellte. Nach acht Stunden ihrer zwölfstündigen Schicht hatte sie noch nichts Schlimmeres gesehen, als dass Eldin vollgekotzt wurde.

Und das war zum Brüllen komisch gewesen, wenn sie ehrlich war.

»Natürlich war Mom keine Hilfe«, fuhr Tessa fort. »Sie sagte nur: ›Auch eine schlechte Ehe ist immer noch eine Ehe.‹ Was soll das überhaupt bedeuten?«

Sara ignorierte die Frage und drückte auf den Knopf zum Öffnen der Tür. »Tessie, du bist seit einem halben Jahr verheiratet. Wenn du nicht glücklich mit ihm bist …«

»Ich sage ja nicht, dass ich nicht glücklich bin«, beteuerte Tessa, auch wenn jedes Wort aus ihrem Mund auf etwas anderes schließen ließ. »Ich bin nur frustriert.«

»Willkommen im Eheleben.« Sara ging in Richtung der Aufzüge. »Du wirst zehn Minuten lang darauf beharren, dass du ihm eine bestimmte Sache bereits gesagt hast, statt sie ihm einfach noch mal zu sagen.«

»Das ist dein Rat?«

»Ich vermeide es sorgfältig, einen anzubieten«, sagte Sara. »Hör zu, das klingt jetzt vielleicht beschissen, aber entweder du findest eine Lösung dafür, oder du findest keine.«

»Du hast bei Jeffrey eine gefunden.«

Sara legte reflexartig die Hand aufs Herz, aber die Zeit hatte den schmerzhaften Stich abgeschwächt, der normalerweise jede

Erinnerung an ihre Witwenschaft begleitete. »Du vergisst wohl, dass ich mich von ihm habe scheiden lassen.«

»Und du vergisst, dass ich dabei war, als es passiert ist.« Tessa holte rasch Luft. »Du hast eine Lösung gefunden. Du hast ihn noch einmal geheiratet. Du warst glücklich.«

»Ja«, stimmte Sara zu, aber Tessas Problem war keine Affäre ihres Mannes und nicht einmal ein überquellender Mülleimer. Es bestand darin, dass sie mit einem Mann verheiratet war, der sie nicht respektierte. »Es ist nicht so, dass ich dich hinhalte. Es gibt keine allgemeingültige Lösung. Jede Ehe ist anders.«

»Sicher, aber …«

Tessas Stimme wurde ausgeblendet, als die Aufzugtür aufging. Das Surren und Piepsen der Apparate im Hintergrund verstummte. Die Luft war elektrisch geladen.

Special Agent Will Trent stand im Aufzug. Er schaute auf sein Handy, was Sara den Luxus erlaubte, sich in seinen Anblick vertiefen zu können. Groß und schlank. Breite Schultern. Der anthrazitfarbene dreiteilige Anzug konnte Wills Läuferfigur nicht kaschieren. Das sandblonde Haar war nass vom Regen. Eine Narbe lief im Zickzack in seine linke Augenbraue. Eine zweite Narbe zog sich von seinem Mund nach oben. Sara gestattete sich die köstliche Vorstellung, wie sich die Narbe wohl anfühlte, wenn sie ihre Lippen darauf drückte.

Will blickte auf und lächelte Sara an.

Sie lächelte zurück.

»Hallo?«, sagte Tessa. »Hast du gehört, was ich …«

Sara beendete das Gespräch und steckte das Handy in die Tasche.

Als Will aus dem Aufzug trat, listete sie im Stillen auf, was sie alles hätte unternehmen können, um sich bei dieser zufälligen Begegnung vorzeigbarer zu präsentieren, angefangen damit, dass sie ihr langes Haar nicht ausgerechnet zu einem Großmutterdutt hätte hochstecken müssen, und endend damit, dass sie sich mehr Mühe mit der Beseitigung des Ketchupflecks auf ihrem Arztkittel hätte geben können.

Will visierte den Fleck an. »Sieht aus, als hätten Sie etwas ...«

»Blut«, sagte Sara. »Es ist Blut.«

»Sind Sie sicher, dass es kein Ketchup ist?«

Sie schüttelte den Kopf. »Ich bin Ärztin, also ...«

»Und ich bin Detective, also ...«

Beide grinsten, und erst jetzt bemerkte Sara, dass Faith Mitchell, Wills Partnerin, nicht nur mit im Aufzug war, sondern keinen Meter entfernt stand.

Faith seufzte schwer, bevor sie zu Will sagte: »Ich geh schon mal vor und fange mit diesem Dingsbums an.«

Wills Hände verschwanden in den Taschen, während Faith in Richtung der Patientenzimmer ging. Er blickte zu Boden, dann wieder zu Sara, dann den Flur entlang. Das Schweigen zog sich unangenehm lange hin, was Wills besonderes Talent war. Er war schrecklich unbeholfen. Dass Sara in seiner Nähe untypischerweise den Mund nicht aufbrachte, machte die Sache nicht besser.

Sie zwang sich, etwas zu sagen. »Ist eine Weile her.«

»Zwei Monate.«

Sara war geradezu lächerlich erfreut, weil er wusste, wie viel Zeit vergangen war. Sie wartete darauf, dass er noch mehr sagte, aber das tat er natürlich nicht.

»Was führt Sie hierher?«, fragte sie. »Arbeiten Sie an einem Fall?«

»Ja.« Er wirkte erleichtert, weil er sich wieder auf vertrautem Terrain befand. »Ein Typ hat seinem Nachbarn im Streit wegen eines Rasenmähers die Finger abgehackt. Die Cops sind angerückt. Er sprang in seinen Wagen und fuhr schnurstracks gegen einen Telefonmast.«

»Ein echtes kriminelles Superhirn.«

Bei seinem spontanen Auflachen machte Saras Herz einen komischen Hüpfer. Sie versuchte das Gespräch mit ihm am Laufen zu halten. »Das klingt nach einem Problem für die Polizei von Atlanta, nicht nach einem Fall für das Georgia Bureau of Investigation.«

»Der Fingerabhacker arbeitet für einen Drogendealer, hinter dem wir her sind. Wir hoffen, ihn zum Reden zu bringen.«

»Sie können etwas von seiner Strafe *abhacken*, wenn er aussagt.«

Diesmal gab es kein lautes Lachen. Der Witz ging unter wie ein Stein.

Will zuckte mit den Achseln. »Das ist der Plan.«

Sara spürte, wie sie rot anlief. Sie bemühte sich verzweifelt, das Gespräch wieder in sicherere Bahnen zu lenken. »Ich warte auf einen Patienten, der vom Röntgen nach oben kommt. Normalerweise lungere ich nicht vor den Aufzügen herum.«

Er nickte, aber das war alles, was von ihm kam, bevor sich wieder Verlegenheit breitmachte. Er rieb sich das Kinn, seine Finger fuhren über die verblasste Narbe, die an dem scharf geschnittenen Kiefer entlanglief und in seinem Hemdkragen verschwand. Sein Ehering blitzte auf wie ein Warnlicht. Will bemerkte, dass sie den Ring bemerkte. Seine Hand schlüpfte wieder in die Tasche.

»Wie auch immer.« Sara musste der Sache ein Ende machen, bevor ihr Gesicht in Flammen aufging. »Faith wartet sicher schon auf Sie. Es war schön, Sie wiederzusehen, Agent Trent.«

»Dr. Linton.« Will nickte knapp, ehe er sich entfernte.

Sara holte ihr Handy hervor und schrieb eine Entschuldigung an ihre Schwester wegen des abrupten Gesprächsabbruchs, nur damit sie ihm nicht sehnsüchtig hinterherstarrte.

Zwei Monate.

Will wusste, wie er sie erreichen konnte, aber er hatte es nicht getan.

Andererseits wusste auch Sara, wie sie Will erreichen konnte, aber sie hatte es ebenfalls nicht getan.

Sie ging ihre Unterhaltung von soeben in Gedanken noch einmal durch, wobei sie den missglückten Witz ausließ, um nicht schon wieder rot anzulaufen. Sie hätte nicht sagen können, ob Will mit ihr flirtete, ob er nur höflich war oder ob sie sich idiotisch benahm und bereits der Verzweiflung anheimgefallen war. Eines wusste sie allerdings: dass Will Trent mit einer ehemaligen Polizistin aus Atlanta verheiratet war, die in dem Ruf stand, ein durchgeknalltes Miststück zu sein, und regelmäßig für längere Zeit abtauchte. Und dass er trotzdem noch seinen Ehering trug.

Wie Saras Mutter sagen würde: *Auch eine schlechte Ehe ist immer noch eine Ehe.*

Zum Glück öffnete sich die Aufzugtür, bevor Sara tiefer in diesen Kaninchenbau stürzen konnte.

»Hallo, Doc.« Deacon Sledgehammer saß zusammengesunken in seinem Rollstuhl, aber er versuchte Sara zuliebe, sich aufzurichten. Er trug ein Krankenhaushemd und schwarze Wollsocken. Seine linke Halsseite sah schmerzhaft rot und geschwollen aus. Seine Haut war von den subkutanen Spritzen mit kreisförmigen Narben übersät. »Haben Sie rausgefunden, was mit mir los ist?«

»Ja.« Sara löste den Pfleger ab und schob Deacon den Flur entlang, wobei sie dem Drang widerstand, sich wie Lots Frau nach Will umzudrehen. »Sie haben ein Dutzend Nadeln in Ihrem Hals abgebrochen. Mehrere davon haben zu Abszessen geführt. Deshalb ist Ihr Hals geschwollen und das Schlucken fällt Ihnen so schwer. Sie haben eine sehr ernsthafte Infektion.«

»Verdammt.« Deacon atmete rasselnd aus. »Hört sich an, als könnt' es mich umbringen.«

»Das könnte es.« Sara hatte nicht vor, ihn zu belügen. »Um die Nadeln zu entfernen, wird eine Operation nötig sein, danach müssen Sie mindestens eine Woche hierbleiben und Infusionen mit Antibiotika bekommen. Man wird Ihren Entzug in den Griff bekommen müssen, aber das alles wird nicht einfach werden.«

»Scheiße«, murmelte er. »Kommen Sie mich besuchen?«

»Auf jeden Fall. Morgen habe ich frei, aber ich bin den ganzen Sonntag hier.« Sara hielt ihren Ausweis vor den Scanner, um die Tür zu öffnen. Sie gestattete sich endlich, sich nach Will umzuschauen, der mittlerweile das andere Ende des Flurs erreicht hatte. Sie sah ihm hinterher, bis er um die Ecke bog.

»Er hat mir seine Socken geschenkt.«

Sara drehte sich wieder zu Deacon um.

»Letzte Woche, als ich drüben beim Capitol war.« Deacon zeigte auf die dicken Socken, die er trug. »Es war saukalt. Der Typ hat seine Socken ausgezogen und sie mir gegeben.«

Saras Herz machte wieder diesen komischen kleinen Purzelbaum. »Das war nett von ihm.«

»Der scheiß Cop hat sie wahrscheinlich verwanzt.« Deacon drückte den Zeigefinger auf die Lippen, um sie zum Schweigen zu bringen. »Passen Sie auf, was Sie sagen.«

»Verstehe.« Sara würde keinem Schizophrenen widersprechen, der unter einer lebensgefährlichen Infektion litt. Die Tatsache, dass sie kastanienrotes Haar hatte und Linkshänderin war, hatte bereits zu einer längeren Diskussion geführt.

Sie steuerte den Rollstuhl zu Vorhang drei, dann half sie dabei, Deacon ins Bett zu verfrachten. Seine Arme waren nur Haut und Knochen, dünn wie Zündhölzer. Er war schlecht ernährt. Sein Haar war von Ruß und Dreck verklebt. Mehrere Zähne fehlten. Er war noch nicht mal vierzig, aber er sah aus wie sechzig und bewegte sich wie ein Achtzigjähriger. Sara war sich nicht sicher, ob er einen weiteren Winter überlebte. Das Heroin, die Kälte oder eine weitere schlimme Infektion würden ihn erledigen.

»Ich weiß, was Sie denken.« Deacon sank stöhnend wie ein alter Mann ins Bett zurück. »Sie wollen meine Familie anrufen.«

»Wollen Sie denn, dass ich Ihre Familie anrufe?«

»Nein. Und rufen Sie auch keine Sozialdienste an.« Deacon kratzte sich am Arm, seine Fingernägel bohrten sich in eine kreisförmige Narbe. »Hey, ich bin ein Stück Scheiße, okay?«

»So habe ich es nicht empfunden.«

»Ja, okay, Sie haben mich an einem guten Tag erwischt.« Seine Stimme stockte am Ende des Satzes. Ihm dämmerte, dass er den morgigen Tag vielleicht nicht mehr erleben würde. »So wie es um meine geistige Gesundheit steht. Und mit meiner Sucht. Scheiße, ich liebe den Stoff, aber ich mache es den Leuten nicht einfach.«

»Sie haben ein schlechtes Blatt bekommen.« Sara wahrte einen gemessenen Ton. »Das macht Sie nicht zu einem schlechten Menschen.«

»Sicher, aber was meine Familie wegen mir durchgemacht hat – im Juni werden es zehn Jahre, dass sie mich verstoßen hat, und ich kann es ihnen nicht verübeln. Ich habe ihnen jede Menge Gründe geliefert. Hab gelogen, gestohlen, betrogen, war gewalttätig. Wie gesagt – ein echtes Stück Scheiße.«

Sara stützte die Ellbogen auf das Bettgeländer. »Was kann ich für Sie tun?«

»Wenn ich es nicht schaffe, rufen Sie dann meine Mom an und sagen ihr Bescheid? Nicht, dass sie sich schlecht fühlt oder so. Ehrlich gesagt, ich glaub, sie wird erleichtert sein.«

Sara holte einen Kugelschreiber und einen Schreibblock aus der Tasche. »Schreiben Sie mir ihren Namen und ihre Nummer auf.«

»Sagen Sie ihr, ich hab keine Angst gehabt.« Er drückte mit dem Stift so fest aufs Papier, dass Sara es kratzen hörte. Tränen liefen ihm aus den Augen. »Sagen Sie ihr, ich hab ihr keinen

Vorwurf gemacht. Und dass … Sagen Sie ihr, dass ich sie geliebt hab.«

»Ich hoffe, es kommt nicht dazu, aber falls doch, verspreche ich Ihnen, dass ich anrufe.«

»Aber nicht vorher, okay? Sie braucht nämlich nicht zu wissen, dass ich noch lebe. Nur wenn ich …« Er sprach nicht zu Ende. Seine Hände zitterten, als er ihr Stift und Papier zurückgab. »Sie wissen, was ich meine.«

»Ja.« Sara legte ihm kurz die Hand auf die Schulter. »Lassen Sie mich im OP-Saal anrufen. Wir legen Ihnen einen Zentralvenenkatheter, dann kann ich Ihnen etwas geben, damit Sie sich besser fühlen.«

»Danke, Doc.«

Sara zog den Vorhang hinter sich zu. Sie wählte von dem Apparat hinter der Schwesternstation die Chirurgie wegen einer Besprechung an, dann tippte sie die Anweisungen für einen Katheter ein.

»Hey.« Eldin hatte geduscht und einen frischen Arztkittel angezogen. »Ich habe meinem Säufer erst mal eine Infusion Diazepam verabreicht. Er wartet auf ein Bett.«

»Fügen Sie Multivitamine und 500 mg Thiamin hinzu, gegen …«

»Wernicke-Enzephalopathie«, sagte Eldin. »Gute Idee.«

Sara fand, dass er eine Spur zu selbstgewiss klang für jemanden, der gerade einen Schwall Erbrochenes abgekriegt hatte. Als seine Vorgesetzte – wenn auch nur für diese Nacht – war es ihre Aufgabe, ihn zu berichtigen, damit es nicht noch einmal passierte.

»Es ist keine Idee, Eldin«, sagte sie, »sondern eine empfohlene Behandlung, um Anfälle zu verhindern und den Patienten zu beruhigen. Eine Entgiftung ist die Hölle auf Erden. Ihr Patient leidet erkennbar. Er ist kein Säufer, sondern ein einunddreißigjähriger Mann, der mit einer Alkoholabhängigkeit kämpft.«

Eldin besaß genügend Anstand, um verlegen dreinzuschauen. »Okay. Sie haben recht.«

Sara war noch nicht fertig. »Haben Sie die Notizen der Schwester gelesen? Sie hat seine Vorgeschichte detailliert festgehalten. Er gab an, vier bis fünf Bier am Tag zu trinken. Fällt Ihnen dazu eine Faustregel aus Ihrem Studium ein?«

»Man verdoppelt immer die Menge der Getränke, die ein Patient angibt.«

»Richtig«, sagte sie. »Ihr Patient hat außerdem berichtet, dass er versucht hat, aufzuhören. Er hat vor drei Tagen einen kalten Entzug beendet. Es steht alles hier in seiner Krankenakte.«

Eldins Gesichtsausdruck wechselte von verlegen zu empört. »Warum hat mir Johna das nicht gesagt?«

»Warum haben Sie ihre Aufzeichnungen nicht gelesen? Warum haben Sie nicht bemerkt, dass ein akuter Entzug bei Ihrem Patienten eingesetzt hatte, dass er sich ständig kratzte, weil Phantomameisen über seine Haut krabbelten?« Sara erkannte nun wieder Beschämung auf seinem Gesicht, was für ihn sprach. Er verstand, dass die Schuld allein bei ihm lag. »Lernen Sie daraus, Eldin. Dienen Sie Ihrem Patienten das nächste Mal besser.«

»Sie haben recht. Es tut mir leid.« Eldin holte tief Luft und blies sie geräuschvoll wieder aus. »Himmel, ob ich den Bogen wohl jemals raushaben werde?«

Sara durfte ihn nicht im Dreck liegen lassen. »Ich sage Ihnen, was mein Betreuer seinerzeit zu mir gesagt hat: Sie sind entweder ein verdammt guter Arzt oder ein Psychopath, dem es gelungen ist, den schlauesten Menschen, der Sie je überwacht hat, an der Nase herumzuführen.«

Eldin lachte. »Darf ich Sie etwas fragen?«

»Natürlich.«

»Sie haben Ihre Zeit als Assistenzärztin hier absolviert, richtig?« Er wartete, bis Sara nickte. »Ich habe gehört, Sie waren für ein Ausbildungsprogramm bei Nygaard vorgesehen, in der pädiatrischen Herz-Lungen-Chirurgie. Das ist verdammt eindrucksvoll. Warum sind Sie nicht geblieben?«

Sara versuchte eine Antwort zu formulieren, als sie eine neuerliche Veränderung in der Luft wahrnahm. Diesmal war es nicht die Elektrizität, die sie gespürt hatte, als sie Will Trent in dem Aufzug stehen sah. Es war die aus jahrelanger Erfahrung gespeiste Intuition einer Ärztin, die ihr verriet, dass es mit der ruhigen Nacht gleich vorbei sein würde.

Die Tür zur Rampe für die Rettungswagen flog krachend auf. Johna rannte den Flur entlang. »Sara, direkt vor dem Krankenhaus ist ein Unfall passiert. Mercedes gegen Sanka. Sie ziehen das Opfer gerade aus dem Wagen.«

Sara trabte in Richtung Traumastation, dicht gefolgt von Eldin. Sie spürte seine Nervosität steigen, deshalb sagte sie mit ruhiger Stimme zu ihm: »Tun Sie genau, was ich Ihnen sage. Kommen Sie niemandem in die Quere.«

Sie streifte gerade einen sterilen Kittel über, als Sanitäter mit der Patientin auf einer Bahre hereinstürmten. Alle waren klatschnass vom Regen. Einer von ihnen meldete mit lauter Stimme, was sie schon wussten. »Dani Cooper, neunzehn, weiblich, Verkehrsunfall mit Verlust des Bewusstseins, Brustschmerzen, Atemnot. Sie fuhr knapp fünfzig Stundenkilometer, als sie frontal in den Rettungswagen krachte. Bauchwunde scheint oberflächlich zu sein. Blutdruck ist 80/40, Puls 108. Atemgeräusche sind links flach, rechts klar. Sie ist jetzt wach und orientiert. IV in der rechten Hand mit normaler Kochsalzlösung.«

Die Notaufnahme war schlagartig voller Menschen, die sich in einer gut einstudierten, verwirrenden Choreografie bewegten. Schwestern, Atemwegsspezialist, Röntgenassistent, Protokollantin. Alle hatten eine bestimmte Aufgabe, sie legten Schläuche, zapften Blut, füllten Formblätter aus, legten die Blutdruckmanschette an, den Pulsmesser, Sauerstoff, Kathoden, und immer zeichnete jemand genau auf, was getan wurde und von wem.

Sara rief: »Ich brauche einen Chem-12-Bluttest mit Differentialzellbild, Röntgenbilder von Brust und Abdomen und einen zweiten großen IV-Zugang für Blut, falls nötig. Hängen Sie einen Urinbeutel an und machen Sie einen Standard-Urin- und Drogenscreen. Ich brauche ein MRT von Hals und Kopf. Informieren Sie die Herzchirurgie, sie sollen sich bereithalten.«

Die Sanitäter verlagerten die Patientin auf das Bett. Das Gesicht der jungen Frau war weiß. Ihre Zähne klapperten, ihr Blick war unruhig.

»Dani«, sagte Sara, »ich bin Dr. Linton. Ich werde mich um Sie kümmern. Können Sie mir sagen, was passiert ist?«

»A-Auto ...« Dani brachte kaum ein Flüstern zustande. »Ich bin im Auto aufge-«

Ihre Zähne klapperten so heftig, dass sie nicht weitersprechen konnte.

»Schon gut. Wo tut es weh? Können Sie es mir zeigen?«

Sara sah, wie Danis Hand zu ihrem oberen linken Abdomen ging. Die Sanitäter hatten bereits ein Stück Gaze über die nicht sehr tiefe Verletzung unmittelbar unter ihrer linken Brustseite geklebt. Das war jedoch nicht alles. Danis Oberkörper wies einen dunkelroten Riss auf, wo etwas, möglicherweise das Lenkrad, sie mit großer Wucht getroffen hatte. Sara drückte ihr das Stethoskop auf den Bauch, dann hörte sie beide Lungenflügel ab.

»Darmgeräusche sind gut«, rief sie. »Dani, können Sie tief Luft holen für mich?«

Man hörte ein angestrengtes Pfeifen.

»Pneumothorax links«, verkündete Sara. »Bereiten Sie eine Thoraxdrainage vor. Ich brauche eine Thorakotomie-Schale.«

Danis Augen versuchten dem verwirrenden Durcheinander von Bewegungen zu folgen. Schränke wurden geöffnet,

Tablette beladen – Abdecktücher, Schläuche, Desinfektionsmittel, sterile Handschuhe, Skalpell, Lidocain.

»Alles wird gut, Dani.« Sara beugte sich zu der jungen Frau hinunter, um sie von dem Chaos abzulenken. »Sehen Sie mich an. Ihre Lunge ist kollabiert. Wir werden einen Schlauch einführen …«

»Ich … ich bin nicht …« Dani holte mühsam Luft. Ihre Stimme war in dem Radau kaum zu hören. »Ich musste weg …«

»Okay.« Sara strich ihr das Haar aus der Stirn und suchte nach Anzeichen für eine Kopfverletzung. Es musste einen Grund geben, warum Dani am Unfallort das Bewusstsein verloren hatte. »Tut Ihnen der Kopf weh?«

»Ja … ich höre ständig ein Klingeln und …«

»Okay.« Sara untersuchte ihre Pupillen. Die Frau hatte eindeutig eine Gehirnerschütterung. »Dani, können Sie mir sagen, wo es am stärksten wehtut?«

»Er … Er hat mir wehgetan«, sagte Dani. »Ich glaube … Ich glaube, er hat mich vergewaltigt.«

Sara war wie vom Blitz getroffen. Die Geräusche im Raum verebbten, und sie hörte nur noch Danis gepresste Stimme.

»Er hat etwas in meinen Drink getan …« Dani hustete, als sie zu schlucken versuchte. »Ich bin aufgewacht, und er … Er war auf mir drauf … Dann war ich im Wagen, aber ich weiß nicht mehr, wie … Und …«

»Wer?«, fragte Sara. »Wer hat Sie vergewaltigt?«

Die Augenlider der Frau flatterten.

»Dani? Bleiben Sie bei mir.« Sara legte ihre Hand an die Wange der Frau. Danis Lippen wurden blass. »Ich brauche die Drainage, jetzt sofort!«

»Halten Sie ihn auf«, sagte Dani. »Bitte … halten Sie ihn auf.«

»Wen?«, fragte Sara. »Dani? Dani?«

Dani blickte Sara in die Augen und flehte sie lautlos an, zu begreifen.

»Dani?«

Wieder flatterten die Lider. Dann fiel Danis Kopf zur Seite.

»Dani?« Sara drückte das Stethoskop auf Danis Brust. Nichts. Das Leben war kurz davor, den Körper der Neunzehnjährigen zu verlassen. Sara unterdrückte die aufsteigende Panik und rief: »Wir haben keinen Herzschlag mehr. Starten Sie die CPR.«

Der Atemwegsspezialist schnappte sich den Ambulanzbeutel und die Maske, um die Lungen mit Luft zu füllen. Sara verschränkte die Finger und legte die Handflächen über Danis Herz. Die CPR, also die Herz-Lungen-Wiederbelebung, war eine Überbrückungsmaßnahme mit der Absicht, manuell Blut ins Herz zu pumpen, bevor es hoffentlich durch einen Elektroschock wieder zu einem regelmäßigen Rhythmus zurückfand. Sara drückte mit ihrem ganzen Gewicht auf Danis Brust. Ein scheußliches Krachen war zu hören, als die Rippen nachgaben.

»Verdammt!« Ihre Emotionen drohten sie zu überwältigen, doch Sara riss sich zusammen. »Sie hat einen instabilen Thorax. CPR bringt nichts. Wir müssen sie schocken.«

Johna hatte den Notfallwagen bereits herangerollt. Sara hörte, wie der Defibrillator die volle Ladestufe erreichte, während die Elektroden an Danis leblosen Körper gepresst wurden.

Sara hob die Hände, um den Metallrahmen der Liege nicht zu berühren.

»Achtung!« Johna drückte die Knöpfe an den Elektroden.

Danis Körper bäumte sich auf unter den dreitausend Volt, die direkt auf ihre Brust zielten. Der Monitor gab einen Signalton von sich. Alle warteten endlos lange Sekunden, ob das Herz wieder zu schlagen begann, aber die Linie auf dem Schirm flachte ab, und der Alarmton heulte.

»Noch einmal«, sagte Sara.

Johna wartete das Laden ab. Ein weiterer Schock. Ein weiterer Signalton. Eine weitere flache Linie.

Sara ging die Möglichkeiten durch. Keine CPR. Kein Elektroschock. Kein Aufbrechen der Brust, denn es gab nichts aufzubrechen. Ein instabiler Thorax wurde beschrieben als zwei oder mehr nebeneinanderliegende Rippen, die an zwei oder mehr Stellen gebrochen waren, was zu einer Destabilisierung der Brustwand und einer Veränderung der Atemmechanik führte.

Soweit Sara feststellen konnte, wiesen Dani Coopers zweite, dritte und fünfte Rippe zahlreiche Brüche durch die Einwirkung stumpfer Gewalt auf. Die spitzen Knochen schwammen sozusagen lose in ihrer Brust und konnten ihr Herz und ihre Lunge anstechen. Die Überlebenschancen der Neunzehnjährigen waren in den einstelligen Prozentbereich gesunken.

All die Geräusche, die Sara ausgeblendet hatte, als sie an Dani arbeitete, füllten plötzlich ihren Kopf. Das sinnlose Zischen von Sauerstoff. Das Knirschen der Blutdruckmanschette. Das Knistern der PPE-Kittel, als alle im Raum die verringerten Aussichten bedachten.

Jemand stellte den Alarmton ab.

»Okay.« Sara sagte es für sich, und für niemanden sonst. Sie hatte einen Plan. Sie zog die Gaze von der oberflächlichen Verletzung auf Danis linker Seite ab. Sie schüttete Desinfektionsmittel in die Wunde und ließ es überfließen wie bei einem Brunnen. »Eldin, erzählen Sie mir etwas vom Rippenbogen.«

»Äh …« Eldin beobachtete Saras Hände, als sie ein frisches Paar steriler Handschuhe überstreifte. »Der Rippenbogen besteht aus dem Rippenknorpel um das und hinauf bis zum Brustbein. Die elfte und zwölfte Rippe sind lose.«

»Im Allgemeinen enden sie etwa an der Axillarlinie und innerhalb der Muskulatur der Seitenwand, richtig?«

»Richtig.«

Sara hob ein Skalpell aus der Schale. Sie schnitt in die Verletzung und durchtrennte vorsichtig die Fettschicht hinunter zum Bauchmuskel. Dann durchdrang sie das Zwerchfell, um ein Loch etwa von der Größe ihrer Faust herzustellen.

Sie sah Johna an. Der Schwester stand vor Verblüffung der Mund halb offen, aber sie nickte. Wenn Dani noch eine Überlebenschance hatte, dann diese.

Sara griff in das Loch. Der Zwerchfellmuskel saugte sich um ihr Handgelenk. Rippenknochen streiften über ihre Knöchel wie die Tasten auf einem Xylofon. Die Lunge war platt wie ein luftloser Ballon. Magen und Leber waren glitschig und biegsam. Sara schloss die Augen und konzentrierte sich auf die menschliche Anatomie, während sie in Danis Brust vordrang. Ihre Fingerspitzen strichen an den blutgefüllten Herzbeutel. Vorsichtig schloss Sara ihre Hand um das Organ und drückte.

Der Monitor piepste. Die flache Linie schnellte in die Höhe.

Sie drückte wieder. Ein weiteres Piepen. Ein weiteres Hochschnellen.

Sara fuhr fort, mit Fingern und Daumen im normalen Rhythmus des Lebens Blut durch das Herz zu pumpen. Mit geschlossenen Augen lauschte sie den Geräuschen des Monitors. Sie spürte die Anordnung der Arterien wie eine topografische Zeichnung. Rechte Koronararterie. *Ramus interventricularis posterior.* Rechte Marginalarterie. Linke Koronararterie. *Ramus circumflexus.*

Kein anderes Organ im Körper ruft so viele Emotionen hervor wie das Herz. Dein Herz kann gebrochen oder voller Freude oder Liebe sein. Oder es kann einen komischen Purzelbaum schlagen, wenn du deinen großen Schwarm im Aufzug siehst. Man legte die Hand aufs Herz, um Treue zu geloben. Man schlug sich aufs Herz, um Loyalität, Aufrichtigkeit oder Respekt zu demonstrieren. Wer grausam war, wurde vielleicht herzlos genannt. Wer nicht allzu pfiffig war, war ein Herzchen. Man sagte *Hand aufs Herz*, um zu schwören. Als Sara und Tessa klein waren, hatte Tessa oft die Hand aufs Herz gelegt.

Sie stahl Saras Kleidung, eine CD oder ein Buch und schwor, dass sie es nicht gewesen war – *Hand aufs Herz.*

Sara wusste nicht, ob Dani überleben würde, aber sie gelobte beim Herzen dieser Frau, dass sie alles tun würde, um den Mann aufzuhalten, der sie vergewaltigt hatte.

DREI JAHRE SPÄTER

1

»Dr. Linton.« Maritza, die Anwältin von Dani Coopers Familie, näherte sich dem Zeugenstand. »Können Sie uns sagen, was als Nächstes geschah?«

Sara holte Luft, dann sagte sie: »Ich kniete auf der Rollbahre und fuhr mit in den OP hinauf, damit ich Danis Herz ohne Unterbrechung weiter massieren konnte. Ich wurde den üblichen Hygienemaßnahmen unterzogen, dann übernahmen die Chirurgen.«

»Und dann?«

»Ich beobachtete die Operation.« Sara blinzelte. Auch drei Jahre später sah sie Dani noch vor sich, wie sie auf dem OP-Tisch lag, die Augen mit Klebeband verschlossen, ein Schlauch ragte aus ihrem Mund, die Brust war aufgespreizt, weiße Bruchstücke von Rippen waren wie Konfetti im Brustraum verteilt. »Die Chirurgen taten, was sie konnten, aber Dani war nicht mehr zu retten. Sie wurde gegen zwei Uhr fünfundvierzig für tot erklärt.«

»Danke.« Maritza kehrte zu den Unterlagen auf ihrem Tisch zurück und blätterte darin. Ihr Mitarbeiter beugte sich zu ihr und flüsterte etwas. »Euer Ehren, wenn ich mir einen Moment Zeit nehmen dürfte?«

»Beeilen Sie sich«, sagte Richterin Elaina Tedeschi.

Es wurde still im Gerichtssaal, man hörte nur die Geschworenen auf ihren Stühlen herumrutschen und gelegentlich ein Husten oder Schniefen aus dem halb vollen Zuschauerraum. Sara holte erneut tief Luft. Sie war bereits drei Stunden lang im Zeugenstand gewesen. Eben waren sie von der Mittagspause zurückgekehrt, und alle waren müde. Dennoch saß sie aufrecht und blickte geradeaus auf die Uhr an der Rückseite des Saals.

Eine Reporterin im Zuschauerraum tippte in ihr Handy, aber Sara ignorierte die Frau, so gut es ging. Sie konnte Danis Eltern nicht ansehen, denn der Schmerz der beiden war fast so niederschmetternd wie ihre Hoffnung, auf irgendeine Weise einen Schlussstrich ziehen zu können. Auch durfte sie die Jury nicht ansehen. Sara wollte mit niemandem Augenkontakt herstellen und keinesfalls eine falsche Botschaft übermitteln. Es war heiß und stickig im Gerichtssaal. Prozesse schritten nie so zügig voran oder waren so interessant, wie es im Fernsehen den Anschein hatte. Die medizinischen Fakten konnten in ihrer Fülle verwirrend sein. Die Geschworenen sollten sich konzentrieren und zuhören und sich nicht fragen, warum Sara sie komisch angesehen hatte.

Es ging in diesem Gerichtsverfahren nicht um Sara. Es ging darum, das Versprechen zu halten, das sie Dani Cooper gegeben hatte. Der Mann, der sie vergewaltigt hatte, musste aufgehalten werden.

Sie ließ ihren Blick zu Thomas Michael McAllister IV. wandern. Der Zweiundzwanzigjährige saß zwischen seinen teuren Anwälten am Tisch der Verteidigung. Seine Eltern, Mac und Britt McAllister, waren direkt hinter ihm im Zuschauerraum. Gemäß Richterin Tedeschis Anweisungen war Tommy als der *Beklagte* und nicht als der *Angeklagte* zu bezeichnen, damit für die Geschworenen klar war, dass es sich hier um einen Zivilprozess und nicht um ein Strafverfahren handelte. Es ging nicht um Gefängnis oder Freiheit, sondern vielmehr um Millionen von Dollar für die widerrechtliche Tötung von Daniella Cooper. Mac und Britt konnten es sich problemlos leisten, zu bezahlen, aber noch etwas anderes stand auf dem Spiel, etwas, das selbst ihr enormer Reichtum ihnen nicht garantieren konnte: der gute Ruf ihres Sohnes.

Bisher hatten sie alles zu Tommys Schutz unternommen, was sie konnten, angefangen von einem PR-Manager, den sie engagiert hatten, um das Narrativ in den Medien zu gestalten, bis zu Douglas Fanning, einem bekannten Anwalt, dessen Dienste sie sich gesichert hatten. Fanning wurde wegen seiner Art, Zeugen im Zeugenstand zu zerfleischen, »der Hai« genannt.

Das Verfahren war erst zwei Tage alt, und es war Fanning bereits gelungen, einiges von dem herauszuhalten, was er als Tommys »jugendliche Unbesonnenheiten« bezeichnete. Als wäre praktisch jeder Heranwachsende mit elf verhaftet worden, weil er den Hund des Nachbarn gequält hatte, in seinem vorletzten Highschool-Jahr der Vergewaltigung bezichtigt und eine Stunde vor seiner Abschlussfeier mit einem Partyvorrat Ecstasy erwischt worden. Das erkaufte man sich eben mit einem Anwalt, der zweitausendfünfhundert Dollar die Stunde kostete – er verwandelte ein Raubtier in einen Chorknaben.

Tommy war fraglos der Rolle entsprechend gekleidet und hatte den maßgeschneiderten Anzug, den er im Jahr zuvor in einer Klatschkolumne zur Schau gestellt hatte, gegen einen schwarzen Anzug von der Stange mit einer zart hellblauen Krawatte und einem weißen Oxfordhemd eingetauscht – all das wahrscheinlich von einem Geschworenenberater ausgesucht, der seit Monaten die vorteilhaftesten Schlüsselbegriffe und Strategien gebündelt und dann eng mit Fanning zusammengearbeitet hatte, um die optimalen Geschworenen auszuwählen, und der jetzt irgendwo in der Nähe des Gerichts eine Schatten-Jury tagen ließ, der man dieselben Beweismittel präsentierte, um die Verteidigung bei ihrer Herangehensweise zu unterstützen.

Trotz alledem ließ sich das arrogant gereckte Kinn von Tommy McAllister nicht verbergen. Er hatte sein ganzes Leben in den hermetischen gesellschaftlichen Zirkeln Atlantas verbracht. Sein Urgroßvater, ein Chirurg, war nicht nur ein Pionier auf dem Feld künstlicher Gelenke gewesen, er hatte außerdem mitbegründet, was später eine der großen orthopädischen Kliniken Atlantas werden sollte. Tommys Großvater, ein Vier-Sterne-General im Ruhestand, hatte die Erforschung von Infektionskrankheiten am CDC geleitet. Mac, sein Vater, war einer der angesehensten Kardiologen im Land. Britt hatte eine Ausbildung zur Geburtshelferin absolviert. Es war keine Überraschung, dass Tommy das Familienunternehmen fortführte. Er stand im Begriff, ein Medizinstudium an der Emory University zu absolvieren.

Er war außerdem der Mann, der Dani Cooper unter Drogen gesetzt und vergewaltigt hatte.

Zumindest nach Saras Überzeugung.

Tommy hatte Dani Cooper fast sein ganzes Leben lang gekannt. Sie hatten dieselben Privatschulen besucht, waren Mitglied im selben Country Club gewesen, hatten in denselben sozialen Kreisen verkehrt, und zum Zeitpunkt von Danis Tod waren sie beide an derselben Universität in Vorbereitungskurse für ein Medizinstudium eingeschrieben gewesen. In der Nacht, in der Dani starb, war Tommy gesehen worden, wie er auf der Party einer Studentenverbindung mit ihr stritt. Er hatte Dani am Arm gepackt. Sie hatte sich losgerissen. Niemand konnte sagen, was danach geschah, aber es war Tommys hundertfünfzigtausend Dollar teurer Mercedes Roadster gewesen, den Dani fuhr, als sie in den vor dem Krankenhaus abgestellten Rettungswagen krachte. Es war sein Sperma, das man bei der Obduktion in ihr fand. Es war Tommy McAllister, der kein Alibi für die Zeit hatte, nachdem Dani die Party verlassen hatte und bevor sie im Grady eintraf. Es war ebenfalls Tommy McAllister, der die intimen Details in den Drohnachrichten kannte, die Dani in der Woche vor ihrem Tod erhalten hatte.

Leider konnte der Staatsanwalt von Fulton County nur aufgrund von Beweisen handeln, nicht aufgrund einer Überzeugung. In einem Strafverfahren musste die Schuld ohne begründeten Zweifel bewiesen werden. Sara hätte freimütig eingeräumt, dass es in diesem Fall Zweifel gab. Bei der Studentenparty waren jede Menge andere junge Männer gewesen, die Dani nahestanden. Niemand konnte Tommys Behauptung widersprechen, dass der Streit beigelegt worden war. Niemand konnte Tommys Behauptung widerlegen, Dani hätte sich seinen Mercedes ausgeliehen. Niemand konnte seine Behauptung widerlegen, sein Sperma sei in Dani gewesen, weil sie zwei Nächte zuvor einvernehmlichen Sex gehabt hatten. Niemand konnte mit Bestimmtheit sagen, dass Tommy die Party an jenem Abend zusammen mit Dani verlassen hatte. Viele Leute auf der Party hatten die intimen Details in Danis Leben gekannt. Was noch wichtiger war: Niemand konnte das Prepaid-Handy ausfindig machen, von dem die Drohnachrichten abgeschickt wurden.

Zum Glück wurde in einem Zivilprozess nicht zweifelsfrei, sondern aufgrund eines Übergewichts der Beweise entschieden. Die Coopers hatten eine Menge Indizienbeweise auf ihrer Seite. In dem Prozess wegen widerrechtlicher Tötung, den sie gegen Tommy McAllister angestrengt hatten, verlangten sie Schadenersatz in Höhe von zwanzig Millionen Dollar. Das war eine Irrsinnssumme, aber es ging ihnen nicht um das Geld. Im Gegensatz zu Mac und Britt hatte es sie ihre gesamten Ersparnisse gekostet, den Fall vor Gericht zu bringen. Die Coopers hatten alle Angebote eines außergerichtlichen Vergleichs abgelehnt, denn was sie wollten, was sie *brauchten*, damit sie den tragischen Tod ihrer Tochter begreifen konnten, war, dass jemand öffentlich dafür verantwortlich gemacht wurde.

Sara hatte sie gewarnt, dass sie wahrscheinlich nicht gewinnen würden. Maritza hatte das Gleiche gesagt. Beide wussten, wie das System funktionierte, und es begünstigte selten die Leute, die kein Geld hatten. Vor allem aber hing der ganze Fall daran, ob die Geschworenen Sara für eine glaubwürdige Zeugin hielten. In der Notaufnahme war es in der Nacht, in der Dani starb, turbulent zugegangen. Außer Sara hatte niemand die junge Frau sagen hören, dass sie unter Drogen gesetzt und vergewaltigt worden war. Aufgrund der Natur des Falls hieß das, Saras Leben würde unter einem Mikroskop betrachtet werden. Um ihre Zeugenaussage zu zerlegen, mussten sie ihren Charakter zerlegen. Alles, was sie je getan, alles, was ihr widerfahren war, würde seziert, analysiert und – am erschreckendsten für Sara – kritisiert werden.

Sie wusste nicht, ob es ihr mehr Angst machte, wenn die dunkelsten Kapitel ihres Lebens in einem öffentlichen Gerichtssaal beleuchtet wurden, oder wenn sie ihr Versprechen an Dani brach.

»Dr. Linton.« Maritza war endlich bereit, fortzufahren. Sie ging mit einem Blatt Papier in der Hand wieder zum Zeugenstand. Sie streckte es Sara nicht entgegen, sondern drückte es an ihre Brust, um Spannung aufzubauen.

Der Trick funktionierte.

Sara spürte, wie hoch konzentriert die Jury war, als Maritza sagte: »Ich möchte kurz einen Schritt zurückgehen, wenn Sie einverstanden sind. Etwas aufgreifen, das heute Vormittag bereits zur Sprache kam.«

Sara nickte, dann sagte sie der Protokollführerin zuliebe: »Okay.«

»Danke.« Maritza machte kehrt und ging an der Geschworenenbank vorbei. Fünf Frauen, vier Männer, eine für Fulton County typische Mischung aus Schwarzen, Weißen, Asiaten, Latinos. Sara sah, wie ihre Blicke der Anwältin folgten, manche studierten ihre Miene, andere versuchten zu ergründen, was auf dem Papier stand.

Maritza hob ihren gelben Schreibblock vom Tisch auf und legte ihn auf das Rednerpult. Sie hatte ihren Kugelschreiber in der Hand, setzte ihre Brille auf und blickte in ihre Notizen.

Sie war nicht Douglas Fanning, aber sie beherrschte ihren Job. Maritza brauchte genauso wenig einen Berater, um zu wissen, wie sie sich anziehen musste, wie Sara einen brauchte. Beide waren sie Frauen, die sich in einem von Männern dominierten Berufsfeld hochgearbeitet hatten, und beide waren zu der Erkenntnis gelangt, dass ihr Aussehen für eine Jury mehr zählte als das, was aus ihrem Mund kam, ob es ihnen nun gefiel oder nicht. Das Haar zurückgekämmt, um Seriosität zu vermitteln. Dezentes Make-up, um zu zeigen, dass sie sich trotzdem Mühe gaben. Eine Brille, um ihre Intelligenz zu zeigen. Sittsamer Rock und passender Blazer, um zu zeigen, dass sie trotzdem feminin waren. Absätze nicht höher als fünf Zentimeter, um zu zeigen, dass sie es auch nicht übertrieben mit der femininen Ausstrahlung.

Zeigen, zeigen, zeigen.

Maritza sah Sara an und sagte: »Vor der Mittagspause haben Sie uns Ihren Bildungsweg und Ihre Berufserfahrung dargelegt, aber zur Erinnerung für die Jury noch einmal: Sie sind zugelassene Kinderärztin und haben außerdem eine Zulassung als Gerichtsmedizinerin, richtig?«

»Ja.«

»Und in der Nacht, in der Dani Cooper in die Notaufnahme des Grady Hospitals gebracht wurde, waren Sie dort als Kinderärztin angestellt, aber aktuell, also heute, sind Sie als Coroner beim Georgia Bureau of Investigation angestellt, richtig?«

»Genau genommen ist mein Titel Medical Examiner oder Gerichtsmedizinerin.« Sara gestattete sich einen Blick zur Jury. Sie waren die einzigen Menschen im Gerichtssaal, deren

Meinung zählte. »In allen Countys Georgias mit Ausnahme von vieren ist das Amt des Coroner ein Wahlamt, für das keine Zulassung als Mediziner nötig ist. Wenn ein Verbrechen vermutet wird, überträgt der Coroner des County die Untersuchung des Todesfalls in der Regel der gerichtsmedizinischen Abteilung des GBI. An diesem Punkt kommen dann meine Kollegen und ich ins Spiel.«

»Danke für die Erläuterung«, sagte Maritza. »Als Sie also Dani Cooper in der Notaufnahme untersuchten, würden Sie sagen, dass Sie sich dabei auf beide Felder Ihres umfangreichen Fachwissens stützten?«

Sara überlegte, wie sie ihre Antwort am besten formulierte. »Ich würde sagen, dass ich Dani zunächst als Ärztin beurteilte, später dann als Rechtsmedizinerin.«

»Haben Sie den Obduktionsbericht über Dani Cooper durchgelesen, der bereits als Beweismittel 113 A benannt wurde?«

»Ja.«

»Was waren die toxikologischen Befunde zu verschreibungspflichtigen Substanzen, falls es welche gab?«

»Die Blut- und Urinscreens wurden als nicht schlüssig eingestuft.«

»Hat Sie das überrascht?«

»Nein«, sagte Sara. »Dani hat im Krankenhaus eine Vielzahl von Therapeutika erhalten, darunter Rohypnol, das im Vorfeld der OP zur Muskelentspannung eingesetzt wurde.«

»Zuvor haben Sie uns erklärt, dass Rohypnol auch als sogenannte Vergewaltigungsdroge Verwendung findet, richtig?«

»Ja.«

»Wie leicht wäre es für Sie als Ärztin oder als jemand, der in einer medizinischen Einrichtung arbeitet, eine Ampulle Rohypnol zu stehlen, wenn Ihnen danach wäre?«

»Ich würde nicht riskieren, es aus dem Krankenhaus zu entwenden, in dem ich arbeite«, sagte Sara. »Es sind zu viele

Möglichkeiten in das System eingebaut, es zurückzuverfolgen. Es ist auf der Straße problemlos erhältlich, ich würde mir also einen Drogendealer suchen und das Rohypnol von ihm kaufen.«

»Können Sie uns sagen, ob bei Dani Coopers Obduktion DNA gefunden wurde?«

»Aus Danis vorderer Vagina und dem Gebärmutterhals wurde bei einem Abstrich Sperma sichergestellt. Die Probe wurde zur Bearbeitung an das Labor des GBI geschickt. Das Labor konnte ein DNA-Profil zum Vergleich generieren.«

»Können Sie uns sagen, zu welchem Schluss das Labor kam?«

»Die DNA stimmte mit an Sicherheit grenzender Wahrscheinlichkeit mit der Probe überein, die von Tommy McAllister genommen wurde.«

Maritza machte erneut eine Pause und tat, als schaute sie ihre Notizen durch, um der Jury Zeit zu geben, die Information zu verarbeiten. Sara ließ den Blick zu Douglas Fanning wandern. Der Hai hielt den Kopf gesenkt und schrieb in seinen Block; er benahm sich in jeder Hinsicht so, als könnte nichts, was Sara sagte, die geringste Rolle spielen. Er hatte das Gleiche bereits vor einem halben Jahr bei ihrer eidesstattlichen Aussage getan. Damals hatte sie es als Trick durchschaut, um sie aus dem Konzept zu bringen.

Jetzt stellte sie verärgert fest, dass er funktionierte.

Maritza räusperte sich, ehe sie fortfuhr. »Dr. Linton, haben Sie in dieser Nacht noch etwas anderes beobachtet, das Ihnen ungewöhnlich erschien?«

»Man sagte mir, Dani hätte den Wagen gesteuert, aber die Fleischwunde an ihrem Oberkörper war hier, auf der linken Seite, genau unterhalb der Rippen.« Sara zeigte den Bereich an ihrem eigenen Körper an. »Wenn man fährt, läuft der Sicherheitsgurt von der linken Schulter zur rechten Hüfte.

Wäre die Verletzung von einem Sicherheitsgurt verursacht worden, hätte sie sich auf der rechten Seite befunden, nicht auf der linken.«

Maritza drang nicht auf eine Schlussfolgerung, sondern ging zum nächsten Puzzleteil weiter. »Sie haben die Beweisstücke 108 A bis F gesehen, die Aufnahmen der Überwachungskamera vor dem Krankenhaus von jener Nacht. Darauf ist festgehalten, wie der Mercedes des Beklagten geradewegs in den Rettungswagen kracht, richtig? Was man einen Frontalzusammenstoß nennen könnte.«

»Ja.«

»Welche anderen Eindrücke haben Sie gewonnen, als Sie die Aufnahmen sahen?« Maritza bemerkte, dass Fanning einen Einwand erheben wollte, und fügte rasch an: »Ihre Eindrücke als jemand, der an der Untersuchung von Verkehrsunfällen beteiligt war.«

Fanning beruhigte sich wieder.

Sara antwortete: »Es sah für mich so aus, als würde der Wagen zum Parkplatz vor der Notaufnahme gesteuert, doch dann fuhr er im letzten Moment geradeaus, er wurde langsamer und prallte an einen der Rettungswagen, die in der Zufahrt der Notaufnahme standen.«

»Okay. Auf den Bildern kann man nicht erkennen, wer den Wagen fährt, richtig?«

»Richtig.«

»Man sieht außerdem, dass Dani auf der Fahrerseite aus dem Mercedes gezogen wird, richtig?«

»Ja.«

»Sie sagten vorhin, Sie hätten den Unfallbericht von Sergeant Shanda London gelesen. Wissen Sie noch, wie schnell der Wagen fuhr, als er auf den Rettungswagen prallte?«

»Dem ECM zufolge war der Wagen im Moment des Aufpralls siebenunddreißig Stundenkilometer schnell.«

»Wir haben gestern Vormittag von Sergeant London etwas über das ECM gehört, aber können Sie unsere Erinnerung kurz auffrischen?«

»Das Elektronische Kontrollmodul oder Steuergerät zeichnet alle Daten in den Sekunden rund um eine Kollision auf. Am besten stellt man es sich wie die Black Box in einem Flugzeug vor, nur für Autos.«

»Und erschien Ihnen noch etwas anderes interessant, was Sie aus den Daten des Steuergeräts gelesen haben?«

»Zwei Dinge: Sie bestätigten die Verringerung der Geschwindigkeit, die ich auf den Bildern der Überwachungskamera bemerkt hatte. Der Mercedes verlangsamte von fünfundfünfzig auf siebenunddreißig Stundenkilometer. Und sie belegen außerdem, dass der Wagen vor dem Aufprall nicht bremste.«

»Euer Ehren?« Maritza ging mit dem Blatt Papier zur Richterin. »Wenn ich auf Beweisstück 129 A verweisen darf?«

Richterin Tedeschi nickte. »Bitte sehr.«

Fanning ließ sich endlich dazu herab, aufzublicken. Er schob seine Lesebrille auf der Nase nach unten. Die Gläser waren verschmiert. Wenn Tommy McAllister darauf programmiert war, wie ein strebsamer junger Mann mit ein paar Problemen zu wirken, so legte es Douglas Fanning darauf an, nach allem Möglichen auszusehen, nur nicht nach dem aalglatten Strafverteidiger der Megareichen, der er in Wirklichkeit war. Sein langes graues Haar war am Hinterkopf zu einem Zopf geflochten. Sein Anzug war verknittert, die Krawatte fleckig. Einen Südstaaten-Slang wie den seinen hatte Sara nicht mehr gehört, seit ihre Großmutter tot war. Er tat oft, als würde ihm eine Information nicht auf Anhieb einfallen, um seinen Jura-Abschluss von der Duke University herunterzuspielen. Während Sara und Maritza alle Anstrengungen unternommen hatten, um kompetent und professionell zu wirken, sollten Fanning beide Eigenschaften zufliegen, ohne dass er sich etwas daraus machte.

»Dr. Linton.« Maritza legte das Blatt Papier endlich auf den Overheadprojektor. »Erkennen Sie dieses Beweisstück, das die Nummer 129 A trägt?«

Sara hatte sich wie alle anderen zu dem Monitor an der Wand umgedreht. »Das ist eine Kopie des Körperdiagramms, das ich aus dem Internet heruntergeladen habe, um meine Befunde anatomisch korrekt darzustellen. Unten auf der Seite sehen Sie meine Unterschrift, zusammen mit Datum und Uhrzeit.«

»Sie haben das Formblatt aus dem Internet heruntergeladen«, wiederholte Maritza. »Wäre es nicht einfacher gewesen, Fotos zu machen?«

»Alle Daten, die ich als Mitarbeiterin im Gesundheitswesen erhebe, unterliegen einem Bundesgesetz, das die Speicherung und Verbreitung sensibler Gesundheitsinformationen regelt. Das Telefon, das mir vom Grady Hospital zur Verfügung gestellt wurde, besaß keine Kamera, und ich konnte die Sicherheit meines privaten Handys nicht garantieren.«

»Aha, danke.« Maritza zeigte auf den Schirm. »Diese Kreuze über den Rippen, was stellen die dar?«

»Die Knochenfrakturen, die zu dem beitrugen, was man einen instabilen Thorax nennt.«

»Sie haben uns diesen Begriff heute Morgen erklärt, deshalb frage ich: Konnte der Sicherheitsgurt in Danis Fall für den instabilen Thorax verantwortlich gewesen sein?«

»Meiner Ansicht nach nicht. Der Wagen fuhr nicht schnell genug für einen solchen Schaden.«

»Was hat diesen Schaden verursacht?«

Fanning regte sich wieder. Er machte klar, dass seine Aufmerksamkeit Sara jetzt gewiss war. Sein Kugelschreiber hatte einen Schrägstrich in den Notizblock gemalt. Er gab einen Laut von sich, als wäre er im Begriff, Einspruch zu erheben, aber Maritza kam ihm zuvor.

»Ich will es anders formulieren.« Ihr Blick blieb auf Sara gerichtet. »Was kann, Ihrer Erfahrung als Rechtsmedizinerin zufolge, einen instabilen Thorax verursachen, Dr. Linton?«

»Ich hatte einen Fall, in dem der Verstorbene von einem zweistöckigen Bürogebäude gestürzt war. Ein anderer hatte am Steuer eines Lastwagens gesessen, der mit rund hundertfünfzig Stundenkilometern auf dem Highway einen Fahrbahnteiler aus Beton gerammt hat. Ein weiterer Fall war ein Kind, das von einem Betreuer totgeprügelt wurde.«

Der Gerichtssaal zuckte kollektiv zusammen.

Maritza fuhr fort. »Wir reden also von nichts, was passiert, wenn man mit siebenunddreißig Stundenkilometern in die Seite eines stehenden Rettungswagens kracht?«

»Meiner Ansicht nach nicht.«

Fanning machte einen weiteren Schrägstrich.

»Ein Sachverständigenzeuge hat uns früher erklärt, dass der Airbag des Mercedes ein halbes Jahr vor dem Unfall einem Rückruf unterlegen war. Er hat ausgelöst, aber wir können nicht wissen, ob er korrekt ausgelöst hat. Ändert das Ihre Einschätzung?«

»Nein. Meiner Ansicht nach ...« Sara sah Fanning eine weitere Markierung in seinem Block anbringen. »Selbst wenn es keinen Airbag gegeben hätte, könnte der Aufprall von Danis Brust auf das Lenkrad bei dieser Geschwindigkeit keine so schweren Verletzungen verursacht haben.«

»Hat der instabile Thorax in Danis Fall zu starken Blutungen geführt?«

»Ja, aber es waren innere Blutungen. Äußerlich stammte das einzige Blut von der oberflächlichen Fleischwunde.«

»Danis Lunge war kollabiert. War das Sprechen deshalb schwierig für sie?«

»Ja, ihre Luftzufuhr war eingeschränkt. Sie konnte nur flüstern.«

»Würden Sie als Ärztin in Anbetracht von Danis bedrohlichem Zustand der Tatsache, dass sie Ihnen erzählt hat, sie sei unter Drogen gesetzt und vergewaltigt worden, mehr Bedeutung beimessen?«

»Ja«, sagte Sara. »Normalerweise sind Patienten in erheblicher Not darauf fixiert, dieser Notlage zu entkommen. Dani war darauf fixiert, mir zu erzählen, was ihr zugestoßen war.«

Maritza wandte sich wieder dem Körperdiagramm auf dem Monitor zu. »Was ist mit diesem Kreuz an Danis Hinterkopf?«

»Es zeigt ein Trauma infolge stumpfer Gewalt an.«

»Können Sie der Jury erklären, was Sie damit meinen?«

Sara setzte zu einer Antwort an, aber sie wurde plötzlich von Furcht gepackt. Fanning starrte sie unverblümt an, seine dunklen Knopfaugen nahmen jede Kleinigkeit auf, und er hielt den Kugelschreiber umklammert. Sie fürchtete sein Kreuzverhör fast so sehr, wie er den Gedanken daran erkennbar genoss.

Maritza nickte ihr kaum wahrnehmbar zu. Sie wussten beide, was hier auf dem Spiel stand. Das alles war für Dani. Es ging darum, dass Sara ihr Versprechen hielt.

Sie wandte sich mit ruhiger Stimme an die Jury. »Ein Trauma infolge stumpfer Gewalt bezeichnet einen Schlag an den Kopf, der nicht in den Schädel eindringt, und führt zu einer Gehirnerschütterung, einer Prellung oder beidem.«

»Was hatte Dani Cooper?«, fragte Maritza.

»Eine Gehirnerschütterung dritten Grades.«

»Wie kamen Sie zu diesem Schluss?«

»Unter anderem entdeckte ich post mortem ein Ödem an ihrem Hinterkopf.«

»Was ist ein Ödem?«

»Eine Ansammlung von Flüssigkeit im Gewebe oder in Hohlräumen des Körpers«, erklärte Sara an die Jury gewandt. »Es ist im Wesentlichen eine Schwellung. Man verletzt sich, stößt sich zum Beispiel das Knie am Schreibtisch. Der Körper sendet Flüssigkeit, um zu sagen: ›Hey, Vorsicht mit deinem Knie, während ich es zu reparieren versuche.‹«

»Dritten Grades.« Maritza wollte Sara eindeutig dabei helfen, wieder festen Halt zu finden. »Erklären Sie das bitte.«

»Es gibt fünf Grade einer Gehirnerschütterung, der Schwere nach ansteigend. Grad drei ist durch einen Verlust des Bewusstseins von weniger als einer Minute charakterisiert. Es gibt auch noch andere Faktoren wie etwa die Pupillenreaktion, Puls, Blutdruck, Atmung, Sprechmuster und die Reaktion auf Befragung und natürlich das Ödem.«

»Könnte die Kopfstütze des Fahrersitzes die Ursache für Danis Gehirnerschütterung dritten Grades gewesen sein?«

»Meiner Ansicht nach nicht.« Sara sah Fannings Kugelschreiber wieder zuschlagen, als sie sich der Jury zuwandte. »Wir denken uns die Kopfstütze als etwas, das unserer Bequemlichkeit beim Fahren dient, aber eigentlich ist sie für unsere Sicherheit gedacht. Wenn Sie in einen Frontal- oder Auffahrunfall verwickelt sind, wird Ihr Kopf ruckartig vor und zurück gerissen. Die Kopfstütze verhindert ein schweres Schleudertrauma, eine Schädigung der Wirbelsäule oder sogar Ihren Tod. Bei der Geschwindigkeit, mit der der Mercedes fuhr, hätte das Schutzgerüst im Inneren der Kopfstütze kein solches Trauma verursacht.«

»Hatten Sie Gelegenheit, einen Blick in den Mercedes zu werfen, bevor er abgeschleppt wurde?«

»Ja.«

»Was ist Ihnen als Erstes aufgefallen?«

»Dass kein Blut auf dem Airbag war.«

»Warum ist das von Bedeutung?«

»Wie schon erwähnt, hatte Dani eine oberflächliche Fleischwunde auf der linken Körperseite, die durch ihr T-Shirt geblutet hat. Wäre die Verletzung bei dem Unfall passiert, wäre Blut auf dem Airbag zu erwarten gewesen.«

Maritza hielt inne, ehe sie zum nächsten Puzzleteil weiterging. Die Jury war jetzt voll bei der Sache. Die meisten hatten angefangen, in ihre Spiralblöcke zu schreiben. »Konzentrieren wir uns auf das Wort ›Fleischwunde‹. Es hat eine konkrete medizinische Bedeutung, nicht wahr, Dr. Linton?«

Fanning lehnte sich zurück. Er nahm seine Lesebrille ab, aber er hielt den Kugelschreiber bereit. Er wusste, er hatte Sara schon einmal nervös gemacht, und er probierte es wieder.

Sie versuchte sich auf die Jury zu konzentrieren und erklärte: »Wir sprechen von einer Fleischwunde, wenn der Muskel, das Gewebe oder die Haut aufgeschnitten oder gerissen ist. Aus forensischer Sicht werden sie als Platzwunde, Risswunde, Stichwunde und so weiter klassifiziert.«

»Welcher Art war Dani Coopers Fleischwunde?«

»Es war eine Platzwunde, kurz gesagt wurde also genügend stumpfe Gewalt angewandt, um die Haut zum Platzen zu bringen.«

»Und ›oberflächlich‹ heißt?«

»Das Offensichtliche – dass die Wunde nicht tief ist«, antwortete Sara. »Sie blutet also, aber sie muss nicht genäht werden. Das Blut gerinnt früher oder später, und die Wunde heilt von allein.«

»Gab es in dem Mercedes etwas, das diese Wunde verursacht haben könnte?«

»Ich habe nichts entdeckt.«

»Sie haben den Wagen durchsucht?«

»Ja«, antwortete Sara. »Danis Verletzungen ergaben keinen Sinn für mich. Ich suchte nach einer Erklärung.«

»Wie viel Zeit haben Sie mit der Untersuchung des Fahrzeugs verbracht?«

»Ich hatte etwa zehn Minuten, bevor der Abschleppwagen eintraf.«

»Zwölf Minuten, der Aufzeichnung der Überwachungskamera zufolge«, präzisierte Maritza. »Was haben Sie als Ärztin oder Gerichtsmedizinerin früher gesehen, das bei einem Autounfall eine oberflächliche Fleischwunde an dieser Stelle verursachen kann?«

»Zerbrochenes Glas – aber die Scheiben des Mercedes waren alle intakt. Der Sicherheitsgurt – aber noch einmal: Danis Verletzung war links, und sie hätte sie rechts haben müssen, wenn sie gefahren ist.« Sara musste eine Pause machen, ehe sie fortfuhr. Ihr Mund war trocken. Sie kamen zum Ende von Maritzas Befragung. »Es können sich auch Dinge im Wagen befinden, die beim Aufprall zum Geschoss werden. Ich habe Laptops gesehen, Plastikspielzeug, Tablets, Handys – alles, was eine harte Kante hat, kann diese Art von Verletzung hervorrufen, wenn es beim Aufprall durch den Wagen schießt.«

»Haben Sie etwas Derartiges in dem Mercedes gefunden?«

»Nein. Soweit ich feststellen konnte, war der einzige Gegenstand in dem Auto ein Schuh, eine schwarze Sandale, die unter dem Vordersitz steckte. Ansonsten war das Wageninnere vollkommen sauber.«

»Wir hörten vorhin, dass der Wagen an den Straßenrand geschleppt wurde, damit die Zufahrt für die Rettungsfahrzeuge frei blieb. Wissen Sie, wie lange der Mercedes unbeaufsichtigt dort stand?«

»Die genaue Zeit weiß ich nicht, aber Dani war etwa drei Stunden lang im OP.«

»Gut, kehren wir zu Ihrer Zeichnung zurück.« Maritza zeigte wieder auf den Schirm. »Diese kreisförmigen roten Male auf Danis Rückseite. Können Sie deren Bedeutung erklären?«

»Meiner Ansicht nach …« Sara sah Fanning einen weiteren Haken in seinen Notizblock machen. »Es scheint sich um Abdrücke zu handeln, die zurückblieben, wo sich Finger in die Haut gebohrt hatten. Das Muster legt nahe, dass jemand sie am linken Bein und am Gesäß gepackt hat.«

»Haben Sie beobachtet, dass irgendwer in der Notaufnahme oder im OP sie in diesem Bereich angefasst hat?«

»Nein.«

»Was ist mit der Mannschaft des Rettungswagens, als sie Dani aus dem Wagen holten? Ich weiß, Sie waren nicht draußen, als sie geborgen wurde, aber könnten diese Male dabei entstanden sein?«

»Die Male, die ich an Danis Körper gesehen habe, waren nicht frisch. Ihrer Färbung nach würde ich sagen, dass sie mehrere Stunden alt waren.«

»Worauf gründen Sie diesen Zeitrahmen?«

»Ein Bluterguss tritt auf, wenn durch eine Verletzung Blut in die Haut oder in das Gewebe unter der Haut sickert. Mit der Zeit verliert das ausgetretene Blut Sauerstoff und verändert seine Farbe. Dieser Prozess kann einige Stunden oder einige Tage dauern. Dann sieht man die blaue, violette oder gar schwarze Farbe. Danis Blutergüsse waren rot. Meiner Ansicht nach …« – Sara sah erneut, wie sich Fannings Kugelschreiber bewegte – »weist die Farbe darauf hin, dass sie mindestens eine Stunde alt waren. Vielleicht älter.«

»Sie gründen das auf Ihre Erfahrung als Ärztin?«

»Als Kinderärztin«, sagte Sara. »Kinder schaffen es regelmäßig, sich Beulen und Blutergüsse zu holen. Und oft sind sie nicht eben die zuverlässigsten Berichterstatter ihrer Missgeschicke.«

Eine der Geschworenen nickte wissend. Sie war Anfang dreißig, wahrscheinlich eine Mutter mit einem kleinen Kind zu Hause. Die Frau war Sara von Anfang an aufgefallen. Sie nannte sie für sich die *Notizenmacherin*, denn von allen Geschworenen hatte sie am fleißigsten mitgeschrieben.

»Dr. Linton.« Maritza verschränkte die Hände und lehnte sich an das Rednerpult. »Lassen Sie mich überprüfen, ob ich den Ablauf der Ereignisse richtig verstanden habe. Man hat Ihnen gesagt, Dani Cooper hätte den Wagen gefahren?«

»Ja.«

»Aber die Fleischwunde auf ihrer linken Seite konnte nicht da herrühren, dass das Auto den Rettungswagen gerammt hatte?«

»Meiner Ansicht nach nicht.«

Fanning machte einen weiteren Vermerk.

»Und der instabile Thorax wurde Ihrer Ansicht nach nicht durch den Aufprall verursacht.«

»Meiner Ansicht nach nicht, nein.«

Strich.

»Und das Trauma durch Einwirkung stumpfer Gewalt wurde nicht durch den Aufprall auf den Rettungswagen verursacht?«

»Meiner Ansicht nach nicht.«

Strich.

»Und die Fingerabdrücke an Danis Oberschenkel und Gesäß sind Ihrer Ansicht nach nicht bei dem Unfall oder durch die Behandlung im Krankenhaus entstanden?«

»Meiner Ansicht nach nicht.«

Strich.

»Wie würden Sie also als Gerichtsmedizinerin, die die Opfer Hunderter Verkehrsunfälle gesehen hat, und als Ärztin, die Hunderte solcher Opfer behandelt hat, und nachdem Sie Dani Cooper medizinisch versorgt und die Aufnahmen von dem Autounfall gesehen haben – wie würden Sie all diese widersprüchlichen Befunde unter einen Hut bringen?«

»Sie lassen sich nicht unter einen Hut bringen«, antwortete Sara. »Der Schaden an Dani Coopers Körper wurde nicht durch den Autounfall verursacht.«

Maritza ließ der Jury wieder ausgiebig Zeit, es zu verarbeiten. »Dr. Linton, wollen Sie damit sagen, jemand hat Dani Cooper verletzt, *bevor* sie sich ans Steuer dieses Wagens gesetzt hat?«

»Meiner professionellen Ansicht nach wurde Dani Cooper mit einem stumpfen Gegenstand massiv geschlagen. Sie schaffte es irgendwie in den Mercedes. Sie fuhr zum Krankenhaus, verlor aber das Bewusstsein, als sie auf den Parkplatz der Notaufnahme abbog. Ihr Körper erschlaffte. Die Hände ließen das Lenkrad los. Ihr Fuß rutschte vom Pedal. Der Wagen rollte gegen den Sanka.« Sara sah die Geschworenen direkt an. »Dani wusste, dass ihre Verletzungen lebensgefährlich waren. Sie flehte mich mit ihrem letzten Atemzug an, den Mann aufzuhalten, der ihr das angetan hatte.«

Im Gerichtssaal herrschte absolute Stille.

Die Blicke der Geschworenen hingen an Sara. Die Notizenmacherin stützte das Kinn in die Hand und dachte erkennbar über diese Information nach.

Nur ein leises *Klick* war zu hören, als die Wanduhr anzeigte, dass eine weitere Stunde vergangen war.

Die Stille wurde von Douglas Fanning durchbrochen, der schwer seufzte. Er griff nach seiner Lesebrille und blätterte dann geräuschvoll durch seinen Notizblock. Während Saras Aussage hatte es jede Menge Gelegenheiten gegeben, Einspruch zu erheben, aber er hatte den Mund gehalten. Sara war nicht so vermessen, zu glauben, dass ihn ihre Beherrschung der Materie zum Schweigen gebracht hatte. Fanning vertraute auf sein Kreuzverhör, das so brutal sein würde, dass die Jury darauf unweigerlich jedes Wort aus Saras Mund anzweifelte.

»Danke, Dr. Linton.« Maritza sah die Richterin an. »Euer Ehren, keine weiteren Fragen für den Moment.«

Tedeschi schaute auf die Uhr. Sara war hin- und hergerissen, ob sie den nächsten Teil lieber hinter sich bringen oder noch einen Tag Aufschub bekommen wollte, aber die Hand der Richterin griff nicht nach dem Hammer.

»Mr. Fanning«, sagte Tedeschi, »wir haben noch rund eine Stunde Zeit. Möchten Sie für heute Schluss machen und morgen fortfahren?«

Douglas Fanning stand auf und strich die Krawatte über dem runden Bauch glatt. »Nein, danke, Euer Ehren. Das wird nicht lange dauern.«

Sara atmete langsam aus, während Fanning seine Sachen zusammenpackte. Ihr Herz hämmerte in der Brust, und ihre Hände waren schweißnass. Als Ärztin hatte sie gelernt, ihre Gefühle außen vor zu lassen. Man konnte einem Patienten nicht helfen, wenn man von Schmerz oder Panik beherrscht wurde. Jetzt, da sie sich einem Mann gegenübersah, dessen einzige Aufgabe darin bestand, sie zu demütigen und in Verlegenheit zu bringen, kostete es sie Mühe, nicht in ihrer Entschlossenheit zu wanken.

Fanning dehnte den Moment aus. Er trank reichlich von seinem Wasser und wollte Sara wieder verunsichern. Sie war eine sehr gute Zeugin, das war die Krux des Falls Cooper. Tommys Geschworenenberater, der PR-Profi und ganz besonders seine Eltern – sie alle hatten in Strategiesitzungen besprochen, dass es Fannings Hauptziel sein musste, Saras Glaubwürdigkeit restlos zu zerstören.

Insbesondere Britt McAllister war sicher in der Lage gewesen, reichlich Munition beizusteuern.

»Dr. Linton.« Fanning umklammerte das Rednerpult mit sichtlichem Überschwang. »Wissen Sie, wie oft Sie in den letzten fünf Minuten den Ausdruck *meiner Ansicht nach* gebraucht haben?«

Sara nickte, denn sie hatte bei seiner Strichliste mitgezählt. »Ich glaube, zwölf Mal.«

Fanning schob die Zunge in die Backe, aber sie sah seine Augen funkeln. Er war nicht irritiert. Er freute sich. Er hatte Blut gerochen.

»Ganz recht«, sagte er. »Zwölf Mal haben Sie den Ausdruck *meiner Ansicht nach* benutzt. Das kommt daher, weil alles, was Sie uns gerade erzählt haben, diese ganze wilde Geschichte,

Dani sei geschlagen worden und dann in den Wagen gestiegen, nur Ihre persönliche Ansicht war, richtig?«

Sara hütete sich, Ausflüchte zu machen. »Ja.«

»Wir alle sind nur aufgrund Ihrer persönlichen Ansicht hier in diesem Gerichtssaal, richtig?«

Sie verschränkte die Hände im Schoß. »Ich kann nur für mich selbst sprechen. Ich bin hier, weil ich aufgefordert wurde, eine Zeugenaussage zu machen.«

»Die Umstände von Danis tragischem Tod – Sie sagten, Ihrer Ansicht nach stimmte etwas einfach nicht mit ihnen.« Er sah sie über seine Brille hinweg an. »Ja?«

»Ja.«

»Sie haben den amtlich bestellten Leichenbeschauer von Fulton County dazu überredet, eine Obduktion bei Dani Cooper vorzunehmen, richtig?«

»Sie werden Dr. Malawaki selbst nach seiner Entscheidung fragen müssen.«

»Aber Sie haben ihm Ihre Ansicht mitgeteilt, richtig?«

»Ja.«

»Und Sergeant Shanda London, die den Autounfall für die Polizei von Atlanta untersucht hat – der haben Sie ebenfalls Ihre Meinung mitgeteilt, richtig?«

»Ja.«

Fanning widmete sich wieder seinem Notizblock. Er fuhr mit dem Zeigefinger die Seite hinunter, als wollte er sich vergewissern, dass er alle wichtigen Tatsachen abgedeckt hatte, aber das alles war nur ein Vorspiel. »An welchem Punkt haben Sie herausgefunden, dass der Mercedes Tommy McAllister gehörte?«

»Sergeant London hat es mir gesagt.«

»Sergeant London hat ausgesagt, Sie hätten geantwortet, und ich zitiere: ›Verdammt, ich habe mit seinem Vater studiert.‹ Ist das richtig?«

»Ja.« Sara holte ein wenig Luft und wappnete sich für das, was nun kommen würde. »Mac und ich waren zusammen an der medizinischen Fakultät der Emory University, dann haben wir beide die Zeit als Assistenzärzte am Grady Hospital absolviert.«

»In dieser Zeit war Tommys Mutter, Dr. Britt McAllister, ebenfalls am Grady, richtig?«

»Ja.« Sara spürte, wie sich der Knoten der Anspannung zuzog. »Britt ist älter. Ich glaube, sie war fünf oder sechs Jahre vor uns dort.«

Sara registrierte, wie Britt auf ihrem Platz zusammenzuckte. Britt war schon immer empfindlich gewesen, was den Altersunterschied zu ihrem Mann anging. Und die Tatsache, dass sie Mac als Student die Pistole auf die Brust gesetzt hatte, indem sie mit Tommy schwanger wurde.

»Stehen Sie alle sich nahe?«, fragte Fanning. »Sie und die McAllisters? Verkehren Sie gesellschaftlich mit ihnen?«

»Ich habe seit fünfzehn Jahren keinen der beiden gesehen.«

»Weil Sie das Grady nach Ihrer Assistenzarztzeit verließen?«

»Ja.« Sara musste schlucken. Er kreiste sein Ziel ein. »Ich bin wieder nach Hause gezogen, um bei meiner Familie zu sein.«

»Darauf kommen wir später noch zu sprechen.« Fanning musterte sie sorgfältig, um zu sehen, wie sie auf seine Warnung reagierte. »Keine Sorge.«

Sara behielt ihre ausdruckslose Miene bei. Sie wartete darauf, dass er eine Frage stellte.

»Was hat man sich unter einem Ausbildungsprogramm im medizinischen Bereich vorzustellen?«

»Nachdem man seine Assistenzarztzeit absolviert hat, kann man wählen, ob man als Allgemeinmediziner tätig wird oder sich zum Facharzt weiterbildet. Für Letzteres bewirbt man sich um ein sogenanntes Facharzt-Fellowship, bei dem man eine praktische Ausbildung auf hohem Niveau in einem bestimmten Spezialgebiet erhält.«

»So ein Spezialgebiet könnte etwa die pädiatrische Herz-Lungen-Chirurgie sein?«

»Ja.«

»Tommys Vater, Mac – er war Ihr härtester Konkurrent als Assistenzarzt, nicht?«

»Assistenzärzte werden ständig im Vergleich zueinander bewertet. Wir waren alle unsere härtesten Konkurrenten.«

»Das mag so sein, aber es waren Sie und Mac, die um ein äußerst prestigeträchtiges Ausbildungsprogramm in pädiatrischer Herz-Lungen-Chirurgie im Rennen waren, richtig? Das Nygaard-Fellowship?«

Sie widerstand dem Drang, sich zu räuspern. »Sie müssten Dr. Nygaard fragen, wen sie seinerzeit in Betracht gezogen hat.«

»Aber Mac hat das Fellowship bei Nygaard erhalten, und Sie sind nach Hause gegangen, wie Sie sagten. Zurück nach South Georgia, wo Sie in einer Kinderarztpraxis gearbeitet haben. Richtig?«

Sara unterdrückte den Teil ihres Egos, der gern geantwortet hätte, dass sie die Praxis schließlich übernommen hatte. »Ja, das ist richtig.«

»Als Ärztin, als Rechtsmedizinerin – was ist *Ihrer Ansicht nach* prestigeträchtiger: pädiatrischer Herz-Lungen-Chirurg in Atlanta zu sein oder für jemand anderen in einer pädiatrischen Klinik im südlichen Georgia zu arbeiten?«

Er wollte, dass sie defensiv klang. Sara würde ihm den Gefallen nicht tun. »In der medizinischen Hierarchie steht Mac eindeutig über mir. Er ist einer der Top-Chirurgen in Atlanta.«

Fannings Augenbrauen gingen nach oben. Nicht nur in Atlanta. Mac tauchte zuverlässig unter den fünf besten in jedem landesweiten Ranking auf. »Nichtsdestotrotz muss sich das nach einem ziemlichen Absturz anfühlen. Im einen Moment sind Sie in Ihrem Beruf ganz oben, und im nächsten schlagen Sie sich mit Ohrenweh und laufenden Nasen herum.«

Die Richterin wurde unruhig, sie wartete erkennbar auf einen Einspruch, aber Maritza hatte mit Sara vereinbart, nur einzugreifen, wenn Sara sie Hilfe suchend ansah.

Sara hielt den Blick auf Fanning gerichtet. Er umklammerte das Rednerpult wieder und bereitete sich auf den Todesstoß vor. Sie konnte nichts anderes tun, als abzuwarten.

»Dr. Linton«, sagte er. »Sie verfolgen bei all dem ein persönliches Interesse, nicht wahr?«

Ihr Magen zog sich zusammen. »Eine Frau von neunzehn Jahren ist gestorben. Ich nehme das sehr persönlich.«

»Aber da steckt noch mehr dahinter, oder?«

Sara hatte nicht vor, es ihm leicht zu machen. »Jeder Arzt sorgt sich um seine Patienten, aber wenn man einen verliert, trägt man ihn für den Rest seines Lebens im Herzen. Ich habe Dani Cooper versprochen, dass ich diese Sache zu Ende bringe.«

»Zu Ende bringe.« Er wiederholte den Ausdruck mit der Begeisterung eines Predigers. »Meine Töchter sagen, es gibt da so einen Ausdruck, einen sogenannten Hashtag: #GlaubtFrauen. Unterstützen Sie das, Dr. Linton? Glauben Sie Frauen?«

Sara schmeckte Galle im Mund. Es war eine Frage von Sekunden, bis er zuschlug. »Im Allgemeinen? Oder meinen Sie im Besonderen?«

»Nun ja, wenn Sie ein Verbrechen untersuchen, das mit einem sexuellen Übergriff zu tun hat, gehen Sie dann immer davon aus, dass die Frau die Wahrheit sagt?«

»Wenn ich einen Fall untersuche, bedeutet das, das Opfer ist verstorben, und in der Tat gehe ich dann nicht von der Annahme aus, dass es hinsichtlich seiner Ermordung gelogen hat.«

Eine der Geschworenen lachte.

Das Lachen klang laut und durchdringend in dem höhlenartigen Raum.

Es war von der Notizenmacherin gekommen, der mutmaßlichen Mutter eines Kleinkinds, der Frau, die die ganze Zeit genau aufgepasst hatte und von der Tommys Geschworenenberater wahrscheinlich annahm, sie würde zur Sprecherin der Geschworenen gewählt werden, wenn sich diese zur Beratung über ihr Urteil zurückzogen.

Der Frau war ihr Ausbruch sichtbar peinlich. Ihre Hand ging zum Mund. Sie sah mit einem Ausdruck des Bedauerns zur Richterin. Dann schüttelte sie den Kopf entschuldigend in Saras Richtung.

Sara reagierte nicht, aber sie ließ den angehaltenen Atem langsam entweichen. Das Lachen hatte alles verändert. Der Knoten der Anspannung hatte sich gelöst. Sie konnte es im ganzen Körper spüren.

Und Fanning spürte es ebenfalls. Er blickte in seine Notizen, fuhr sich mit der Zunge über die Schneidezähne und wandte sich dann an die Richterin. »Einen Moment bitte, Euer Ehren.«

»Machen Sie schnell«, sagte Tedeschi.

Fanning ging an den Tisch zurück, um sich mit seinem Kollegen zu besprechen. Sara konnte sie nicht hören, aber sie wusste, worum es ging. Zeigte das Lachen an, dass die Notizenmacherin auf Saras Seite war? Wenn Fanning auf Sara losging, würde das dann die potenzielle Geschworenensprecherin gegen Tommy einnehmen? Würde die Frau die ganze Jury in diese Richtung beeinflussen? Würde ihre sorgfältig ausgearbeitete Prozessstrategie tatsächlich in sich zusammenfallen, weil eine dreißigjährige Mutter gelacht hatte?

Sara konnte nichts anderes tun, als zu warten.

Sie blickte auf ihre Hände und sah ihren Verlobungsring schimmern. Der Stein war aus billigem grünen Glas, mit einem Kratzer an der Seite. Sie hatte den Originalring durch einen aus

Weißgold ersetzen müssen, weil er schwarz abgefärbt hatte. Das Einzige, was Sara noch mehr liebte als den Ring, war der Mann, der ihn ihr geschenkt hatte.

»Dr. Linton?« Douglas Fanning kehrte zum Rednerpult zurück.

Sara schaute direkt in seine Schweinsäuglein. Sie ließ alle Nervosität und Angst fahren. Buchstäblich nichts, was sie in diesem Moment tun konnte, würde einen Einfluss darauf haben, was als Nächstes aus seinem Mund kam. Alles, was sie steuern konnte, war ihre Reaktion darauf. Die Erleichterung, die mit dem Akzeptieren dieser Tatsache einherging, bewirkte, dass ihre Mundwinkel sich zu einem Lächeln hoben.

»Ja?«, sagte sie.

»Die, äh …« Fanning hatte den Faden verloren. Er blickte sich nervös zu seinem Kollegen um. Dann blätterte er in seinen Aufzeichnungen. »Gehirnerschütterung dritten Grades – geht diese mit Gedächtnisverlust einher? Amnesie?«

Zum ersten Mal konnte sie richtig durchatmen. »Manchmal, aber es ist in der Regel vorübergehend.«

»Was ist mit Sprachschwierigkeiten?«

Sara holte erneut tief Luft. Fanning war derjenige, der jetzt nervös war. Sara ging es gut. »Gelegentlich, aber auch diese sind …«

»Vorübergehend.« Die Tatsache, dass er Saras Satz beendete, war ein klares Zeichen für seinen Rückzug. Er wollte die Sache nur noch hinter sich bringen. Er hielt sich an das Skript in seinen Unterlagen. »Wie sieht es mit Halluzinationen aus? Treten die bei einer Gehirnerschütterung dritten Grades auf?«

»Selten.« Sara gab sich Mühe, nicht triumphierend zu klingen. »Aber es kann passieren.«

»Ihre Kollegen, Dr. Eldin Franklin und die Oberschwester Johna Blackmon, haben beide ausgesagt, dass sie Dani in jener Nacht nichts äußern hörten. Überrascht Sie das?«

»Nein. Wie ich schon sagte, litt Dani unter einer kollabierten Lunge und konnte nur flüstern.« Sara machte einen weiteren klärenden Atemzug. »Außerdem hat in der Notaufnahme jeder seine klar definierte Rolle. Ich war die verantwortliche Ärztin, deshalb war es meine Aufgabe, mit der Patientin zu kommunizieren. Eldin und Johna hatten ihre eigenen Aufgaben.«

Fanning schaute in seinen Notizblock. »Hat Dani die anonymen Nachrichten auf ihrem Handy erwähnt?«

»Nein.«

Ein weiterer Blick. »Jemanden unter Drogen zu setzen, zu überfallen, das sind schwerwiegende Verbrechen, richtig?«

»Ja.«

»Haben Sie Ihren Kollegen berichtet, was Dani zu Ihnen gesagt hat?«

»Nein«, sagte Sara. »Dafür war keine Zeit.«

»Und oben im OP? Haben Sie es einem Chirurgen oder einer Schwester gesagt?«

»Nein.« Sara fühlte sich wie auf Autopilot. »Dafür war keine Zeit.«

»Zum ersten Mal haben Sie mehr als fünf Stunden später jemandem davon erzählt, richtig? Sie haben Sergeant London über Danis Behauptungen informiert, aber erst nachdem Sie von ihr erfahren hatten, dass der Wagen dem Sohn Ihres alten Rivalen, Dr. Mac McAllister, gehörte. Richtig?«

»Sergeant London war die erste Person, der ich es erzählt habe, ja.«

»Sagen Sie …« Fanning blätterte zu einer neuen Seite, um mit seiner Fragenliste fortzufahren. »Wie lange kann Sperma nach einvernehmlichem Sex im Bereich der Vagina verbleiben?«

»Ob der Sex einvernehmlich ist oder nicht, ejakuliertes Sperma kann noch fünf bis sieben Tage später im weiblichen Fortpflanzungstrakt nachgewiesen werden.«

»Haben Sie einen Beweis dafür, wann das Sperma hinterlassen wurde?«

»Nein.«

»Haben Sie einen Beweis – wie etwa eine Tatwaffe, die Sie uns zeigen können –, dass Dani unter Einsatz eines Gegenstands in dieser Nacht verletzt wurde?«

»Nein.«

»Können Sie beweisen, was die Blutergüsse an ihrem linken Oberschenkel und dem Gesäß verursacht hat?«

»Nein.«

»Können Sie beweisen, dass Dani in jener Nacht nicht freiwillig Partydrogen eingenommen hatte?«

»Nein.«

»Können Sie beweisen, dass sie die Party zusammen mit Tommy McAllister verließ?«

»Nein.«

»Haben Sie einen Beweis dafür, wie es dazu kam, dass sie seinen Mercedes fuhr?«

»Nein.«

»Können Sie beweisen, dass sie am Steuer ohnmächtig wurde, bevor sie auf den Rettungswagen auffuhr?«

»Nein.«

»Können Sie erhärten, dass Dani Ihnen in jener Nacht erzählt hat, sie sei unter Drogen gesetzt und vergewaltigt worden?«

»Nein.«

»Dann gibt es im Grunde also keinen echten, verifizierbaren Beweis für das ganze Zeug, das Sie behaupten. Nicht wahr, Dr. Linton?« Fanning raffte seinen Notizblock vom Rednerpult. »Es ist alles nur Ihre persönliche Ansicht.«

Sara sah ihn zum Tisch zurückgehen. Sie wartete, bis er sich setzte. Seinen Schreibblock auf den Tisch legte. Seinen Stift. Seine Krawatte glatt strich. Sein Sakko zurechtrückte. Zur

Richterin aufblickte. Sara hielt die Luft wieder an, als Fanning den Mund öffnete.

»Ich bin mit dieser Zeugin fertig, Euer Ehren«, sagte er.

Und dann war es vorbei.

Drei Jahre Kopfschmerzen. Ein halbes Jahr Angst. Fast vier Stunden im Zeugenstand.

Es war endlich vorbei.

Sara rechnete mit einem Hochgefühl, aber was sie stattdessen wahrnahm, war eine Trübung ihrer Sinne. Sie hörte, wie die Richterin sie als Zeugin entließ, aber die Laute brauchten lange, bis sie bei ihr ankamen. Als sie aufstand, ihre Handtasche nahm und den Zeugenstand verließ, war es, als watete sie durch Wasser. Sie sah endlich Maritza an, die ihr anerkennend zunickte. Danis Eltern lächelten gequält, um sie aufzumuntern. Sie spürte, wie die Zeitungsreporterin sie musterte, bevor sie wieder rasend schnell auf ihrem Handy tippte. Britt sah ebenfalls zu ihr her, aber nicht aus Neugier. Sie klammerte sich an Macs Arm. Die Feindseligkeit der beiden war wie eine bösartige Präsenz im Gerichtssaal. Ihr lodernder Hass folgte Sara, bis sich die Tür hinter ihr schloss.

Der Flur war fast leer. Es war schon spät am Tag. Eine Menschenmenge wartete vor den Aufzügen. Sara konnte im Augenblick nicht unter Leuten sein. Sie ging in die entgegengesetzte Richtung zur Toilette, lief an den Waschbecken vorbei und nahm die letzte Kabine. Dort setzte sie sich, legte den Kopf in die Hände und erlaubte sich, zu weinen.

Für Dani. Für Danis Eltern.

Und nun, da sie dem gleißenden Licht des Gerichtssaals entronnen war, der Reporterin und Douglas Fanning, den Geschworenen und der verfluchten Britt McAllister, weinte Sara zuletzt auch für sich selbst. Sie hatte es überstanden. Sie hatte alles getan, was sie nur konnte, um ihr Versprechen an Dani zu halten. Alle Nervosität und Furcht, die Sara jedes Mal gequält hatten, wenn sie an die Zeugenaussage dachte, verebbten langsam. Sie betrachtete den Ring an ihrem Finger, und ihr ging durch den Kopf, dass das Leben immer einen Weg fand, besser zu werden.

Die Tür zur Toilette flog krachend auf.

Es war ein Geräusch, als würde eine Schusswaffe losgehen.

Sara hob argwöhnisch den Kopf. Sie sah ein Paar dunkelblaue Manolo-Blahnik-Stilettos über den Fliesenboden stöckeln. Sie blieben vor den Waschbecken stehen. Der Hahn wurde bis zum Anschlag aufgedreht. Einen Moment lang war nichts zu hören außer dem lauten Rauschen des Wassers im Abfluss, dann gab die Frau ein leises, klagendes Stöhnen von sich.

»O Gott«, flüsterte sie. »O Gott, o Gott, o Gott.«

Die Knie der Frau gaben nach, und sie sank zu Boden. Ihre Zehntausend-Dollar-Handtasche, eine Kelly Bag von Hermès, landete neben ihr, der Inhalt ergoss sich über die Fliesen. Makeup, Schlüssel, Geldbörse, Tampons, Kaugummi. Sara hatte schnell ihre Füße zurückgezogen, als eine Sonnenbrille von Cartier unter der Tür der Kabine hindurchschoss und an den Sockel der Toilette prallte. Sie erkannte die Brille. Sie hatte aus einem Fach der Handtasche geragt und passte zu den Manolos und dem Versace-Kostüm, das Britt McAllister trug.

»Lieber Himmel!«, heulte Britt. Sie beugte sich vornüber, ihre Stirn berührte fast den Boden der Toilette.

Sara hob die Füße, damit man sie von außen nicht sah. Sie hatte unzählige Gründe, Britt McAllister nicht zu mögen, aber sie konnte keine Freude darüber empfinden, eine andere Frau buchstäblich gebeugt von Gram zu sehen. Der Augenblick war zu schmerzlich, zu persönlich. Sara wünschte sich nichts mehr, als zu verschwinden. Dann sah sie auf die Sonnenbrille hinunter, und die übliche Wachsamkeit war wieder da. Sie wartete fast eine Minute lang, während Britt vor sich hin weinte, und hoffte, nein: *betete*, die Frau würde ihre Brille einfach liegen lassen und gehen.

Britt tat es nicht.

Sie richtete sich schniefend auf und versuchte sich zu sammeln. Sie schniefte wieder. Abgesehen von der Brille würde sie Papier brauchen, um sich die Augen zu trocknen. Die Tür der Kabine ratterte, als Britt sie aufzustoßen versuchte.

Sara wurde übel.

»Ha-«, Britts Stimme stockte. »Hallo?«

Sara fiel nichts ein, was sie tun konnte, außer die Brille aufzuheben. Sie stand von der Kloschüssel auf und öffnete die Tür.

Britt war immer noch auf den Knien und sah nun zu Sara auf. Die Überraschung kam einen Moment zu spät bei ihr an. Britt hatte eindeutig irgendetwas genommen. Sie schwankte. Die Pupillen waren nur stecknadelgroß, die Augen glasig. Sara bemerkte ein silbernes Pillenetui unter dem Waschbecken, das aufgesprungen war, und erkannte die winzigen blauen Tabletten als Valium. Es waren mehr als ein Dutzend, sehr viel mehr, als man normalerweise in der Handtasche mit sich führte.

Sara stellte den Wasserhahn ab und legte die Brille neben das Waschbecken. Jede Zelle ihres Körpers schrie danach, abzuhauen. Britt war nie eine Frau gewesen, mit der man leicht auskam. Sie war nachtragend, hinterhältig und oft bösartig, aber sie war auch eine Mutter, deren Sohn vor Gericht stand. Egal, ob Tommy schuldig war, er war trotzdem ihr Kind.

Sara rollte ein wenig Toilettenpapier ab, gab es Britt und fragte: »Soll ich Mac holen?«

»Nein, ich …« Britt schlug die Hand vor den Mund und versuchte, ihre Gefühle in den Griff zu bekommen. »Bitte, Sara. Bitte sag mir, dass es nicht zu spät ist.«

Sara hörte die nackte Verzweiflung hinter der Bitte, aber es hatte den gegenteiligen Effekt. Flehte diese Frau sie buchstäblich auf Knien an, in den Gerichtssaal zurückzugehen und zu lügen?« »Meine Zeugenaussage ist beendet. Ich habe die Wahrheit darüber gesagt, was passiert ist.«

»Denkst du, das weiß ich nicht?«, schrie Britt und ballte die Fäuste. »Ich weiß, dass du die Wahrheit gesagt hast! Ich weiß, was er diesem Mädchen angetan hat!«

Sara war zu verblüfft, um zu reagieren.

»Ich weiß, wer er ist.« Britt ließ die Hände sinken. Sie wandte den Blick von Sara ab und starrte zu Boden. »Ich lebe seit zwanzig Jahren mit dieser Angst. Ich weiß genau, wer er ist.«

Sara war zu keiner Bewegung fähig. Zu keinem Gedanken. Sie hielt den Atem an.

Ich weiß, was er diesem Mädchen angetan hat.

»Er wird jetzt aufhören«, flüsterte Britt. »Tommy hat Angst. Ich weiß, er wird aufhören. Es ist noch nicht zu spät für ihn, ein guter Mensch zu werden.«

Saras Gedanken rotierten. Sie wusste, Tommy war schon zwei Jahre vor Danis Tod einmal beschuldigt worden, ein Mädchen vergewaltigt zu haben.

Ich weiß, wer er ist.

Langsam ging Sara vor Britt in die Hocke. Sie wusste nicht, was sie sagen würde, ehe die Worte aus ihrem Mund kamen. »Woher weißt du, was er Dani angetan hat?«

»Ich habe sie gehört.«

»Du hast sie gehört?« Sara war bemüht, sich ihre Qual nicht anmerken zu lassen. Dani hätte gerettet werden können. »Du hast gehört, wie Dani …«

»Es ist nicht Tommys Schuld. Er hat noch Zeit, sich zu ändern.« Britt schüttelte den Kopf. »Er wird aus dieser Geschichte lernen. Er ist nicht wie Mac.«

Sara war völlig überwältigt von dem, was sie da hörte. Sie war kaum in der Lage, es zu verarbeiten. »War Mac ebenfalls beteiligt?«

»Mac ist immer beteiligt.« Britts Tonfall war ausdruckslos und nüchtern. »Ich kann die anderen nicht aufhalten, aber ich kann meinen Jungen retten.«

»Die anderen?«, wiederholte Sara. »Britt, wovon redest du?«

Britt antwortete nicht, sondern wischte sich mit den Händen über die Augen. Sie verschmierte die Mascara in ihrem Gesicht. Zum ersten Mal schien sie die verstreuten Gegenstände auf dem Boden zu bemerken. Geldbörse. Lippenstift. Schlüssel. Ihre Lidschattenpalette war zerbrochen und hatte die Fliesen mit erdigen Tönen bestäubt. Britt begann mit dem Zeigefinger Kreise in den Puder zu malen. Sara sah wie hypnotisiert zu, während ihr Britts Worte im Kopf herumschossen.

Ich weiß, wer er ist. Ich lebe seit zwanzig Jahren mit dieser Angst.

Vor zwanzig Jahren war Tommy erst zwei gewesen. Keine Mutter eines Zweijährigen lebte in Angst davor, dass ihr Junge später ein Monster werden könnte. Redete sie von Mac? Was hatte Mac getan?

Mac ist immer beteiligt.

»Britt.« Sara unterdrückte das Zittern in ihrer Stimme. »Bitte sprich mit mir. Ich verstehe nicht. Hat sich Tommy in der Nacht, in der Dani starb, an Mac um Hilfe gewandt?«

Britt antwortete nicht.

»Wer sind *die anderen*?« Sara hörte sich flehen, aber es war ihr egal. »Du hast gesagt, du kannst *die anderen* nicht aufhalten. Wen meinst du damit?«

Endlich sah Britt zu Sara auf. Sie kniff die Augen zusammen. »Was tust du da?«

Sara registrierte Britts verändertes Verhalten. Ihr Verstand begann den Valiumnebel zu durchdringen. Dennoch versuchte es Sara weiter. »Bitte rede mit mir. Sag mir, was mit Dani passiert ist.«

»Woher …« Britts Hand ging zu ihrem Gesicht. Sie blickte sich in der Toilette um, als würde ihr jetzt erst klar, wo sie sich befand. »Hast du dich in der Kabine versteckt? Mir aufgelauert?«

»Nein«, sagte Sara. »Britt, du hast mir gerade erzählt …«

»Ich habe dir verdammt noch mal gar nichts erzählt.« Britt griff nach ihren Schlüsseln, dem Lippenstift. Sie warf ihre Sachen nach und nach zurück in die Handtasche. Dann kam sie mühsam auf die Beine und nahm ihre Sonnenbrille von der Ablage. »Angesichts deiner tragischen Vergangenheit müsste man doch annehmen, dass du die Behindertentoilette meidest.«

Sara war, als hätte man ihr ins Gesicht geschlagen. Ja, das war die Britt McAllister, die sie in Erinnerung hatte: zornig, niederträchtig, gehässig.

»Was immer du glaubst, gehört zu haben …«, begann Britt.

»Ich weiß, was ich gehört habe.« Sara stand auf, ging in die Kabine und hob ihre Handtasche auf. Dann wandte sie sich zum Gehen.

Britt versperrte ihr den Weg. »Ich lasse nicht zu, dass du mein Kind zerstörst.«

»Dani Cooper war ebenfalls jemandes Kind.«

»Was weißt denn du darüber, eine Mutter zu sein?«

Sara spürte die ganze Grausamkeit, die in der Frage lag. Britt wusste besser als irgendwer sonst, warum sie keine Mutter war. Sara kannte jetzt keine Zurückhaltung mehr. »Du hast deine Sache bei Tommy ja hervorragend gemacht. Ist es das zweite oder schon das dritte Mal, dass man ihn einer Vergewaltigung beschuldigt?«

»Du hast dich kein bisschen verändert, oder?« Britt stützte sich mit der Hand an der Wand ab, um klarzumachen, dass Sara nirgendwohin gehen würde. »Sankt Sara, die Klempnerstochter mit dem billigen Modeschmuck und den Pfennigabsätzen – aber großspurige Reden schwingen, als wärst du allwissend.«

Sara hätte sie am liebsten wieder zu Boden gestoßen. »Was ich weiß, ist, dass ich dich eigenhändig aus dem Weg räume, wenn du mir verdammt noch mal nicht Platz machst.«

»Was verdienst du beim GBI, hunderttausend im Jahr?« Britt schnaubte verächtlich. »Mac ist in diesem Quartal schon bei mehr als zwei Millionen.«

»Wow!« Sara legte allen Sarkasmus in das Wort. »Richte ihm meine Glückwünsche aus, dass er von meinem Missgeschick profitiert.«

»Du glaubst, was vor fünfzehn Jahren passiert ist, war ein *Missgeschick*?« Britt lachte schrill. »Nur ein bisschen Pech?«

»Leck mich doch.« Sara ballte die Fäuste. Das war Bullshit. Britt zog eines ihrer Psychospielchen ab. »Geh mir aus dem Weg.«

»Arme Sankt Sara. So brillant. Was für ein tragischer Verlust. Fünfzehn lange Jahre der Ahnungslosigkeit und des Leidens, weil du nicht fähig warst, zu sehen, was vor deiner Nase passierte.«

Sara blendete ihre Worte aus. Sie musste raus hier, bevor sie durchdrehte. »Ich sagte, du …«

»Sara!« Britt zischte ihren Namen wie eine Schlange. »Du hörst mir nicht zu! Was mit dir passiert ist. Was mit Dani passiert ist. Das hängt alles zusammen.«

Saras Mund bewegte sich, um eine Antwort zu formulieren, aber sie brachte kein Wort heraus.

»Erinnerst du dich nicht an die Freitagsparty?«

Sara hatte ihre Stimme verloren, ihre Sinne, ihren Verstand.

Britt lachte wieder. »Du dumme Fotze. Du weißt überhaupt nichts.«

2

Faith Mitchell saß an ihrem Küchentisch und scrollte durch ihr Handy. »Himmel, diese Idiotin.«

»Welche Idiotin?« Aiden Van Zandt sah von der Arbeitsfläche auf, wo er das Abendessen zubereitete.

»Spork Face.« Faith hatte Namen für sämtliche nervigen Mütter in der Vorschule ihrer Tochter. »Sie hat auf Facebook gerade damit geprahlt, dass sie beim Klassentreffen ihrer Highschool Koks geschnupft hat.«

Aiden lachte und holte zwei Teller aus dem Küchenschrank. »Wirst du sie verhaften?«

»Scheiße, nein. Dann müsste ich die Tage übernehmen, an denen sie die Pausensnacks macht.« Faith kopierte einen Link zu den in Georgia gültigen Gesetzen über den Besitz von Betäubungsmitteln und postete ihn kommentarlos. Dann schob sie das Gerät über den Tisch zu Aiden, damit er es sich ansehen konnte. »Das wird ihr eine Lehre sein.«

Er grinste, sagte aber: »Sei nicht so streng mit ihr. Die Sache beim Koksen ist die, dass man allen Leuten erzählen will, dass man kokst.«

Aiden war FBI-Agent, aber er arbeitete in der Terrorabwehr, nicht im Drogenbereich. »Hast du je gekokst?«

»Machst du Witze?« Er hatte die Augen hinter den Brillengläsern aufgerissen. »Nachdem Regina Morrow gestorben ist, als sie es das erste Mal versucht hat?«

»Du hast die *Sweet Valley High*-Romane gelesen?«

»Ich war dreizehn. Meine Schwester hat mir erzählt, dass Sex darin vorkommt.« Er stellte das Essen auf den Tisch. »Ich hab dir ja erzählt, wie gemein sie war.«

Faith betrachtete die prallen Ravioli, die er komplett selbst zubereitet hatte, mit Lebensmitteln, die er selbst bezahlt und zu ihr nach Hause gebracht hatte. Sie rochen unglaublich gut. Die Sauce sah aus, als stammte sie von echtem Gemüse statt von einem Apparat, der Chemikalien verspritzte.

Aiden sagte: »Verzeih mir die Bemerkung, aber ich sehe, dass du ausflippst.«

»Ich flippe nicht aus«, sagte Faith und flippte aus. Sie mochte keine Männer, die eine Brille trugen. Sie ging nicht mit Männern aus, die Geld für Lebensmittel ausgaben und frische Pasta zubereiteten, die feste Jobs mit Altersversorgung hatten und die wussten, dass man Wasser trinken sollte, ohne dass man es ihnen sagen musste. Sie ging mit Betrügern, Lügnern, Arschlöchern und Hinterwäldlern aus, die nie Geld hatten, um die Rechnung im Restaurant zu übernehmen, aber tausend Dollar für Football-Tickets vergeudeten, obwohl sie ein halbes Jahr mit ihren Unterhaltszahlungen in Rückstand waren.

»Manchmal ist es okay, sich auf andere zu stützen«, sagte er.

»Alles klar, Herr Psychologe.« Faith griff nach ihrer Gabel, aber Aiden sah sie weiter an, als wartete er noch auf etwas. »Ich weiß nicht, was du gehört hast, aber es geht mir gut.«

»Es geht dir gut dabei, an deinem Schreibtisch zu kleben?«

»Ich habe Schreibtischdienst, weil mein Partner auf einer höchst geheimen Undercovermission ist.« Faith zuckte mit den Achseln. »Ich darf nicht einmal wissen, *wo* er ist.«

Aiden putzte seine Brille mit dem Hemdschoß. »Du weißt, ich wurde von einer alleinerziehenden Mutter großgezogen, die als Polizistin gearbeitet hat. Ich habe gesehen, wie schwer es ist.«

»Wirklich?«, fragte sie. »Weil mein Sohn nämlich von einer alleinerziehenden Mutter aufgezogen wurde, die als Polizistin arbeitet, und er glaubt trotzdem, dass eine Wäschefee die Streifen aus seinen Unterhosen bleicht.«

»Ich bin ein bisschen älter als Jeremy.«

»Aber nicht viel.« Faith sah ihn lachen, aber es stimmte. Sie hatte Jeremy zur Welt gebracht, als sie fünfzehn war. Vor zwei Jahren dann – und obwohl sie praktisch fast jede Form der Empfängnisverhütung anwendete – hatte sie ihrem Sohn eine anbetungswürdige kleine Schwester geschenkt, als Jeremy im Collegealter war. »Ich bin noch nicht einmal vierzig und habe zweiundzwanzig Jahre meines Lebens als alleinerziehende Mutter verbracht.«

»Ich finde deine Erschöpfung betörend.«

Faith verdrehte die Augen so weit, dass sie ihren Hintern sehen konnte. Dann aß sie einen Bissen von der Pasta und rollte aus einem anderen Grund mit den Augen. »Meine Güte, wer hat dir das beigebracht?«

»Mein Vater. Alle Männer in meiner Familie können kochen.«

Faith konzentrierte sich aufs Kauen. Aidens Vater war gestorben, als Aiden noch klein war. Er deutete in letzter Zeit gelegentlich an, dass er offen dafür wäre, darüber zu sprechen, aber sie griff seine Andeutungen nicht auf, weil sie keine Beziehung hatten, und weil sie nicht wollte, dass ihr das Herz brach, wenn sie ihn als sommersprossigen kleinen Jungen am Sarg seines Vaters vor sich sah.

»Wäre es so schrecklich, jemanden zu haben, der für dich da ist? Vielleicht, wenn du Hilfe bei etwas brauchst? Oder sogar einen Gefallen?«

»Aiden, ich bin ein Mensch, dem seine Privatsphäre wichtig ist. Weißt du noch, wie ich dich angebrüllt habe, weil du mit meiner Google-Uhr gesprochen hast?« Faith wusste, dass er wusste, was sie wirklich meinte. »Das ist ein Abenteuer, okay? Gelegenheitssex.«

»Sechs Monate sind eine ziemlich lange Gelegenheit.« Aiden trank sein Bier aus. »Wer isst den schlechten Pfannkuchen?«

»Ist das irgendwelches Sexzeug? Du kennst meine Einstellung zu Hygiene.«

»Es ist das Leben«, sagte Aiden. »Wenn man Pfannkuchen macht, ist immer einer dabei, der danebengeht. Man wirft Essen aber nicht weg. Man braucht jemanden, der ihn aufisst.«

Faith musste gegen ihren Willen lächeln. »Mein Dad hat den schlechten Pfannkuchen immer gegessen.«

»Siehst du?«

Faith blieb eine weitere Nabelschau erspart, weil ihr Handy pingte. Sie ließ die Gabel fallen. »Du musst gehen.«

»Wie bitte?«

»Hinten raus.« Faith zerrte ihn bereits von seinem Stuhl. »Jeremy ist fast da.«

»Woher …«

»Beeil dich.« Faith riss die Schiebetür auf. »Ich will nicht, dass mein Sohn meine Fickbeziehung in dem Haus antrifft, in dem er aufgewachsen ist.«

»Dann nenn es doch lieber Gelegenheitssex.«

»Schieb deinen Arsch zur Tür raus.« Faith raffte sein Sakko von der Stuhllehne und warf es ihm zu. »Dein Wagen steht auf der Straße, oder?«

»Ja.« Aiden stand in der offenen Tür. »Bekomme ich einen Kuss?«

»Hau ab!« Sie schubste ihn hinaus und schob die Tür zu. Dann zog sie die Vorhänge vor. Die Scheinwerfer von Jeremys Wagen strichen über die Vorderseite des Hauses, als er die Einfahrt herauffuhr.

»Scheiße!«

Faith steckte das Telefon in die Hosentasche. Die schmutzigen Töpfe und Pfannen wurden in die Schränke gestopft. Sie ging mit dem Schwamm über die Arbeitsfläche und warf wahllos schmutzige Utensilien in die Geschirrspülmaschine. Aidens Bierflasche ließ sie im Müll verschwinden, dann verstaute sie seinen Pastateller im Kühlschrank. Sie hörte, wie Jeremy den Schlüssel ins Haustürschloss steckte. Faith hatte kaum noch Zeit, sich in dem kleinen

Spiegel über der Spüle anzuschauen, also strich sie nur ihr Haar glatt und betete, dass sie nicht aussah, als hätte sie den Abend wie eine Königin mit Sex und hausgemachter Pasta verbracht.

»Mom?« Jeremy schloss die Haustür mit einem lauten Knall. Er ging mit schweren Schritten den Flur entlang. »Hast du meinen Hoodie gewaschen?«

Faith lehnte sich mit verschränkten Armen an die Küchentheke. »Du musst konkreter werden, Freundchen. Du hast ungefähr tausend Hoodies.«

»Den weißen.« Er blickte auf ihre fast beendete Mahlzeit auf dem Tisch. »Warst du im *Olive Garden*?«

»Mhm.«

»Warum ist das Essen auf einem Teller?« Sein Argwohn war nicht unbegründet. »Hast du Grissini mitgebracht?«

Sie bot ihre Mutterstimme auf. »Jeremy, du weißt, ich bin Diabetikerin. Ich muss vorsichtig sein mit Kohlenhydraten.«

Er riss den Kühlschrank auf und schaute hinein. »Wieso hast du zwei Portionen bestellt?«

Lieber Himmel, sie hatte echt ein neugieriges Kind großgezogen. »Ich dachte, du würdest eventuell vorbeischauen.«

»Überwachst du mich?« Er zog sein Telefon aus der Tasche. »Hast du meine Snap-Einstellungen manipuliert?«

»Ich kann nicht glauben, dass du mich das fragst. Natürlich nicht.« Faith hätte sein Handy niemals angerührt. Sie hatte den Tracker im Kofferraum seines Wagens versteckt. »Vielleicht liegt dein Hoodie noch in deinem Zimmer.«

»Vielleicht.« Jeremy blickte immer noch auf sein Handy, als er zurück in den Flur ging. »Hast du das Bild gesehen, das Grandma aus Las Vegas gepostet hat?«

Faith hatte ihre Mutter geblockt, weil sie zu viele Emojis benutzte. »Sie lässt die Sau raus.«

»Allerdings.« Jeremy stieg die Treppe hinauf, ohne die Augen vom Bildschirm zu nehmen. »Ich hatte heute Morgen über

FaceTime mit Emma Kontakt. Sie wollte mir den Boo Bucket zeigen, den sie von Victor bekommen hat.«

Faith grinste, als sie ihm nach oben folgte. Es gefiel ihr, dass ihr Ex zweitausend Dollar ausgegeben hatte, um mit seinem Kind und seiner neuen Freundin in die Herbstferien zu fahren, und alles, was Emma interessierte, war der billige Plastikeimer von ihrem Happy Meal.

»Mom.« Jeremy war am oberen Ende der Treppe stehen geblieben. Er sah zu Faith hinunter. Sie merkte ihm an, dass ihn etwas beunruhigte, ehe er auch nur den Mund aufmachte. »Victors Freundin hat Videos von Emma auf Instagram gepostet. Findest du das okay?«

»Du meinst, ob ich einverstanden bin, dass eine Frau, der ich nie begegnet bin, Videos von meinem Kind postet, die Fremde, die möglicherweise pervers sind, anschauen können? Und ob es mir nichts ausmacht, dass der Vater meines Kindes nicht den Mumm hat, ihr zu sagen, sie soll sie löschen, weil wir vereinbart haben, auf keinen Fall Fotos oder Videos von unserem Kind in sozialen Medien zu posten, wo Perverse sie ansehen können?« Faith zuckte verärgert mit den Achseln. »Klar doch.«

Jeremy setzte eine reumütige Miene auf. »Ich habe gewissermaßen ihr Passwort geknackt.«

»Wie bitte?«

»Die neue Freundin – sie heißt Delilah, ja? Und sie hat einen Labradoodle namens Doodle. Also habe ich mit ein paar Kombinationen herumgespielt und bin in ihren Account gekommen.« Er sah Faith nervös an. »Ich habe alle Videos von Emma gelöscht.«

Faith war in ihrem ganzen Leben nie so stolz auf ihn gewesen. »Jeremy, das ist illegal.«

»Ja, gut.« Er machte einen Satz in Richtung seines Zimmers. »Aber sie ist schließlich meine kleine Schwester.«

Faith glaubte, ihr Herz müsste zerspringen vor Liebe. Anstatt ihm in sein Zimmer zu folgen, öffnete sie die Tür zum Wäscheraum. Nichts war wirklich verloren, bis eine Mutter es nicht mehr fand. Der Korb mit der Schmutzwäsche quoll über. Aus dem Geruch nach Schweiß und Eau de Cologne von Tom Ford schloss sie, dass es hauptsächlich Jeremys Sachen waren.

»Nett.« Jeremy langte an ihr vorbei und grub den Hoodie vom Boden des Stapels aus. Er schnupperte daran, dann zog er ihn an und ging wieder nach unten. »Bis später.«

»Einen Moment noch, Junge.« Faith lief ihm nach und bemühte sich, nicht zu anhänglich zu klingen. »Du hast am Wochenende dieses Abendessen mit den Leuten von 3M, oder?«

»Äh …« Er war wieder ganz auf sein Handy konzentriert. »Ja. Am Freitag.«

»Das ist eine große Sache, oder?« Faith hatte gelernt, alles als Frage zu formulieren. »Du wirst nach deinem Abschluss an der Georgia Tech direkt in einem lockeren Job landen, oder?«

»Sicher.« Er öffnete die Tür. »Bis dann.«

Faith war zum Erbarmen dankbar, als er sich noch einmal umdrehte und sie auf die Wange küsste. Sie blieb in der offenen Tür stehen, als er zu seinem Kia ging. Das Verandalicht war aus, es war schnell Nacht geworden. Ihr Junge war nur noch eine Ahnung von Eau de Cologne und Schweiß, als er in seinen Wagen stieg. Der Motor sprang stotternd an, die Scheinwerfer leuchteten auf. Er setzte so schnell zurück auf die Straße, dass er beinahe den Briefkasten umgefahren hätte.

»Faith?«

»Scheiße!« Sie machte einen Satz rückwärts, ihre Hand ging zur Dienstwaffe, die nicht da war.

»Tut mir leid.« Sara hielt sich im Halbdunkel. Faith sah nur ihr wildes Lockenhaar. »Ich wollte von unterwegs anrufen, aber ich habe mein Handy vergessen.«

Faith schluckte. »Wo ist dein Wagen?«

»Ich bin zu Fuß gekommen.«

»Von dir daheim?« Faith kannte die Strecke, auf der sich jede Menge Junkies und Obdachlose herumtrieben. »Bist du verrückt?«

»Vielleicht.« Sara wandte sich zur Straße um, wo ein Nachbar mit seinem Hund spazieren ging. »Jemand hat mir zwanzig Dollar angeboten, wenn ich ihm einen blase. Das ist wenig, oder? Ich habe noch alle meine Zähne.«

»Zähne sind nicht unbedingt von Vorteil.«

Faith machte das Verandalicht an. Was sie sah, erstaunte sie. Saras rotbraunes Haar war unfrisiert, ihre Kleidung verknittert. Faith wusste, sie hatte heute bei Dani Coopers Prozess ausgesagt. Offenbar hatte Sara ihre hochhackigen Schuhe gegen Sneakers getauscht und war die drei Kilometer zu Faith gelaufen. Ihre Augen waren blutunterlaufen. Man sah, dass sie geweint hatte. Und wahrscheinlich hatte sie sich unterwegs ein paar Drinks genehmigt.

Faith winkte sie ins Haus. »Komm rein. Es ist kalt.«

»Hast du Alkohol?«

»Nein, aber meine Mom ist in Vegas, und sie hat eine gut gefüllte Hausbar.«

»Ich bin dabei.«

Evelyn wohnte nur drei Straßen weiter. Faith angelte sich ihre Schlüssel und schloss die Tür ab. Sie fröstelte in der kühlen Nachtluft, als sie die Betonstufen hinunterging, aber sie machte sich nicht die Mühe, umzukehren und eine Jacke zu holen. Die Kälte hatte etwas Kräftigendes.

Sara wartete auf dem Gehsteig auf sie. Sie war offensichtlich gekommen, um zu reden, aber sie blieb stumm, als sie die Straße entlanggingen. Faith legte den Kopf in den Nacken und sah zum Nachthimmel hinauf. Keine Sterne. Der Mond war dünn wie ein Nagelhäutchen. Die Straßenlampen standen so weit auseinander, dass die beiden sich nur gelegentlich sahen.

Nicht dass es eine Rolle gespielt hätte. Saras Miene war ohnehin nicht zu deuten.

Faith beschloss, ihr die Führung zu überlassen, im wörtlichen wie im übertragenen Sinn. Sara war einen halben Kopf größer, und Faith musste praktisch hüpfen, um mit ihr Schritt zu halten. Sie begegneten dem Mann mit dem Hund. Dank Emma kannte Faith ihre Nachbarn nur von ihren Haustieren. Der Mann war der Papa von Rosco. Die Leute, die im gelben Haus wohnten, waren die Mommys von Tiger. Das alte Arschloch, das seine Mülltonne nie vom Straßenrand hereinholte, war Duffers Opa.

Sara schwieg, bis sie um die Ecke bogen. »Hast du mit Will gesprochen?«

»Nein«, sagte Faith. »Weißt du, wo er ist?«

»Westlich von Biloxi. Er sagte, dass er morgen früh gegen eins zurück sein wird.«

Faith schaute auf ihre Uhr. Das waren noch einmal sechs Stunden.

Sara schniefte. Sie zog ein Papiertuch aus der Tasche ihres Rocks und wischte sich über die Nase.

Faith konnte an einer Hand abzählen, wie oft sie Sara weinen sehen hatte. »Ich vermute, der Dani-Cooper-Prozess läuft nicht sehr gut?«

»Ich weiß nicht. Das Urteil ... Ich meine, ich weiß nicht, in welche Richtung es gehen wird. Vielleicht ... wenn Danis Eltern der Jury leidtun. Aber dann werden die McAllisters Berufung einlegen, und das heißt: noch mehr Geld, noch länger warten.« Sara klang nicht hoffnungsvoll. »Ich weiß es nicht.«

»Das tut mir leid.« Faith hatte das Bedürfnis, sich zu entschuldigen, auch wenn sie nicht mehr hätte tun können. Sara hatte sie gebeten, Dani Coopers Akte durchzusehen. Ausnahmsweise hatte sie einem Staatsanwalt recht gegeben, der keine Anklage erheben wollte. Die Beweislage war dünn. Das

GPS an Tommys Mercedes war nicht aktiviert gewesen, deshalb konnte der Wagen nirgendwo geortet werden. Die Villa der McAllisters in Buckhead war mit Kameras gesichert, aber seltsamerweise hatten die Aufzeichnungsgeräte in der fraglichen Nacht nicht funktioniert. Die städtischen Überwachungskameras in den Straßen waren gleichermaßen nicht in Betrieb, aber das war auf fehlende Finanzmittel zurückzuführen, nicht auf Absicht. Der einzige Grund, warum Danis Eltern auch nur eine hauchdünne Chance hatten, zu gewinnen, war der Umstand, dass Sara eine so bezwingende Zeugin war. Sie war der einzige Mensch, der Danis letzte Worte gehört hatte. Der gesamte Fall hing an ihrer Glaubwürdigkeit. Nach Faiths Dafürhalten standen die Chancen damit verdammt gut.

»Wie sieht es bei dir aus?« Sara rieb sich die Arme, um die Kälte zu vertreiben. »Wie läuft es beim Innendienst?«

»Ach, du weißt schon«, sagte Faith, aber Sara konnte es nicht wissen. Sie war in ihrem ganzen Leben nie kaltgestellt worden. »Amanda hat mich unter so viel Papierkram begraben, dass ich gar nicht mehr weiß, wie sich die Sonne anfühlt.«

»War es das wert, sie anzupissen?«

»Absolut.«

Statt zu lachen, ließ Sara wieder Schweigen einkehren. Sie schlang die Arme um die Mitte und schaute die Straße entlang. Ihre Füße schritten gleichmäßig voran. In der Ferne bellte ein Hund.

Faith nahm einen tiefen, klärenden Atemzug in der kalten Luft. Sie ließ ein wenig von ihrer Anspannung entweichen. Niemand wusste, wo sich Faith gerade befand. Niemand wollte über ihre Beziehung mit ihr sprechen oder flutete ihren Posteingang mit Smileys, und niemand jammerte herum, weil seine Schmusedecke in der Wäsche war, oder gestand beiläufig, Artikel 1030 des Strafgesetzbuches verletzt zu haben, auch bekannt als das Gesetz über Computerbetrug und -missbrauch von 1986.

Ein Stück voraus konnte Faith schon den weichen Lichtschein der Verandabeleuchtung ihrer Mutter sehen. Evelyns Bar war immer vorzüglich bestückt. Faith konnte jetzt selbst einen Drink gebrauchen. Sie würde ihre Insulinpumpe checken müssen. Zum Glück hatte sie eine Ärztin in Reichweite. Sie wollte Sara gerade fragen, was sie tun sollte, aber sie kam nicht mehr dazu, die Frage zu stellen.

»Ich wurde vergewaltigt«, sagte Sara.

Faith stolperte und fing sich gerade noch. Ihr war, als hätte sie einen Schlag ins Gesicht erhalten. »Was?«

Sara wiederholte sich nicht. Sie beobachtete Faith aufmerksam und schätzte ihre Reaktion ab. »Es tut mir leid.«

»Ich ...« Faith spürte Tränen in ihren Augen. Sara war eine ihrer engsten Freundinnen. Im nächsten Monat würde sie Wills Trauzeugin bei der Hochzeit der beiden sein. Sie suchte verzweifelt nach einer angemessenen Antwort, aber alles, was ihr einfiel, war: »Wann?«

»Vor fünfzehn Jahren. Im Grady. Es tut mir leid, dass ich es dir nie erzählt habe.«

»Das ist ... schon in Ordnung.« Faith kämpfte gegen die Tränen an. Das Schlimmste, was jetzt passieren konnte, war, dass Sara das Gefühl hatte, als müsste sie Faith trösten. »Weiß es Will?«

»Es war eines der ersten Dinge, die ich ihm erzählt habe. Wir waren noch nicht einmal zusammen. Ich bin einfach damit herausgeplatzt.« Sara setzte sich wieder in Bewegung, aber sie ging jetzt langsamer. »Es hat meine erste Ehe zerstört, dass ich es geheim gehalten habe. Jeffrey hatte ein bestimmtes Bild von mir, er hielt mich für so stark. Ich wollte nicht, dass er mich als Opfer betrachtet. Betrachte du mich bitte auch nicht als Opfer.«

»Werde ich nicht. Tue ich nicht.« Faith wischte sich mit dem Ärmel über die Nase. Sie wusste nichts anderes zu sagen als: »Tut mir leid.«

»Das muss es nicht«, sagte Sara. »Ich verabscheue es, dieses Sternchen hinter meinem Namen zu haben. Nicht Sara, die Ärztin oder Gerichtsmedizinerin, nicht die Tochter, Schwester, Freundin oder Kollegin. Sondern Sara, das Vergewaltigungsopfer.«

Faith konnte ihren Zorn nachvollziehen. Es ging um den Prozess, um Saras Zeugenaussage. Strafverteidiger waren nicht für ihre Diskretion bekannt. Faith konnte sich vorstellen, mit welch hämischem Vergnügen Douglas Fanning sie zerfleischt hatte. Kein Wunder, dass sie einen Drink brauchte.

»Ich will nicht durch eines der schlimmsten Erlebnisse definiert werden, die mir je passiert sind, verstehst du?«

Faith spürte, dass Sara sie wieder ansah. Sie war so unsicher, wie Faith möglicherweise reagieren oder eben nicht reagieren würde. Also beschloss sie, Farbe zu bekennen. »Ich weiß nicht, was ich anderes sagen soll, als dass es mir leidtut, und dir zu sagen, dass es mir leidtut, ist so verdammt nutzlos.«

Sara lachte trocken. »Die meisten Leute wollen wissen, ob er gefasst wurde.«

Faith nahm es als Anzeichen für ihren Schock, dass sie nicht gefragt hatte. »Und, wurde er?«

»Ja. Er war der Hausmeister in der Notaufnahme. Es kam zu einem Prozess. Du kannst die Abschrift auf PACER finden. Es wäre einfacher für mich, du würdest es selbst lesen, als dir die schmutzigen Details zu erzählen.«

»Ich muss das nicht …«

»Du kannst aber«, beharrte Sara. »Es macht mir nichts aus, weil du es bist. Er wurde zu acht Jahren verurteilt. Er kam raus und vergewaltigte zwei weitere Frauen. Ich durfte bei ihrem Prozess nicht aussagen. Der Richter meinte, es käme einer Vorverurteilung gleich. Trotzdem bekam er noch einmal fünf Jahre. Er ist jetzt draußen, aber er ist wegen anderer Vergehen auf Bewährung.«

Faith war froh, dass das Arschloch überwacht wurde, aber sie konnte nicht umhin, zwischen den Zeilen zu lesen. Der Mann hätte nicht am Grady gearbeitet, wenn er vorbestraft gewesen wäre. Acht Jahre war eine enorm lange Strafe für einen Ersttäter. Meist bekannten sie sich eines geringeren Vergehens schuldig und bekamen Bewährung. Was bedeutete, dass das, was Sara widerfahren war, besonders schlimm gewesen sein musste.

»Ich schäme mich nicht dafür«, sagte Sara. »Es war nicht meine Schuld.«

Faith wusste, wie sinnlos es wäre, ihr zu sagen, dass sie recht hatte.

»Die Sache ist die: Es ist so aufgeladen, verstehst du? Niemand macht dir Vorwürfe, wenn dein Auto aufgebrochen wird, wenn du ausgeraubt wirst oder dein Großvater von einem Einbrecher erschossen wurde, aber bei Vergewaltigung erwarten immer alle, dass du handelst oder darüber sprichst oder … Ach, ich weiß nicht.« Sara schüttelte den Kopf, als wäre es ein Rätsel, das sie seit fünfzehn Jahren zu lösen versuchte. »Sollte ich empört klingen oder sachlich, emotional oder ohne jede Gefühlsregung?«

Faith wusste keine Antwort.

»Die Menschen haben immer eine Vorstellung davon, wie die Überlebende einer Vergewaltigung weiterexistieren sollte. Oder nicht sollte. Sie beurteilen dich auf der Grundlage, wie *sie selbst* sich ihrer Meinung nach verhalten würden, wenn es ihnen zustieße, oder wie sie glauben, dass *du* dich verhalten solltest. Aber es ist unmöglich, sie alle zufriedenzustellen. Also fragst du dich irgendwann, wieso eigentlich? Wieso muss ich überhaupt jemanden, meist eine fremde Person, davon überzeugen, dass ich diesen traumatischen, das ganze Leben verändernden Angriff nicht verdient habe? Oder, noch schlimmer, wieso muss ich sie davon überzeugen, dass ich es mir nicht ausgedacht habe, womöglich um Aufmerksamkeit zu heischen? Oder, o Gott, wenn du ihnen leidtust, und sie erheben dich in eine Art Heiligenstand, so als wärst du ein besserer Mensch, weil du gelitten hast. Und sollte ich mich als Opfer oder als Überlebende bezeichnen? Denn auch fünfzehn Jahre später fühle ich mich manchmal noch wie ein Opfer. Und ein andermal wieder denke ich: Scheiße, ja, ich habe überlebt. Ich bin immer noch hier, oder? Aber die Worte sind so politisch aufgeladen, und es geht irgendwann nicht mehr darum, wie du dich fühlst, sondern wie alle anderen sich fühlen. Und am Ende ist es leichter, wenn du einfach den Mund hältst, dein Leben lebst und inständig hoffst, dass es nicht zur Sprache kommt, damit du dich nicht wieder und wieder damit auseinandersetzen musst.«

Sie schwadronierte wild drauflos, aber Faith verstand jedes Wort. Sie hatte es als Polizistin erlebt. Sie hatte es als Frau in dieser Welt erlebt. Sie fühlte es genau in diesem Moment in ihrer Seele, denn was sie wirklich empfand, war eine große Hilflosigkeit. Sie wollte etwas *tun* – und das würde Sara kein bisschen helfen.

»Wie geht es dir damit?«, fragte sie.

»Damals war ich vollkommen am Boden zerstört. Ich konnte mich in der Arbeit nicht konzentrieren. Ich vernachlässigte mich. Der Typ, mit dem ich zusammenlebte, kam nicht damit klar. Verständlicherweise. Dafür hatte er sich nicht mit mir eingelassen.« Sara schlang wieder die Arme um ihre Mitte, aber diesmal schien es ihr mehr um Schutz zu gehen. »Meine Eltern fuhren schließlich nach Atlanta und holten mich nach Hause. Danach wurde es erst richtig schlimm. Ich geriet in Panik, wenn meine Mutter das Zimmer verließ. Meine Schwester kam vom College nach Hause und half dabei, sich um mich zu kümmern. Mein Vater schlief auf dem Boden neben meinem Bett, mit einer Schrotflinte neben sich, denn nur so fand ich Schlaf. Mein Gott, es war eine grauenhafte Zeit für sie alle. Ich habe heute noch Schuldgefühle, weil sie das meinetwegen durchmachen mussten.«

Faith würde zweifellos mit Freuden eine Schrotflinte auf jeden richten, der ihre Familie bedrohte. »Wie geht es dir jetzt damit?«

»Ich versuche, nicht daran zu denken«, sagte Sara. »Denn wenn ich daran denke, werde ich wütend. So. Verdammt. Wütend.«

Sie waren unter einer Straßenlampe. Faith konnte den Gefühlsaufruhr in ihrem Gesicht sehen.

»Ich wurde danach schwanger.«

Faith fühlte sich, als hätte man ihr das Herz durchbohrt. Sie hatte sich immer gefragt, warum Sara keine Kinder hatte.

»Ich war in der siebten Woche. Es war eine Eileiterschwangerschaft, und ich erkannte die Anzeichen, *natürlich* erkannte ich die Anzeichen, aber ich ignorierte den Schmerz und wartete, bis es schlimmer wurde. Vielleicht glaubte ich irgendwie, ich hätte es verdient.«

Faith sah, wie Sara die Papiertücher wieder hervorholte und sich schnäuzte.

»Mein Eileiter platzte, bevor meine Tante mich ins Krankenhaus bringen konnte, und der Arzt bekam die innere Blutung nicht unter Kontrolle und ... Deshalb kann ich keine Kinder bekommen. Sie mussten meine Gebärmutter entfernen.«

Sara zuckte mit den Achseln, aber Faith hatte gesehen, wie sehr sie Kinder vergötterte.

»Was die Vergewaltigung angeht, hatte ich mich damit abgefunden, dass sie bei Danis Prozess zur Sprache kommen würde, wenn ich als Zeugin aussagte. Es ist eine öffentlich zugängliche Information, die früher oder später ans Licht kommen muss. Aber die Schwangerschaft, und was sie mich gekostet hat, das ist meine Privatsache. Es kam in dem Prozess gegen den Mann, der mich überfallen hat, nicht zur Sprache. Ich weigerte mich, gegen ihn auszusagen, wenn es zur Sprache käme. Aber ich habe mich mit dem Verlust arrangiert. Was blieb mir anderes übrig? Und es ist eine Tragödie, aber ich will nicht, dass man mich als eine Art tragische Figur sieht. Denn das bin ich nicht.«

Sie sah Faith an, fast als wollte sie sie herausfordern, zu widersprechen.

»Wie sollte Douglas Fanning legal Zugang zu deinen medizinischen Unterlagen erhalten? Auch wenn es fünfzehn Jahre her ist, es gibt Gesetze zu …«

»Britt McAllister.« Sara spie den Namen aus. »Sie war mit dem Arzt befreundet, der Dienst hatte, als ich ins Emory Hospital gebracht wurde. Er hat es ihr erzählt. Und Britt hat es allen anderen erzählt.«

»Aber nach dem Gesetz darf ein Arzt nicht …« Faith ließ den Satz unvollendet, denn unterm Strich spielte es keine Rolle.

»Ich habe das letzte halbe Jahr mit dieser lähmenden Angst gelebt. In einem öffentlichen Gerichtssaal darüber zu sprechen … mein Leben offenzulegen, damit alle Welt es zerpflücken kann … Ich bin es in Gedanken immer wieder durchgegangen. Wie sollte ich mich verhalten? Was sollte ich sagen? Wie es überhaupt beschreiben – als Frau? Als Ärztin?« Sara klang gequält. »Die meisten Leute wissen nicht einmal genau, was eine Eileiterschwangerschaft ist. Das Ei befindet sich buchstäblich außerhalb der Gebärmutter. Es ist ausgeschlossen, dass es lebensfähig wird, aber die Behandlung fällt unter Abtreibung, und das bedeutet, Douglas Fanning könnte der Jury erzählen, ich hätte eine Abtreibung gehabt. Es spielt keine Rolle, dass ich andernfalls gestorben wäre. Alles, was Fanning braucht, ist ein Geschworener, der gegen mich eingenommen ist, und alles, was Danis Eltern durchgemacht haben – der Verlust ihrer Tochter, ihrer Ehe, ihrer Ersparnisse –, wäre umsonst gewesen.«

Faith biss die Zähne zusammen. Sie hasste die Welt oft, aber nicht mit dieser Intensität.

»Ich habe den Coopers erzählt, was passieren könnte. Ich wollte sie nicht blindlings ins Unglück laufen lassen, aber sie wollten trotzdem, dass ich aussage. Sie brauchten meine Aussage.« Sara biss sich auf die Unterlippe, um ihren Schmerz zu unterdrücken. »Ich war der einzige Mensch, der Dani gehört hatte. Es lag allein an mir, ihre Geschichte zu erzählen. Und Fanning, dieser verfluchte Hai, muss nichts weiter tun, als mich als eine verbitterte, unfruchtbare, hysterische Kindsmörderin hinzustellen, die, wo immer sie hinkommt, Vergewaltigung schreit.«

Faith hatte nie einen Strafverteidiger erlebt, der seinen Kontrahenten nicht an die Gurgel ging. Sie verfluchte sich insgeheim, weil sie nicht freigenommen hatte, um heute im Gericht zu sein. »Wie hat er es zur Sprache gebracht?«

»Gar nicht.« Sara war die Verblüffung immer noch anzuhören. »Ein halbes Jahr Kampf gegen Panikattacken – und er hat es mit keinem Wort erwähnt.«

Faith runzelte die Stirn. »Warum nicht?«

»Vielleicht haben ihm die Geschworenenberater abgeraten. Ich bin eine redegewandte, studierte, heterosexuelle weiße Frau, mit einem Medizindiplom an der Wand und einem Verlobungsring am Finger. Das hat wahrscheinlich weit mehr gezählt, als es sollte.«

Faith hatte erlebt, wie Saras Intelligenz und Selbstbewusstsein Männer einschüchtern konnten, die ihr nicht gewachsen waren. Sie wusste, an der Geschichte war noch mehr dran. »Das ist gut, oder? Die Jury hat dich gemocht, also werden sie glauben, dass du die Wahrheit sagst, was Dani betrifft.«

»Vielleicht«, räumte Sara ein. »Fanning hat trotzdem ein wenig böses Blut erzeugt. Er hat es so hingestellt, als würde ich einen Groll gegen Mac McAllister hegen, weil er das Fellowship erhalten hat. Es wurde mir angeboten. Wusstest du das?«

Faith schüttelte den Kopf. Sie hatte keine Ahnung, von welchem Fellowship Sara sprach.

»Am Tag, bevor ich überfallen wurde, rief mich Dr. Nygaard an. Sie wollte es am nächsten Morgen offiziell verkünden. Um zu feiern, ging ich zur allmonatlichen Kennenlernparty. Alle Assistenzärzte hingen jeden letzten Freitag im Monat in einer Bar nicht weit vom Grady ab. Bis zu diesem Abend hatte ich mich immer entschuldigt. Ich ging sehr selten auf Partys. Ich habe die Highschool ein Jahr früher abgeschlossen. Ich habe mein Studium in drei Jahren beendet. Ich war immer so darauf fokussiert, die beste Ärztin zu werden, die ich werden konnte. Aber nicht an diesem Abend. Ich ging aus. Ich genehmigte mir genau einen Drink. Zwei Stunden später trat ich dann meine Schicht im Grady an und …«

Faith sah Sara mit ausgestreckten Armen die Achseln zucken.

»Ich wurde mit einer Droge vergiftet. Ich weiß nicht, wann, aber zwanzig Minuten nach Beginn meiner Schicht unterhielt ich mich gerade mit einem Patienten, als mir plötzlich übel wurde. Ich hatte zuvor im Aufenthaltsraum der Ärzte eine Cola getrunken. Vielleicht hat er die kontaminiert. Auf der Flasche im Kühlschrank stand mein Name.« Sara wandte sich zu Faith um. »Er war der Chef der Hausmeisterei. Er hatte den Aufenthaltsraum gerade gereinigt. Er hatte außerdem alle Schlüssel. Die Personaltoilette war abgeschlossen, deshalb musste ich die Patiententoilette benutzen. Clever, oder? Als würde man ein Labyrinth so absperren, dass die Maus in die gewünschte Richtung läuft.«

Faith sagte nichts, als Sara zu Boden blickte. Sie brauchte offenbar einen Moment, um sich zu sammeln.

»Vor der normalen Kabine hing Absperrband, deshalb musste ich die Behindertentoilette benutzen«, sagte Sara. »Er war so schnell. Er hatte alles durchdacht. Mein Mund war mit Klebeband verschlossen, bevor ich auch nur auf die Idee kam, zu schreien. Ich versuchte mich zu wehren, aber er hat mich mit Handschellen an die Haltegriffe gefesselt.«

Faiths Polizistenhirn meldete sich. Freiheitsberaubung.

»Er hat mir eine Stichwunde zugefügt. Mit einem Jagdmesser.«

Schwere Körperverletzung.

»Die gezahnte Klinge drang hier ein.« Sara legte die Hand an ihre linke Seite. »Die gleiche Stelle, an der Dani ihre oberflächliche Fleischwunde hatte. Fast genau.«

Faith kannte die Stelle. Sie hatte die Fotos von Dani Coopers Obduktion gesehen.

»Am Tag, bevor es geschah, hatte jemand das Wort *Fotze* mit einem Schlüssel in den Lack meines Autos geritzt.«

Faith zuckte bei dem widerlichen Wort zusammen.

»Ich dachte, dass es Britt war. Sie hat jede Frau gehasst, die mit Mac gearbeitet hat. Sie dachte, wir wollten ihr alle ihren Ehemann wegnehmen. Ich würde es ihr zutrauen, meinen Wagen zu demolieren.«

Faith hatte in jeder Phase ihres Lebens solche Frauen kennengelernt. Aber darum ging es Sara nicht. »Du siehst ein Muster.«

»Ich sehe eine Verbindung.« Sara betonte das Wort auf seltsame Weise. »Dani erhielt Drohnachrichten. Ich erhielt eine Drohbotschaft. Dani war auf einer Party. Ich war auf einer Party. Dani wurde unter Drogen gesetzt. Ich wurde unter Drogen gesetzt. Dani wurde vergewaltigt. Ich wurde vergewaltigt. Dani wurde auf ihrer linken Körperseite verletzt. Ich wurde auf meiner linken Körperseite verletzt. Dani starb im Grady. Ich wäre fast im Grady gestorben.«

Faith wiederholte für sich alle Einzelheiten im Kopf. Sie verstand, was Sara meinte, aber als Polizistin sah sie auch die kalte, harte Wahrheit.

»Sara, ich will nichts von dem abschwächen, was du sagst, aber sehr viele Frauen werden unter Drogen gesetzt und vergewaltigt. Zehntausende, vielleicht Hunderttausende Frauen jedes Jahr.« Sie waren abseits der Straßenlampen. Faith konnte Saras Reaktion nicht einschätzen. »Die Sache mit der Wunde an ihrer Seite, ja gut, das ist ein merkwürdiger Zufall.«

»Aber?«

»Wie sieht die Statistik aus? Alle zwei Minuten wird in Amerika eine Frau vergewaltigt.« Faith hatte die erschütternde Zahl recherchiert, als sie erfuhr, dass sie mit einem Mädchen schwanger war. »Die Sache bei diesen Kerlen ist die, dass sie größtenteils so verdammt berechenbar sind. Sie gehen alle nach demselben Drehbuch vor: verfolgen, belästigen, bedrohen, vergewaltigen. Was dir zugestoßen ist ... Ich habe nicht einmal Worte dafür, und ich will deine Erfahrung nicht kleinreden, aber es passiert oft. Jeden Tag. Alle zwei Minuten.«

»Keine Verbindung also?«, sagte Sara. »Einfach nur Pech?«

»Das schlimmstmögliche Pech.«

»Genau das dachte ich auch.« Sara blieb stehen und drehte sich zu Faith um. »Bis Britt McAllister sagte, dass es keines war.«

Hi Leighann! Wollte nur sehen, ob du dieses Buch
über die protestantische Reformation gefunden
hast.

Hä?

Martin Luther und Kajetan beim Augsburger
Reichstag 1519?
Du hast letzte Woche in der Bibliothek danach
gefragt.

Wer da? Bibliothekarin?

Dein Humor gefällt mir!
Ich wusste, ich habe ein Exemplar zu Hause.
Ich könnte bei dir vorbeischauen, wenn du willst?

Falsche # sorry

Du interessierst dich nicht mehr für die Reforma-
tion?
Wird schwer werden, 95 Punkte für deine Ab-
schlussarbeit zu kriegen.

Haha bist du das Jake?
Du Arsch
Hast mich drangekriegt Bro

Nicht Jake. Der ist am Wochenende wandern,
schon vergessen?
Hat mit Kendra Schluss gemacht, bevor sie gepackt
hatten.
Ist allein gefahren.

Wir können darüber lachen, wenn ich das Buch
bringe.
Du bist noch in den Windsong Apartments, oder?
Nummer 403 B?

> Äh nein ehrlich, wer ist da?
> Dort wohn ich nicht mehr.
> Letzten Monat ausgezogen.
> Wieder bei den Eltern.

Echt lustig, Leighann.
Als hätte ich dich nicht letzte Nacht in deinem
Schlafzimmer rumlaufen sehen …
In deinem dünnen weißen T-Shirt und dem rosa
Seidenhöschen …

> Wer zum Teufel ist da?
> Mein Dad ist ein Cop.
> Ich ruf ihn jetzt an.

Wow, das ist ja cool!
Weiß Coca-Cola, dass der IT-Direktor einen
Zweitjob hat?

> Im Ernst HÖR AUF! Der Scheiß ist nicht
> komisch.

Wünschte, ich könnte AUFHÖREN, an dieses
enge T-Shirt zu denken.
Und wie es deine Brüste betont …
Wie gern ich sie wieder küssen und an deinen
Brustwarzen knabbern würde …

Du wirst einen Handspiegel brauchen.
In der Schublade, in der du dein Make-up aufbe-
wahrst, ist einer.
Such nach dem kleinen schwarzen Kreis in deiner
linken Kniekehle.
Der aussieht, als hätte ihn jemand mit einem Per-
manentmarker aufgemalt.
Das war ich.

3

Will Trent saß im hinteren Teil des brechend vollen GBI-Schulungsraums und kämpfte gegen den Schlaf. Das Licht war aus. Warme Luft strömte aus den Lüftungsschlitzen. Der Monitor an der Stirnseite des Raums flackerte. Faiths Laptop leuchtete ununterbrochen, da sie die Website von 3M durchsah.

Sie sollten eigentlich lernen, wie man die aktualisierte Software des GBI benutzte, aber der Typ, der die Schulung durchführte, hatte die Art von Stimme, die nicht vom Mahlen des Kompressors in einer alten Klimaanlage zu unterscheiden war. Schlimmer noch, er fuchtelte ständig mit den Händen und schwang seinen Laserpointer wie Darth Vader auf Drogen. Will fantasierte bereits davon, wie ihn der Laser vorübergehend erblinden ließ, sodass er eine Ausrede hatte, sich für ein Nickerchen auf die Couch in seinem Büro zurückzuziehen.

»Nun«, sagte der Kompressor, »wenn Sie zu Abschnitt G schauen, werden Sie feststellen, dass er der früheren, mit D bezeichneten Version sehr ähnlich ist. Aber lassen Sie sich nicht täuschen.«

Will konnte nicht mehr kämpfen. Er schloss die Augen. Sein Kinn sank auf die Brust. Bei seinem Undercover-Einsatz war er vierzehn Tage am Stück rund um die Uhr im Einsatz gewesen. Die letzte Nacht war er sechs Stunden lang über unbeleuchtete ländliche Highways gefahren und am frühen Morgen zu einer Frau nach Hause gekommen, die ihn nach Kräften vom Schlafen abhielt, und zu drei Hunden, die sich daran gewöhnt hatten, auf seiner Seite des Betts zu schlafen.

Alle Knochen taten ihm weh. Sein Schädel fühlte sich an, als steckte er in einem Schraubstock. Er war stehend k. o. vor Erschöpfung.

Faith stieß ihm den Ellbogen in die Seite, bevor sein Kopf auf das Pult knallte.

Will spähte zum Monitor, auf dem eine neue Folie erschien. Er nahm ein scharfes Brennen im Augenwinkel wahr, wo er in eine Faust gelaufen war und ein wenig Haut eingebüßt hatte. Er hatte schon weitaus schwerer wiegende, aber weniger ärgerliche Verletzungen davongetragen. Es war wie der schlimmste Schnitt von einer Papierkante – nur im Gesicht.

»Dann haben wir hier diesen neuen, blau gefärbten Abschnitt«, sagte der Kompressor. »Den Scharfäugigen unter Ihnen mag er bekannt vorkommen, aber noch einmal: Lassen Sie sich nicht täuschen.«

Faith stieß einen langen, deutlich hörbaren Seufzer aus.

Will warf einen Blick auf ihren Laptop. Sie tippte schon die ganze Zeit darauf herum, aber soweit er feststellen konnte, hatte sie zuerst mit ihrer Mutter gechattet, dann Preise für einen neuartigen Kinderwagen verglichen, der Pedale wie ein Dreirad hatte, auf eBay für ein gläsernes Windglockenspiel geboten, sich durch Links zu den globalen Forschungslaboren von 3M geklickt und gelegentlich einen Blick in eine interaktive Karte geworfen, die mit einem aktiven GPS-Tracker verbunden zu sein schien.

Er blickte nach vorn. Versuchte, die Folie zu lesen. Die Wörter purzelten durcheinander, Buchstaben hüpften umher wie Flöhe. Seine Augenlider wurden wieder schwer.

Ohne Vorwarnung ging das Deckenlicht an.

Will kniff die Augen wegen des stechenden Schmerzes auf seiner Netzhaut zusammen. Dann wegen des Papierschnitts in seinem Augenwinkel.

Der Kompressor gab ein raues Geräusch von sich, das wahrscheinlich ein Lachen sein sollte. »Wir sehen uns nach der Pause wieder.«

»O Gott«, murmelte Faith. »Es geht noch weiter?«

Will musste es fragen. »In der letzten Stunde ging es darum, dass Formblatt 503 durch 1632 ersetzt wird, oder?«

»Ja.«

»Und das Zeug, das wir normalerweise in das grüne Kästchen eintragen, kommt jetzt in das blaue?«

»Richtig.«

»Das war's?«

»Das war's«, sagte sie. »Der Rest war eine Wiederholung von dem Zeug, das wir schon so machen, seit ich hier angefangen habe.«

Will schaute auf seine Armbanduhr. Die Pause dauerte nur eine Viertelstunde. »Hast du heute Morgen mit Sara gesprochen?«

»Ja.«

Will betrachtete Faiths Profil aufmerksam, denn sie hatte den Blick von ihm abgewandt und war plötzlich sehr an ihrer eBay-Auktion interessiert.

»Wie geht es ihr?«, fragte er.

»Sara?« Faith scrollte langsam durch die Beschreibung, die sie vor einer halben Stunde schon gelesen hatte. »Ausgezeichnet. Sie sieht heute wirklich wunderschön aus.«

Sara sah jeden Tag *wirklich wunderschön* aus, aber das war nicht das Thema. Will arbeitete seit fast fünf Jahren mit Faith als Partnerin. In dieser Zeit hatte er sie als so produktive wie geschickte Lügnerin kennengelernt.

Bis zu diesem Moment.

Bevor er auf Details dringen konnte, hörte Will ein lautes Schnalzen, so als würde jemand ein sehr aggressives Popcorn zubereiten.

»Ihr beide«, rief Deputy Chief Amanda Wagner vom Eingang. Sie trug eines ihrer dunkelroten Powerkostüme mit schwarzen

Stilettos. Ihr grau meliertes Haar war frisch zu einem Helm getürmt. Sie warf einen Blick auf ihre Uhr, sichtlich verärgert, dass die beiden auf ihr Fingerschnalzen nicht Habachtstellung eingenommen hatten.

»Gehen wir«, sagte sie. »Ich habe nicht den ganzen Tag Zeit.«

Will stöhnte, als er aufstand. Das Pult war nicht für einen Mann von eins neunzig gebaut, der zu schlafen versuchte. Er hinkte, als er die Tür erreichte.

Amanda starrte ihn misstrauisch an, als hätte er sich absichtlich kaputt gemacht. »Was ist los mit Ihnen?«

Will vermied eine Antwort.

Faith sagte: »Bitte sag mir, dass jemand brutal ermordet wurde, damit wir nicht den zweiten Teil dieser Fortbildung absitzen müssen.«

Amanda wies sie mit einem Blick in die Schranken. »Bearbeitest du jetzt Mordfälle an deinem Schreibtisch?«

Faith vermied es ebenfalls, zu antworten.

»In mein Büro.«

Amanda ging in ihrem forschen Tempo den Flur entlang, ihre spitzen Absätze bohrten sich wie Vampirzähne in den Teppichboden. Sie hatte ihr Smartphone in der Hand, weil sie keine fünf Schritte machen konnte, ohne den Rest ihres verschworenen Zirkels davon zu unterrichten.

Will ließ Faith vorausgehen, weil Amanda ärgerlich wurde, wenn er seinen Schatten auf sie warf. Sie alle liefen in Amandas Eilschritt bis zum Ende des Flurs, dann gingen sie einzeln die Treppe hinunter. Will sah ihre Köpfe vor sich auf und ab tanzen, der eine Salz-und-Pfeffer, der andere blond.

Er hätte wenigstens neugierig sein sollen, warum Amanda sie in ihr Büro holte, aber Will wurde von dem plötzlichen Bedürfnis erfasst, mit Sara zu sprechen. Etwas hatte sich letzte Nacht anders angefühlt. Und heute Morgen. Sie war bereits fort gewesen, als er aus der Dusche kam. Kein Kuss. Kein Zettel.

Das sah ihr absolut nicht ähnlich. Will hatte es auf die Wiedersehensschmerzen nach zwei Wochen der Trennung zurückgeführt. Jetzt bereitete ihm Faiths plötzlicher Mangel an Verschlagenheit Kopfzerbrechen.

Amanda war an der Tür stehen geblieben. Will langte nach vorn und hielt sie ihr auf, dann folgte er den beiden über den nächsten Flur.

Letzte Nacht hatte ihm Sara erzählt, der Prozess sei so gut verlaufen, wie man nur hoffen konnte. Douglas Fanning hätte ein paar Treffer gelandet, aber ihr Privatleben und die intimen Details ihres Verlusts seien nicht ausgebreitet und zerpflückt worden. Jetzt, da Will sich die Unterhaltung noch einmal vergegenwärtigte, wurde ihm klar, dass Sara nicht erleichtert geklungen hatte. Sie hatte sich auch nicht benommen, als wäre sie erleichtert gewesen. Was merkwürdig war. Sara hatte sich monatelang Sorgen wegen des Verfahrens gemacht. Sie hatte nicht schlafen können, war zu sonderbaren Zeiten wach gewesen und laufen gegangen, hatte gelesen oder aus dem Fenster gestarrt. Manchmal hatte sie Ablenkung gebraucht, dann wieder wollte sie allein sein.

Will hatte ihr nichts davon übel genommen. Er kannte ihre Furcht, er hatte sie den größten Teil seines Lebens selbst erfahren. Es gab Einzelheiten aus seiner Kindheit, die auch er nicht öffentlich ausgebreitet sehen wollte. Wer in einem Waisenhaus aufgewachsen war, gehörte in der Regel nicht zu der Sorte Menschen, die gern darüber sprachen, warum sie in einem Waisenhaus aufgewachsen waren.

»Faith.« Amanda tippte immer noch auf ihrem Handy, als sie ihr Büro betrat. »Wann werden diese Berichte fertig?«

Faith sah Will an und verdrehte die Augen. »Ich habe mich durch die Hälfte …«

»Schick sie mir bis Ende des Tages als E-Mail.« Amanda warf ihr Telefon auf den Tisch und verschränkte die Arme. »Bernice' Tochter hat ihr Baby bekommen.«

Faith gab das beglückte Säuseln von sich, das Frauen immer von sich geben, wenn sie etwas von einem Baby hören.

Will wartete darauf, dass es sich in einen Fluch verwandelte. Bernice Hodges war für die Anti-Betrugseinheit des GBI verantwortlich. Sie arbeiteten im Zusammenspiel mit Bundesbehörden daran, gesunde Menschen zu verfolgen, die widerrechtlich Zahlungen wegen einer Körperbehinderung kassierten. Jemand würde für Bernice einspringen müssen, während sie sich um ihre Tochter kümmerte.

»Scheiße.« Faith hatte die Babynachricht endlich durchschaut. »Du willst, dass wir mit einer Kamera bewaffnet herumschleichen und kriminelle Trottel zu erwischen versuchen, die CrossFit machen?«

»Genau das will ich«, sagte Amanda. »Hast du ein Problem damit?«

»Allerdings habe ich …« Faith presste die Faust auf den Mund, um sich gewaltsam am Weiterreden zu hindern. Sie holte tief Luft, ehe sie fortfuhr. »Denkst du nicht, unsere Fähigkeiten würden bei dringlicheren Fällen besser zur Geltung kommen?«

»Die Anti-Betrugseinheit des GBI hat dem Staat Georgia im letzten Jahr neunzig Millionen Dollar eingespart. Ich würde das sehr dringlich nennen.« Amandas Schreibtischapparat läutete. Sie nahm ihren goldenen Ohrring ab und griff zum Hörer. Nachdem sie einen Moment zugehört hatte, sagte sie zu Will und Faith: »Geht mal auf den Flur raus.«

Faith schlurfte beim Hinausgehen.

Sie sah zu Will auf. »Das bilde ich mir nicht nur ein, oder? Das ist Bullshit.«

Will widersprach nicht, aber ihn beschäftigten wichtigere Dinge. »Hast du mit Sara gesprochen, während ich fort war?«

Faith interessierte sich plötzlich sehr für ihr Handy. »Ja, wieso?«

»Hat sie etwas über den Prozess gesagt?«

»Nur dass sie froh ist, weil es vorbei ist.« Faith nahm den Blick nicht von ihrem Bildschirm. Sie hatte eine E-Mail geöffnet, aber sie schien sie nicht zu lesen. Oder eine Antwort zu tippen. Oder eine Bemerkung zu machen, wie idiotisch sie war.

Will hörte, wie Amanda den Hörer auf die Gabel knallte.

»Faith«, rief sie. »Bernice wartet unten auf dich. Geh und mach die Übergabe mit ihr. Will, kommen Sie wieder rein und schließen Sie die Tür.«

Faith schloss die Tür, bevor er es tun konnte, und das nicht zu sanft. Die Bilder an Amandas Wand wackelten.

Amanda ignorierte den Affront und betrachtete Will hinter ihrem Schreibtisch wie eine Anakonda. »Was ist mit Ihrem Auge passiert?«

»Ring am kleinen Finger.«

»Und der Besitzer des Rings?«

»Wird seine Hand eine Weile nicht benutzen können.«

»Stehen Sie nicht herum.« Sie bedeutete ihm, sich zu setzen. »Ich habe keine Zeit, Ihren Bericht zu lesen. Fassen Sie ihn für mich zusammen.«

Will brauchte volle drei Sekunden, um den richtigen Gang in seinem Kopf einzulegen. Er hatte sich die letzten zwei Wochen im Rahmen einer Erkundungsmission für das FBI-Team, das sich mit Inlandsterrorismus beschäftigte, im Umfeld einer Miliz in Mississippi herumgetrieben. Die Arbeit war so zermürbend wie öde gewesen. Oder vielleicht war Will an einem Punkt in seinem Leben angekommen, wo es seinen Reiz verloren hatte, nicht regelmäßig zu duschen, zu essen oder zu schlafen.

»Rechtsextreme Rassisten«, sagte er. »Schwer bewaffnet. Schlecht ausgebildet. Hassen die Regierung. Lieben Tequila, aber nicht das Land, wo er herkommt. Ein bisschen Militär spielen, aber keiner von ihnen hat gedient. An diesem Punkt kommt der Ring am kleinen Finger ins Spiel. Der Typ war total zugedröhnt. Wollte mich k. o. schlagen. Hat dafür bezahlt. Hauptsächlich trinken sie zu viel und kiffen zu viel und jammern herum, wie sehr sie ihre Frauen hassen und wie gern sie ihre Freundinnen erwürgen würden.«

»Schon komisch, dass einem nie Verfechter der weißen Überlegenheit begegnen, die gleichzeitig Feministen sind.« Amanda legte die Fingerspitzen auf dem Schreibtisch zusammen. »Wie geht es Faith?«

Er stellte sich unwissend. »Sie scheint okay zu sein.«

»Wirklich?« Amanda kaufte es ihm nicht ab, aber sie musste wissen, dass Will seine Partnerin nicht verpfeifen würde. Faith dachte, sie wäre zum Innendienst verdonnert worden, weil sie den Mund bei Amanda einmal zu oft zu voll genommen hatte. Die Wahrheit war, dass ihr der letzte Fall, den sie bearbeitet hatten, übel zugesetzt hatte. Ehrlich gestanden hatte er Will ebenfalls zugesetzt. Er war nicht besonders unglücklich darüber, dass er ein paar Wochen lang eine Kamera aus einem Wagenfenster halten musste.

»Sie sagen mir Bescheid, falls Evelyn nach Hause kommen muss«, befahl Amanda.

Evelyn war Faiths Mutter. Sie war außerdem Amandas frühere Partnerin und beste Freundin, was Faiths Leben so kompliziert machte, wie es sich anhörte.

Will nickte, sagte aber: »Sie wird zurechtkommen.«

»Können Sie tanzen?«

Will war an Amandas abrupte Themenwechsel gewöhnt, aber diesmal war es, als hätte sie eine neue Sprache erfunden.

»Für Ihre Hochzeit«, sagte sie. »Nächsten Monat.«

Will rieb sich das Kinn. Sie wollten eine kleine Feier in Saras Wohnung veranstalten, nichts Großes. Höchstens dreißig Leute.

»Wilbur.« Amanda ging um ihren Schreibtisch herum und setzte sich neben ihn. Er vergaß oft, wie winzig sie war. So, wie sie da auf der Stuhlkante saß, wirkte sie klein genug, um in seine

Tasche zu passen, wenn er der Typ Mann wäre, der einen lebenden Skorpion in die Tasche steckt.

»Ich weiß, Ihre erste Ehe war eine Farce«, sagte sie, »aber bei richtigen Hochzeiten müssen Braut und Bräutigam miteinander tanzen.«

»Genau genommen war es keine Farce. Es war eine Mutprobe, zu der wir uns gegenseitig herausgefordert haben.«

Amanda sah ihn streng an, als wäre er der Einzige gewesen, der Witze riss. »Saras Familie ist sehr traditionell, deshalb wird Sara den Tanz wahrscheinlich mit ihrem Vater eröffnen, dann wird er sie an Sie weitergeben.«

Will schüttelte den Kopf. Er hatte keine Ahnung, wohin das führen sollte.

Sie legte ihm die Hand auf den Arm. »Sie müssen sofort zu üben anfangen. Machen Sie sich keine Sorgen wegen der Musik. Alle langsamen Stücke haben denselben Takt. Suchen Sie sich ein paar Videos auf YouTube.«

»Ich …« Er kämpfte gegen ein Stottern an. Sie meinte es tatsächlich ernst. »Wie bitte?«

»Üben, Wilbur.« Sie tätschelte ihm den Arm, dann stand sie auf und ging wieder um den Schreibtisch herum. »Alle werden zuschauen. Saras Familie, ihre Onkel und Tanten, ihre Cousins und Cousinen und deren Ehepartner.«

Will hatte eine vage Erinnerung daran, wie Sara ihm einmal erklärt hatte, diese und jene Person sei ihr Großonkel väterlicherseits, und eine andere sei die Cousine zweiten Grades ihrer Mutter, aber dann hatten die Hawks eine Zwölf-Punkte-Aufholjagd gestartet und er hatte nicht weiter aufgepasst, und erst jetzt begriff er, wie wichtig die Unterhaltung gewesen war.

»Sie könnten immer noch Stunden nehmen«, sagte Amanda. Will wollte nicht noch einmal *Wie bitte?* sagen. »Stunden?«

»Gib einem Mann einen Fallschirm, und er fliegt einmal. Stoß ihn aus dem Flugzeug, und er fliegt für den Rest seines Lebens.«

Sie griff nach dem Telefon auf ihrem Schreibtisch und begann eine Nummer einzutippen. »Wieso sind Sie immer noch hier?«

Will stand auf und verließ ihr Büro. Er schloss die Tür hinter sich, ging zum Ende des Flurs und lief ins Treppenhaus. Aber ein Moment, um in Ruhe über das soeben Vorgefallene nachzudenken, blieb ihm verwehrt, denn Faith wartete an der Treppe auf ihn.

»Was wollte Amanda von dir?«, fragte sie.

»Die ...« Will musste sich erst neu sortieren. »Sie bat mich, meinen verdeckten Einsatz zusammenzufassen.«

»Und?«

»Und dann sagte sie, ich soll vor der Hochzeit Tanzstunden nehmen.«

»Das ist keine schlechte Idee. Nur zu deiner Information: Deine Trauzeugin wird mit jedem Kerl unter achtzig tanzen, während ihr erwachsener Sohn mürrisch in der Ecke hockt.« Faith war erkennbar der Ansicht, dass die Sache damit geklärt war. Sie machte sich auf den Weg die Treppe hinunter. »Dieser Einsatz bei der Betrugseinheit ist Amandas Art, mir noch eine reinzuwürgen. Ich weiß, ich hätte sie nicht anbrüllen sollen, aber mal ehrlich jetzt: Als du sie das letzte Mal angepisst hast, hat sie dir eine Woche Flughafendienst aufgebrummt. Das hier wird einen ganzen Monat dauern.«

Will kam wieder auf wichtigere Dinge zu sprechen. »Wir waren vorhin bei Sara stehen geblieben.«

»Tatsächlich?« Faith bog um den nächsten Absatz, aber Will bemerkte gerade noch ihren panischen Gesichtsausdruck. »Was mir Sorge bereitet, ist, dass mein Boss mich meine Arbeit nicht machen lässt.«

Will hatte nichts von Sorgen gesagt, aber jetzt fragte er sich, ob er sich welche um Sara machen sollte.

»Weißt du, wie herzlos Betrugsermittlungen sein können?«, fragte Faith. »Sicher, manche Typen sind kriminelle, faule

Arschlöcher, aber andere wollen einfach nur über die Runden kommen. Was ist schon dabei, wenn sie einen netten Tag haben und mit den Enkeln draußen im Garten arbeiten können? Soll ich dann mit einer Kamera hinter einem Gebüsch hervorspringen und sie um ihre Behindertenunterstützung bringen?«

Will hatte schon vor langer Zeit erkannt, dass Faith unerklärliche Sympathien für Menschen hatte, die den Staat beschissen. Es war das eine Merkmal, das sie mit den Rassisten in Mississippi gemein hatte.

»Vielleicht ist es gut, wieder langsam in den Job einzusteigen«, sagte er vorsichtig. »Gut für mich, meine ich.«

»Gut für dich?« Sie hatte eben die Hand nach der Türklinke ausgestreckt, aber jetzt fuhr sie herum und funkelte ihn zornig an. »Was zum Teufel soll das heißen?«

Will erkannte, dass er in eine Falle gelaufen war. So war das nämlich in letzter Zeit bei Faith. Sie war schon immer schnell gereizt gewesen, aber nach ihrem letzten Fall geriet sie noch schneller in Wut. Und genau deshalb hatte sie Schreibtischdienst, und auch deshalb sprangen sie für Bernice ein, obwohl das Team der Betrugsbekämpfung ihren Ausfall durchaus allein bewältigen konnte.

Faith wartete immer noch auf eine Antwort. »Warum ist ein Scheiß-Auftrag gut für dich, Will?«

»Du weißt, wie es ist, verdeckt zu arbeiten.« Faith hatte nie verdeckt gearbeitet. »Ich habe zwei Wochen lang im Wald gelebt. Ich brauche ein wenig Zeit, um meine detektivischen Fähigkeiten wieder auf Vordermann zu bringen.«

»Im Ernst?« Ihre Stimme war hart. »Ich brauche niemanden, der mir die Hand hält. Schon gar nicht dich. Es geht mir gut. Ich kann meine verdammte Arbeit erledigen.«

Will wusste, sie wäre nicht so wütend, wenn es ihr wirklich gut ginge. »Lass uns kurz Pause machen.«

»Du willst, dass wir eine Pause machen? Ich brauche verdammt noch mal keine Pause. Was ich brauche, ist, dass ich meine Arbeit tun darf, wie ich es gelernt habe.« Sie schrie ihn jetzt an. »Ich habe meinen Detective-Dienstrang nicht mit links erworben wie du, Will. Ich habe mich vom Streifendienst hochgearbeitet. Ich habe mitten in der Nacht Drogendealer wegen Geschwindigkeitsüberschreitung aus dem Verkehr gezogen, und die hätten mir eine Kugel in den Kopf schießen können, und dann bin ich nach Hause gefahren und habe mich um mein Kind gekümmert, und es ging mir gut. Hast du verstanden? Es ging mir damals gut, und es geht mir verdammt noch mal auch jetzt gut.«

»Du hast recht.« Er würde sich nicht auf den Streit einlassen, den sie erkennbar suchte. »Ich weiß.«

»Du weißt? *Du weißt?*« Sie konnte nicht aufhören, zu sticheln. »Weißt du, wer deinen herablassenden Quatsch im Moment nicht braucht? Hier ist ein Hinweis, Detective. Ihr Name reimt sich auf Maith.«

Will hob kapitulierend die Hände.

»Leck mich.« Sie riss die Tür auf und stürmte in den Flur hinaus.

Er ließ die Tür hinter ihr zufallen und beobachtete Faith durch die Scheibe. Sie blieb vor Bernice' Tür stehen und löste die geballten Fäuste, bevor sie hineinging.

Als Faith das erste Mal so explodiert war, hatte sich Will Sorgen gemacht. Inzwischen wusste er, dass er sie einfach in Ruhe lassen musste. Ein Gutes hatte es, wenn man in staatlicher Obhut heranwuchs: Man lernte, dass jeder seinen eigenen Kram regeln musste. Man konnte es nicht für andere erledigen.

Wills Büro lag ein Stockwerk höher, aber er ging stattdessen ins Erdgeschoss hinunter. Er stieß die Tür mit der Schulter auf und schirmte die Augen gegen das gleißende Sonnenlicht ab. Der Wind fuhr durch den freien Raum zwischen dem Hauptgebäude und dem vor Kurzem erweiterten Leichenschauhaus. Will hielt den Kopf gesenkt. Zwei Vans standen vor dem neueren Teil des Gebäudes. Er schlüpfte durch eine offene Tür.

Das Erste, was ihn traf, war der Geruch, der nicht von den Leichen herrührte, sondern von den Chemikalien, mit denen sie gesäubert wurden. Zwei Wochen Abwesenheit waren nicht lang, aber es war ein Geruch, den man nur zu gern vergaß. Wills Augen brannten von dem stechenden, säuerlichen Bodenpflegemittel, als er den langen Flur zum Bürotrakt im hinteren Teil entlangging. Eine Wand war mit Fotos von Tatorten und stark vergrößerten Details von Beweismitteln gesäumt. Die Glasfenster auf der anderen Seite gingen zum Obduktionsbereich hinaus. Ein junger Rechtsmediziner legte neben einer Leiche gerade seinen Schutzanzug an. Männlich, Kopfschusswunde, der Schädel war aufgeplatzt.

Will hörte Sara, bevor er sie sah. Sie telefonierte offenbar gerade. Ihr Büro befand sich im Hauptgebäude, aber meistens tippte sie ihre Obduktionsanmerkungen in einer ehemaligen Abstellkammer ab. Ein Schreibtisch und ein Bürosessel standen an der Wand, ein Klappstuhl war in die Ecke daneben gezwängt.

Will blieb im Eingang stehen, aber Sara bemerkte ihn nicht. Ihr GBI-Handy lugte unter allerlei verstreuten Zetteln mit Notizen hervor. Er zählte mindestens drei Kugelschreiber, wahrscheinlich weil sie die Angewohnheit hatte, sie zu verlegen. Ihr Privathandy hatte sie zwischen Schulter und Ohr geklemmt, während sie auf ihrem Laptop schrieb.

»Richtig, aber auf dem Bild, das du mir geschickt hast, sieht es aus, als hielte sie den Stift mit vier Fingern, also mit dem Pfötchengriff.« Sara fuhr mit dem Zeigefinger an ihren handschriftlichen Notizen entlang und überprüfte ihren Eintrag in dem Formblatt auf ihrem Laptop. »Nein, ich würde mir keine Sorgen machen. Es ist weniger effizient, aber sie ist sowieso ein Genie, also was soll's?«

Will vermutete, dass Sara mit ihrer Schwester sprach. Tessa und ihre Tochter waren im letzten Monat in Saras Wohngebäude gezogen, aber sie telefonierten trotzdem mindestens einmal täglich miteinander, manchmal auch zweimal. Häufig ging es um ihre Mutter, mit der Sara normalerweise jeden zweiten Tag telefonierte. Will hatte man erklärt, das alles sei vollkommen normal.

Er klopfte an die offene Tür.

Sara drehte sich um und lächelte, als sie ihn sah. Sie streckte die Hand aus und griff nach seiner. »Ich muss Schluss machen, Tessie.«

Will wartete, bis sie das Gespräch beendet hatte, ehe er sich zu ihr hinunterbeugte und sie auf die Wange küsste. Sie roch sehr viel besser als der Rest des Gebäudes.

Sara zeigte auf ihren Laptop. »Kannst du noch einen Moment warten?«

Will nahm auf dem Stuhl neben ihrem Schreibtisch Platz, während sie zu Ende schrieb. Faith hatte zumindest in einem Punkt die Wahrheit gesagt. Sara sah heute nicht nur schön aus. Sie sah verdammt heiß aus. Das Haar fiel ihr auf die Schultern, ihr Make-up war stärker als sonst. Statt ihres üblichen Arztkittels trug sie ein hübsch geschnittenes grünes Kleid, das ihre Beine zur Geltung brachte, und ein Paar Schuhe, die zusammen mehr gekostet hatten als zwei von Wills monatlichen Gehaltsschecks, was er nur wusste, weil er aus Versehen die Kassenzettel gesehen und sich gefühlt hatte, als würde man ihm einen elektrischen Viehtreiber an die Eier halten.

»Okay.« Sara klappte den Laptop zu und drehte sich zu Will um. »Das war gerade Tessa am Telefon. Sie macht sich Sorgen darüber, wie Isabelle ihren Bleistift hält.«

Tessas Tochter war etwas älter als Faiths. »Ist das wichtig?«

»Ja und nein. Tessa lenkt nur ab. Lemuel benimmt sich wie ein Arschloch, was ihre Scheidung angeht.« Sie nahm ihre Brille ab. »Wolltest du jetzt nicht bei deiner Softwareschulung sein?«

Will war genau dort, wo er sein wollte. »Werden wir bei unserer Hochzeit miteinander tanzen?«

Ein Lächeln trat auf Saras Gesicht. »Warum? Willst du nicht?«

Vermutlich wollte er es jetzt. »Was reimt sich auf Maith?«

Sara runzelte die Stirn. »In welchem Zusammenhang?«

»Es geht um etwas, das Faith zu mir gesagt hat. Ein Name, der sich auf Maith reimt.«

»Faith reimt sich auf Maith. Deine Dyslexie mag solche Wortspiele nicht.« Sara lächelte wieder, aber sie fing an, ihren Verlobungsring am Finger zu drehen. »Orthografie ermöglicht es, Buchstabensymbole vor sich zu sehen, was einem hilft, diese besondere Art von Reim zu entschlüsseln. Dein Gehirn verarbeitet Sprache in einer anderen Region.«

Will fand, er sollte sein Gehirn benutzen, um zu verarbeiten, was sich direkt vor seiner Nase abspielte. Mit Sara stimmte eindeutig etwas nicht. Sie zappelte herum. Das tat sie sonst nie. »Hast du Tessa schon von Danis Prozess erzählt?«

Das Lächeln fiel in sich zusammen. Sara schüttelte den Kopf. Sie hatte ihrer Familie nichts von Dani Cooper erzählt, was sehr untypisch für sie war und im Nachhinein gesehen ein schrilles Warnsignal, das Will übersehen hatte.

»Vielleicht hilft es dir, einen Reim besser im Zusammenhang zu sehen, wenn ich dir zeige, wie dein Gehirn die Information verarbeitet.«

Tessa verstand sich gut darauf, abzulenken, aber Sara war eine wahre Meisterin.

Er sah sie ein Blatt Papier umdrehen und etwas zeichnen, das vermutlich sein Gehirn darstellen sollte. Ihr Verlobungsring stand in scharfem Kontrast zu ihrer teuren Kleidung. Zu den wenigen Dingen, die Will von seiner Mutter noch hatte, gehörte ihre Sammlung von Modeschmuck. Sie war noch ein Teenager gewesen, als sie starb, und hatte als Straßenprostituierte in

Atlanta gearbeitet. Aus irgendeinem Grund hatte es Will für eine gute Idee gehalten, ihr zur Verlobung einen Ring seiner Mutter zu schenken. Er hatte den aus grünem Glas ausgewählt, weil er zu ihren Augen passte.

Sara behandelte ihn, als wäre es ein Diamant.

»Dieser Bereich …« Sie schlug mit dem Kugelschreiber leicht auf die Zeichnung. »Das Gehirn verarbeitet normalerweise hier …«

Will bedeckte ihre Hand mit seiner.

Er drückte die Tür mit dem Fuß zu. »Erzähl mir von letzter Nacht.«

»Was ist damit?«

»Es ist ein bisschen wild zugegangen.«

»Habe ich nicht genau darum gebeten?«

Sara hatte die Augenbrauen hochgezogen. Herausfordernd, aber auch um erneut abzulenken. Sara war höllisch intelligent, manchmal zu ihrem eigenen Schaden. Will erinnerte sich an die jämmerliche Angst, die ihn bei ihrer ersten Begegnung davon abgehalten hatte, sie um ein Rendezvous zu bitten. Und bei der zweiten. Und der fünften und sechsten. Er hatte sich immer weiter an den vertrauten Ort zurückgezogen, den Sara sein *unbehagliches Schweigen* nannte.

Jetzt setzte er das Schweigen strategisch ein.

Sara hielt nicht lange durch.

»Willst du behaupten, du hast es nicht genossen?« Ihr Lächeln war nun nicht mehr neckisch. »Ich muss nichts weiter tun, als kräftig zu niesen, um dich zu widerlegen.«

Will lächelte ebenfalls, aber er ließ nicht locker. »Was ist bei dem Prozess gestern passiert?«

»Ich habe es dir doch erzählt.« Sara zog ihre Hand fort und lehnte sich zurück. Plötzlich war sehr viel Raum zwischen ihnen. »Ich habe meine Aussage unter Dach und Fach gebracht. Douglas Fanning hat den Mut verloren. Morgen wird der Prozess unterbrochen. Der Richter will, dass die Anwälte über einen Vergleich sprechen, zu dem es nicht kommen wird, weil es den Coopers nicht um Geld geht. Sie wollen, dass alle Welt weiß, dass ihr Kind wegen Tommy McAllister gestorben ist.«

Will studierte ihre Miene. In ihrem Panzer war kein Riss. Sie kehrte die Seite hervor, die alles unter Kontrolle hatte.

»Ich habe an den letzten Fall gedacht, den wir gemeinsam bearbeitet haben«, sagte Will.

Sara presste die Lippen zusammen. Es war derselbe Fall, der dazu geführt hatte, dass Faith alle Symptome einer posttraumatischen Belastungsstörung zeigte.

»Eins der Opfer«, fuhr Will fort, »hat dir erzählt, dass sie, nachdem es passiert war, also nachdem sie vergewaltigt worden war, nur noch mit einem Mann zusammen sein konnte, wenn er ihr wehtat. Erinnerst du dich?«

Sara öffnete den Mund, um Luft zu holen, aber sie wandte den Blick nicht ab.

»Die Frau wollte von dir wissen, ob du dieses Gefühl kennst«, sagte Will. »Du hast Ja gesagt.«

»Manchmal«, korrigierte Sara. »Ich sagte, dass es mir *manchmal* auch so ging.«

»War letzte Nacht so eine Gelegenheit?«

»Du würdest mir niemals wehtun.«

»Wolltest du, dass ich es tue?«

Sara holte wieder Luft. Sie blickte zur Decke hinauf, aber nicht, um ihm zu widersprechen. Er hatte sie das schon früher tun sehen. Sie stärkte ihren Schutzpanzer, drängte ihre Gefühle zurück. Was in vielen Situationen wunderbar half, aber nicht in dieser.

»Diese Superwoman-Version von Sara, die du gerade vorführst – das kannst du für dich selbst tun, aber du musst es nie meinetwegen tun.«

Saras Panzer zeigte endlich Risse, aber nur ein bisschen. Tränen traten in ihre Augen. Sie versuchte sie mit den Fingerspitzen zurückzuhalten. »Ich habe dir letzte Nacht nichts erzählt, weil ich Angst hatte, du würdest mich zwingen, das Richtige zu tun.«

Will schüttelte den Kopf, weil er niemals versuchen würde, Sara zu etwas zu zwingen, was sie nicht selbst tun wollte. Solange er sie kannte, hatte sie immer von sich aus das Bedürfnis gehabt, das Richtige zu tun.

»Ich will es nicht tun, Will. Ich will meine geistige Gesundheit nicht opfern. Mein Selbstgefühl. Ich will nicht an diesen dunklen Ort zurückkehren. Meine Familie das alles wieder durchmachen lassen. Und dich.« Sie beugte sich vor, die Hände zwischen den Knien. »Ich weiß nicht, ob ich es überlebe.«

Ihre Angst war wie ein Metallband, das sich um seine Brust zusammenzog. »Was ist passiert?«

Sara legte die Hand über ihr Herz, als müsste sie es schützen. »Ich hatte gestern diese … wie soll ich es nennen – Auseinandersetzung? Mit Britt. Wir waren in der Toilette. Ich hatte meine Zeugenaussage eben beendet. Sie kam herein und …«

Sara wischte sich wieder über die Augen. Die Tränen waren jetzt nicht mehr zurückzuhalten. Will holte sein Taschentuch hervor und bot es ihr an. Sara hielt kurz seine Hand fest. Dann holte sie so tief Luft, als müsste sie auf den Grund des Meeres tauchen.

»Britt weiß, dass Tommy für Dani Coopers Tod verantwortlich war. Sie hat es zugegeben.«

Wills Verblüffung währte nur kurz. Er wusste, was daraus folgte. Sara war am Boden zerstört gewesen, als der Strafprozess gegen Tommy McAllister nicht zustande gekommen war. Britt hatte ihr eine Strafverfolgung nun auf dem Silbertablett serviert. »Ist sie bereit, offiziell auszusagen? Woher weiß sie es?«

»Nein, sie wird nicht offiziell aussagen. Sie war vollkommen zugedröhnt mit Valium, als sie es sagte. Und dann ist ihr bewusst geworden, dass sie zu viel gesagt hatte, und sie verwandelte sich wieder in ein absolutes Miststück.«

Will hatte Saras ursprüngliche Befürchtung nicht aus den Augen verloren. Sie hatte gemutmaßt, er könnte sie zwingen, das Richtige zu tun. Bisher hatte sie nichts Falsches getan. »Was hat Britt noch gesagt?«

»Dass sie hofft, der Prozess würde Tommy zum Innehalten bringen. Dass er immer noch die Chance hat, ein guter Mensch zu werden.«

Will bezweifelte es. Er wusste vom Bericht des Privatdetektivs, dass Tommy schon früher einer Vergewaltigung beschuldigt worden war. Er wusste außerdem, dass Vergewaltigung nur selten ein einmaliges Verbrechen blieb.

»Was noch?«

Sie faltete das Taschentuch und tupfte sich mit einer unbenutzten Ecke die Augen. Will wartete, bis sie fortfuhr. Er wusste aus leidvoller Erfahrung, dass Sara ein nahezu perfektes Erinnerungsvermögen besaß. Sie hatte sich den Wortlaut der Auseinandersetzung seitdem wahrscheinlich pausenlos aufgesagt.

»Sie …« Sara versagte die Stimme. »Sie sagte, was mir vor fünfzehn Jahren zugestoßen ist – als ich vergewaltigt wurde –, das sei nicht einfach Pech gewesen.«

»Was sollte es sonst gewesen sein?«

»Ich weiß es nicht.« Sara gab den Versuch auf, ihre Tränen zu trocknen, und legte das Taschentuch auf den Schreibtisch. »Die naheliegende Interpretation wäre, dass es geplant war, wenn es mich nicht zufällig getroffen hat. Aber wie kann das sein?«

Will konnte die Frage nicht beantworten, aber er war Frauen wie Britt McAllister schon früher begegnet. Sie verwandelten ihre Verbitterung in eine Waffe gegen alle anderen. Seine Ex-Frau war haargenau so gewesen.

»Kann es sein, dass sie ein Psychospielchen mit dir getrieben hat?«

»Vielleicht.« Sara zuckte mit den Achseln, es wirkte aber fast hoffnungsvoll. »Sie hat beides in Verbindung gebracht, Will. Sie sagte, was mir passiert ist und was Dani passiert ist, das hänge zusammen. Das waren genau die Worte, die sie benutzt hat – *es hängt zusammen.*«

Sara sah ihn so eindringlich an, dass er wusste, dies war der wichtige Teil. Alles andere hatte zu diesem Moment geführt. Das war der Scheidepunkt zwischen Falsch und Richtig.

»Hat sie gesagt, wie es zusammenhängt?«

»Nein. Sie hat mir ins Gesicht gelacht und ist hinausgegangen, aber …« Sara musste wieder Atem schöpfen. »Dani wurde wohl gestalkt und bedroht. Sie war auf einer Party, wurde unter Drogen gesetzt und vergewaltigt. Sie hatte eine Schnittwunde hier, auf der linken Seite.«

Sara berührte eine Stelle direkt unterhalb ihrer Rippen. Will hatte die Narbe von dem Jagdmesser mindestens tausend Mal gesehen. Sein Mund kannte die unregelmäßige Form auswendig.

»Britt sagte, es war kein Zufall. Du siehst es ebenfalls, oder?«

Will sagte sich alles noch einmal vor, was ihm Sara über die Auseinandersetzung in der Toilette erzählt hatte, und versuchte daraus schlau zu werden. Dann fügte er eine Information hinzu, die auf der Strecke geblieben war. »Du hast das alles letzte Nacht Faith erzählt?«

Das schlechte Gewissen war in Saras Augen zu lesen. »Es tut mir so leid. Ich hätte erst zu dir kommen sollen.«

»Das macht mir nichts aus.« Will griff nach ihrer Hand, um die Schuldgefühle zu lindern. »Was meinte Faith dazu?«

Sara antwortete nicht sofort. Sie sah auf ihrer beider verschränkte Hände hinab. Ihr Daumen strich über seinen. »Sie meint, wie Britt zusammengebrochen ist, wie sie in dieser Toilette praktisch dafür gebetet hat, dass der Prozess Tommy zur Besinnung bringt – das alles bedeutet, dass es wahrscheinlich weitere Opfer gibt, von denen wir nichts wissen. Und wenn es frühere Opfer gibt, wird es möglicherweise auch neue geben. Britt hofft, die Angst vor Strafverfolgung wird ihn aufhalten, aber das wird nicht passieren.«

Will wusste instinktiv, dass Faith noch mehr gesagt hatte. »Faith sieht den Zusammenhang ebenfalls, oder? Britt lebt in der Angst, dass Tommy so wird wie Mac. Tommy ist ein Vergewaltiger. Du wurdest vor fünfzehn Jahren vergewaltigt. Mac war jemand, mit dem du zusammengearbeitet hast. Hatte Mac also mit dem zu tun, was dir zugestoßen ist?«

»Das ist die Ziegelmauer, gegen die Faith und ich immer wieder gerannt sind. Ich kannte den Mann, der mich vergewaltigt hat. Ich habe sein Gesicht gesehen, während es passiert ist. Seine Identität stand nie in Zweifel. Er hat danach wieder vergewaltigt. In Macs Vergangenheit gab es nichts dergleichen. Er ist ein arrogantes Arschloch, aber sein guter Ruf ist fleckenlos.«

»Kannte Mac …«

»Sie kannten einander nicht.« Sara sprach den Namen ihres Vergewaltigers nie aus und wollte ihn nie hören. »Mac ist die Sorte Arschloch, die Bedienungen mit einem Fingerschnippen heranruft. Nie im Leben würde er sich mit einem Hausmeister gemein machen. Und dann würde ein Zusammenspiel, wie du es andeutest, auch ein enormes Maß an Vertrauen erfordern. Der Mann, der mich vergewaltigt hat, hat acht Jahre abgesessen. Sein Anwalt war ein Pflichtverteidiger. Er ist immer noch auf Bewährung draußen.«

»Sprich die verrückte Möglichkeit aus«, sagte Will. »Wie wahrscheinlich ist es, dass Mac den Hausmeister bestochen hat, damit er dich vergewaltigt und Mac das Fellowship bekommt, um das ihr euch beide beworben habt? Oder vielleicht hat ihn Britt selbst bestochen?«

»Er ist ein Serienvergewaltiger. Er muss nicht mit Geld dazu gebracht werden.«

»Ich sagte ja, es ist verrückt«, rief ihr Will in Erinnerung. »Wie wahrscheinlich ist es?«

»Aber wo ist das Geld dann?«, fragte Sara, und es war eine gute Frage. »Britt und Mac sind Multimillionäre. Der Hausmeister lebt immer noch in Armut. Seinem Bewährungsbeamten zufolge wohnt er in einer Resozialisierungseinrichtung am Lawrenceville Highway. Wenn er es damals für Geld getan hat, dann ist es schwer vorstellbar, dass er Mac oder Britt jetzt nicht um weiteres Geld erpressen würde. Sie könnten ihm genug geben, damit er das Land verlassen kann. Er mag ein sadistischer Gewalttäter sein, aber er ist nicht blöd.«

Will wusste, dass sie recht hatte. Er war außerdem Polizist. Er sah nur einen Weg, auf dem sie weitergehen konnten – den Weg, den Faith wohl in der letzten Nacht gesehen hatte und den Sara eindeutig nicht gehen wollte. »Wenn zwei Dinge zusammenhängen, stellt man Nachforschungen über beide an. Um also Tommys Treiben zu untersuchen, müssten wir untersuchen, was dir damals widerfahren ist. Und wenn wir unsere Sache gut machen und die Verbindung aufdecken, von der Britt spricht, dann gibt es ein Strafverfahren, und wenn es ein Strafverfahren gibt ...«

»Müsste ich in öffentlicher Sitzung vor Gericht über alles aussagen, was mir vor fünfzehn Jahren passiert ist.«

Saras Tränen flossen jetzt unaufhaltsam. Sie hatte sichtlich Angst, und das war das Schlimmste für Will. Mehr als ein Jahrzehnt lang hatte sie zu verarbeiten versucht, was ihr im Grady widerfahren war. Die Narben von jenem Tag waren noch da, wie Will erst letzte Nacht erfahren hatte. Manchmal konnte einen das Leben so benommen machen, dass Schmerz das einzige Gefühl war, das durchdrang.

Er ging vor ihr auf die Knie und nahm ihr Gesicht in beide Hände. Er sah ihr in die Augen. »Es gibt hier kein Richtig oder Falsch. Es gibt nur das, womit du leben kannst.

Alles, was du wissen musst, ist, dass ich so oder so zu dir stehe.«

»Das weiß ich.« Sie holte ein weiteres Mal Atem wie eine Tiefseetaucherin. Sie hatte ihre Entscheidung getroffen. »Ich habe Dani versprochen, dass ich alles tun werde, um Tommy aufzuhalten. Wenn das bedeutet, dass ich mein Leben vor aller Welt offenlegen muss, dann werde ich es eben tun. Ich könnte nicht mehr in den Spiegel schauen, wenn ich sie enttäuschte.«

Will brach es fast das Herz, denn er hatte Sara das letzte halbe Jahr in tiefer Angst davor erlebt, dass genau das passieren würde. Er strich ihr das Haar zurück, wollte die Sorgenfalten auf ihrer Stirn ein wenig glätten. »Wir können alles informell handhaben, okay? Noch muss nichts offiziell gemacht werden. Wir treffen uns heute Abend mit Faith und überlegen, wie wir am besten vorgehen. Okay?«

»Okay.«

Sara schlüpfte in seine Arme. Will spürte, wie sie zitterte, als sie sich an ihn klammerte. Dennoch wusste er, dass ihre Qual jetzt, da die Entscheidung getroffen war, ein wenig leichter wurde.

»Gibt es noch etwas?«, fragte er.

»Ich muss dir von der Freitagsparty erzählen.«

FÜNFZEHN JAHRE ZUVOR

»*Kennenlernparty*?« Cathy Lintons Stimme klang verdattert am anderen Ende der Telefonleitung. »Ich glaube nicht, dass ich das Wort in dem Sinn verstehe, in dem du es verwendest.«

Sara stützte den Kopf in die Hand. Sie hatte ihre Mutter angerufen, um ihr zu sagen, dass sie das Fellowship bei Dr. Nygaard erhalten würde, und jetzt musste sie ihr die Gepflogenheiten von Studentenverbindungen erklären. »Es ist eine geschlossene Party zwischen einer Studentenverbindung und einer für Studentinnen, normalerweise im Haus einer Verbindung.«

»Aber ihr seid doch alle keine Studenten mehr.« Ihre Mutter war immer noch verblüfft. »Und es findet in einer Bar statt, warum also Kennenlernparty?«

»Weil sie ihr ganzes Leben lang ein Mordsgetue darum machen, wer zu ihrem speziellen kleinen Verein gehört und wer nicht.«

»Wie dem auch sei«, sagte Cathy. »Du hast die Zusage für diese Facharztausbildung bekommen, Sara. Wenn es jemand verdient hat, zu dieser Party zu gehen und zu feiern, dann du.«

»Ich weiß nicht.« Sara blickte auf den Berg wissenschaftlicher Zeitschriften, die sie noch durcharbeiten musste. Ihr flauschiger weißer Kater Apgar war auf dem Stapel eingeschlafen, sein

Kopf hing an der Seite herunter wie ein zweiter Schweif. »Ich habe noch eine Woche Nachtschicht.«

»Warum hast du dann davon angefangen?«

Sara wusste es nicht mehr, aber es hatte wohl damit zu tun, dass sie ihre Eltern davon überzeugen wollte, nicht nach Atlanta heraufzukommen, um mit ihr zu feiern.

»Du kannst nicht wie ein Mönch leben«, sagte Cathy. »Du wirst nie Erfolg als Ärztin haben, wenn du als Mensch scheiterst.«

Sara fühlte sich überrumpelt. »Du findest, dass ich als Mensch versage?«

»Was ich meine«, erwiderte Cathy in strengem Ton, »ist, dass ich mich im Moment sehr für dich freue, aber du wirst früher oder später an einen Punkt kommen, wo diese strikte Kontrolle, die du über jeden einzelnen Aspekt deines Lebens ausübst, spektakulär scheitern wird. Etwas wird mit Sicherheit passieren. Und es kann gut sein oder schlecht, aber du wirst daraus lernen. Und das ist eine bedeutsame Gelegenheit. Veränderungen verraten dir, wer du wirklich bist.«

»Du hast recht«, sagte Sara, obwohl sie in keinster Weise dieser Ansicht war.

Wenn überhaupt, dann war nun die Zeit, ihr Leben noch besser im Griff zu haben. Sara würde die beste Chirurgin werden, die Dr. Nygaard je ausgebildet hatte. Alle großen Kliniken würden sich um sie reißen. Sie würde eine florierende Praxis eröffnen. Sie würde heiraten und zwei Kinder haben, bevor sie fünfunddreißig wurde. Hoffentlich zwei Mädchen. Tessa würde bis dahin mindestens drei haben. Sie würden ihre Kinder zusammen großziehen und nah beieinander wohnen, und alles würde perfekt sein.

Das war der Plan, und nichts würde ihn ändern.

»Schätzchen«, sagte Cathy. »Du solltest inzwischen wissen, dass es mich nicht zum Schweigen bringt, wenn du mir einfach recht gibst.«

»Wäre *das* nicht eine bedeutsame Veränderung?«

Cathy lachte. »Ja, aber wir sind von meinem ursprünglichen Ziel abgeschweift, nämlich dich von deinen Büchern loszureißen und unter Leute zu bringen. Nimm dir diesen einen Abend frei, geh in eine Bar und lass die Sau raus. Deine Schwester tut es ständig.«

Ihre Schwester wurde derzeit wegen Chlamydien behandelt. »Mom, alle Leute, mit denen ich arbeite, wurden in dieses Leben hineingeboren. Sie hatten Privilegien, von deren Existenz ich nicht einmal wusste.«

»Ist das so schlimm?«

»Nein, ich bin dankbar, dass ich dafür arbeiten musste, aber ich habe auch nicht vergessen, welche Opfer meine Familie gebracht hat, damit ich so weit komme.«

»Es war kein Opfer«, beteuerte Cathy, obwohl sich ihre Eltern aufgearbeitet hatten, damit Saras Berufswahl nicht durch erdrückende Schulden von ihrem Studiendarlehen eingeengt wurde. Sie hätte sich ohne ihre Unterstützung niemals um das Facharzt-Ausbildungsprogramm bei Dr. Nygaard beworben, geschweige denn es erhalten.

Dennoch sagte ihre Mutter: »Wenn du uns etwas zurückgeben willst, dann tu es, indem du glücklich wirst.«

»Ich *bin* glücklich.« Sara war bewusst, dass sie nicht glücklich klang. Sie streichelte geistesabwesend den Kopf des Katers. Apgar wälzte sich herum und wäre fast auf den Boden gefallen. »Es tut mir leid, Mom. Ich muss bis morgen noch ein Dutzend Artikel lesen. Ich gehe nächsten Monat zu der Party, okay?«

»Nein, es ist nicht okay, aber ich habe klargemacht, was ich mir wünsche. Genau wie du. Jede weitere Diskussion wäre Zeitverschwendung.« Cathys Tonfall drückte aus, dass das Gespräch zu Ende war. »Warte. Daddy kommt gerade aus der Dusche. Er möchte dir gratulieren.«

Sara hob Apgar auf und hielt ihn im Arm. Sie konnte hören, wie das Telefonkabel von der Küche ins Wohnzimmer gezogen wurde. Sie sah vor sich, wie sich ihr Vater in seinem Sessel niederließ, sich ein Heizkissen auf den Rücken schnallte und Eis auf sein Knie packte, weil er sein Leben lang unter Küchenspülen herumgekrochen war und verstopfte Toiletten repariert hatte, damit seine älteste Tochter Pädiatrische Herz-Lungen-Chirurgin und seine jüngste Tochter regelmäßig Patientin in der Bryn-Mawr-Klinik werden konnte.

»Schatz!«, dröhnte Eddie. »Ich habe gerade in der Dusche gesungen und Seife in den Mund bekommen, also ist es eine echte Seifenoper geworden.«

Sara verdrehte die Augen, aber sie lachte auch. »Daddy, das ist furchtbar.«

»Ich denke mir etwas Besseres aus«, drohte er, ersparte ihr jedoch den Versuch. »Du hast das Stipenium, oder?«

Sara grinste wie eine Idiotin. »Ja, Daddy. Ich hab es.«

»Ich habe keinen Moment daran gezweifelt«, sagte er. »Du?«

»Nie«, log Sara. Mac McAllister war ein harter Konkurrent gewesen. Er besaß die nötigen Fähigkeiten, vor allem aber besaß er das Selbstvertrauen. Sara hatte sich so unter Druck gefühlt, weil sie Dr. Nygaard kennenlernen würde, dass sie sich vor dem Gespräch mit ihr übergeben hatte.

»Baby, ich bin so verdammt stolz auf dich«, sagte Eddie. »Ich weiß, wie hart du arbeitest, aber ich möchte, dass du eine Kleinigkeit für mich tust. Okay?«

»Okay.«

»Hör auf deine Mutter und geh zu dieser verdammten Party.«

Es knackste wieder im Telefon, als das Kabel bewegt wurde. Er hatte den Hörer an Cathy zurückgegeben. Sara wusste, was kommen würde, aber sie wartete trotzdem darauf. Ihre Eltern waren oft nicht einer Meinung, aber sie stimmten sich immer ab.

Sie hatten den Hörer aufgelegt.

Sara legte ebenfalls auf. Sie trug Apgar in ihrer winzigen Wohnung herum, die sie sich nur leisten konnte, weil sie über der Garage ihrer Tante Bella lag. Ihr Blick ging zur Küchenuhr. Sie hatte noch fünf Stunden, ehe ihre Schicht anfing. Wenn sie noch zu dieser Party wollte, schloss sich das Zeitfenster dafür rasch. Es würde etwa drei Stunden dauern, bis ein Glas Wein im Blut abgebaut war. Die Fachzeitschriften riefen sie wie Sirenen, die sie an die Felsen locken wollten. Dr. Nygaard schlief nicht. Sie war berüchtigt dafür, nach Studien zu fragen, die so neu waren, dass die Druckerfarbe kaum getrocknet war. Sara hatte bereits einen Artikel über minimalinvasive Herzchirurgie markiert, bei der Minithorakotomie mit peripherer Punktion angewandt wurde. Dr. Nygaards Team meldete Patienten aktiv für die landesweite Studie an. Sie würde erwarten, dass Sara mehr als nur ein flüchtiges Verständnis von dem Verfahren hatte.

Das Geräusch einer zufallenden Autotür riss Sara aus ihren Gedanken. Apgar wollte abgesetzt werden. Sie füllte seine Schale gerade mit Trockenfutter, als die Tür aufging.

»Hast du den Rasen gemäht?«, fragte Mason James.

»Ja.« Sara suchte ständig nach Möglichkeiten, sich bei ihrer Tante erkenntlich zu zeigen. »Vor zwei Tagen.«

»Du bemerkenswertes Geschöpf.« Er nahm sie in den Arm und küsste sie. »Ich würde den verdammten Knopf zum Starten eines Rasenmähers nicht einmal finden, wenn du mir eine Waffe an den Kopf setzt.«

Sara musste schon bei der Vorstellung lachen, dass er auch nur den Schuppen betrat.

»Guten Abend, junger Mann.« Mason bückte sich und streichelte Apgar. »Wie sehen deine Pläne bis zum Beginn deiner Schicht aus?«

Sara brauchte einen Moment, bis sie begriff, dass er nicht mit dem Kater sprach. »Meine Mutter meinte, ich soll zu der Party gehen, aber ...«

»Deine geheiligte Mutter hat recht. Ich würde mich freuen, mein Mädchen am Arm zu halten.« Er küsste sie wieder. »Lass mich rasch duschen. Die Gang wird völlig von den Socken sein, wenn du endlich auftauchst. Und in etwas anderem als einem Arztkittel.«

Sara sah ihn im Schlafzimmer verschwinden. Die Dusche wurde aufgedreht.

Die Gang.

Er sprach es wie eine Figur aus dem *Großen Gatsby* aus. Was er in gewisser Weise ja war. Nicht ohne Grund bezeichnete ihre Schwester ihn als Saras schicken Mann.

Mason James war Neuengland durch und durch. Seine protestantische Mutter verströmte die Wärme von Trockeneis. Sein emotional unzugänglicher Vater hatte eine Kette von Notfallambulanzen gegründet und sich dann mit seiner Geliebten aus dem Staub gemacht. Nicht, dass Mason allzu viel Zeit mit seinen Eltern verbracht hätte. Er hatte ein Internat in Connecticut besucht und sein Grundstudium an der New York University absolviert. Die Emory University hatte er sich dann ausgesucht, weil er gehört hatte, die Winter seien in Atlanta angenehmer.

Tatsächlich schien Mason in seinem ganzen Leben bestrebt zu sein, es sich leicht zu machen. Er entsprach genau dem, was Sara gemeint hatte, als sie zu ihrer Mutter sagte, die Leute um sie herum seien in diese Welt hineingeboren worden. Er war ein guter Arzt – andernfalls wäre Sara nicht mit ihm zusammen gewesen –, aber er würde sich nie mehr anstrengen, als nötig war, um an der Spitze des Rudels mitzulaufen. Genau die Sorte Mann, die Sara im Augenblick brauchte. Er schmollte nicht, wenn sie besser abschnitt als er, und wurde nicht eifersüchtig, wenn sie bevorzugt behandelt wurde. Er war ein sehr angenehmer Gefährte, und der Sex war gut. Er würde nie Forderungen an Sara stellen, und sie würde ihn nie heiraten.

Sara hätte ihr Herz keinem Mann schenken können, der nicht wusste, wie man einen Rasenmäher anwarf.

Sie ging zum Schrank und checkte ihre Sachen. Die Auswahl war nicht groß. Mason hatte recht, was die Arztkittel anging. Sara verschwendete kein Geld für Kleidung, wenn sie es stattdessen für Bücher und Katzenfutter ausgeben konnte. Zum Glück neigte die Gang dazu, sich zwanglos anzuziehen. Sie entschied sich für schwarze Leggings und einen hellblauen Pullover aus Masons Hälfte des Schranks.

Sara stellte sich vor den Spiegel. Der Pullover war hübsch, aber am Kragen ausgefranst. Sie konnte ein kleines Loch an einem Ellbogen sehen. Sie würde wunderbar zum Rest der Gang passen. Es war eines der Dinge, die sie über stinkreiche Leute gelernt hatte: dass sie in erbärmlichen Verhältnissen leben und mit Löchern in ihren Sachen herumlaufen konnten, denn alles, worauf es ankam, war, dass sie stinkreich waren.

Mason kam ins Zimmer spaziert. Nackt, das Haar noch feucht. Er musterte Sara bewundernd. »Ich möchte eine Änderung zum Ablauf des Abends vorschlagen.«

Sara nahm sich die Zeit, seinen Körper ebenfalls zu bewundern. Sie hatte in letzter Zeit Nachtschichten gearbeitet, er hatte Glück gehabt und eine lange Reihe von Tagschichten erwischt. Sie hatten seit fast drei Wochen nicht miteinander geschlafen. »Was hattest du im Sinn?«

»Wir gehen erst genüsslich miteinander ins Bett, dann auf die Party, dann noch mehr Sex, dann gehst du zur Arbeit, und Apgar und ich gönnen uns einen Männerabend mit Single Malt und ein paar Folgen von *The Mentalist* im Fernsehen.«

Das klang nach nicht sehr viel Zeit, um genüsslich miteinander ins Bett zu gehen, und Sara war zu wenig bei der Sache, um mit einer schnellen Nummer ans Ziel zu kommen. »Meine Schicht fängt um elf an. Wenn ich heute Abend ein Glas trinken will, dann muss es in der nächsten Stunde sein.«

»Ich sag Apgar, er soll den Videorekorder anstellen.« Er zerrte wahllos Sachen aus dem Schrank und zog sich an. »Nygaard gibt morgen ihre Entscheidung bekannt. Hat das etwas mit deinem ersten Abstecher zu der Freitagsparty zu tun?«

Sara presste die Lippen zusammen.

»Es sei denn, du hast schon etwas gehört?« Er knöpfte gerade seine Jeans zu und hielt plötzlich inne. »Hast du?«

Das war ein weiterer Grund, warum Mason auf lange Sicht kein ernsthafter Kandidat war. Sie traute ihm nicht zu, ein Geheimnis für sich zu behalten. Dass er das Stipendium nicht bekam, war keine Neuigkeit, die quer durch eine laute Kneipe gerufen werden sollte, damit Mac McAllister davon erfuhr.

»Glaubst du, ich würde das geheim halten?«, fragte sie.

»Das glaube ich in der Tat.« Es schien ihn aber nicht zu stören. Er zog ein schäbiges altes Button-down-Hemd über die Jeans und fuhr sich mit den Fingern durchs Haar. »Wie sehe ich aus? Vorzeigbar?«

Sara fand, er sah gut genug aus, um den Zeitplan noch einmal zu überdenken. Aber ihre Mutter hatte recht damit, dass sie mehr unter Leute kommen musste. Und ihr Vater hatte ihr befohlen, hinzugehen. Und vielleicht würde es ja nett werden, im Kreis von Erwachsenen etwas zu trinken, statt über einer Fachzeitschrift für Kardiologie bei Neugeborenen und Kindern zu sitzen.

Das Telefon läutete.

Mason war näher am Nachttisch. Er meldete sich. »Ja?«

Sara sah ihn die Faust in die Luft recken, ein breites Grinsen im Gesicht.

»Ausgezeichnet, alter Junge. Wir sind auf dem Weg.« Er legte den Hörer wieder auf und sah sehr aufgeregt aus. »Du kommst nie drauf, wer heute Abend da sein wird.«

4

Will konnte die Anspannung in Saras Stimme hören, als sie ihnen von dem Anruf erzählte. »Mason sagte, Sloan Bauer würde zu der Party kommen.«

»Bauer.« Faith sah von ihrem Spiralblock auf. »Kannst du das buchstabieren?«

Sara tat es.

Will lehnte mit den Händen in der Tasche an der Theke. Sie waren in Faiths Küche. Das Windspiel aus Metall auf ihrer Veranda gab ein tiefes Stöhnen von sich. Draußen war es dunkel und kalt. Die beiden Frauen am Tisch spiegelten sich in der gläsernen Schiebetür. Faith stellte die Fragen; Will überließ ihr die Führung, weil sie es bei Vernehmungen genauso machten. Seine Aufgabe war es, zu beobachten und zu beurteilen. Bei Sara war seine einzige Beobachtung, dass sie wieder im Superwoman-Modus war. Sie verriet sich nur dadurch, wie sie den Verlobungsring unbewusst um ihren Finger drehte.

»Warum war es so eine große Sache für Mason, dass Sloan da sein würde?«, fragte Faith.

»Er mochte sie sehr. Sie kamen aus demselben Teil des Landes. Sie kannten dieselben Leute. Sie sprachen dieselbe Sprache.« Sara zuckte mit den Achseln. »Sie war mehr seine Freundin als meine, aber ich mochte sie ebenfalls.«

»Sie lebte nicht in Atlanta?«

»Nein. Sloan hatte nach dem Medizinstudium eine Assistenzstelle an der Columbia University bekommen. Sie war damals nur für eine Woche in der Stadt, glaube ich.« Sara schüttelte den Kopf und zuckte beinahe entschuldigend mit den Achseln. »Es ist schwer, sich alles zu merken. Nach dem, was mir passiert ist, verschwand die Party aus meiner Erinnerung.«

»Aber etwas ist auf der Party passiert«, sagte Faith. »Das hat Britt zu dir gesagt: ›Erinnerst du dich nicht mehr an die Freitagsparty?‹«

Sie stellte keine Frage. Unmittelbar nach Verlassen des Gerichtsgebäudes hatte Sara jedes Wort aus Britts Mund festgehalten. Sie hatte eine Karteikarte auf beiden Seiten vollgeschrieben. Faith hatte sie neben ihrem Spiralblock liegen.

Will wusste, es gab nur ein paar Details auf der Karte, die zählten.

»Es gibt zwei Ermittlungsstränge«, sagte er. »Einer ist Tommy McAllister. Der andere ist Sara. Welche Hinweise hat Sara jeweils gegeben?«

»Das wird langsam kompliziert.« Faith blickte zu ihrem Kühlschrank, dann zu ihren Küchenschränken, dann sagte sie: »Wir sollten so eine verrückte Pinnwand mit Fäden anlegen, wie sie es im Fernsehen immer machen.«

Sie wartete nicht, bis alle zustimmten, sondern stand auf und suchte in den Schubladen herum. Jede einzelne ihrer Schubladen war voll mit Kinderkram und Küchenzeug. Sie fand eine Schere. Filzstifte, Hello-Kitty-Klebeband, Bastelpapier, Magnete mit Zeichentrickfiguren auf der Rückseite.

Wills Hand war zu groß für die Schere. Er benutzte die Kante der Theke, um Streifen von dem Bastelpapier zu reißen, dann sortierte er sie nach Farben. Sara entfernte Fotos und Emmas Wachsmalstift-Zeichnungen vom Kühlschrank.

Faith zog den Verschluss von einem Filzstift. »Sara?«

Sara wirkte widerwillig, aber sie nahm die Karteikarte zur Hand. Will sah ihren Bick hin und her gehen, als sie nach der relevanten Information suchte.

Sie las laut vor. »Der erste Hinweis ist: ›Ich weiß, was er diesem Mädchen angetan hat. Ich weiß, wer er ist.‹«

Faith begann in großen Blockbuchstaben auf einen roten Papierstreifen zu schreiben. »Sie meint natürlich Tommy. Häng es an die linke Seite. Mac kommt auf die rechte. Lass mich noch ein paar Überschriften machen, damit wir nichts durcheinanderbringen.«

Sie warteten, bis Faith zu Ende geschrieben hatte. Dann gab sie die Streifen an Sara weiter. Will bemerkte ein leichtes Zittern ihrer Hände, als Sara sie am Kühlschrank befestigte.

Er übernahm nun und setzte die Magnete auf die Streifen, wenn Sara sie auf die richtige Seite hielt. Will wusste, der längere Name musste Tommy sein. Er setzte Britts ersten Hinweis darunter.

»Der nächste.« Sara hielt die Karte in den Händen. »›Ich habe zwanzig Jahre mit dieser Angst gelebt‹«, las sie.

»Das klingt nach Macs Seite, was die Zeitangabe angeht«, sagte Faith.

Will wartete, bis sie zu Ende geschrieben hatte, dann befestigte er den Streifen unter Macs Namen.

Sara las: »›Ich weiß, er wird aufhören, wenn das vorbei ist.‹«

Will setzte die Aussage auf Tommys Seite.

»›Ich habe sie gehört.‹«

»Tommy?«, fragte Will.

»Fürs Erste.« Sara fuhr fort. »Noch zwei: ›Mac ist immer beteiligt.‹ Dann: ›Ich kann die anderen nicht aufhalten, aber ich kann meinen Jungen retten.‹«

»Handelt es sich um dieselben?«, fragte Faith. »Ich habe *sie* gehört. Ich kann *die anderen* nicht aufhalten.«

Sara zuckte mit den Achseln. »So oder so könnte es zu Mac führen.«

Will machte die letzten beiden Streifen bei Mac fest. Er wartete darauf, dass Sara weiterlas.

»Das war's für Mac und Tommy«, sagte sie. »Der Rest ging um mich.«

»Wir brauchen eine weitere Spalte«, sagte Will zu Faith. »Nenn sie *Verbindung*.«

»Kleb es an den Küchenschrank.« Faith wählte rosa Papier, dann schrieb sie die Überschrift und gab sie an Will weiter. Er befestigte sie mit dem Hello-Kitty-Klebeband an dem lackierten Metallschrank neben dem Kühlschrank.

Dann sah er Sara an.

Sie holte rasch Luft, ehe sie las. »›Fünfzehn Jahre nicht Bescheid wissen und leiden, weil du nicht sehen konntest, was genau vor deiner Nase war.‹«

»Gehört definitiv zu *Verbindung*«, sagte Faith und gab Will das Papier. »Das weist doch sicher auf die Party zurück, oder?«

»Ja«, stimmte Sara zu.

Will machte sich mit dem Klebeband an die Arbeit, während Sara die nächste Zeile vorlas.

»›Was dir passiert ist, was Dani passiert ist – das hängt alles zusammen.‹«

Will wartete, bis Faith die Sätze aufgeschrieben hatte. Von allem, was Britt gesagt hatte, war das am wichtigsten. Er umrahmte den Papierstreifen mit rosa Klebeband und hob ihn so vom Rest der Zettel ab.

»Es gibt nur noch einen weiteren Hinweis«, fuhr Sara fort. »Bevor Britt zur Tür hinausging, sagte sie: ›Erinnerst du dich nicht mehr an die Freitagsparty?‹«

Faith und Will erledigten ihren Teil, während Sara einen Schritt zurück trat und die verschiedenen Informationen auf sich wirken ließ. Will beobachtete sie aus dem Augenwinkel. Die Superwoman-Fassade bröckelte. Das Zittern ihrer Hände hatte nicht aufgehört.

Faith war mehr an der verrückten Wand als solcher interessiert. Ihre Leidenschaft war es, Daten zusammenzuführen. »Wenn Sara den Mann nicht sicher identifiziert hätte, würde ich sagen, dass der Falsche verurteilt wurde.«

»Er war es aber«, sagte Sara. »Ich habe sein Gesicht gesehen. Ich kannte ihn. Es gibt keinen Zweifel.«

»Die Party«, sagte Will. »Alles weist eindeutig zu ihr. Nach Britts Aussage ist an diesem Abend etwas passiert, das in direktem Zusammenhang mit dem Angriff auf dich steht, und der Angriff auf dich hängt mit dem auf Dani Cooper zusammen.«

»Was willst du damit sagen?«, fragte Faith. »Dass Mac Tommy erzählt hat, was Sara zugestoßen ist, und Tommy ist dabei einer abgegangen und er hat dasselbe bei Dani gemacht?«

Sara schüttelte den Kopf. »Ich kann mir nicht vorstellen, dass sie über solche Dinge sprachen, wenn die Familie beim Abendessen saß. Ich bezweifle, dass sie noch einen Gedanken an mich verschwendet haben, nachdem ich fort war.«

»Britt *hat* es getan«, rief ihr Faith in Erinnerung. »Sie hatte in der Toilette eine Menge zu sagen. Sie weiß, was du durchgemacht hast. Warum du keine …«

Faith konnte sich gerade noch zurückhalten, aber Sara musste die Worte nicht hören. Sie tat, als würde sie die Pinnwand betrachten. Aber Will sah die Tränen in ihren Augen.

»Wir könnten die beiden Fälle getrennt abspeichern«, sagte er. »Tommy ist die aktuelle Gefahr. Er hat bereits vorher einmal vergewaltigt, vielleicht öfter. Britt irrt sich, der Prozess wird ihn nicht dazu bringen, damit aufzuhören. Er ist ungestraft davongekommen. Seine Eltern müssen nur noch einen Scheck ausstellen. Tommy könnte bereits nach neuen Opfern Ausschau halten. Er sollte in unserem Fokus stehen.«

Faith vollzog Wills Schwenk mit und sagte zu Sara: »Kannst du meine Erinnerung an die Sache in der Highschool auffrischen? Als Tommy schon einmal der Vergewaltigung bezichtigt wurde? Ich habe den Bericht des Privatdetektivs gelesen, den die Coopers engagiert hatten, aber warum endete das damals in einer Sackgasse?«

»Mac und Britt haben es mit ihrem Geld aus der Welt geschafft«, antwortete Sara. »Der Polizeibericht führt das Opfer unter dem Namen Jane Doe auf. Die Unterlagen der Schule sind nicht zugänglich. Das Mädchen hat im Rahmen des Vergleichs eine Verschwiegenheitsvereinbarung unterzeichnet. Der Detective konnte sich kaum an den Fall erinnern. Er bekam nicht einmal Gelegenheit, das Opfer zu befragen. Die Familie hörte auf, zu kooperieren. Wir wissen nur, dass es einen Vergleich gab, weil er in der Prozessliste auftauchte. Alles ist unter Verschluss.«

»Na großartig«, murmelte Faith. »Unser Justizsystem bei der Arbeit.«

Sara verschränkte die Arme. Sie betrachtete die Säule aus rosa Bastelpapier. »Ich kann nicht fassen, dass ich Britt einfach davonspazieren ließ. Wäre ich geistesgegenwärtig genug gewesen …«

»Es war eine Menge«, sagte Will. »Du hast getan, was du konntest.«

»Unsere Pinnwand macht nichts klarer«, sagte Faith. »Wir könnten noch einmal mit Britt reden. Das ist die naheliegende Lösung.«

»Sie wird nicht noch mal reden.« Sara studierte die Aufzeichnungen und versuchte die Lösung zu sehen. Sie deutete auf die Mac-Seite am Kühlschrank und sagte: »Wer sind *sie*?«

»Zwei Leute?«, schlug Faith vor. »Eine Gruppe?«

»Ich wurde nur von einer Person überfallen«, sagte Sara. »Nichts von den Obduktionsbefunden bei Dani Cooper deutete auf eine Gruppenvergewaltigung hin.«

Will wusste, gegen diese Mauer waren sie schon in der Nacht zuvor gerannt. Sie brauchten mehr Informationen. »Erzähl von der Party«, sagte er zu Sara. »Woran erinnerst du dich noch?«

Sara schloss die Augen, als versuchte sie sich die Szene vorzustellen. »Es war Freitag, deshalb war die Bar rappelvoll. Unsere Gruppe bestand aus etwa fünfzehn bis zwanzig Leuten. Es gab einen Kern aus Stammgästen, die jeden Freitag teilnahmen. Sie wurden die *Gang* genannt. Der Rest waren die sogenannten

Mitläufer. Und dann gab es noch mich. Ich war nie zuvor auf der Party gewesen, aber Mason sprach davon, wie wild es immer zuging. Manchmal verirrte er sich um vier Uhr morgens wieder nach Hause. Wenn die Bar zumachte, zogen sie noch in eine andere weiter. Er war sehr viel geselliger als ich.«

»Warte mal«, sagte Faith. »Tommy war wie alt, als sich seine Eltern bis vier Uhr morgens in einer Bar herumtrieben?«

»Sechs oder sieben«, sagte Sara. »Sie hatten einen Babysitter.«

»So geht es natürlich auch«, sagte Faith. »Ich habe nicht einmal Erkältungsmedizin für die Nacht eingenommen, bis Jeremy im College war.«

»Woher kanntest du die Gang?«, fragte Will. »Von der Arbeit oder vom Studium?«

»Beides«, sagte Sara. »Aber Mason und ich gingen auf Dinnerpartys mit ihnen. Die Wochenenden verbrachten wir manchmal auf den Tennisplätzen in Piedmont. Es gab eine Softball-Liga. Ich war kein totales Mauerblümchen, aber die Partys waren eben am Freitagabend, und wenn ich freitags nicht arbeiten musste, wollte ich nicht in einer Bar abhängen, wo sich die Leute betranken und unangenehm wurden.«

»Wer war unangenehm?«, fragte Will.

Sie zuckte mit den Achseln. »Sie waren einfach auf die generelle Art unangenehm, die da herrührt, dass man zu viel trinkt. Niemand ragte besonders hervor. Sie tranken alle gern. Es ist sehr langweilig, wenn du als Einzige nicht hackedicht bist.«

Will kannte diese Situation nur zu gut. »Wann bist du in der Bar angekommen?«

»Etwa um halb sieben. Ich bin rund eine Stunde geblieben. Damit müsste ich spätestens gegen acht wieder im Krankenhaus gewesen sein. Meine Schicht fing um zehn an.«

Faith vermerkte die Zeiten in ihrem Spiralbuch. Sie sammelte die purpurnen Papierstreifen zusammen und nahm die Kappe des Filzstifts wieder ab. »Lasst uns ein paar Namen aufschreiben. Wer war in der Gruppe? Sloan, Britt, Mac, du, Mason – wer noch?«

Sara holte kurz Luft, bevor sie antwortete. »Chaz Penley. Blythe Creedy. Royce Ellison. Bing Forster. Prudence Stanley. Rosaline Stone. Cam Carmichael. Und Richie – an Richies Nachnamen erinnere ich mich nicht.«

»Hieß er vielleicht Richie Rich?«, fragte Faith unterm Schreiben. »Weil die Hälfte dieser Namen nach Zeichentrickfiguren klingt und die andere Hälfte wie all die arschlochmäßigen Sportskanonen in den John-Hughes-Filmen.«

Sara erlaubte sich ein Lächeln, aber sie sagte: »Ich weiß, es hat den Anschein, aber sie waren nicht alle so klischeehaft. Rosaline war ehrenamtlich bei Planned Parenthood tätig. Chaz und ich haben an unseren freien Tagen manchmal in einer Obdachlosenunterkunft gearbeitet. Royce hat seine Sommerferien für Ärzte ohne Grenzen geopfert. Blythe war Mentorin bei einem MINT-Programm für Mädchen an Schulen in Atlanta.«

Will interessierte sich nicht für ihre guten Taten. Er begann die Namen auf die andere Seite der Verbindungsspalte zu kleben. Im Moment war noch kein Zusammenhang erkennbar, aber sein Bauchgefühl sagte ihm, dass sie in die richtige Richtung liefen.

»Bleib bei diesem Abend in der Bar«, sagte er zu Sara. »Was hat Britt getan?«

Sara schüttelte den Kopf, antwortete jedoch. »Sie hing die ganze Zeit, während ich dort war, an Mac. Das tat sie immer. Wenn jemand mit ihm sprach – vor allem eine Frau –, drängte sie sich sofort in das Gespräch.«

»War sie eifersüchtig?«

»Das auch, aber Britt ist eine dieser Frauen, die sich über den Erfolg ihrer Männer definieren. Ihre gesamte Identität war an ihn geknüpft. Was merkwürdig war, denn sie war bereits eine tüchtige praktizierende Ärztin. Sie brachte es fertig, während des Medizinstudiums ein Baby zu bekommen, dann war sie die Leiterin der Geburtshilfe. Mac war erst Assistenzarzt, aber Britt fügte sich immer seinem Urteil, selbst wenn er falschlag. Vor allem wenn er falschlag. Sie zerfleischte jeden, der etwas anderes sagte.«

»Was für ein nettes Paar.« Faith schlug mit ihrem Kugelschreiber auf den Tisch. »Was hast du an diesem Abend getan? Bist du an einem Tisch gesessen? An der Bar gestanden?«

»Zeitweise stand ich herum und habe mich mit verschiedenen Leuten unterhalten. Dann habe ich mich an einen Tisch im hinteren Teil gesetzt und saß gegenüber von Mac und Britt in der Falle. Das war einer der Gründe, warum ich so früh gegangen bin.« Sara verschränkte ihre Finger. »Es lag nicht nur an Britt. Ich habe mich in Macs Nähe unwohl gefühlt, da ich wusste, dass er das Stipendium verloren hatte. Dr. Nygaard wollte es ihm am nächsten Tag sagen, bevor sie die Entscheidung auf ihrer Website bekannt gab.«

»Erzähl uns von Mac«, sagte Faith. »Wie hat er sich an diesem Abend verhalten?«

»Abweisend, arrogant. Das Übliche. Er hat mit mir geredet, aber mehr von oben herab. Er hat mich nie ernsthaft als Konkurrenz gesehen.«

»Aber ihr wart beide scharf auf das Stipendium«, sagte Will.

»Ja«, bestätigte Sara. »Aber Mac ist genau wie Tommy. Er hat immer alles bekommen, was er wollte. Ich bin mir sicher, er ging davon aus, dass ihm das Fellowship-Programm bereits sicher war.«

»Weißt du noch, was du an diesem Abend getrunken hast?«, fragte Faith.

»Ein Glas Weißwein.« Sara blickte wieder auf ihre Hände. »Ich habe die Uhr im Auge behalten. Ich konnte es nicht rechtzeitig austrinken, um für meine Schicht wieder clean zu sein, deshalb habe ich es auf dem Tisch stehen lassen.«

»Wer hat dir den Drink geholt?«

»Mason. Er hat auch ein paar Imbisshappen besorgt. Wir haben sie uns alle geteilt.«

»Bist du irgendwann zur Toilette gegangen oder ...«, fing Faith an.

»Mein Wein war nicht mit irgendwas versetzt«, unterbrach Sara. »GHB, Rohypnol, Ketamin – bei allen dauert es fünfzehn bis dreißig Minuten, bis sie ihre volle Wirkung entfalten. Ich habe keines der Symptome festgestellt. Erst nachdem ich meine Schicht angetreten hatte, und das war vier Stunden später.«

Faith spielte mit ihrem Kugelschreiber und studierte die verrückte Pinnwand.

Will versuchte, mit Sara Augenkontakt herzustellen. Ihr Blick war wieder auf den Verlobungsring gerichtet. Ihr Daumen bearbeitete den Kratzer im Glas. Sie würde ihn kaputt machen, bevor Will ihr den passenden Ehering an den Finger stecken konnte.

»Wie bist du von der Bar zum Krankenhaus gekommen?«

Sara blickte auf. »Zu Fuß. Es sind nur ein paar Blocks. Ich hatte das Gefühl, ich müsste meinen Kopf freibekommen.«

»Frei wovon?«

»Ich war ein wenig down, nachdem ich die Zusage für das Nygaard-Fellowship erhalten hatte. Wenn man wirklich hart gearbeitet hat, um ein Ziel zu erreichen, ist es beinahe deprimierend, wenn man es geschafft hat, denn was jetzt? Was ist das nächste Ziel?«

»Klingt verständlich«, sagte Faith, obwohl Will ihr ansah, dass sie es nicht verständlich fand. »Du hast Mac McAllister also nicht erzählt, dass du die Zusage für dieses Ausbildungsprogramm bekommen hast?«

»Nein.«

»Und Britt McAllister wusste es nicht?«

»Nein.«

»Was ist mit Mason?«

»Nein.«

»Und diese anderen Leute, Richie Rich und die Gang«, Faith zeigte auf die Liste. »Niemand von denen wusste es?«

»Nicht von mir.«

»Hat jemand von ihnen an diesem Abend anders gewirkt als sonst?«

»Nicht, dass ich es bemerkt hätte.«

»Und jetzt? Wo sind die Leute? Was treiben sie?«

»Hey.« Wills Stimme war leise, aber er warf Faith einen Blick zu, dass sie langsam machen sollte. Das war kein Verhör. Es war Saras Leben. »Vielleicht sollten wir eine Pause machen.«

»Mir geht es gut.« Sara zeigte auf die purpurfarbenen Streifen am Schrank und ging die Liste durch. »Mason ist Schönheitschirurg. Er hat in Buckhead seine eigene Praxis eröffnet. Sloan ist Kinder-Hämatologin am Children's Hospital in Connecticut. Über Mac wisst ihr Bescheid. Britt ist nicht mehr im medizinischen Bereich tätig. Chaz ist Klinikarzt; er ist am Atlanta Health. Über Bing weiß ich nichts, außer dass er sehr nervig war.«

»Auf eine gruselige Art?«, fragte Faith.

»Auf eine nerdige, aber er meinte es gut.« Sara tat es mit einem Achselzucken ab und fuhr fort. »Blythe und Royce sind beide HNO-Ärzte, beide in Peachtree Corners. Sie haben geheiratet, nachdem ich Atlanta verlassen hatte. Sie hat ihn ein paar Jahre später mit Mason betrogen. Mason wiederum hat sie mit einer betrogen, an deren Namen ich mich nicht erinnere, aber das war zwei Ehefrauen früher. Rosaline macht Geburtshilfe und Gynäkologie in Huntsville. Pru ist Brustspezialistin am MD Anderson in Houston. Cam war am Bellevue in Manhattan. Er starb vor sechs Jahren, hat sich das Leben genommen.«

»Cameron?« Faith wartete, bis Sara nickte, dann schrieb sie etwas in ihren Spiralblock. »Was für ein Arzt war er?«

»Unfallchirurg, aber das Bellevue ist ein Level-1-Traumazentrum, deshalb war es kein einfacher Job.«

»Hat es dich überrascht, dass er sich umgebracht hat?«

»Es ist traurig, aber es ist nicht ungewöhnlich. Ärzte haben von allen Berufen die höchste Selbstmordrate. Es ist schwer, Hilfe zu bekommen. Je nach Bundesstaat müssen wir unsere Praxiszulassung alle zwei oder drei Jahre erneuern. Von wenigen Ausnahmen abgesehen, muss man in allen Staaten offenlegen, ob man eine Therapie gemacht oder psychiatrische Hilfe in Anspruch genommen hat. Wenn du lügst, kannst du deine Zulassung verlieren. Wenn du sagst, du hast dir Hilfe gesucht, kannst du ebenso deine Zulassung verlieren.«

»Das ergibt keinen Sinn«, sagte Faith.

»Wenn ich nicht in der richtigen Geistesverfassung bin, könnte ich einen Patienten umbringen. Oder ich könnte mir von Prozac bis Fentanyl alles selbst verschreiben. Aber du hast recht, es müsste eine angemessene Balance geben.«

Faith betrachtete die Liste. »Richie Rich. Fällt dir zu dem noch etwas ein?«

»Er hat nicht an der Emory studiert. Er wurde dem Grady aus einem anderen Bundesstaat zugewiesen. Er trug eine Fliege. Er redete zu viel. Er kleidete sich zu gut.«

Faith sah verwirrt aus. »Wie kann man sich zu gut kleiden?«

»Es ist eine Sache der Klassenzugehörigkeit. Du kannst einen Haufen Geld für Klamotten ausgeben, aber es müssen die richtigen Klamotten sein. Dein Auto muss die richtige Art von Auto sein. Das Gleiche gilt für deinen Wohnort, sogar für den Straßenabschnitt. Und wo deine Kinder zur Schule gehen, welche Organisationen du unterstützt und in welchen Club du gehst …« Sara zuckte mit den Achseln. »Das sind die Torwächter, die darüber entscheiden, was cool ist und was als zu bemüht gilt. Es ist ein ständig im Wandel begriffenes Ideal.«

»Ach so«, sagte Faith. »Sie sind alle einfach eine Bande gemeiner Fratzen.«

»Ganz genau.«

Will hatte den Eindruck, dass sie sich in die falsche Richtung bewegten. »Du bist zu Fuß von der Bar zum Krankenhaus gelaufen. Könnte dir jemand gefolgt sein?«

»Wer denn?«, fragte Sara. »Der Hausmeister? Und selbst wenn – inzwischen weiß ich ja, dass er mich gestalkt hat.«

Will hörte die Gereiztheit in ihrer Stimme, aber er musste weiterbohren. »Du könntest jemanden in der Bar bei etwas beobachtet haben. Wie er ein neues Opfer ausspähte. Vielleicht sogar Drogen verabreicht hat. Es spielt keine Rolle, ob du es gesehen hast. Es kommt nur darauf an, dass er vielleicht dachte, du hättest es gesehen.«

Sara schüttelte den Kopf, aber er konnte nicht sagen, ob sie es nicht wusste oder ob sie sich nicht dazu überwinden konnte, darüber zu reden.

»Was ist mit Mason?«, fragte Faith. »Lohnt es sich, einen genaueren Blick auf ihn zu werfen?«

»Nein«, sagte Sara. »Ich kann ihn nicht bitten, diese Nacht noch einmal zu durchleben. Und ich bin mir nicht sicher, ob er es tun würde. Mason mag es nicht, wenn es unappetitlich wird.«

Wills schlechte Meinung von Mason erreichte einen neuen Tiefstwert.

»Erzähl mir von Britt«, sagte Faith. »Was für eine Art Miststück ist sie? Wie geht sie vor?«

»Exakt so wie in dieser Toilette«, sagte Sara. »Brutale, bösartige Ehrlichkeit. Sie verkündete etwa, dass Pru während der Visite gedemütigt wurde, dass Blythe eine Operation verpfuscht oder Cam einen Patienten verloren hatte.«

»Wie hat sie dich damals verletzt?«

»Indem sie pausenlos alle daran erinnerte, dass ich in armen Verhältnissen aufgewachsen bin.«

Will bemerkte Faiths ungläubige Reaktion.

Sara entging sie ebenfalls nicht. Sie wurde feuerrot im Gesicht. »Es tut mir leid. Ich hätte sagen sollen: arm nach ihren Maßstäben. Natürlich nicht arm in einem allgemein gebräuchlichen Sinn. Meine Eltern haben Tess und mir ein sehr gutes Leben ermöglicht. Wir hatten – haben – wahnsinnig viel Glück.«

Will griff ein. »Bleib bei jener Nacht. Du sagst, du bist von der Bar zu Fuß zum Krankenhaus gegangen?«

»Ja.«

»Es war schon spät.« Will hatte eine Theorie, warum Mason damit einverstanden gewesen war, dass sie im Dunkeln allein durch Atlanta lief, aber jetzt war nicht die Zeit, sie mitzuteilen. »Hast du auf der Straße jemanden gesehen?«

»Niemand, der mir aufgefallen wäre. Und ich kann mich nicht erinnern, etwas Ungewöhnliches gesehen oder gehört zu haben, als ich im Krankenhaus ankam. Ich bin in den Aufzug gestiegen und zu Ebene 2 hinuntergefahren. Dort gibt es einen Aufenthaltsraum mit Betten und einem Fernseher. Niemand war da. Ich habe in ein paar Zeitschriften geblättert und dann vor meiner Schicht noch ein wenig geschlafen.«

»Wir brauchen einen Stadtplan für die Wand.« Faith öffnete ihren Laptop. »Die Gegend um das Grady hat sich in den letzten fünfzehn Jahren verändert. Ist die Bar noch dort, wo sie damals war?«

»Sie haben sie vor einiger Zeit abgerissen. Der ganze Block besteht jetzt aus Luxusapartments mit einem hochpreisigen Markt im Erdgeschoss.« Sara setzte sich gegenüber von Faith an den Tisch. »Die Bar gehörte einem Morehouse-Absolventen. An den Namen erinnere ich mich nicht, aber er war Hepatologe, das sind Leber, Gallenblase, Bauchspeicheldrüse. Jedenfalls hieß der Laden allgemein nur der *Lebertrank*.«

Aus irgendeinem Grund lachte Faith verblüfft auf.

Sara sah Will an.

Sie lächelte.

Er lächelte zurück.

»So, ich glaub, ich hab es.« Faith drehte ihren Laptop herum, sodass alle die Karte sehen konnten. Sie zeigte auf eine Kreuzung von zwei Straßen. »Es gibt einen Edelmarkt an der Ecke Arendelle und Loudermilk. Kommt das hin?«

Sara nickte. »Der *Lebertrank* war in der Mitte der Arendelle. Ich glaube, auf einer Seite war ein Schuhladen. Sneakers und Sportbekleidung, etwas in der Art.«

Faith blickte wieder zu ihrer Wand hinauf. Sie hatte die Arme verschränkt und überlegte, wie sie vorgehen könnten.

Schließlich sagte sie: »Ich würde die Ermittlung so angehen, dass ich den Namen der Kneipe herausfinde und den Besitzer ausfindig mache. Ich würde seine Gehaltsliste durchgehen und sein damaliges Personal aufstöbern und schauen, ob sie sich an irgendwelche verdächtigen Gestalten von diesem Abend oder einer der früheren Partys erinnern. Dann würde ich allgemein die Polizeiberichte nach Verbrechen in dieser Gegend durchforsten – gab es um diese Nacht herum weitere Übergriffe? Hat jemand etwas Verdächtiges bemerkt? Gab es versuchte Raubüberfälle, die in Wirklichkeit fehlgeschlagene sexuelle Angriffe gewesen sein könnten? Dann würde ich gründliche Hintergrundchecks über Richie Rich und die Gang durchführen, um zu schauen, was für Leichen sie im Schrank haben, und dann würde ich an ihre Türen klopfen und Fragen stellen.«

Sara nickte. Sie sah hoffnungsvoll aus, und das war das Schlimmste dabei.

Will wollte nicht Faith diejenige sein lassen, die sie enttäuschen musste.

»Nichts davon können wir tun«, sagte er. »Das GBI muss darum gebeten werden oder den Auftrag bekommen, zu ermitteln. Atlanta verhält sich in der Regel fair uns gegenüber, aber wir haben keinen hinreichenden Grund, um uns an die

Polizei von Atlanta zu wenden. Sie würden auf der Grundlage von dem, was wir haben, niemals einen Fall eröffnen.«

»Ihr eröffnet keinen Fall.« Sara sah zu Will hinauf. »Ich dachte, wir könnten die Sache informell handhaben.«

»Das eben war der informelle Teil«, sagte er.

Faith erklärte es Sara. »Die Fallnummern, die du für deine Obduktionsberichte verwendest, die werden von uns erstellt. Wir müssen sie jedes Mal einfügen, wenn wir eine Zeugenaussage aufnehmen, mit einem Verdächtigen sprechen, einen Bericht zu den Akten geben oder uns in das GBI-Portal einloggen. Andernfalls kann alles, was ich beschrieben habe, als illegal, Amtsmissbrauch oder Polizeischikane betrachtet werden. Und bestimmt habe ich noch etwas vergessen.«

»Nicht genehmigter Einsatz polizeilicher Ressourcen«, half Will aus.

Alle schwiegen und überlegten, wie sie das Problem umgehen könnten.

»Ich kann es huckepack auf eine meiner existierenden Fallnummern laden«, sagte Will. »Es wird mindestens eine Woche, vielleicht länger dauern, bis irgendwer Alarm schlägt.«

»Nein.« Sara war eisern. »Kommt überhaupt nicht infrage.«

Will sah nicht, wie sie ihn daran hindern sollte.

»Warte mal«, sagte Faith. »Britt ist nicht die einzige Quelle für das, was in dieser Nacht passiert ist. Wir brauchen keinen hinreichenden Grund, um mit jemandem zu reden, der auf Bewährung draußen ist. Wir können Jack Allen Wright vernehmen.«

Sara war beim Namen des Mannes, der sie vergewaltigt hatte, zusammengezuckt.

»Oh, Scheiße.« Faith wusste, was sie getan hatte. »Sara, ich …«

Sara stand so schnell auf, dass der Stuhl über den Boden scharrte. Sie verließ den Raum. Will hörte, wie sich die Haustür hinter ihr schloss.

Er ging in den Flur hinaus, aber nicht um Sara zu folgen. Er musste sich eine Minute sammeln, damit er Faith, die seit fünf Jahren seine Partnerin beim GBI war, nicht ungespitzt in den Boden rammte.

»Es tut mir leid.« Faith stand hinter ihm. Ihre Reue war mit Händen zu greifen. »Ich gehe mich entschuldigen.«

»Warte, bis sie zurückkommt.«

»Ich sollte nach ihr sehen«, sagte Faith. »Oder du. Einer von uns.«

»Wolltest du heute Morgen, dass ich nach *dir* sehe?«

Sie antwortete nicht.

Will drehte sich um.

Faith war wieder in die Küche gegangen. Sie sank auf den Stuhl, klappte ihren Laptop auf und fing zu tippen an.

Er war immer noch wütend auf sie, aber er würde nicht zulassen, dass Faith riskierte, ihre Dienstmarke und ihren Pensionsanspruch zu verlieren, weil sie eine illegale Recherche durchführte.

»Benutze meinen Log-in«, sagte er.

»Ich benutze deinen Log-in nicht. Ich benutze Google.« Sie sah zu ihm hoch. »Die Gang, das sind alles Ärzte, die in einem Krankenhaus arbeiten. Wir können zumindest bestätigen, wo sie sind. Gib mir irgendeinen Namen von der Liste.«

Will musste nicht an die Küchenschränke schauen. Er sagte es aus dem Gedächtnis auf. »Dr. Sloan Bauer, Kinder-Hämatologin, Children's Hospital, Connecticut.«

Faith tippte es als Suchbegriff ein.

Die Krankenhausseite lud schnell hoch. Sloan war dürr wie ein Windhund, hatte langes blondes Haar, eine spitze Nase und unnatürlich volle Lippen. Ihre goldgerändete Brille war zu groß für ihr Gesicht, aber er nahm an, das gehörte zu ihrem Look.

»Mason hat Sloan Bauer hinter Saras Rücken gefickt, oder?«, sagte Faith.

»Ja.« Man begleitete seine Freundin nicht zur Arbeit, wenn die Freundin von außerhalb noch in der Bar war. »Chaz Penley. Klinikarzt. Atlanta Health.«

Will blickte Faith über die Schulter, während sie tippte. Chaz Penley stand ganz oben auf der Seite, also war er natürlich ihre erste Wahl. Blondes Haar, blaue Augen. Vor fünfzehn Jahren hatte es ihm wahrscheinlich nicht an Gesellschaft gefehlt, aber diese Zeiten waren eindeutig vorbei.

»Ich schätze, wir wissen, was aus Rolf wurde, nachdem er die Trapp-Familie verpfiffen hat«, sagte Faith.

»Druck die Fotos aus.« Will sah sie die bisherigen Seiten durchgehen und auf Print drücken. »Blythe Creedy ist die Nächste. HNO-Ärztin. Peachtree Corners.«

Faith öffnete einen neuen Tab. Dann noch einen. Sie gingen den Rest der Gang durch und druckten von allen Fotos aus. Royce Ellison. Bing Forster. Prudence Stanley. Rosaline Stone. Mac McAllister. Professionelle Porträtfotos begleiteten lange Listen von Abschlüssen und Spezialgebieten auf Webseiten von Kliniken und gestylten Privatpraxisseiten. Die Ärztinnen und Ärzte sahen samt und sonders aus wie die Kids, die in der Mittelstufe beim Lunch am Außenseitertisch gesessen hatten.

Nicht, dass Will viel Zeit in der Cafeteria verbracht hatte. Er hatte sich meistens im Büro des Direktors aufgehalten.

»Lass uns Britt suchen«, sagte Faith. »Ich wette, sie sieht wie die typische verwöhnte Vorstadtgattin aus.«

Britt war nicht so leicht zu finden wie die anderen. Sie war nicht auf der Seite eines Krankenhauses oder einer Privatpraxis aufgeführt, weil sie nicht mehr als Ärztin arbeitete. Instagram, TikTok und Facebook waren Fehlschläge, aber sie fanden sie auf Twitter.

Auf Britts Profilfoto sah man Mac, wie er bei Tommys Schulabschlussfeier den Arm um den Jungen legte. Auf dem

Hintergrundbanner ging eine Sonne über einem See mit Bergen in der Ferne unter.

»Noch ein paar Badewannen dazu, und es könnte ein Werbespot für Erektionsstörungen sein«, sagte Faith.

Sie scrollte so schnell, dass Will nichts erkennen konnte, aber sie erklärte: »Sie retweetet eine Menge medizinisches Zeug – Artikel, Ratgeber, andere Ärzte, Mütterkram. Kaum Originalinhalte.«

»Wahrscheinlich hat sie ihren Account vor Tommys Prozess professionell durchforsten lassen.«

»Wahrscheinlich.« Faith übersprang einen Clip, der sich automatisch abzuspielen versuchte. »Am ersten Prozesstag hat Britt getwittert: ›So stolz auf meinen Tommy, weil er stark ist. Ich kann es kaum erwarten, zu unserem normalen Leben zurückzukehren. Er wird eines Tages ein fantastischer Arzt sein, genau wie DH.‹«

»Wer?«

»DH. Das ist Internetcode, benutzen Mommys für ›mein dämlicher Mann‹.« Faith las weiter. »Tag zwei. ›Ich kann nicht glauben, wie gelassen mein Tommy ist. Diese sogenannten Experten haben keine Ahnung, wovon sie reden. Wartet nur, bis wir an der Reihe sind!‹«

»Was war gestern, als Sara ausgesagt hat?«

»›Viele Lügen werden heute erzählt. Soviel ich weiß, ist Meineid immer noch strafbar. Mein Tommy dürfte nicht einmal hier sein, aber wir werden uns als Familie wehren.‹ Warte, eben ist ein neuer angekommen.« Faith klickte, um Britts jüngsten Tweet anzuzeigen. »›Morgen Sitzungspause, dann sind wir dran. Gott sei Dank! Werde ein paar Bälle im AM schlagen, dann Abendessen für meine beiden prächtigen Jungs machen.‹«

»Man schlägt Bälle auf einem Tennisplatz«, sagte Will. »Versuch mal die Atlanta Women's Racquet Association.«

»Verdammt, du hast recht. Sie muss in der AWRA sein.«
Faith holte bereits die Webseite auf den Schirm. »Alle diese früheren Power-Mütter sind ganz wild auf Wettkampf. Tennis ist das Einzige, was sie davon abhält, ihre Range Rover von einer Klippe zu steuern.«

Will kannte das leuchtend grüne Logo mit einem pinkfarbenen Tennisschläger in der Mitte. Atlanta war eine Tennisstadt. Das Abzeichen war allgegenwärtig. Faith navigierte zu einer Karte der Metropolregion und wählte das Buckhead Team aus. Es gab eine Unmenge von Gruppenfotos – Frauen auf dem Platz, Frauen mit Wimpeln und Trophäen in den Händen, Frauen, die Wein tranken –, aber keine Bildunterschriften, die den mit Botox gespritzten Gesichtern Namen zuordneten.

»Es muss irgendeine Wohltätigkeitsaktion oder eine Veranstaltung geben, die sie sponsern.«

»Wohltätigkeit?« Faith klang skeptisch, aber sie scrollte weiter.

»Da.« Will zeigte auf einen farbenfrohen Truthahn, der von Konserven umgeben war. »Lebensmittelspende zu Thanksgiving.«

»Woher weißt du so viel über diese Leute?«

»Ich halte die Augen offen.«

»Kein Scheiß.« Sie klickte auf den Truthahn, was sie zu einer weiteren Seite mit noch mehr Fotos führte, aber diesmal waren es lauter Einzelpersonen. Faith klickte eine an. Sie ließ ein triumphierendes Lachen hören und sagte: »Dr. Britt McAllister, Koordinatorin der Ehrenamtlichen.«

Britt trug ein leuchtend rosa Tenniskleid. Sie hatte einen Tennisschläger in der einen Hand und ein Glas Wein in der anderen. Ihre Stirn war unnatürlich starr, die Haut um die Augen straff gespannt. Das Lächeln auf ihrem Gesicht wirkte, als bereitete es ihr körperlichen Schmerz.

»Alle Schönheitschirurgie der Welt kann so viel Bosheit nicht auslöschen.«

Will fand, das beschrieb es sehr gut. Britt McAllister war eine hart aussehende Frau. Ihre Knochen waren zu spitz, ihre Züge zu ausgeprägt. Sie sah zu dünn aus. Zu spröde. Zu viel von Vielem. Er beugte sich für einen genaueren Blick vor, aber es ging ihm nicht um ihr Gesicht. Er wollte den Hintergrund sehen. Britt stand auf einem Sandplatz. Atlantas öffentliche Tennisanlagen hatten allesamt Hartplätze. An dem Gebäude hinter ihr war ein verschwommenes Schild.

Er zeigte auf das goldene und blaue Abzeichen und sagte zu Faith: »Sie ist Mitglied im Piedmont Hills Town and Country Club.«

Faith stieß einen leisen Pfiff aus. Piedmont Hills erstreckte sich entlang des Chattahoochee River und war umgeben von Anwesen im Bereich von zehn Millionen Dollar aufwärts. »Wie bist du darauf gekommen?«

»Ich halte …«

»… die Augen offen, richtig. Dann wollen wir diese Arschlöcher mal an die Wand pinnen.« Faith druckte das Bild von Britt aus. Will ging in ihre Vorratskammer, wo ihr Farbdrucker hinter Künstlerbedarf, Gemüsekonserven, zu vielen Einkaufstaschen und mehreren verknitterten Rollen Packpapier versteckt war.

»Es tut mir auch wegen dir leid«, sagte Faith. »Was ich vorhin gesagt habe. Ich weiß, dass Sara nicht die Einzige ist, die sich getroffen fühlt.«

Will nickte zum Zeichen, dass er die Entschuldigung zu schätzen wusste, während er die Fotos auf dem Tisch auslegte. »Zwei fehlen uns noch.«

»Mason James ist Schönheitschirurg in Buckhead.« Faith begann eine neue Suche auf ihrem Laptop. Sie stieß einen leisen Schrei aus, als das Foto geladen wurde. »Meine Fresse.«

Will rieb sich das Kinn.

Mason lehnte an einem Sportwagen, das Sakko über der Schulter, als würde er für einen Spot von Hugo Boss modeln.

Seine Frisur war so perfekt, dass er sie wahrscheinlich mit Spray in Form gebracht hatte. Der Zweitagebart war zu ordentlich, um natürlich zu sein. Das Schlimmste war das Auto, ein Maserati MC20 Coupé in *Rosso Vincente*, was die Bezeichnung für Rot war, wenn man eine halbe Million Dollar für ein Auto ausgeben konnte.

»Du lieber Himmel«, murmelte Faith. »Tut mir leid, Mann, aber heilige Scheiße, dieser Typ könnte mich in die Pubertät zurückfallen lassen.«

Will streckte die Hand aus und drückte die Taste zum Ausdrucken der Seite. »Was ist mit Cam Carmichael?«

»Cameron.« Faith war so anständig, den Tab mit Masons Foto zu überschreiben. Die neue Suche förderte einen Artikel von der Website einer Boulevardzeitung zutage.

Will erkannte einige Worte in der riesigen Schlagzeile mühelos, weil sie in seinem Beruf häufig auftauchten. »Wie ist ein Notarzt in New York an eine Glock gekommen?«, sagte er.

Faith drehte sich zu ihm um. »Du hast das gelesen?«

»Ich bin kein Vollidiot«, sagte er. »Druck einfach den verdammten Artikel aus.«

»Welchen Artikel?« Sara trat hinter ihn und legte die Hand auf Wills Schulter.

»Sara.« Faith stand auf. »Es tut mir wirklich leid, dass ich so gedankenlos war. Ich hätte nicht …«

»Schon gut«, unterbrach Sara, womit sie klarmachte, dass es nicht gut war, aber dass sie nicht mehr darüber sprechen wollte. »Ich will nicht, dass mit ihm Kontakt aufgenommen wird, okay? Oder sein Bewährungsbeamter angerufen wird oder etwas dergleichen. Verstanden?«

»Verstanden«, sagte Faith.

Sara drückte Wills Schulter noch einmal, dann hob sie den Laptop hoch.

Ohne dass sie dazu aufgefordert wurde, begann sie den Artikel laut vorzulesen.

»»Die Leiche des vierunddreißigjährigen Dr. Cameron Davis Carmichael, Unfallchirurg am Bellevue Hospital, wurde heute Morgen aufgefunden, nachdem die Schwester des Opfers das NYPD gebeten hatte, in seiner Wohnung in Chelsea nach dem Rechten zu sehen. Dr. Jeanene Carmichael-Brown aus Princeton, New Jersey, hatte sich Sorgen gemacht, nachdem sie mehr als eine Woche nichts von ihrem Bruder gehört hatte. Ein Kollege am Bellevue, der anonym bleiben möchte, sagte, Carmichael sei niedergeschlagen gewesen, nachdem er einen Patienten verloren hatte, und seit mehreren Tagen nicht zur Arbeit erschienen. Dem Büro des amtlichen Leichenbeschauers zufolge starb das Opfer an einer Schusswunde, die es sich selbst zugefügt hatte. Eine zuvor in Fairfax, Virginia, als gestohlen gemeldete Glock 19 wurde als Tatwaffe bestätigt. Das NYPD berichtet von einem Anstieg der Schusswaffengewalt in den Kips-Bay-Bezirken. Laut Detective Danny DuFonzo, der am Tatort war, nimmt die Polizei an, dass Carmichael die illegale Waffe von einem Patienten im Krankenhaus gekauft hat. Wer einen anonymen Hinweis abgeben möchte, kann sich bei Crime Stoppers melden.‹«

»Er hat einen Patienten verloren«, sagte Faith. »Er war deprimiert.«

Sara stellte den Laptop auf den Tisch zurück. Sie legte die Hand wieder auf Wills Schulter. Sie wollte ihm nicht vermitteln, dass sie okay war, vielmehr hielt sie sich an ihm fest.

»Wie sieht der Plan aus?«, wollte Will von ihr wissen.

»Es gibt keinen Plan.« Sara hatte offenbar einen Entschluss gefasst. »Wir haben keinen hinreichenden Grund, um einen Fall zu eröffnen. Wir kennen den Namen von Tommys erstem Opfer nicht. Wir haben keine Möglichkeit, uns an Britt heranzumachen, ohne dass ihr schlimmstenfalls gefeuert werdet und mindestens für alle Ewigkeit bei Amanda unten durch seid. Ich weiß es zu schätzen, dass ihr beide euch die Sache anseht, aber die Ziegelmauer hat sich nicht bewegt. Wenn überhaupt, ist sie noch undurchdringlicher geworden.«

Faith schaute verwirrt drein. »Willst du sagen, wir sollen das Ganze fallenlassen?«

»Ja«, antwortete Sara. »Was bleibt uns anderes übrig?«

»Wir können die Gang abklappern und mit den Leuten reden. Das kann nicht schaden. Wir können auf der Stelle mithilfe einer Kreditkarte Hintergrundchecks im Internet durchführen.«

»Mit welchem Ziel?«, fragte Sara. »Wenn wir wissen, wie Cam sich umgebracht hat, oder selbst wenn wir herausfinden, dass Chaz spielsüchtig ist oder Pru wegen eines Kunstfehlers verklagt wurde – was haben wir davon?«

»Einen Ansatzpunkt«, sagte Faith. »Die Leute tun alles, um ihre Geheimnisse zu bewahren, ob es ein Problem mit Glücksspiel ist, ein Strafverfahren oder was auch immer. Sie werden mit uns reden, weil sie Angst haben, dass wir anfangen, *über* sie zu reden.«

»Nein.« Sara klang nicht nur frustriert. Sie klang wütend. »Ich denke, ich muss mich nicht wiederholen, Faith. Ich sagte, lasst es sein. Es gibt nichts, was einer von uns tun kann.«

»Selbstverständlich gibt es etwas.« Faiths Ton stand Saras in nichts nach. »Wir dürfen Britt nicht damit durchkommen lassen. Sie weiß etwas. Sie hat zu dir gesagt, dass es eine Verbindung zwischen deiner Vergewaltigung und Danis Tod gibt. Ich verstehe, warum du es aus persönlichen Gründen fallen lassen willst, aber ist dir Dani egal?«

Sara explodierte. »Ist das dein Ernst, verdammt noch mal?« Sie streckte den Arm aus, um Will am Eingreifen zu hindern. »Sag mir, wie ich ihr helfen kann! Sag mir, was ich tun soll! Es gibt nichts!«

»Es gibt Wege …«

»Welche Wege?«, fragte Sara. »Ich werde dich und Will keinerlei Risiko aussetzen. Du hast ein kleines Kind zu Hause, Faith. Du brauchst deinen Job, deine Sozialleistungen, deinen Pensionsanspruch. Es haben schon genug Leute meinetwegen gelitten. Ich werde nicht zulassen, dass noch jemand zu Schaden kommt.«

»Weißt du, wer leiden sollte?«, gab Faith zurück. »Britt McAllister. Wir können mit ihr anfangen.«

»Wie?« Sara verlangte ernsthaft nach einer Antwort. »Sag mir, wie du mit Britt sprechen kannst, ohne dein eigenes Leben zu zerstören.«

»Wir haben einen hinreichenden Grund, Nachforschungen zu dem anzustellen, was sie in der Toilette zu dir gesagt hat.«

»Okay, akzeptieren wir das einfach mal so. Aber niemand muss mit der Polizei reden, wenn er es nicht will. Britt ist reicher als Gott und umgeben von Anwälten. Du kommst nicht weiter als bis zum Tor ihres Grundstücks. Sie wird das Dienstmädchen anweisen, nicht auf den Summer zu drücken.«

»Wir können ihr folgen. Ihr auflauern. Sie erwischen, wenn sie nicht auf der Hut ist.«

»Im Gericht? Im Spa? Ihrem Yogastudio? Weißt du, wie lächerlich das klingt? Sie wird dir ins Gesicht lachen und dich einfach stehen lassen.«

»Ihr Country Club. Sie ist Mitglied in Piedmont Hills.«

»Faith …«

»Nein.« Faith zeigte mit dem Finger auf Sara. »Du hast selbst gesagt, dass Britt ein krankhaftes Klassenbewusstsein hat. Sie wird sich vor ihren Leuten nicht gehen lassen. Es wird ihr peinlich sein. Damit können wir arbeiten.«

»Weißt du, wie exklusiv dieser Club ist? Er ist voller Richter und Politiker. Die lassen keine Cops reinspazieren und ihre Mitglieder belästigen.«

»Ich bitte um eine Führung.«

»Sie veranstalten keine Führungen für Leute von der Straße!«, schrie Sara. »Das ist einer der Top-Ten-Clubs im Land. Sie überprüfen dich – ob du ein hohes Nettovermögen hast, Verbindungen, Einfluss. Hast du irgendetwas davon vorzuweisen?«

Faith kapitulierte nicht. »Es muss noch einen anderen Weg geben, um da reinzukommen.«

»Man muss Mitglied sein oder ein Mitglied kennen. Das ist der einzige Weg. Kennst du ein Mitglied, Faith? Kennst du jemanden, der zweihundertfünfzigtausend Dollar Aufnahmegebühr hingeblättert hat und zweitausend Dollar Beitrag im Monat zahlt?«

Will musste dem Ganzen ein Ende machen.

»Ich kenne jemanden«, sagte er.

5

Sara betrachtete Wills verschwommenes Spiegelbild in der Aufzugtür. Sein Schweigen während der Fahrt hinauf zu ihrer Wohnung machte sie rasend. Ihre Kehle war wund, weil sie fast den ganzen Weg von Faiths Haus hierher mit erhobener Stimme gesprochen hatte. Sara hasste es, laut zu werden. Sie war stinksauer, dass Faith bereit war, ihren Job aufs Spiel zu setzen, und Will seinen Seelenfrieden, und das alles wegen ein paar idiotischer Bemerkungen, die Britt McAllister in einer gottverdammten Toilette gemacht hatte. Das war der Fallout, den Sara im letzten halben Jahr am meisten gefürchtet hatte. Wann immer sie sich geöffnet und über ihre Vergewaltigung gesprochen hatte, hatte es bei den Menschen in ihrer Umgebung unweigerlich Wunden aufgerissen.

»Liebster.« Sie bemühte sich um einen ruhigen Ton. »Du hast gesagt, du trägst jede Entscheidung mit, die ich treffe. Das ist meine Entscheidung: Ich werde dich das nicht tun lassen.«

Das *lassen* brachte ihr einen schneidenden Blick ein, bevor Will wieder auf die Tür starrte.

Sara hätte ihn am liebsten gepackt und geschüttelt. Ihn angefleht, es nicht zu tun. Sie würden einen anderen Weg finden, um an Britt McAllister heranzukommen.

Sie würde ihm nicht erlauben, seine Tante Eliza um Hilfe zu bitten.

Will war nicht im Heim aufgewachsen, weil es keine andere Möglichkeit gegeben hatte. Als seine Mutter starb, hatte sie noch einen lebenden Verwandten gehabt, einen Bruder, der seit Generationen in der Familie befindlichen, unvorstellbaren Reichtum geerbt hatte. Der Mann hätte ohne Weiteres Wills Adoption arrangieren können, er hätte Kindermädchen engagieren oder ein Internat finanzieren können, ohne ihm je persönlich begegnen zu müssen, aber stattdessen hatten er und seine Frau Eliza den jungen Will in staatlicher Fürsorge verrotten lassen.

Sara fand, das einzig Anständige von Wills Onkel war gewesen, vor drei Jahren an einem schweren Schlaganfall zu sterben. Im Nachruf stand, es sei am dritten Loch im Piedmont Hills Town and Country Club passiert, wo er und seine Frau langjährige Mitglieder gewesen waren. Wenn es etwas wie Gerechtigkeit in der Welt gab, würde ihm seine Frau bald nachfolgen. Wenn es nach Sara ginge, konnten die beiden gern auf Bergen ihres Blutgelds in der Hölle schmoren.

Der Aufzug hatte das oberste Stockwerk erreicht. Die Tür ging auf. Will trat zur Seite, damit Sara zuerst hinaustreten konnte. Statt auszusteigen, blieb sie jedoch stehen und sah ihn an.

»Will, bitte. Es ist den Ärger nicht wert. Britt wird sich nicht auf wundersame Weise noch einmal öffnen. Sie hat es beim ersten Mal nur deshalb getan, weil sie zugedröhnt war und aufgebracht und ...«

Die Tür begann sich zu schließen. Will streckte die Hand aus und hielt sie auf, damit Sara nicht getroffen wurde. Aber er sagte noch immer nichts. Sie wusste, er würde die ganze Nacht hier stehen bleiben, wenn sie sich nicht bewegte. Er war so verdammt störrisch.

Sara blieb nichts anderes übrig, als zu ihrer Eigentumswohnung zu gehen. Sie rechnete damit, die Hunde auf der anderen Seite der Tür zu hören, aber als sie den Schlüssel ins Schloss steckte, blieb es still.

»Hallo zusammen.« Tessa stand an der Spüle und wusch Geschirr. Sie hatte das Babyfon auf der Theke liegen, für den Fall, dass ihre Tochter aufwachte. »Ich wollte mit den Hunden Gassi gehen, aber ...«

Will nahm die Leinen vom Haken. Billy und Bob, Saras Greyhounds, schlenderten zu ihm. Sie warteten geduldig, bis die Leinen an ihre Halsbänder geklipst waren. Will zog die Mülltüte aus dem Eimer und verschnürte sie.

Schließlich sprach er, aber nicht mit Sara. »Betty.«

Der kleine Hund blieb auf seinem Samtkissen sitzen. Will musste zur Couch gehen und ihn aufheben. Betty schmiegte sich an seine Brust und leckte an seinem Hals, was seinem stoischen Schweigen ein wenig die Wirkung nahm. Er sah Sara wehmütig an und griff nach der Mülltüte. Der Chihuahua war ein vernachlässigter Streuner gewesen, und er hatte es nicht übers Herz gebracht, ihn ins Tierheim zu geben.

Tessa wartete, bis sich die Tür hinter ihm schloss. »Das war aber frostig.«

Sara hatte nicht die Absicht, ihre Schwester in dieses Schlamassel hineinzuziehen. »Was tust du da? Wir haben eine Geschirrspülmaschine.«

»Es ist besser, es mit der Hand zu spülen.«

Sara wusste nicht, für wen es besser war, aber sie griff nach einem Geschirrtuch, um beim Abtrocknen zu helfen.

»Ich mach das schon«, sagte Tessa. »Leiste mir einfach Gesellschaft.«

Sara setzte sich widerstrebend. Seit Tessas Einzug waren sie in das vertraute Muster zurückgefallen, dass Tessa mehr tat, als sie sollte. Wenn man als Mann auf dem Weg zum Erfolg war, kümmerte sich die Frau im Wesentlichen um den häuslichen Teil des Lebens. Wenn man eine Frau auf dem Weg zum Erfolg war, musste man entweder im Dreck leben oder sich auf seine Familie stützen.

Sara versuchte es noch einmal. »Tess, du musst nicht hinter mir sauber machen.«

»Du hilfst mir bei der Miete.«

»Aus egoistischen Gründen.« Sara nahm das Babyfon in die Hand. Sie hörte leises Atmen. »Wie geht es meiner kleinen Nichte?«

»Deine teure Isabelle hat sich ein Stück Brot in die Nase gesteckt und gesagt, sie wollte sehen, wie es schmeckt.«

Sara lächelte. »Sie hat recht. Die Epiglottis …«

»Bitte jetzt keine Anatomievorlesung.«

Sara legte das Babyfon beiseite. Sie sah ihren Verlobungsring und fühlte alle Ängste wieder aufwallen. Das Schwerste bei der Geschichte – das, was Sara nicht zugeben wollte – war, dass sie sich *wünschte*, Faith und Will würden sich Britt vorknöpfen. Sie wollte, dass sich die Frau in die Enge getrieben fühlte. Dass sie Angst hatte und hilflos war, so wie Sara in der Toilette. Aber Will auszunutzen, damit das geschah, ihn zu zwingen, eine Verbindung mit einer Frau herzustellen, die ihn wie Müll aussortiert hatte, erschien ihr als der Gipfel der Selbstsucht.

Sara durfte es nicht tun.

»Was ist los?«, fragte Tessa. »Du bist in letzter Zeit sehr geheimnisvoll.«

»Nur müde.« Sara wechselte das Thema. »Wie sieht es bei dir aus? Wieso spülst du hier mitten in der Nacht mein Geschirr?«

Tessa gab sofort nach. »Lem hat angerufen.«

»Ach ja?« Sara musste keine offizielle Aufforderung aussprechen. Tessa stürzte sich in einen ausführlichen Bericht über das jüngste Gespräch mit ihrem Ex. Nichts, was sie sagte, war neu oder überraschend. Sara nahm auf dem Barhocker Platz und hörte zu, aber ihre Gedanken zog es ständig in die Vergangenheit.

Als vor fünfzehn Jahren die Nachricht von Saras Vergewaltigung die Runde gemacht hatte, hatten sich ihre Kollegen im Krankenhaus in alle Winde zerstreut, manche hatten gekündigt, andere darum gebeten, in andere Abteilungen versetzt zu werden. Mason war zu seinen niederen Trieben zurückgekehrt. Saras Tante Bella hatte von da an mit einem geladenen Revolver neben dem Bett geschlafen. Ihre übrigen Tanten und Onkel und die Cousins und Cousinen waren alle entweder sehr anhänglich geworden oder sehr distanziert, sie hatten zu viel wissen wollen oder rein gar nichts. Ihr Vater hatte sie nie wieder so angesehen wie früher. Ihre Mutter war bis heute hyperwachsam. Tessa hatte sich nie ganz von den Vorkommnissen erholt. Sie war eine andere geworden, nachdem sie mitansehen musste, wie Sara zu kämpfen hatte, um sich selbst wiederzufinden. Tessa hatte sich ihre große Schwester immer als unbesiegbar vorgestellt, als den Menschen, der sie beschützen würde, egal was kam. Alle hatten sich durch ihre Verbindung zu Sara verletzlicher gefühlt.

Deshalb hatte sie ihrer Familie nichts von Dani Cooper gesagt.

Deshalb würde sie Eliza keine Gelegenheit geben, Will zu verletzen.

»Ich habe also Daddy davon erzählt«, sagte Tessa gerade. »Und er sagte, falls ich beschließe, Lem umzubringen, soll ich es mit dem Deckel einer Tupperdose tun, weil die nie zu finden sind.«

Sara zwang sich zu einem Lächeln. »Sprich mit mir, bevor du etwas unternimmst. Ich kenne mich aus mit Mord.«

»Unbedingt.« Tessa ließ das Wasser aus dem Spülbecken ablaufen. »Okay, jetzt kannst du mir von den Spannungen zwischen dir und Will erzählen. Liegt es an kalten Füßen?«

Sara schüttelte den Kopf.

»Jedenfalls finde ich, dass er gut für dich ist«, sagte Tessa. »Er ist anders.«

Sofort fühlte sich Sara in die Defensive gedrängt. »So viel anders ist er nicht.«

»Ich rede nicht von seinen Macken. Ich meine, im Vergleich zu den ganzen anderen Typen, mit denen du zusammen warst.«

»Den ganzen anderen Typen?«, wiederholte Sara, denn sie wussten beide, dass Sara, von ein paar miesen One-Night-Stands abgesehen, serienmäßig monogam war. »Das ist eine sehr kurze Liste.«

»Genau das meine ich.« Tessa faltete das Geschirrtuch. »Steve war grauenhaft langweilig.«

»Alle Jungs in der Highschool sind langweilig.«

»Nicht die Jungs, die ich kannte. Oder die Mädchen.« Tessa warf das Geschirrtuch auf die Theke. »Mason war ein dekadenter Lackaffe. Ob er da war oder nicht, spielte in deinem Leben keine Rolle.«

Sara gab ihr insgeheim recht. Mason war das Äquivalent von Mayonnaise, nur dass sie Mayonnaise tatsächlich vermissen würde, wenn keine da war. »Kannst du endlich sagen, worauf du hinauswillst?«

»Will weiß, wer du bist. Du bist bei ihm mehr du selbst als bei jedem anderen Mann, mit dem ich dich erlebt habe.«

Saras Augenlider waren bereits rissig vom vielen Weinen. Sie schaute an Tessa vorbei zu den Fotos am Kühlschrank. »Er ist ein guter Mann.«

»Er ist ein mächtig guter Mann«, sagte Tessa. »Ich meine, das ist genau das, wovon Salt 'n' Pepa gesungen haben. Er bringt den Müll raus, ohne dass man ihn darum bitten muss. Er hört auf dich.«

Sara lachte, denn im Augenblick hörte er weiß Gott nicht auf sie.

»Ich geh dann mal besser.« Tessa kam um die Theke herum. »Du erzählst mir, was du wirklich auf der Seele hast, wenn du dazu bereit bist.«

Sara nickte. »Okay.«

Tessa klipste das Babyfon an ihre Jeans. Als sie die Tür öffnete, um zu gehen, streckte Will von außen gerade die Hand nach der Klinke aus. Sie führten einen kleinen Tanz auf, bis Tessa um die Greyhounds herumgesegelt war. Sara hörte sie leise miteinander sprechen. Will schloss die Tür und setzte Betty dann vorsichtig auf ihrem Kissen ab. Sie sah ihn das Zimmer durchqueren. Er biss die Zähne nicht mehr gar so trotzig zusammen, der Spaziergang im Freien hatte ihm gutgetan. Aber sie wusste, er hatte seine Meinung nicht geändert.

Will legte sein Telefon vor sie auf die Arbeitsfläche.

Der Schirm leuchtete auf. Das Hintergrundbild war ein Foto von Sara auf seiner Couch, mit allen drei Hunden um sie herum. Sie erinnerte sich an den Tag, an dem es aufgenommen wurde. Im Fernsehen lief ein Spiel der Falcons. Sie hatten zu Mittag viel zu viel gegessen und einen dieser trägen, sinnlichen Tage verbracht, an denen einem klar wird, dass man in Wirklichkeit dabei ist, sich zu verlieben.

Sara versuchte es auf einem anderen Weg. »Wieso hast du Elizas Nummer?«

Er zögerte, ehe er antwortete. »Amanda hat mich dazu gebracht, sie in meine Kontakte aufzunehmen. Sie sagte, ich könnte eines Tages Fragen haben.«

»Hattest du schon einmal Fragen?«

»Man fragt eine Lügnerin nicht nach der Wahrheit.« Er ließ sich offenbar nicht ablenken. »Britt McAllister ist unsere einzige brauchbare Spur. Wenn sie auf Twitter nicht gelogen hat, wird sie morgen Vormittag im Country Club sein. Eliza ist unsere größte Chance, da hineinzukommen.«

Sara brauchte eine bessere Strategie. Sie hatte es mit Schreien versucht. Sie hatte es mit Betteln versucht. Jetzt würde sie ihn mit Logik in die Enge treiben. »Gehen wir es mal durch. Du überredest Eliza, dich und Faith auf ihre Gästeliste zu setzen. Du gehst in den Club. Sag mir, wie du Britt dort zum Reden bringen willst.«

»Faith und ich werden sie uns schnappen, wenn sie allein ist ...«

»In dieser Art Club halten sich Männer und Frauen in getrennten Bereichen auf. Ihr werdet auffallen.«

»Ich bin es gewohnt, aufzufallen.«

»Nicht auf diese Weise«, sagte Sara. »Und – ich liebe Faith, aber sie wird ebenfalls auffallen. Sie hat einen gewaltigen Minderwertigkeitskomplex, was solche Leute und solche Orte angeht. Was verständlich ist, aber sie wird diesmal keinen Heimvorteil haben. Den hat Britt. Und sie wird ihn nutzen.«

»Dann setze ich stattdessen deinen Namen auf die Gästeliste«, sagte Will. »Du kennst Britt besser als wir beide. Du weißt, welche Knöpfe du drücken musst. Und du weißt dich in so einem Club zu bewegen.«

Sara hatte kaum Worte. »Ich bin kein Detective. Und du vergisst, dass ich gestern in der Toilette total zusammengeklappt bin. Ich habe mich von ihr fertigmachen lassen.«

»Sie hatte das Überraschungsmoment auf ihrer Seite. Beim nächsten Mal wird es auf deiner Seite sein.«

Sara schüttelte den Kopf, obwohl ein Teil von ihr den Gedanken an eine Revanche genoss. »Es gibt immer noch ein fundamentales Problem. Ich werde nichts tun, wenn es bedeutet, dass du Eliza um einen Gefallen bitten musst. Sie wird im Gegenzug etwas von dir haben wollen. Nichts ist mir das wert. Nicht einmal die Gelegenheit, Britt zur Rede zu stellen.«

»Aber wenn es einen anderen Weg gäbe, würdest du es tun.«

Er war so verdammt clever. Er hatte Sara dazu gebracht zuzugeben, dass sie es wollte.

»Ich habe gesagt, ich unterstütze dich«, sagte er. »Du willst es – ich unterstütze dich.«

»Liebster, bitte.« Sara konnte nicht mehr gegen ihn ankämpfen. »Wir drehen uns im Kreis. Ich weiß, du bist müde. Ich bin auch müde. Lass uns zu Bett gehen. Wir sollten noch mal darüber schlafen.«

Er tat nicht einmal so, als würde er den Vorschlag in Erwägung ziehen. »Erzähl mir von Mac. Du sagst, er ist wie Tommy. Inwiefern?«

Sara wusste nicht, woher die Frage kam, aber wenn es Zeit verschaffte, über die McAllister-Männer zu reden, dann sollte es ihr recht sein. »Ich kenne Tommy nur vom Prozess, und er kommt als arrogantes Arschloch rüber, genau wie sein Vater. Sogar wie er das Kinn schräg hält, hat er sich von Mac abgeschaut. Es wirkt so verdammt herablassend.«

»Und als du mit Mac gearbeitet hast – wie war er da?«

»Vernimmst du mich?«

»Ich stelle nur Fragen.«

Er vernahm sie.

»Mac war brillant«, sagte sie. »Einer der besten Chirurgen, die ich je gesehen habe.«

»Das ist sein Job. Wie ist seine Persönlichkeit?«

»Eins durchdringt das andere. Das Herz ist ein intimes Organ. Wenn es sich in einem Kind, einem Säugling oder Fötus befindet, ist es, als würdest du das Leben selbst berühren. Du musst Selbstvertrauen haben, geduldig, vorsichtig, konzentriert sein.«

»Wie du es bei Dani warst.«

»Was ich bei Dani getan habe, wäre bei einem Kleinkind nicht möglich gewesen. Sie sind viel zarter, viel verletzlicher. Denk daran, wie klein Bettys Herz ist.«

»Das ist winzig, wie eine Pflaume«, sagte Will. »Wie repariert man es?«

»Mit den Händen.«

Er sah sie an, bis sie nachgab.

»Von allem, was ich gesehen habe, kommt es einem Wunder am nächsten.« Sara schämte sich für die Phrase bei etwas so Außergewöhnlichem. »Beim ersten Mal habe ich Dr. Nygaard bei einem zwei Monate alten Kind mit Ventrikelseptumdefekt assistiert. Das ist ein Loch in der Scheidewand zwischen den beiden Herzkammern, und es ist komplizierter, als ich es darstelle, aber wenn man das Brustbein aufbricht, kommt man zum eigentlichen Herzen, und es ist ein Schock, wie es da in der Brust sitzt. Es ist auf Bypass, deshalb liegt es völlig reglos. Man sieht, wie fantastisch es ist, fast wie eine Skulptur. Dann ließ mich Dr. Nygaard die Reparatur vornehmen, und am einfachsten lässt es sich wie eine Kombination aus dem Zuspachteln einer Trockenwand und dem Flicken einer Socke beschreiben.«

Will schaute verwirrt drein, wahrscheinlich weil er beides schon getan hatte.

»Du nimmst einen Flicken, um die Öffnung zu verschließen, und sobald er festgenäht ist, war es das. Du nimmst das Herz vom Bypass. Manchmal musst du es durch leichtes Drücken zu seinem Rhythmus animieren. Fast so, wie wenn man jemanden zur Aufmunterung drückt. Und das ist alles. Du hast diesem Kind den Rest seines Lebens geschenkt.«

Will bot ihr sein Taschentuch an.

Ausnahmsweise war es Sara egal, dass sie weinte. Es gab kein größeres Geschenk als das Leben eines Kindes. »Nachdem das Herz geheilt ist, kann das Kind herumrennen und spielen, seinen Spaß haben, erwachsen werden und heiraten und vielleicht eigene Kinder bekommen. Aber das bist *du* im Herzen dieses Kindes. *Du* bist diejenige, die es möglich gemacht hat. Es verschafft dir eine unglaublich intime Verbindung zum Leben eines anderen Menschen.«

»Du willst also sagen«, sagte Will, »dass Mac sorgfältig ist und auf Kleinigkeiten achtet und … Was ist er noch?«

»Ein arroganter Kontrollfreak.« Sara lachte und wischte sich über die Augen. »Alle Chirurgen sind arrogante Kontrollfreaks. Das müssen sie in diesem Job sein. Aber du kannst ein guter Chirurg *und* ein schlechter Mensch sein. Mac konnte nie zugeben, dass er falschlag. Er gab anderen die Schuld, wenn bei einem Fall etwas schieflief. Seine Wut kannte keine Grenzen. Sein größtes Problem waren die Eltern von Patienten. Er konnte nicht vernünftig mit ihnen reden. Er verlor sich immer in technischen Beschreibungen und übersah, dass sie sich irgendwann nicht mehr für die Auswurffraktion oder T-Wellen interessieren. Sie legen buchstäblich das Herz ihres Kindes in deine Hände.«

»Sie wünschen sich, dass du mitfühlend bist.«

»Ja, aber sie wollen auch, dass du realistisch bist, was sie zu erwarten haben. Mac weigerte sich, ehrlich zu Eltern zu sein. Manchmal kannst du nicht alles beheben. Du kannst nur versuchen, es zu verbessern. Mac konnte mit solchen Gesprächen nicht umgehen, vor allem, wenn die Prognose schlecht war. Eltern sind so verletzlich, wenn ihr Kind krank ist. Sie brechen zusammen, sie klammern sich an dich, sie widersprechen, schreien oder wollen beten.«

»Mac mochte das nicht?«

»Er hasste es. Er nannte es *Elterndrama*«, sagte Sara. »Ich habe einmal mitangesehen, wie ihn Dr. Nygaard auf einer Konferenz über Morbidität und Mortalität deswegen zur Schnecke gemacht hat. Immer wenn es bei einem Assistenzarzt einen unerwünschten Zwischenfall gibt – wie etwa, dass ein Patient stirbt –, muss er den Fall einem Raum voller Ärzte präsentieren. Sie stellen dich infrage, zerpflücken deine Entscheidungen und schauen, ob du es hättest besser machen können.«

»Das hört sich nach Demütigung an.«

»Es kann qualvoll sein, aber es kann auch ein sanktionsfreier Raum sein, um zu lernen. Außer du bist Mac McAllister. Er war nicht der Ansicht, dass er noch etwas zu lernen hatte. Er wurde fuchsteufelswild, wenn ihn jemand infrage stellte. Genau wie Britt übrigens. Sie hatte das krankhafte Bedürfnis, an ihn zu glauben, und Mac hatte das krankhafte Bedürfnis, verehrt zu werden.«

»Hast du deshalb das Fellowship bekommen und nicht er?«

Sara würde das nur Will sagen. »Dr. Nygaard hat mir das Trainingsprogramm angeboten, weil ich die bessere Chirurgin war.«

Er grinste. »Du bist in den meisten Dingen besser.«

Sara fühlte sich im Augenblick in nichts besonders gut. Sie streckte die Hand aus und berührte sanft die Narbe, die im Zickzack durch Wills Augenbraue ging. Die schmale Narbe auf seiner Oberlippe hob sich hellrosa von seiner Haut ab. Sie dachte an das erste Mal, als sie ihn geküsst hatte. Ihre Knie hatten buchstäblich nachgegeben. Sein Geschmack hatte sie schwindlig gemacht. Erst später erfuhr sie, dass er die Narben im Gesicht und am Körper hatte, weil seine Tante und sein Onkel nicht einmal den Anstand aufbrachten, einem wehrlosen Kind Zuflucht zu geben.

»Du versuchst mich zu beschützen«, sagte Will. »Hör auf damit.«

»Du versuchst *mich* zu beschützen«, sagte Sara. »Wo ist der Unterschied?«

»Der Unterschied ist Tommy McAllister«, antwortete er. »Alles, was du mir über Mac erzählt hast, dass er arrogant, selbstsüchtig und ein Lügner ist, dass er die Schuld immer auf andere schiebt, und dass es ihm egal ist, ob jemand dabei zu Schaden kommt – Tommy ist genau wie sein Vater. Er hat einem Mädchen in der Mittelschule etwas angetan und ist damit durchgekommen, und zwei Jahre später war Dani tot. Er wird auch dieses Mal ungeschoren davonkommen. Selbst wenn er den Prozess verliert, wird es nicht Tommy sein, der den Scheck ausstellt. Glaubst du, dass Britt recht hat? Glaubst du, der Junge lernt seine Lektion? Oder glaubst du, er wird es wieder tun?«

Sara ließ die Hände in den Schoß sinken. In ihrem tiefsten Innern kannte Britt die Wahrheit. Und Sara kannte sie ebenfalls. Tommy würde es wieder tun. Ein weiteres Mädchen würde verletzt werden, vielleicht getötet. Eine weitere Familie konnte zerstört werden. Freunde, Partner, Kollegen, Mitschüler, Lehrer – alle würden in den Horror einer einzigen Gewalttat verstrickt sein.

»Okay«, fügte sich Sara. »Bring mich in den Club.«

DAS DOWNLOW

In dem Pop-up-Tanzclub war es so laut, dass Leighann kaum ihre eigenen Gedanken hörte. Der Bass dröhnte in ihrem Brustkorb. Sie wurde pausenlos herumgeschubst. Die Leute hatten alle die Hände in der Luft und reckten die Köpfe, während die Musik wie ein Maschinengewehrfeuer durch den höhlenartigen Raum peitschte.

»Los, komm!«, schrie ihr Jake ins Ohr. Als sie sich nicht rührte, schleifte er Leighann in die pulsierende Masse von Leibern, die die Tanzfläche belagerten.

Das *Downlow* tauchte wie aus dem Nichts einmal im Monat in verschiedenen Lagerhallen irgendwo in der City auf. Niemand wusste wann und wo, bis man eine SMS aufs Handy bekam. Die Nachricht von der heutigen Party hatte sich schneller auf dem Campus verbreitet als ein Tripper. Das Lagerhaus war gerammelt voll mit verschwitzten, grapschenden Fremden, aber Leighann würde sich nicht aus Angst um ihren Spaß bringen lassen.

Vier Tage waren vergangen, seit sie zuletzt eine gruselige Nachricht von dem Typ bekommen hatte, den sie den Creeper nannte. Leighann war es leid, auf Jakes Couch zu schlafen. Sie konnte sich nicht für den Rest ihres Lebens verstecken. Sie würde den Creeper nicht gewinnen lassen.

»Hier lang!« Jake tanzte wie ein Schimpansenbaby, mit den Armen in der Luft und federnden Knien und einem breiten Grinsen im Gesicht. Leighann äffte ihn nach und stieß sich vom Boden ab, als stünde sie auf einem Trampolin. Sie blickte zu den Scheinwerfern hinauf. Eine Discokugel schleuderte Farbe durch den Raum. Die Musik war so laut, dass sie die Luft beinahe pulsieren sah. Sie brauchte etwas, das sie noch mehr high machte. Sie griff nach dem Molly in Jakes Tasche. Ihre Fingerspitzen strichen an den kleinen Plastikbeutel, aber im selben Moment drehte er sich von ihr weg.

»Jake!«, schrie sie, aber er schimpanste sich bereits an ein Mädchen heran, das in einer ganz anderen Liga spielte als er. Leighann musste lachen. Seine Jeans saß so tief, dass man seine Arschspalte sehen konnte.

Sie wühlte ihr Handy aus der Handtasche, um ein Foto zu machen.

Leighann erstarrte.

Auf dem Schirm war eine Eingangsmeldung.

Der Creeper hatte ihr wieder geschrieben.

Die Musik klang gedämpfter jetzt. Alles war gedämpft. Sie musste blinzeln, um sich aus der Trance zu lösen.

Sie hielt nach Jake Ausschau. Er war zu einem anderen Mädchen weitergezogen. Zwischen ihnen waren Dutzende von Leuten. Leighann starrte wieder auf ihr Telefon. Die Nachricht war vor sechs Minuten abgeschickt worden.

Ihre Finger waren schweißnass, als sie über den Schirm wischte.

Hi Leighann! Feierst du im Downlow?

Leighann ließ den Blick über die Menge schweifen, sie sah zum Balkon hinauf, zur Bar, wo verschwitzte Studenten in vier Reihen anstanden. Niemand schaute zurück. Niemand achtete auf sie. Sie suchte wieder nach Jake. Er hatte sich noch weiter entfernt. Sie sah nur den Scheitel seines Lockenkopfs, wenn er zum Beat in die Höhe sprang.

Ihr Handy vibrierte. Eine neue Nachricht.

Warum tanzt du nicht?

Leighann riss den Arm nach oben. Jemand hatte sie ange-rempelt. Sie hätte das Handy beinahe fallen lassen. Eine weitere Person stieß sie an. Sie arbeitete sich aus der Menge heraus und stellte sich mit dem Rücken an die Wand. Sie bekam kaum Luft. Wieder vibrierte das Handy.

Du siehst wunderschön aus heute Abend.

Ihr Blick war noch auf den Bildschirm gerichtet, als eine vierte Nachricht auftauchte.

Wie immer!

Der Schweiß an ihrem Körper wurde kalt. Sie spürte tatsäch-lich ihr Herz schlagen. Sie hatte zu viel getrunken, um sich jetzt mit dieser Sache zu beschäftigen, aber ihr Gehirn warf trotz allem eine Erinnerung aus. Der Handspiegel aus ihrer Make-up-Schublade im Bad. Nach den ersten unheimlichen Nach-richten hatte sie alle Jalousien in ihrem Apartment geschlossen, war aufs Bett gestiegen und hatte sich so verdreht, dass sie einen Blick auf ihre Kniekehle werfen konnte.

Wie der Creeper gesagt hatte: Da war ein Kreis genau in der Mitte der linken Kniekehle gewesen.

Ihr Telefon summte schon wieder.

Willst du nicht tanzen?

Leighann fing an zu weinen. Sie musste unbedingt Jake fin-den. Er würde ihr sagen, dass der Kreis in ihrer Kniekehle ein Scherz war. Dass sie sich bei einer Poolparty betrunken und den Kreis mit einem Filzstift selbst dorthin gemalt hatte, oder dass sie eingeschlafen war und jemand anderer hatte ihn dort angebracht, oder dass sie im Leichtathletikkurs auf der Tribüne gesessen war und eine ihrer Teamkameradinnen es lustig gefun-den hatte, ihr einen *tag* zu verpassen.

Aber Jake war nicht da, um diese Erklärungen zu liefern, und sie wusste, dass ihre Teamkameradinnen nicht so pervers waren und dass niemand ihr einen blöden Kreis zum Spaß auf die Haut malen würde. Und selbst mithilfe des Spiegels war es absolut ausgeschlossen, dass sie diesen vollkommen runden Kreis genau in die Mitte ihres linken Knies gezogen hätte, denn alles Bier und Molly dieser Welt änderten nichts an der Tatsache, dass sie verdammt noch mal Linkshänderin war.

Eine weitere Nachricht erschien auf dem Schirm.

Gefällt mir sehr, was du heute mit deinem Haar gemacht hast.

Sie schloss die Augen und presste das Handy an die Stirn. Sie konnte sich vorstellen, wie der Creeper in einer Ecke lauerte. Oder vielleicht war er auf dem Balkon und beobachtete sie von dort, und vielleicht machte es ihn an, ihre Angst zu sehen, und er genoss jede Sekunde, in der er ihr ganzes Leben beherrschte.

Alle Mädchen, die Leighann kannte, hatten eine solche Perversion schon mindestens zehn Mal erlebt. Beckey war aus dem Smoothie-Laden gekommen und hatte feststellen müssen, dass ihr irgendein Schwanzlutscher die Reifen zerstochen hatte. Friedas Ex-Freund hatte sie mit Nacktaufnahmen als Nutte gebrandmarkt, die sie ihm geschickt hatte, als sie noch zusammen waren. Als Deishia noch klein war, hatte der beste Freund ihres Bruders versucht, sie zu befummeln, während sie schlief, und ihr Bruder war böse auf sie gewesen, weil sie es ihren Eltern erzählt hatte.

Und dann gab es natürlich noch das Internet, wo Vergewaltigungsdrohungen, sexistische Beleidigungen und unerwünschte Schwanzbilder jede Seite fluteten, die Leighann besuchte. Aus diesem Grund checkte man die sozialen Medien, bevor man mit einem Typ ausging. Deshalb schrieb man seinen Freundinnen vor und nach einem Date eine Nachricht. Deshalb ließ man die Ortungsfunktion des Smartphones aktiviert, hatte immer Pfefferspray in der Handtasche und schlief auf der verschwitzten, vollgewichsten Couch eines Freundes, denn es war verdammt beängstigend, in dieser Welt eine Vagina zu haben.

Leighann würde den Creeper nicht gewinnen lassen.

Sie hob trotzig das Kinn, schoss wütende Blicke durch den brechend vollen Club und forderte alle Leute heraus, sie zu erwidern. Niemand hatte den Mumm. Sie spürte ihr Handy wieder vibrieren, aber sie hatte genug von dem Quatsch. Es war allgemein bekannt, dass man einen Stalker am besten ignorierte. Man *wurde* nicht zum Opfer, wenn man sich nicht wie ein Opfer *verhielt*.

Leighann entsperrte ihr Handy. Sie blockierte die Nummer und löschte die Nachrichten. Das Telefon verschwand in der Handtasche. Sie riss den Mund auf und schrie laut und lange. Keine Worte, nur Klang, und sie mischte sich wieder in die feiernde Menge und hielt nach einem Fremden Ausschau, mit dem sie tanzen konnte.

Sie musste nicht lange suchen. Keine Minute war vergangen, da stach ihr ein richtig heißer Kerl ins Auge. Er hatte mit einem anderen Mädchen getanzt, aber Leighann lockte ihn mühelos fort. Er war ein guter Tänzer. Er bewegte sich genau im Rhythmus des Beats. Nicht allzu groß, aber fit und muskulös. Er kam näher und näher. Bald wogte Leighann praktisch an ihn heran und umklammerte seine kräftigen Arme, um sich festzuhalten. Er war älter, unrasiert, die Baseballkappe saß seitlich auf dem Kopf. Seine Bartstoppeln strichen über ihre Wange, als er sich zu ihr herunterbeugte und ihr ins Ohr schrie.

»Lass uns von hier verschwinden.«

Leighann tat den Vorschlag mit einem Lachen ab. Er sah zu gut aus, um derart ausgehungert zu sein. Sie ließ ihre Hände über seinen Rücken wandern. Sein Shirt war feucht vom Schweiß. Um sie herum drängten sich kreiselnde Leiber. Beide krachten ständig ineinander, bis praktisch kein Raum mehr zwischen ihnen war. Trotz des treibenden Basses begannen sie langsam zu tanzen und wiegten sich eng umschlungen. Er sah auf Leighann hinunter, seine Augenlider waren schwer, weil er entweder stoned oder geil war. Oder beides.

Er versuchte es noch einmal. »Willst du was trinken?«

Sie schüttelte den Kopf. Sie war bereits halb betrunken, und davon abgesehen war sie keine dumme Göre, die sich K.-o.-Tropfen in den Drink mischen ließ. Der Creeper war noch da draußen. Sie hatte Jake versprochen, dass sie mit keinem Mann außer ihm nach Hause gehen würde.

»Komm schon«, sagte der Typ. »Spielst du mit mir, oder was?«

Mit ihm zu spielen, ging für Leighann in Ordnung. Sie fuhr sich mit der Zunge über die Lippen, um seine Aufmerksamkeit auf ihren Mund zu lenken. Er verstand den Wink. Er begann sie zu küssen. Zärtlich erst, aber dann ging er richtig zur Sache. Seine Hände waren auf ihrer Hüfte. Sie spürte ihren Körper auf seine Zunge reagieren. Der Club begann sich um sie herum aufzulösen. Sie waren von Menschen umgeben, aber vollkommen allein. Sein Kuss wurde intensiver. Sie stellte sich auf die Zehenspitzen, als er ihren Arsch packte und sich an ihr zu reiben begann.

Scheiße, er machte sie heiß.

Er fuhr mit der Hand unter ihr T-Shirt, auf dem Rücken zuerst. Leighann wusste, er testete sie. Und tatsächlich wanderte seine Hand nach vorn, und sein Daumen begann ihre Brust seitlich zu streicheln. Was sich wirklich gut anfühlte. Dann ging seine Hand nach vorn, zum Körbchen ihres BHs. Sie wollte ihm eben sagen, er solle es langsamer angehen lassen, als sie einen scharfen Schmerz fühlte.

Ihr Mund löste sich von seinem.

Leighanns erster Gedanke war, dass er sie mit dem Knopf seines Hemdärmels versehentlich gekratzt hatte, aber der Schmerz unterhalb ihres Brustkastens war zu heftig, zu vertraut.

Ein Insektenbiss? Ein Wespenstich?

Eine Nadel.

Leighann schaute nach unten. Sie sah die Spritze in seiner Hand. Er schob die Plastikkappe wieder über die Nadel und verstaute die Spritze in seiner Tasche, und es war, als wäre sie nie da gewesen.

Bis auf die Erinnerung an den Schmerz genau unter ihren Rippen. Bis auf die flüssige Hitze, die durch ihren Körper rauschte. Die Ahnung tief in ihrem Innern, dass etwas Schlimmes passiert war und etwas noch viel Schlimmeres bevorstand.

Der Raum begann sich um sie zu drehen. Sie versuchte ihn anzusehen, sich sein Gesicht einzuprägen. Ihre Blicke trafen sich. Er lächelte, als die Droge zu wirken begann. Sie hatte die Faszination des Räubers mit Lust verwechselt. Er schlang einen Arm um ihre Mitte. Die andere Hand drückte zwischen ihre Schulterblätter. Er umarmte sie nicht, sondern machte sich bereit, sie aufzufangen, sobald sie das Bewusstsein verlor. Alles, was man Leighann beigebracht hatte, alles, was sie absolut sicher tun würde, falls das hier jemals geschah, rauschte durch ihren Kopf …

Schrei! Lauf! Schlag ihn! Beiß ihn! Kratz ihm die Augen aus! Tritt ihm in die Eier! Wedle mit den Armen! Benimm dich verrückt! Mach auf dich aufmerksam! Merk dir sein Gesicht! Sorg dafür, dass seine DNA unter deinen Fingernägeln ist! Übergib dich! Piss dich voll! Scheiß dir in die Hose! Lass dich auf den Boden fallen!

Nichts davon würde passieren.

Sämtliche Muskeln in Leighanns Körper versagten gleichzeitig den Dienst. Ihr Kopf fiel nach hinten. Ihre Augen rollten wild umher und suchten verzweifelt nach Jake. Sie hatte keine Kontrolle über ihre Bewegungen. Ihr Schädel war zu schwer. Vor ihren Augen verschwamm alles. Ihre Augenlider flatterten. Die Musik veränderte sich. Der neue Beat hämmerte nun in ihrer Brust. Sie sah Hände, die zur Decke hinauf griffen. Blitzende Lichter. Die Spiegelkugel, die sich drehte, drehte, drehte.

Dann wurde alles schwarz.

6

Will stand im Empfangsbereich des Piedmont Hills Town and Country Club. Bevor er durch die mächtige Eingangstür spaziert war, hatte er alle Störgeräusche von der Nacht zuvor aus seinem Kopf verbannt. Er war nur dann in der Lage, verdeckt zu arbeiten, wenn er sein eigentliches Ich völlig von der erfundenen Geschichte trennte. Der echte Will Trent, der Mann, der sich um seine Verlobte sorgte, der befürchtete, Sara könnte einem Zusammenbruch nahe sein, war weit hinten in seinem Kopf vergraben. Für den Augenblick, an diesem Ort und zu dieser Zeit, war er der abstoßend aussehende, verdorbene Neffe einer Frau, die ein perverses Vergnügen daran fand, andere Leute zu verletzen.

Er sah sich im Raum um und strahlte eine gelangweilte Anspruchshaltung aus. Der Club brachte es fertig, opulent und billig zugleich auszusehen. Die Teppichfliesen unter den Läufern waren dick genug, dass die Sohlen seiner Stiefel darin einsanken, aber die Läufer waren an den Rändern ausgefranst. Die Seidenpolsterung der Sessel und Sofas hatte ihren Glanz verloren. Goldene Ketten und Kristalle hingen an den kunstvollen Leuchtern, aber mehrere Glühbirnen waren ausgebrannt. Die Decke war mit Hirtenszenen bemalt, fette Schafe und jede Menge Mägde, die nicht verhindern konnten, dass ihnen die Blusen von den Schultern rutschten. Aber in den Ecken hingen Spinnweben. Eine handgeschnitzte Mahagoniverkleidung bedeckte sämtliche Wände. Klaffende Löcher waren jedoch nicht ausgebessert worden. Eingearbeitete Spiegel betonten die stärker beschädigten Teile noch.

Wohin Will auch blickte, sah er sein Spiegelbild. Was eine gute Erinnerung daran war, wer er vorgab zu sein. Kein dreiteiliger

Anzug. Das Haar mit Gel in Form gebracht. Er hatte sich am Morgen nicht rasiert. Bekleidet war er mit einem langärmligen Kaschmir-Polohemd, das ihm Sara letztes Jahr zu Weihnachten geschenkt hatte, und einer engen Ferragamo-Jeans, deren Preisschild noch innen im Bund steckte, weil er sie am Ende des Tages zurückgeben würde. Die Stiefel von Diesel würde er vielleicht behalten, aber nur, weil sie um die Hälfte heruntergesetzt waren.

Das einzige Teil, das ihn mit dem echten Will verband, war die Uhr an seinem Handgelenk. Die Timex war altmodisch, nichts Schickes, mit einem Lederband, das abblätterte, weil Will jeden Tropfen Flüssigkeit in seinem Körper bei der Miliz in Mississippi ausgeschwitzt hatte. Er sah auf die Uhr. Eliza hatte ihn angewiesen, sich Punkt zehn Uhr hier mit ihr zu treffen.

Sie war zehn Minuten zu spät.

»Mr. Trethewey?« Eine schlanke Blondine ging mit ausgestreckter Hand auf Will zu. Sie hatte eine dicke Ledermappe unter dem Arm. »Ich bin Ava Godfrey, die Leiterin der Mitgliederverwaltung im Club. Es tut mir leid, dass Sie warten mussten.«

Will schüttelte ihr die Hand. Er hatte keine Ahnung, warum sie ihn Trethewey nannte. Er hatte sich bei dem Mann am Tor als Elizas Neffe vorgestellt, aber keinen Namen gesagt.

»Ihre Tante ist in der Lounge.« Ava zog ein Faltblatt aus der Mappe. »Ich habe Ihnen eine Karte des Clubgeländes mitgebracht. Ich hoffe, Sie und Ihre Familie werden es genießen, unsere Einrichtungen zu nutzen, während Sie in der Stadt sind. Wenn die Zeit kommt, versorge ich Sie gern mit Informationen zu einer Mitgliedschaft.«

Will tat, als würde er die farbcodierte Zeichnung studieren, aber er hatte sich bereits den Lageplan an der Eingangstür eingeprägt. Sara hatte recht gehabt, was die Geschlechtertrennung anging. Der Umkleideraum für die Frauen war weit drüben bei den Tennisplätzen, im Untergeschoss eines Gebäudes, das Racquet Pavillon hieß. Die Männereinrichtungen befanden sich im Haupthaus, in der Nähe der drei Restaurants und der beiden Bars. Dann gab es noch die Privatlounge für Herren im Obergeschoss. Als wäre der Name nicht Warnung genug, hatten sie eigens noch in kleinerer Schrift daruntergeschrieben, dass Frauen der Zutritt nicht gestattet war.

»Wenn Sie mir bitte folgen wollen?« Ava wartete nicht auf eine Antwort. Sie ging am Schild für die Herren-Lounge vorbei und stieg die Treppe seitlich hinauf, um ihre sehr hohen Absätze auf den Stufen unterzubringen.

Will folgte ihr mit ein wenig Abstand und kniff die Augen zusammen, als plötzlich Sonnenlicht durch die Fenster des zweiten Stockwerks strömte. Die Lounge bot einen spektakulären Blick auf die Anlage. Strahlend blauer Himmel, sanft gewellte Hügel, der Chattanooga schlängelte sich vorbei, Golfer saßen in ihren Wagen herum und warteten auf ihre Abschlagszeit.

Zu Beginn ihrer Beziehung hatte Sara versucht, ihm das Golfspielen beizubringen. Zu jener Zeit hätte Will sogar Sackhüpfen gespielt, wenn es bedeutet hätte, dass er mit ihr allein sein konnte. Mittlerweile fand er das Spiel ganz okay, wenn man die Art von Mann war, die fünf Stunden damit vergeuden konnte, in einem Spielzeugauto herumzufahren und mit einem Stock auf einen kleinen weißen Ball einzudreschen.

Er wandte sich wieder den Fenstern zu. Trotz des erbarmungslosen Sonnenlichts wirkte der Raum düster und bedrückend. Schlimmer noch, es hingen die Gerüche seiner elenden Kindheit darin: kalter Zigarrenrauch, brennende Zigaretten und verschütteter Alkohol. Der Gestank drang aus jeder Oberfläche, von der langen Theke auf einer Seite des Raums bis zu den Ledersofas und -sesseln. Selbst die Decke, die man dunkelbraun gestrichen hatte, um die Nikotinflecken zu kaschieren, schien noch den Mief zu speichern.

Der Raum war nur von einer Person besetzt.

Eliza thronte mitten in einer halbrunden Sitznische an der Rückwand. Sie hatte sich verändert, seit Will sie zuletzt gesehen hatte. Sie war immer schlank gewesen, aber jetzt sah sie verdorrt aus. Als sie ihre Zigarette in einem Aschenbecher abklopfte, sah Will die Haut wie ein Stück nasses Leinen von ihrem dürren Handgelenk hängen. Und doch wirkte ihr Gesicht, als gehörte es zu einem anderen Körper. Will wusste nicht viel über plastische Chirurgie, aber wer immer Elizas Züge zerschnippelt und neu arrangiert hatte, hatte verdammt gute Arbeit geleistet.

Ihr Gesicht sah jünger aus als seines.

Ava marschierte auf die Sitznische zu. Unterwegs beschrieb sie wortreich den Club, aber Will blendete sie aus und kämpfte darum, seine Undercover-Identität aufrechtzuerhalten, denn jede Faser in seinem Körper drängte ihn, kehrtzumachen.

»Guten Morgen, Ma'am.« Ava blieb vor der halbrunden Nische stehen. »Ich habe Ihnen Ihren Neffen und die Unterlagen mitgebracht.«

Eliza hatte zugesehen, wie sie die Lounge durchquerten, aber im letzten Moment senkte sie den Blick und streifte ihre Zigarette in dem bereits vollen Aschenbecher ab. Ein goldenes Feuerzeug lag vor ihr auf dem Tisch. Ein Glas mit einer bernsteinfarbenen Flüssigkeit. Ein in Gold graviertes Zigarettenetui.

Ava legte die Ledermappe auf den Tisch. Das Emblem des Clubs war ebenfalls in Gold aufgeprägt. Eliza blickte noch immer nicht auf, auch dann nicht, als Ava sagte: »Wenn Sie so weit sind, Ma'am.«

Will sah, dass die jüngere Frau den Wink verstand und in Richtung Treppe huschte. Als er sich wieder umdrehte, blickte Eliza noch immer in den Aschenbecher, scheinbar zufrieden damit, ihre Zigarette bis ans Ende der Zeit um den Glasrand kreisen zu lassen.

»Sie haben das Rauchen damals in den Neunzigern in den allgemein zugänglichen Bereichen verboten, aber ich habe ihnen erklärt, dass ich als Raucherin in den Club eingetreten bin und weiter rauchen werde.«

Will blickte auf ihren Scheitel. Sie trug eine Perücke. Er konnte die Löcher in der unechten Kopfhaut sehen.

»Das war der Kompromiss. Bis zehn Uhr dreißig gehört der Raum mir.« Sie machte eine ausladende Handbewegung. »Ich bin sowieso immer besser mit Männern zurechtgekommen. Frauen können so anstrengend sein mit ihren kleinen Spielen.«

Will wusste, sie spielte gerade eins.

Er setzte sich mit einigem Abstand in die Bank. Die Temperatur war in der Ecke um etliche Grad gesunken. Er konnte den Wind an den großen Fenstern rütteln hören. Zigarettenrauch nebelte sie beide ein. Dem Aschenbecher nach zu urteilen, war Eliza bereits sehr viel länger hier gewesen als die zehn Minuten, die er unten vergeudet hatte.

»Trethewey?«, fragte er.

»Ich habe angenommen, du willst inkognito bleiben. Dein Vorname ist John. Gefällt er dir?« Sie schaute Will nicht nur an, sondern nahm jedes Detail in Augenschein. »Ist das Kaschmir?«

Will zog seinen Arm mit einem Ruck weg, als sie die Hand ausstreckte, um seinen Ärmel zu berühren.

»Nur die Ruhe. Beißen kostet extra.« Die Zigarette ging wieder zum Mund. Sie sah ihn durch die Rauchkringel an. »Heißt es nun Will oder Wilbur?«

Will antwortete nicht. Er würde nicht lange genug bleiben, dass sie seinen Namen benutzen konnte.

Sie stieß Rauch aus ihren Nasenlöchern. »Nun, Neffe, du bist Polizeibeamter. Ich stelle mir vor, du möchtest einen weiteren Polizeibeamten auf meine Gästeliste setzen. Gegen wen ermittelst du hier im Club?«

Er sagte nichts.

»Es gibt eine große Auswahl an Kriminellen«, meinte sie. »Kongressabgeordnete, Senatoren und Richter, meine Güte. Sie konspirieren wie Gangster. Man erkennt sie an ihren Farben. Louis Vuitton. Zegna. Prada. Die Hermès-Weiber veranstalten über die Feiertage ein Riesenspektakel, wer genug Charity-Geld einsammelt, um die Armen zu speisen. Es ist eine Schande, dass sie nicht einfach ihren Teil Steuern zahlen und die Armen sich selbst verpflegen lassen.«

Will war nicht hier, um sich Schmähreden auf die Reichen anzuhören. Er griff nach der Mappe.

»Noch nicht.« Eliza wartete, bis er die Hand von der Mappe genommen hatte. »Du hast gesagt, ich muss dir einen Gefallen tun. Du musst mir ebenfalls einen tun.«

Will hatte damit gerechnet, dass sie es ihm nicht leicht machen würde. Womit er allerdings nicht gerechnet hatte, war die Übelkeit, die ihn jedes Mal überfiel, wenn er sie ansah. »Was willst du?«

»Dein Schweigen.«

Wills Schweigen war üblicherweise umsonst zu haben. »Falls du dir Sorgen machst, dass ich jemandem erzähle, woher du meine Mutter kanntest …«

»Nein, das ist mir egal. Jede zweite Frau in diesem Laden ist eine Nutte. Ich wurde wenigstens dafür bezahlt.« Sie drückte sorgfältig ihre Zigarette aus. »Ich muss dir etwas erzählen.«

»Ich bin nicht dein Priester.«

»Ist auch gut so«, sagte Eliza. »Jedes Mal, wenn ich in eine Kirche gehe, fängt der Altar Feuer.«

Sie wartete darauf, dass er lachte.

Will lachte nicht.

»Ich möchte, dass du mir dreißig Sekunden lang zuhörst, ohne mich zu unterbrechen. Dann werde ich tun, worum du gebeten hast.«

Er sah aus dem Fenster. Er tat, als müsste er darüber nachdenken, als wäre es eine Zumutung für ihn, ihr zuzuhören, weil sie tatsächlich glaubte, es würde Will einen feuchten Dreck scheren, was sie zu sagen hatte.

»Und?«, stieß sie ihn an.

Er nahm seine Timex ab und legte sie flach auf den Tisch. Er wartete, bis der Sekundenzeiger auf zwölf war, dann sagte er: »Los.«

»Ich habe dir bereits einen riesigen Gefallen getan.«

Will sah den Sekundenzeiger zur Eins ticken. Sie verbrannte Zeit, indem sie an ihrer Zigarette zog.

»Ich habe dich von deinem Onkel ferngehalten, denn so viel schuldete ich deiner Mutter zumindest. Du wärst nicht der Mann, der du heute bist, wenn du im Haus deines Onkels gelebt hättest.«

Er sah den Zeiger an der Drei vorbeirucken, dann an der Vier. Eliza machte sich entweder falsche Vorstellungen, oder sie spielte mit ihm. Will war sein ganzes Leben lang von beschädigten Menschen umgeben gewesen. Manche erholten sich nie davon. Manche leiteten aus ihrem Schmerz die Genehmigung ab, alle anderen zu beschädigen. *Survival of the Shittiest.* Seine Ex-Frau war herausragend darin. Eliza war die Königin.

»Deine Mutter ist aus sehr konkreten Gründen von zu Hause weggelaufen. Es gab dort keine Sicherheit. Keinen Frieden. So ist sie auf der Straße gelandet. Und war am Ende tot.«

Ihre dreißig Sekunden waren um. Will lehnte sich zurück. Er sah zu dem blanken blauen Himmel hinaus. »Sie ist auf der Straße gelandet, weil sie von einem Psychopathen hereingelegt wurde.«

»Nicht alle Psychopathen lauern an Straßenecken.« Eliza ließ das Zigarettenetui aufspringen.

»Ich habe dir noch eine Sache zu sagen.«

Will hörte Männer an der Bar lachen. Ein paar Golf-spieler waren eingetrudelt. Sie trugen schreiend bunte Hosen und Shirts. Einige von ihnen zündeten sich Zigarren an.

»Ich werde sterben.« Eliza forschte in seinem Gesicht nach einer Reaktion, die es nicht geben würde. »Du hast deutlich gemacht, dass du mein Geld nicht willst.«

»Hat es dir Glück erkauft?«

»Nein, aber es gab weniger Dinge, über die ich unglücklich sein musste.« Sie hatte ein beunruhigendes Lächeln im Gesicht. »Ich werde jetzt wohl alles der Antifa und Black Lives Matter vermachen.«

Will war das falsche Publikum für ihre Witze.

»Siehst du den Burschen da drüben?« Eliza wies mit einem Kopfnicken zu einem der Männer an der Bar. »Früherer Abgeordneter. Wurde dabei erwischt, wie er seine Wurstfinger in das falsche Höschen steckte. Jetzt ist er Lobbyist eines Tech-Unternehmens. Macht Millionen im Jahr.«

Will erinnerte sich vage aus den Nachrichten an die Geschichte, aber er hatte keine Ahnung, warum sie ihn auf den Mann hingewiesen hatte.

»Der fette Schwanzlutscher neben ihm«, sagte Eliza. »Juraprofessor, der das N-Wort gesagt hat. Kassiert immer noch sein Gehalt und spielt den ganzen Tag Golf.«

Will war nur überrascht, dass Eliza das N-Wort nicht ausgesprochen hatte.

»Und der andere da, der Trottel mit der Fliege«, fuhr sie fort. »Früherer Medizinprofessor. Praktizierender Arzt. Wurde erwischt, als er seinen Schwanz bei einer Patientin herausgeholt hat. Hat einen goldenen Handschlag bekommen und macht heute ein Vermögen als Berater.«

Will wandte der Bar den Rücken zu. »Wieso glaubst du, dass mich irgendwer von diesen Leuten interessiert?«

»Du ermittelst gegen jemanden hier«, sagte Eliza. »Ich zeige dir, wie schlecht deine Aussichten sind. Sie haben zu viel Geld, zu viel Macht, zu viel Reichweite. Keiner von ihnen trägt je die Konsequenz für seine Taten. Schau dir deinen Onkel an. Er ist ungeschoren davongekommen.«

Sein Onkel war ein paar Hundert Meter entfernt tot umgefallen. »Früher oder später verlieren sie.«

»Du kennst die Regeln des Spiels, Neffe. Sie gewinnen selbst dann noch, wenn sie verlieren.«

Will griff nach der Ledermappe.

»Nimm Tommy McAllister.« Wieder wartete Eliza, bis er die Hand von der Mappe nahm. »Hier wird ständig über Gerichtsverfahren geredet, aber Tommys Zivilprozess wegen unrechtmäßigen Todes ist *das* Thema schlechthin. Nicht, dass jemand mit mir darüber reden würde. Ich bin die elende alte Hexe in der Ecke. Aber ich höre dies und das.«

Er wartete darauf, dass sie ihm dies und das erzählte.

»Britt und Mac, die Armen. Der arme Tommy. Die Eltern dieses Mädchens sind nur auf Geld aus. Wenn sie gewinnen, dann nur, weil die Jury das eine Prozent bestrafen will. Tommy ist das wahre Opfer. Diese gierigen Scheißkerle wollen ihm das Leben versauen.«

Will schob die Mappe in ihre Richtung. »Wir haben eine Abmachung.«

Eliza schob sie zurück. »Glaubst du, Männer wie Mac und Tommy McAllister bezahlen tatsächlich für etwas? Nicht wie deine Mutter bezahlt hat. Nicht wie wir bezahlt haben.«

Will fuhr mit der Zunge an der Innenseite seiner Zähne entlang.

»Mac ist ein Gott in der medizinischen Community. Makelloser Ruf. Hat ein abstoßend großes Vermögen vom guten alten Papi geerbt, der ganz nebenbei bemerkt ein totaler Weiberheld war. Ich könnte dir ein paar Geschichten darüber erzählen, was in diesem Raum tatsächlich abgeht. Genug, um Caligula zum Erröten zu bringen.« Die nicht angezündete Zigarette tanzte zwischen ihren Lippen auf und ab. »Inzwischen ist Britt diejenige, die mir leidtut.«

Will kam nicht gegen seinen Gesichtsausdruck an.

»Lass mich dir eines sagen, Neffe.« Sie nahm die Zigarette aus dem Mund. »Mädchen kommen mit diesem klaffenden Loch im Herzen zur Welt. Sie brauchen Liebe und Sicherheit. Sie müssen sich geschätzt fühlen. Beschützt. In Ehren gehalten.«

Will fand, dass alle Menschen diese Dinge brauchten. Vor allem Kinder.

»Und da kommen Zuhälter ins Spiel«, sagte Eliza. »Sie geben dir das Gefühl, etwas Besonderes zu sein. Sie erobern dein Herz im Sturm. Sie kaufen dir alles Mögliche. Sie sorgen dafür, dass du Essen, Kleidung und ein Dach über dem Kopf hast, und bevor du weißt, wie dir geschieht, hast du nichts mehr, und sie kontrollieren alles. Dann ist der Moment gekommen, wo sie dir befehlen, vor ihnen auf die Knie zu gehen. Und du tust es, weil sie alle Macht haben.«

Sie ließ das Feuerzeug aufschnappen und hielt die Flamme an die Zigarette. Sie blies den Rauch aus dem Mundwinkel, weg von Will.

»Ein Zuhälter verführt dich dazu, alles aufzugeben, sodass du vollkommen machtlos bist. Er muss nichts weiter tun, als dich mit diesem gewissen Blick anzusehen. Du weißt, er wird dich später verprügeln. Du weißt, er wird dir alles nehmen. Dich auf die Straße setzen. Dich mit nichts zurücklassen. Dir das Herz brechen. Es ist schrecklich, ständig unter so einer Angst zu leben.«

Will brauchte die Details nicht. Er hatte seine ersten achtzehn Lebensjahre in dieser Angst verbracht.

»Schau zur Bar hinüber«, sagte sie. »Lass dich von den grässlichen Klamotten nicht täuschen. Die meisten von ihnen sind harmlos, aber ein paar sind lupenreine Zuhälter. Man sieht, wie die anderen Männer auf sie reagieren. Ein Blick, und sie kuschen wie ein Hund vor seinem Herrn. Alle verherrlichen den großen Mann.«

Für Will sahen sie aus wie ein Haufen übergewichtiger Männer mittleren Alters, die tagsüber schon tranken und genauso anfällig dafür waren, auf dem Golfplatz einen schweren Schlaganfall zu erleiden, wie es sein Onkel gewesen war.

»Sie beherrschen ihre Frauen, missbrauchen sie, demütigen sie, betrügen sie, behandeln sie wie Dreck. Und die Frauen lassen es sich gefallen. Sie sagen sich, dass sie ihre Männer doch lieben, oder dass eine Scheidung den Kindern schaden würde, aber die Wahrheit ist, dass sie schreckliche Angst haben. Sie wollen nicht arm sein. Sie wissen beim besten Willen nicht, was sie allein anfangen sollten. Ich wusste zumindest, dass ich gekauft und bezahlt wurde. Britt glaubt immer noch, dass sie eine Wahl hat.«

»Worauf willst du hinaus?«, fragte Will. »Britts Sohn hat ein neunzehnjähriges Mädchen vergewaltigt und so geschlagen, dass es an seinen Verletzungen starb, und ich soll das auf sich beruhen lassen, weil ihr Mann gemein zu ihr ist?«

»Ich sage dir nur, wie die Chancen stehen, Neffe.« Sie begann den Aschenbecher zu drehen. »Deine Mutter hatte ein ausgeprägtes Bewusstsein für Richtig und Falsch. Es war ein bizarrer Wesenszug bei einer Hure, aber sie glaubte wirklich, dass die Welt einen Sinn haben sollte. Geht es dir auch so?«

Will machte sich daran, seine Uhr wieder anzulegen.

»Sie liebte Musik. Wusstest du das?«

Will hatte ein paar von ihren Postern. Aerosmith. The Cure. Bowie.

»Sie hat auch gern gelesen«, sagte Eliza. »Schmonzetten hauptsächlich. Liebesgeschichten. Erotische historische Liebesromane waren ihre Leidenschaft. Sie hatte die Nase immer in einem Buch. Wenn sie sie nicht im Schritt eines Mannes hatte.«

Er funkelte sie zornig an.

»Ich wünschte, ich hätte sie retten können. Ich wünschte, ich hätte mehr für dich tun können.«

Will zog das Armband seiner Uhr fest. »Bist du auf Wiedergutmachung aus?«

»Ich?« Sie klang beleidigt. »Wiedergutmachung ist was für Weicheier.«

Er nickte zu der Mappe hin. Alles, was er von ihr brauchte, war, dass sie das Formular ausfüllte. »Ich habe dir mehr als dreißig Sekunden gegeben.«

Elizas dürre Finger fuhren aus wie Spinnenbeine, als sie die Ledermappe öffnete. Ein goldener Kugelschreiber war darin festgeklemmt. »Wie heißt dieser Freund, den ich mit auf die Besucherliste setzen soll?«

Will nahm einen Zettel aus der Tasche. Er hatte Saras Namen vorher ausgedruckt.

Eliza warf einen Blick auf den Namen. »Das geht nicht. Ava ist ein neugieriges kleines Miststück. Sie wird sie im Computer recherchieren. Nennen wir deine Freundin doch Lucy Trethewey. Ist das okay für dich?«

Will beantwortete die Frage nicht. »Wird sie sich nicht ausweisen müssen?«

»Niemand interessiert sich hier für Ausweise. Es ist ja nicht so, als würdet ihr versuchen, die Demokraten zu wählen.« Eliza setzte ihre Unterschrift mit schwungvoller Geste unter das Formular. »Meine Mitgliedsnummer ist dreizehn-neunundzwanzig. Lass ruhig alles auf meine Rechnung setzen, was du an der Bar bestellst.«

Will sah sie auf der anderen Seite aus der Bank rutschen. Ihre Gebrechlichkeit war deutlicher zu erkennen, wenn sie sich bewegte. Sie hatte eindeutig Schmerzen. Zu stehen strengte sie sichtlich an. Als sie sich nach ihren Zigaretten und dem Feuerzeug bückte, verzog sie das Gesicht, und Will erhaschte einen Blick auf die alte Frau unter der unnatürlich straffen Haut.

Er reichte ihr die Ledermappe, damit sie sie nicht aufheben musste.

Eliza drückte sie an die Brust, aber sie ging noch nicht. »Der letzte Wunsch deiner Mutter war, dass du leben sollst. Du könntest der einzige Mann sein, der sie nie enttäuscht hat.«

Will schaute Eliza nicht nach. Sie hatte den Zettel mit Saras Namen neben dem Aschenbecher liegen lassen. Er faltete ihn, dann faltete er ihn noch einmal. Dann steckte er ihn in die Hosentasche, weil er nicht wollte, dass ihn jemand zufällig fand.

Er hasste die Vorstellung, dass Sara sich an diesem Ort aufhielt.

Er hasste es noch mehr, dass Eliza dahintergekommen war, was er vorhatte.

Die Männer an der Bar hatten sich in Gruppen aufgeteilt. Der grapschende Abgeordnete, der jetzt Lobbyist war, prostete dem rassistischen Juraprofessor zu. Der frühere Medizinprofessor, der sich vor einer Patientin entblößt hatte, fummelte an der Fliege um seinen feisten Hals. Er war etwas anders gekleidet als die anderen. Es war schwer, den Finger daraufzulegen, aber seine Sachen waren beinahe zu hübsch. Im Gegensatz zu seinem Gesprächspartner, der größer war, leichte Hängebacken hatte und das arrogante Auftreten eines pädiatrischen Herz-Lungen-Chirurgen an den Tag legte.

Mac McAllister sah genauso aus wie auf seinem Foto.

Will stand auf. Er versuchte einen Atemzug zu machen, der nicht von Elizas Gift und Zigarettenrauch verseucht war, und verbannte den echten Will so gut es ging aus seinem Kopf. Seine Fähigkeiten als verdeckter Ermittler hatten ihm in mehr als einer brenzligen Situation das Leben gerettet. Ein Sexualstraftäter und ein Arschloch in einer karierten Golfhose waren schwerlich eine Herausforderung. Will schlüpfte wieder in die Figur des bescheuerten Neffen, als er auf die Bar zuging.

»Richie?«, rief er dem Mann mit der Fliege zu. »Himmel, bist du das? Das ist ja nicht zu glauben! Wie wahrscheinlich ist das denn?«

Richie drehte sich um, er erkannte Will eindeutig nicht. Sein Mund ging auf, aber Will hatte nicht vor, ihn jetzt schon zu Wort kommen zu lassen.

»Wann hab ich dich das letzte Mal gesehen?« Will roch Alkohol im Atem des Mannes, als er Richie die Hand schüttelte und ihm kräftig auf den Rücken schlug. Noch nicht elf Uhr morgens, und der Typ hatte schon ein paar Drinks intus. »War es bei dem Fest von Royce und Blythe? Das war unmittelbar, bevor er die Sache mit Mason rausfand, oder? Mann, der muss ihn auch wirklich überall reinstecken, was?«

»Äh …« Richies Blick ging zu Mac, aber selbst perverse Arschlöcher sind durch Umgangsformen gebunden. Er grinste Will an und sagte: »Muss wohl so sein. Wie lang ist das her?«

»Nicht lange genug für Royce.« Will lachte schallend, dann machte er ein erstauntes Gesicht. »Mac McAllister. Trommelt ihr die Gang etwa ohne mich wieder zusammen? Wann ist die nächste Freitagsparty?«

Macs Lächeln war verkniffen wie das eines Krokodils. Er war nicht so locker wie Richie. Tatsächlich war alles an ihm sehr angespannt. Er stand eindeutig kurz davor, Will zu fragen, wer zum Teufel er war.

Will brachte ihn um die Gelegenheit. »Apropos, habt ihr mal wieder in dem alten Laden vorbeigeschaut? Wie nannten wir ihn gleich wieder? Irgendwas mit Leber …«

»Lebertran.« Mac beobachtete Will, während er an seinem Drink nippte.

Will schüttelte den Kopf. »Nein, das war es nicht.«

»Es war *Lebertrank*«, sagte Richie. »Eine Weile war das *Andalusia* unser Laden, liegt an der Pharr Road. Die Gang ist noch zusammen, aber wir haben ein paar von den Mitläufern verloren. Diesen Freitag veranstalten wir ein Vater-Sohn-Treffen. Hast du …«

»Wie war der richtige Name noch gleich?«, unterbrach Mac. »Der *Lebertrank*? Wie hieß die Kneipe in Wirklichkeit?«

»*The Tenth*«, platzte Richie heraus, obwohl die Frage eindeutig für Will bestimmt gewesen war.

Mac gelang es einigermaßen, seine Irritation zu verbergen. Er stellte sein Glas auf die Theke und richtete es an der Kante aus. Er warf Richie einen warnenden Blick zu.

Richie bekam es nicht mit. »Den *Lebertrank* haben sie schon vor ewigen Zeiten abgerissen. Ein Jammer, ihn verschwinden zu sehen.«

»War vermutlich die einzige Möglichkeit, den Boden sauber zu kriegen«, sagte Will.

Alle lachten, aber Mac blieb auf der Hut. Er versuchte noch einmal, Will festzunageln. »Hab dich eine Weile nicht im Club gesehen.«

»Ich hätte nicht wegziehen sollen. Erschrick nicht, Richie, aber ich glaube, ich kann den Boden deines Glases sehen.« Will hob die Hand, um den Barkeeper zu rufen. »Lehrst du noch?«, fragte er.

Richie wechselte einen Blick mit Mac. »Du hast es nicht gehört?«

»Dann warst du wirklich weg.« Mac war jetzt wohler bei dem Gespräch, da es auf Kosten eines anderen ging. »Der arme Teufel ist ein MeToo-Opfer geworden.«

»Verdammt, ich weiß, was du leidest.« Will senkte die Stimme. »Das ist tatsächlich der Grund, warum ich wieder nach Atlanta ziehe. Ich erspare euch die schlüpfrigen Details. Sagen wir einfach, meine Frau hat auf einem Neubeginn bestanden.«

»Du Glücklicher. Meine hat sich mit der Hälfte meines Geldes aus dem Staub gemacht.« Richie ließ sich vom Barkeeper nachschenken. Er schüttete den Drink zur Hälfte hinunter, ehe er weitersprach. »Ich bin mit knapper Not wieder auf den Füßen gelandet.«

»Bourbon, anständig«, orderte Will beim Barkeeper. Er sah den Mann automatisch einen Doppelten einschenken. »Mac, ich hab das von deinem Jungen gehört. Schrecklich, wenn man sich mit so was herumschlagen muss. Wie geht es dir und Britt dabei?«

Mac wurde noch angespannter, aber er sagte: »Man tut, was man tun muss.«

»Alle wollen nur Geld, stimmt's?« Will griff nach seinem Glas. Der Alkoholgeruch war widerlich. »Wenn das meinem Jungen passiert wäre, würde ich genauso zu Boden gehen wie du.«

Mac schluckte den Köder. Er wollte Hinweise auf Wills Identität. »Wie alt ist dein Sohn jetzt?«

»Eddie ist zweiundzwanzig.« Will mischte den Namen von Saras Vater mit Details über Faiths Jungen. »Er schließt in ein paar Monaten an der Tech ab. 3M reißt sich förmlich um ihn. Tommy studiert Medizin?«

Mac wirkte eine Spur lockerer. »Falls er den Prozess heil übersteht.«

»Er ist der Sohn seines Vaters«, sagte Will. »Er wird stärker daraus hervorgehen.«

»Diese scheiß Sara Linton«, lallte Richie. »Man sollte meinen, dass das Miststück inzwischen gelernt hat, den Mund zu halten.«

»Linton? Was treibt sie denn?« Will setzte das Glas Bourbon an den Mund und tat, als würde er trinken, damit er Richie nicht sämtliche Zähne ausschlug.

»Es ist nichts«, sagte Mac. »Eine Irritation.«

»Das Übliche.« Richie wies mit dem Daumen auf Mac. »Sie war immer eifersüchtig auf seine Fähigkeiten.«

Mac schüttelte die Eiswürfel in seinem Glas. »Sie hat sich weiß Gott Zeit gelassen mit ihrer Rache.«

»Wenn man sich anschaut, was mit Cam passiert ist«, sagte Richie. »Warum er und nicht sie?«

»Rich«, warnte Mac und warf einen Blick auf Will.

Will hob die Hände, als wollte er den Friedensstifter spielen. »Schon gut.«

»Es ist nicht gut«, sagte Richie. »Sankt Sara wird mit Mitleid überschüttet, während Cam in seinem Grab verfault? Bestimmt nicht.«

Mac stellte sein Glas ruhig auf die Theke. Er sagte nichts, aber etwas an ihm sog sämtlichen Sauerstoff im Raum auf. Eliza hatte recht gehabt, ihn mit einem Zuhälter zu vergleichen. Mac hatte Richie mit diesem *Blick* angesehen, und Richie kuschte sofort.

»Es tut mir leid«, sagte Richie und rückte nervös seine Fliege zurecht. »Ich habe ein bisschen zu viel getrunken. Mir fällt nicht einmal mehr dein Name ein.«

Mac wartete gespannt wie die Sehne an einem Jagdbogen auf eine Antwort.

Will zwang sich zu einem lauten Lachen. »Du bist wirklich urkomisch, Mann. Ändere dich bloß nicht.«

7

Sara fuhr die gewundene Einfahrt des Piedmont Hills Town and Country Clubs entlang. Der Wachmann am Tor hatte kaum von seinem Tablet aufgeblickt, als sie ihren falschen Namen genannt hatte. Vermutlich sah sie angemessen aus. Ihr BMW X5 reihte sich wahrscheinlich perfekt unter all die anderen Fahrzeuge ein, die durchkamen. Genau wie Wills 1979er-Porsche 911, allerdings hatte er nie einen Scheck für den Sportwagenklassiker ausgestellt. Er hatte ihn von Grund auf mit nichts weiter als seinem Verstand und seinen beiden Händen wieder instandgesetzt.

Sie fuhr im Bogen um das Haupthaus herum, das wie ein französischer Landsitz aussah. Die Golfanlage folgte den rauschenden Wassern des Chattahoochee River. Der Club machte einen geschäftigen Eindruck für einen Wochentag. Das Wetter war prächtig, nur leicht kühl, und die Sonne schien von einem wolkenlosen Himmel. Sie musste abbremsen, um einige Golfwagen vorbeizulassen. Einer der Männer tippte sich an die Mütze, um sie zu grüßen.

Die Tennisplätze waren ein gutes Stück vom Haupthaus entfernt. Je weiter sie sich vom ersten Abschlagplatz entfernte, desto spärlicher wurden die Autos. Sara unterdrückte ihre Nervosität, als sie in Richtung Racquet Pavillon abbog. Ihre Hände waren glitschig am Lenkrad. Sie rief sich in Erinnerung, warum sie hier war.

Was dir passiert ist, was mit Dani passiert ist – das hängt alles zusammen.

Sara würde Britt keinen Moment mehr in Frieden lassen, bis sie eine Erklärung bekam.

Sie hörte das dumpfe Ploppen von Schlägern, die Bälle trafen, als sie sich den Tennisplätzen näherte. Wills Porsche stand auf einem leicht erhöhten Teil des Parkplatzes. Er hatte eine Stelle am Rand gewählt, von der er die acht Sandplätze und den Racquet Pavillon im Blick hatte, in dessen Untergeschoss sich die Damenumkleide befand. Wie ein Raubvogel, der nach Beute Ausschau hielt, hatte er freie Sicht auf das Kommen und Gehen.

Bis vor fünf Minuten hatte er Britt McAllister noch nicht entdeckt.

Sara hielt auf einem Stellplatz links hinter ihm. Will stieg aus. Sie biss sich auf die Unterlippe, denn sie fand sein Aussehen absolut furchtbar. Das Kaschmir-Polohemd war hübsch – sie hatte es letztes Jahr für ihn ausgesucht –, aber die enge Jeans und das gegelte Haar gehörten zu einem ganz anderen Typ Mann. Schlimmer noch, er hatte sich am Morgen nicht rasiert, sodass sein Gesicht rau und stoppelig aussah.

Die Tür ging auf. »Noch immer nichts zu sehen von ihr«, sagte er.

Saras Magen zog sich zusammen, als Will in den Wagen stieg. Der Mann, der sie vergewaltigt hatte, hatte einen Stoppelbart gehabt. Bei der Erinnerung an das Kratzen in ihrem Gesicht wurde ihr immer noch übel. Anstatt Will die Wange für einen Kuss hinzuhalten, nahm Sara seine Hand.

»Faith hat sich von ihrer Betrugsstreife gemeldet«, sagte Will. »Sie hat bei der Polizei von Atlanta angerufen und will mit dem Detective sprechen, der die Anzeige wegen Vergewaltigung gegen Tommy in der Highschool aufgenommen hat. Vielleicht kann sie ihn überreden, den Namen des Mädchens preiszugeben.«

Sara war mehr daran interessiert, wie es Will ging. Am Telefon hatte er nichts über sein Treffen mit Eliza gesagt. Sie blickte auf ihre Hände hinunter. Er hielt sie immer noch fest. Näher würde er dem Eingeständnis, wie schwer es für ihn gewesen war, sich in ein und demselben Raum mit seiner Tante aufzuhalten, wahrscheinlich nie kommen.

Sie sagte: »Der Name, den ich am Tor angeben sollte – wer ist Lucy Trethewey?«

»Einer der falschen Namen meiner Mutter. Eliza hat mich als John Trethewey eingeführt. John – du verstehst?« Will hielt den Blick weiter auf das Gebäude gerichtet, aber sie spürte eine reizbare Energie von ihm abstrahlen. »Apropos Namen, Richie heißt mit Nachnamen Dougal.«

In Saras Kopf klickte etwas. Jetzt erinnerte sie sich an den Klinikarzt mit der Fliege. »Wie hast du das herausgefunden?«

»Ich habe es vom Barkeeper erfahren, nachdem Mac und Richie die Herren-Lounge verlassen hatten.«

Sara stand vor Erstaunen der Mund offen. »Du hast sie gesehen?«

»Ich habe sie nicht nur gesehen. Ich habe mit ihnen gesprochen.«

Sara wusste nicht, was sie sagen sollte.

»Eliza hat alles so eingefädelt. Deshalb sollte ich sie Punkt zehn im Club treffen. Sie wusste, dass ich Nachforschungen über Tommy McAllister anstelle.«

Sara kam das Täuschungsmanöver unlogisch vor. »Du hast bis gestern Abend keine Nachforschungen über ihn angestellt. Woher um alles in der Welt hätte sie das wissen sollen?«

Jetzt endlich wandte er ihr das Gesicht zu. Will würde über das Rätsel sprechen, bevor er über seine Gefühle sprach. »Es ist kein Geheimnis, dass ich mit dir verlobt bin. Du hast gestern bei Tommys Verhandlung ausgesagt. Im Club wissen alle über den Zivilprozess Bescheid. Dann bin ich aus dem Nichts aufgetaucht und habe Eliza gebeten, eine Freundin in den Club einzuschmuggeln. Sie weiß, ich bin GBI-Beamter. Es ist nicht schwer, die Verbindung herzustellen, wenn man die Augen offen hält.«

Sara stellte die naheliegende Frage nicht – warum hielt Eliza die Augen offen?

»Wie heißt diese Liste?«, fragte Will. »Auf der man sich zum Golfspielen einträgt?«

»Abschlagszeiten-Liste.« Sara wusste, diese Information war für alle Clubmitglieder einsehbar. So erfuhr man, wer gerade spielte und welche Abschlagszeiten noch verfügbar waren. »Wieso?«

»Eliza muss sich die Liste angesehen haben. Sie hat gewusst, zu welcher Zeit Mac hier sein würde. Vermutlich läuft das bei diesen Leuten immer gleich ab. Erst an die Bar. Dann auf den

Platz. Sie hat mich total manipuliert. Hat mich sogar zehn Minuten warten lassen, um ihnen Zeit zum Trödeln zu geben.«

Sara sah ihn das Gesicht abwenden. Er hielt wieder nach Britt Ausschau. Sie hatte keine Gefühlsregung in seiner Stimme gehört, trotzdem wallten die Schuldgefühle vom Vorabend wieder in ihr auf. Das war ihre Schuld. Will war nur ihretwegen in Elizas Schusslinie geraten.

Sie drückte seine Hand kräftiger. »Du sagst, du hast mit Mac und Richie gesprochen?«

»Kurz. Mac ist genau so, wie du ihn beschrieben hast. Ein arroganter Kontrollfreak. Es stimmt, was du über die Art gesagt hast, wie er den Kopf schief legt. Wäre der Kerl in meiner Schule gewesen, hätte er jeden Tag eine in die Fresse gekriegt.«

So, wie sich Will anhörte, schien er jetzt bereit zu sein, ihm eine in die Fresse zu geben. »Hat er etwas über meine Aussage bei Tommys Prozess gesagt?«

»Richie hat etwas gesagt. Dass du immer eifersüchtig auf Mac warst. Hat sich gefragt, warum Cam tot ist und du noch lebst. Er hat dich Sankt Sara genannt.«

Sie hatte diesen Spitznamen immer gehasst. Im Vergleich zur Gang war jeder ein Heiliger. »Wieso stellt er einen Bezug zwischen Cams Selbstmord und mir her? Hat er es als ein Entweder-Oder gemeint? Entweder Cam bringt sich um oder ich?«

»Keine Ahnung, aber es war seltsam.« Will sah Sara wieder an. »Richie könnte es gesagt haben, um Mac zu gefallen. Er weiß, was Mac davon hält, dass du als Zeugin aussagst.«

»Was hat er noch gesagt?«

»Etwas wie: Warum verfault Cam in seinem Grab, während Sara das ganze Mitleid bekommt.«

Sara grübelte darüber nach. Eine weitere Entweder-Oder-Aussage. Aber Will hatte vielleicht recht damit, dass Richie sich bei Mac einschmeicheln wollte. Zu den wenigen Erinnerungen, die sie an Richie Dougal hatte, gehörte, dass er ein ziemlicher

Schleimer sein konnte. Wahrscheinlich war er deshalb noch mit Mac befreundet. Nicht ohne Grund war Mac immer noch mit einer Frau verheiratet, die ihn anbetete.

»Es fällt mir schwer, mich gekränkt zu fühlen, nachdem ich mich nicht einmal an Richies Nachnamen erinnert habe«, sagte sie.

»Eine gute Art, es zu betrachten.« Will wandte sich wieder der Beobachtung des Pavillons zu. »Er war ohnehin betrunken. Ich habe noch ein paar Sachen aus ihm herausgekitzelt, bevor ihn Mac zum Schweigen brachte. Der richtige Name der Bar, in die sie immer gegangen sind, war *The Tenth*. Die Gang veranstaltet weiter Freitagspartys in einem Laden namens *Andalusia*. Gelegentlich bringen sie ihre Söhne mit. Um die Fackel weiterzugeben, würde ich sagen.«

Sara überkam ein unerklärliches Gefühl von Verrat, als sie hörte, dass es die Freitagspartys noch gab. Aus irgendeinem Grund hatte sie angenommen, dass das, was ihr in dieser Nacht im Grady widerfahren war, die Gang grundlegend verändert hätte.

»Keiner von ihnen hat einen Ehering getragen«, sagte Will.

Sara fand es merkwürdig, dass ihm genau das aufgefallen war. »Das tun viele Männer nicht.«

»Nicht so dieser Mann.« Will drehte das Handgelenk, um auf seine Armbanduhr zu schauen. »Glaubst du, Britt hat ihre Pläne geändert?«

»Möglich.«

Sara blickte auf die Tennisplätze, die voller verbissen kämpfender, durchtrainierter Frauen waren. Jede Einzelne drosch den Ball über das Netz wie Steffi Graf, wenn sie gegen Martina Navratilova antrat. Britt würde gut zu diesen Spielerinnen passen. Falls sie zu erscheinen geruhte.

Sara holte tief Luft bei dem Gedanken, Britt zur Rede zu stellen.

Als Sara noch in der Ausbildung zur Chirurgin gewesen war, hatte sie sich in der Nacht vor einer großen Operation deren Ablauf immer genau vor Augen geführt. Manchmal bewegte sie sogar die Hände in der richtigen Stellung, um ihre Finger für die kleinen, fast nicht wahrnehmbaren Eingriffe zu trainieren. Es gab immer Überraschungen, aber sich im Voraus eine Strategie zurechtzulegen, war die beste Vorbereitung.

Jetzt legte sich Sara ihren Plan zurecht, wie sie Britt konfrontieren wollte. Was sie auf keinen Fall brauchte, war ein lautstarkes Gezänk. Sie wollte direkt und offen sein und versuchen, das Gleiche von Britt zurückzubekommen. Nur eine von ihnen würde sich Sorgen machen, dass die anderen Frauen mithören könnten. Sara würde das Überraschungsmoment auf ihrer Seite haben, aber nicht lange. Sie hatte die Liste ihrer Fragen auf genau drei zusammengekürzt: In welchem Zusammenhang stand der Angriff auf Sara vor fünfzehn Jahren mit dem auf Dani? Wo kamen Mac und Tommy ins Spiel? Wer waren *sie*, die Britt nicht aufhalten konnte?

»Du hast mir erzählt, dass sich der Inhalt von Britts Handtasche in der Toilette auf dem Boden ausgebreitet hatte«, sagte Will. »Hast du ihren Schlüsselanhänger gesehen? War ein Logo darauf?«

Sara schloss die Augen und rief sich die Szene in Erinnerung. Sie hatte das Logo nicht erkannt. »Rund und silbern mit Blau darin? Ein Kreuz vielleicht. Ein Schnörkel.«

»War es an einem Schlüsselring?«

»Nicht direkt«, sagte Sara. »Man würde Cartier oder etwas anderes Teures erwarten, aber es war ein billig aussehender blauer Plastikring mit Weiß in der Mitte. Der Schlüsselanhänger war mit einer blauen Nylonkordel daran befestigt.«

Will ließ ihre Hand los, damit er sein Telefon aus der Hosentasche holen konnte. Er sagte: »Hey, Siri. Zeig mir einen Apple AirTag.«

Sara erkannte das Bild des kleinen Ortungsgeräts sofort. »Das war es.«

»Britt McAllister hört sich zu verklemmt an, um ständig ihre Schlüssel zu verlieren.« Will steckte sein Smartphone ein und griff wieder nach Saras Hand. »Ich tippe darauf, dass sie einen Alfa Romeo Stelvio Quadrifoglio in Misano-Blau fährt.«

»Das ist aber sehr konkret.«

»Der Schnörkel, den du auf dem Schlüsselanhänger gesehen hast, ist eine Schlange, die Biscione. Das Kreuz ist das Georgskreuz. Beides geht auf die Kreuzzüge zurück. Diese Schmuckelemente sind seit Anfang des zwanzigsten Jahrhunderts auf dem Abzeichen von Alfa Romeo. Zwei Drittel der Wagen auf diesem Parkplatz sind SUVs. Alfa Romeos SUV ist der Stelvio. Das teurere Modell ist der Quadrifoglio. Auf die Farbe habe ich aufgrund des Plastikrings getippt.«

»Nicht schlecht, Sherlock.« Sara hatte ihn über Autozeitschriften brüten sehen, wie sie selbst über dem *American Journal of Forensic Medicine* brütete. »Was, würdest du tippen, fahre ich, wenn sich der Inhalt meiner Handtasche auf den Boden ergießt?«

»Einen Müllwagen.« Er lächelte, als er seine Beobachtungstätigkeit wiederaufnahm. Sara war nicht die Ordentliche in ihrer Beziehung. Dass er sie nicht jedes Mal umbrachte, wenn er in ihr gemeinsames Badezimmer kam, war ein kleines Wunder.

Gespräche drangen plötzlich an ihr Ohr, als eine Gruppe von Frauen aus dem Umkleideraum kam und zu ihren Fahrzeugen ging. Auf den Plätzen hatten einige Paarungen gewechselt. Sara schaute auf Wills Uhr. Kaum drei Minuten waren vergangen. »Macht ihr, du und Faith, das den ganzen Tag? In einem Auto sitzen und auf Leute warten?«

»Sie bringt meistens was zu knabbern mit.« Er strich ihr mit dem Daumen über die Hand. »Aber du bist die angenehmere Gesellschaft.«

Sara lehnte sich lächelnd zurück. Eine Frau ging vor dem Eingang zur Umkleide auf und ab und sprach in ihr Handy. Sie fuchtelte mit der freien Hand ständig in der Luft herum, offensichtlich stritt sie mit irgendwem.

»Ihr Mann versucht ihr gerade zu erklären, wieso er versehentlich einen Chihuahua adoptiert hat«, sagte Will.

Sara lachte. Sie fand es wundervoll, dass Will versehentlich einen Chihuahua adoptiert hatte. »Sieht eher aus, als wäre sie gerade dahintergekommen, dass er sie betrügt.«

»Du könntest Mason anrufen.«

Der Vorschlag kam so sehr aus heiterem Himmel, dass Sara nicht recht wusste, wie sie reagieren sollte. Machte er sich Sorgen, sie könnte ihn mit Mason betrügen, oder dachte er über Notfallpläne für den Fall nach, dass Britt nicht auftauchte?

Sie entschied sich für eine neutrale Frage: »Wie kommst du jetzt darauf?«

»Mason war damals auf der Freitagsparty. Er kennt alle Leute in der Gang. Er könnte an diesem Abend etwas gesehen haben. Oder er erinnert sich an etwas. Er ist ebenfalls Arzt, wird also ein gutes Gedächtnis haben. Und ihr seid euch zu dieser Zeit nahegestanden, deshalb könnte ihm sogar ein flüchtiges Detail in Erinnerung geblieben sein.«

»Würde es dich stören, wenn ich mit ihm spreche?«

»Sollte es das?«

Sie wartete, bis er sie ansah. »Nein.«

Er nickte. »Ich weiß nicht, wie ich das sagen soll, aber ich glaube, Sloan Bauer ...«

»Hat mit Mason gevögelt, während wir zusammengelebt haben?« Sara hatte endlich einen Weg gefunden, ihn zu überraschen. »Ich wusste es irgendwie, aber es war mir komischerweise egal. Er hat mich nie richtig verrückt gemacht. Ich hatte nie das Gefühl, ich müsste explodieren, wenn wir im selben Raum waren und ich ihn nicht berühren konnte.«

Will sah auf ihre verschränkten Hände hinab. Er lächelte, als er sich wieder dem Pavillon zuwandte.

Sara war im Begriff, etwas Schmalziges zu sagen, das ihm todpeinlich wäre, als sie in der Ferne etwas Metallicblaues aufblitzen sah.

Ein SUV bog auf den Parkplatz des Pavillons. An der vorderen Seitenschürze des Alfa Romeo Stelvio war ein kleines weißes Dreieck mit einem grünen vierblättrigen Kleeblatt, dem *quadrifoglio,* darin. Britt McAllister saß am Steuer. Sie fuhr langsam und suchte nach einem freien Platz in der Nähe der Tennisplätze.

In Saras Magen fing es zu rumoren an. Sie hatte sich eingeredet, dass sie bereit war, aber plötzlich fühlte sie sich nur wenig bereit. Sie durfte jetzt nicht den Mut verlieren. Nach allem, wozu Will sich überwunden hatte. Und wenn sie daran dachte, wie Tommy McAllister seinem nächsten Opfer nachstellte. Die Erinnerung an Danis Herz in Saras Handfläche war wie ein unsichtbares Tattoo, das sie bis an ihr Lebensende begleiten würde. Wenn Sara es nicht für sich selbst tun konnte, dann konnte sie es für Dani tun.

»Alles okay?«, fragte Will.

»Ja.« Sie hatten am Abend zuvor einige Szenarien geprobt. Britt musste das Gefühl haben, dass sie in der Falle saß. Das würde nicht auf dem Parkplatz neben ihrem Auto passieren, und auch nicht auf der Tennisanlage, wo sie von ihren Freundinnen umgeben war. Der beste Ort war der Gleiche wie zuvor: die Damentoilette.

Britt stieg mit ihrem Smartphone in der einen Hand und einer gelben Yeti-Wasserflasche in der anderen aus ihrem SUV. Ihr gelbes Tennis-Outfit bestand aus einem weit geschnittenen langärmligen Top und einem fließenden Rock, der ein Stück über dem Knie endete. Sie öffnete die Heckklappe des SUV und nahm einen leuchtend gelben Rucksack heraus, der zu ihrem

Outfit passte. Dann setzte sie eine Kappe auf, die den anderen Gelbtönen so ähnlich war, dass Sara sich fragte, ob Britt sie eigens hatte einfärben lassen.

»Das ist ein hübscher Rucksack«, sagte Will. »Wer stellt die her?«

Sara sah ihn neugierig an. Er interessierte sich sonst nie für Marken. »Hermès. Sie hat mindestens fünftausend dafür hingeblättert.«

»Die billige Plastikhalterung an dem AirTag stört mich.« Er rieb sich wieder das Kinn. »Alle Luxusdesigner stellen eigene Halterungen her. Sieh dir an, wie sie gekleidet ist. Sie kauft keine Accessoires im Ein-Dollar-Shop.«

Sara hatte dieses Detail übersehen, aber jetzt störte es sie ebenfalls.

»Elizas Mitgliedsnummer ist dreizehn-neunundzwanzig, falls du etwas bestellen willst.«

»Ich verdurste lieber, als einen Cent von ihrem Geld auszugeben.«

Will lachte nicht. Er betrachtete Sara auf seine typisch sorgfältige Weise. »Es ist noch nicht zu spät. Du kannst jederzeit einen Rückzieher machen. Wir können auf der Stelle fahren und irgendwo einen Kaffee trinken.«

Will trank keinen Kaffee.

Sara drückte ein letztes Mal seine Hand, bevor sie ausstieg.

Der Wind fuhr in ihren Rock, als sie die Tür schloss. Sie sah Britt zur Umkleide gehen, als sie sich dem Pavillon näherte. Sara überprüfte ihr Spiegelbild in einem Wagenfenster. Ihr Haar war zu einem lockeren Zopf geflochten. Sie war nur leicht geschminkt. Über ihr Outfit hatte sie sich heute Morgen so viele Gedanken gemacht wie seit ihrem ersten Rendezvous mit Will nicht mehr. Schließlich hatte sie sich für ein purpurfarbenes, langärmliges Tenniskleid von Lululemon entschieden. Es war um die Taille enger geschnitten als Britts Sachen, aber wie Britt zutreffend bemerkt hatte, war Sara keine Mutter. Sie hatte nicht vor zweiundzwanzig Jahren ein Kind zur Welt gebracht und trug noch eine Wulst überschüssiger Haut um die Mitte mit sich herum, die sich mit keiner plastischen Chirurgie der Welt verbergen ließ.

Sara kam an der Frau vorbei, die sich am Handy stritt. Sie sah Sara an und verdrehte die Augen, was bedeutete, dass sie definitiv mit ihrem Mann sprach. Sara drehte gedankenverloren an ihrem Verlobungsring. Sie versuchte, sich zu wappnen, aber dann erkannte sie, dass es gar nicht nötig war. Ein seltsames Gefühl von Frieden überkam sie, als sie sich dem Eingang zum Umkleideraum näherte.

Soweit Sara wusste, hatte Britt nie enge Freunde gehabt. Selbst ohne die Gehässigkeit konnte Britt abschreckend und nervig wirken. Popkultur ging an ihr vorüber. Sie las nicht und verfolgte keine Nachrichten. Sie war eine sehr gute Ärztin gewesen, aber sie praktizierte seit Jahren nicht mehr. Tennis bot die einzigartige Gelegenheit, Britts harte Kanten zu glätten. Alles, was auf dem Platz zählte, war, wie gut man spielte. Wenn du in einem Team warst, waren die Frauen in diesem Team deine Freundinnen. Der Club verschaffte Britt den Zugang zu einer Welt, die ihr andernfalls versagt bliebe. Sie würde sich hier sicher fühlen.

Und Sara war im Begriff, das alles zu zerstören.

Warme Luft umwehte sie, als sie das Gebäude betrat. Es gab eine kleine Lounge mit ein paar Tischen, einer Snackbar und einem Automaten, aus dem Wein floss, wenn man seine Mitgliedskarte hineinsteckte. Vier Frauen spielten am größten Tisch Bridge. Sie waren älter, ihre Haut hatte die Farbe von Tabak, nachdem sie sie jahrzehntelang der Sonne ausgesetzt hatten. Keine von ihnen schaute zu dem riesigen Fernsehschirm an der Wand. Saras Blick fiel auf die Worte, die über den unteren Bildrand der Lokalnachrichten zogen.

Studentin seit letzter Nacht aus Tanzclub verschwunden ...
Polizei bittet um Hinweise ...

Ein neuer Tag. Ein weiteres vermisstes Mädchen.

Sara ging durch eine Doppeltür zum Hauptumkleideraum. Fotos zeigten Frauen in Tenniskleidung bis zurück zur Mitte des letzten Jahrhunderts. Sara ging davon aus, dass einige der lederhäutigen Kartenspielerinnen auf den Schwarzweißfotos abgebildet waren und Trophäen und Schläger in die Luft hielten. Nicht weit von den Toilettenkabinen hing eine Bestenliste.

Britt McAllister wurde auf Platz 19 der Tennisspielerinnen im Club geführt.

Nicht schlecht für ihr Alter.

Sara stand so, dass sie die Reihe der Waschbecken überblicken konnte. Keine Britt. Alle Kabinentüren standen halb offen. Sie bezweifelte, dass Britt duschte oder im Whirlpool, im Dampfbad oder der Sauna entspannte, deshalb ließ sie die Tür zum Nassbereich links liegen. Damit blieb nur noch der eigentliche Umkleideraum.

Sie zählte zwölf hufeisenförmige Abschnitte mit jeweils einer Bank in der Mitte. Die Spinde waren großzügig bemessen und raumhoch, was leider bedeutete, dass Sara nicht drüberspähen konnte. Alles vermittelte den Eindruck von Reichtum und war dennoch leicht abgenutzt. Dunkle Holzverkleidung, goldene Zierleisten. Namensschilder, passend zu den Farben des Clubs in blauer Schrift aufgeprägt. Miffy Buchanan. Peony Riley. Mrs. Gordon Guthrie. Faith wäre begeistert gewesen.

»Ich sagte, lass mich verdammt noch mal in Ruhe!«

Sara erkannte Britt McAllisters Stimme auf Anhieb.

Eine jüngere Frau in einem blauen Tenniskleid kam aus dem hintersten Hufeisen-Abschnitt gestürmt. Sie hielt den Kopf gesenkt und sah bedrückt aus. Ohne einen Blick lief sie an Sara vorbei.

Saras Magen rumorte wieder. Die Angst war zurück. Mit steifen Knien zwang sie sich, weiterzugehen. Sie würde nicht zum Auto zurückkehren und Will gestehen, dass sie versagt hatte.

Sie sah Britt auf der Bank sitzen und mit gesenktem Kopf auf ihr Handy schauen. Der Spind vor ihr stand offen, aber ihre Tasche und ihre Wasserflasche standen zu ihren Füßen.

Sie nahm Saras Anwesenheit offenbar wahr, aber sie blickte nicht auf. »Ainsley, es tut mir leid, dass ich dich angeschrien habe. Bitte, ich brauche eine Minute für mich.«

Sara hörte eine Spur Verzweiflung in ihrem Tonfall. Von allen Szenarien, auf die sie sich vorbereitet hatte – eine trotzige Britt, eine wütende, selbst eine gewalttätige Britt –, hatte sie mit diesem am wenigsten gerechnet.

Die Frau sah gebrochen aus.

Sara würde sich nicht dazu verleiten lassen, sie wieder zu trösten. Sie holte rasch Luft und sagte: »Britt.«

Britt riss den Kopf hoch. Bei Saras Anblick stockte ihr der Atem. Sie war zu überrumpelt, um eine beißende Beleidigung zu formulieren.

Sara verschränkte die Arme vor der Brust. »Was ist der Zusammenhang, Britt? Wie hängt meine ... vor fünfzehn Jahren ...«

Britt stand so schnell auf, dass sie beinahe rückwärts über die Bank gefallen wäre. Sie stopfte ihre Sachen in den Spind, trat die Tür mit dem Fuß zu und drehte sich zu Sara um. Sie öffnete den Mund, ging aber dann an ihr vorbei, ohne etwas zu sagen. Nicht zum Ausgang, sondern zum Nassbereich.

Britt blieb erst stehen, als sie an der Glastür war. Sie schaute Sara auffordernd an, ehe sie hineinging.

Sara zögerte, bevor sie ihr folgte. Britts Energie hatte etwas Fieberhaftes. Sie schien zwar nicht wieder high zu sein. Sie tobte nicht und warf nicht mit Schmähungen um sich. Hätte

Sara ihr Verhalten mit einem Wort beschreiben müssen, dann hätte sie gesagt, die Frau wirkte *verstört.*

Angst konnte zu allen möglichen Fehlern führen. Sara fing die Glastür auf, bevor sie zufiel, und ließ Britt an den Duschen vorbei vorausgehen. Eine der Kabinen war besetzt. Sara ging um eine Wasserlache herum. Der Whirlpool blubberte, man hörte das leise Murmeln von Frauen im Gespräch. Britt warf einen Blick durch die Glastür der Sauna. Sie war mit zwei Frauen besetzt. Dann öffnete sie die Tür zum Dampfbad. Dichter Nebel wallte heraus. Britt nahm sich ein Handtuch aus dem Regal und warf wiederum Sara einen Blick zu, ehe sie hineinging.

Sara griff nach einem Handtuch, zögerte jedoch erneut. War es dumm, Britt an den einzigen Ort zu folgen, wo niemand sie hören konnte? War es eine Art List von Britt, um die Oberhand zu gewinnen?

Sie würde es nur herausfinden, wenn sie hineinging. Die warme, feuchte Luft hing schwer in Saras Lungen. Schillernde Fliesen bedeckten alle Oberflächen. Die Deckenlampen reichten nicht weit. Sie konnte kaum erkennen, dass Britt ein Handtuch in eine Ecke der Bank legte. Sara platzierte ihr Handtuch näher bei der Tür, doch sie blieb stehen, als Britt sich setzte.

»Ich …« Britt versagte die Stimme. »Ich habe eine E-Mail bekommen.«

Sara hörte ein gedämpftes Echo durch den Dunst. Sie trat näher, damit sie Britts Gesicht erkennen konnte. Britt hatte den Kopf in die Hände gestützt und zitterte wieder. Es war fast genauso wie zwei Tage zuvor im Gerichtsgebäude.

»Es war von unserem …« Britt war erkennbar durch den Wind. Dampf waberte um sie, als sie zu Sara hochsah. »Die Coopers haben unser Vergleichsangebot angenommen.«

Sara legte die Hand an die Wand, um sich abzustützen. »Du lügst.«

Britt log nicht. Tränen liefen ihr übers Gesicht.

Sara brauchte ihre Tränen nicht. Sie brauchte Antworten. »Warum sollten sie euer Geld nehmen?«

Britt schüttelte den Kopf. Sie wollte es nicht laut aussprechen.

»Sag es mir«, forderte Sara. »Was habt ihr mit ihnen gemacht?«

»Ich habe gar nichts gemacht!« Die schrille Stimme drang in jeden Winkel. Sie legte die Hand vor den Mund, wie um sie wieder einzufangen. »Es war ein Junge, mit dem Dani in der Highschool gegangen ist. Er hat ein altes Handy mit ein paar Fotos gefunden und kam zu uns, um dafür Geld zu fordern. Sie wollen immer Geld.«

Sara wusste, von welcher Art Fotos die Rede war. Früher, als sie noch als Kinderärztin arbeitete, hatte sie allen Mädchen, die zu ihr in Behandlung kamen, einen Vortrag über das Versenden von Nacktfotos gehalten. Nur sehr wenige hörten auf sie.

»Wie schlimm sind sie?«

Britt sah sie konsterniert an, denn man verlangte kein Geld, wenn sie nicht schlimm waren. »Nahaufnahmen, auf denen sie ihre Brüste massiert. Ihre Schamlippen aufspreizt. Auf den meisten kann man ihr Gesicht sehen. Sie hat die Augen geschlossen und …«

Sara musste den Rest nicht hören. Britt hatte die Bilder gesehen. Mac. Ihre Anwälte. Tommy. Wer noch?

Britt sagte: »Ich bezweifle, dass der Richter die Fotos als Beweismittel zugelassen hätte, aber solche Dinge landen am Ende immer im Internet.«

Sara ließ sich auf die Bank sinken. Sie hatte gemeint, der Gedanke an Danis Eltern hätte ihr schon das Herz gebrochen, aber Britt hatte es gleich in tausend Stücke zerspringen lassen. »Bitte sag mir, dass die Coopers sie nicht gesehen haben.«

»Die Fotos wurden an ihren Anwalt geschickt.«

»Aber haben sie sie gesehen?«

Britt schwieg, was bedeutete, dass Danis Eltern ihre Tochter noch zweimal nach deren Tod gesehen hatten: einmal auf dem

Obduktionstisch und dann wieder, als Douglas Fanning ihnen die Nacktfotos zukommen ließ.

»Ihr habt gedroht, die Fotos an die Öffentlichkeit zu geben. Deshalb haben sie dem Vergleich zugestimmt.«

Britt sah Sara durch die Dampfwolke an. »Glaubst du im Ernst, Mac bespricht sich mit mir, bevor er irgendetwas tut?«

»Willst du behaupten, du hättest ihn in dem Fall davon abgehalten?«

»Ich kann ihn von nichts abhalten. Mac tut, was er will. Ich habe nirgendwo mitzureden.«

»Ist das deine Rechtfertigung? Die arme Britt in ihrem goldenen Käfig?« Sara hatte nicht vergessen, wozu sie hier war. Jetzt war es wichtiger denn je. »Was ist die Verbindung? Wie hängt das, was mir vor fünfzehn Jahren passiert ist, mit Dani zusammen?«

»Sankt Sara eilt hurtig zu Hilfe«, murmelte Britt.

»Halt den Mund.« Sara hatte genug von diesem jämmerlichen Selbstmitleid. »Du hast gesagt, du willst, dass Tommy aufhört. Sag mir, wie man ihn aufhalten kann.«

»Ich werde nicht zulassen, dass du meinem Sohn wehtust.«

Sara fiel ein, was sie gerade auf dem Fernsehschirm in der Lounge gesehen hatte. »Ein weiteres Mädchen wird vermisst. Eine Studentin.«

»Tommy war letzte Nacht zu Hause. Er hat nichts damit zu tun.«

»Aber du hast es in den Nachrichten gesehen und gleich befürchtet, dass es Tommy war. Er wird nicht aufhören, Britt. Jetzt erst recht nicht.«

Britt reagierte nicht.

»Was ist mit Mac? War er letzte Nacht zu Hause?«

Ihr Lachen hatte eine gewisse Schärfe. »Mac kriegt seit Jahren keinen mehr hoch. Er saugt mehr an seinem Asthma-Inhalator als an mir. Ein Wunder, dass meine Möse noch nicht dichtgemacht hat.«

»Britt.« Sara wusste nicht, wie sie ihr vernünftig zureden sollte. Sie war so sprunghaft. »Was ist vor fünfzehn Jahren passiert? Was habe ich übersehen?«

Keine Antwort.

»Bitte«, flehte Sara. »Du musst es mir ja nicht direkt sagen. Gib mir einen Hinweis. Einen Namen. Etwas, dem ich nachgehen kann. Etwas, was mir hilft, daraufzukommen.«

Britt warf den Kopf zurück. Auf ihrem Gesicht lag ein Film von der Luftfeuchtigkeit, vermischt mit Schweiß und Tränen. Sie dachte nach. Und dann hatte sie sich entschieden und schüttelte den Kopf. »Ich kann dir nicht helfen.«

Sara suchte verzweifelt nach einem Weg, sie zu erreichen. Das Einzige, was ihr einfiel, war Wills Unterhaltung mit Mac und Richie. Das Entweder-Oder. Richie hatte es zweimal zur Sprache gebracht.

Wieso verfault Cam in seinem Grab, während Sara mit Mitleid überschüttet wird?

»Hat es etwas mit Cam zu tun?«, fragte sie.

Britt wandte ihr das Gesicht zu. Ihre Lippen teilten sich, aber wie beim letzten Mal zog sie sich gleich wieder zurück. »Lass es auf sich beruhen, Sara. Cam ist tot, tanz nicht auf seinem Grab herum.«

Sara fragte sie nicht nach Danis Grab. »Was ist mit Cam passiert?«

»Er hat sich die Mündung einer Pistole in den Mund gesteckt und abgedrückt.« Britt beobachtete, wie Sara reagierte. »Ich bin mir sicher, du hattest im Rahmen deiner Arbeit schon mal mit so etwas zu tun.«

»Sag mir, was ich übersehe.«

Britt seufzte schwer und machte Anstalten, aufzustehen. »Ich komme zu spät zu meinem Match.«

»Verdammt noch mal, Britt, wie wird dir zumute sein, wenn Tommy noch einmal jemanden angreift?«

»Er wird niemanden angreifen.«

»Du weißt, dass er es tun wird.« Sara musste sich beherrschen, um nicht zu schreien. »Was ist auf der Freitagsparty passiert? Ich weiß, dass Cam dort war. Was hat er getan?«

Britt hielt wieder inne, aber diesmal gab sie ein wenig nach. »Er hatte den ganzen Abend den Mund entweder an einer Flasche oder über der Kloschüssel.«

Sara glaubte eine Erinnerung aufscheinen zu sehen. »Er war betrunken?«

»Er konnte nicht mehr stehen. Das ist eine Sache, die du ihm immer voraushattest. Er hatte nicht die Eier für die Notfallmedizin.«

»Warum war er …«

»Er hatte eine Patientin verloren.«

Sara nickte. Sie erinnerte sich jetzt, wie Cam in der Bar herumgetorkelt war, Leute gepackt und sie angefleht hatte, ihm zuzuhören. »Er war am Boden zerstört. Er hörte einfach nicht auf zu saufen. Mason musste ihm die Autoschlüssel wegnehmen.«

»Nur schade, dass Mason ihm keine Glock in die Hand gedrückt hat. Hätte uns allen fast ein Jahrzehnt seines Gejammers erspart.« Britt nahm das Handtuch von der Bank und wollte das Dampfbad verlassen.

Sara versperrte ihr den Weg.

Britt wirkte nicht eingeschüchtert. Sie schien es als Herausforderung zu sehen. »Ist das die Vergeltung für die Sache im Gericht?«

Sara wusste, sie konnte nicht von Frau zu Frau mit Britt reden, aber sie konnte als Ärztin mit ihr reden. »Dani hat in der Highschool beim Zulassungstest für das Medizinstudium fünfhundertfünfzehn Punkte geschafft.«

Britts Überraschung war echt. Selbst College-Studenten hatten Mühe, so viele Punkte bei diesem Test zu erreichen. Sara bezweifelte, dass Tommy so gut abgeschnitten hatte.

»Dani war Jahrgangsbeste ihrer Highschool. Ihre Rede hielt sie darüber, wie man die ärztliche Versorgung in Minderheiten-Communitys verbessern konnte. Sie liebte organische Chemie. Sie arbeitete ehrenamtlich im Gesundheitszentrum für Frauen. Sie wollte später in der Geburtshilfe tätig sein.« Saras Worte hatten sichtlich Wirkung auf Britt. Ihr eigener Weg ins Medizinstudium war ähnlich verlaufen. »Dani hat sich in jener Nacht selbst zum Grady gefahren, weil sie wusste, dass sie Hilfe brauchte. Das Leben entwich aus ihr. Sie wusste genau, was los war. Ich musste ihr versprechen, dass ich ihn aufhalten werde, Britt. Hilf mir, ihn aufzuhalten. Sag mir, wie es zusammenhängt.«

Britt schloss die Kiefer so fest, dass Sara ihre Zähne knirschen hörte.

Sie starrten einander schweigend an, in einer Pattsituation gefangen, als die Tür aufging. Der Dampf wurde durch den plötzlichen Zugang kühler Luft verwirbelt. Eine Frau stand im Badeanzug in der Tür und wartete darauf, hereinzukönnen. Auf ihrem Gesicht lag ein merkwürdiger Ausdruck, wahrscheinlich, weil sie nicht erwartet hatte, Britt und Sara vollständig bekleidet im Dampfbad vorzufinden.

»Darcy!«, rief Britt gespielt fröhlich. »Schau an, schau an! Man sieht kaum, dass du ein Baby bekommen hast.«

Darcy lächelte. »Sie hat bei ihren Entwicklungsschritten endlich aufgeholt. Vielen Dank, dass du mit mir darüber gesprochen hast. Zander und ich haben uns große Sorgen gemacht.«

»Gern geschehen. Aber wo bleiben meine Manieren?« Britt wandte sich Sara zu. »Darcy, das ist Merit Barrowe. Sie hat früher am Grady mit mir gearbeitet.«

»Merit.« Darcy schüttelte Sara die Hand. »Was für ein hübscher Name.«

Sara korrigierte sie nicht. Sie war zu abgelenkt von einer kristallklaren Erinnerung an die Freitagsparty. Cam war sinnlos betrunken gewesen, er hatte gelallt und alle angefleht, ihm zuzuhören. Es war ihm gelungen, Sara an der Theke festzunageln. Sein Atem stank nach Whiskey und Zigaretten, und er spuckte beim Reden. Cam trank gewohnheitsmäßig zu viel, aber diesmal war es anders. Er versuchte den Schmerz zu betäuben. Er hatte mit Sara darüber sprechen wollen, was zwei Wochen zuvor in der Notaufnahme vorgefallen war. Sie hatten beide Nachtschicht gehabt, als es zu der Tragödie kam.

Cam hatte eine Patientin verloren.

Zwanzig Jahre alt. Schwacher Puls. Veränderter Bewusstseinszustand. Die Frau war in der Patiententoilette plötzlich kollabiert. Ihre Krämpfe waren so heftig, dass sie mit dem Bein wie wild gegen die Toilette trat. Es hatte wie ein Schuss durch die Notaufnahme gehallt, als das Porzellan zersprang. Der Tritt war so hart gewesen, dass der Knöchel der Frau brach.

Sara war zwei Behandlungsräume weiter gewesen, als es passierte. Sie wusste nicht mehr, weswegen ihr Patient behandelt wurde, aber sie erinnerte sich an die Fallbesprechung nach dem Tod von Cams Patientin.

Unter Drogen gesetzt. Gefesselt. Möglicherweise sexuell missbraucht.

Ihr Name war Merit Barrowe.

8

Martin Barrowe hatte das *Prime Craft Coffee* auf Atlantas West Side als Treffpunkt vorgeschlagen, um über den Tod seiner Schwester zu sprechen. Will kannte die Gegend gut. Er hatte den größten Teil seiner Teenagerjahre in den Industriehallen dort verbracht und in der Stahlherstellung und im Messebau gearbeitet. Diese Gewerbe waren längst verschwunden. Die Lager und Werkstätten waren abgerissen und durch ein Mischgebiet ersetzt worden. Oben teure Wohnungen, darunter noch teurere Einrichtungsläden, Restaurants und Bekleidungshäuser.

So, wie Will gekleidet war, fügte er sich nahtlos unter die Freiberufler in dem eleganten Coffee-Shop ein. Er trug die obligatorischen weißen Ohrstöpsel, wenngleich er der einzige Gast war, der nicht über einen Laptop gebeugt dasaß. Er folgte den Textzeilen in seinem Handy und hörte zugleich, wie die KI in der App, die Text in Sprache umwandelte, den fünfzehn Jahre alten Bericht eines Detectives über den Tod von Merit Alexandria Barrowe vorlas.

... die zwanzigjährige Verstorbene in der Dienststelle des Medical Examiners von Fulton County zweifelsfrei von ihren Eltern identifiziert. Siehe eidesstattliche Aussage. Erster Eindruck: Verdacht auf Überdosis. Weibliche Person behauptete, sexuell missbraucht worden zu sein; Befunde nicht eindeutig, s. Bericht des ME. Weibliche Person wurde zuletzt bei Party auf dem Campus der Georgia State University gesehen, s. Zeugenaussagen. Überwachungskameras zwischen dem Ort der Feier und dem Grady Hospital außer Betrieb. Weibliche Person traf über westlichen Seiteneingang des Grady ein und hielt Wachmann an. s. Alvarez, Hector, Zeugenaussage. Alvarez begleitete weibliche Person zu Notaufnahme. Weibliche Person wirkte betrunken: lallte, konnte ohne Hilfe nicht gehen. Behauptete sexuellen Missbrauch, blieb aber unklar, was Einzelheiten anging. Nach Registrierung in der Notaufnahme bat weibliche Person, die Toilette benutzen zu dürfen. Dort hatte weibliche Person einen Anfall, der zu Bruch des rechten Knöchels führte; s. Bericht des Krankenhauses über Zwischenfall. Todesursache: mutmaßlich post-hypoxischer Status epilepticus/SUDEP; unbestätigt, da toxikologischer Bericht noch ausstehend.

Will hielt die Umwandlungs-App an.

Sara hatte ihm erklärt, dass SUDEP für plötzlicher, unerwarteter Tod bei Epilepsie stand. Barrowes Atmung hatte während eines Krampfanfalls zu lange ausgesetzt. Sie war mehr oder weniger erstickt.

Laut dem rechtsmedizinischen Bericht gab es bei Merit Barrowe keine Vorgeschichte von Epilepsie, was auf Drogentoxizität als Grund hinter ihrem Anfall hinwies. Will hatte an Fällen gearbeitet, wo Kokain, Meth, Ecstasy und, in einem Fall, der Genuss von zu viel Haschisch einen Anfall ausgelöst hatten. Alle diese Substanzen dürften auf einer Studentenparty verfügbar gewesen sein.

Er scrollte auf seinem Smartphone nach unten und ließ die App den Obduktionsbericht vorlesen. Es gab nicht viel, wo man ansetzen konnte. Der amtliche Leichenbeschauer hatte sich entschieden, eine Teilobduktion durchzuführen, wie es manchmal genannt wurde, was bedeutete, dass er den Körper nicht aufgeschnitten hatte. Stattdessen wurde eine äußerliche Untersuchung vorgenommen: Röntgen, Fotos, Körperdiagramm.

Will hielt die App an. Er schaute sich das Diagramm an. Der Bruch des Knöchels und die Beule am Kopf wurden durch den Anfall erklärt. Es gab keine Gehirnerschütterung oder Stichwunde auf der linken Seite, die Merit mit Sara und Dani Cooper verbunden hätte. Das einzige Detail, das der Leichenbeschauer auf der linken Seite vermerkt hatte, war eine Tätowierung, die sich knapp acht Zentimeter unterhalb der Mittellinie der Achselhöhle befand, zwischen der vierten und fünften Rippe. Ihre Länge war mit 7,62 cm angegeben. Keine Angabe zur Höhe. Man erfuhr nicht, ob es sich bei der Tätowierung um Worte, Symbole oder eine Comic-Figur handelte. Es gab nur eine Reihe von X in der Zeichnung, eine leicht gebogene Linie wie der Mund eines irren Clowns.

Er tippte auf sein Handy und klickte zurück zum Hauptordner, der alle offiziellen Polizeiakten zu Merit Barrowe enthielt. Er öffnete den Scan ihrer Sterbeurkunde. Behördliche Datensätze waren inzwischen digitalisiert, aber vor fünfzehn Jahren hatten sie noch Schreibmaschinen und Füller benutzt. Die Text-zu-Sprache-Software war gut darin, Erstere zu lesen, Letzteres dagegen stellte sie vor einige Probleme. Ein Glück nur, dass die mit Füller ausgefüllten Teile des Formulars in Blockschrift geschrieben waren.

Merit Alexandria Barrowe. Schwarzes Haar. Grüne Augen. Zwanzig Jahre alt. Todesursache: Überdosis. Es gab drei Optionen auf dem Formblatt: Unfall, Mord, Selbstmord. Keine davon war angekreuzt. Der mit *Kurze Erläuterung der Todesursache* überschriebene Abschnitt war leer geblieben.

Die Umwandlungs-App konnte Unterschriften nicht lesen, aber zum Glück war der Name des Arztes getippt. Will war nicht überrascht, dass Dr. Cameron Carmichael Merits Tod bestätigt hatte. Cam war Merits Arzt gewesen, als sie starb, deshalb lag es in seiner Verantwortung, die offiziellen Papiere auszufüllen. Das fehlende Kreuz bei Unfall, Mord oder Selbstmord war nicht ungewöhnlich. Genauso wenig wie das leer gebliebene Kästchen für eine kurze Erläuterung der Todesursache. Cam war nicht dafür zuständig, die Umstände der Überdosis zu ermitteln. Diese Aufgabe fiel der Polizei zu. Der amtliche Leichenbeschauer würde derjenige sein, der das Kreuz machte und die Erläuterung lieferte.

Die Tatsache, dass der leitende Detective keine vollständige Obduktion verlangt hatte, verriet Will viel darüber, wie der Mann den Fall wahrnahm. Er hatte eindeutig kein Verbrechen vermutet, trotz zweier voneinander unabhängiger Zeugen, nämlich Cam und dem Wachmann, die aussagten, dass Merit von einem sexuellen Missbrauch gesprochen hatte. Ebenso eindeutig hatte der amtliche Leichenbeschauer diese Einschätzung nicht zurückgewiesen. Was interessant war, aber wie bei der Sterbeurkunde nicht überraschend.

Die Dienststelle des amtlichen Leichenbeschauers von Fulton County hatte im letzten Jahr die Marke von dreitausend Fällen erreicht. Wie fast alle medizinischen Einrichtungen in diesen Tagen war sie unterbesetzt, und die Mitarbeiter waren ausgebrannt und wurden von dem Rückstau an Fällen nahezu erdrückt. Die Situation war vor fünfzehn Jahren, als Merit Barrowe starb, nicht viel rosiger gewesen. Die Wirtschaft war einem Kollaps nahe gewesen, Regierungen strichen Etats zusammen. Soldaten kehrten von Mehrfacheinsätzen in Afghanistan und dem Irak zurück. Die Wut war groß, die Ängste ebenso, und es gab einen steilen Anstieg von Gewaltverbrechen.

Will suchte nach den Obduktionsfotos, fand aber nur eines. Der Scan war farbig, aber das Foto sah ausgeblichen aus. Merit Barrowe lag auf einem Edelstahltisch. Ein weißes Laken bedeckte sie bis zum Hals. Die kurzen Haare waren zurückgekämmt, die Augen geschlossen. Sie sah sehr jung und sehr einsam aus auf dem kalten Metalluntergrund.

Er nahm sich einen Moment Zeit, ihr Gesicht zu studieren. Man vergaß leicht, welche Wirkung ein einzelner Todesfall haben konnte, wenn man in seiner Arbeit ständig mit dem Tod zu tun hatte. Merits Eltern hatten sie geliebt. Merits Bruder hatte sie geliebt. Sie hatte Freundinnen gehabt, vielleicht einen Freund, und hatte nur zwanzig kurze Jahre auf Erden verbracht, bevor ihr alles genommen wurde.

Will kehrte ohne die App zum Obduktionsbericht zurück. Die Formulare waren standardisiert, deshalb fand er mühelos den Ort, wo die toxikologischen Ergebnisse aufgeführt sein sollten. Der Begriff *Noch ausstehend* war ihm ebenfalls vertraut. Falls der Drogenscreen vom Grady Hospital oder vom Pathologielabor des County zurückgekommen war, hatte sich niemand die Mühe gemacht, ihn an Barrowes Akte anzuhängen.

Der Detective, der den Fall untersucht hatte, war der Sache ebenfalls nicht weiter nachgegangen.

Normalerweise hätte Will jetzt versucht, den Detective ausfindig zu machen, aber zufällig wusste er, dass Eugene Edgerton vor neun Jahren an Bauchspeicheldrüsenkrebs gestorben war.

Es war derselbe Detective, der Saras Vergewaltigungsfall bearbeitet hatte.

»Hast du diesen beschissenen Bericht gelesen?« Faith nahm mit zwei großen Tassen und schwer verstimmt gegenüber von ihm Platz. »*Weibliche Person behauptete, möglicherweise sexuell missbraucht worden zu sein.*«

Will nahm die Tasse mit der Schlagsahne, da er annahm, dass die heiße Schokolade für ihn gedacht war. »Was übersehe ich?«

»Weibliche Person?«, wiederholte Faith. »Merit hatte einen Namen. Den Ausdruck *weibliche Person* benutzt du in dieser Weise nur dann in einem Bericht, wenn du entweder ein Arschloch bist oder ein Frauenhasser, ein Incel.«

Will rührte die Schlagsahne in seine Schokolade. Er hatte Faith bereits erzählt, dass Eugene Edgerton beide Ermittlungen geleitet hatte. »Edgerton hat in Saras Fall eine Verhaftung vorgenommen.«

»Nichts für ungut, aber Sara ist eine weiße Mittelschicht-Ärztin. Edgerton hat sie in seinem Bericht nie *weibliche Person* genannt. Er hat nie geschrieben, dass sie eine Vergewaltigung *behauptet* hat.«

»Du redest über den Unterschied zwischen einer lebenden Zeugin und einer toten«, sagte Will. »Der Bericht des amtlichen Leichenbeschauers war nicht eindeutig. Barrowe wies Spuren von Prellungen und blaue Flecke auf, die auch von einvernehmlichem Sex stammen konnten. Es gab kein Sperma.«

»Ach, komm, willst du mir erzählen, dass ein Vergewaltiger ein Kondom benutzt hat?« Faith erwartete keine Antwort. »Ich sag dir, Edgerton hat hundertprozentig nicht geglaubt, dass Merit Barrowe vergewaltigt wurde, deshalb hat er keinen Verdächtigen verfolgt, keine vollständige Obduktion verlangt und keinen Zusammenhang mit Saras Fall hergestellt, und das bedeutete, dass Jack Allen Wright nur acht Jahre im Gefängnis verbracht hat, obwohl es zwanzig hätten sein können.«

Will verstand in etwa, was sie sagen wollte, allerdings war er nicht ganz damit einverstanden, wie sie dazu gekommen war. »Wissen wir, wo sich Wright an dem Abend aufgehalten hat, an dem Merit Barrowe ins Grady kam?«

»Ich habe ein paar Anrufe bei der Polizei von Atlanta gemacht, aber ich kriege ums Verrecken niemanden dazu, zurückzurufen.« Sie sah noch genervter aus als sonst. »Nicht einmal Leo Donnelly ruft mich zurück, um mir zu sagen, was es mit dieser Studentin auf sich hat, die letzte Nacht aus dem *Downlow* verschwunden ist. Das nichtsnutzige Arschloch war fast zehn Jahre lang mein Partner, und er macht sich nicht die Mühe, zum Telefon zu greifen?«

Sie wussten beide, warum niemand auf ihre Anrufe reagierte. Will hatte gegen einige sehr hochrangige Beamte im Atlanta Police Departement ermittelt. Einer war in Ruhestand gegangen. Mehrere saßen zurzeit im Gefängnis. Anstatt dankbar zu sein, dass Will ihnen geholfen hatte, ihren Laden auszumisten, hätte er wahrscheinlich achtzigmal mitten in der APD-Zentrale niedergestochen werden können, und sämtliche Cops in dem Gebäude hätten behauptet, nichts gesehen zu haben.

Faith war Wills Partnerin. Sein übler Geruch haftete gleichermaßen an ihr.

»Wie heißt die vermisste Studentin?«, fragte er.

»Leighann Park. Ich sage es ungern, aber sie hatte Glück, dass sie an einem nachrichtenarmen Tag verschwand. Soweit ich es im Fernsehen mitbekommen habe, ist sie gestern Abend mit einem Freund zum Tanzen in einen Club gegangen. Sie haben ihn heute Morgen interviewt. Er hat der Reporterin erzählt, dass Leighann wegen ein paar gruseliger Nachrichten auf ihrem Handy Angst hatte.«

»Drohungen?«

»Das hat er nicht gesagt, aber …« Faith zuckte mit den Achseln. »Jedes Mal, wenn eine Frau mit einem elektronischen Gerät interagiert, bekommt sie entweder ein Bild von einem Schwanz, oder sie wird bedroht. Es ist schwer zu sagen, was eine echte Drohung und was nur Blödsinn ist.«

Will hoffte, es war Blödsinn. »Geh zu Merit Barrowes Obduktion zurück. Sie hatte keine Prellung und keine Wunde auf der linken Seite. Sie hatte eine Tätowierung weiter oben am Brustkorb, aber der Leichenbeschauer hielt sie nicht für wichtig genug, um sie zu dokumentieren.«

»Weil Edgerton gesagt hat, es war eine Überdosis, und er soll seine Zeit nicht verschwenden, denn er hat der *weiblichen Person* nicht geglaubt, als sie zwei Leuten erzählte, dass sie vergewaltigt wurde.«

Will trank von seiner Schokolade, damit Faith einen Moment Zeit hatte, vor sich hin zu brummen. »Ist es nicht merkwürdig, dass Edgerton beide Fälle bearbeitet hat?«

»Ach wo.« Faith nahm den Deckel von ihrem Tee und blies auf die Flüssigkeit. »Sie sind im Abstand von zwei Wochen passiert. Er war an beiden Abenden der ranghöchste Detective in Bereitschaft.«

Will kannte sich mit der Rotation des Bereitschaftsdienstes aus. Man hatte immer einen ganzen Monat denselben Dienstplan. Er öffnete einen Kalender auf seinem Handy und ging fünfzehn Jahre zurück. »Merit Barrowe kam an einem Freitagabend ins Krankenhaus. Sie starb am nächsten Morgen.«

Faith sah von ihrer Teetasse auf. »Genau wie bei Dani Cooper.«

Für den nächsten Teil brauchten sie keinen Kalender, aber Will sprach es aus. »Und wie bei Sara, nur dass sie überlebt hat.«

»Scheiße.« Faith stellte die Tasse ab. »Freitagsparty, Freitags-vergewaltigung?«

»Die Party war einmal im Monat, immer am letzten Freitag.«

»Okay, aber das ist ein hinreichender Grund, das APD zu bitten, Saras Fall wieder zu öffnen, oder?«

»Es ist weit hergeholt.« Will dachte nur an Amanda. Sie würde eine Riesenwut auf sie haben, weil sie die Betrugsermittlung schleifen ließen. Sie konnte sie suspendieren. Oder noch schlimmer: Sie konnte ihnen untersagen, die Spuren weiterhin verfolgen zu lassen. »Cam hat in die Sterbeurkunde geschrieben, dass Merit Barrowe an einer Überdosis starb. Der amtliche Leichenbeschauer hat die Todesursache als *unbestimmt mit noch ausstehenden toxikologischen Resultaten* aufgeführt. Der toxikologische Bericht wurde nie zu den Akten gegeben. Genau genommen bedeutet das, der Fall wurde nie geschlossen, aber Atlanta müsste uns um Hilfe bitten, und Atlanta …«

»Erwidert meine verdammten Anrufe nicht.« Faith holte ihren Spiralblock aus der Handtasche. »Ich habe über das nachgedacht, was Britt Sara erzählt hat. Oder was sie ihr nicht erzählt hat. Wieso benimmt sich das Miststück, als würde sie eine Such-dir-dein-Abenteuer-aus-Geschichte erzählen? Warum kann sie nicht einfach sagen, was Sache ist?«

»Niemand will der oder die Böse sein, vor allem, wenn es um das eigene Kind geht«, sagte Will. »Jeremy ist ein anständiger Junge, aber was, wenn er es nicht wäre? Würdest du ihn beschützen?«

»Die Frage kommt zur falschen Zeit.« Faith schlug eine neue Seite in ihrem Notizblock auf. »Er schreibt mir nicht zurück, was er bei dem Abendessen bei 3M tragen wird. Ich weiß nicht, was los ist, und ich habe nicht die Zeit, eine Schicht nach der andern abzuschälen, als wäre er eine Zwiebel.«

Will trank wieder von seiner Schokolade, während sie auf die leere Seite in ihrem Block starrte. Sie dachte an Jeremy.

»Britt?«, stieß er sie an.

»Richtig.« Faith fing zu schreiben an. »Britt hat Sara erzählt, dass Cam am Abend der Party sturzbesoffen war. Dass er wegen Merit Barrowes Tod außer sich war. Dass er nicht den Mumm für die Notfallmedizin hatte. Dass er allen, die ihm zuhörten, die Ohren vollgejammert hat deswegen.«

Will stellte die naheliegende Frage. »Kannte Cam Merit, bevor sie im Krankenhaus gelandet ist?«

»Wäre nett gewesen, wenn Detective Edgerton ihn befragt hätte«, sagte Faith. »Für mich sieht es so aus, als hätte er den Fall nur sehr oberflächlich untersucht.«

Will sah es genauso. Edgerton hatte nur drei Zeugenaussagen aufgenommen. Eine von Alvarez, dem Wachmann im Grady. Die anderen beiden waren die Aussagen von Studenten der Georgia State University, die Merit am selben Tag in einem Kurs gesehen hatten. Er hatte keine Teilnehmer der Party ausfindig gemacht. Nichts in Edgertons Aufzeichnungen ließ vermuten, dass er es auch nur versucht hatte.

Faith schaute auf ihr Handy. »Martin hat gesagt, er schreibt mir eine Nachricht, wenn er da ist. Jetzt ist er schon fünf Minuten im Verzug. Heute ist nicht der Tag, an dem man mich mit so einem Scheiß ärgern sollte.«

Will holte sein Smartphone ebenfalls hervor. Er scrollte zu einem Foto, das er im Country Club gemacht hatte. »Ich habe mir Britts Wagen angesehen, während sie im Umkleideraum war. Das hier steckte im hinteren Radkasten auf der Fahrerseite.«

Faith blickte eine Idee zu lange auf das Foto. »Ist das ein GPS-Tracker?«

Will sah, dass Faith ebenso schockiert war wie er. Er war so verblüfft gewesen, als er das kleine, mit einem Magneten befestigte Ortungsgerät an Britts Wagen entdeckt hatte, dass er das Foto tatsächlich bei Google Lens eingescannt hatte, um sich bestätigen zu lassen, dass er mit seiner Einschätzung, was den Zweck der Vorrichtung anging, richtiglag.

»Wenn Britt Angst hat, ihr Wagen könnte gestohlen werden, warum hat sie dann kein LoJack?«

»Das braucht sie gar nicht. Es gibt eine App namens Alfa Connect, die dir den Standort des Wagens auf einer Echtzeit-Karte anzeigt.«

»Du weißt viel zu viel über Autos«, sagte Faith. »Warum hat Britt McAllister ein Ortungsgerät an einem Wagen, den sie sowieso orten kann?«

»Warum befestigt eine Frau, die mit einer farblich abgestimmten Wasserflasche für vierzig Dollar herumläuft, einen Apple AirTag mit einer billigen Plastikschnur an ihrem Schlüsselanhänger?«

»Weil die Person, von der sie überwacht wird, sie wissen lassen will, dass sie überwacht wird«, sagte Faith. »Welcher Psycho überwacht ein Auto?«

Will erwähnte tunlichst die Tracking-Seite nicht, die er in Faiths Laptop entdeckt hatte. Jeremy wurde schätzungsweise so streng überwacht wie Britt.

»Wir vermuten, dass es der Ehemann ist, oder?«, sagte Faith.

»Sara hat mir erzählt, dass Mac ein Kontrollfreak ist. In der Bar mit Richie hat er ständig sein Glas zurechtgerückt und es am Rand der Theke ausgerichtet. Obsessiv zwanghaft.« Will legte sein Handy auf den Tisch und widerstand dem Drang, es an der Tischkante auszurichten. »Meine Tante hat mir etwas Interessantes erzählt – dass Mac wie ein Zuhälter ist und Britt gekauft und bezahlt wird. Ihre ganze Macht kommt von Mac, und sie benutzt sie, um andere Menschen zu peinigen. Manchmal werden aus Missbrauchsopfern die schlimmsten Täter.«

Ein seltsamer Ausdruck trat auf Faiths Gesicht. »Kommt jetzt der Teil, wo du mir von deiner verschollenen Tante erzählst, von der ich bis gestern Abend nie auch nur gehört habe?«

»Kommt jetzt der Teil, wo du mir erzählst, dass der letzte Fall eine posttraumatische Belastungsstörung bei dir ausgelöst hat, und dass du mich deshalb gestern aufgefordert hast, dich am Arsch zu lecken?«

Faith interessierte sich plötzlich sehr für ihre Notizen. »Dafür wollte ich mich noch entschuldigen.«

Will blickte auf ihren Scheitel, was seine Entschuldigung sein sollte. Er trank noch etwas von seiner Schokolade und sah sich im Café um. Einige Gäste erwiderten den Blick, aber ausnahmsweise war nicht Will der Gegenstand ihrer Neugier. Faith trug ihre GBI-Kluft: Khakihose, dunkelblaues Polo mit dem GBI-Emblem über der Tasche und die Glock im Halfter am Oberschenkel. Insbesondere die Waffe zog viele böse Blicke auf sich. Alle hassten Cops – bis sie einen brauchten.

»Amanda würde sich vor Angst in die Hose machen, wenn sie wüsste, was wir treiben.« Faith nahm die Blicke nicht wahr, während sie in ihrem Notizblock blätterte. »Ich werde aus all dem nicht schlau. Wir müssen es an unsere verrückte Fadenwand hängen.«

»Es ist nur eine verrückte Wand. Was uns fehlt, ist der Faden. Wir wissen nicht, warum Richie von Cam gesprochen hat. Wir wissen nicht, was Britt Sara eigentlich sagen wollte. Wir kennen den Zusammenhang zwischen den beiden Vergewaltigungen noch immer nicht. Oder drei, wenn man Merit Barrowe mitzählt.«

»Wir wissen, dass Cam etwas damit zu tun hat, und das ist mehr, als wir noch gestern Abend wussten«, sagte Faith. »Glaubst du, Sara wird etwas aus Mason herauskriegen?«

Will zuckte mit den Schultern und tat, als machte es ihm nichts aus, Masons Namen zu hören. Im Country Club war er es gewesen, der Sara aufgefordert hatte, ihren früheren Freund anzurufen. Mason hatte bereitwillig zugestimmt, sie in seiner Praxis zu treffen. Will wusste nicht, als wie nützlich sich das

Gespräch erweisen würde, aber er wusste, dass Sara es versuchen musste. Niemand von diesen Leuten war offen und ehrlich. Sie konnten nur hoffen, dass Mason etwas sagte, das Saras Gedächtnis auf die Sprünge half.

»Beunruhigt dich das?«, fragte Faith. »Dass Sara mit ihrem extrem gut aussehenden und sexy Ex-Freund redet?«

Will zuckte wieder mit den Achseln. Sara war in Masons Praxis, aber sie würde nach Hause und in Wills Bett kommen.

Er fragte Faith: »Was hast du über Martin Barrowe herausgefunden?«

»Anwalt. Pitbull-Fan. Braves-Fan. Hawks-Fan. Arbeitet an der Free Legal Clinic. Bezeichnet sich selbst als ›Krieger für soziale Gerechtigkeit‹. Außerdem ein Fan von Taylor Swift, aber wer ist das nicht?« Faith tippte auf ihr Handy. Sie zeigte Will ein Foto. »Nett aussehender Bursche.«

Will erkannte das Gesicht sofort.

Martin Barrowe war einer der Freiberufler, die über einen Laptop gebeugt an einem Tisch saßen.

»Er ist seit etwa zehn Minuten hier«, sagte Will. »Drüben in der Ecke.«

Faith war klug genug, sich nicht umzudrehen. »Es ist nicht so, als wäre ich inkognito hier. Auf dem Rücken meines Poloshirts steht GBI in fünfzehn Zentimeter hohen, leuchtend gelben Lettern.«

»Strafverteidiger mögen keine Cops.«

»Strafverteidiger sind Schwanzlutscher, die Vergewaltigern und Mördern helfen, ihrer Strafe zu entgehen.« Faith hatte ihr Smartphone in der Hand. Will wusste, sie benutzte die Frontalkamera, um hinter sich zu blicken. »Was hat er im Sinn? Glaubst du, er verarscht uns?«

Martin hatte seinen Laptop zugeklappt. Dann hatte er die Hände gefaltet und den Kopf gesenkt. Seine Augen waren geschlossen. Will hatte Saras Mutter oft das Gleiche tun sehen.

»Ich glaube, er betet«, sagte er.

Faith seufzte schwer und legte ihr Handy wieder auf den Tisch. »Vielleicht sollte ihn die Person, die *nicht* wie ein Cop aussieht und Strafverteidiger *nicht* hasst, an unseren Tisch bitten?«

Will fand das eine gute Idee. Er stand im selben Moment auf, in dem Martin Barrowe anfing, seine Sachen in einen Rucksack zu räumen. Der Mann warf einen Blick zur Tür, aber dann sah er Will wie ein Erdmännchen über den Raum voller Leute aufragen. Martin rang erkennbar mit der Entscheidung, ob er gehen oder bleiben sollte.

Bleiben gewann.

Er warf sich den Rucksack über die Schulter und machte sich auf den Weg in den vorderen Teil des Cafés. Faith hatte recht damit, dass Martin ein nett aussehender Bursche war. Anzug und Krawatte. Kurz geschnittenes Haar. Schmaler Oberlippenbart, aber kein ärgerliches Kinnbärtchen. Will schätzte ihn auf etwa dreißig. Er wies eine verblüffende Ähnlichkeit mit dem Obduktionsfoto von Merit Barrowe auf, wenngleich die letzten fünfzehn Jahre seinem Gesicht eine gewisse Härte verliehen hatten. Ein derartiger Verlust war einem Menschen auf die eine oder andere Weise immer anzusehen.

»Mr. Barrowe?« Will zeigte seinen Ausweis, da er nicht eindeutig als Polizist zu erkennen war. »Ich bin Special Agent Will Trent. Das ist meine Partnerin, Special Agent Faith Mitchell. Danke, dass Sie sich mit uns treffen.«

Martin behielt den Rucksack auf der Schulter. Er setzte sich nicht. »Sie sollen wissen, dass meine Eltern beide gestorben sind, ohne die Wahrheit darüber zu erfahren, was meiner Schwester zugestoßen ist. Wenn Sie auch nur halbwegs so sind, wie dieser nutzlose, faule Scheißkerl, der Merits Tod vor fünfzehn Jahren untersucht hat, dann vergeuden Sie meine Zeit nicht.«

Bei Faith stellten sich die Nackenhaare auf, als er so gegen Edgerton austeilte. Will hob die Hand, um sie an einer Reaktion zu hindern. Er hatte sein ganzes Erwachsenenleben einer Berufung gewidmet, bei der häufig von Brüderlichkeit und Loyalität die Rede war, aber er hatte auf die harte Tour gelernt, dass die dünne blaue Linie nicht die Cops einschloss, die anders waren.

»Sie haben recht«, erwiderte er. »Detective Edgerton hat den Fall Ihrer Schwester schlecht gehandhabt.«

Faith zuckte bei diesem Eingeständnis sichtlich zusammen, obwohl sie noch fünf Minuten zuvor selbst darüber gelästert hatte. Ihre Mutter war Polizistin gewesen. Faith war mit Amanda aufgewachsen, die ihr geholfen hatte, zum GBI zu gehen. Faith war fest innerhalb dieser blauen Linie verankert.

Martin Barrowe zeigte die gegenteilige Reaktion. Er war angespannt gewesen, aber nun schien sich etwas in ihm zu lockern. »Inwiefern hat er ihn schlecht gehandhabt?«

Will dachte an etwas, das ihm Sara am Vorabend über die Kraft der Ehrlichkeit gesagt hatte. »Schauen Sie, ich will Ihnen keinen Quatsch erzählen. Das Schlimmste, was ich jetzt tun könnte, wäre, Ihnen falsche Hoffnungen zu machen. Aber wir versuchen einen Grund zu finden, den Fall Ihrer Schwester neu aufzurollen. Wir glauben, es könnte einen Zusammenhang mit einigen anderen Fällen geben, und möchten über die möglichen Verbindungen mit Ihnen sprechen und prüfen, ob wir auf etwas stoßen, das uns weiterhilft.«

Martin wechselte seinen Rucksack auf die andere Schulter. Der Rucksack musste sehr viel mehr enthalten als das drei Pfund schwere MacBook Air. Die Riemen zerrten an den Nähten. »Und wenn nicht?«

»Dann haben wir für nichts und wieder nichts alte Wunden aufgerissen«, räumte Will ein. »Das ist durchaus möglich. Genauso wie es möglich ist, dass wir etwas finden, aber nichts unternehmen können. Sie sind Anwalt. Sie wissen, es ist nicht dasselbe, ob man glaubt, dass jemand schuldig ist, oder ob man es beweisen kann.«

»Und ich soll zwei *Cops* zutrauen, dass sie das Richtige tun?«

Will hörte, wie Martin dem Wort einen Beiklang verlieh, als würde er es ausspucken. Er zuckte mit den Achseln. »Das hoffe ich, aber ich kann es Ihnen nicht verübeln, wenn Sie sich nicht dazu entschließen können.«

Martin antwortete nicht sofort. Er schaute aus dem großen Fenster des Cafés auf die Autos, die draußen vorbeifuhren.

Will setzte sich wieder an den Tisch und trank den letzten Rest seiner Schokolade. Faith hatte ihren Notizblock vor sich liegen, aber den Kugelschreiber weggelegt.

Martin traf seine Entscheidung. Der Rucksack landete mit einem dumpfen Aufprall auf dem Boden. Er zog einen Stuhl heraus und setzte sich, hielt aber fast einen halben Meter Abstand zum Tisch. Er sah Faith an, dann Will, schließlich sagte er: »Dann mal heraus mit dem, was Sie haben.«

Faith übernahm. »Wir wissen, dass Ihre Schwester an diesem Abend auf einer Party in der Georgia State University war.«

»Da liegen Sie bereits falsch«, sagte Martin. »Merit hat mit einer Freundin gelernt. Sie haben Gras geraucht und ein, zwei Bier getrunken, aber es war keine Party. Und es war nicht an der Georgia State. Merit hat zwar dort studiert, aber sie haben in einem dieser Apartments gelernt, in denen Medizinstudenten vom Morehouse College untergebracht werden, wenn sie am Grady ihre Praktika machen.«

Faith schrieb eifrig mit, aber jetzt schaute sie auf. »Morehouse ist ein Männer-College. War Merit mit einem der Studenten zusammen?«

»Sie war mit einem Mädchen zusammen, dessen Bruder am Morehouse studierte. Merits Wohnheim war im University Village drüben an der North Avenue, deshalb war es einfacher, sich bei dem Bruder ihrer Freundin zu treffen.«

»Moment mal«, sagte Faith. »Ihre Schwester war lesbisch?«

»Ja.«

Will wusste, woran Faith dachte. In Merit Barrowes Obduktionsbericht waren Prellungen und blaue Flecke vermerkt, die nach Ansicht des amtlichen Leichenbeschauers wahrscheinlich das Resultat von einvernehmlichem Sex waren.

»Haben Sie Detective Edgerton gesagt, dass Ihre Schwester lesbisch war?«, fragte Faith.

»Wir alle haben es ihm gesagt«, antwortete Martin. »Ich war bei Mama und Daddy, als der große Detective Eugene Edgerton uns in unserem Wohnzimmer Platz nehmen ließ. Er sagte, wir würden möglicherweise davon hören, dass Merit vergewaltigt wurde, aber wir sollten es nicht glauben. Meine Mama hat ihm rundheraus erklärt, dass Merit lesbisch war. Meine Eltern hatten nie ein Problem damit. Aber Edgerton hatte eins. Er fing an, uns zu belehren, dass junge Mädchen oft nicht wüssten, was sie wollen, und er würde uns nur ungern die Wahrheit sagen, aber Merit habe ihre Freundin mit einem Typ betrogen, und deshalb hätte sie gelogen und behauptet, sie sei vergewaltigt worden.«

Faith hatte sich ein großes »Ich hab's dir doch gesagt!« verdient, aber sie schien fuchsteufelswild darüber zu sein, dass sie ihren Verdacht bestätigt fand. »Hat Edgerton Ihnen den Namen des Typen gesagt, mit dem angeblich Ihre Schwester ihre Freundin betrog?«

»Nein. Er sagte, er wolle die Privatsphäre des Burschen schützen. Dem jungen Mann nicht das Leben versauen.« Martin verschränkte die Arme vor der Brust. »Sie haben Edgertons Bericht gelesen. *Weibliche Person* hier und *weibliche Person* da. Das Arschloch besaß nicht einmal den Anstand, Merits Namen hinzuschreiben.«

Will verstand es jetzt.

»Der Bruder der Freundin, wie hieß der?«, fragte Faith.

»Er war es nicht«, sagte Martin. »Er war in dieser Woche an der Howard. Dort hat er sein Grundstudium abgeschlossen, dann ist er zurück, um seinen Dienst als Tutor abzuleisten.«

Faith sagte: »Ich frage nicht, weil ich glaube, dass er der Freund sein könnte, den Edgerton erfunden hat. Ich frage, weil seine Wohnung der letzte Ort war, an dem Merit gesehen wurde.«

»Nennen wir ihn *meinen Freund*«, sagte Martin. »Sie werden seinen Namen nicht in den Zeugenaussagen finden, und Sie werden den Namen von Merits Freundin dort ebenfalls nicht finden. Edgerton hat mit keinem von beiden gesprochen.«

»Ihr Freund war Praktikant am Grady?«, fragte Will.

Martin gab nach. »Er war Assistenzarzt.«

Will wusste, es würde nicht schwer sein, eine Liste von Morehouse-Assistenzärzten von vor fünfzehn Jahren zu besorgen, aber er war mehr daran interessiert, herauszufinden, warum Martin den Mann schützen wollte.

Faith hatte es ebenfalls stutzig gemacht. Sie wandte sich an Martin: »Ich verstehe, dass Sie nicht der Grund sein wollen, warum zwei Cops an die Tür Ihres Freundes klopfen, aber wir müssen mit ihm reden.«

»Um ihn was zu fragen?«

»Mit wem er gearbeitet hat«, sagte Faith. »Ob seine Schwester ihn einmal im Grady besucht und Merit mitgebracht hat. Ob sie mit irgendwem dort gesprochen haben. Wenn ja, wie die Leute hießen.«

»Nach welchen Namen suchen Sie denn?«

Faith wechselte einen Blick mit Will. Er zuckte mit den Achseln, denn sie hatten nichts zu verlieren.

»Es sind alles Ärzte«, sagte sie und blätterte in ihrem Notizbuch zu Saras Liste. »Chaz Penley. Blythe Creedy. Royce Ellison. Bing Forster. Prudence Stanley. Rosaline Stone. Cam Carmichael. Sara Linton. Mason James. Richie Dougal.«

Will beobachtete das Gesicht des Mannes, aber es verriet nichts.

»Sind das Verdächtige?«, fragte Martin.

»Das wissen wir nicht«, antwortete Faith. »Sie haben alle vor fünfzehn Jahren am Grady gearbeitet. Ich will ganz ehrlich zu Ihnen sein. Das ist alles, was wir an Informationen haben.«

Martin hielt die Arme verschränkt. Er blickte aus dem Fenster. Einmal mehr Zeit für eine Entscheidung. Er wusste nicht, ob er ihnen trauen sollte.

Will war überrascht, als er es tat.

»Wissen Sie, diese eine Frau, Dr. Sara Linton«, sagte Martin. »Sie wurde zwei Wochen nach Merits Tod vergewaltigt. Edgerton hat beide Fälle bearbeitet. Aber nur einen gelöst.«

»Dr. Linton hat den Täter eindeutig identifiziert«, sagte Faith. »Der Mann hat im Krankenhaus gearbeitet. Sie kannte seinen Namen, sein Gesicht.«

Verblüffumg brach durch Martins kämpferische Haltung. »Sie haben sich Dr. Lintons Fall bereits angesehen?«

»Wir sehen uns alles an«, sagte Faith. »Haben Sie mit Edgerton über eine mögliche Verbindung zwischen den beiden Fällen gesprochen?«

Martin lachte höhnisch. »Ich war ein sechzehnjähriger Junge, der um seine tote Schwester getrauert hat. Der Mann hätte mir nicht mal verraten, wie spät es ist. Und wie er Mama und Daddy behandelt hat – ich werde ihm die Respektlosigkeit, die Verachtung, die er ihnen gegenüber an den Tag gelegt hat, nie verzeihen. Ich weiß, das Arschloch ist tot. Wenn es mir die Mühe wert wäre, sein Grab zu suchen, würde ich hingehen und darauf pissen.«

Will bemühte sich, ihn ein wenig von seiner Feindseligkeit herunterzuholen. »Es hört sich an, als hätten Sie Edgertons Polizeibericht gelesen.«

Martin antwortete nicht. Stattdessen bückte er sich und wühlte in seinem Rucksack herum. Er zog einen dicken Stapel Aktenmappen heraus und benannte sie, während er sie nach und nach auf den Tisch warf: »Erstbeschwerde. Edgertons

Bericht. Zeugenaussagen. Obduktionsbericht. Toxikologischer Bericht. Sterbeurkunde.«

Faith war bei *Toxikologischer Bericht* zusammengezuckt. Sie griff sich den Ausdruck und fuhr mit dem Zeigefinger die Zeilen entlang. Das Kreuz von Grady's Healthcare war oben auf der Seite, was hieß, dass das Dokument im Labor des Krankenhauses erstellt worden war. Sie hatten Merit in der Notaufnahme Blut abgenommen, bevor sie starb.

Faith las: »Positiv auf Marihuana, Alkohol und Benzodiazepin.«

»Merit hat nie verschreibungspflichtige Medikamente genommen«, sagte Martin. »Und selbst wenn – mein Freund hat mir den Bericht erklärt. Er sagte, die Konzentration an Benzos, die man in ihrem Blut festgestellt hat, war so hoch, dass sie ohnmächtig geworden wäre, bevor sie so viele Tabletten schlucken konnte.«

»Wie sollte sie sie sonst aufgenommen haben?«, fragte Faith.

»Sagen Sie es mir.«

»Der amtliche Leichenbeschauer hat keinen Einstich von einer Nadel gefunden.«

»Wie gründlich hat er gesucht?«

Will blendete den verbalen Schlagabtausch aus. Er angelte sich den Obduktionsbericht und schlug ihn auf. Es war lange her, dass er gefaxte Seiten gesehen hatte. Die Schrift auf dem Thermopapier war bereits stark verblasst. Die Kopfzeilen mit der Nummer, von der das Fax abgeschickt worden war, bestanden aus kaum mehr als Punkten. Das Datum war bis auf die letzten beiden Ziffern fast verschwunden. Das Fax war fünfzehn Jahre alt.

Er blätterte zu den hinteren Seiten. Die Fotos von der äußerlichen Untersuchung waren ebenfalls nicht gut gealtert. So blass, wie sie waren, hätten es Bleistiftzeichnungen sein können. Die Tätowierung unter Merits linkem Arm verschwand fast vor den schwarzen Linien ihrer Rippen.

»Hatte Ihre Schwester ein Tattoo?«, fragte Will.

»Dem Obduktionsbericht zufolge hatte sie eins, aber ich war ihr kleiner Bruder. Sie hätte mir so etwas nicht erzählt. Und ganz bestimmt hätte sie es meiner Mama nicht erzählt.« Ein trauriges Lächeln erschien auf Martins Gesicht. »Lesbisch zu sein, war eine Sache, aber den Körper zu entweihen, den der liebe Gott einem geschenkt hat? Ausgeschlossen.«

Faith fragte: »Hat Detective Edgerton den Tox-Bericht gesehen?«

»Ich habe ihn ihm persönlich gezeigt«, sagte Martin. »Er sagte, Merit hätte zu viel gefeiert und es aus dem Ruder laufen lassen. Der Typ hatte eine Theorie im Kopf, und von der ließ er nicht ab, egal wie viele Fakten man ihm vor die Nase hielt. Typisch Cop, hielt sich für schlauer als alle anderen.«

Faith ignorierte die ätzende Bemerkung und klopfte mit dem Stift auf den Tisch, während sie ihre Notizen überflog. »Wissen Sie, ob Ihre Schwester in der Zeit vor ihrem Tod Nachrichten erhielt, in denen sie bedroht wurde?«

»Sie hat nie etwas erwähnt, aber wie gesagt, ich war nur ihr kleiner Bruder.« Er zuckte mit den Achseln. »Wir waren uns nahe, aber wir wären uns noch viel nähergekommen, wenn sie am Leben geblieben wäre. Merit hätte inzwischen sicher Kinder. Ich werde nie wissen, wie es ist, Onkel zu sein. Meine Eltern starben ohne ein Enkelkind, das sie lieb haben konnten.«

Faith ließ ihm ein paar Sekunden Zeit. »Hatte Merit ein Handy?«

»Sie hatte ein iPhone. Die waren irrsinnig teuer damals. Meine Eltern haben es ihr geschenkt, weil sie ein Jahr lang nur glatte Einsen hatte. Ich habe sie nie so aufgeregt gesehen. Ich war brutal neidisch.« Er hielt gedankenverloren inne. »Jedenfalls ließe es sich nach der langen Zeit wahrscheinlich nicht einmal mehr laden.«

»Vor fünfzehn Jahren haben Sie es sich nicht angesehen?«

Martin schüttelte den Kopf. »Ich kannte das Passwort nicht, aber es kam mir auch nicht so wichtig vor. Damals haben wir unser Leben noch nicht im Smartphone mit uns herumgetragen. Merit hat ihre Kontaktinformationen immer noch in ein richtiges Adressbuch geschrieben.«

»Haben Sie das Adressbuch noch?«

Martin zuckte die Schultern. »Vielleicht könnte ich es finden.«

Will dachte unwillkürlich daran, wie schwer der Rucksack des Mannes aussah. Martin hatte alle Akten über Merit ziemlich schnell gefunden. Will vermutete, dass er sowohl das iPhone als auch das Adressbuch in dem Rucksack hatte.

Er vermutete außerdem, dass Martin ihnen noch mehr verschwieg.

»Mr. Barrowe«, sagte er, »ich werde Ihnen eine Hypothese darlegen, aber Sie müssen nicht darauf antworten, wenn Sie nicht wollen.«

Martin lachte wieder höhnisch, wahrscheinlich weil er sämtliche Polizeitaktiken kannte.

Will war nicht an Taktik interessiert. Ihn interessierte das Gesetz. »Georgia hat ein Gesetz, das staatliche Dokumente der Öffentlichkeit zugänglich macht. Das Gesetz verlangt jedoch, dass alle polizeilichen Aufzeichnungen unter Verschluss bleiben, solange eine Ermittlung im Gange ist. Was bei Ihrer Schwester so ist. Theoretisch wurde der Fall nie abgeschlossen. Merits Todesursache gilt weiter als ungeklärt. Und doch haben Sie Kopien von allen Unterlagen.«

Martin presste die Lippen zusammen, aber er warf einen nervösen Blick zu Faith, als sie die Ordner durchklaubte.

»Die andere Sache ist die, dass einige dieser Seiten gefaxt wurden. Vor fünfzehn Jahren wurden Faxgeräte nur noch von Behörden und Medizinern benutzt. Ich schäme mich, zuzugeben, dass wir sie immer noch benutzen, aber es ist kein

Thermopapier mehr drin, weil wir dahintergekommen sind, dass es verblasst.«

Will gab ihm einen Moment Zeit, über das Gehörte nachzudenken.

»Wie lautet Ihre Hypothese?«, fragte Martin.

»Sie lautet folgendermaßen: Sie sind auf nicht legale Weise an diese Informationen gelangt. Aber Sie sind Anwalt, und Sie wissen, dass die Verjährungsfrist abgelaufen ist, was Sie selbst betrifft. Das verrät mir, dass Sie sich Sorgen machen, jemand anderer könnte Schwierigkeiten bekommen. Nicht unbedingt mit dem Gesetz, aber vielleicht mit der Ärztekammer. Deshalb sollten Sie wissen, dass ich kein bisschen daran interessiert bin, dieser Person Ärger zu bereiten.« Will beugte sich vor, um die körperliche Distanz, die Martin zu ihnen hielt, etwas zu verringern. »Was ich wissen möchte, ist, warum diese Person Ihnen die Informationen überlassen hat, und was Sie sonst noch herausfinden konnten.«

»Es war nicht *mein Freund*«, sagte Martin. »Ich bat ihn, den toxikologischen Bericht zu besorgen, aber Sie haben recht: Er wollte nicht riskieren, seine Zulassung zu verlieren.«

»Okay«, sagte Will. »Wie ist ein sechzehn Jahre alter Junge an all diese Informationen gekommen?«

Martin verschränkte die Arme wieder. Seine Reserviertheit wich plötzlich einem Ausdruck von Stolz. »Cameron Carmichael.«

Faiths Kopf schwenkte herum wie ein Geschützturm. »Wollen Sie mich verarschen?«

»Wie?«, fragte Will.

Martin atmete tief ein und hielt einen Moment die Luft an, bevor er sie langsam wieder entweichen ließ. »Ein großer Teil meiner weitverzweigten Familie lebt in einem anderen Staat oder in Übersee. Nicht alle haben es zu Merits Beerdigung geschafft. Wir haben einen Monat nach ihrer Einäscherung einen Gedenkgottesdienst abgehalten. Rund hundert Leute waren in unserer Kirche, alles nahe Verwandte. Und Cameron Carmichael.«

»Cam ist zum Gedenkgottesdienst erschienen?«, fragte Faith. »War er denn eingeladen?«

»Großer Gott, nein«, antwortete Martin. »Wir kannten nicht einmal seinen Namen. Es war Edgerton, der uns erzählt hat, dass sie tot ist. Es ist nie einem von uns in den Sinn gekommen, mit dem Arzt zu sprechen, der sie zuletzt behandelt hat. Wir waren am Boden zerstört. Sie können sich nicht vorstellen, was ein solcher Verlust in einer Familie anrichtet. Die Wunde heilt nie.«

Faith blätterte zu einer neuen Seite in ihrem Notizblock. »Fangen Sie bitte noch mal von vorn an.«

»Ich habe mich gerade mit einer meiner Tanten unterhalten, als ich plötzlich einen Kerl herumschreien hörte.« Martins Stimme war heiser geworden. Die Erinnerung setzte ihm erkennbar immer noch zu. »Cam hängte sich an jeden, der ihm in den Weg kam, er heulte wie ein kleines Kind und redete davon, was für eine gottverdammte Tragödie das doch sei. Dieses *gottverdammt* trieb mir den Puls in die Höhe. So redet man nicht in Gegenwart meiner Mama. Nein, Sir.«

»Sie haben sich Cam in den Weg gestellt?«, fragte Faith.

»Darauf können Sie Ihren Arsch verwetten«, antwortete Martin. »Es war kaum Mittag, und er war sternhagelvoll. Ich habe ihm erzählt, dass Merit meine Schwester war, worauf er komplett durchgedreht ist. Er klammerte sich an mich wie ein Ertrinkender. Flehte mich an, ihm zu verzeihen. Ich musste ihn ins Freie zerren, damit er meine Eltern nicht noch mehr aufwühlte, als sie es ohnehin schon waren.«

Will entnahm der Geschichte eine Reihe von Informationen. Eine über Cam. Die andere über einen sechzehnjährigen Jungen an der Schwelle zum Mann.

Er verständigte sich lautlos mit Faith. Sie erlaubte ihm mit einem Nicken, weiterzumachen.

»Wie hat sich Cam vorgestellt?«, fragte Will.

»Er hat rundheraus erklärt, dass er Merits Arzt gewesen sei. Dass er die Anzeichen für eine Überdosis nicht gesehen hätte. Dass es seine Schuld sei, dass sie tot war.«

»Das waren Cams Worte?«, fragte Will. »Es sei seine Schuld, dass sie tot war?«

»Das waren exakt seine Worte.« Martin legte die Hände auf den Tisch. Seine defensive Haltung war verschwunden. »Hören Sie, ich sage Ihnen, wie es war, okay? Mein Onkel Felix, der hat immer eine Flasche im Handschuhfach. Old Man Bourbon. Ich bin wieder in die Kirche gegangen, hab seinen Autoschlüssel geklaut und den Whiskey geholt. Cam wollte rauchen, deshalb haben wir uns in seinen beschissenen Honda gesetzt. Und wir haben den ganzen Bourbon leer getrunken.«

»*Sie* haben nicht viel getrunken«, vermutete Will. »Sie haben Cam geholfen, noch betrunkener zu werden.«

»Das stimmt«, antwortete Martin. »Cam hat mir erzählt, was in jener Nacht passiert ist. Merit kam in die Notaufnahme. Sie war völlig aufgelöst und erzählte Cam, sie sei vergewaltigt worden. Sie hätte nie zuvor Sex mit einem Mann gehabt. Da war getrocknetes Blut an ihren Beinen. Er konnte dann anhand des Blutergusses feststellen, dass es ein paar Stunden bevor sie im Krankenhaus landete passiert war.«

Will schaute wieder zu Faith. Sie biss sich auf die Unterlippe und schrieb jedes Wort mit. Jetzt wussten sie, warum Edgerton Cams Zeugenaussage nicht aufgenommen hatte. Was erhärtende Beweise anging, war die Echtzeit-Einschätzung eines Arztes, dass sexueller Missbrauch vorlag, praktisch der Goldstandard.

Martin fuhr fort. »Cam erzählte mir, Merit sei einer Hysterie nahe gewesen. Sie hatte keine Erinnerung an die Vergewaltigung, aber sie wusste, dass es passiert war. Ihre letzte Erinnerung war, dass sie um vier Uhr nachmittags einen Kurs verlassen hatte. Sie erinnerte sich nicht daran, dass sie ihre Freundin getroffen hatte. Sie wusste nicht mehr, dass sie im Apartment meines Freundes gewesen war.«

Faith blätterte zu einer neuen Seite und schrieb weiter mit.

»Cam wollte die Polizei rufen«, sagte Martin. »Aber Merit ließ ihn nicht. Sie war wegen meiner Eltern besorgt. Sie wusste, sie wären am Boden zerstört, wenn sie es erfuhren. Dann bot Cam ihr ein Vergewaltigungs-Testkit an, falls Merit es sich noch anders überlegte und später doch Anzeige erstatten wollte. Sie sagte auch dazu Nein. Und dann wollte sie zur Toilette. Er wusste, sie wollte sich waschen. Er flehte sie an, ihn die Untersuchung durchführen und Proben entnehmen zu lassen, er sagte, er würde so sanft wie möglich vorgehen, aber sie lehnte wieder ab. Also begleitete er sie zur Toilette, und sie ging hinein. Er schaute kurz nach einem anderen Patienten. Sie wissen, was dann geschah.«

Alle wussten es. Merit Barrowe war in der Toilette gestorben.

»Wissen Sie, ob Cam irgendetwas davon Edgerton erzählt hat?«, fragte Will.

»Cam hat alles aufgeschrieben wie eine Zeugenaussage. Edgerton wollte sie nicht annehmen. Er sagte zu Cam, Merit sei eine Lügnerin. Sagte, der Leichenbeschauer habe keine Anzeichen für eine Vergewaltigung gefunden. Dass es nur der Familie schaden würde, wenn Cam einen Wirbel darum machte, denn was Edgerton anging, war der Fall abgeschlossen.«

»Haben Sie diese Zeugenaussage?«, fragte Faith.

Wieder griff Martin in seinen Rucksack. Und wieder war Will überzeugt, dass der Mann noch immer etwas zurückhielt.

Faith hatte ihren Kugelschreiber weggelegt. Sie las Cams Aussage.

Will fragte Martin: »Cam war derjenige, der den toxikologischen Bericht vom Krankenhauslabor bekommen hat, oder?«

»Ja.«

Will blätterte durch die Akten auf dem Tisch, bis er Merit Barrowes offizielle Sterbeurkunde gefunden hatte. Er zeigte auf die Zeile mit der Unterschrift. »Cam hat ihre Sterbeurkunde ausgefüllt. Er hat eine Überdosis als Todesursache angeführt, aber er hat nicht konkretisiert, ob es ein Unfall, Mord oder Selbstmord war. Das Kästchen mit der Erläuterung hat er frei gelassen. Hätte er einen Verdacht gehabt, hätte er ihn dort hinschreiben müssen. Dann hätte der amtliche Leichenbeschauer zumindest eine vollständige Obduktion durchgeführt.«

Martin streckte die Hand wieder nach seinem bodenlosen Rucksack aus. Er holte einen weiteren Ordner hervor und legte ihn offen auf die anderen Akten. Will erkannte das Logo der Standesbehörde. Martin zeigte ihnen die Sterbeurkunde seiner Schwester. Diesmal war es kein Fax und keine Kopie. Die Umrandung war blau gedruckt. Die Tinte des Kugelschreibers war blau. Die Lettern der Schreibmaschine hatten ins Papier gedrückt. Dieses Original sollte eigentlich im staatlichen Archiv gelagert sein, nicht im Rucksack eines trauernden Angehörigen.

»Sehen Sie den Unterschied?«, fragte Martin.

Faith drehte beide Dokumente zu sich und schüttelte sofort den Kopf.

»Auf dem Original der Sterbeurkunde hat Cam unter *Kurze Erläuterung der Todesursache* geschrieben: ›Verdächtig. Nichtversehentliche Überdosis. Sexueller Missbrauch.‹ Wenn man sich dann die Sterbeurkunde in Merits Akte ansieht, ist dieselbe Stelle frei. Edgerton muss das, was Cam geschrieben hat, mit einem Tintenkiller oder Tipp-Ex ausgelöscht haben. Dann hat er eine Kopie angefertigt, und die hat er in Merits Akte geheftet.«

»Nein«, sagte Martin. »Edgerton ließ Cam eine neue Sterbeurkunde ausfüllen und schmuggelte diese zweite Urkunde in Merits offizielle Akte. Cam bekam das Original vom Krankenhaus zurück. Sie hatten sie noch nicht zu den Akten gegeben. Das ist die, die Sie hier vor sich sehen. In der echten Sterbeurkunde meiner Schwester aus der Nacht, in der sie starb, steht, dass ihr Tod verdächtig war.«

Faith lehnte sich zurück. Sie sah Martin an. »Was Sie uns erzählen, ist also Folgendes: Cameron Carmichael ist betrunken beim Gedenkgottesdienst für Ihre Schwester aufgetaucht. Dann sind Sie, ein sechzehnjähriger Junge, mit Cam in seinem Honda gesessen und haben Bourbon getrunken. Dann haben Sie Cam irgendwie dazu gebracht, freimütig mit allem herauszurücken – nicht nur, was den Tod Ihrer Schwester anging, sondern auch, dass er ein offizielles Dokument verändert hatte, was nicht nur strafbar ist, sondern ihn auch seine Zulassung als Arzt gekostet hätte?«

Jetzt, da sie alles ausbuchstabiert hatte, sah Will das riesige Loch in der Geschichte. »Cam ist nicht mit dem ganzen Papierkram in den Gottesdienst gekommen. Was haben Sie getan, seinen Wagen durchsucht?«

»Ihn nach Hause gefahren.« Martin zuckte mit den Achseln. »Ich sage nicht, dass ich seine Wohnung durchsucht habe, aber hypothetisch könnte er diese Unterlagen in einer abgesperrten Aktentasche im obersten Fach seines Schranks aufbewahrt haben.«

»Heilige Scheiße«, sagte Faith. »Respekt.«

Will dachte an Martins Rucksack. »Das ist nicht alles, was Sie gefunden haben, richtig?«

Martin schaute wieder aus dem Fenster. »Hypothetisch?«

»Klar«, erwiderte Will.

»Ich könnte seinen Laptop genommen haben.«

Endlich war klar, warum der Rucksack so viel wog. Er hatte Cams Laptop ebenfalls mitgebracht.

»Irgendwann muss Cam dahintergekommen sein, dass Sie sein ganzes Zeug gestohlen haben«, sagte Faith.

»Er hat achtundvierzig Stunden gebraucht, aber ja, es stimmt. Er kam zu uns nach Hause. Hat mich wüst beschimpft. Zum Glück waren meine Eltern nicht da.« Martin wies mit dem Kinn auf die Akten. »Ich hatte bereits alle Unterlagen aus der Aktentasche gelesen. Logischerweise hatte ich ein paar Fragen.«

»Hat er sie beantwortet?«

»Der Bursche war wie der Schurke am Ende eines Batman-Comics«, sagte Martin. »Hat mir alles genau dargelegt. Wollte seinen Kram nicht einmal zurückhaben. Er hat gestanden, und dann ist er gegangen. Ich habe ein paarmal versucht, ihn anzurufen, aber schließlich hat er wohl seine Nummer geändert. Ich habe keine Ahnung, wo er jetzt ist.«

Will fasste es so auf, dass Martin nichts von Cameron Carmichaels Selbstmord vor acht Jahren wusste. Er verstand auch, dass Martin, sosehr er den Mann zu verachten schien, ihn immer noch schützte. Die strafrechtliche Verjährung spielte keine Rolle. Camerons Existenzgrundlage wäre in Gefahr gewesen, wenn seine vielen Verfehlungen ans Licht gekommen wären.

»Was war auf Cams Laptop?«, fragte Faith.

»Viele Dateien waren passwortgeschützt. Ich bin kein Computernerd. Ich kannte auch keine Computernerds. Und es war ja nicht so, als hätte ich die Polizei um Hilfe bitten können. Damals nicht und heute nicht. Edgerton ist tot, aber das APD wird ihn weiterhin decken. So sind Menschen eben.«

Will rieb sich nachdenklich das Kinn. Etwas stimmte am zeitlichen Ablauf nicht. »Das Batman-Schurken-Geständnis – hat Cam Ihnen gesagt, warum er die Sterbeurkunde gefälscht hat?«

»Er hatte das Damoklesschwert einer Trunkenheitsfahrt über seinem Kopf schweben. Seine ärztliche Zulassung wäre ausgesetzt worden, was bedeutete, er hätte definitiv seinen

Job verloren. Edgerton bot ihm an, die Sache unter den Teppich zu kehren, wenn Cam die Korrektur auf der Urkunde vornahm.«

»Warum wollte Edgerton, dass er es korrigierte?«

»Cam hatte keine Ahnung, aber Edgerton hat ihm eine Scheißangst eingejagt. Er war ein Riesenkerl mit einem unberechenbaren Temperament.« Martin schüttelte den Kopf bei der Erinnerung. »Er hat Cam solche Angst gemacht, dass er die Stadt verließ. Hatte bereits einen Job oben im Norden. Fing am selben Tag zu suchen an, an dem Edgerton ihn zwang, die Sterbeurkunde zu ändern. Der Bursche war panisch. Wollte möglichst weit weg von Atlanta.«

»Noch einmal zurück zum zeitlichen Ablauf«, sagte Will. »Der Gedenkgottesdienst für Ihre Schwester fand einen Monat nach ihrem Tod statt. Am selben Tag gelangten Sie in den Besitz dieser Dokumente sowie Cams Laptop. Zwei Tage danach kreuzt Cam bei Ihnen zu Hause auf und erzählt Ihnen, dass bereits ein neuer Job auf ihn wartet und dass er die Stadt verlässt. Er hat den Laptop und alle diese Unterlagen bei Ihnen gelassen, und Sie haben seitdem nichts mehr von ihm gehört. Habe ich das richtig wiedergegeben?«

Martin nickte einmal. »Ja.«

Faith klopfte mit dem Kugelschreiber auf den Tisch. Sie sah auf die Zeitleiste hinunter. Sie hatte sie in Klammern gesetzt, aber Will sah die naheliegende Frage. Auf seine Weise war Martin Barrowe genauso schlimm wie Britt McAllister. Er ließ Hinweise als Test vor ihrer Nase baumeln, um zu sehen, ob sie anbissen.

Will fragte: »Als Cam Ihnen sein Geständnis gemacht hat, hat er Ihnen da erzählt, wie lange der Tod Ihrer Schwester her war, als Edgerton ihn dazu veranlasste, ihre Sterbeurkunde zu ändern?«

»Das hat er, und er war sehr klar diesbezüglich«, sagte

Martin. »Edgerton ist genau zwei Wochen und einen Tag nachdem meine Schwester starb bei Cam aufgetaucht.«

Will war, als träfe ihn ein Faustschlag an der Kehle. »Zwei Wochen und einen Tag?«

»Ja«, sagte Martin. »Einen Tag nachdem Dr. Sara Linton vergewaltigt wurde.«

9

Das Wartezimmer im James Center für kosmetische Chirurgie war erwartungsgemäß stylish und modern. Schwarze Ledersessel, eine purpurne Samtcouch, Musik von Daft Punk klang leise aus den Bose-Lautsprechern auf der Naturholz-Kaffeebar mit ihrer Espressomaschine aus Edelstahl. Die mattschwarzen Tassen waren auf einer Warmhalteplatte drapiert. Selbst die Stäbe zum Umrühren waren aus einem beeindruckend schweren Metall.

Sara hatte immer vermutet, dass Mason bei der plastischen Chirurgie landen würde. Die flirtende, charmante Bestätigung, die er vermittelte, war genau das, was der Job verlangte, und das Einkommen konnte astronomisch hoch sein. Nicht dass sie Mason einen Vorwurf gemacht hätte, weil er viel verdienen wollte. Medizin war eine Berufung, aber dem Ruf zu folgen, hatte seinen Preis. Man verbrachte mindestens vierundzwanzig Jahre seines Lebens mit Schule, Studium und Ausbildung, dann verdiente man jahrelang ein Gehalt an der Armutsgrenze, und dann musste man wählen, worauf man sich spezialisierte – eine Wahl, die massiv davon beeinflusst wurde, dass man in Schulden von einer halben Million Dollar aufwärts ersoff. Es gab kein besseres System, um neue Ärzte in hochspezialisierte, hochlukrative Felder zu drängen statt in die Gebiete, wo Hilfe wirklich gebraucht wurde – in die Allgemeinmedizin zum Beispiel, wo Ärzte den Menschen rieten, sich gesund zu ernähren und Sport zu treiben, damit sie möglichst nie einen von den Spezialisten konsultieren mussten.

Sara stand von ihrem Sessel auf. Sie konnte nicht auf und ab laufen, deshalb tat sie, als studierte sie eine riesige Collage, die neben der Tür zu den Behandlungsräumen hing. Gesichter, Körperteile, Zähne. Sie war mit ihren Gedanken zu sehr abgelenkt, um sich eine Meinung zu bilden, aber bestimmt hatte Mason mehrere Stunden mit dem Kunsthändler, der ihm das Werk verkauft hatte, über die Vision des Künstlers diskutiert. Wenn Mason eins liebte, dann war es reden. Was wahrscheinlich der Grund dafür war, dass er sie warten ließ.

Sara schaute auf ihre Armbanduhr.

Will und Faith trafen sich in diesem Augenblick mit Merit Barrowes Bruder. Diese Tatsache allein hatte schon die Verkrampfung in Saras Eingeweiden gelöst. Tommy hatte den Zivilprozess wegen Dani Cooper unbeschadet überstanden. Sara musste kein Detective sein, um zu wissen, dass er ganz sicher einen Weg finden würde, wieder zu vergewaltigen. Britt hatte auf ihre ganz eigene Art geholfen, aber es war ihr auf ihre ganz eigene Art auch geglückt, das Wasser zu trüben. Merit Barrowes Tod hing irgendwie mit Saras Vergewaltigung zusammen, und beides hing irgendwie mit Dani Coopers Tod zusammen, und alle drei ließen sich bis zu einem gewissen Grad zu Cameron Carmichael zurückverfolgen.

Unglücklicherweise waren die besten Informationsquellen beide tot. Cam war durch Selbstmord, Edgerton an Bauchspeicheldrüsenkrebs verstorben.

»Meine Güte, du siehst immer noch außergewöhnlich aus.«

Sara drehte sich um und sah Mason James in der Tür stehen. Er hatte ein schelmisches Grinsen im Gesicht und musterte sie so unverblümt wie anerkennend von Kopf bis Fuß. Er selbst sah ebenso schnieke aus wie seine Praxis, mit gekonnt zerzaustem Haar, maßgeschneiderter Kleidung und einem sorgfältig gepflegten Dreitagebart. Er war eine bescheidenere Version des Charakters, den Will im Country Club gespielt hatte.

Ehe sie es auf höfliche Weise verhindern konnte, küsste er sie auf die Wange.

Sie musste die Zähne zusammenbeißen, als sie die rauen Stoppeln im Gesicht spürte.

Mason schien es nicht zu bemerken. »Du kannst dir meine Freude nicht vorstellen, als du angerufen hast.«

Sein Blick wanderte ständig zu ihrem Ausschnitt hinunter. Sara hatte ihre Tenniskluft gegen ein schwarzes Kleid mit Gürtel und hohem Schlitz getauscht, das möglicherweise die falsche Botschaft aussandte, wie ihr plötzlich klar wurde. Sie hatte Mason nicht gesagt, warum sie ihn nach so vielen Jahren treffen wollte.

Andererseits hatte er sie auch nicht zu einer Erklärung gedrängt.

»Können wir irgendwohin gehen, wo wir ungestört sind?«, fragte sie.

»Ich würde dich liebend gern zu einem richtigen Drink ausführen, aber ich habe in einer halben Stunde eine Patientin. Echter Notfall. Braucht unbedingt Botox und Filler, bevor ihr Mann aus Singapur zurückkommt.« Mason hielt ihr die Tür auf. »Keine Sorge, mein Büro ist schalldicht. Ich könnte es nicht gebrauchen, dass irgendwelche Geheimnisse nach außen dringen.«

Sara fragte ihn nicht, von welchen Geheimnissen er sprach. Sie spürte seine Hand in ihrem Rücken, als sie durch die Tür ging. Eine sehr hübsche junge Blondine saß an dem Tresen, an dem die Zahlungen bearbeitet wurden. Vitrinen mit teuren Lotions und Beautydrinks waren diskret beleuchtet. Die Wände waren voll mit Vorher-Nachher-Fotoaufnahmen von Frauen und einigen wenigen Männern. Sara war nicht überrascht, auch Fotos von Kindern zwischen geliftet en und gebotoxten Gesichtern und optimierten Körperteilen zu finden. Mason operierte offenbar ehrenamtlich Hasenscharten und Gaumenspalten in medizinisch unterversorgten Gegenden. Tessa beurteilte ihn ganz richtig, wenn sie ihn großspurig und halbseiden nannte, aber Kindern in Not zu helfen, trug viel dazu bei, ihn charakterlich zu rehabilitieren.

Er dirigierte Sara mit der Hand in ihrem Rücken zu seinem Eckbüro. Sonnenlicht fiel durch die raumhohen Fenster. Noch mehr Leder, Samt, Holz und Stahl. Noch mehr Fotografien, aber diese waren persönlicher. Mason mit einem Mädchen im Teenageralter in einem Fußballdress. Mason und ein jüngeres Mädchen zu Pferd irgendwo in den Bergen.

»Wie viele Kinder hast du?«, fragte sie.

»Mindestens ein Dutzend, wenn ich an meine monatlichen Unterhaltsschecks denke.« Seine Miene wurde weicher, als er die Fotos betrachtete. »Poppy ist neun, Bess ist elf.«

Eine unwillkommene Traurigkeit überfiel Sara beim Anblick seiner beiden prächtigen Mädchen.

»Wie auch immer.« Mason wies zu einer Sitzecke. »Sollen wir?«

Sara wählte den Clubsessel. Mason nahm auf der Couch Platz, die so niedrig war, dass seine Knie beinahe an die Brust stießen. Es schien ihm nichts auszumachen. Er beugte sich vor und sagte: »Erzähl mir, wie du dich dafür entschieden hast, dieses zauberhafte Kleid für mich zu tragen.«

Sara hatte einfach in den Schrank gegriffen und das erstbeste Teil herausgezogen, das nicht schmutzig war. »Ich hätte am Telefon ehrlicher sein sollen, was den Grund angeht, warum ich dich treffen wollte.«

»Sankt Sara hat geflunkert?« Er pustete Luft durch die Lippen. »Sag, wann haben wir uns das letzte Mal gesehen?«

»Meine Schwester war im Krankenhaus«, sagte sie. »Und du hast mich angemacht.«

»Hat es dir gefallen?«

Sara hätte nicht überrascht sein dürfen, dass er Tessas Krankenhausaufenthalt vollkommen überging. »Es ist lange her.«

»Nicht zu lange«, sagte er. »Ich frage mich oft, was gewesen wäre, hätte es mit uns beiden geklappt.«

Sara schaute demonstrativ auf seinen Ehering. »Du warst mindestens dreimal verheiratet, soviel ich weiß.«

»Aber wenn du die erste Mrs. James gewesen wärst, hätte ich vielleicht nie das Bedürfnis verspürt, nach den anderen zu suchen.« Er grinste wölfisch. »Ich habe überlegt, dich zu fragen, als wir zusammengezogen sind. Vor dir auf die Knie zu gehen. Dir einen richtigen Diamanten zu kaufen.«

Sara sah ihn auf ihren Verlobungsring starren.

Masons Blick wanderte langsam wieder zu ihrem Gesicht hinauf. »Weißt du, ich sitze jeden Tag stundenlang in diesem Büro und erkläre Frauen, auf welche Weise ich sie verschönern kann, aber jetzt sehe ich dich an, und ich finde nicht die kleinste Kleinigkeit, die ich verbessern könnte.«

Das durfte nicht so weitergehen. »Mason ...«

»Jaja.« Er lachte, als hätte er nur einen Scherz gemacht. »Ich folgere aus diesem interessanten Ring an deinem Finger, dass du nicht hier bist, um unsere heiße Liebesaffäre neu zu beleben?«

Sara beherrschte sich, den Ring zu bedecken. Sie ertrug es nicht, dass er sich darüber lustig machte. »Ich bin verlobt. Er ist Special Agent beim GBI.«

»Ah. Du heiratest einen weiteren Cop.« Er grinste wieder, aber es lag eine gewisse Schärfe darin. »Du hast immer Männer gemocht, die es verstanden, ihren Knüppel zu schwingen. Wie nennt man Frauen wie dich gleich wieder? Polizeipussys?«

Sara gefiel sein ätzender Ton nicht. »Bullenbräute.«

»Und wie ist es mit dem Knüppelschwingen?«

»Wenn er so groß ist, brauchst du ihn nicht zu schwingen.«

Mason legte den Kopf in den Nacken und lachte schallend. »Lieber Himmel, was habe ich deinen dreckigen Humor vermisst. Bist du dir sicher, dass wir keinen kleinen Seitensprung arrangieren können? Du langweilst dich doch sicher manchmal.«

Das Einzige, was Sara mit Sicherheit wusste, war, dass es Will höchst peinlich gewesen wäre, diese Unterhaltung mit anzuhören. »Mason, ich bin hier, um über etwas Bestimmtes mit dir zu reden.«

»Oh, das klingt ernst.« Er nahm pantomimisch übertrieben eine Zuhörerhaltung ein. »Bitte, fahr fort.«

Sara musste tief Luft holen, ehe sie es herausbrachte. »Ich muss dich nach der Freitagsparty fragen.«

Mason hob leicht das Kinn. »Läuft das immer noch? Ich habe die Gang nicht mehr gesehen, seit wir alle nicht mehr am Grady sind.«

Sara bemerkte seinen veränderten Tonfall. Mason war nie wohl dabei gewesen, wenn er über unangenehme Dinge sprechen musste. »Ich meinte eine bestimmte Freitagsparty. Die, auf der wir an dem Abend waren, an dem ich vergewaltigt wurde.«

Mason lehnte sich zurück, legte den Arm auf die Rückenlehne der Couch und schaute aus dem Fenster. Sara konnte die Fältchen um seine Augen erkennen, eine leichte Verdickung, die sich an der Kinnlinie bildete. Es war, als hätte ihn das Wort Vergewaltigung schlagartig altern lassen. Sara wurde einmal mehr daran erinnert, dass sie nicht der einzige Mensch war, der wegen der Tat gelitten hatte.

Sie wusste nicht, was sie sagen sollte. »Es tut mir leid.«

Er arbeitete erkennbar daran, seinen Charme zu reaktivieren. »Was ist eigentlich aus diesem kleinen Burschen geworden? Deinem flauschigen weißen Kater?«

»Apgar«, sagte Sara. »Er ist sechzehn Jahre alt geworden, bis seine Nieren versagt haben.«

»Zauberhaftes Kerlchen. Er liebte Single Malt.« Die Falten um seine Augen wurden tiefer, als er lächelte. »Nach Virginia Apgar benannt, nicht wahr? Der Frau, die den Apgar-Test erfunden hat.«

»Ja.« Sara ließ ihm seinen Small Talk durchgehen. »Sie haben mir im Tierheim gesagt, dass es ein Mädchen ist. Mir ist nicht eingefallen, nachzuschauen, bis ich ihn schon getauft hatte.«

»Ja, jetzt erinnere ich mich wieder.« Sein Lächeln war immer noch angestrengt. »Der gute alte Apgar hat den Löffel noch rechtzeitig abgegeben. Die Welt geht mit weißen Männern neuerdings besonders streng ins Gericht. Was für Zeiten.«

»Es reicht nicht, die Körper von Frauen sowie die gesamte Bundesregierung und die Bundesjustiz zu kontrollieren?«

»Ach, komm«, sagte er. »Du weißt, das Blatt hat sich gewendet. Ist nur eine Frage der Zeit, bis wir alle kastriert werden wie der arme Apgar.«

Sara konnte mit Small Talk umgehen, aber von Selbstmitleid hatte sie genug. »Mason, ich muss wirklich darüber reden, was passiert ist.«

Er wandte den Blick wieder ab. »Ich bin nicht besonders stolz darauf, wie ich mich zu dieser Zeit benommen habe.«

»Falls du befürchtest, ich könnte dir Vorwürfe machen – das musst du nicht. Jeder reagiert anders auf ein Trauma.«

»Du lässt mich zu leicht vom Haken. Ich hätte mehr tun können.« Er war plötzlich ernst. »Vermutlich hast du herausgefunden, dass ich was mit Sloan angefangen habe, nachdem wir uns getrennt hatten.«

Sara ging auf das *nachdem wir uns getrennt hatten* nicht ein. »Ich habe davon gehört.«

»Die Gang liebte Klatsch«, sagte er, als hätte Sara Hilfe gebraucht, um dahinterzukommen. »Es ist Sloan ebenfalls passiert, musst du wissen.«

Sara wurde schwer ums Herz. »Sloan wurde vergewaltigt?«

»Im ersten Jahr ihres Medizinstudiums. In der ersten Woche sogar, kaum zu glauben. Sie ist mit einem Kommilitonen ausgegangen, hat ein bisschen getrunken. Der Schuft hat sie überwältigt.«

»Hat sie Anzeige erstattet, oder …«

»Nein, sie wollte keinen Wirbel machen. Und der Kerl ist nach dem ersten Jahr ausgestiegen, sodass sie ihn nie mehr sehen musste.«

»Kennst du seinen Namen?«

»Sie hat ihn mir nie gesagt.« Mason strich sich über den Ärmel seines Hemds. »Sie wollte alles hinter sich lassen und weitermachen. Keine schlechte Idee im Grunde. Hat sich jedenfalls ausgezahlt für sie.«

Sara biss sich auf die Unterlippe. Sie hatte es nicht nötig, sich Sloan Bauer als leuchtendes Beispiel für die richtige Art, eine Vergewaltigung zu verarbeiten, vorhalten zu lassen.

Sie holte wieder tief Luft, bevor sie sagte: »Nach dem Medizinstudium hat Sloan ihre Assistenzarztzeit in einem anderen Staat absolviert. Hat sie Atlanta deshalb verlassen?«

»Keine Ahnung. Aber wie nennt man es heute so schön? Triggern?« Er zuckte mit den Achseln. »Was dir passiert ist, hat eine Menge getriggert bei ihr. War eine schwere Zeit.«

Sara konnte sich nicht mehr zurückhalten. »Wie schrecklich für Sloan, dass sie sich mit meiner Vergewaltigung herumschlagen musste. Zum Glück hatte sie dich.«

»Sei nicht verbittert, Darling. Du warst immer stärker als sie. Du hattest deine Familie. Alles, was sie hatte, war ich alter Langweiler.« Mason beugte sich wieder vor. »Ich würde gern einen Vorschlag machen.«

Sie wartete.

»Wozu die Vergangenheit aufwärmen? Das kann für nichts gut sein. Du musst es auf sich beruhen lassen.«

Mason James hatte nichts für sie zu entscheiden. »Wenn du dich an irgendetwas von diesem Abend erinnern könntest, egal was ...«

»Ich habe Hunderte Freitagspartys besucht und jede Menge andere Feste. Die vermischen sich alle in meiner Erinnerung.«

»Sloan war da«, sagte Sara. »Erinnerst du dich, dass du einen Anruf bekommen hast, bevor wir aufgebrochen sind? Du warst sehr aufgeregt, als du gehört hast, dass sie zu Besuch ist.«

»Sie war zu dieser Zeit nichts weiter als eine Freundin.«

Sara fiel keine höfliche Möglichkeit ein, ihm mitzuteilen, wie egal ihr das war. »Cam war an diesem Abend unglaublich betrunken. Mehr als sonst. Du musstest ihm die Autoschlüssel wegnehmen.«

»Das habe ich getan?«, fragte Mason. »Wie ritterlich von mir.«

»Er hatte zwei Wochen zuvor eine Patientin verloren. Ihr Name war Merit Barrowe. Erinnerst du dich?«

»Es tut mir leid, Darling. Ich habe dir gesagt, ich weiß es nicht mehr.«

»Aber Cam ...«

»War immer betrunken. Er war bis zu dem Tag, an dem er sich umgebracht hat, immer wieder mal auf Entzug. In seiner Wohnung lagen überall leere Flaschen.«

Sara sah einen Ausdruck des Bedauerns über sein Gesicht huschen. Er hatte mehr gesagt als beabsichtigt.

»Du hattest weiter Kontakt zu Cam?«, fragte sie.

Mason schwieg und überlegte, wie er am geschicktesten zurückrudern konnte. Sara erinnerte sich jetzt wieder an diese Seite von ihm, diese berechnende, hinterlistige Seite. Es hatte seinen Grund, warum sie erst im Nachhinein dahintergekommen war, dass er sie mit Sloan betrogen hatte.

»Weißt du«, sagte er, »ich glaube, ich habe diese Dinge bei Cams Trauerfeier aufgeschnappt. Es wurde zu dem Anlass die Geschichte der Gang ausgebreitet. Richie hat die Grabrede gehalten. Er war immer unser Archivar. Hat ein paar Geschichten erzählt und so. Sehr bewegend.«

Sara hatte ein scheußliches Gefühl von Verrat. Vor zwei Minuten hatte ihr Mason in die Augen geschaut und behauptet, dass er die Gang nach der Zeit am Grady nicht mehr gesehen hatte. Cam war vor acht Jahren gestorben. Worüber log Mason noch?

»Armer Cam«, seufzte er. »Er hat immer zu Depressionen geneigt. Eigentlich keine Überraschung, dass er sich schließlich umgebracht hat.«

Sara holte wieder Luft. »Es tut mir leid, dass ich die Trauerfeier verpasst habe.«

»Du hättest es gehasst. Nur eine Sauferei und ein Aufwärmen von alten Erinnerungen.« Mason beugte sich wieder vor. »Wieso stellst du all diese Fragen, Darling? Ist etwas passiert?«

Sara unterdrückte den Drang, vor ihm zurückzuweichen. Als sie zusammenlebten, hatte Mason oft bei belanglosen Dingen gelogen, hatte Geschichten ausgeschmückt, seine Fehler vertuscht. Das hier war anders. Er log, um sich selbst oder eine andere Person zu schützen.

»Hast du noch Kontakt zu Richie?«, fragte sie.

Mason ließ sich einen Moment Zeit mit der Antwort. »Eigentlich nicht. Wieso?«

»Was du über ihn gesagt hast – dass er der Archivar der Gruppe war. Ich wette, er erinnert sich an diesen Abend.«

Mason schaute ertappt drein. »Wahrscheinlich ist es am besten, du lässt es ruhen.«

Sara wusste schon gar nicht mehr, wie oft er bis jetzt versucht hatte, sie davon abzubringen.

»Kein Problem«, sagte sie. »Ich finde bestimmt im Internet eine Nummer von ihm.«

»Nein.« Mason hatte die Stimme erhoben, bemühte sich aber sofort wieder um einen gemäßigten Ton. »Ich meine, natürlich habe ich seine Nummer. Soll ich sie dir schicken?«

Sara sah ihn sein Smartphone aus der Tasche nehmen. Eine Schweißperle lief an seiner Wange herab.

Mason blickte auf das Telefon, dann zu Sara. »Soll ich sie dir aufschreiben?«

Sara beobachtete ihn, wie er zu seinem Schreibtisch ging, um Papier und Stift zu holen. Er hatte Saras Nummer. Er hätte Richies Kontakt ohne Weiteres aus seinem Handy kopieren können. Was stand in der Kontaktkarte, das sie nicht sehen sollte?

Sie sagte: »Wenn du schon dabei bist, könntest du vielleicht auch noch die Namen von allen aufschreiben, an die du dich erinnerst? Nicht nur von diesem Abend, sondern von allen.«

»Du kennst die Gang doch.« Seine Stimme klang angestrengt. »Sie waren alle da.«

»Wie sieht es mit den Mitläufern aus?«, fragte sie. »Da gab es einen Nathan und einen Curt und …«

»Clee und Connie.« Er drückte den Kugelschreiber so heftig auf, dass sie ihn auf der Glasplatte unter dem Papier kratzen hörte. »Und Dill.«

Die Namen kamen ihr nicht bekannt vor. Er kam zu ihrem Sessel zurück, faltete das Papier und gab es ihr. »Ich sollte mich für meine Patientin bereitmachen. In ihren Nasolabialfalten könnte man einen Finger verschwinden lassen.«

Sara reagierte nicht auf das Stichwort. Sie wollte die Namen nicht erst lesen, wenn sie in ihrem Wagen war. Sie wollte Mason noch greifbar haben, falls sie Fragen hatte.

Sie entfaltete das Blatt. Die Namen standen unter Richies Nummer. Sie nahm an, es war einer von Masons pubertären Versuchen, lustig zu sein.

Clee Torris. Connie Lingus. Dill Doe.

Sara blickte zu Mason hoch.

Er grinste wieder, aber es lag keine Ungezwungenheit darin. Er wollte, dass sie verschwand. Er wusste, er hatte zu viel gesagt.

Sara erinnerte sich an eine Bemerkung, die Will über seine Tante Eliza gemacht hatte. Man bekommt von einer Lügnerin keine Wahrheit. Sie faltete den Zettel und steckte ihn in ihre Handtasche. Sie stand auf, um zu gehen.

Mason wartete, bis Sara fast an der Tür war. »Tatsächlich erinnere ich mich an einen Namen.«

Sara griff nach der Klinke. »Ich habe keine Zeit für so was.«

»John Trethewey«, sagte er.

Sara hatte das Gefühl, als stoße ihr jemand ein Messer in die Brust. Eliza hatte Will im Club diesen falschen Namen verpasst. Wenn Mason ihn jetzt zur Sprache brachte, musste er in den letzten Stunden mit Mac oder Richie gesprochen haben. Wussten sie, dass Sara sich mit Mason traf? Arbeiteten sie alle irgendwie zusammen? Waren Mac, Richie und Mason die ominösen *sie*, von denen Britt gesprochen hatte?

»Sagt dir der Name etwas?«, fragte Mason.

»Trethewey?« Sara bemühte sich, ihre Emotionen im Griff zu behalten, als sie sich langsam wieder umdrehte. »Wie sieht er aus?«

»Groß, schlank, sandblondes Haar. Sehr provokativ. Ein bisschen abstoßend im Grunde.« Mason beobachtete Sara so aufmerksam wie sie ihn.

Sara nickte. »Er war in der Orthopädie, oder?«

»Soll das heißen, du erinnerst dich an ihn?«

»Es überrascht mich nicht, dass du dich *nicht* erinnerst.« Sara hatte das dringende Bedürfnis, Wills Tarnung zu schützen. »John hat mich immer angemacht. Du hast nie etwas dagegen unternommen.«

»Was hätte ich wohl tun sollen? Ihm eine aufs Maul geben?«

»Du hättest zum Beispiel damit anfangen können, diesen Neandertaler-Orthopäden nicht jedes Mal an meinen Hintern grabschen zu lassen, wenn er in meiner Nähe war.«

Mason grinste wieder. Er fand Wills Tarnung glaubhaft. »Einen Punkt für den Orthopäden.«

»Das ist genau der Grund, warum es mit uns nicht geklappt hat, Mason. Du nimmst nie etwas ernst.«

»Und dein Cop mit dem großen Knüppel, der dir einen Ring aus dem Kaugummiautomaten geschenkt hat – nimmt der dich ernst?«

»Der kann mich nehmen, wie immer er will.«

Zeugenaussage von Dr. Cameron Carmichael, Notarzt bei Merit Alexandria Barrowe

Mein Name ist Dr. Cameron Davis Carmichael. Ich war einer von vier diensthabenden Ärzten in der Notaufnahme des Grady Hospital, als Merit Alexandria Barrowe von einem Wachmann namens Hector Alvarez gebracht wurde. Merit wurde gegen 23.30 Uhr triagiert. Ich selbst habe sie erst gegen Mitternacht in der Notaufnahme zu sehen bekommen. Als Erstes fiel mir an ihr auf, dass sie sehr aufgewühlt war. Nach meiner Erinnerung hat Merit mir Folgendes mitgeteilt: Das Letzte, woran sie sich erinnerte, war ihr Literaturseminar in Sparks Hall an der Georgia State University. Dann weiß sie wieder, dass sie auf der Straße aufgewacht ist, es war dunkel, und sie lag buchstäblich mit dem Gesicht nach unten im Rinnstein. Alles tat ihr weh. Sie dachte, sie sei vielleicht von einem Auto angefahren worden. Sie schaffte es, sich aufzusetzen, aber sofort wurde ihr schwindlig. Sie übergab sich. Sie konnte eine weiße, kreideartige Substanz in ihrem Erbrochenen erkennen. Dann nahm sie einen pochenden Schmerz tief in ihrem Unterleib wahr. Sie beschrieb ihn als schlimmer als ihre schlimmste Periode. Sie sagte, sie habe körperlich gewusst, dass ein Mann sie vergewaltigt hatte, auch wenn sie zuvor noch nie mit einem Mann geschlafen hatte. Dann tauchten einzeln Erinnerungen auf: eine Hand, die sich auf ihren Mund presste. Ihre Knöchel und Handgelenke, die irgendwie einzeln festgehalten wurden. Es war sehr dunkel. Sie konnte nur seinen schweren Atem hören. Sie roch Nikotin an seiner Hand. Sein Atem stank süßlich, wie Hustensaft. Der Mann stieg auf sie. Dann weiß sie noch von einem stechenden Schmerz, ich nehme an, das war, als ihr Hymen gerissen ist. Das war alles, woran sie sich von der Vergewaltigung erinnerte. In der Notaufnahme ließ sie nur zu, dass ich sie in Augenschein nahm. Ich bemerkte sofort getrocknetes Blut und getrocknetes Sperma an der Innenseite beider Oberschenkel. Ich sah Blutergüsse, die mindestens zwei

Stunden alt waren. Ihre Knöchel und Handgelenke wiesen ebenfalls Blutergüsse auf. Sie trug einen schwarzen BH, abgeschnittene Jeans (bis zur Mitte des Oberschenkels) und ein T-Shirt der Uni. Sie hatte außerdem weiße Socken an, aber nur einen Sneaker. Ich fragte sie, ob ich die Polizei rufen sollte. Sie sagte Nein, denn sie war sehr besorgt, dass ihre Eltern herausfinden würden, was passiert war. Sie wollte nicht, dass sie es erfuhren, vor allem ihr Vater nicht. Sie befürchtete, er würde etwas unternehmen, was verständlich ist. Ich bot zwei Mal an, ein Vergewaltigungs-Testkit anzulegen, aber sie lehnte beide Male ab. Dann wollte sie die Toilette aufsuchen. Ich ermahnte sie, keine forensischen Spuren abzuwaschen, aber sie sagte, das sei ihr egal. Ich nahm ihr das Versprechen ab, dass sie mich zumindest ihre Kleidung aufbewahren ließ. Ich wollte sie für den Fall zur Verfügung haben, dass sie doch noch entschied, sie als Beweismittel zu benutzen. Wir einigten uns dann auf dieses Vorgehen. Ich gab ihr einen frischen Krankenhauskittel zum Umziehen und begleitete sie zur Damentoilette. Dann wurde ich eilig zu einem anderen Patienten gerufen. Ehe ich wusste, wie mir geschah, ging der Alarm los. Merit erlitt einen Grand-mal-Anfall, der über fünf Minuten dauerte. Ich führte das Traumateam beim Versuch, sie wiederzubeleben. Um etwa 0.43 Uhr musste ich Merit für tot erklären. Aufgrund dessen, was mir Merit über die kreideartige weiße Substanz in ihrem Erbrochenen erzählt hatte, sowie aufgrund der Ohnmacht und des Gedächtnisverlusts bin ich überzeugt, dass sie unter Drogen gesetzt wurde. Wegen der Blutergüsse an Knöcheln und Handgelenken gehe ich davon aus, dass sie fixiert wurde. Ihre Aussage, ihre Erinnerungen, die Prellungen an den Oberschenkeln, das getrocknete Blut und das Sperma bringen mich zu der Überzeugung, dass sie vergewaltigt wurde. Ich schwöre, dass diese Zeugenaussage nach bestem Wissen der Wahrheit entspricht.

Cameron Carmichael, Arzt

10

Faith nahm Datum und Uhrzeit unter Cams Unterschrift auf der Zeugenaussage zur Kenntnis. Er hatte seine Beobachtungen binnen einer Stunde nach Merits Tod zu Papier gebracht. Dann hatte er hinter Eugene Edgertons Rücken eine Schattenermittlung begonnen und Daten und Details gesammelt, denn sein Bauchgefühl hatte ihm verraten, dass die Sache von Grund auf falsch lief. Was bewundernswert war, bis man zu dem Teil kam, wo er einer Erpressung nachgegeben, einem trauernden Sechzehnjährigen einen Haufen dampfende Scheiße in den Schoß geladen und sich dann aus dem Staub gemacht hatte.

Faith hätte nie gedacht, dass sie den Tag erleben müsste, an dem ein Strafverteidiger ihr tatsächlich leidtat.

Sie sah auf den Papierkram, der auf ihrem Küchentisch ausgebreitet lag. Erstbeschwerde. Edgertons Bericht. Zeugenaussagen. Obduktionsbericht. Toxikologischer Befund. Sterbeurkunde.

Martin hatte ihnen erlaubt, Kopien von allem anzufertigen, aber mit dem Adressbuch und dem iPhone seiner Schwester sowie Cams Laptop war er erst nach Wills meisterhafter Überzeugungsarbeit herausgerückt.

Zum Glück hatte Martin das Ladekabel für den Laptop mitgebracht. Leider hatte er kein Kabel mehr für das iPhone der ersten Generation. Genauso wenig wie Faith, aber sie hatte eins in dem Best-Buy-Laden ausfindig gemacht, der zehn Minuten von ihrem Haus entfernt war. Jeremy sollte es in diesen Minuten für sie dort abholen. Sie wollte außerdem die illegalen Hacker-Fähigkeiten ihres Sohnes dafür einsetzen, das Passwort

247

des iPhones zu knacken und die geschützten Dateien auf dem Laptop zu öffnen.

Falls Jeremy zu erscheinen geruhte.

Faith sah auf die Uhr über dem Herd. Er war bereits eine Viertelstunde zu spät dran.

Wenigstens war sie ohne Hilfe dahintergekommen, dass das Adressbuch eine Sackgasse war. Faith hatte jeden einzelnen Eintrag gelesen, ohne etwas Verdächtiges zu entdecken. Keine offensichtlichen Codes. Keine aufgeschlüsselten Passwörter. Keine Hinweise, die zu dem Mann führten, der für Merits Tod verantwortlich war.

Merit Barrowe war zwanzig Jahre alt gewesen, als sie starb. Nach der kindlichen Handschrift zu urteilen, die unter selbstbewusstere Einträge gemischt war, ging das Adressbuch wahrscheinlich auf die Zeit zurück, als sie zehn oder elf Jahre alt war. Auf dem Einband sah man Snoopy und Woodstock tanzen. Innen hatte Merit alle Leute mit Vornamen aufgeführt, ein paar mit Zimmernummern eines Studentenwohnheims, die Mehrzahl mit einer Telefonnummer ohne Vorwahl. Der herzzerreißendste Eintrag war der für ihre Familie – Mama und Daddy.

Faith durfte sich nicht von der schrecklichen Vorstellung lähmen lassen, wie es wäre, ein Kind zu verlieren. Sie schaute zu der verrückten Pinnwand hinauf und überflog die roten, purpurnen und pinkfarbenen Streifen Bastelpapier, die ihren Kühlschrank und zwei Küchenschränke bedeckten. Die Mac- und Tommy-Spalten mit Britts Aussagen. Den Abschnitt, den sie *Die Verbindung* getauft hatten und der noch mehr Aussagen von Britt enthielt, aber leider keine Verbindungen. Die Fotos der Gang.

Auf der Anrichte wartete eine Spule rotes Garn, das sie im Strickkorb ihrer Mutter gefunden hatte. Die Banderole war noch intakt, denn Will hatte recht: Es war nur eine verrückte Wand. Sie hatten keinen Faden, um etwas miteinander zu verknüpfen. Das Einzige, was Faith mit Sicherheit wusste, war, dass ihre Tochter in vier Tagen wieder zu Hause sein würde. Wenn Emma sah, dass ihr Bastelpapier in Streifen gerissen und ihr Hello-Kitty-Klebeband benutzt worden war und dass ihre Zeichnungen nicht mehr am Kühlschrank hingen, würde sie einen derartigen Tobsuchtsanfall bekommen, dass ein paar Hobbits auftauchen und Ringe nach ihr werfen würden.

Faiths Blick suchte wahllos Britts Äußerungen, die sie auf der Toilette des Gerichts gemacht hatte, heraus.

Ich lebe seit zwanzig Jahren mit dieser Angst ... Ich habe sie gehört ... Mac ist immer beteiligt ... Ich kann den Rest von ihnen nicht aufhalten, aber ich kann meinen Jungen retten ... Erinnerst du dich nicht an die Freitagsparty?

Sie schaute wieder auf die Uhr. Jeremy war immer noch zu spät dran. Will und Sara würden es allerdings nicht sein. Faith erwartete sie in fünf Minuten. Sie griff nach ihrem Privathandy und wählte Aidens Nummer.

Er übersprang die Begrüßung. »Kannst du mir noch einmal erklären, warum du wolltest, dass ich einen Sexualstraftäter auf Bewährung schikaniere?«

Faith empfand einen untypischen Anflug von Scham. Sie hatte Sara versprochen, Jack Allen Wright in Ruhe zu lassen. Und das hatte sie getan. Aiden war derjenige, der dafür sorgte, dass der Hausmeister, der damals Sara Linton vergewaltigt hatte, tat, was er tun sollte.

»Du hast gesagt, ich soll dich um einen Gefallen bitten«, antwortete sie. »Das ist einer.«

»Erinnere mich daran, mir weniger aus dieser Beziehung zu machen.«

»Keine schlechte Idee.«

Aiden gab ein Murren von sich, aber sie hörte ihn in seinem Notizbuch blättern. »Vor drei Jahren gehörte es noch zu Wrights Bewährungsauflagen, eine elektronische Fußfessel zu tragen. Den Aufzeichnungen zufolge hielt er sich entweder zu Hause auf, in der Arbeit oder in seiner Gruppentherapie. Keine Abweichungen. Letztes Jahr haben sie die GPS-Überwachung eingestellt.«

Faith war nur leicht enttäuscht. Die drei Jahre zurückliegende Vergewaltigung von Dani Cooper war mehr als gründlich untersucht worden. Hätte auch nur die entfernte Möglichkeit bestanden, dass Jack Allen Wright im Spiel gewesen war, der Anwalt der McAllisters hätte Saras Vergewaltiger mit einem roten Schleifchen präsentiert.

Und Britt McAllister hätte nicht kryptische Sprüche in verschiedenen Damentoiletten Atlantas von sich gegeben.

»Wie sieht es jetzt aus?«, fragte Faith. »Irgendwelche Einträge bei ihm?«

»Wright ist absolut gehorsam. Sein Bewährungsbeamter hat heute Morgen mit ihm gesprochen.«

»Mit ihm gesprochen oder ihn zu Gesicht bekommen?«

»Er hat ihn *gesehen*«, sagte Aiden. »Wright arbeitet in einem dieser Läden, die dich mit Textnachrichten und Anrufen bombardieren, um zu sehen, ob du dein Haus verkaufen willst.«

Faith fand, das war für einen Serienvergewaltiger eine zu milde Stufe der Hölle. »Sag dem Bewährungsbeamten, er soll ihn mit einem Drogentest überraschen. Seine Bude auf den Kopf stellen. Versuchen, ihn bei irgendwas zu erwischen. Der Kerl muss wieder hinter Gitter.«

»Halt mal die Luft an, Süße. Ich habe den Bewährungsbeamten bereits so weit, dass er glaubt, Wright könnte der nächste Una-Bomber sein.«

Sie runzelte die Stirn. »Wieso glaubt er das?«

»Weil ich zur Task Force Inlandsterrorismus des FBI für den Südosten gehöre?« Er sagte es wie eine Frage. »Faith, was treiben wir da?«

Ihr Blick blieb bei den Fotos der Gang hängen. »Du musst ein paar Namen für mich überprüfen.«

»Nur damit ich es richtig verstehe: Ich frage dich, warum du mich in sehr fragwürdigen rechtlichen Zonen operieren lässt, und als Antwort forderst du mich auf, noch tiefer in weitere fragwürdige Zonen einzudringen?«

Faith hatte auf die harte Tour gelernt, dass man nicht ein bisschen schwanger werden konnte. »Ja, das ist genau das, worum ich dich bitte. Noch mehr fragwürdige Dinge. Kannst du sie für mich tun oder nicht?«

Das nachfolgende längere Schweigen ließ Faith gerade genug Zeit, um zu bereuen, dass sie diese Beziehung verbrannt hatte. Worauf einige weitere Momente der Panik folgten, als ihr bewusst wurde, dass sie es tatsächlich als eine Beziehung betrachtet hatte.

»Hast du nicht früher für die Polizei von Atlanta gearbeitet?«, fragte Aiden.

»Korrekt.«

»Gibt es dort keinen Detective oder Streifenbeamten mit einem ausgeprägten Sinn für qualifizierte Immunität, der dir helfen kann?«

Faith hatte es satt, zu betteln. »Willst du den schlechten Pfannkuchen essen oder nicht?«

Aiden schwieg wieder längere Zeit. »Schick mir die Namen.«

Es blieb ihr erspart, ihre Dankbarkeit zum Ausdruck zu bringen, weil Aiden abrupt auflegte.

Faith hatte keine Zeit, herumzusitzen und nachzugrübeln, was das alles zu bedeuten hatte. Sie tippte die Namen zu den Fotos am Küchenschrank ein und achtete darauf, dass sie sie an Aidens Privathandy und nicht an seinen offiziellen FBI-Apparat schickte, denn er hatte recht damit, dass sie hier in sehr fragwürdige Bereiche vorstießen. Wenn sie etwas aus ihren Ermittlungen gegen Idioten in den letzten tausend Jahren gelernt hatte, dann das: dass man ein kriminelles Vorgehen nie auf seinem Diensthandy verüben durfte.

Sie schickte die Nachricht an Aiden, dann wischte sie über den Schirm, um den GPS-Tracker in Jeremys Wagen anzuwählen. Jeremy hatte auf dem Weg zu ihr bei einem *Dunkin' Donuts* gehalten. Ihr Magen knurrte. Sie schickte ihm eine knappe Mitteilung.

Wo bist du? Du hältst mich auf.

@DD willst du auch was

Genau deshalb musste sie ihren Sohn überwachen. Es war unmöglich, seine Mitteilungen ohne den geografischen Kontext zu verstehen.

Faith tippte gerade ihre Bestellung ein, als ein Paar grelle Scheinwerfer durch das Fenster schwappten. Sie ging die Haustür aufmachen.

Sara und Will stiegen gerade aus seinem Porsche.

»Jeremy verspätet sich«, sagte Faith. »Ich habe ihn gebeten, ein paar Donuts mitzubringen.«

Will sagte: »Hast du ...«

»Ja. Ich habe heiße Schokolade für dich bestellt.«

Will ließ Sara auf den Stufen den Vortritt. Sara drückte Faiths Arm, als sie ins Haus ging. Sie sah angespannt aus, und Faith wurde zum hunderttausendsten Mal daran erinnert, wie belastend das alles für sie war. Und für Will, der Sara so sorgfältig beobachtete, dass sich Faith in jedem anderen Zusammenhang gefragt hätte, ob sie anregen sollte, ein Kontaktverbot zu erwirken.

Sie folgte ihnen in die Küche und wünschte sich zu spät, sie hätte sich die Mühe gemacht, den Saustall von ihrem Abendessen wegzuräumen. Sie warf die Kunststoffschale des Fertiggerichts in den Abfall und steckte die Gabel in den Geschirrspüler.

»Hat sich Amanda bei euch gemeldet?«, fragte sie.

»Nein.« Sara ging die Notizen an der Wand durch. Sie arbeitete ebenfalls für Amanda, aber die beiden hatten eine vollkommen andere Beziehung. »Warum sollte sie sich bei mir melden?«

Faith fing einen Blick von Will auf. Sara hatte sich einen Tag freigenommen, um Britt und Mason zu treffen, während Will und Faith das Betrugsteam dazu gebracht hatten, sie zu decken. Es sagte einiges aus, dass die einzige korrekte Person im Raum die war, die keine Leute verhaften durfte.

Will zeigte auf die Akten, die auf dem Küchentisch ausgebreitet lagen. »Was gefunden?«

»Nicht wirklich.« Faith wischte sich die Hände am Küchenhandtuch ab. »Es sieht nach viel aus, aber wenn sich aus Cams Unterlagen ein Fall zimmern ließe, hätte es Martin schon vor Jahren getan.«

Will blätterte in dem Snoopy-Adressbuch.

Faith hatte den Versuch, zu erraten, was er lesen konnte und was nicht, schon lange aufgegeben. »Keine Nachnamen«, erklärte sie. »Die Nummern sind wahrscheinlich zu alt, um noch nützlich zu sein, und ohne Genehmigung könnten wir sie ohnehin nicht nachverfolgen. Falls Merits Freundin da drinsteht, dann habe ich keine Ahnung, welche es ist.«

»Noch eine Nadel im Heuhaufen«, sagte Will.

»Heu ist alles, was wir haben.« Sara hatte den Blick nicht von der verrückten Wand genommen. »Wir haben noch dieselben Fragen wie gestern Abend: Wer sind die *sie*, die Britt nicht aufhalten kann? Und wie zum Teufel stehen *sie* mit dem in Verbindung, was mir passiert ist?«

»Einer der *sie* könnte Mason sein«, sagte Faith.

Sara schüttelte den Kopf. »Das glaube ich nicht.«

Faith hielt den Mund, aber ihr Gesichtsausdruck sagte etwas anderes.

»Ich weiß, was du denkst«, sagte Sara. »Ich kann nicht gut beurteilen, wer ein Vergewaltiger ist und wer nicht.«

»Das habe ich nicht gedacht«, log Faith, denn natürlich hatte sie es gedacht.

»Mason würde Mac und Richie decken, weil Männer das nach seiner Vorstellung füreinander tun. Alles ist bei ihm nur ein albernes Spiel. Er denkt nie darüber nach, was es für andere bedeutet.«

Faith nickte, nicht weil sie ihr zustimmte, sondern weil es einfacher war, es so stehen zu lassen.

»Das ist derartig frustrierend.« Sara starrte, die Hände in die Hüfte gestützt, auf die bepflasterten Küchenschränke. »Wir wissen immer noch nicht, von welcher Verbindung Britt gesprochen hat. Will sie sagen, der Hausmeister hat uns alle drei vergewaltigt – erst Merit, dann zwei Wochen später mich, dann fünfzehn Jahre später Dani?«

Faith spürte, wie sich Wills Blicke in ihren Schädel bohrten. Er hatte fraglos angenommen, sie würde einen Weg finden, Jack Allen Wright zu überprüfen. Alles, was Faith tun konnte, war, energisch den Kopf zu schütteln. »Nimm Barrowe aus der Gleichung«, sagte sie. »Am ersten Tag im Gericht sprach Britt von einem Zusammenhang zwischen Dani und dir. Der Hausmeister fügt sich nicht in Danis Fall. Er ist ein Ausreißer.«

»Das ist Sara ebenfalls«, merkte Will an. »Merit und Dani haben beide noch studiert, als sie starben. Merit erlitt einen Anfall durch die Überdosis. Dani starb an Verletzungen infolge stumpfer Gewalt.«

»Ich war ein paar Jahre älter als die beiden«, sagte Sara. »Ich wurde mit dem Messer attackiert. Ich habe sein Gesicht gesehen. Ich erinnere mich an jede Einzelheit. Die Drogen, die Merit und Dani verabreicht bekamen, sollten ihre Erinnerung auslöschen. Keine war in der Lage, den Angreifer zu identifizieren. Beide wachten an seltsamen Orten auf. Ich wurde mit Handschellen an die Haltegriffe in der Toilette gefesselt. Der

Hausmeister hat sichergestellt, dass ich wusste, dass er es ist. Das hat zu seiner Machtausübung gehört.«

Faith sagte: »Ich habe den Eindruck, wir müssen es endlich laut aussprechen. Mac, Richie, vielleicht Cam Carmichael, vielleicht der Hausmeister, vielleicht aber eventuell nicht Mason James, vielleicht Royce, Chaz und Bing: Sie alle könnten an einer Art Vergewaltigungsclub beteiligt sein, richtig?«

Sara presste die Lippen zusammen. Sie bestätigte nicht, was Faith gesagt hatte, aber das musste sie auch nicht. Sara hatte die Pinnwand studiert, seit sie die Küche betreten hatte. Sie hatte seit ihrer Begegnung mit Britt im Gericht offenbar jede wache Stunde damit verbracht, alles genauestens im Kopf durchzugehen. Sie hatte von Anfang an verstanden, dass die Leute, mit denen sie vor fünfzehn Jahren zusammengearbeitet hatte, mit denen sie gelegentlich beim Essen war, Softball und Tennis gespielt hatte, bis zu einem gewissen Grad alle Komplizen bei der schlimmsten Sache gewesen sein konnten, die ihr je widerfahren war.

Will nahm Saras Beklommenheit sofort wahr. Er sagte: »Lasst uns die Wand aktualisieren.«

Faith bemerkte, dass Saras Anspannung sofort ein wenig nachließ. Sie griff in ihre Handtasche und zog eine weitere Karteikarte heraus. »Das ganze Zeug von Britt – alles, was zählt, ist, dass sie Cam erwähnt hat, und dass sie mir Merit Barrowes Namen verraten hat.«

»Und der Vergleich vor Gericht«, sagte Faith. »Wissen wir genau, dass die kompromittierenden Fotos von Dani tatsächlich vom Handy eines ehemaligen Freundes stammen?«

»Wir haben keine Möglichkeit, es zu prüfen«, sagte Will. »Das Endergebnis ist ohnehin das Gleiche. Tommy ist ungestraft davongekommen.«

Sara blickte von der Karteikarte auf. »Ich kann mir nicht vorstellen, wie es für Danis Eltern sein muss, von diesen kompromittierenden Fotos zu wissen. Sie könnten immer noch an die Öffentlichkeit gelangen. Kein Geld der Welt kann diese Angst zum Verschwinden bringen.«

Faith unterdrückte ein Schaudern. Sie war so verdammt froh, dass Handys in ihrer Teenagerzeit noch keine Rolle gespielt hatten. Jede Wette – sie hätte irgendeine Dummheit damit angestellt. Sie liebte ihren Sohn mehr als ihr Leben, aber Jeremy war der wandelnde Beweis dafür, wie leichtsinnig ein fünfzehnjähriges Mädchen sein konnte.

»Was noch?« Will wies mit einem Kopfnicken auf die Karte in Saras Hand. »Was ist mit Mason?«

»Er hat nicht viel gesagt, was sich zu wiederholen lohnt, aber auf jeden Fall lügt er, wenn er behauptet, keinen Kontakt mehr zur Gang zu haben. Ich vermute, er hat mir Richies Kontaktinfo nicht geschickt, weil er nicht wollte, dass ich sehe, wo Richie arbeitet. Er hat mich nach John Trethewey gefragt, was bedeutet, dass ihn Mac oder Richie angerufen haben, nachdem sie heute Morgen im Country Club mit dir gesprochen hatten.«

Faith sah einen Fehler in ihrer Argumentation. »Glaubst du, es könnte auch andersherum gewesen sein? Mason hat Mac und Richie angerufen, weil du Kontakt zu ihm aufgenommen hattest, und er wollte sehen, ob sie vielleicht wüssten, wieso? Und Mac und/oder Richie haben ihm erzählt, dass sie John Trethewey im Club über den Weg gelaufen sind?«

Sara zuckte mit den Achseln. »Wäre möglich.«

»Wo arbeitet Richie?«, fragte Will.

Faith weckte ihren Laptop. Sie hatte noch keinen der Tabs vom Vorabend geschlossen. »Er ist Berater bei einem Unternehmen namens CMM&A.«

Will stand hinter ihr. Er zeigte auf das Logo, das die Buchstaben CMM&A in einem schwarzen Kreis zeigte. »Steht das für etwas?«

Faith schüttelte den Kopf, als sie die Seite überflog. »Nichts, was ich sehe. Vielleicht Cam, Mason und Mac? Oder ist das zu einfach?«

»Ist Richie ein medizinischer Berater, oder geht es um eine andere Art Beratung?«, fragte Sara.

Faith las die Selbstbeschreibung des Unternehmens vor. »›Wir unterstützen Ärzte beim Übergang zu einer Finanzierung von Partnerschaften, die den Anforderungen des 21. Jahrhunderts gerecht werden.‹«

»Aha«, sagte Sara. »Das M&A steht wahrscheinlich für *Mergers and Acquisitions*, Fusionen und Erwerb. Richie hilft Krankenhäusern dabei, Arztpraxen zu plündern.«

»Heißt übersetzt?«, fragte Faith.

»Krankenhäuser konkurrieren um Patienten, wenn sie also eine bestehende Arztpraxis aufkaufen, bekommen sie die ganze Laborarbeit, Radiologie, OP-Support und In-Network-Einweisungen. Im Gegenzug müssen sich die Ärzte nicht mit Papierkram, Rechnungsstellung und der Handhabung der elektronischen Gesundheitskarte herumschlagen.« Sara zuckte wieder mit den Achseln. »Es ist wirklich ordentliches Geld, aber am Ende bist du eben nur noch ein weiteres Rädchen in einer gigantischen Gesundheitsmaschinerie. Sie vereinbaren Termine im Fünfzehn-Minuten-Takt für dich, messen dich an Vorgaben, konfrontieren deine Patienten mit dynamischer Preisgestaltung. Wenn du dann wieder selbstständig zu werden versuchst, knebeln sie dich mit horrenden Konkurrenzklauseln, sodass du deine neue Praxis nur hundert Meilen von daheim entfernt eröffnen kannst.«

Faith kapierte nur etwa die Hälfte von dem, was sie sagte, aber Will schien es zu verstehen.

»Steigen auch Hedgefonds bei dieser Geschichte ein?«, fragte er.

»Die sind schlimmer als die Krankenhäuser. Sie erwarten eine schnelle Rendite, deshalb holen sie das Letzte aus den

Patienten heraus, was bedeutet, dass die Versicherungsprämien steigen, dass die Pflege leidet und dass wir am Ende alle dafür bezahlen.«

Diesen Teil verstand Faith. Sie hatte eineinhalb Jahre Überstunden leisten müssen, als Jeremy einmal Blödsinn mit dem Skateboard gemacht und sich das Schlüsselbein gebrochen hatte. Das Beste, was Will je für Faith getan hatte, war, eine kostenlose Kinderärztin in ihr Leben zu bringen.

»Okay«, sagte Will. »Richie ist also eine Heuschrecke. Was noch?«

Sara drehte die Karteikarte um. »Als Mason nach John Trethewey gefragt hat, habe ich ihm erzählt, du bist Orthopäde.«

»Orthopäde?«, fragte Will.

»Das hilft dir bei deiner Tarnung, falls du ihnen noch einmal begegnest. Ein Arzt würde niemals mit einem Orthopäden über Medizinthemen sprechen.«

Faith war verwirrt. »Sind das nicht auch Ärzte?«

»Das schon, aber ...« Sara schaute verlegen drein. »Sie sind sehr gut darin, Knochen zu zersägen und zu verschrauben, aber wenn es eine ernsthafte Komplikation gibt, brauchst du jemanden, der sich mit innerer Medizin auskennt. Und weiß, wo auf einem EKG oben ist.«

Will nickte. »Es ist, als würdest du einen Zimmermann bitten, deinen Computer zu reparieren.«

Sara blickte zu ihm auf und lächelte auf eine Weise, wie sie nur Will anlächelte. »Genau.«

Faith ließ ihnen ihren kleinen speziellen Moment. Sie war daran gewöhnt, die Witze reißende beste Freundin in ihrem Schnulzenfilm zu sein.

Sie zog sich den Stapel gelbes Bastelpapier heran und fing an, eine weitere Überschrift für Merit Barrowe zu schreiben. »Was wissen wir über Merit?«

»Dass wir die Herausgabe der Personalakten des Grady erwirken müssen«, sagte Will.

Faith gab ihm die Überschrift, und er klebte sie rechts neben die Fotos der Gang.

Er sagte: »Der Morehouse-Praktikant, dieser Typ, den Martin seinen Freund nennt: Er könnte uns zu Merits Freundin führen. Und die könnte sich an etwas erinnern, was dem Überfall vorausging. Vielleicht gab es in Merits Seminar einen Kerl, in dessen Gegenwart ihr nicht recht wohl war. Hat sie irgendwelche Schreiben oder SMS bekommen?«

»Eine Herausgabe von Unterlagen werden wir zum jetzigen Zeitpunkt nicht erwirken können.« Faith wandte sich an Sara. »Was ist mit Cam? Er war vollkommen aus dem Häuschen, weil Merit gestorben war. Ist das ein normales Verhalten für einen Arzt?«

»Ja und nein«, sagte Sara. »Cam hatte schon vorher Patienten verloren. Wir alle. Das Grady bekommt die allerkritischsten Fälle. Bei manchen geht dir der Verlust näher als bei anderen. Mir ging es bei Dani so.«

»Aber du hast dich nicht sinnlos betrunken und ihren Trauergottesdienst ruiniert«, sagte Faith.

»Nein, aber ich habe mit dem Leichenbeschauer und der Polizei geredet und den Staatsanwalt so oft genervt, dass er mir höflich zu verstehen gab, ich solle mich verpissen.«

»Verständlich«, sagte Faith. »Was ist mit Eugene Edgerton? Warum hat er die Ermittlung torpediert?«

»Er war korrupt.« Will hatte keine Skrupel, einen üblen Cop anzuschwärzen. »Er hat den Fall entweder kassiert, weil er inkompetent war, oder er hat ihn kassiert, weil er bestochen wurde.«

Faith war der kalte Schweiß ausgebrochen. Sie hasste es, den unausgesprochenen Teil laut zu hören. »Und wer hat ihn bestochen?«

»Gute Frage«, sagte Will. »Schreib sie auf.«

Faith nahm einen neuen Streifen gelbes Papier. Sie schrieb und redete gleichzeitig. »Sara, du bist die Einzige, die Edgerton kennengelernt hat. Wie war er?«

»Wir haben einmal telefoniert. Persönlich begegnet bin ich ihm nur zweimal. Das erste Mal, als er mich im Krankenhaus befragt hat. Das nächste Mal im Gerichtssaal beim Urteilsspruch.« Sara war die Erinnerung sichtlich unangenehm. »Bei der ersten Befragung schien er wütend über das zu sein, was passiert war. Ich würde ihn nicht als mitfühlend bezeichnen. Hauptsächlich war ich erleichtert, dass er es ernst nahm.«

»Sie mussten die Handschellen aufschneiden und das Messer operativ entfernen«, sagte Faith. »Selbst ein schlechter Cop würde das ernst nehmen.«

Sara schaute auf ihre Hände hinunter.

»Es tut mir so leid«, entschuldigte sich Faith. »Ich hätte nicht …«

»Schon gut. Du sagst nur, was passiert ist.« Sara lächelte schmal, als sie wieder aufblickte. »Edgerton war der erste Mensch, mit dem ich nach dem Überfall gesprochen habe. Ich war gerade aus der Chirurgie zurück. Ich konnte nicht damit aufhören, immer und immer wieder durchzugehen, was ich anders hätte machen können. Ich war nett zu ihm. Nicht zu Edgerton, zu dem Hausmeister. Ich hatte ein sehr schlechtes Gewissen deshalb. War ich zu nett gewesen? Hatte ich einen falschen Eindruck vermittelt? Ihm Hoffnungen gemacht?«

Faith sah, wie Sara ihren Verlobungsring drehte. Sie war ein anderer Mensch, wenn sie von dieser Nacht im Grady sprach. Ihr ganzes Selbstvertrauen löste sich in nichts auf.

»Was Cam über Merit in seine Zeugenaussage geschrieben hat«, fuhr Sara fort. »Dass sie Angst hatte, ihre Eltern könnten es erfahren – das war wahrscheinlich auch meine größte Angst. Ich hatte enorme Schuldgefühle, ihr Leben damit zu belasten. Ich hätte zu Hause studieren sollen. Ich hätte auf die Mercer gehen sollen statt auf die Emory. Solche Sachen. Aber ich erinnere mich daran, dass mir Detective Edgerton ein Geschenk gemacht hat: Er sagte, es hätte jederzeit und überall passieren können, und ich solle aufhören, mir selbst die Schuld zu geben, sondern sie lieber dem Mann geben, der mich vergewaltigt hatte.«

Will bewegte sich nicht, aber etwas an seiner plötzlich gespannteren Körperhaltung alarmierte Faith. Sara hatte aufgehört, ihren Ring zu drehen. Beide blickten an Faith vorbei.

»Hallo, Jeremy«, sagte Sara.

Erschrocken drehte Faith sich um.

Jeremy stand mit einer Schachtel Donuts und einem Getränkehalter da. Er sah schockiert aus, was verständlich war. Ihr Sohn hatte vom ersten Moment an Sara Gefallen gefunden. Sie waren beide Nerds, die unverständliche Witze über Wissenschaft rissen und Football und mathematische Probleme liebten. Und jetzt hatte Jeremy Sara etwas sagen hören, was ihn bis ins Mark erschütterte.

Faith stand auf. Sie gab die Donuts und die Getränke an Will weiter und zerrte Jeremy ins Wohnzimmer.

»Es ist gut«, sagte sie, was sie immer sagte, wenn etwas Schlimmes passiert war. »Alles ist gut.«

»Mom, ist …« Jeremys Stimme brach. Seine Augen glänzten im matten Schein der Lampe neben der Couch. »Ist sie …«

»Es ist gut«, wiederholte Faith. Was ihr Sohn und ihre Freundin mitmachten, brach ihr das Herz. Sie erlebte jetzt in Echtzeit, was Sara am meisten fürchtete, wenn sie von ihrem Missbrauch sprach. Jeremy sah sie jetzt anders als zuvor. Sie war nicht mehr Tante Sara. Sie war Tante Sara, die vergewaltigt wurde.

»Was sie da gesagt hat …« Jeremy hielt wieder inne. »Geht es ihr gut?«

»Ja, mein Junge, es geht ihr gut. Du musst mir zuhören.« Faith packte ihn an den Armen, als könnte sie physisch etwas von ihrer Kraft in ihn zwingen. »Tante Sara und Onkel Will sind hier, um an einem Fall zu arbeiten. Wir brauchen deine Hilfe, um uns in einen alten Laptop und ein altes Handy zu hacken. Kannst du das übernehmen?«

»Aber was sie über …«

»Das geht dich nichts an, okay? Tu einfach so, als hättest du es nicht gehört.«

»Faith.« Sara stand neben der Couch, ein bemühtes Lächeln auf dem Gesicht. Es war herzzerreißend. »Jeremy, ich wurde vor fünfzehn Jahren vergewaltigt. Der Mann wurde gefasst und bestraft. Ich bin jetzt okay, aber manchmal fällt es mir noch immer schwer, darüber zu sprechen. Besonders jetzt. Wir wollen gerade herausfinden, ob es einen Zusammenhang zu zwei anderen Fällen gibt, in denen Frauen überfallen wurden.«

Jeremy hatte erkennbar Mühe, seine Gefühle zu beherrschen. »Ist eine von ihnen die Studentin, die im *Downlow* verschwunden ist?«

Faith war bereit, ihn anzulügen, wie sie es normalerweise tat, aber aus irgendeinem Grund schaffte sie es nicht. »Wir wissen im Moment noch gar nichts. Deshalb brauchen wir deine Hilfe. Kannst du ein fünfzehn Jahre altes Smartphone und einen Laptop hacken?«

Sein Blick huschte zu Sara und wieder zurück zu seiner Mutter. Er war immer noch dabei, die Neuigkeit zu verarbeiten.

»Mein Junge.« Faith strich ihm das Haar hinters Ohr. »Glaubst du, du kannst uns helfen?«

Sein Adamsapfel hüpfte, als er schluckte. »Ich kann es versuchen.«

»Das ist gut, mein Sohn. Danke.«

Er gestattete Faith, sich bei ihm unterzuhaken, als sie Sara zurück in die Küche folgten. Will war immer noch im Alarmzustand. Der Raum fühlte sich eng an mit vier Leuten darin. Sara setzte sich nicht, sondern lehnte sich an Will, der die Arme um ihre Mitte legte. Jeremys Unbehagen machte vorübergehend Neugier Platz, als er die verrückte Wand in Augenschein nahm. Faith bemühte sich, die Wand mit den Augen einer Mutter, nicht denen einer Polizistin zu sehen. Er hatte bereits eine Menge zu verdauen. War da etwas Beunruhigendes, etwas, was Angst auslöste oder zu drastisch war?

Die Mutter war einer Meinung mit der Polizistin. Da war nichts als ein wildes Durcheinander.

Jeremy riss sich schließlich von der Wand los. Er schaute zu dem Laptop und dem Telefon auf der Arbeitsfläche. Will zog den Donut-Karton zur Seite. Er hatte bereits drei von dem Dutzend gegessen. Er bot ihn Jeremy an.

Jeremy schüttelte den Kopf. Er hatte noch kein Wort gesprochen, seit er die Küche betreten hatte.

»Hast du das Kabel für das Handy?«, fragte Faith.

Jeremy nahm den Rucksack ab und zog einen der Reißverschlüsse auf, um das Kabel zu suchen. Er verhielt sich zu still. Er stand immer noch unter Schock, und Faith wusste nicht, was sie dagegen tun konnte, außer gebetsmühlenartig zu beteuern, dass alles gut war. Sie wollte schon sagen: scheiß drauf, geh ins Kino oder häng mit deiner Freundin ab, als sie hörte, wie Sara tief Luft holte.

»Jeremy.« Sara nahm Merit Barrowes uraltes iPhone zur Hand. »Ich frage mich, was passiert, wenn du das Ding hier einschaltest. Wird es nicht versuchen, sich beim Netzwerk anzumelden?«

»Keine Ahnung.« Jeremy wickelte das Kabel aus. Er schaute Sara nicht an, weil er nicht wusste, wie er mit der Situation umgehen sollte. »Ich kann die Protokolle nachschlagen.«

Will hatte die Anspannung wahrgenommen, wenn auch nicht ihre Quelle. »Worüber machst du dir Sorgen?«, fragte er Sara.

»Wenn sich das Telefon anzumelden versucht, könnte die

SIM-Karte dichtmachen. Dann verlieren wir den Zugang zu den Informationen. Oder, Jeremy?«

»Ja.« Jeremy steckte das USB-Kabel in das Ladegerät. »Auf diesen älteren Telefonen ist die SIM-Karte eingebaut. Ich könnte das Gehäuse aufbrechen, aber ich habe nicht das richtige Werkzeug. Wenn ich es mit Gewalt versuche, könnte ich etwas beschädigen.«

»Wo wird das Signal übermittelt? Durch die Vorderseite oder hinten?«

Jeremy steckte das Kabel in das Gerät. »Die Antenne ist auf der Rückseite integriert. Die Leitung erfolgt durch das Metallgehäuse.«

Sara kannte die Antwort offensichtlich, aber sie fuhr fort, Jeremy zur Lösung hinzuführen. »Gibt es eine Möglichkeit, das Signal zu blockieren?«

»Vielleicht.« Er sah immer noch das Telefon an und nicht Sara. »Ich meine, man könnte einen toten Winkel suchen. Oder wir fahren in eine ländliche Gegend raus.«

»Das kommt mir zu unkalkulierbar vor«, sagte Sara. »Gibt es keinen einfacheren Weg, die von externen und internen elektromagnetischen Feldern erzeugten elektrischen Ströme zu zerstreuen?«

Endlich blickte Jeremy auf. Er grinste. »Ein Faraday'scher Käfig.«

Sara lächelte zurück. »Einen Versuch ist es wert.«

Jeremy fing an, verschiedene Schubladen auf- und zuzumachen. Faith wusste nicht, wonach er suchte, aber sie war dankbar, dass Sara einen Weg gefunden hatte, ihren Sohn zu beruhigen.

»Das Passwort wird aus vier Ziffern bestehen.« Jeremy wickelte Aluminium von einer Rolle. Er packte das Handy darin ein, wobei er eine Art Sucher für den Bildschirm kreierte. »Ich brauche persönliche Informationen über den Besitzer des Handys. Wir haben nur ein paar Versuche, bevor es gesperrt wird. Die Leute wählen doch normalerweise Passwörter, die sie sich gut merken können, Geburtstage, Jahrestage, solche Dinge.«

Faith war sich nicht sicher, wie viel sie verraten sollte. Sie hatte nie gewollt, dass ihr Sohn diesem Leben ausgesetzt war. Sie entschied sich für Merits Snoopy-Adressbuch. »Sie hieß Merit Barrowe. Das hat ihr gehört.«

Jeremy riss die Augen auf, als hätte sie ihm gerade einen archäologischen Fund überreicht. Er blätterte in dem Buch. »Ah, es sind Kontakte.«

»Der Laptop gehörte einem Arzt namens Cameron Carmichael. Einige der Dateien sind passwortgeschützt. Ich weiß nicht viele persönliche Dinge über ihn. Ich könnte vielleicht seinen Geburtstag herausfinden.«

»Wir brauchen ihn wahrscheinlich nicht.« Jeremy drehte den Dell-Laptop um und las die technischen Daten durch. »Das Gerät benutzt eine schlichte DES-Verschlüsselung. Ich könnte ein Programm herunterladen, das einen Brute-Force-Angriff ausführt. Damit knacken wir es vielleicht.«

Faith nahm an, er wusste, was er tat. »Geht das bei dem Telefon auch?«

»Nur wenn du die NSA bist. Selbst die älteren sind ziemlich dicht.« Jeremy tippte auf den Schirm. Nichts passierte, nicht einmal das Bild der leeren roten Batterie erschien. »Wir müssen ein paar Minuten warten und sehen, ob es eine Ladung halten kann. Wenn nicht, muss ich es resetten, indem ich die Standby-Taste und die Home-Taste gedrückt halte.«

»Und wenn das nicht funktioniert?«

»Es ist eine Festplatte. Ich kann versuchen, sie durch mein MacBook zu booten.« Er fischte den Computer aus seinem Rucksack. »Ist irgendwas davon illegal?«

Faith sagte das, was ihre Mutter immer gesagt hatte. »Nichts ist illegal, wenn deine Mom es dir befiehlt.«

Jeremy hörte es nicht zum ersten Mal. »Ich suche nach der Software für den Brute-Force-Angriff. Ich werde vielleicht deine Kreditkarte brauchen, um Verschlüsselungssoftware zu kaufen.«

Nichts davon klang gut. Faith holte trotzdem ihre Handtasche. Sie legte ihre Visa-Karte neben ihn auf die Arbeitsplatte, wenngleich sie überzeugt war, dass er die Nummer ohnehin auswendig wusste. Sie war drauf und dran, ihn zu bitten, sich einen anderen Platz zum Arbeiten zu suchen, aber dann tat sie es doch nicht. Faith wollte zwar nicht, dass ihr Sohn ein Gespräch über Vergewaltigungen mithörte, aber sie wollte ihn auch nicht blamieren, indem sie ihn auf sein Zimmer schickte.

Sie sah Will und Sara an. »Und jetzt?«

Will musste erst einmal den ganzen Donut schlucken, den er sich in den Mund geschoben hatte. »Zeitleiste.«

Faith hätte es sich denken können. Will stand auf Zeitleisten.

»Freitagnacht taucht Merit in der Notaufnahme auf«, sagte Faith. »Am Samstagmorgen ist sie tot.«

Aus dem Augenwinkel sah Faith, wie Jeremy von seinem MacBook aufblickte.

Sara hatte es ebenfalls bemerkt. Sie sagte: »Wir wissen, dass Merit im Seminar gesehen wurde. Danach war sie in den Apartments der Morehouse-Praktikanten. Dann kam sie ins Grady. Faith, vielleicht könnten wir die Route nachverfolgen?«

Faith würde sich nicht von Sara an die Hand nehmen lassen, wie sie es bei Jeremy getan hatte. Sie aktivierte ihren Laptop und klickte auf den Tab, der eine Karte der Umgebung des Grady Hospital zeigte. Sie drehte den Schirm zu Sara und Will. Jeremy warf einen Blick über die Schulter, aber Faith hatte darauf geachtet, dass der Laptop nicht in seinem Blickfeld war.

»Hier.« Sara zeigte auf ein Gebäude. »Ich bin mir ziemlich sicher, dort waren die Morehouse-Apartments.«

Faith machte eine Markierung an der Stelle. Dann fuhr sie mit dem Zeigefinger die drei Orte ab. »Sparks Hall, Grady und das Morehouse-Apartment. Alle in fußläufiger Entfernung voneinander. Sie liegen in einem rechtwinkligen Dreieck.«

»Die Mitte der Hypotenuse.« Sara tippte auf die Linie gegenüber des Neunzig-Grad-Winkels. »Da ist der *Lebertrank*.«

»Richie sagte, dass es in Wirklichkeit *The Tenth* hieß.«

»Ja, jetzt weiß ich es wieder«, sagte Sara. »Das stammt aus einem Aufsatz von Henry Lyman Morehouse.«

Will schob die Donuts zu Jeremy und wartete, bis er einen ausgesucht hatte. »Faith, in welchem Polizeibezirk liegt dieses Dreieck?«

»Fünf.« Faith brauchte ihren Spiralblock. Sie griff unter die Handtasche. »Falls das APD jemals auf meine Anrufe reagiert und zurückruft, kann ich herausfinden, wer vor fünfzehn Jahren dort Streife gelaufen ist. Vielleicht erinnert er sich an etwas.«

»Hat derjenige vielleicht seine Feldkarten aufgehoben?«, fragte Will.

»Kommt darauf an.« Faith hatte ihre Karten aufgehoben. Es handelte sich dabei um Aufzeichnungen eines Streifenbeamten über Ereignisse, die es nicht wert sind, in den offiziellen Polizeibericht aufgenommen zu werden. Sie erwiesen sich zum Beispiel als praktisch, wenn einem immer wieder dieselben Leute über den Weg liefen, die immer wieder dieselben Dummheiten begingen. Woraus das Leben eines Streifenbeamten im Wesentlichen bestand. »Das ist eine der Gelegenheiten, bei denen ich wirklich wünschte, wir hätten Amanda mit an Bord. Sie würde das APD Gottesfurcht lehren.«

»Lass uns zur Zeitleiste zurückkehren«, sagte Will.

Faith tippte auf den Ordner mit den Zeugenaussagen. »Zwei Kommilitoninnen haben gesehen, wie Merit Barrowe Sparks Hall etwa um fünf Uhr nachmittags verließ. Wir können davon ausgehen, dass sie von dort zu Fuß zu dem Morehouse-Apartment lief. Geben wir ihr vier Stunden, in denen sie mit ihrer Freundin gelernt hat. Cam hat notiert, dass Merit um elf Uhr triagiert wurde. Er hat sie als Patientin erst gegen Mitternacht gesehen. Wenn die Berechnung stimmt, hat der Angriff rund zwei Stunden gedauert.«

Sara wollte sichtlich nicht bei der Berechnung verweilen. Sie nahm eine der drei Zeugenaussagen zur Hand, die sich Edgerton bequemt hatte aufzuzeichnen, und gab die relevanten Einzelheiten bekannt.

»Hector Alvarez, der Wachmann, sagte, Merit Barrowe sei gegen dreiundzwanzig Uhr durch den Westeingang des Krankenhauses gestolpert. Sie konnte kaum noch stehen und lallte beim Sprechen. Er holte einen Rollstuhl für sie. Er half ihr, sich zu setzen. Dann, nach Alvarez' Aussage: ›Miss Barrowe hat mir erzählt, dass sie vergewaltigt wurde. Sie weinte. Sie sagte, dass sie nie zuvor mit einem Mann zusammen war, was ich so verstand, dass sie Jungfrau war, bevor es passiert ist. Ihr tat alles weh, sagte sie, auch tief drin im Unterleib tat es weh. Ich habe Blutergüsse an den Handgelenken gesehen, und auch an ihren unteren Körperregionen war Blut. Sie trug Shorts, deshalb konnte ich es erkennen. Ich sagte zu ihr, die Schwestern würden ihre Eltern anrufen, und da hat sie sich furchtbar aufgeregt. Sie wollte nicht, dass jemand ihre Familie anruft. Sie war vor allem wegen ihres Vaters besorgt, was ich verstehen kann, weil ich selbst Vater bin. Würde das einem meiner Mädchen passieren, wäre ich sofort draußen und auf der Jagd nach diesem Mann‹.«

Im Raum wurde es still. Jeremy hatte es offenbar bemerkt. Er tippte sehr leise in die Tastatur.

»Merit hat sich geweigert, Anzeige zu erstatten oder ein Vergewaltigungs-Testkit machen zu lassen«, sagte Faith. »Cam gab ihr Sachen zum Umziehen, dann hat er sie zur Toilette geführt. Aber sie kam nicht mehr heraus. Zumindest nicht lebend.«

Sara überflog Cams Zeugenaussage. »Was Cam als Grand-mal-Anfall bezeichnet, wird heute im Allgemeinen tonisch-klonischer Anfall genannt. Es gibt zwei Phasen: die tonische, in der der Patient das Bewusstsein verliert. Die Muskeln ziehen sich zusammen, was dazu führt, dass er umfällt, wenn er gerade steht. Es ist ein enormer Schock für das System. Manchmal schreien die Betroffenen unkontrolliert, oder Darm und Blase entleeren sich. Diese Phase dauert etwa fünfzehn bis zwanzig Sekunden. Dann setzt die klonische Phase ein, die durch rhythmische Kontraktionen gekennzeichnet ist. Die Muskeln ziehen sich abwechselnd zusammen und lockern sich wieder. Das ist die längere der beiden Phasen, meist dauert sie bis zu zwei Minuten. Merits Anfall hat mehr als fünf Minuten gedauert. Ihr Gehirn wurde da nicht mit Sauerstoff versorgt. Rein technisch war das die Todesursache, aber es gab Faktoren, die dazu beigetragen haben, wenn man nach der ersten Sterbeurkunde geht.«

»Was ist mit Cams Verzeichnis von Merits Sachen?«, fragte Will.

Sara suchte den Obduktionsbericht heraus und verglich. »Merits Unterwäsche ist nicht aufgeführt. Außerdem fehlte der linke Schuh: ein Air Jordan Flight 23, weiß/schwarz-orange.«

»Der fehlende Schuh stimmt mit dem überein, was Cam sagte.« Faith schrieb die neuen Details auf zwei verschiedene gelbe Zettel.

»Warte mal«, sagte Sara. »Dani war barfuß, als sie in die Notaufnahme gebracht wurde. Im Bericht über die Gegenstände aus dem Mercedes ist eine schwarze Sandale von Stella McCartney verzeichnet, nur die rechte, aber nicht die linke. Ich habe angenommen, dass das Gegenstück auf dem Weg vom Auto zur Notaufnahme verloren ging.«

»Ist das ein Zusammenhang?«, fragte Will.

Sara zuckte mit den Achseln. »In der Notaufnahme gehen viele Schuhe verloren. Und wenn wir eine Verbindung zu mir herstellen wollen: Ich habe beide Schuhe behalten.«

»Also gut.« Faith hob einen weiteren gelben Streifen auf. »Wir sollten es trotzdem an der Wand festhalten.«

Will befestigte den Streifen und sagte zu Sara: »Bleiben wir bei der Obduktion. Der amtliche Leichenbeschauer hat sie nicht aufgeschnitten. Kommt dir das korrekt vor?«

Sara schaute skeptisch, denn Ärzte schwärzten einander ebenso wenig an wie Polizisten. »Sie befand sich in einem Krankenhaus, starb also in Anwesenheit anderer Personen, und es sind ausreichend viele Proben untersucht worden, was wohl bedeutet, es liegt im Ermessen des Leichenbeschauers.«

»Aber?«, fragte Will.

»Es ist problematisch, einen anderen Arzt im Nachhinein zu kritisieren, vor allem da ich die Leiche nicht gesehen habe und nicht weiß, was Detective Edgerton ihm erzählt hat. Grundsätzlich würde ich als Leichenbeschauerin meinen, wenn eine ansonsten gesunde Zwanzigjährige plötzlich an einem tonischklonischen Anfall stirbt, und sei es in einer Krankenhausumgebung, dann ist das eine vollständige Obduktion wert. Aber das Budget des staatlichen Leichenbeschauers ist höher als das von Fulton County, das chronisch unterfinanziert ist. Und ich genieße Amandas Unterstützung. Ich werde nicht sehr infrage gestellt.«

Faith hätte gelacht, wenn jemand anderer Amanda als hilfreich bezeichnet hätte, aber die Wahrheit war, dass sie ihnen immer den Rücken freihielt. Auch wenn sie es manchmal mit gezücktem Messer tat. »Was ist mit dieser Tätowierung an Merits Seite?«

»Ich gebe zu, es ist schlampig, nicht genau aufzuzeichnen, was am Körper zu sehen war. Normalerweise schreibt man die Worte hin oder macht eine ungefähre Zeichnung der Tätowierung. Kreuze stehen im Bericht typischerweise für Wunden, Schnitte, Narben.« Sara blätterte die gefaxten Seiten der Obduktionsfotos durch. »Ich wünschte, wir hätten bessere

Fotos. Gibt es eine Möglichkeit, die Originalakte zu bekommen?«

»Der Scan, den ich dir gezeigt habe, stammt von der Originalakte«, sagte Will. »Alles andere dürfte vor Jahren geschreddert worden sein. Das einzige gute Foto, das wir haben, ist das, auf dem man Merit auf dem Tisch liegen sieht.«

Sara blätterte zur Seite mit der Unterschrift in dem Bericht. »Ich kenne den Arzt nicht, aber selbst wenn ich ihn kennen würde, könnte ich ihn nicht einfach fragen, ob ihn vor fünfzehn Jahren ein Cop bestochen oder so tyrannisiert hat, dass er seine Fallaufzeichnungen verändert hat. Und ich könnte ihn auch nicht um eine Erklärung bitten, warum er den toxikologischen Bericht nicht aktualisiert hat. Das ist es, was mich am meisten überrascht. Selbst bevor der Staat die GAVERS-Software zur elektronischen Erfassung von Sterbedaten eingeführt hat, waren die Verfahren standardisiert. Als amtlicher Leichenbeschauer hast du nur offene Fälle in deinem Besitz. Wenn dein Teil abgeschlossen ist, schickst du die Originale entweder an die Staatsanwaltschaft oder das Archiv des Bundesstaats.«

»Fällt sonst noch etwas auf?«, fragte Will.

Sara schüttelte den Kopf und ging zu Cams Zeugenaussage zurück.

»Was ist mit den Blutergüssen an Merits Oberschenkeln und den Prellungen in und um ihre Vagina?« Will kümmerte es offenbar nicht, dass Faiths Sohn keinen Meter von ihm entfernt stand. »Der Leichenbeschauer kam zu dem Schluss, dass sie in Einklang mit einvernehmlichem Geschlechtsverkehr stehen, aber Merit war lesbisch.«

Sara zuckte mit den Achseln. »Du kannst dir auch bei lesbischem Sex Blutergüsse und Prellungen holen.«

Jeremy hätte sich fast den Kopf vom Hals gedreht.

Faith warf ihm einen Blick zu, der einen Eisberg zertrümmert hätte.

Sara hatte es mitbekommen und gab dem Gespräch rasch eine neue Richtung. »Gehen wir zu Cams Aussage zurück. Er schrieb sie eine Stunde, nachdem Merit für tot erklärt wurde, deshalb glaube ich, wir können sie für zutreffend halten. Merit beschrieb den Angriff so: ›Eine Hand bedeckte ihren Mund. Ihre Knöchel und Handgelenke wurden irgendwie einzeln fixiert. Es war sehr dunkel. Sie konnte nur seinen schweren Atem hören. Sie schmeckte Nikotin an seiner Hand. Sein Atem roch süßlich, wie Hustensaft. Der Mann stieg auf sie. Sie erinnert sich an einen stechenden Schmerz.‹«

»Cam war Raucher«, sagte Faith.

»Viele von der Gang haben in der Bar geraucht«, entgegnete Sara. »Ich weiß nicht mehr, wer genau, aber auf jeden Fall Cam. Und auf keinen Fall Mason, wozu auch immer es gut sein mag.«

»Was ist mit dem Geruch nach Hustensaft in seinem Atem?«, fragte Faith. »Klingelt da etwas?«

Sara schüttelte den Kopf. »Merit könnte Alkohol für Medizin gehalten haben. Vielleicht eine Art Likör.«

»Sie hat es nicht geschmeckt, nur gerochen«, sagte Faith. »Das heißt, er hat sie nicht auf den Mund geküsst.«

Sara wandte wieder den Blick ab. Faith bemerkte, dass sie unabsichtlich schon wieder einen Nerv getroffen hatte. Der Hausmeister musste sie während der Vergewaltigung geküsst haben. Faith widerstand dem Bedürfnis, sich über den Mund zu wischen. Sie konnte sich nicht vorstellen, wie schwer es sein musste, mit solchen Erinnerungen zu leben.

»Sollen wir über Sloan reden?«, fragte Will.

»Sollen wir über Sloan reden«, wiederholte Sara, weniger als Frage, sondern als Feststellung. »Faith, was hast du vorgestern Abend zu mir gesagt? Eine Frau, die vergewaltigt wurde, ist statistisch gesehen nichts Ungewöhnliches. Es passiert jeden Tag unzählige Male. Die Tatsache, dass Sloan vergewaltigt wurde, könnte einfach nur Zufall sein.«

»Sie war im ersten Studienjahr, als sie überfallen wurde«, sagte Will. »Damit liegt sie vom Alter her eher im Bereich von Merit Barrowe und Dani Cooper.«

Sara verschränkte die Arme und lehnte sich zurück. »Wenn man Mason glauben darf, kannte Sloan den Täter. Sie waren zusammen aus. Er hat sie vergewaltigt, aber sie hat es nicht angezeigt. Der Mann verließ die Uni, also hat sie alles hinter sich gelassen und ist weitergegangen.«

Bei Faith stellten sich die Nackenhaare auf. »Das hat er gesagt – dass sie *weitergegangen* ist? So als wäre es nichts?«

»Jede Frau geht anders damit um«, sagte Sara. »Es gibt keine richtige oder falsche Methode. Es könnte sogar Frauen geben, die es für bedeutungslos halten.«

»Es könnte eines Tages Frauen geben, die auf dem Mars herumspazieren.«

»Hast du Sloans Telefonnummer?«, wollte Will von Sara wissen. »Würdest du mit ihr reden?«

»Ich habe sie nicht, aber ich könnte sie herausfinden.« Sara blickte zu dem Kronleuchter über dem Tisch hinauf. Das war nicht ihre übliche Zurückhaltung. Sie dachte über etwas nach. »Ich versuche mich in ihre Lage zu versetzen. Wie möchte ich auf eine Vergewaltigung angesprochen werden, die fast zwei Jahrzehnte zurückliegt? Ein Anruf erscheint mir in diesem Fall nicht richtig.«

»Wir könnten an einem Tag hinauffliegen und wieder zurück«, bot Will an. »Connecticut ist etwas mehr als zwei Flugstunden von Atlanta entfernt.«

»Ich will sie nicht überfallen. Das kommt mir ebenfalls falsch vor.« Sara stützte das Kinn in die Hand. »Wenn ich mir vorstelle, dass wir sie erfolglos am Telefon zu erreichen versuchen oder auf das Wochenende warten müssen – ich kann das nicht ewig hinausschieben. Es war zu einschneidend für unser Leben. Und wer weiß, was Tommy unternehmen wird, nachdem sein

Fall jetzt mit einem Vergleich geendet hat. Seine Mutter hat schreckliche Angst, dass er wieder jemandem etwas antun wird. Und das Mädchen in den Nachrichten – dass wir alle das Schlimmste befürchten, sagt etwas darüber aus, was hier auf dem Spiel steht.«

Faith warf einen Blick zu Jeremy, um zu checken, wie es ihm ging. Wie üblich war er über sein Handy gebeugt. Sie stutzte, als ihr auffiel, dass es gar nicht sein Handy war, auf das er schaute. Die Alu-Hülle verriet es.

»Jeremy?«, fragte sie. »Bist du in Merits Telefon reingekommen?«

»Ihr Passwort waren die letzten vier Ziffern der Telefonnummer ihrer Eltern.« Seine Stimme klang merkwürdig, was bedeutete, dass er mehr gesehen hatte, als er sollte.

Sie nahm ihm das Gerät behutsam aus der Hand. Ehe sie ihn fragen konnte, ob alles okay war, hatte er seine Aufmerksamkeit Cams Laptop zugewandt. Er biss die Zähne zusammen. Faith hätte am liebsten die Tastatur mit den Händen abgedeckt, aber sie wusste, das würde nichts nützen. Sie schaute auf Merits Handy. Es gab Dutzende von Sprechblasen mit jeweils einer einzigen Zeile Text.

Faith setzte sich wieder an den Tisch. Sie scrollte zum Anfang zurück, räusperte sich und sagte dann: »Der erste Kontakt fand zehn Tage vor Merits Tod statt. Er schrieb: ›Hallo, Merit. Hast du herausgefunden, wann die Bibliothek am Samstag schließt?‹ Sie hat zurückgeschrieben: ›Ja, danke.‹ Dann er: ›Ich würde dich wirklich gern wiedersehen, vorzugsweise in diesem engen blauen T-Shirt.‹ Und sie schrieb: ›Wer bist du?‹ Dann er wieder: ›Wohnst du noch in Einheit 1629 im University Village?‹ Sie schrieb: ›Wer bist du? Du machst mir Angst.‹ Und er schrieb: …«

Faith brachte die nächsten Worte nicht heraus. Ihr Blick war vorausgeeilt, und plötzlich dachte sie an ihre kleine Tochter, und ihr wurde klar, dass sie eines Tages, früher oder später, aber unvermeidlich auch eine Empfängerin dieser Art von unerwünschter, beunruhigender Aufmerksamkeiten sein würde.

Sie zwang sich, fortzufahren. »Er schrieb: ›Wer will dir den Tag versüßen, indem er dir sagt, wie wunderschön du bist? Wer träumt sehr viel mehr von dir, als er sollte? Wer ist ein bisschen kaputter als alle anderen? Wer ist es, der das Vergnügen deiner Gesellschaft nicht verdient? Wer ist die Person, die dich enttäuschen wird, wenn du herausfindest, wer ich bin?‹«

Faith nahm den Blick vom Telefon. Selbst fünfzehn Jahre später waren die Nachrichten noch zutiefst verstörend. »Darauf kam keine Antwort mehr von Merit. Zwei Tage später starb sie.«

»Großer Gott«, flüsterte Sara. »Das erinnert mich an die Drohnachrichten, die Dani vor ihrem Tod bekommen hat.«

Faith hatte Dani Coopers Fallakte gelesen, aber sie verbrachte die meisten Tage damit, irgendwelche Fallakten zu lesen. »Weißt du noch, was in denen stand?«

»Ich kann sie dir besorgen, aber sie waren präziser, wie eine erwachsenere Version von dem, was Merit erhalten hat. Er erwähnte, dass sie ein Mal am Bein hatte. Er wusste, wo sie wohnte, in welchem Apartment, kannte den Namen ihrer Katze.« Sara hatte die Hand an ihren Hals gelegt. »Die beiden letzten Zeilen waren die schlimmsten: ›Schreib eine Liste von allem, was dir Angst macht. Das bin ich.‹«

»Das bin ich.« Faith scrollte in Merits Telefon zurück. »›Wer will dir den Tag verschönern? Wer träumt von dir? Wer ist kaputter? Wer hat deine Gesellschaft nicht verdient? Wer wird dich enttäuschen?‹«

Sara antwortete: »Das bin ich.«

Die drei Worte hingen schwer über dem engen Raum. Faith dachte wieder an ihre Kinder, wie ihre größte Sorge bei Jeremy war, dass er sich in eine Frau verliebte, die ihm das Herz brach, und ihre größte Angst bei Emmy, dass sie sich in einen Mann verliebte, der ihr die Knochen brach.

Oder schlimmer.

»Mom?« Jeremy hatte Cams Laptop herumgedreht, sodass sie den Schirm sehen konnte. Er hatte den alten Yahoo-Browser geöffnet. »Ich habe mir seine Browser-Historie angesehen.«

Faith konnte die Fehlermeldung auf der Seite sehen.

12163 – INTERNETVERBINDUNG VERLOREN

»Der Dell hat keine WLAN-Karte«, sagte Jeremy, »aber ich habe die Webadresse von Hand in mein MacBook getippt und bin zu dieser Chatgruppe gelangt.«

»Was?« Faith stand so schnell auf, dass sie an den Tisch stieß. »Bitte sag mir, du hast einen Proxyserver benutzt, um unsere IP-Adresse zu verbergen, damit uns nicht demnächst ein gottverdammtes SWAT-Team die Tür eintritt.«

»Ich bin über Tor gegangen, aber es wird niemanden interessieren.« Er klickte seine Mail auf. »Die E-Mail-Adresse des Eigentümers der Seite war von AOL. Ich habe eine Testmail durch ein erfundenes Gmail-Konto geschickt, und sie ist zurückgeprallt. Was bedeutet, es gibt keine Möglichkeit, den Login zu resetten. Es ist eine Geisterseite.«

Faith unterdrückte ihre Bewunderung. »Weiter.«

»Diese Seite wurde vor sechzehn Jahren gestartet«, sagte Jeremy. »Das letzte Mal hat der Administrator vor acht Jahren versucht, sich Zugang zu den Einträgen zu verschaffen.«

»Cam ist vor acht Jahren gestorben«, sagte Will.

»Für sechzehn Jahre Chats gab es nicht allzu viel Aktivität«, fuhr Jeremy fort. »Sie haben sich vielleicht viermal im Jahr angemeldet. Wer immer der Administrator war, er hat versucht, alle Transkripte der Chats zu löschen, aber er hat sie nicht aus dem Backup-Ordner entfernt, deshalb konnte ich sie wiederherstellen.«

»Zeig her«, sagte Faith.

Jeremy klickte rechts, um den HTML-Quellcode anzuzeigen. Faith war keine Programmiererin, aber sie wusste genug, um eine Frage stellen zu können. »Was für Dateien sind das?«

»Videos«, sagte Jeremy. »Der Administrator hat sie ebenfalls gelöscht, aber der Backup-Ordner konnte eine solche Datenmenge nicht speichern. Die Dateien sind beschädigt.«

»Kannst du sagen, wie lange die Dateien bestanden? Ursprung? Ort?«

»Vielleicht könnte es irgendjemand.« Jeremy schien es zu bezweifeln. »Ich will nicht daran herumpfuschen, weil ich alles versauen könnte.«

»Ich bin dran.« Faith schob ihn sanft beiseite, damit sie die Chatbeiträge lesen konnte. Will zuliebe sagte sie: »Die Seite wurde mithilfe einer WordPress-Maske für eine Chatgruppe eingerichtet. Du postest etwas, dann postet jemand anderer ein paar Minuten, Stunden oder Tage später etwas zurück.«

»Wie Reddit«, sagte Will.

»Ja, aber privat, nur wer vom Moderator zugelassen wurde, kann etwas posten, und niemand kann etwas lesen, ohne sich einzuloggen.« Faith scrollte die Seite hinunter. »Es sind insgesamt achtunddreißig Seiten Posts. Keine Betreffzeilen. Es gibt keine Namen. Soweit ich sehen kann, haben sie Nummern benutzt, 001 bis 007.«

Will gestikulierte zu den Fotos der Gang. »Sieben Nummern. Sieben Kerle. Worüber sprechen sie?«

Normalerweise hätte Faith auf der ersten Seite angefangen, aber in Anbetracht von Cams Selbstmord fing sie mit der letzten an, die acht Jahre alt war, auf den Tag nach Cams Selbstmord datiert. Es dauerte nicht lange, bis sein Name auftauchte.

Sie las. »007 hat gepostet: Habt ihr gehört, dass sich Cam das Gehirn weggepustet hat? Die Polizei hat mich angerufen. Meine Nummer war in seinem Handy. 003 antwortet: Der verdammte Feigling. Mein Name war hoffentlich nicht in seinem Telefon.

Ich sag den Cops, sie können sich selber ficken. 007 antwortet: Ich sag dir eins, du willst nicht, dass dich die scheiß Polizei in der Arbeit anruft. Die Weiber kriegen sich nicht mehr ein deswegen. Dann fällt 002 ein: Jemand muss nach NY fahren und diese Scheiße wegmachen. 003 wieder: Ich glaube, er hat eine Schwester, aber sie hasst ihn wie alle anderen. Warum konnte er das nicht früher tun? Vor sieben Jahren vielleicht? 004 tritt in Erscheinung: Immer mit der Ruhe, Männer, was ist los? 007: Lies von vorn, du Idiot. Cam hat sich in den Kopf geschossen. Die Polizei hat mich angerufen, um zu sehen, ob ich etwas weiß. 004: Der arme Kerl hatte nie viel Freude am Leben. 002: Wir sollten die Seite offline stellen. 007: Jemand muss dafür sorgen, dass Sloan ruhig bleibt. 004: Sloan ist immer ruhig. 003: Wir können es nicht brauchen, dass sie mit den Cops redet. 004: Ich bin raus, Leute, wir sehen uns beim Brunch. 003: Was zum Teufel sollen wir machen? 007: Den Mund halten. Niemand weiß etwas. Ergo, wenn wir den Mund halten, bleibt es dabei. 003: Was, wenn sie mit SS reden? Wo zum Teufel steckt sie? 007: Schmort in Pisse und Kotze in South Georgia. 003: Genau wo sie hingehört. 002: HEY ARSCHLÖCHER NEHMT DIESE SCHEISSE VOM NETZ.«

»SS bin ich.« Sara stand hinter Faith und las mit. »Sankt Sara in South Georgia. 004 ist Mason. Das ist sein Tonfall. Und seine Feigheit.«

»Es sind insgesamt vier Leute«, sagte Will. »Wer sind die anderen drei?«

»Ich weiß es nicht«, sagte Sara. »Ich werde Sloan fragen, wenn ich sie morgen sehe.«

11

Sara dachte an Sloan Bauer, als sie die Frühstücksteller in die Geschirrspülmaschine räumte. Damals im Medizinstudium war Sloan sogar in einer Gruppe von Leuten, die für ihr Konkurrenzdenken bekannt waren, mit ihrem unglaublichen Ehrgeiz aufgefallen. Sara war in vielerlei Hinsicht froh gewesen, als die Frau eine Assistenzarztstelle in einem anderen Staat bekommen hatte, und sei es nur, weil ihr Platz damit frei war. Sloan war blitzgescheit, auf etwas finstere Weise witzig und schien ganz allgemein ein netter Mensch zu sein, wenn man davon absah, dass sie mit Saras Freund schlief.

Selbst unter Berücksichtigung dieses Betrugs fühlte es sich nicht richtig an, wenn sie in ein Flugzeug stieg, um Sloan zu überrumpeln. Doch genau das hatte Sara vor. Wenigstens würde sie die Frau nicht bei ihrer Arbeit im Krankenhaus stören. Will hatte vorgeschlagen, Sara sollte sich Sloans Posts in den sozialen Medien ansehen, bevor sie in ein Flugzeug nach Hartford stieg. Laut Sloans Instagram-Account hielt sie heute in New York City einen Vortrag auf einer Konferenz für Kinderhämatologie und -onkologie. Sloan von ihren Kollegen abzulenken, fühlte sich eine Spur weniger beschissen an, als sie von todkranken Kindern abzulenken.

Leider hatte Sara keine besseren Optionen. Britt würde ihr nichts verraten. Der Polizeibericht und der Obduktionsbericht über Merit Barrowe hatten nur weitere Fragen aufgeworfen. Faith gelang es nicht, die fünfzehn Jahre alte Nummer zurückzuverfolgen, von der die Drohnachrichten an Merits Handy geschickt worden waren. Cams passwortgeschützte Laptop-Dateien überstiegen Jeremys Hackerqualitäten. Die Chat-Website schien die einzige brauchbare Spur zu sein, und sowohl Sloan als auch Sara wurden in den Posts erwähnt.

Schmort in Pisse und Kotze in South Georgia.

Als Faith die Worte laut vorgelesen hatte, war Sara, als hätte man sie ins Gesicht geschlagen. Sie nahm an, Faith und Jeremy hatten es als einen Verweis auf Saras Tätigkeit als Kinderärztin aufgefasst. Nur Will kannte die Wahrheit.

Vor fünfzehn Jahren war Sara von der Droge, die der Hausmeister ihr verabreicht hatte, so übel geworden, dass sie es kaum bis zur Toilette schaffte. Die Übelkeit war während der Vergewaltigung nicht vergangen. Und auch nicht danach. Ihre Blase war voll gewesen, als er über sie herfiel. Sara wusste noch, wie sie mit Handschellen gefesselt an den Haltegriffen hing, ihre nackten Knie bohrten sich in die kalten Fliesen, ihr Magen zog sich in Krämpfen zusammen, sie hielt die Augen geschlossen, und Erbrochenes und Urin ergossen sich auf den Boden.

Das Messer hatte er ihr bis zum Heft in die Seite gerammt. Sie hatte nicht aufstehen können. Nur flüstern, nicht um Hilfe schreien. Fast zehn Minuten waren vergangen, bis eine Schwester sie gefunden hatte. Dann war eine weitere Schwester herbeigeeilt. Dann Ärzte. Dann die Rettungssanitäter. Dann Polizeibeamte. Dann Feuerwehrleute.

Alle hatten sie in ihrer Pisse und Kotze dort kauern sehen.

Sara atmete fünf Sekunden lang ein, dann fünf Sekunden lang aus und setzte es in dem Rhythmus fort, bis sie nicht mehr fürchtete, ihr Herz würde in der Brust zerspringen. Die Atemübung war eine Abwandlung der Herzkohärenz-Übung. Die Herzfrequenz steigt leicht an, wenn man einatmet, und sinkt ein wenig, wenn man ausatmet, deshalb konnte es theoretisch das parasympathische Nervensystem, das zentrale Nervensystem und das Gehirn beruhigen, wenn man beides im selben Takt machte.

Die Übung hatte ihr ausgerechnet der Pastor ihrer Mutter beigebracht. Sara war mit Prediger Bart seit ihrem ersten Tag in der Sonntagsschule immer wieder aneinandergeraten, aber er hatte sie gut genug gekannt, um die Wissenschaft hinter dem Verfahren zu erklären. Sara rechnete es Bart hoch an, zumal er es mit erhobener Stimme tun musste, damit sie ihn durch die geschlossene Tür ihres ehemaligen Kinderzimmers hören konnte. Zu dieser Zeit hatte sich Sara noch von ihrer Eileiterschwangerschaft erholt und war zutiefst erschüttert vom Verlust ihrer so sorgfältig geplanten Zukunft gewesen. Bart hatte mehrere Tage lang jeweils einige Stunden im Flur gesessen, bis Sara es schaffte, dem Mann endlich ins Gesicht zu sehen.

Die Tatsache, dass Bart ein Mann war, war vielleicht das, was ihr dabei am meisten Angst machte. In den ersten Monaten nach dem Überfall ertrug es Sara nicht, mit einem Mann allein zu sein, der nicht ihr Vater war. Ausgehen war nicht infrage gekommen. Wenn dich eine Vergewaltigung etwas lehrte, dann, dass Vertrauen und Intimität zwei Seiten derselben Medaille waren. Sara hatte unzählige Berichte von Überlebenden im Internet gelesen, die ihr Ringen um körperliche Vereinigung beschrieben. Sie nannten es ihre Genesung, als wäre Vergewaltigung eine Krankheit. Und vielleicht war es auch so, aber niemand kannte das richtige Heilmittel. Manche Frauen wählten das Zölibat. Andere fickten alles, was sich bewegte. Manche erkämpften sich ihre Heilung durch Sex, als wäre er ein Hindernis, das es zu überwinden galt. Andere fanden sich damit ab, dass sie nie mehr genasen. Sara wäre beinahe in die letzte Kategorie gefallen. Jahre waren ins Land gegangen, bis sie sich wieder wohl dabei gefühlt hatte, mit einem Mann zusammen zu sein. Dass sie ihren ersten Mann und schließlich Will gefunden hatte, erschien ihr wie ein Wunder.

Nicht dass sie das bei Pastor Bart jemals zugegeben hätte.

Oder bei der Ärztekammer. Ein Arzt konnte seine Zulassung verlieren, wenn er professionelle psychologische Hilfe in Anspruch nahm, aber wie bei allen Facetten des amerikanischen Lebens gab es eine religiöse Ausnahme.

Sara startete die Geschirrspülmaschine. Ihr Blick fiel auf den Fernseher im Wohnzimmer, als sie sich aufrichtete. Sie hatte ihn stumm geschaltet, nachdem Will gegangen war, aber sie las den eingeblendeten Text.

... seit achtundvierzig Stunden vermisst. Die Polizei bittet dringend darum, sich zu melden, falls jemand Informationen hat. Park, die an der Emory University studiert, wurde zuletzt gesehen ...

Sara wandte den Blick ab.

Ihr Handy verriet ihr, dass ihr Flug nach New York pünktlich ging. Sie hatte den letzten Sitzplatz in dem Flieger um Viertel nach acht ergattert. Also könnte sie kurz nachdem Sloan ihren Vortrag gehalten hatte bei der Konferenz sein. Sara würde sich nicht so mies benehmen und sie vorher ansprechen. Ihr Rückflug war für Viertel nach fünf gebucht, aber sie konnte bei jedem der stündlichen Flüge nach Atlanta auf Standby gehen.

So sah zumindest der Plan aus. Sara vermochte sich nicht vorzustellen, wie Sloan reagieren würde, nachdem sie sich fünfzehn Jahre lang nicht gesehen hatten. Wenn schon sonst nichts, so würde ihre Reaktion Sara zumindest verraten, ob Mason Sloan angerufen hatte, um sicherzustellen, dass sie alle an einem Strang zogen.

Sara sah auf die Uhr. Parken am Flughafen war ein Albtraum. Sie würde bald aufbrechen müssen. Sie schrieb rasch eine Nachricht an ihre Schwester: *Bin den ganzen Tag verplant. Rufe dich am Abend an.*

Sie wartete, bis Tessa ein Herz-Emoji zurückschickte.

Sara hatte ein schlechtes Gewissen, weil sie log. Sie hatte Tessa nichts von Dani Cooper gesagt. Sie hatte ihr nichts von

Britt oder Merit oder irgendetwas sonst gesagt. Sara hatte sich eingeredet, ihre Familie zu schützen, aber in Wahrheit schützte sie sich selbst. Sie liebte ihre Schwester. Tessa war ihre beste Freundin. Aber es gab Dinge, die würde sie nie verstehen.

Zu den am stärksten traumatisierenden Nachwirkungen einer Vergewaltigung gehörte die Erkenntnis, dass es nur einen anderen Menschen auf der Welt gab, der genau wusste, was man durchgemacht hatte, und das war das Monster, das einen überfallen hatte. Während eines Missbrauchs empfindet das Opfer typischerweise Panik, der Flucht-oder-Kampf-Reflex löst einen Adrenalinstoß aus, die Seele panisch und der Körper starr vor Schock. Der Angreifer ist nichts von all dem. Er hat alles unter Kontrolle, denn genau darum geht es bei einer Vergewaltigung. Er ist derjenige, der sich jede Bewegung, jeden Laut, jeden Gesichtsausdruck einprägt, denn im Gegensatz zu seinem Opfer will er sich an alle Einzelheiten erinnern. Einer von beiden wird sein Leben lang versuchen, alles zu vergessen. Der andere wird sein Leben lang Vergnügen aus der Erinnerung ziehen.

Sara blickte wieder zum Fernseher. Der Wetterbericht lief gerade, aber sie sah den Fließtext am unteren Bildrand.

Leighann Park wurde zuletzt in dem Pop-up-Club Downlow *auf Atlantas West Side gesehen. Das APD ermutigt alle, die etwas beobachtet haben, sich zu melden.*

Sara hob die Fernbedienung von der Anrichte auf und schaltete das Gerät aus. Sie wählte Amandas Nummer auf ihrem Diensthandy.

»Dr. Linton?«, meldete sich Amanda. Sie war bei Sara viel förmlicher als bei Faith oder Will, wahrscheinlich weil Sara keine Angst vor ihr hatte. »Was kann ich für Sie tun?«

»Ich muss mir einen weiteren Tag freinehmen. Ich bin mit meinen Fällen auf dem Laufenden und habe bereits mit Charlie gesprochen, dass er für mich einspringt, es sollte also kein Problem sein.«

Amanda schwieg einen Moment. »Ich nehme an, es ist wegen der Hochzeit.«

Sara runzelte die Stirn. Das Vertrackte bei Amanda war, dass sie eine verrückt komplizierte Beziehung zu Will hatte, bei der Sara nie recht wusste, wie sie sich verhalten sollte. Ihr zu sagen, dass es sie nichts anging, was sie an einem freien Tag tat, würde nicht funktionieren.

»Ja«, log sie. »Es gibt noch ein paar letzte Details, um die ich mich kümmern muss.«

»Sind Sie glücklich mit Ihrem Kleid?«, fragte Amanda. »Ich nehme an, Ihre Mutter und Schwester haben Sie zu den Anproben begleitet. Ist es im traditionellen Stil gehalten?«

»Oh … nein. Ich trage kein Brautkleid.« Sara musste sich erst neu ordnen. Normalerweise feuerte Amanda Fragen über Obduktionsberichte und Zeitpläne ab. »Das wäre ein bisschen übertrieben, nachdem es nicht mein erstes Mal ist.«

»Das letzte Mal, würde ich meinen.« Amanda hielt einen Moment inne. »Wie sieht Ihr Kleid denn aus? Woher haben Sie es?«

Sara musste sich wieder neu ordnen. Amanda machte keinen Small Talk, von höflicher Konversation ganz zu schweigen. »Es ist ein wadenlanges Carolina-Herrera-Kleid, in A-Linie geschnitten und mit Tüllspitze besetzt. Eierschalenfarben. Am Hals hochgeschlossen, mit ausgeschnittenen Schultern.«

»Wadenlang steht Ihnen hervorragend«, sagte Amanda. »Und Sie können schulterfrei gut tragen. Ich nehme an, Ihre Mutter hat Perlen, und wenn nicht, dürfen Sie gern meine ausleihen.«

»Perlen?« Sara hatte nie eine Perlenkette getragen, denn sie war keine Debütantin.

»Sie wurden von meiner Großmutter auf meine Mutter vererbt und dann auf mich. Mein Urgroßvater war ein flämischer Juwelier, der von dem Hype um Perlenketten profitierte, der von den Rotkreuz-Perlen zur Feier des Waffenstillstands von 1918 ausgelöst wurde.«

»Unglaublich.« Sara schüttelte unwillkürlich den Kopf. Sie konnte sich nicht erinnern, wann sie zuletzt eine so bizarre Unterhaltung geführt hatte. »Was für eine Geschichte.«

»Etwas Geborgtes, zumindest. Kein Druck. Sie können sich entscheiden, wenn Sie sie sehen. Ich bringe sie morgen zur Arbeit mit.« Amanda schien sich zu besinnen. »Es sei denn, Sie brauchen einen dritten freien Tag, Dr. Linton.«

»Nein, danke. Wir sehen uns morgen.« Sara beendete den Anruf. Sie presste das Telefon an ihr Kinn. Sie wusste nicht, was verstörender war: dass Amanda über Kleider redete oder dass sie Sara ihr Familienerbstück anbot.

Die Tür ging auf. Will aß gerade den Rest einer Karamellschnecke von der Tankstelle, als er die Wohnung betrat. Saras Greyhounds hoben den Kopf zur Begrüßung, aber Betty sprang von ihrem Kissen und tänzelte um seine Beine, während Will Saras Schlüssel auf die Küchentheke warf. Er bückte sich und hob den Hund auf, damit er ihm den Zucker von den Fingern lecken konnte.

An seinem ganzen Auftritt war so viel falsch, dass sich Sara auf die Zunge beißen musste. Wills pausenloses Fitnesstraining war der einzige Grund, warum seine Bauchspeicheldrüse nicht einem Stück Schweizer Käse glich.

Er küsste sie auf die Wange. »Dein Wagen ist vollgetankt. Ich habe das Wasser für die Scheibenwischanlage aufgefüllt. Hast du das orangefarbene Warnlämpchen nicht bemerkt?«

Sara hatte bemerkt, dass sich Will um solche Dinge kümmerte, wenn sie selbst sie ignorierte. »Ich habe gerade eine absolut schräge Unterhaltung mit Amanda geführt. Sie hat sich nach der Hochzeit erkundigt.«

»Bei mir fing sie neulich ebenfalls davon an.« Er setzte Betty auf dem Boden ab und wusch sich im Spülbecken die Hände. »Sie sagte, nach der Zeremonie wirst du den Tanz mit deinem Vater eröffnen, bevor er dich an mich weitergibt.«

»Weitergibt? Wie einen Sack Altkleider?«

Will trocknete sich die Hände ab. Dann strich er die Weste seines dreiteiligen Anzugs glatt. Er hatte diesen Gesichtsausdruck, der besagte, dass er sich etwas überlegt hatte, was Sara nicht gefallen würde. »Du solltest dein Gespräch mit Sloan Bauer aufzeichnen.«

Sara wusste, dass Will häufig Befragungen aufnahm, aber er hatte einen guten Grund dafür, und Sara hatte keinen. »Das ist in Georgia legal, aber was ist mit New York?«

»Dasselbe. Es ist legal, solange eine Partei weiß, dass es aufgezeichnet wird.« Er holte eine Cola aus dem Kühlschrank, weil er heute Morgen noch nicht genügend Zucker gehabt hatte. »In Connecticut gilt die Zustimmung einer Partei, es sei denn, es ist am Telefon, dann müssen beide Seiten Bescheid wissen. In Pennsylvania ist auf jeden Fall die Zustimmung beider Parteien nötig, also sei vorsichtig, falls du zufällig Staatsgrenzen überquerst.«

Sara wusste, er meinte es ernst, weil er es offenbar recherchiert hatte. »Willst du mich verkabeln wie in einem Mafiafilm?«

Er schraubte den Verschluss von der Flasche. »Es ist eine App in deinem Handy. Dieselbe, die ich benutze. Es gibt eine KI, die Gespräche niederschreiben kann.«

Sara war nicht wohl bei der Sache. Sloan Bauer aufzulauern, war schlimm genug. Die Frau heimlich aufzunehmen, fühlte sich wie eine moralische Grenzüberschreitung an. Sie wusste, Will war anderer Meinung, deshalb gab sie nach. »Was frage ich sie?«

»Bist du nicht die halbe Nacht wach gelegen und hast darüber nachgedacht?«

Sie zupfte an seiner Weste. »Wie haben wir gleich noch die andere Hälfte verbracht?«

Will stellte die Cola ab. Verschränkte die Arme. Lehnte sich an die Anrichte. Es hatte eine Zeit zu Beginn ihrer Beziehung gegeben, als sie ihn mühelos ablenken konnte. Diese Zeit war vorbei.

»Sloan könnte sich weigern, mit mir zu sprechen«, sagte Sara.

»Das könnte sie«, gab ihr Will recht. »Aber was, wenn sie es nicht tut?«

Sara seufzte hörbar, denn er lag richtig damit, wie sie die andere Hälfte der Nacht verbracht hatte. Ihr Verstand hatte Pingpong mit sich selbst gespielt, wie ihr Gespräch mit Sloan möglicherweise verlaufen oder nicht verlaufen würde. »Sie ist nie gut mit Britt ausgekommen. Ich bin mir ziemlich sicher, die beiden haben sich gehasst. Und was Britt zu mir gesagt hat – da waren beide Male eine Menge Details dabei, die wegen meiner Verbindung zu Dani Cooper ein Echo in mir auslösen. Und wegen dem, was mir vor fünfzehn Jahren passiert ist. Ich weiß nicht, ob Sloan die gleiche Dringlichkeit empfinden wird.«

»Befürchtest du, sie könnte dich für verrückt halten?«

»Ich weiß nicht, was ich befürchte«, gab Sara zu. »Etwas in mir findet es richtig, da hinaufzufliegen, aber ein anderer Teil findet es unfassbar grausam. Ich habe mir Sloans Insta-Account angesehen. Sie ist verheiratet und hat ein Kind. Was, wenn Mason nicht nur seinen üblichen Blödsinn erzählt hat? Was, wenn es Sloan tatsächlich gelungen ist, mit ihrem Leben weiterzumachen? Was, wenn mein Auftauchen sie völlig aus der Bahn wirft, und wenn ich auch noch sage: ›Hey, ich hab gehört, du bist ebenfalls vergewaltigt worden.‹«

»Britt hat dich aus der Bahn geworfen.«

»Und soll ich das etwa an jemand anderem auslassen?«

»Nein«, sagte er. »Du kannst den Flug canceln. Wir können versuchen, einen anderen Weg zu finden.«

Saras Blick ging zum Fernseher. Der schwarze Schirm starrte sie an. Eine junge Frau wurde vermisst. Sie war sehr attraktiv und sehr aktiv in den sozialen Medien, was seinen Niederschlag in einer landesweiten Berichterstattung über ihr Verschwinden fand.

»Ich muss immer an Tommy McAllister denken«, sagte Sara. »Ich habe gesehen, was er Dani angetan hat. Er hat sie nicht nur vergewaltigt. Er hat sie unter Drogen gesetzt, sie totgeprügelt. Ich habe buchstäblich ihr Herz in den Händen gehalten. Ich konnte die Splitter der gebrochenen Rippen an meinen Fingern spüren.«

Will hatte die Nachrichten ebenfalls verfolgt. »Britt sagt, dass Tommy zu Hause war in der Nacht, in der Leighann Park verschwand.«

»Britt würde die Wahrheit nicht erkennen, und wenn sie sie in den Arsch beißt. Und sie hat meine Frage nicht beantwortet, wo Mac in dieser Nacht war. Sie sagte, er sei impotent.«

»Generell impotent oder nur bei ihr?«

»Ich habe nicht auf einer Erklärung bestanden, aber sag ehrlich: Würdest du sie vögeln wollen?«

Will schüttelte den Kopf. »Beantworte dir deine eigene Frage. Was willst du Sloan fragen?«

Sara gab endlich nach. »Ich will den Namen des Mannes wissen, der sie vergewaltigt hat.«

»Glaubst du, er gehört zur Gang?«

Sara zuckte mit den Achseln. »Wer weiß?«

»Sloan hat Mason erzählt, dass der Kerl von der Uni geflogen ist.«

»Auf das, was Mason sagt, ist kein Verlass.« Sara war am Vorabend aufgefallen, dass Will immer das Kinn vorschob, wenn Masons Name fiel. »Es könnte sein, dass Sloan ihn belogen hat, was die Einzelheiten angeht, weil sie wusste, dass Mason keine Komplikationen mag. Ich habe dir ja gesagt, er ist ein Leichtgewicht.«

Will war erkennbar nicht besänftigt. Aber ebenso erkennbar wollte er nicht darüber sprechen. »Was willst du Sloan sonst noch fragen?«

Wie bei Britt am Tag zuvor, hatte sich Sara eine Liste von Fragen eingeprägt. »Britt hat auf der Freitagsparty damals etwas bemerkt. Ist es Sloan ebenfalls aufgefallen?«

»Angesichts der Tatsache, dass Sloan selbst überfallen wurde, würde sie da eine wichtige Beobachtung für sich behalten, wenn eine andere Frau vergewaltigt wird?«

»Es gibt da nicht die Solidarität, die man erwarten würde. Auch Frauen, die vergewaltigt wurden, können sich gegenüber anderen Vergewaltigungsopfern wie Arschlöcher verhalten.«

»Okay.« Will brauchte keine Erklärung. Er hatte seinen Teil Arschlöcher im staatlichen Fürsorgesystem für Kinder erlebt. »Was noch?«

Sie fuhr mit ihrer Liste fort. »Erinnert sich Sloan an etwas, das sie in dieser Nacht oder auch in dieser Woche gehört hat? Oder hat Cam ihr etwas erzählt? Auch wenn es ihr damals nicht wichtig erschien, könnte es ihr im Gedächtnis geblieben sein. Vielleicht wird ihr durch meine Frage ein Zusammenhang klar. Oder vielleicht setzt es alte Erinnerungen frei, wenn sie mich sieht, und sie endet in der Embryohaltung auf dem Boden.«

Wills Gesichtsausdruck war weicher geworden. »Ich möchte dich etwas fragen. Wenn du auf sozialen Medien aktiv wärst, dann gäbe es dort Fotos von uns beiden, oder? Und von den Hunden, von deiner Familie. Für Außenstehende würden wir glücklich wirken.«

»Wir *sind* glücklich.« Sie legte ihm die Hand an die Wange. »Ich bete dich an. Du bist mein Leben.«

Er nahm ihre Hand und küsste sie in die Handfläche. Dann hielt er sie fest. »Mit Sloan zu reden, wird anders sein, als mit Britt zu reden. Belastender. Komplizierter. Eine andere Art von Emotionalität.«

Sara verstand, was er meinte. Bei Britt war sie auf der Hut, weil sie das Schlimmste befürchtete. Bei Sloan war es nicht das Gleiche. Sie war selbst missbraucht worden. Sie hatte sich im

Umkreis von Saras Vergewaltigung bewegt. Sie teilten eine Geschichte, um die sich keine der beiden gerissen hatte. Sie waren in der Lage, einander in einer Weise zu verletzen, von der Britt nicht einmal träumen konnte.

»Wenn du euer Gespräch aufnimmst, dann ist es nicht für mich«, sagte Will. »Es ist, damit du dich in der Situation ganz auf das konzentrieren kannst, was Sloan sagt, und nicht versuchen musst, dir jedes Wort aus ihrem Mund einzuprägen. Du kannst es hinterher löschen, wenn du willst. Ich versuche nur, den Stress ein wenig zu mindern. Die letzten Tage waren sehr heftig.«

»Sie waren auch für dich sehr heftig.« Sie strich ihm das Haar zurück. »Es tut mir leid, dass ich dich da hineingezogen habe.«

»Mir tut es leid, dass dir Mason nicht hilft.« Er schob das Kinn wieder vor. »Selbst wenn er nicht beteiligt ist, weiß er, dass etwas vor sich geht, und er schaut lieber nicht hin.«

»Zerbrich dir nicht den Kopf über ihn. Er weiß, dass ich vergeben bin.«

»Ich mache mir keine Sorgen seinetwegen.« Wills Kiefer erzählte eine andere Geschichte. »Hat er sich über deinen Ring lustig gemacht?«

»Er hat sich darüber lustig gemacht, dass ich eine Bullenbraut bin.« Sara strich ihm sanft über die Wange. »Und ich habe ihm erzählt, dass du einen Riesenschwanz hast und ich nicht genug davon bekommen kann.«

Er verzog den Mund zu einem Lächeln. »Sankt Sara ... muss immer die Wahrheit sagen.«

Sie lächelte zurück, denn er hatte keine Ahnung. Sie küsste ihn rasch auf den Mund, dann sagte sie: »Lad die Aufnahme-App in mein Handy herunter und zeig mir, wie sie funktioniert.«

Will nahm ihr Privathandy von der Küchentheke. Sie beobachtete seine Hände, als er ihr Passwort eingab, um die App zu installieren. Vor drei Jahren hatte sie Tagträume gehabt, dass sie ihn küssen würde, aber was sie wirklich umgehauen hatte, war der Moment, als Will zum ersten Mal ihre Hand hielt. Er hatte mit dem Daumen über ihre Finger gestrichen, und Sara hatte eine solche Hitzewallung erlebt, dass sie zur Toilette rennen und sich kaltes Wasser ins Gesicht spritzen musste. Ihre Schicht zu beenden, war eine Tortur gewesen.

»Ich kann mit dir nach New York fliegen, wenn du willst«, sagte er. »Mich auf der Straße herumtreiben. Bestimmt gibt es einen Park.«

»Nein, ich schaffe das.«

»Das weiß ich.« Er blickte von dem Telefon auf. »Aber ich bin hier, wenn du mich brauchst.«

Sara wurde plötzlich von Zuneigung durchflutet. Das war das Wunder ihrer Genesung. Sie vertraute mit jeder Faser ihres Seins darauf, dass Will immer da sein würde.

Wie üblich nahm er ihre Stimmung wahr. »Alles okay?«

Sara nickte. »Wird die Abschrift bei dieser App in der Cloud gespeichert?«

»Ich habe ein Backup auf deinem Google Drive angelegt, wenn du sie also löschen willst, musst du dort ebenfalls nachsehen.« Er gab ihr das Gerät zurück. »Den Knopf an der Seite habe ich auch programmiert. Du musst ihn zweimal drücken, um die Aufnahme zu starten.«

Sara drückte zweimal. Die dünne rote Linie begann sich aufzubauen wie ein schlechtes EKG. »Was ist, wenn ich die Aufnahme stoppen will?«

Er legte seine Hand auf ihre und drückte die Taste erneut zweimal. Dann ließ er seine Finger leicht über ihren Arm gleiten. Sie spürte, wie ihre Haut auf seine Berührung reagierte. Er beugte sich zu ihr, ihre Gesichter berührten sich fast. Saras Herz machte diesen vertrauten kleinen Salto, als seine Lippen über ihre strichen. Die Narbe über seinem Mund war immer noch so elektrisierend wie damals in ihrer Fantasie.

Seine Hände gingen zu ihrer Hüfte. »Wann musst du aufbrechen?«

Sie schaute auf seine Armbanduhr. Sie hatte zehn Minuten. »Es bleibt gerade noch Zeit, dir Lebewohl zu sagen.«

»Wie wirst du mir Lebewohl sagen?«

»Mit meinem Mund.«

Will küsste sie tief und sinnlich. Sie begann seine Hose aufzuknöpfen. Er begann ihr das Haar zu lösen. Beide erstarrten, als es energisch an der Wohnungstür klopfte.

»Ich bringe deine Schwester um«, sagte er.

»Bleib, wo du bist. Ich wimmle sie ab.«

Sara überlegte, wie sie Tessa am schnellsten loswurde, ohne Will in größte Verlegenheit zu stürzen, und öffnete die Tür.

Aber es war nicht Tessa, die geklopft hatte.

Eine zerbrechlich aussehende ältere Frau stand im Flur. Ihre Designerkleidung konnte das Ausgezehrte, Skelettartige ihrer Gestalt nicht verbergen. Ihr Rücken war krumm wie der einer Halloween-Katze. Sie schwankte leicht. Auch wenn sie gerade nicht rauchte, hing der Mief von Menthol-Zigaretten in der Luft. Ihr langes, blond gebleichtes Haar sah so unecht aus wie die straffe Haut, die sich um ihren Schädel spannte.

Saras Körper wusste, wen sie vor sich hatte, bevor ihr Verstand es begriff. Ein Schweißtropfen lief an ihrem Hals hinab. »Eliza«, sagte sie.

Die wässrigen Augen der Frau richteten sich auf Saras Ring. »Das war ihr Lieblingsschmuck. Sie hat ihn die ganze Zeit getragen.«

Sara bedeckte den Ring mit der anderen Hand.

»Sie war zu Tode betrübt wegen des Kratzers. Ist an einer Autotür hängen geblieben.« Eliza wies mit ihren knotigen Fingern auf den Ring. »Sie wollte sich von einem Juwelier einen Trick zeigen lassen, um ihn herauszupolieren. Sie sollten sich das auch überlegen. – Deine Mutter würde sich wünschen, dass das Glas repariert wird.«

Den letzten Satz hatte sie an Will gerichtet. Er stand jetzt hinter Sara. Hitze strahlte von ihm ab, eine Art brodelnde Wut. Sie streckte ihre Hand nach hinten, aber er nahm sie nicht.

Eliza nickte knapp. »Neffe.«

»Was zum Teufel hast du hier verloren?« Bei dem leisen Knurren in seiner Stimme stellten sich Saras Nackenhaare auf. »Woher weißt du, wo ich wohne?«

Eliza setzte zu einer Antwort an, aber sie wurde unvermittelt von einem rasselnden Hustenanfall geschüttelt. Dann leckte sie sich über die Lippen und schluckte Galle. »Du besitzt ein Haus vier Straßen weiter. Ihr beide verbringt die Wochenenden dort, aber eure Werktage hier.«

»Soll ich überrascht sein, dass du einen Privatdetektiv beauftragt hast, mich auszuspionieren?«, sagte er.

»Man muss die Familie immer im Auge behalten.«

»Ich habe keine Familie«, sagte Will. »Was willst du hier?«

»Du hast mich besucht. Ich dachte, ich revanchiere mich.«

Will wollte die Tür schließen.

»Jemand im Club möchte mit dir Kontakt aufnehmen.«

Will hielt die Tür auf, bevor sie zufiel.

Eliza lächelte hexenhaft, ihre Zähne waren unnatürlich gerade und weiß in ihrem skelettartigen Gesicht. »Diese Person ist sehr darauf erpicht, mit dir zu sprechen.«

»Wer?«, fragte Will.

Eliza antwortete nicht. »Willst du mich nicht hereinbitten?«

Sara sah Will an. Sein Gesicht war hart, die Züge wie aus Granit gemeißelt. Sie bat ihn lautlos, Elizas Bitte abzulehnen.

Er nahm ihren flehenden Blick kaum zur Kenntnis, sondern hielt die Tür auf und ließ den Teufel herein.

Die Luft in der Wohnung fühlte sich plötzlich dichter an, als Eliza die Schwelle überquerte. Ihre Absätze kratzten über den

Parkettboden wie Katzenkrallen. Sie trug den Riemen ihrer schweren Handtasche über der Schulter. Bei jedem Ausatmen hörte man ein feuchtes Pfeifen in ihrer Lunge. Das Sonnenlicht meinte es nicht gut mit ihr. Sara vermutete aufgrund des verheerenden körperlichen Zustands, dass die Frau mit einer aggressiven Form von Krebs kämpfte. Dem Pfeifgeräusch und dem Nikotingestank nach zu urteilen, war die Lunge von Eliza wahrscheinlich von Tumoren durchsetzt. Wenn es einen Gott im Himmel gab, hatten sie sich auch schon in den Knochen ausgebreitet.

»Was zum Teufel ist das?« Eliza sah Betty angewidert an.

Sara nahm den Hund hoch, bevor Will es tun konnte. Sie rief die Greyhounds mit einem Zungenschnalzen zu sich, dann sperrte sie alle drei in die geräumige Vorratskammer hinter der Küche. Als sie sich wieder umdrehte, hatte die Spannung im Raum noch zugenommen.

Eliza schaute aus den raumhohen Fenstern wie eine Touristin, die eine Aussicht genoss.

Will starrte Eliza böse an. Er ballte ständig die Fäuste und lockerte sie wieder. Sein ganzer Körper vibrierte geradezu vor Wut.

Sara sagte zu Eliza: »Die Besichtigung ist zu Ende. Wer möchte mit Will Kontakt aufnehmen?«

Eliza nahm den Blick von der Skyline Atlantas und fokussierte ihn auf Sara. »Ihre Augen haben genau die gleiche Schattierung von Grün, die ihre hatten.«

Sara konnte Wills plötzliche und unerwartete Seelenqual am eigenen Leib fühlen. Er hatte nie ein Foto seiner Mutter gesehen. Die einzigen Zeugnisse ihrer Existenz waren eine Geburtsurkunde und ein verblichener Obduktionsbericht.

»Grün war ihre Lieblingsfarbe.« Eliza stieß wieder das ekelhafte Husten aus. »Sie war groß wie Sie. Komisch, ich glaube, Jungs heiraten wirklich ihre Mütter.«

»Hör auf, mit ihr zu reden.« Will klang zum Zerreißen gespannt, ein Tier, das zum Sprung ansetzte. »Wer hat dich gebeten, mit mir Kontakt aufzunehmen?«

Eliza griff in ihre Handtasche, aber sie zog keine Visitenkarte oder einen Zettel hervor. Sie hielt einen dicken Stapel Papiere in die Höhe. »Das ist deine Vertragskopie eines Treuhandfonds, den ich eingerichtet habe. Du wirst warten müssen, bis ich tot bin, aber keine Sorge, das dauert nicht mehr lange.«

Will schüttelte den Kopf, bevor sie zu Ende gesprochen hatte. »Ich habe dir gesagt, dass ich dein Geld nicht will.«

»Ich gebe es dir auch nicht. Das Treuhandvermögen kommt Kindern zugute, die in Pflegschaft aufgewachsen sind. Ein Polster, das den kleinen Waisen helfen soll, ein Studium aufzunehmen, oder was immer du entscheidest.«

»Ich werde gar nichts entscheiden«, sagte Will. »Dein Geld hat nichts mit mir zu tun.«

»Leider doch. Du bist als einer der Treuhänder eingetragen.« Eliza ließ den Packen auf den Kaffeetisch plumpsen. »Sie sind die andere Treuhänderin«, sagte sie zu Sara. »Offensichtlich können Sie besser mit Geld umgehen als er.«

Sara fiel es schwer, den Mund zu halten. Sie konnte die fett gedruckte Überschrift auf der Vorderseite sehen: *Die Wilbur und Sara Trent Stiftung.*

»Ich bin davon ausgegangen, dass Sie seinen Namen annehmen.«

Sara biss sich so heftig auf die Zunge, dass sie Blut schmeckte. Amanda war der einzige Grund, warum Will überhaupt einen Namen hatte. Er war der namenlose kleine Junge gewesen, bis sie eingriff.

»Wie auch immer.« Eliza schloss ihre Handtasche. »Ihr könnt alles in den Unterlagen nachlesen.«

»Die kannst du dir in den Arsch schieben«, sagte Will. »Ich tue es nicht. Wir tun es nicht.«

»Dann wird das Geld auf der Bank liegen und sich vermehren. Wo ich hingehe, kann ich es nicht mitnehmen, und ich habe keine Ahnung, was du am Ende damit machen wirst, also leck mich oder leck deine Mitwaisen am Arsch, es ist mir eigentlich egal.« Eliza wandte ihre Aufmerksamkeit wieder Sara zu. »Ich bin froh, dass er jemanden gefunden hat.«

Sara konnte sich nicht mehr beherrschen. »Ich hoffe, dieser Krebs in Ihrer Lunge streut in Ihr Gehirn.«

»Ihr Wunsch ist in Erfüllung gegangen.« Ungeachtet dieser Nachricht lächelte Eliza. »Gut gemacht, Neffe. Die kannst du behalten.«

Will tat einen drohenden Schritt auf sie zu. »Du kannst durch die Tür gehen, oder ich werfe dich aus dem Fenster.«

»Mein Körper würde eher zerbrechen als das Glas.«

»Droh mir nicht mit etwas, das mir Freude macht.«

Sara war unwillkürlich einen Schritt zurückgetreten. Sie wusste nicht, was zwischen den beiden als Nächstes passieren würde.

Eliza löste das Patt mit einem bellenden Lachen auf. Sie griff wieder in ihre Handtasche und gab Will ein zusammengelegtes Blatt Papier. »Wie gesagt, diese Person ist ganz erpicht darauf, mit dir zu sprechen. Er machte es sehr dringend.«

Will entfaltete das Blatt und blickte lange genug darauf, um den Eindruck zu vermitteln, dass er die Worte lesen konnte, ehe er es in die Tasche schob. Er wies mit einem Kopfnicken auf die Stiftungsunterlagen. »Heb deinen Kram auf und verschwinde.«

»Mit meiner Osteoporose? Wohl kaum.« Sie wandte sich zum Gehen, aber nicht, ohne einen letzten Blick auf Saras Ring zu werfen. Ihr Gesichtsausdruck veränderte sich. Es lag etwas wie Trauer darin. »Es hat ihr wirklich das Herz gebrochen, als das Glas den Kratzer abbekam. Reparieren Sie es für sie, ja?«

Sara würde ihr nicht die Genugtuung einer Antwort gönnen.

Eliza hängte wieder die Handtasche über die knochige Schulter und nickte Will zu, bevor sie quälend langsam Richtung Wohnungstür schlurfte. Ihr Gleichgewichtssinn funktionierte nicht mehr. Die Tumore in ihrem Kopf drückten wahrscheinlich an Gehirnnerven. Eliza streckte eine Hand seitlich ab, ein sinnloses Gegengewicht für ein sinkendes Schiff. Als sie nach der Tür griff, verfehlten ihre knotigen Finger die Klinke. Sie versuchte es ein zweites Mal, und die Tür ging auf. Sie blickte nicht zurück. Die Zeit der dramatischen Abgänge war vorbei für Eliza. Das Einzige, was sie zurückließ, war der schale Geruch nach Zigaretten und Wills weißglühende Wut.

Die Tür war kaum ins Schloss gefallen, als er schrie: »Scheiße!«

Er trat so heftig gegen den Kaffeetisch, dass er an die Wand flog und einen Sprung bekam. Fachartikel, Zeitschriften, die Stiftungsunterlagen, alles flog durcheinander.

Saras Herz schlug bis zum Hals.

»Verdammte Scheiße noch mal!« Er schlug mit der Faust an die Wand. Der Rigips brach. Die Haut an seinen Knöcheln platzte auf, Blut trat aus.

»Will …«

»Scheiße!« Er versuchte den Schmerz aus der Hand zu schütteln. »Scheiße!«

Sara sah ihn auf und ab rennen. Ihr Herz raste. Die Hunde hatten zu jaulen begonnen und kratzten an der Tür der Kammer.

Sie wollte zu ihnen gehen, aber Will kam ihr zuvor. Er riss die Tür auf, aber die Hunde stürmten nicht heraus. Billy und Bob schlichen in die Küche und schielten mit gesenktem Kopf nervös zu Will hoch. Betty hatte zu wimmern angefangen. Sie wollte die dunkle Vorratskammer nicht verlassen.

Die Angst der Tiere brachte Will wieder zur Besinnung. Langsam wich die Härte aus seinem Gesicht. Er sah den gesprungenen Tisch. Das Loch in der Wand. Er konnte Sara nicht länger als eine Sekunde in die Augen schauen. Er ging vor den Hunden in die

Knie, gab beschwichtigende Laute von sich und streichelte ihre Köpfe. Die Greyhounds lehnten sich an ihn. Auch Betty hörte schließlich zu wimmern auf. Sie ließ sich auf die Seite fallen und reckte Will ihren Bauch entgegen, damit er ihn kraulen konnte.

Wills Hand war fast halb so groß wie der Hund. Sara vergaß oft, wie groß er war. Will neigte dazu, gebeugt zu gehen. Er mochte keine Aufmerksamkeit. Er hörte lieber zu, als zu reden. Er schämte sich anhaltend und grundlos für seine Dyslexie. Von seiner turbulenten Kindheit war ihm ein Bedürfnis nach Ruhe und Frieden geblieben. Er hatte sein ganzes Leben lang nach Sicherheit gesucht.

Eliza hatte in wenigen Minuten alles in Schutt und Asche gelegt.

»Das hätte nicht passieren dürfen«, sagte er zu Sara. »Es tut mir leid.«

Sie legte die Hand auf die Brust, um ihr Herz zu beruhigen. »Ist schon gut.«

»Es ist nicht gut.« Will stand auf und hielt Betty in den Armen wie ein Baby. Die Greyhounds liefen neben ihm her, als er sie vorsichtig wieder auf ihrem Kissen absetzte. Er wartete, bis Billy und dann Bob auf das Sofa geklettert waren. Er kraulte sie hinter den Ohren und sagte: »Ich habe sie an mich herangelassen. Tut mir leid.«

Sara presste die Lippen zusammen. Er hörte nicht auf, sich zu entschuldigen, dabei war es einzig und allein ihre Schuld. Sie hatte Eliza in sein Leben gebracht. Er war lediglich in den Country Club gegangen, um Sara zu helfen.

»Soll ich nach deiner Hand sehen?«, fragte sie.

»Nein.« Er beugte und streckte die Finger und zuckte vor Schmerz zusammen. »Bist du okay?«

»Ja.« Sara wischte sich Tränen aus den Augen. Der plötzliche Ausbruch hatte sie schwer mitgenommen. Sie hasste es, Will leiden zu sehen. »Und du?«

»Ich kann ihn wieder zusammenleimen.« Er meinte den Kaffeetisch. »Die Wand flicke ich am Wochenende.«

»Kein Problem.«

Will holte sein Taschentuch hervor und wischte sich das Blut von der Hand. Am Ärmel seines Sakkos war ein dunkelroter Fleck. Er war mitgenommen und fühlte sich genauso unwohl wie sie.

»Lass mich deine Hand anschauen.« Sara wartete, bis er zu ihr kam. Sie untersuchte behutsam den Schaden an seiner wunderschönen Hand. Der fünfte Mittelhandknochen hatte den Einschlag an der Wand abbekommen. Sie konnte nicht sagen, ob er gebrochen war. Die Blutung würde nicht gerinnen. Man müsste ihn nähen, zusätzlich eine Woche Antibiotika. »Ich möchte, dass wir die Sache beenden. Alles. Ich storniere meinen Flug. Es gibt wichtigere Dinge in unserem Leben.«

»Eliza hat nichts mit unseren Nachforschungen zu tun.«

»Sie hat sich zu einem Teil davon gemacht«, sagte Sara. »Sie hat einen Privatdetektiv engagiert. Du wirst verfolgt. Sie weiß, wer im Club mit dir Kontakt aufnehmen will. Sie könnte etwas unternehmen, Will. Sie könnte …«

»Sieh mich an.« Will nahm ihr Gesicht in die Hände. »Als wir uns kennengelernt haben, sagte ich, dass Aufgeben für mich nicht infrage kommt. Wir dürfen sie nicht gewinnen lassen.«

»Schau dir an, was gerade passiert ist.« Sara bemühte sich um eine feste Stimme. »Es geht nicht darum, dass sie gewinnt. Es geht darum, dass wir verlieren.«

»Habe ich dich verloren?«

»Natürlich nicht. Du wirst mich nie verlieren. Frag mich das nie wieder.«

»Dann hör zu, was ich sage.« Er wischte ihre Tränen mit dem Daumen fort. »Eliza will in unserem Leben herumpfuschen. Sie hat mich achtzehn Jahre gekostet, und sie bekommt keinen einzigen Tag mehr. Und von dir todsicher auch nicht. Abgemacht?«

»Will ...«

»Abgemacht?«

Er sah sie so flehentlich an, dass ihr körperlich weh ums Herz wurde. Sie wusste, was er tat, weil sie sich derselben Sache schuldig gemacht hatte. Tiefenatmung war nicht der einzige Bewältigungsmechanismus, den Pastor Bart ihr damals durch die geschlossene Tür hindurch empfohlen hatte. Steh auf. Dusche. Zieh dich an. Verlass das Haus. Geh zur Arbeit. Lass die scharfe Klinge der Erinnerung durch Verdrängung stumpf werden. Gewinne Distanz durch das Vergehen der Zeit. Dann fühlen sich die Schnitte nicht mehr so tief an, wenn du dich den Geschehnissen stellst.

Sara nickte. »Abgemacht.«

Will atmete erleichtert aus. Er griff in die Tasche und zog Elizas Zettel heraus. Auf dem weißen Papier waren Blutflecke. Wo er ihn anfasste, blieben rostrote Fingerabdrücke zurück.

Saras Hände waren ruhig, als sie den Zettel entfaltete. Der Name war kursiv geschrieben, eindeutig die Klaue eines Arztes, mit einer Telefonnummer, die nicht dieselbe war, die ihr Mason am Tag zuvor gegeben hatte.

»Richie Dougal«, sagte sie. »Er schreibt: *Ich suche nach Ihnen.*«

»Er sucht nicht nach mir«, sagte Will. »Er sucht nach John Trethewey.«

VOR DEN WINDSONG
APARTMENTS –
INNENSTADT VON ATLANTA

Sie hatten einen Kater, dessen offizieller Name Pepper war, aber wie alle Katzen hatte er mehrere Decknamen. Mr. Frisk. Bubble Boy. Und als er älter war: Paunch de Leon.

Er war sprunghaft und lief tagsüber von einem Familienmitglied zum andern, aber jede Nacht fand er seinen Weg ans Fußende von Leighanns Bett. In seinen späteren Lebensjahren hatte er stark zu schnarchen begonnen. Nachts wurde Leighann von seinen Schnorchelgeräuschen wach. Manchmal träumte er davon, dass er Eichhörnchen oder Kaninchen jagte, und sie spürte, wie seine winzigen Pfoten gegen ihr Bein traten, wenn er ihnen im Schlaf nachjagte.

Leighann langte nach unten, um seinen pelzigen Kopf zu streicheln, aber Paunch war nicht da. Sie wollte sich im Bett umdrehen, aber scharfer Schmerz schoss ihr ins Gesicht. Ihre geschlossenen Lider waren von einer Art Kruste überzogen. Sie führte die Hand zum Gesicht, um sie fortzuwischen. Ihre Fingerspitzen waren sandig. Sie blinzelte mehrmals.

Winzige grüne Punkte wirbelten durch ihr Gesichtsfeld. Sie konnte die Augenlider nicht vollständig öffnen. Sie wollte wieder schlafen, wollte, dass sich Paunch an sie schmiegte. Ihr war kalt. Ihre Haut kribbelte. Sie musste aufs Klo. Ein leichter Wind kühlte ihre Nervenenden.

Das konnte nicht sein.

Leighann holte so tief Luft, als würde sie von den Toten zurückkehren. Die grünen Punkte waren winzige Blätter in verschiedenen Smaragdtönen. Sie sah Äste, Zweige und einen Streifen Licht, der von oben einfiel. Sie berührte ihren Mund. Ihre Lippe war aufgeplatzt. Sie blutete.

Sie hatte keine Möglichkeit, sich aufzusetzen. Sie musste auf Hintern und Ellbogen über die Erde robben, um unter der dichten Hecke hervorzukommen. Lebensbaum. Leighann wusste den Namen nur, weil ihre Mutter ihn ihr gesagt hatte, als sie Leighann beim Einzug in ihre erste eigene Wohnung half.

Schau dir diese wunderbare Hecke an, Schätzchen. Das ist Lebensbaum.

Grelles Sonnenlicht stach plötzlich in ihre Augen. Ihr Schädel pochte im Takt des Herzschlags. Sie hörte Vögel singen. Automotoren. Leighann schirmte die Augen mit der Hand gegen die gnadenlose Sonne ab.

Ihr Apartmentgebäude ragte vor ihr auf. Die Straße war voller Fahrzeuge, die an Ampeln warteten. Es war die morgendliche Rushhour. Sie sah es an den Fahrzeuglenkern. Manche tranken Kaffee. Eine Frau trug Eyeliner auf, während sie auf das Umschalten der Ampel wartete.

Was zum Teufel war da los?

Leighann schaute zu ihren Beinen hinunter. Schmale Streifen Blut zogen sich über die Haut. Weil sie unter der Hecke hervorgekrochen war? Weil sie auf der Erde gelegen hatte? Sie hatte keine Erinnerung daran, wie sie hergekommen war. Sie war bei Jake gewesen. Hatte sich versteckt. Vor dem Creeper. Hatte auf der Couch geschlafen. Jake hatte sie aufgefordert, mit ihm tanzen zu gehen. Sie wollte es, aber sie hatte ihn trotzdem betteln lassen. Dann waren sie zu dem neuen Schuppen gefahren, in dem das *Downlow* aufmachte. Und dann ...

Leighann legte den Kopf in die Hände. Das Pochen hörte nicht auf. Sie sah sich nach ihrer Handtasche um und fand sie unter der Hecke. Sie nahm eine rasche Inventur vor, nicht anhand ihrer Erinnerung, sondern ihrer Gewohnheit. Wenn sie ausging, reduzierte sie den Inhalt ihrer Handtasche immer: Führerschein, Kreditkarte, ein Fünf-Dollar-Schein und ein Zwanziger, Lippenstift, Handcreme, Tampon, Handy. Das Einzige, was fehlte, war das Kondom für Notfälle.

Ihr Herz blieb stehen. Sie legte die Hand zwischen die Beine. Ihr Slip war nicht mehr da.

Leighann schloss die Augen. Etwas vom Mageninhalt schoss ihr in die Kehle.

Was zum Teufel hatte sie getan?

Das plötzliche Schrillen einer Hupe drang wie eine Explosion in ihr Gehirn. Sie rappelte sich auf die Beine. Ihre Füße waren nackt. Sie schnappte sich ihren rechten Schuh, konnte den linken nicht finden, kümmerte sich aber nicht weiter darum. Sie musste ins Haus. Kiefernnadeln stachen in ihre bloßen Fußsohlen. Eine warme Flüssigkeit lief an der Innenseite ihrer Oberschenkel hinab. Sie zerrte den Saum ihres kurzen Rocks nach unten. Sie trug ihr Clubkleid, ein eng anliegendes Minikleid mit einem tiefen Ausschnitt. Selbstvorwürfe fluteten Leighanns Kopf ...

Was hast du dir dabei gedacht warum hast du dieses Kleid getragen warum hast du mit ihm gesprochen warum hast du mit ihm getanzt warum hast du ihm vertraut warum warum warum ...

Sie presste die Finger in die Augen.

Ihm.

Die Erinnerung war flüchtig. Eine sich drehende Discokugel. Bässe, die aus Lautsprechern wummerten. Verschwitzte Körper auf der Tanzfläche. Sein Gesicht. Warum konnte sie sich nicht an sein Gesicht erinnern?

Sie hörte, wie eine Wagentür aufging. Ein Mann stieg in einen blauen Kia. Offensichtlich hatte er sie gesehen, aber er schaute absichtlich weg.

Was hast du erwartet?

Leighann hielt ihre Handtasche und ihren Schuh umklammert und überquerte den Rasen. Der Asphalt auf dem Parkplatz war kalt unter ihren Füßen. Sie sah ihren Toyota RAV4 auf dem üblichen Platz stehen. Statt die Eingangshalle zu betreten, lief sie an die Seite des Gebäudes. Die Tür zum Treppenhaus war immer nur angelehnt. Sie ging in den Vorraum und lehnte sich an die Wand. Sie zitterte am ganzen Leib vor Kälte. Oder vielleicht wegen der Erinnerung.

Jake, der mit in die Luft gereckten Armen zur Musik hüpft. Mädchen, die ihn umringen. Körper, die auf die Tanzfläche drängen. Blinkende Lichter. Die Lippen eines Fremden, die über Leighanns Ohr streichen – willst du etwas trinken?

Ihre Kehle fühlte sich wund an, wenn sie schluckte. Ihr Kiefer schmerzte. Wieder strömte Mageninhalt in ihren Mund. Diesmal konnte sie ihn nicht zurückhalten. Sie beugte sich vor und würgte so heftig, dass ihre Augen tränten. Galle spritzte auf den nackten Beton. Die heiße Flüssigkeit pikste wie Nadelstiche an ihren bloßen Füßen. Sie hielt sich am Geländer fest, um nicht umzukippen.

Leighann richtete sich mühsam wieder auf. Setzte ihren Fuß auf die unterste Stufe. Die Neonbeleuchtung flackerte vor den dunklen Betonwänden. Ohne Vorwarnung explodierte ihr ganzer Körper in Schmerz. Ihre Brüste waren wund. Die Muskeln in ihrem Gesäß und den Beinen fühlten sich an, als hätte sie gerade einen Marathon beendet. Schlimmer noch, es gab einen Schmerz tief in ihr. Schlimmer als Krämpfe. Schlimmer als eine wilde Nacht.

Sie brauchte eine Dusche. Ihre Haut zog sich über den Knochen zusammen.

Leighann hielt sich am Geländer fest und zog sich die Treppe hoch. Ihre Wohnung war im zweiten Stock. Der Aufstieg fühlte sich an wie der Mount Everest. Die Stufen waren Rasiermesser, die in ihre nackten Füße schnitten. Die Flüssigkeit zwischen ihren Beinen tropfte immer weiter. Sie schaute nicht nach unten. Sie konnte nicht nach unten schauen.

Die Tür war so schwer, dass sie ihr ganzes Körpergewicht einsetzen musste, um sie zu öffnen. Leighann taumelte den Flur entlang. Sie sah noch immer nicht nach unten, aber sie wusste, dass sie eine Blutspur hinter sich ließ. Sie war nahe dran, aufzuschreien, als sie die Tür zu ihrer Wohnung erreichte. Sie hämmerte den Code in das elektronische Schloss.

»Leighann!« Drinnen sprang ihre Mutter von der Couch auf. »Wo warst du?«

Leighann zuckte zusammen beim Dröhnen ihrer Stimme. Sie ließ die Handtasche und den Schuh auf den Boden fallen. »Mom … ich brauche …«

»Wir waren krank vor Angst!«, klagte ihre Mutter. Weinend lief sie auf Leighann zu und schloss sie in die Arme. »Wo warst du bloß?«

»Mom, ich …« Leighann presste die Hand an den Mund. Sie musste sich wieder übergeben. Sie riss sich aus den Armen ihrer Mutter los und rannte zum Bad. Mit knapper Mühe und Not schaffte sie es, die Tür abzuschließen. Vor der Kloschüssel fiel sie auf die Knie. Sie würgte so heftig, als wühlte jemand mit einem Messer in ihren Eingeweiden. Ihr Darm verkrampfte sich, Urin tropfte an ihren Beinen hinunter.

»Leighann!« Ihre Mutter hämmerte an die Tür. »Bitte! Mach die Tür auf, Baby! Wo warst du? Was ist passiert?«

»Alles in Ordnung!«, schrie sie. »Lass mich in Ruhe!«

»Nein!«, schrie ihre Mutter zurück. »Rede mit mir! Bitte!«

Leighann nahm den Kopf in die Hände. Ihr Gehirn dröhnte wie ein Gong in ihrem Schädel. Sie hatte Zweige im Haar. Blätter. Erde. Ihre Haut fühlte sich dick und eklig an. Sie streckte die Hand zur Dusche hinauf und tastete nach einem Griff, um sie anzustellen. Wasser rauschte gegen die Fliesen.

»Leighann, was tust du?« Ihre Mutter weinte und klopfte kräftig an die Tür. »Schatz, bitte. Lass mich rein. Du musst mich hineinlassen.«

Leighanns Augen mieden den Spiegelschrank, als sie sich vom Boden hochzog. Sie zerrte das enge Kleid über die Hüfte, schob es an ihren Beinen hinunter. Ihre Oberschenkel waren mit blauen und schwarzen Punkten gesprenkelt. Die Flüssigkeit, die aus ihr tropfte, war Blut. Urin. Noch etwas. Sie langte nach hinten. Als sie ihre Finger ansah, waren sie voll Blut und Kacke.

Sie würgte wieder, aber in ihrem Magen war nichts mehr.

»Leighann?« Die Stimme ihrer Mutter war angespannt. Sie bettelte. Flehte. »Was ist passiert, Baby? Was ist passiert?«

Discokugel. Tanzen. Pulsieren. Heißer Atem in ihrem Ohr. Spielst du mit mir, oder was?

»Baby, ich weiß, es ist schwer, aber …« Ihrer Mutter versagte die Stimme. »Du darfst nicht duschen, okay? Wasch es nicht ab.«

Es.

Blut, Pisse. Kacke. Speichel. Sperma.

Beweise.

Ihre Mutter wusste Bescheid, und das hieß, auch ihr Vater wusste Bescheid, und …

Leighann schloss die Augen. Schwärze hüllte sie ein. Der Schmerz begann nachzulassen. Ihr Körper wurde gefühllos, ihr Verstand war umwölkt von Stille. Sie hatte das überwältigende Verlangen, zu vergehen, nicht mehr sie selbst zu sein, eine sich auflösende Frau zu werden. Ein Gefühl der Schwerelosigkeit setzte ein. Ihr war, als schwebte sie. Ihre Füße hatten den Boden verlassen.

Sein Mund, so nah – lass uns von hier verschwinden.

Nein.

Leighann zwang sich, die Augen zu öffnen. Sie kehrte in ihren Körper zurück. Die Lunge nahm Luft auf, die Füße absorbierten die Kälte des Bodens, die Haut war aufgeweicht vom heißen Dampf der Dusche. Sie stellte sich nackt mitten ins Bad. Das Wasser beruhigte. Ihre Mutter bettelte immer noch, hereingelassen zu werden. Auf der Rückseite der Badezimmertür war ein Ganzkörperspiegel. Leighann wollte sich nicht sehen, aber sie musste sich sehen, sie musste sich vergewissern, dass sie noch da war.

Sie drehte sich langsam um.

Blickte auf ihren nackten Körper im Spiegel.

Und schrie.

12

Faith hütete sich, in den Küchenspiegel zu schauen, als sie das Geschirr vom Frühstück aufräumte. Sie hatte dicke Tränensäcke unter den Augen. In der Nacht hatte sie jede Zeile Text der Chatgruppe gelesen, die Jeremy auf Cams Laptop gefunden hatte. Dann hatte sie alles ausgedruckt und noch einmal gelesen. Und hatte Notizen gemacht. Schließlich war sie im Sitzen auf der Couch eingeschlafen. Heute Morgen war sie so erschöpft gewesen, dass sie den Herd eingeschaltet und zehn Minuten lang Luft erhitzt hatte, ehe sie bemerkte, dass der Kocher für die pochierten Eier noch auf der Anrichte stand.

Wie mit allem bei diesem Fall, der kein Fall war, ging es total verrückt zu, und ihr fehlte der Faden. Sie sehnte sich nach allem, was sie bei einer offiziellen Ermittlung für selbstverständlich nahm, und es war nicht nur die Möglichkeit, die Herausgabe von Dokumenten zu erzwingen. Es gab eine komplette Abteilung beim GBI, in der Agenten über Computer gebeugt saßen und Dateien zu knacken versuchten. Cam hatte sechs passwortgeschützte PDFs auf seinem Laptop. Dann gab es auch noch die Sache mit den beschädigten Videodateien von der Chat-Website. Niemand wusste, was sonst noch auf der Festplatte war. Oder auf Merit Barrowes iPhone.

Am schlimmsten aber war etwas, das sich Faith nur in den Stunden der tiefsten Verzweiflung eingestand: Sie vermisste Amandas Fähigkeit, die Dinge auf den Punkt zu bringen.

Für jede kleine Erkenntnis, die Faith letzte Nacht gewonnen hatte, waren zehn neue Fragen aufgetaucht. Die wichtigste war, wer weiterhin dafür bezahlte, dass die Chat-Website gepflegt wurde. Die AOL-E-Mail war ein Reinfall, aber jemand hatte bei GoDaddy eine Kreditkarte hinterlegt, damit die Seite sechzehn Jahre lang aktiv blieb. War es ein Versehen? Ging die Erneuerung in einem Aufwasch mit einem Haufen anderer registrierter Domains vor sich? Es gab keine Möglichkeit, das in Erfahrung zu bringen, denn Whosis, die Seite, auf der die Identität von Website-Eigentümern einsehbar war, führte die Registrierung als privat.

Noch eine Situation, wo es praktisch gewesen wäre, die Herausgabe erzwingen zu können.

Faith blickte auf ihren Küchentisch. Martin Barrowes entwendete Akten lagen ordentlich gestapelt neben den Abschriften der Chats und dem anderen Zeug, das sie in der Nacht und am frühen Morgen in der Hoffnung ausgedruckt hatte, dass irgendetwas *klick* machen würde.

Nichts hatte *klick* gemacht.

Sie starrte auf die verrückte Wand. Immer noch kein Faden.

Faith hatte an zwei weiteren Schranktüren einen neuen Abschnitt angefügt. Die Bastelpapierstreifen waren blau. Die Überschrift lautete *Vergewaltigerclub*, denn so nannte sie die Chatgruppe, auch wenn der Domainname offiziell CMMMCRBR.com lautete.

Chaz, Mac, Mason, Cam, Royce, Bing, Richie?

Sieben Männer. Sieben Nummern von 001 bis 007.

Faith hatte ein Profil für vier der Nummern erstellt, es waren dieselben vier, die in dem letzten Chat über Cam aufgetaucht waren.

002, 003, 004, 007.

Wenn Sara recht hatte, war 004 Mason James. Nach allem, was Faith über das feige Arschloch gehört hatte, passte das Profil. 004 lachte routinemäßig über zotige Witze, steuerte selbst einige bei und nahm sich dann aus der Unterhaltung, wenn die Dinge eine düsterere Wendung nahmen.

007 und 003 waren im richtigen Leben offenbar Kumpel. Sie machten ständig spöttische Bemerkungen über den anderen – 003: Heb dir dein Feuer für den Golfplatz auf, du blöder Lutscher. 007: Apropos blöder Lutscher, was macht dein Sexleben?

Nachdem 007 wegen James Bond der coolste Deckname war, musste Faith annehmen, dass 003 Richie Dougal war. Wer eine Fliege trug, konnte nicht cool sein.

Was Mac McAllister anging, so wies seine Persönlichkeit klar auf 002. Aus seinen Posts sprach die meiste Vorsicht und Kontrolle – HEY ARSCHLÖCHER NEHMT DIESE SCHEISSE VOM NETZ!

Womit 007 der große Unbekannte blieb.

Faith betrachtete die Fotos der Gang. Die einzigen lebenden Verdächtigen, die noch blieben, waren Chaz Penley, Royce Ellison und Bing Forster. Ein Klinikarzt, ein HNO-Arzt und ein Nierenspezialist. Nach ihren Posts zu schließen, waren sie alle Arschlöcher, aber einer von ihnen war ein besonders widerliches Schwein. Zur Freude der anderen Männer sprach er ständig von seinen sexuellen Eroberungen, der Größe seines Schwanzes, ob eine Frau *geil wie sonst was* oder *ein Eisblock* war, ob sie *eng* oder *ausgeleiert* war oder *verkrampft wie eine verdammte Boa constrictor.* Oder sein Schwanz fühlte sich in einer Frau an, als würde er *eine Kuhglocke läuten.* Selbst die Frauen, die er zu mögen schien, kamen nicht gut weg. Sie waren *notgeile Schlampen, hysterische Fotzen, verdammte Psychotanten, Schwanzwärmer.*

Er nannte nie ihre Namen, nur bei einer Gelegenheit teilte er gegen eine der Frauen in der Gang aus.

007: Hat jemand gehört, was Pru heute Abend gesagt hat? Musste mich sehr beherrschen, ihr nicht meinen Schwanz als Knebel in den Rachen zu stopfen. 003: Weiß nicht, ob dein Bleistift-Pimmel reicht, um sie zum Schweigen zu bringen. 004: Kommt, Leute, ich glaube, Pru hat nur Spaß gemacht. 007: Die gehört richtig durchgefickt, damit sie lockerer wird. 002: Fangen wir ernsthaft wieder damit an? 004: Ohne mich. Bin draußen. 007: Würde ihre Möse gern kurz und klein ballern. Sie teilen wie das Rote Meer. 003: Blut ist ein Schmierstoff, Meister. 007: Wenn ich erinnern darf, nicht jeder Urin ist steril. 003: Autsch.

Faith verstand die Urin-Bemerkung so, dass sie auf Bing Forster verwies, wenngleich man wahrscheinlich kein Nierenspezialist sein musste, um über Urin Bescheid zu wissen. Mit Pru musste Prudence Stanley gemeint sein, eine Brustkrebsspezialistin in South Carolina. Interessanterweise tauchte Blythe Creedys Name nie auf, obwohl sie mit Royce Ellison verheiratet gewesen war und ihn mit Mason James betrogen hatte – ein weiteres Detail, das keinen Eingang in die Chats gefunden hatte. Rosaline Stone, die Gynäkologin und Geburtshelferin in Alabama, wurde gleichermaßen ignoriert. Sloan Bauer tauchte zusammen mit Sankt Sara auf. Beide Frauen wurden erwähnt, als die Kerngruppe wegen Cams Selbstmord in Panik geriet.

007: Jemand muss dafür sorgen, dass Sloan ruhig bleibt. 003: Wir können es nicht gebrauchen, dass sie mit den Cops redet. 003: Was, wenn sie mit SS reden? Wo zum Teufel ist sie? 007: Schmort in Pisse und Kotze in South Georgia. 003: Genau wo sie hingehört.

Faith sah wieder zur Wand und ließ den Blick zu den noch offenen blauen Streifen wandern: 001, 005, 006. Sie hatte den Nummern nicht eindeutig Namen zuordnen können, aber sie hatte ein paar Vermutungen. Per Ausschlussverfahren musste einer von ihnen Cam Carmichael sein. Faith glaubte, dass er 006 war, der Mann, der am wenigsten gepostet hatte. Auch wenn die Seite sechzehn Jahre alt war, hatte es nur acht Jahre lang Posts gegeben. 006 war zu Beginn häufig aufgetaucht, meist um sich über Patienten beziehungsweise vor allem Patientinnen zu beklagen, aber nach eineinhalb Jahren war er vollkommen von der Bildfläche verschwunden. Nachdem Merit Barrowe und Sara Linton vergewaltigt worden waren.

Blieben noch 001 und 005.

Ihre Posts lasen sich, als stammten sie aus einem Handbuch mit dem Titel *Wie dich Frauen garantiert verachten.* Ihr erster Gedankenaustausch erschien auf der allerersten Seite der achtunddreißig Seiten langen Abschrift der Chats.

005: Die Schlampen sollten ehrlich sagen, was sie von Männern wollen, nämlich Geld und Sicherheit. Solange ich für beides sorge, sollte ich verdammt noch mal tun dürfen, was ich will. 001: Okay, aber es muss klar sein, dass es dein Geld ist. 005:

Wenn sie geht, geht sie natürlich mit nichts. Nicht mal mit den
Klamotten, die ich bezahlt habe. 001: Es wird heißen, wir hassen
Frauen, aber wir hassen nur die verklemmten Fotzen.

Faiths Bauchgefühl hatte sich geregt, als sie das Wort *Fotze* zum
ersten Mal gelesen hatte. Zwei Tage vor Saras Vergewaltigung
hatte jemand dieses widerliche Wort in den Lack ihres Wagens
gekratzt. Dann hatte Faith das Wort ein ums andere Mal in den
Posts gelesen, und ihr war klar geworden, dass es in dem Aus-
maß, in dem die Männer es benutzten, so gut wie jede Bedeutung verloren hatte.

Sie stapelte die Seiten zusammen und legte sie zu den anderen Unterlagen auf den Tisch. Wieder sehnte sie sich nach
den Ressourcen des GBI. Sie konnten jeden Beitrag analysieren,
nach identifizierenden Merkmalen Ausschau halten und, noch
wichtiger, Wortgebrauch herausfiltern, sodass sie einen Vergleich mit den unheimlichen Drohnachrichten anstellen konnten, die an Merit Barrowes Handy geschickt worden waren.

Faith fand den Ausdruck des Screenshots und las die Äußerungen noch einmal:

Wer will dir den Tag verschönern, indem er dir sagt, wie
wunderschön du bist? Wer träumt sehr viel mehr von dir, als
er sollte? Wer ist ein bisschen kaputter als alle anderen? Wer ist
jemand, der das Vergnügen deiner Gesellschaft nicht verdient?
Wer ist die Person, die dich enttäuschen wird, wenn du heraus-
findest, wer ich bin?

Sie schauderte unwillkürlich. Die Nachricht war in ihrer
Zweideutigkeit geschickt formuliert. Man konnte sie so lesen,
als stammte sie von jemandem, der verknallt war, oder von jemandem, der besessen und gefährlich war.

Faith war lange genug Polizistin, um zu wissen, wie ein Cop
sie lesen würde, noch dazu vor fünfzehn Jahren. Es war leicht,
die Warnzeichen im Nachhinein zu sehen, aber die Leute sand-

ten ständig Warnzeichen aus. Todesdrohungen, die Androhung von Vergewaltigung, Bombendrohungen – die Leute warfen damit um sich, als wäre es nichts. Meistens waren es nur dumme Arschlöcher, die Dampf abließen. Manchmal meinten sie es ernst. Den Unterschied zu erkennen, war fast unmöglich, vor allem, wenn sich zehn andere Aufträge im Funkgerät drängten.

Sie legte den Screenshot von Merits Handy auf den Stapel zurück und betrachtete die Textblasen. Hatte Eugene Edgerton sie gesehen? Wusste er, dass Merit Barrowe gestalkt worden war? Er war eindeutig mit einem fertigen Ergebnis an den Fall herangegangen. Will hatte es letzte Nacht auf den Punkt gebracht. Edgerton war unfähig oder korrupt oder beides. Er war außerdem seit Jahren tot, aber seine Kontoauszüge existierten sicher noch. Falls jemand Edgerton bezahlt hatte, damit er den Fall einkassierte, musste es eine Papierspur geben.

Eine weitere ausgezeichnete Gelegenheit, um eine Herausgabe erzwingen zu können.

Ihr Privathandy läutete. Faith betete, dass jemand vom APD sie zurückrief, aber es war Aiden. Sie ignorierte den Umstand, dass ein winzig kleiner, nicht investigativer Teil von ihr es sehr nett fand, seinen Namen zu sehen.

»Guten Morgen«, sagte er. »Ich habe deine zwielichtigen Dinge erledigt.«

Faith blickte zu den Fotos der Gang. Sie hatte nicht vergessen, dass sie Aiden gebeten hatte, heimlich den Hintergrund der Männer zu überprüfen. »Und?«

»Verschiedene Schattierungen von Grau«, sagte er. »Für Chaz Penley gab es vor sechzehn Jahren eine Anzeige wegen Fahrens unter Alkoholeinfluss. Wurde auf fahrlässiges Bedienen eines Kraftfahrzeugs heruntergestuft und endete mit der Auflage, ein Antiaggressionstraining zu besuchen. Royce Ellison hat vor vier Jahren Konkurs angemeldet, aber er kam anscheinend heil aus der Sache heraus. Bing Forster ist sauber.

Richie Dougal hat ein Verfahren wegen sexueller Belästigung letztes Jahr mit einem Vergleich abgeschlossen, aber der ist natürlich unter Verschluss. Mason James ist sauber und stinkreich. Dasselbe gilt für Mac McAllister.«

»Penley.« Zeitpunkt und Delikt hatten Faith aufhorchen lassen. Vor fünfzehn Jahren hatte Edgerton Cams Anzeige wegen Alkohols im Straßenverkehr verschwinden lassen. Vielleicht hatte es bei Penley im Jahr davor einen ähnlichen Deal gegeben. »Kannst du mir eine Kopie der Fallakte besorgen?«

»Kannst du dir nicht selbst eine besorgen?«

Faith hielt den Mund.

»Also gut«, sagte Aiden. »Dougal ist interessant. Das Verfahren wegen sexueller Belästigung hat ihn seinen Job gekostet, aber sein Bankkonto hat nicht gelitten. Tatsächlich scheint er davon zu profitieren.«

Faith hörte ihm an, dass noch etwas kam. »Und?«

»Er arbeitet für dieses Unternehmen, CMM&A. Es fungiert als Vermittler zwischen Krankenhäusern und Hedgefonds, die Arztpraxen aufkaufen wollen. Es geht um viel Geld. Ich habe die Firma recherchiert, aber ich konnte nichts finden. Ihre Website führt zu nichts. Alles Einheitsbrei und nur eine Telefonnummer. Kein Büro. Die Adresse ist ein Postfach.«

Faith hatte in etwa das Gleiche herausgefunden. »Danke fürs Suchen. Ich weiß es zu schätzen.«

Er antwortete nicht, was ungewöhnlich war. Aiden war kein Mann, der gern schwieg. Sie setzte sich an den Tisch und stützte den Kopf in die Hand. Er würde mit ihr Schluss machen. Nicht, dass es da viel zu beenden gäbe. Sie hatte getan, was sie konnte, um ihn wegzuschieben. Warum hatte er sich wegschieben lassen?

»Du solltest etwas über mich wissen, okay?«, sagte er. »Ich bin so ziemlich der nervigste Beagle, der dir je begegnet ist.«

Sie hob den Kopf. »Wie bitte?«

»Ich bin ein Beagle«, wiederholte er. »Wenn du etwas vor mir zu verstecken versuchst, dann finde ich es. Und ich kläffe wie verrückt, bis ich es habe.«

Aiden hatte in seinem fragwürdigen Verhalten eine Grenze überschritten. Noch nie hatte sich Faith so zu ihm hingezogen gefühlt. »Was hast du herausgefunden?«

»Dieses Unternehmen CMM&A hat man durch ein paar LLCs, also Gesellschaften mit beschränkter Haftung, abgeschirmt, und die drei Vorstandsmitglieder, die sind auf deiner Liste.« Aiden hatte sich die theatralische Pause verdient. »Charles ›Chaz‹ Penley, Thomas ›Mac‹ McAllister und Mason James.«

»Ha«, sagte Faith.

»Das ist alles, was dir dazu einfällt?« Aiden hatte jedes Recht, enttäuscht zu sein. »Ich dachte, du bist bestimmt von meinen Wahnsinnsfähigkeiten beeindruckt.«

»Das bin ich«, sagte Faith. »Es ist nur so, dass es mich nicht weiterbringt, wenn ich weiß, dass diese reichen weißen Typen einen anderen reichen weißen Typ rausgeboxt haben und dass sie alle zusammen jetzt noch reicher werden.«

»Was, wenn ich dir sage, dass ich bei ihrem Geschäftssitz vorbeigeschaut habe?«

Er war wieder sexy. »Und?«

»Er ist in einem Gebäude namens Triple Nickel, 555 Warren Drive. Am Buford Highway, nicht weit vom Flughafen. Es gibt einen Empfang in der Eingangshalle, ein paar Sessel, eine Gasse hintenraus. Überall Gitter vor den Fenstern. Überwachungskameras auf den Ein- und Ausgang, den Parkplatz und die Gasse. Der Laden ist geschlossen. Ich habe mit den Leuten in dem Nagelstudio nebenan gesprochen, und sie sagten, sie sehen nie jemanden kommen oder gehen. Und dass ich aufhören soll, an meinen Nagelhäutchen zu zupfen.«

Faith zuckte unwillkürlich mit den Achseln, aber sie musste

etwas über seine Eigeninitiative sagen, die ihr selbst die Mühe erspart hatte. »Danke für die Überprüfung, aber es bringt mich noch immer nicht weiter.«

»Ha«, echote er. »Ist dir einmal der Gedanke gekommen, dass ich dir helfen könnte, dorthin zu gelangen, wo du hinwillst, wenn du mir sagst, wo das ist?«

Der Gedanke war ihr buchstäblich nie gekommen.

»Okey-dokey«, sagte er. »Vielleicht wirst du mit meiner letzten fragwürdigen Aktion glücklicher sein. Ich habe Jack Allen Wrights Bewährungsbeamten dazu gebracht, eine unangemeldete Inspektion in seiner Zelle vorzunehmen. Der Bursche hatte Pornohefte unter der Matratze.«

Jetzt hatte Faith wirklich etwas zu feiern. Georgias Bewährungsauflagen für Sexualstraftäter verbaten ihnen den Erwerb oder Besitz von pornografischem oder sexuell explizitem Material. Wer aufflog, dessen Bewährung wurde widerrufen, und er wanderte wieder ins Gefängnis.

Sie hatte nur eine Frage: »Hefte?«

»Es ist leichter, ein Schundheft loszuwerden, als eine Festplatte zu säubern.«

Faith kam ein Gedanke. »Hatte Wright einen Computer?«

»Ja. Kein Porno, aber wenig überraschend ist er ein Fan von Incel-Seiten.«

Was Faith die halbe Nacht lang gelesen hatte, wäre locker als Incel-Seite durchgegangen. »Was weißt du über Incels?«

»*Involuntary celibates*, unfreiwillig sexuell Enthaltsame. Die Bewegung wurde in den Neunzigern von einer kanadischen Studentin gestartet, die eine Website für einsame, gesellschaftlich unbeholfene, meist jungfräuliche Menschen schuf, die sie *Alana's Involuntary Celibacy Project* nannte.«

»Eine Frau?«, fragte Faith.

»Ja, ironisch, nicht wahr? Eine Frau startet eine nette Initiative, um Menschen zu helfen, und ein Haufen Männer versaut es.«

»Hab noch nie gehört, dass so etwas passiert ist.« Faith trug den Sarkasmus dick auf. »Das ist total Banane.«

»Das ist die ganze Chiquita-Fabrik«, sagte er. »Die aktuelle Incel-Website ist das wichtigste Rädchen, das die Maschinerie der männlichen Überlegenheit im Internet antreibt. Größtenteils weiß, größtenteils jung, alle männlich, und alle bringen sie Hass, Frauenfeindlichkeit, Selbstmitleid, Selbsthass und das Gefühl, einen Anspruch auf Sex zu haben, zum Ausdruck. Außerdem lieben sie Gewalt gegen Frauen und sind die üblichen Rassisten.«

»Wie kommt es, dass du so viel darüber weißt?«

»Weil sie gelegentlich Leute ermorden. Und üblicherweise ist ihr erstes Opfer, wenn nicht alle Opfer, eine Frau.« Aiden hielt inne. »Hey, hab ich dir schon erzählt, dass ich zur Task Force Inlandsterrorismus des FBI für die Region Südost gehöre?«

Faith lächelte. »Tatsächlich?«

»O ja. Die Mädels schätzen das normalerweise. Sie finden mich echt sexy.«

Faith konnte nicht anders, als zu lachen.

»Ich könnte heute Abend vorbeikommen und meinen Ausweis zücken.«

Faiths Diensthandy begann zu läuten.

»Ich schicke dir eine Nachricht, wenn ich auf dem Heimweg bin«, sagte sie zu Aiden.

Ihr Diensthandy war irgendwo in ihrer bodenlosen Handtasche vergraben. Faith musste danach wühlen. Als sie das Display sah, verfinsterte sich ihr Gesicht. Sie tippte darauf, um sich zu melden.

»Leo, was ist los, verdammt? Ich habe dich hundert Mal angerufen.«

»Glaubst du, ich habe sonst kein Leben?«

»Ich weiß, dass du keines hast«, gab sie zurück. »Ich war zehn Jahre lang deine Partnerin. Hat sich deine Persönlichkeit seitdem verändert?«

»Ich arbeite daran«, sagte er. »Es ist ein Prozess.«

Faith blickte auf die Uhr über dem Herd. Sie musste sich bald bei der Betrugseinheit melden. »Hast du meine Nachrichten gehört?«

»Deshalb rufe ich an. Du hast nach Leighann Park gesucht, oder?«

Faith stützte sich auf die Küchentheke. Ihr wurde jetzt bewusst, dass sie von dem Moment an, in dem sie vom Verschwinden des Mädchens gehört hatte, Angst gehabt hatte. Noch eine ermordete Studentin. Noch ein Elternpaar, das ihr Kind verloren hatte. Noch eine Frau, deren Name vergessen war, sobald die nächste Frau vermisst wurde.

»Wo habt ihr sie gefunden?«, fragte sie.

»Hier«, sagte Leo. »Sie ist gerade zu uns aufs Revier gekommen.«

Lärmende Häftlinge in Arrestzellen waren für Faith ein so vertrautes Geräusch, dass sie den Radau kaum wahrnahm. Leo hatte sie und Will auf einer metallenen Bank gegenüber dem Schreibtisch des Arrestbeamten geparkt. Die Bank war absichtlich eine Qual. Die Sitzfläche war nicht tief genug. Das Metall war so kalt, dass Faith es bis in den Darm spürte. Im Abstand von einem Meter waren Haken für Handschellen befestigt, denn hier saßen normalerweise Verhaftete, während sie auf ihre Erfassung warteten. Es war Faiths Aufmerksamkeit nicht entgangen, dass Leo sie nicht in den geringfügig bequemeren Mannschaftsraum gebracht hatte. Der finster dreinblickende Mann neben ihr war der Grund, warum sie beide hier nicht willkommen waren.

Sie betrachtete Wills Profil. Er saß gebückt da, mit dem

Rücken an der Wand. Andernfalls wären ihre Augen auf Höhe seiner Schultern gewesen. Sie wusste nicht, was mit ihm los war, aber irgendetwas stimmte nicht. Will war schon im Allgemeinen nicht sehr gesprächig, aber heute Morgen war er noch schweigsamer als sonst. Er hatte die Hände im Schoß und starrte vor sich hin. An seiner linken Hand war ein Verband, der nur den kleinen Finger aussparte, aber er hatte auf ihre Frage hin nicht erklärt, woher er die Verletzung hatte. Er hatte seine Hand angesehen, dann hatte er Faith angesehen, und dann hatte er gefragt, ob sie bei der Lektüre der Chat-Abschriften zu irgendwelchen Erkenntnissen gelangt war,

Faith konnte nicht mehr auf der Bank sitzen, Schlafmangel, Angst, Frustration – das alles machte sie so rappelig wie einen Speed-Freak. Sie stand auf. Neben der Tür, die nach hinten führte, war ein Tastenfeld. Sie wusste ihren Code noch, der galt, bis sie vor vier Jahren hier aufgehört hatte. Sie tippte ihn ein. Wartete. Das rote Licht blinkte dreimal. Die Tür ging nicht auf.

»Das Ganze könnte eine zusätzliche Zeitverschwendung sein«, sagte sie zu Will. »Wir haben keine Ahnung, ob Tommy McAllister etwas mit dieser Sache zu tun hatte. Oder Mac. Oder irgendein anderes Arschloch aus dem Vergewaltigerclub.«

Will sagte nichts, aber seine hochgezogene Augenbraue verriet, dass er den Spitznamen für die Gruppe registriert hatte.

»Wir haben eigentlich richtige Arbeit zu erledigen.« Faith schaute auf ihre Armbanduhr. »Das Betrugsteam kann uns nicht ewig decken. Amanda wird es herausfinden. Ich würde sagen, wir geben Leo noch fünf Minuten, dann sind wir raus hier.«

Will starrte wieder in eine unendliche Ferne.

Faith lief auf und ab und konzentrierte sich auf das eine Rätsel, das sie möglicherweise lösen konnte. Die Liste der Dinge, die Will unglücklich machten, war kurz, sie endete damit, dass keine Zuckerschnecken mehr im Snack-Automaten waren, und sie begann mit allem, was Sara unglücklich machte. Faith wusste, dass Sara in diesem Moment in einem Flugzeug saß. Es ließ sich nicht vorhersagen, wie der Überraschungsbesuch bei Sloan Bauer verlaufen würde. Die einzige Hoffnung war, dass sich die Frau an irgendetwas von dieser verdammten Freitagsparty erinnerte.

»Hat Sara dir die Drohnachrichten weitergeleitet, die Dani Cooper vor ihrem Tod erhalten hat?«, fragte Will.

»Sie hat sie mir von dem Anwalt schicken lassen. Mein erster Eindruck ist, dass der Typ älter ist, weil er Interpunktion verwendet. Oder er will uns glauben machen, dass er älter ist.« Faith war froh, dass sie etwas zu tun hatte. Sie holte ihr Privathandy aus der Handtasche. »Er fängt irgendwie unverfänglich an, dann kommt all dieser persönliche Scheiß, was sie treibt, wo sie wohnt, wie ihre Katze heißt. Sie fragt ständig, wer er ist. Er steigert das Ganze immer weiter. Man kann getrost vermuten, dass ihm einer abgeht, wenn er Frauen Angst macht.«

Will wartete.

Faith blickte auf ihren Bildschirm und las: »›Ich muss ständig an diesen Leberfleck an deinem Bein denken, und dass ich ihn küssen möchte … noch einmal.‹«

»Hatte Dani einen Leberfleck am Bein?«, fragte Will.

»Der Obduktionsbericht führt ihn auf. An der Innenseite des rechten Oberschenkels, hoch oben, nahe der Scham, ein paar Zentimeter von einer kleinen Narbe entfernt, die sie wahrscheinlich seit ihrer Kindheit hatte. Man hätte den Leberfleck nicht gesehen, wenn sie Shorts trug. Im Badeanzug vielleicht.«

Will bedeutete ihr mit einem Kopfnicken, weiterzulesen.

»Dani antwortet: ›Das ist nicht komisch. Sag mir, wer zum Teufel du bist.‹ Er schreibt: ›In der Schublade neben deinem Bett sind Stift und Papier. Mach eine Liste von allem, wovor du Angst hast. Das bin ich.‹«

»›Das bin ich.‹« Will rieb sich das Kinn. Sein kleiner Finger war abgespreizt, als machte er sich über die Briten beim Tee-trinken lustig. »Waren Stift und Papier in der Schublade?«

»Keine Ahnung, aber wahrscheinlich.«

»Er hatte Zugang zu ihrer Wohnung. Er hat sie durchsucht, als sie nicht da war.«

Faith wusste, wohin das führte. Jack Allen Wright war Hausmeister gewesen. Es wäre logisch, wenn er in einem Wohnblock arbeitete.

»Wright war im Gefängnis, als Dani starb«, sagte sie. »Danach hat er in einem Callcenter gearbeitet, wo er sich täglich an- und abmelden musste. Du wirst dich freuen zu hören, dass er gestern gegen seine Bewährungsauflage verstoßen hat. Bis zu seiner Anhörung ist er in DeKalb County in Arrest. Ich glaube, sein Bewährungsbeamter wird empfehlen, ihn wieder in ein richtiges Gefängnis zu schicken.«

Will meinte: »Du hast zu Sara gesagt, dass du nichts unternehmen wirst.«

»Tja, wir haben schon öfter festgestellt, dass ich eine schreckliche Lügnerin bin.«

Will sah sie an.

»Okay, eine schreckliche Person, die eine fantastische Lügnerin ist.« Sie hielt inne. »Aber du bist froh, dass er hinter Gittern ist.«

Er nickte und fragte: »Was hast du sonst noch herausgefunden?«

»Richie Dougals Arbeitgeber, das Unternehmen mit den Fusionen und Praxiskäufen – die Inhaber haben sich hinter einer Menge Körperschaften versteckt, aber sie gehört Chaz Penley, Mac McAllister und Mason James.«

Will sah überrascht aus, aber nicht wegen der Information als solcher. Er wusste, dass Faith nicht die Werkzeuge hatte, um so tief zu graben. »Dougal hat meine Tante gebeten, mit mir Kontakt aufzunehmen. Ich treffe ihn zum Mittagessen im

Club.«

Faith klappte die Kinnlade fast bis zum Boden. »Und es ist dir nicht in den Sinn gekommen, mir das in den letzten zehn Minuten unbehaglichen Schweigens zu erzählen?«

»War es unbehaglich?«

Faith zuckte mit den Achseln. Sie war daran gewöhnt. Sie warf das Telefon wieder in die Handtasche. »Was, glaubst du, will Richie?«

»Ich habe keine Ahnung.« Will legte die Hand auf die Bank, dann überlegte er es sich anders. Er betrachtete seinen kleinen Finger und versuchte ihn zu bewegen.

»Hast du vor, mir zu erzählen, wie das passiert ist?«

»Hast du vor, mir von deiner posttraumatischen Belastungs-störung zu erzählen?«

»Hast du vor, mir von deiner Tante zu erzählen?«

»Hast du vor, mir von deiner Schattenermittlung zu erzäh-len?«

Faith gingen die Hast-du-Vors aus. »Genau genommen ist es *unsere* Schattenermittlung.«

»Soll ich antworten, oder willst du die ganze Unterhaltung allein bestreiten?«

»Letzteres.« Faith begann wieder auf und ab zu laufen. »Ich sage es ungern, aber ich wünschte, wir könnten Amandas Hirn anzapfen. Wir sind zu nahe dran. Wir sehen die übergeordneten Zusammenhänge nicht.«

»Wie zum Beispiel?«

Eine Sache beschäftigte Faith ganz besonders. »Edgerton. Er hat Merit Barrowes Fall unter den Teppich gekehrt. Wollte er nicht, dass jemand die Verbindung zu Sara zwei Wochen später herstellt?«

»Martin Barrowes Zeitleiste zufolge hat er am Tag nach dem Angriff auf Sara an Cams Tür geklopft«, sagte Will. »Edgerton hat Cam gezwungen, Merits Sterbeurkunde zu ändern, sodass nichts verdächtig aussah. Das wirkt nicht wie ein Zufall.«

»Womit wir wieder bei Britt wären. Sie hat zu Sara gesagt, dass es einen Zusammenhang zwischen dem gibt, was auf der Freitagsparty passiert ist, und dem, was Sara zugestoßen ist. Cam ist im Zentrum von allem. Er muss auf der Party etwas gesagt haben.«

»Vielleich trägt Sloan Bauer dazu bei, das aufzuklären.« Will klang nicht sehr hoffnungsvoll. »Kann dein Schattenermittler versuchen, die passwortgeschützten Dateien auf Cams Laptop zu knacken?«

Faith schüttelte den Kopf. Es gab eine schmale Linie zwischen fragwürdig und kriminell, und sie würde Aiden nicht bitten, sie zu überschreiten. Zumindest zu diesem Zeitpunkt noch nicht. »Was ich wirklich gern wissen möchte, ist, was sich auf diesen beschädigten Videos von der Website befindet.«

»Aus den Chats konntest du das nicht folgern?«

»Nein. Vermutlich Pornografie, aber in keinem der Chats wurde je Bezug auf die Videos genommen.«

»Porno gibt es im Netz mehr oder weniger, seit es das Internet gibt«, sagte Will. »Erzähl mir von den Abschriften der Chats. Irgendwelche Hinweise?«

»Nö. Hauptsächlich prahlt 007 damit, wie er all diesen blöden Schlampen mit seinem Schwanz das Maul stopft.« Sie bemerkte Wills überraschten Blick. »Ich zitiere ihn. Das sind nicht meine Worte.«

»Wie hat der Rest der Gruppe reagiert?«

»Sie stacheln ihn eifrig an. Genau der Dreck, den man erwarten würde.«

»Was ist mit 004?«

Er meinte Mason James. »Wenn du mich fragst, ist er genauso schlimm wie die anderen. Vielleicht sogar schlimmer. Er liest ihr übles Geschwätz, lacht manchmal darüber, und wenn es richtig fies wird, verzieht er sich schleunigst.«

»Er hat nicht den Mumm, sie zur Rede zu stellen«, sagte Will.

»Genau.« Faith lehnte sich mit verschränkten Armen an die Wand. »Vor ein paar Jahren habe ich einmal mit angehört, wie ein Freund von Jeremy beschissen über ein Mädchen gesprochen hat, und ich war so stolz auf Jeremy, weil er zu dem Kerl gesagt hat, er soll das Maul halten. Warum ist das so schwer? Mein Junge war neunzehn. Diese Typen sind erwachsene Männer.«

»Wenn du Teil einer Gruppe bist, ist es schwierig, als Einziger nicht mit dem einverstanden zu sein, was die Gruppe treibt. Man tut sich leichter, wenn man einfach mitmacht. Sonst bist du schnell isoliert.« Will zuckte die Achseln. »Ganz zu schweigen davon, dass sie sich möglicherweise dann gegen dich wenden. Leute, die üble Sachen machen, lassen sich nicht gern sagen, dass sie üble Sachen machen. Wenn du die Dinge beim Namen nennst, versuchen sie dich zu vernichten.«

Faith hatte den Eindruck, sie sprachen nicht mehr über Mason James. Als sie Will kennenlernte, hatte jemand seinen Wagen mit Farbe besprüht: Auf der einen Seite stand VERRÄTER und auf der anderen SCHWEIN. Niemand hatte die Absicht, in der Sache zu ermitteln, weil die Ermittler selbst dafür verantwortlich waren. Will war der Grund, warum sie heute auf eine harte Bank im Arrestbereich verbannt worden waren statt auf die Plastiksessel im Mannschaftsraum.

Faith sah wieder auf die Uhr. »Um welche Zeit landet Sara?«

»Halb elf.« Er schaute ebenfalls auf seine Armbanduhr. »Sie nimmt dann die Bahn zu der Konferenz, auf der Sloan spricht. Die ist am Times Square, leicht zu finden. Auf dem Rückweg zum Flughafen ruft sie mich an.«

»Du wirst da wahrscheinlich noch von John Tretheweys neuem besten Freund Richie Dougal mit Beschlag belegt sein.«

»Wahrscheinlich.«

Beide wandten den Kopf, als die Tür summte.

»Mitchell.« Leo Donnelly war seit dem Ende ihrer Partnerschaft runder und schweinsäugiger geworden. »Du bist noch hier?«

»Offensichtlich«, sagte sie. »Was soll das, uns warten zu lassen?«

»Du verstehst das Wort *freundlicherweise* in dem Satz: Das APD schließt das GBI freundlicherweise in seine Ermittlung mit ein?« Leo warf Will einen Blick zu, als hätte er gerade eine eitrige Wunde am Sack eines anderen Mannes entdeckt. »Vor allem mit dem Lurch da drüben.«

Will richtete seinen Blick auf ihn, ohne seine gebeugte Haltung auf der Metallbank zu verändern. »Kannten Sie einen Detective vom Bezirk 5 namens Eugene Edgerton?«

Leo sah beleidigt aus. »Was haben Sie vor, ihn ausgraben und gegen ihn ermitteln?«

»Ich glaube, er wurde eingeäschert«, erwiderte Will.

»Sie verdammter Scheißkerl«, sagte Leo. »Edgerton war ein guter Polizist. Hatte seine Probleme, aber er hat seine Arbeit gemacht.«

»Dann kannten Sie ihn also?«

Leo öffnete den Mund, dann schloss er ihn wieder.

»Was ist mit Merit Barrowe?«, fragte Will. »Zwanzig, Studentin an der Georgia State. Starb vor fünfzehn Jahren.«

»Dieser Kerl«, sagte Leo zu Faith.

»Was ist mit Streifenpolizisten im Bezirk 5 um etwa diese Zeit? Können Sie mir Namen sagen?«, fragte Will.

»Sag deiner Ratte, sie soll aufhören, mich anzufiepsen«, sagte Leo zu Faith. »Ich habe der ganzen Mannschaft gesagt, sie sollen ihre Käsesandwiches verstecken, damit er sie nicht klaut.«

Will stand auf. Er ragte hoch über Leo auf. Er war jünger und fitter, und der Geruch des Versagers hing nicht wie ein nasser Furz an ihm.

»Leighann Park«, sagte Will. »Was ist passiert?«

Das Fett in Leos Nacken faltete sich zusammen wie eine

Bettwulst, als er zu Will aufblickte. »Eine Menge Getöse um nichts. Ihre Mom ist Producerin bei WSB Radio. Hat ein paar Hebel in Gang gesetzt, nachdem ihr kleines Mädchen nach einer Partynacht nicht wieder aufgetaucht ist.«

Das erklärte, warum der Fall so schnell in den Nachrichten gewesen war. Faith fragte: »Was ist laut Leighann passiert?«

»Sie ist heute Morgen im Gebüsch vor ihrem Apartmenthaus aufgewacht. Weiß nicht mehr, wie sie dorthin gekommen ist. Hat geduscht, sich hübsch gemacht und ist mit ihrer Mom zu uns gefahren. Meine Vermutung ist, sie hat zu viel gefeiert. Hat es mit der Angst gekriegt, als ihr klar wurde, dass Mommy die Cops gerufen hat. Wollte ihr Taschengeld nicht riskieren. Hat sich eine Geschichte ausgedacht, damit sie keinen Ärger bekommt.«

Faith biss sich einige Sekunden lang auf der Zunge, um das plötzliche Bedürfnis zu ersticken, ihm ins Gesicht zu schlagen. »Leighann war sechsunddreißig Stunden lang verschwunden. Sie ist heute Morgen freiwillig in eine Polizeistation gekommen. Wollte sie nur Hallo sagen, oder wollte sie ein Verbrechen wie Entführung und Vergewaltigung melden?«

»Klugscheißerin«, sagte Leo. »Es gibt einen einfachen Test für diese Sorte Mädchen. Ich betrete den Raum, wenn sie erleichtert scheinen, mich zu sehen, dann bedeutet das, dass etwas Schlimmes passiert ist. Park hat nicht erleichtert ausgesehen.«

Faith konnte es nicht fassen. »Was soll das denn bedeuten?«

»Ich bin ein großer Kerl mit einer Waffe am Gürtel. Wenn ihr etwas Schlimmes zugestoßen ist, wird sie erleichtert sein, mich zu sehen, weil sie weiß, dass sie in Sicherheit ist.«

Faith hatte seit Wochen nichts so Dämliches gehört. »Ist dir mal der Gedanke gekommen, dass eine Frau vielleicht Angst bekommen könnte, weil der Mann, der sie vergewaltigt hat, ein großer Kerl mit einer Waffe war?«

»Die Braut hat vor nichts Angst, außer davor, dass die Mama

ihr das Taschengeld entzieht«, beharrte er. »Du solltest sehen, wie sie angezogen ist. Als wollte sie noch eine Nacht um die Häuser ziehen.«

»Helfen Sie mir auf die Sprünge, Donnelly«, sagte Will. »Wie haben Sie sich gekleidet, nachdem Sie vergewaltigt wurden?«

Leo warf ihm einen bösen Blick zu.

Faith war weiß Gott nicht dafür bekannt, dass sie den Mund hielt, aber sie probierte es ausnahmsweise. Will tat dasselbe, auch wenn es ihn Mühe kostete. Beide wussten, Leo hatte recht damit, dass er ihnen einen Gefallen tat. Wenn sie die Sache weiter eskalieren ließen, konnte es sein, dass seine Bosse Wind davon bekamen, und das hieß, Amanda konnte Wind davon bekommen, und das wiederum hieß, dass Faith und Will froh sein konnten, wenn sie anschließend für zehn Dollar die Stunde Einkaufswagen im Supermarkt einsammeln durften.

Leo brach das Schweigen als Erster und ließ den Atem durch die feuchten Lippen blubbern. »Reden wir jetzt mit ihr oder nicht?«

»Wer ist *wir*?«, fragte Faith. »Du und wer noch? Hast du eine Maus in der Tasche?«

Leo blubberte noch einmal, aber schließlich tippte er den Code für die Tür ein.

Das Gebrüll aus den Arrestzellen wurde leiser, als sie tiefer in das Gebäude vordrangen. Faith warf einen Blick in den Mannschaftsraum, als sie daran vorbeikamen. Zehn Jahre ihres Lebens hatte sie an dem Schreibtisch beim Aufzug verbracht. Auf allen Gesichtern spielte sich dasselbe Schauspiel ab. Ein Lächeln, als sie Faith erkannten, der Ausdruck glühenden Hasses, wenn sie Will sahen.

Leo blieb vor der Tür des Vernehmungszimmers stehen. Das BESETZT-Schild war an. »Wollt ihr euch noch bedanken, bevor ihr mir sagt, dass ich mich verpissen soll, oder was?«

»Danke«, sagte Faith. »Verpiss dich.«

Leo salutierte ihr, dann marschierte er zurück zum Dienst-raum.

Will sah Faith an. »Wir müssen unvoreingenommen rein-gehen.«

Faith hatte gerade dasselbe gedacht. Sie durften Leighann Park nicht nur als eine mögliche Spur betrachten. Sie war eine junge Frau, deren Leben im Verlauf von sechsunddreißig Stun-den auf den Kopf gestellt wurde. Statistisch bestand eine fünf-prozentige Chance, dass Leo recht hatte, was ihre Motive an-ging. Damit blieb eine Wahrscheinlichkeit von fünfundneunzig Prozent, dass die junge Frau entführt und missbraucht worden war. Ob das etwas mit den McAllisters, dem Vergewaltigerclub oder dem Tod von Merit Barrowe und Dani Cooper zu tun hatte, war unerheblich. Sie war ein Opfer, das Gerechtigkeit verdiente. Oder was als Gerechtigkeit herhalten musste.

Will klopfte an die Tür, bevor er sie öffnete. Er ließ Faith zuerst hineingehen.

Leighann Park saß allein am Tisch, die Hände vor sich ver-schränkt. Sie erschrak, als die Tür aufging. Mit der dick aufge-tragenen Wimperntusche um die blutunterlaufenen Augen sah sie aus wie ein Waschbär. Ihre Lippen glänzten von pinkfar-benem Lipgloss. Dunkles Rouge betonte ihre Wangenknochen, was das Gesicht eingefallen wirken ließ. Blauer Lidschatten umrahmte die Augen. Sie hatte das Haar auftoupiert. Die enge weiße Bluse war oben weit aufgeknöpft, sodass man das De-kolleté und die Spitze eines schwarzen BHs sah. Faith konnte ihre wohlgeformten nackten Beine unter dem Tisch sehen. Ihr eng anliegender schwarzer Rock endete in der Mitte der Ober-schenkel. Die Füße in Zwölf-Zentimeter-Pumps standen auf dem Boden. Sie hatte die Beine nicht übereinandergeschlagen, sondern hielt sie leicht gespreizt. Faith konnte Blutergüsse auf beiden Oberschenkeln erkennen, die aussahen, als hätte jemand die Finger in Tinte getaucht und dann auf ihre Haut gedrückt.

Faith zog ihren Ausweis hervor. »Ich bin Special Agent Faith Mitchell vom GBI. Das ist mein Partner Will Trent. Darf ich mich setzen?«

Die Frau antwortete nicht. Sie riss Faith das Ausweismäppchen aus der Hand und studierte das Foto sorgfältig. Ihr Finger fuhr unter Faiths Namen entlang.

Faith betrachtete ihr toupiertes Haar. Leo hatte recht, Leighann sah tatsächlich aus, als wäre sie auf dem Weg zurück in den Club. Aber es war zehn Uhr morgens, und kein Club war geöffnet. Männer unterstellten oft, dass Frauen sich nur herausputzten, um für Männer attraktiv zu sein, während sie in Wahrheit für sich selbst gut aussehen wollten. Es war manchmal eine Art Panzer gegen die Welt.

Leighanns zusammengebissene Zähne und ihre steife Haltung verrieten Faith, dass die Frau diesen Panzer gerade brauchte.

Leighann gab Faith den Ausweis zurück. Sie warf einen nervösen Blick auf Will. »Wo ist der Dummschwätzer abgeblieben?«

Faith gratulierte ihr insgeheim zu der Bezeichnung. »Detective Donnelly wurde abgezogen. Wenn es Ihnen recht ist, möchte ich gern mit Ihnen darüber sprechen, was passiert ist.«

»Schön.« Leighann lehnte sich mit verschränkten Armen zurück. Ihre Feindseligkeit war wie eine dritte Person im Raum. »Ich habe dem Dummschwätzer schon erzählt, was passiert ist. Ich war in dem Club. Danach setzt meine Erinnerung aus. Buchstäblich. Ich bin unter einer Hecke aufgewacht. Müssen Sie es wirklich noch einmal hören?«

Faith deutete auf den Stuhl. »Darf ich mich setzen, oder ist es Ihnen lieber, wenn ich stehen bleibe?«

»Was soll dieser ›Darf ich‹-Quatsch?« Leighann schaute wieder zu Will. »Warum sagt er nichts?«

»Wir praktizieren etwas, was sich traumasensible Befragung nennt«, erklärte Will. »Das Ziel ist, Vertrauen zwischen uns drei herzustellen, damit Sie sich wohl dabei fühlen, uns von den Geschehnissen zu erzählen.«

»Tja, funktioniert aber nicht«, sagte sie. »Herrgott, Frau, setzen Sie sich schon. – Wie groß sind Sie?«

Die letzte Frage war an Will gerichtet. »Eins neunzig«, sagte er.

»Sie sind wie der verdammte Hodor in *Game of Thrones*. Ich meine, nicht so hässlich, sondern so groß und … ach, Scheiße. Ich flirte nicht mit Ihnen, klar? Ich muss mich nur erst mal sammeln.«

Faith setzte sich auf den Stuhl gegenüber von Leighann, während die junge Frau sich mit wütenden Bewegungen die Tränen aus den Augen wischte. Es war nicht das erste Mal, dass Faith dem Opfer eines sexuellen Missbrauchs gegenübersaß. Sie hatte gelernt, sich gegen ihre Geschichten abzuhärten, aber diesmal war es anders. Faith dachte daran, wie feindselig und wütend Leighann klang, und sie fragte sich, ob sie selbst den gleichen Eindruck hinterlassen würde, wenn ihr etwas Schreckliches zustieße.

»Der Dummschwätzer hat gesagt, dass meine Mom nicht hier bei mir sein darf«, sagte Leighann.

»Würden Sie sich wohler fühlen im Beisein Ihrer Mom?«, fragte Faith.

»Scheiße, nein. Sie ist schon …« Leighann hielt inne. Sie versuchte mit zusammengebissenen Zähnen, ihre Tränen zu unterdrücken. »Was brauchen Sie von mir?«

»Wo möchten Sie gern anfangen?«

»Wie wär's damit, dass ich fast zwei Tage von meinem Scheißleben verloren habe?«, fragte sie. »Verdammt. Ich habe keine Erinnerung daran, was passiert ist – nur manchmal taucht kurz ein Bild auf. Und nein, ich erinnere mich nicht an sein Gesicht. Er war weiß, aber was heißt das schon? Alle sind weiß. Er ist auch weiß.«

Sie hatte zornig in Richtung Will gestikuliert. Faith war sich nicht sicher, ob Leighann wollte, dass er sich zurückzog, oder ob sie ihn als Beweis dafür, dass sie recht hatte, dabehalten wollte.

»Ich weiß nicht, welche Farbe sein Haar hatte oder seine Augen«, fuhr Leighann fort. »Ich erinnere mich nicht, ob er klein oder groß war – ich meine, er war nicht so groß wie der Typ da.«

»Ich kann gehen, wenn Sie es möchten«, bot Will an.

»Wenn ich es möchte? Was ist das hier, die woke Polizeistation, oder was?« Leighann wischte sich mit den Fäusten die Tränen fort. Ihre Wangen waren von Wimperntusche verschmiert. »Ich habe getrunken. Ich habe keine Drogen genommen, aber ich habe es versucht. Ich hätte Molly genommen. Ich wollte es. Und ich war gekleidet wie eine Nutte. Wie das hier – sehen Sie, was ich anhabe? Das kommt dem ziemlich nahe, was ich an dem Abend getragen habe, als es passiert ist, nur dass ich mein scheiß Kleid schon in die Waschmaschine gesteckt habe. Meine Mom sagte, ich soll es nicht tun, aber ich habe es trotzdem gemacht.«

»Ihr Kleid?«, fragte Faith. »Und was noch?«

»Ich habe keine Unterwäsche getragen, wenn Sie das meinen.« Sie wischte sich wieder über die Augen. »Also, ja, ich hatte einen BH an, aber keinen Slip. Ich habe einen angezogen, bevor ich in den Club gegangen bin, aber … Scheiße, keine Ahnung. Und mein Schuh fehlt. Einer von meinen Schuhen.«

Faith bemühte sich um einen ruhigen Ton. Bei Merit Barrowe und Dani Cooper hatte jeweils der linke Schuh gefehlt. »Wissen Sie noch, ob es der linke oder der rechte Schuh war, der fehlte?«

»Der linke, und es waren sechshundert Dollar teure Marc-Jacobs-Schuhe aus blauem Samt, mit Blockabsätzen und

Spitzenbesatz. Dieselbe Farbe wie mein Kleid.« Sie wischte sich mit dem Handrücken über die Nase. »Ich habe das Kleid heiß gewaschen, was verdammt dämlich von mir war.«

»Das ist schon in Ordnung«, sagte Faith. »Manchmal gelingt es uns trotzdem, aus der Kleidung noch Spuren zu sichern. Wir können die Sachen abholen, wann immer es Ihnen passt.«

»Wann immer es mir passt?«

»Es liegt bei Ihnen.«

»Sie überlassen mir die Entscheidung?« Sie wurde richtig zornig und schlug mit den Händen auf den Tisch. »Ich habe alles falsch gemacht, okay? Ich habe geduscht, ich habe die ganze Scheiße weggeschrubbt und das Duschgel in jedes verdammte Loch gespritzt. Ich konnte nicht anders … Ich habe mich dreckig gefühlt, okay? Es ging einfach nicht, dass ich mich *nicht* sauber mache Ich hatte mir die Eingeweide rausgekotzt. Und mich vollgepisst. Aus meinem Arsch lief Blut. Ich habe mich gefühlt, als hätte mir jemand ein Messer da unten reingestoßen. Und ich habe trotzdem auf Knien das Badezimmer geputzt. Mit Chlorbleiche, was noch ein Riesenfehler war, verdammt. Ich habe alle Beweise vernichtet. Was für ein Idiot tut so was?«

»Es gibt keine richtige oder falsche Art …«, begann Faith.

»Hey, glauben Sie, ich habe nie *Dateline* gesehen?« Leighann schlug mit der Faust auf den Tisch. Sie war außer sich. »Ich habe meinen eigenen verdammten Tatort gereinigt. Was, zum Teufel, ist nur los mit mir?«

Faith fiel etwas ein, das Sara von ihrer Befragung durch Edgerton erzählt hatte. Der Mann hatte zumindest eines getan, was für ihn sprach. »Leighann, was empfinden Sie gerade? Wut? Selbstvorwürfe? Lenken Sie diesen Zorn von sich fort und richten Sie ihn auf den Mann, der Sie vergewaltigt hat.«

Leighann starrte sie erstaunt an. Dann entsetzt. Sie bedeckte das Gesicht mit den Händen und fing zu weinen an.

Es lag an dem Wort *vergewaltigt*. Keine Frau wollte es hören.

»Leighann, es ist alles gut«, sagte Faith. »Sie sind jetzt in Sicherheit.«

Leighann versuchte sich zusammenzunehmen. Sie schniefte, wischte sich wieder über die Augen. »Gehört das zu Ihrer Trauma-Befragung? Mir zu sagen, dass es nicht meine Schuld ist?«

»Es ist etwas, das ich zu meiner eigenen Tochter sagen würde, wenn sie mir hier gegenübersäße. Es ist nicht deine Schuld. Du hast nichts Falsches gemacht. Du hast jedes Recht, in einen Club zu gehen, zu trinken, zu tanzen und dich zu amüsieren. Das Arschloch, das dir das angetan hat – der ist das Monster. Nicht du.«

Leighann wischte sich wieder übers Gesicht. »Ich dachte immer, ich wäre klüger. Ich *bin* klug. Aber ich habe sämtliche Dummheiten gemacht.«

Faith griff in ihre Handtasche, holte eine Schachtel Kleenex heraus und stellte sie auf den Tisch.

Leighann rupfte ein paar Tücher heraus, benutzte sie aber nicht. »In meinem Kopf tauchen immer diese Bilder auf, wie bei einem alten Film, der flackert. Ich sehe den Club, dann sehe ich plötzlich diese … diese Decke. Es ist ein weißer Pelz, wie ein Schaffell? Aber ich weiß es nicht.«

Faith bemerkte, dass Will in die Tasche griff, um seine Aufnahme-App zu starten.

»Mögen Sie mir mehr über die Schaffelldecke erzählen?«, fragte sie.

»Vielleicht war es ein Teppich? Mein Gesicht war darin vergraben. Ich erinnere mich, ich hatte das Zeug in der Nase … die Haare oder den Schafspelz oder wie das heißt.« Leighann wischte sich über die Nase. »Ich habe etwas gerochen.«

»Können Sie es für mich beschreiben?«

»Süß. Wie Kirschlimonade vielleicht?«

Faith biss die Zähne zusammen, damit sie der Frau keine Worte in den Mund legte. Merit Barrowe hatte Cam erzählt, dass der Atem ihres Angreifers so ähnlich wie Hustensaft gerochen hat. »Fällt Ihnen noch etwas zu dem Geruch ein?«

Leighann schüttelte den Kopf. »Fragen Sie mich etwas anderes.«

»Was ist mit Ihren Gedanken? Haben Sie eine Erinnerung daran, was Sie während des Überfalls dachten?«

»Zu welcher Zeit?«, fragte sie. »Es waren zwei verdammte Tage. Mal ehrlich, gute Frau: Wissen Sie, wie oft einen ein Kerl in zwei Tagen ficken kann? Ich weiß es nämlich verdammt noch mal nicht. Ich erinnere mich nicht.«

Sie begann die Tücher zu zerzupfen.

»Ich habe vergessen, wie man atmet«, sagte sie dann. »Ich schlief, und dann bin ich aufgewacht, weil ich meinte zu ersticken, aber das passierte, weil mein Gehirn der Lunge nicht mehr sagte, dass sie atmen soll.«

Faith widerstand dem Drang, nach ihrem Notizbuch zu greifen. Sie wollte den Erzählfluss nicht unterbrechen.

»Meine Arme und Beine ... Ich konnte sie nicht bewegen. Aus eigenem Willen bewegen, meine ich. Sie haben sich bewegt, ich spürte, wie sie sich bewegen, aber als wenn ich schlafen würde, und gleichzeitig war ich eine Puppe. *Er* hat mich bewegt. Zu verschiedenen Posen, schätze ich.« Sie legte die Hand an die Stirn. »Was noch? Helfen Sie mir, mich zu erinnern.«

»Konnten Sie etwas hören, während es passierte?«

Sie schüttelte den Kopf, sagte aber: »Eine Art Schnurren? Ich weiß nicht ... Nicht wie eine Katze, sondern ein elektrisches Schnurren. *Sssst. Sssst.* Mist, was war das bloß?«

Faith konnte das Geräusch auch nicht zuordnen, aber sie wollte das Gespräch jetzt nicht stocken lassen. »Was ist mit Ihren Gefühlen, während es geschah? Wo waren Sie emotional?«

»Meine Gefühle?« Für einen Moment hatte es den Anschein, als wollte die Feindseligkeit erneut aufflammen, aber sie erlosch rasch wieder. »Ich hatte keine Angst.«

Faith nahm wahr, wie schockiert das Mädchen darüber war. »Denken Sie daran: Es gibt kein Richtig oder Falsch.«

»Aber ich verstehe es nicht. Wie kann das sein, dass ich keine Angst hatte, als es passiert ist? Ich hätte Todesangst haben müssen, aber ich war … wie taub? Oder weggetreten? Nicht nur im Kopf, sondern aus meinem Körper. So als würde ich verschwinden. Da war dieses weiße Rauschen in meinem Hirn, und meine Arme und Beine … wollten sich von meinem Körper lösen. Ich verstehe es nicht. Habe ich zugesehen, wie es passiert ist? Ist es wirklich mir passiert?«

Faith registrierte, dass Leighanns Hand sich unwillkürlich an ihre linke Seite bewegt hatte. Sie drückte die Handfläche direkt unter die letzte Rippe. »Leighann, können Sie mir sagen, warum Ihre Hand dort liegt?«

Sie starrte nach unten, drehte dann die Hand aufwärts, als wäre die Antwort in die Handfläche geschrieben. Sie sah Faith an. »Er hat mir Drogen gespritzt. Da ging die Nadel rein. Genau da.«

»Wie oft?«

»Ich weiß es nicht.« Sie presste die Hand in die Seite. »Im Club, auf jeden Fall. Ich habe es gespürt, aber es war mehr wie ein heftiger Insektenstich. Und später dann … Ich erinnere mich, dass es später noch mal passiert ist, aber ich weiß nicht, wie oft, oder wo ich war, oder was passiert ist. Ist meine Erinnerung deshalb so im Arsch? Weil er mich mit Drogen betäubt hat?«

Faith sollte eigentlich keine Schlussfolgerungen ziehen, aber sie konnte nicht widerstehen. »Es klingt so.«

»Es ergibt Sinn«, sagte Leighann. »Weil … weil ich mich nicht erinnern konnte. Aber wenn er mich betäubt hat, immer wieder, meine ich, dann ergibt das Sinn. Dass ich keine Angst hatte und so. Vielleicht war es Xanax oder Valium oder etwas in der Art?«

Faith spürte, wie sich Leighann zurückzog, so als würde jetzt, da sie eine Erklärung für ihren Gedächtnisverlust hatte, alles andere keine Rolle mehr spielen. Sie fragte: »Leighann, bevor Sie in dem Club waren – gibt es etwas aus der Zeit davor, das Sie uns erzählen können?«

Sie presste die Lippen zusammen. Eindeutig verschwieg sie etwas.

Faith durfte nicht zulassen, dass sie wieder dichtmachte. »Wenn Sie wollen, können wir uns ein andermal unterhalten. Sie bestimmen hier.«

Leighann nickte, aber sie bat nicht darum, aufzuhören. »Ich habe bei Jake auf der Couch geschlafen. Ich hatte Angst, bei mir daheim zu bleiben.«

»Warum?«

»Die Nachrichten«, sagte Leighann. »Hat Ihnen der Dummschwätzer nichts davon gesagt?«

Faith beschloss, Leo Donnelly demnächst umzubringen. »Können Sie sie mir zeigen?«

»Nein, ich habe sie gelöscht. Ich weiß nicht warum, aber ich habe sie gelöscht.« Sie fuhr sich mit den Fingern durchs Haar. »Noch so eine Blödheit, die ich angestellt habe. Ich konnte es in den Augen von dem Typ sehen, als ich es ihm erzählt habe, es war wie: *Du saudummes Miststück.* Und das ist die richtige Reaktion. Ich weiß nicht, warum ich sie gelöscht habe. Es war, als würde ich dadurch wieder die Kontrolle übernehmen, verstehen Sie? So wie: *Leck mich, Arschloch, ich lösche deinen Scheißdreck einfach.*«

»Erinnern Sie sich noch an etwas aus diesen Nachrichten?«

»Er wusste alles Mögliche«, sagte Leighann. »Er wusste, dass ich in der Bibliothek nach einem Buch über die Reformation gesucht habe. Und er wusste, wo ich wohne, bis hin zur Nummer meines Apartments. Er hat etwas darüber geschrieben, was ich anhatte, sogar mit der Farbe meiner Unterwäsche, aber es war eklig, er nannte sie Höschen. Und er wusste, wo mein Dad arbeitet und …«

Leighann legte die Hand auf den Mund. Sie schloss die Augen. Tränen quollen unter den Lidern hervor.

Faith riskierte einen Blick zu Will. Er beobachtete Leighann. Sie wussten beide, dass das Mädchen fragil war. Der geringste Druck konnte schon zu viel sein. Ihnen blieb nichts anderes, als zu warten.

Es dauerte fast eine volle Minute, bis Leighann wieder sprechen konnte. Sie rupfte noch mehr Papiertücher aus der Kleenex-Packung, wischte sich über die Augen, holte rasch Luft. »Er schrieb, ich soll den Handspiegel aus meiner Make-up-Schublade holen. Als wüsste er, dass er dort ist. Genau da bewahre ich ihn nämlich auf. Und ich soll mir meine linke Kniekehle anschauen, schrieb er, dort sei ein Kreis. Ich habe nachgesehen. In meine Kniekehle war ein kleiner Kreis gezeichnet, genau in der Mitte, ein perfekt runder Kreis.«

Faith holte ihr Notizbuch aus der Handtasche. Sie schlug eine neue Seite auf, klickte auf den Kugelschreiber und legte beides vor Leighann auf den Tisch. »Zeichnen Sie es für mich.«

Leighann nahm den Kugelschreiber mit der linken Hand und zeichnete einen Kreis, der etwa die Größe einer Zehn-Cent-Münze hatte. Dann füllte sie ihn sorgfältig aus, ohne über den Rand zu malen.

»Das war etwa die Größe?«, fragte Faith.

»Vielleicht war er ein bisschen kleiner. Aber er war perfekt, vollkommen rund, als hätte er den Stift um eine Vorlage gezogen. Und er war exakt in der Mitte.« Leighann schüttelte den Kopf. »Ich weiß nicht, ich hätte ein Foto knipsen sollen, aber ich habe daran herumgeschrubbt, bis er nicht mehr zu sehen war. Es hat mir eine scheiß Angst eingejagt, und Jake … Er meinte, dass mir wahrscheinlich jemand einen Streich gespielt hat. Wir hatten uns ein paar Nächte zuvor betrunken, ich meine, es ist idiotisch, aber vielleicht hatte ihn einer meiner Freunde gezeichnet.«

»Was ist mit Jake?«, fragte Faith. »Könnte er derjenige sein, der ihn gezeichnet hat?«

»Jetzt klingen Sie wie der Dummschwätzer. Er sagte, ich hätte wohl Jake gevögelt, und meine Mom sollte nicht erfahren, dass ich keine Jungfrau mehr bin.« Sie warf die Arme in die Luft. »Nur, wichtige Neuigkeit: Meine Mom weiß, dass ich keine Jungfrau mehr bin. Sie hat mir eine verdammte Spirale einsetzen lassen, als ich fünfzehn war. Sie hat meine Hand gehalten, während man mir das Ding in die Gebärmutter geschoben hat.«

Faith gab sich vorsichtig. »Wie lange kennen Sie Jake?«

»Zwei Jahre. Welche Rolle spielt das?«

»Ich weiß, Jake ist Ihr Freund, aber …«

»Es gibt kein Aber, gute Frau. Jake hat mir diese Scheiße nicht angetan. Er war mit mir im Club. Ich habe ihn mit meinen eigenen Augen mit einem Mädchen tanzen sehen, als ich Nachrichten vom Creeper bekommen habe.«

»Creeper?«

»So haben wir ihn genannt.«

»Jake hat die Nachrichten ebenfalls gesehen?«

»Ja, aber Sie hören nicht zu. Der wichtige Teil ist, dass ich Nachrichten vom Creeper bekommen habe, während ich Jake auf der Tanzfläche beobachtet habe. Deshalb weiß ich, dass er es nicht war.«

»Okay.«

»Hören Sie auf mit Ihrem Okay, als wäre ich nicht ganz dicht. Der Creeper ist derjenige, der mir die Nachrichten geschickt hat. Er ist derjenige, der mir das angetan hat. Es ist ein und derselbe Kerl.«

»Ich verstehe.«

»Das will ich verdammt noch mal hoffen. Ich will nicht, dass ihr Arschlöcher euch Jake schnappt. Auf diese Weise werden manchmal unbewaffnete Männer von hinten von den Cops erschossen.«

Faith versuchte sie wieder zum Thema zurückzulotsen. »Können wir noch ein bisschen über die Nachrichten sprechen? Hat der Creeper noch etwas geschrieben, was Sie für wichtig halten?«

»Ja, ich habe ständig gefragt, wer er ist, und er schrieb, schau dir den Kreis an, dann weißt du, wer ich bin.«

»›Dann weißt du, wer ich bin‹?« In Faiths Kopf blitzten die Drohnachrichten auf, die Dani Cooper erhalten hatte. »Das waren genau seine Worte? ›Dann weißt du, wer ich bin‹?«

»Nein, es war …« Ihre Stimme versagte wieder. Sie presste die Finger auf die Augenlider. Ihr Zorn wich tiefer Niedergeschlagenheit, und sie fing an zu weinen. Sie bedeckte das Gesicht mit den Händen und ließ die Stirn auf die Tischplatte sinken.

Faith war zumute, als läge ihr Herz in einem Schraubstock. Emma machte daheim am Küchentisch manchmal das Gleiche.

»Kann …«, flüsterte Leighann und räusperte sich. »Können Sie ihn rausschicken? Bitte, ich möchte, dass er rausgeht. Bitte.«

Will ließ auf dem Weg zur Tür sein Smartphone in Faiths Tasche gleiten. Er schloss die Tür so leise, dass Faith sie kaum einschnappen hörte.

»Leighann«, sagte sie. »Er ist fort. Alles ist gut. Es kann Ihnen nichts passieren.«

Die junge Frau blieb weiter so sitzen: die Stirn auf dem Tisch und die Hände am Gesicht. Tränen breiteten sich über die Metalloberfläche aus. Dann streckte sie eine Hand vor.

Faith ergriff sie. Sie konnte spüren, wie das Mädchen zitterte.

»Tut mir leid«, flüsterte Leighann. »Ich hab Angst bekommen.«

»Das ist in Ordnung, Liebes.« Faith hielt ihre Hand fest.

»Sollen wir Schluss machen? Ich kann Ihre Mom holen und Sie beide nach Hause fahren. Wir müssen das nicht fortsetzen.«

»*Ich* muss es«, sagte sie. »Ich weiß, dass ich es muss.«

»Sie müssen sich vor allem um sich selbst kümmern. Das ist alles, worauf es ankommt.«

Leighanns Griff wurde noch fester. »Ich habe es nicht wegbekommen. Ich habe es lange versucht, aber es ging einfach nicht weg.«

»Was ging nicht weg?« Faith wartete, aber es kam keine Antwort. Sie ermahnte sich, keinen Druck zu machen, Leighann die Initiative zu überlassen. Sie zählte lautlos die Sekunden, während sie wartete, und hoffte, das Mädchen würde weitermachen.

Leighann richtete sich langsam auf und ließ Faiths Hand los.

Ein entschlossener Ausdruck trat auf das Gesicht der jungen Frau. Sie sagte nichts, hielt den Kopf gesenkt. Ihre Finger zitterten, als sie die kleinen Perlknöpfe an ihrer engen weißen Bluse öffnete. Als sich der Stoff teilte, sah Faith Blutergüsse, Bissspuren, geplatzte Blutgefäße, die rote Flecken in ihre Haut malten.

Leighann streifte die Bluse von den Schultern. Ihr schwarzer Push-up-BH war aus reiner Spitze. Ihre Warzenhöfe waren dunkle Kreise unter dem durchsichtigen Material. Der BH-Verschluss war vorn. Ihre Finger zitterten immer noch, als sie den Haken löste. Sie hielt den BH jedoch mit Daumen und Zeigefinger zusammen.

»Das war die Nachricht, die er mir geschickt hat«, sagte sie.

Faith sah, wie sie den BH von der linken Brust wegzog.

Drei Worte waren um den Bogen ihrer Brustwarze geschrieben:

Das bin ich.

13

»Das bin ich«, wiederholte Sara in ihr Telefon. Wills Anruf hatte sie aus Sloans Präsentation geholt. Sie blickte in das hochaufragende gläserne Atrium des Times Square Marriott Marquis Hotels und ließ die drei Worte vor ihrem geistigen Auge erscheinen. *Das bin ich.* Subjekt, Prädikat, Objekt. Das Pronomen *ich* beantwortete die Fragen, die Merit Barrowe vor fünfzehn Jahren gestellt wurden. Wer verschönt dir den Tag? Wer träumt von dir? Wer ist kaputter? Wer verdient deine Gesellschaft nicht? Wer wird dich enttäuschen, wenn du herausfindest, wer ich bin?

Das bin ich.

»Hast du das Foto von Leighanns Brust gesehen?«, fragte sie Will.

»Es sind drei. Eine Frontalaufnahme, eine Nahaufnahme, eine im Profil«, sagte er. »Faith hat sie mir beschrieben. Leighann wollte nicht, dass ich es sehe, was verständlich ist. Und ich weiß nicht, was ich beitragen könnte.«

Sara wusste, dass Wills Dyslexie manchmal zu Erkenntnissen führte, die anderen verwehrt blieben. Sie wusste auch, dass er manchmal irrtümlich annahm, seine Lesestörung behindere ihn.

»Leighann sagte, sie habe es unter der Dusche wegschrubben wollen«, sagte sie. »Weißt du, womit die Worte geschrieben wurden?«

»Ein Permanentmarker mit ganz feiner Spitze, schwarz«, antwortete er. »Sie hat offenbar so heftig geschrubbt, dass sie geblutet hat.«

Sara schloss die Augen beim Gedanken an Leighanns Panik. Sie wusste, wie es war, wenn man erkannte, dass einem der Körper nicht mehr allein gehörte. »Franzbranntwein wäre besser.«

»Ich kümmere mich darum, dass Faith es ihr sagt«, antwortete Will. »Sie hat Donnelly dazu gebracht, den Fall als Sexualverbrechen einzustufen. Sie nehmen es jetzt ernst. Haben mit Leighanns Freund Jake Calley gesprochen. Er hat bestätigt, die Drohnachrichten gesehen zu haben. Die Techniker des APD versuchen die Backups in ihrem Handy zu bergen.«

»Sie haben ihren Schuh und das Kleid ans Labor geschickt?«

»Soviel ich weiß«, sagte er. »Faith hat eine Beschreibung von beidem.«

»Gab es Einstichmale von den Injektionen?«

»Wir müssen auf die ärztliche Untersuchung warten.«

»Was ist mit diesem mechanischen Schnurren, das Leighann gehört hat?«, fragte Sara. »Hat das etwas zu bedeuten?«

»Ich schicke dir die Audioaufnahme ihrer Befragung, dann kannst du es dir im Flugzeug anhören. Es ist schwer festzumachen. Viele Geräte geben solche Töne von sich. Könnte ein Kompressor sein, ein Heizkörper, statisches Rauschen aus einem Funkgerät, ein White-Noise-Gerät.«

»Ich denke gerade an die Tätowierung, die bei Merit Barrowes Obduktion vermerkt wurde«, sagte Sara. »Vielleicht war es gar keine Tätowierung, sondern ein Permanentmarker. Vielleicht hat er *Das bin ich* an ihre Körperseite geschrieben.«

»Vielleicht«, sagte Will. »An Dani hast du allerdings keine Schrift gesehen.«

»Nein«, bestätigte Sara.

»Was ist mit einem weißen Schaffellteppich?«, fragte Will. »Leighann sagt, sie erinnert sich daran, dass ihr Gesicht in weißes Fell gepresst war.«

»Dani war nicht lange genug bei Bewusstsein, um genauere Angaben zu machen.«

Sara blinzelte, und sie war wieder im Grady, und ihre Hand massierte Leben in Danis Herz.

»Auch ohne Schaffell gibt es viele Überschneidungen zwischen dem Überfall auf Leighann und denen auf Dani Cooper und Merit Barrowe. Die Drohnachrichten. Die Betäubung mit Drogen und die Entführung. Der Gedächtnisverlust. Der süßliche Geruch seines Atems. Dann stimmen die Worte auf Leighanns Brust mit denen in den Nachrichten an Dani überein. Und die fehlende Unterwäsche und der fehlende linke Schuh. Das sind keine Vermutungen. Das sind eindeutige Verbindungen.«

»Das sind sie. Und wir haben dem APD alles dargelegt, aber von Merit Barrowe lassen sie die Finger. Eugene Edgertons vermutete Korruptheit könnte dazu führen, dass viele seiner alten Fälle noch einmal eröffnet werden müssten. Rechne den nicht ganz sauberen Leichenbeschauer dazu, und du bist bei Hunderten von Verurteilungen, die auf den Kopf gestellt werden.« Er klang eher frustriert als wütend. Will wusste, wie politische Winkelzüge eine Ermittlung behindern konnten. »Danis Fall ist ebenfalls tabu. Sie haben eine Heidenangst vor den McAllisters, ihren Anwälten und ihrem Geld. Was ich verstehen kann. Niemand wird gern verklagt.«

»Heißt das, sie werden Leighann keine Fotoaufstellung mit Tommy McAllister zeigen?«

»Glaubst du wirklich, dass Faith es nicht geschafft hat, ihnen das unterzujubeln?«, sagte Will. »Leighanns Erinnerung ist ausgelöscht. Sie hat ihn nicht erkannt.«

»Einige der Symptome, die sie beschreibt, weisen auf Rohypnol hin – der Gedächtnisverlust, die Orientierungslosigkeit, die Atemdepression. Aber sechsunddreißig Stunden sind eine lange Zeit, um weggetreten zu sein. Es würde mich nicht überraschen, wenn das Rohypnol durch Ketamin verstärkt worden wäre. Das hat eine mehr halluzinogene Wirkung, aber es erhöht die Herzfrequenz und den Blutdruck. Es ist ein heikler Balanceakt, jemanden bewusstlos zu halten, ohne ihn umzubringen.«

»Man müsste also medizinische Kenntnisse haben?«

»Meiner Ansicht nach ja.« Sara sah eine Gruppe Ärzte an der Kaffeebar stehen. Die Konferenz über pädiatrische Hämatologie-Onkologie war in vollem Gang. Sloan präsentierte ihre Arbeit *Zur Genese von Geschlechtsunterschieden im Schmerzmanagement bei pädiatrischen Hämatologie-Fällen.* Die Recherche war faszinierend und eine willkommene Ablenkung. Sara hatte angefangen, sich Notizen zu machen.

»Faith will, dass wir Amanda einweihen«, sagte Will.

Sara presste die Lippen zusammen. Amanda einzuweihen bedeutete, ihr die ganze Geschichte zu erzählen, und das wiederum hieß, sie musste einer weiteren Person offenbaren, was ihr vor fünfzehn Jahren passiert war. Dass sie im Begriff war, Sloan Bauer genau das zuzumuten, was sie selbst so fürchtete – diese Ironie entging ihr nicht.

»Die Presse wird sich auf die Geschichte stürzen«, fuhr Will fort. »Leighanns Mutter wird dafür sorgen, dass die Cops den Druck spüren. Es wird eine Menge Wirbel geben. Vielleicht werden sich Zeugen aus dem Tanzclub melden.«

»Gibt es keine Bilder von Überwachungskameras?«

»Es war ein Pop-up-Club in einem Lagerhaus, das demnächst abgerissen wird. Es gab zwei Wachleute. Keine Kameras. Kein zusätzliches Personal. Bezahlung nur mit Kreditkarte, damit lassen sich mögliche Zeugen wenigstens zurückverfolgen.«

»Das ist gut.«

Wie üblich merkte Will, dass etwas nicht stimmte. »Alles in Ordnung?«

»Hast du mir nicht vor zwei Stunden eine sehr dezidierte Nachricht geschickt, ich solle aufhören, dich zu fragen, ob alles in Ordnung ist bei dir?«

»Das ist etwas anderes«, sagte er. »Ich weiß, dass alles in Ordnung ist bei mir.«

Sie musste unwillkürlich lächeln.

»Ich habe bei Ace vorbeigeschaut und Spachtelmasse für das Loch in der Wand gekauft«, sagte er. »Ich denke, ich werde die erste Lage aufgetragen haben, bevor du landest.«

»Das will ich dir auch geraten haben«, scherzte sie, aber dann wurde sie ernst. »Es tut mir leid, dass ich Eliza wieder in dein Leben gebracht habe.«

»Sie war nie in meinem Leben, und sie ist es auch jetzt nicht«, korrigierte er sie. »Hattest du Angst, dass ich sie aus dem Fenster werfe?«

»Ein bisschen, aber nur, weil sie wahrscheinlich recht damit hatte, dass sie selber eher zerbrochen wäre als das Fenster. Es wäre schwierig gewesen, dem amtlichen Leichenbeschauer von Fulton County diese Verletzungen zu erklären.«

Er lachte.

»Willst du, dass ich die Stiftungsunterlagen durchlese?«

Anstatt zu verneinen, fragte er: »Bist du noch hin- und hergerissen, ob du mit Sloan reden sollst?«

Sara zwang sich, nicht mehr an ihrem Ring zu drehen. »Meine Mutter sagt immer: *Sei vorsichtig, wenn du Gespenstern nachjagst, denn du könntest Dämonen vorfinden.*«

»Du kannst jederzeit einen früheren Rückflug nehmen.«

Sara wusste es zu schätzen, dass er ihr fortwährend die Gelegenheit eröffnete, einen Rückzieher zu machen. »Das könnte so oder so passieren. Sloan muss nicht mit mir reden. Ich weiß nicht, ob ich es an ihrer Stelle tun würde.«

»Du würdest es tun, wenn du dadurch möglicherweise jemandem helfen könntest. Und nach allem, was du mir von Sloan erzählt hast, will sie Menschen ebenfalls helfen.«

»Vielleicht.« Sara sah einzelne Ärzte aus dem Hauptsaal kommen. Sloans Präsentation näherte sich dem Ende. »Tut mir leid, dass ich dir heute Morgen nicht mehr Lebewohl sagen konnte.«

»Du kannst es wiedergutmachen, indem du mich heute Abend Hallo sagen lässt.«

»Wie wär's, wenn ich Lebewohl sage und du gleichzeitig Hallo?«

»Abgemacht.«

Sara beendete das Gespräch. Sie holte tief Luft, um sich zu beruhigen. Es war nicht nur wegen der Aussicht auf das bevorstehende Gespräch mit Sloan. Sie war immer noch fix und fertig von Elizas schockierendem Besuch und von Wills noch schockierenderer Reaktion darauf. Sie hatte seinen Knöchel mit drei Stichen nähen müssen, während sie nervös auf ein Taxi zum Flughafen wartete, dann war sie wie eine Verrückte durch das Terminal gerannt und hatte ihr Gate im letzten Moment noch erreicht.

Der doppelte Gin Tonic, den sie vor dem Start hinuntergeschüttet hatte, war keine gute Entscheidung gewesen. Sara hatte einen zweiten in Erwägung gezogen, aber wie alle Ärzte fürchtete sie, die Stimme des Piloten über Lautsprecher zu hören, der fragte, ob ein Arzt an Bord sei, um bei einem medizinischen Notfall Hilfe zu leisten.

So hatte sie ihre Zeit in der Luft weder genutzt, um sich zu fokussieren, noch, um sich zu betrinken, sondern der Playlist gelauscht, die Will für sie zusammengestellt hatte. Alabama Shakes, Luscious Jackson, P!nk. Es sprach viel für einen Mann, der dir für eine Playlist Musik auswählte, die dir gefiel, anstatt dir seine eigenen Favoriten aufzuzwingen. Nie im Leben hätte Sara zwei Stunden lang Bruce Springsteen durchgestanden.

Ein plötzlicher Schwall Gespräche riss sie aus ihren Gedanken. Der Hauptraum hatte sich zu leeren begonnen. Sara stand auf und richtete das Kärtchen, das um ihren Hals hing, sodass die Schrift nach innen zeigte. Sie hatte ihren GBI-Ausweis an ein leuchtend gelbes HEM-ONC-NYC-Band geklipst, das sie in der Damentoilette gefunden hatte. Wenn sie etwas über die Jahre gelernt hatte, dann das: Mit einem Ausweis um den Hals war man unangreifbar.

Sara warf einen Blick auf die Schlange an der Kaffeebar, um sich zu vergewissern, dass sie Sloan nicht übersehen hatte. Sie konnte die verschiedenen Generationen von Medizinerinnen allein an ihrer Kleidung identifizieren. Die älteren Frauen trugen flott geschnittene schwarze, dunkelblaue oder weinrote Hosenanzüge und hohe Absätze. Die Frauen, die etwa Saras Alter hatten, traten in einer farbenfrohen Bluse und einem marineblauen oder schwarzen Rock und flachen Absätzen auf. Die frischgebackenen Ärztinnen kamen in dem, was sie am bequemsten fanden – fließende Kleider, taillierte Blusen, sogar Jeans und Sneakers. 2017 war das erste Jahr gewesen, in dem mehr Frauen als Männer ein Medizinstudium aufnahmen. Sara folgerte, man hatte ihnen den Steinzeit-Rat an weibliche Doktoren erspart, dass sie sich konservativ kleiden sollten, wenn sie von ihren Patienten ernst genommen werden wollten.

Sloan Bauer hatte sich diesen Rat noch anhören müssen, aber sie trug wesentlich mehr Accessoires, als es die rückschrittliche Politik diktierte. Große Ohrringe, Armreife, ein goldenes Amulett um den Hals. Ihr Ehering war überraschend bescheiden, ein schlichter schmaler Goldring, der nicht nach Aufmerksamkeit schrie wie der riesige Stein, den Britt McAllister zur Schau trug.

Sara sah Sloan in der Schlange zu dem fauchenden Espresso-Automaten vorrücken. Ständig kam jemand zu ihr und stellte Fragen zu ihrem Vortrag oder gab einen Kommentar ab. Sloan hatte sich die Anerkennung verdient. Ihr Lebenslauf war der eindrucksvollste der ganzen Gang, einschließlich Mac. Sie hatte ihr Grundstudium am Boston College absolviert, ihr Medizinstudium an der Emory University vollendet, eine Assistenzarztstelle am Langone Medical Center der NYU bekommen und ihre Hämatologie-Facharztausbildung am Johns Hopkins abgeschlossen. Gegenwärtig war sie die Leiterin der pädiatrischen Hämatologie am Children's Hospital in Connecticut.

Die Konferenz war eine große Sache für sie, ein Höhepunkt in einer unglaublich eindrucksvollen Karriere.

Was Saras Magenschmerzen erklärte. Das Gefühl, dass es falsch war, was sie tat, nagte an ihrer Entschlossenheit. Sie wandte sich von Sloan ab und schaute zum Aufzug. Das Atrium befand sich im achten Stock. Sara konnte ihren Flug umbuchen und vor der Rushhour wieder in Atlanta sein. Will hatte beteuert, sie würden einen anderen Weg finden.

»Sara Linton?«

Saras Magenschmerzen wurden schlagartig heftiger. Sie hatte keine andere Wahl, als sich wieder umzudrehen.

»Ich wusste doch, dass du es bist.« Sloan kam über das ganze Gesicht strahlend auf sie zu. »Mein Gott, du hast dich kein bisschen verändert.«

»Du warst großartig da drin.« Sara deutete mit dem Kinn zum Konferenzraum. »Die Spätfolge von ungenügend behandeltem Schmerz bei der Sichelzellkrankheit hat einem die Augen geöffnet.«

»Ach …« Sloan tat das Kompliment mit einer Handbewegung ab, aber Sara konnte sehen, dass sie sich freute. »Was treibst du in New York? Verdammt, du überlegst doch nicht etwa, hierherzuziehen, oder? Ich kann keine Konkurrenz gebrauchen.«

»Nein, ich bin noch in Atlanta.« Sie hielt ihre Hände verschränkt. Noch war Zeit, einen Rückzieher zu machen. Seit Sloans Medizinstudium waren so viele Jahre vergangen. Wenn sie Sara nur ein bisschen ähnlich war, hatte sie wahrscheinlich sehr hart daran gearbeitet, das Trauma des sexuellen Missbrauchs während ihrer Zeit an der Emory hinter sich zu lassen.

»Sara?« Sloan betrachtete sie neugierig. »Erzähl mir nicht, du bist zum Vergnügen hier. Nicht einmal ich würde im Urlaub auf eine Medizinerkonferenz gehen.«

»Nein, ich …« Sara bemühte sich, ihre Stimme zu finden. Sie war auf Kosten der Gefühle sehr vieler Menschen so weit gekommen. Und sie hatte Dani Cooper versprochen, nicht aufzugeben. »Ich möchte mit dir über das reden, was mir am Grady zugestoßen ist. Und über das, was dir an der Emory passiert ist.«

Sloans freundliche Miene änderte sich so schnell, als hätte man eine Tür zugeschlagen. »Wie meinst du das?«

Sara war sich der Tatsache bewusst, dass sie sich an einem öffentlichen Ort befanden. Sie senkte die Stimme. »Mason hat mir erzählt, dass …«

»Dieses Arschloch.« Sloan hatte sich nicht die Mühe gemacht, zu flüstern. Sie bemerkte die neugierigen Blicke von der Kaffeeschlange und machte Sara ein Zeichen, ihr zu folgen.

Vor den hohen Fenstern blieb Sloan stehen. An den Fugen drang kalte Luft herein. Sie gab Sara keine Gelegenheit, etwas zu erklären. »Das ist der falsche Ort für diesen Bockmist.«

»Ich weiß. Es tut mir leid.«

Sloan schüttelte den Kopf. Sie war sichtlich wütend. »Ich will das nicht. Du kannst gehen. Ich gehe.«

Sara sank das Herz, als Sloan sich abwandte. Sie konnte es der Frau nicht verübeln. Sara hatte von Anfang an gewusst, dass das Ganze richtig beschissen von ihr war. Sloan hatte sich zu den Aufzügen hin entfernt. Ihr zu folgen, wäre wie eine zweite Kränkung gewesen. Sara hielt nach dem Treppenaufgang Ausschau.

»Was hat er gesagt?« Sloan war zurückgekehrt, die Wut war ihr noch immer deutlich anzusehen. »Ist es eine Art Witz, den er bei Cocktailpartys erzählt? ›Ihr werdet es nicht glauben, Leute, aber ich habe tatsächlich zwei Frauen gefickt, die beide …‹«

Sara kämpfte gegen ihren eigenen Schmerz, als Sloan innehielt, bevor sie es aussprach.

Vergewaltigt wurden.

»Ich weiß nicht, was Mason auf Partys tut«, sagte sie. »Aber ich würde es ihm zutrauen. Ich habe nur mit ihm gesprochen, weil Britt ...«

»Britt? Warum redest du immer noch mit diesen toxischen Arschlöchern?«, wollte Sloan wissen. »Das waren nie deine Freunde, Sara. Sie haben hinter deinem Rücken über dich gelacht. Sie nannten dich ...«

»Sankt Sara«, sagte sie. »Ich weiß.«

Sloan verschränkte die Arme. Sie war erkennbar bemüht, ihre Fassung wiederzugewinnen. »Was soll das? Was hoffst du zu erreichen? Willst du mich beschämen? Ist das eine Art Vergeltung, weil ich dir Mason weggenommen habe?«

»Natürlich nicht. Da gab es nichts wegzunehmen.« Saras Entschlossenheit bröckelte nun endgültig. Sie musste hier raus. »Sloan, ich entschuldige mich. Du hast recht, ich hätte nicht kommen dürfen. Ich werde jetzt gehen. Deine Forschungsarbeit ist fantastisch. Sie wird Patientinnen wirklich helfen. Du hast allen Grund, stolz zu sein. Es tut mir leid, dass ich deinen großen Moment versaut habe.«

Diesmal war es Sara, die sich entfernte. Sie drehte ihren Ring am Finger und suchte nach einem Schild zum Ausgang. Das Hotel war riesig, mit zwei verschiedenen Flügeln, die auf zwei verschiedene Straßen hinausgingen. Sara fühlte sich missverstanden, aus dem Lot geraten. Sie wurde von Selbstvorwürfen überflutet, als sie den Plan mit der Treppe schließlich aufgab und zu der minarettförmigen Säule mit den Aufzügen ging.

Wieso hatte sie diese bescheuerte Reise unternommen? Was, hatte sie geglaubt, würde passieren?

Ihre Hände zitterten, als sie den idiotischen Aufzug zu verstehen versuchte. Es gab keinen Knopf für aufwärts oder abwärts. Man musste das gewünschte Stockwerk in ein Tastenfeld eingeben. Sara suchte nach der Lobby, als eine Hand an ihr vorbeilangte und die Nummer für den einunddreißigsten Stock eingab. Der goldene Armreif um Sloans Handgelenk schlug an die Konsole, als sie ihre Hand zurückzog.

»Also gut.« Sloan warf ihren vollen Kaffeebecher in den Müll. »Wir bringen die Sache oben in meinem Zimmer zu Ende.«

Sara musste es unbedingt bleiben lassen. Sie konnte die Tränen in Sloans Augen sehen, die das sorgfältig aufgetragene Make-up ruinieren würden. Man hatte ihr den Hauptraum für ihren Vortrag gegeben, das Publikum war wie gebannt gewesen, ihre Forschung überzeugend – sie sollte in diesem Moment ihren Triumph feiern und nicht Sara in ihr Hotelzimmer mitnehmen, um über etwas zu sprechen, was sie wahrscheinlich seit fast zwei Jahrzehnten zu vergessen versuchte.

»Sloan«, versuchte es Sara erneut. »Ich gehe. Du musst nicht …«

Der Aufzug traf mit einem lauten Klingeln ein. Sloan ließ sich mit der Menge in die Kabine treiben. Sara folgte ihr widerstrebend. Sie wurde gegen verschwitzte Touristen in Daunenjacken geschoben, die zum Restaurant im obersten Stock fuhren. Sie wollte Sloans Blick auffangen, aber Sloan hatte sich von ihr abgewandt.

Es gab nervöses Kichern, als die Kabine mit einem Ruck anfuhr. Der Aufzugschacht war im Zentrum des Gebäudes und schuf ein schwindelerregend hohes Atrium von der Eingangshalle bis zum Restaurant an der Spitze. Um jedes Stockwerk herum lief ein weißer Balkon aus Beton. Sara konnte die Türen der Gästezimmer erkennen, als sie in ihrem gläsernen Aufzug vorbeisausten. Sie versuchte erneut, Sloans Blick aufzufangen, aber Sloan starrte auf ihr Handy, als studierte sie eine Blutprobe unter einem Mikroskop.

Die Kabine hielt schließlich im einunddreißigsten Stock. Sara wartete, bis sich Sloan aus dem hinteren Teil befreit hatte. Ihr Gesichtsausdruck erinnerte an Stahl. Ihr Mund war ein schmaler

Strich. Sie stolzierte durch den Vorraum des Aufzugschachts und bog links auf den langen Balkon ab. Sara folgte in einiger Entfernung. Sie sah, wie Sloan vor einer Tür stehen blieb, die Hand in der Handtasche, als sei sie immer noch unschlüssig, das Folgende zu tun. Schließlich zog sie die Schlüsselkarte heraus und öffnete die Tür.

Vom Flur aus konnte Sara sehen, dass die Suite über einen vom Schlafzimmer getrennten Wohnraum verfügte. Der Blick ging geradewegs auf den Hudson River hinaus, wo die *Intrepid* vor Anker lag. Auf dem Tisch stand Champagner in einem Kübel mit Eis bereit. Blumen. Erdbeeren mit Schokoladenüberzug.

Sloan winkte sie herein und sagte: »Es ist mein Hochzeitstag. Mein Mann kommt später. Wir wollten einen romantischen Abend in der Stadt verbringen.«

Sara verstand die unausgesprochene Folgerung: Das alles war jetzt ruiniert. »Alles Schlechte, was du im Moment über mich denkst, das denke ich ebenfalls.«

»Soll das ein Trost sein?«

»Nein, aber es ist die Wahrheit.«

Sloan ließ die Handtasche auf den Boden fallen, ging in das andere Zimmer und sagte: »Schenk mir etwas aus der Minibar ein. Ich muss ins Bad.«

Sara schaute nicht auf die Uhr, als sie den kleinen Kühlschrank öffnete und vier Minifläschchen Gin und eine Flasche Tonic Water auswählte. Sie hatte heute bereits so viel getrunken wie seit Monaten nicht. Will hatte in seiner Kindheit einen Zusammenhang zwischen dem Geruch von Alkohol und unaussprechlicher Gewalt hergestellt, so wie Sara seit fünfzehn Jahren bei dem Gedanken daran schauderte, dass der Bart eines Mannes an ihrem Gesicht kratzte. Beide versuchten die Grenzen des anderen zu respektieren. Doch im Moment lagen rund fünfzehnhundert Kilometer zwischen ihnen. Das war Grenze genug.

Sie schenkte die Drinks ein, als Sloan aus dem Bad zurückkam.

Sloan sah mitgenommen aus. Sie hatte sich offenbar übergeben. Trotzdem nahm sie eins der Gläser. Sie trank einen kräftigen Schluck und ließ ihn durch den Mund schwappen, ehe sie ihn schluckte. »Übergibst du dich noch manchmal, wenn du daran denkst?«

Sara nickte. »Ja.«

»Nimm Platz.« Sloan ließ sich in den Sessel fallen.

Sara setzte sich auf die Couch. Ihr Telefon war in der Tasche. Sie dachte an die Aufnahme-App, aber sie konnte sich nicht überwinden, sie zu benutzen. Alles, was sie sagen konnte, war: »Es tut mir leid.«

»Das weiß ich. Lass es gut sein mit Entschuldigungen.« Sloan trank ihr Glas leer. Sie streckte die Hand zum Kühlschrank aus und holte sich ein neues Fläschchen Gin. »Was ich vorhin unten gesagt habe ... Ich weiß, du würdest nicht aus einer Laune heraus hierherkommen. Und ich weiß, du würdest nicht wegen Mason kommen.«

»Dein Eindruck, dass er der Typ ist, der auf Dinnerpartys von Vergewaltigung schwafelt, trifft es genau.«

»Er ist so ein verantwortungsloser Scheißkerl.« Sie kippte den Gin direkt aus der Flasche. Sie war nach zwei großen Schlucken leer. Dann betrachtete sie den Champagner, der in dem Kübel kühlte. »Mein Mann hat irgendwo gelesen, man soll Champagner trinken, wenn man traurig ist, das macht einen fröhlich.«

Sara zuckte mit den Achseln. »Einen Versuch ist es wert.«

Sloan nahm die Flasche und begann die Folie abzulösen. »Ich hätte großzügiger zu dir sein sollen, als es passiert ist.«

»Als ich vergewaltigt wurde?« Sara erschrak, weil ihr die Frage so leicht herausgerutscht war. »Normalerweise tue ich alles, um das Wort zu vermeiden.«

»Wir gehören beide dem schlimmsten Club aller Zeiten an.«

Sloan ließ den Korken knallen und hielt ihn mit der Hand fest. »Es ist leichter, mit einer Person über Vergewaltigung zu reden, die es durchgemacht hat. Man muss sich nicht erklären oder sich über die Empfindungen oder Reaktionen seines Gegenübers den Kopf zerbrechen … Gib mal her.«

Sara trank ihr Glas leer, damit Sloan es mit Champagner füllen konnte. »Wann erwartest du deinen Mann hier?«

»Er muss unsere Tochter vom Fußballtraining abholen, dann nimmt er den Zug.« Sloan füllte beide Gläser bis zum Rand. »Er weiß Bescheid, aber sie weiß es nicht. Ich sage mir immer, ich muss den richtigen Zeitpunkt finden, aber die Wahrheit ist, ich weiß gar nicht, ob ich will, dass sie es weiß. Oder ob ich mich damit auseinandersetzen will, dass sie es weiß, was noch einmal ein völlig anderes Problem ist.«

Sara wusste keine Antwort darauf. »Wie alt ist sie?«

»Sie ist in dem Alter, in dem sie erkannt hat, dass ich das dümmste Arschloch bin, das je über die Erde gewandelt ist.«

»Dreizehn?«

Sloan nickte und nippte von ihrem Glas. »Molly ist das einzig Gute, das mir je von einem One-Night-Stand geblieben ist. Ich hasse es, wenn Frauen über ihre Kinder reden, als wären es Zauberwesen, aber sie hat wirklich zu meiner Heilung beigetragen.«

Sara trank von ihrem Champagner, aber der Geschmack war ihr zu süß.

»Lieber Himmel, es tut mir leid. Ich weiß, du kannst keine …«

»Schon gut. Ich hatte fünfzehn Jahre Zeit, mich daran zu gewöhnen.« Sie zuckte mit den Achseln. »Und ich bin in einem Alter, in dem es ohnehin keine Rolle mehr spielt.«

»Erzähl mir keinen Quatsch, Sara. Du bist nicht zu alt, und du hast dich nicht daran gewöhnt«, sagte Sloan. »Ich kenne dich nicht gut, aber das weiß ich genau.«

Sara dachte, wenn schon, dann konnte sie es sich auch bequem machen. Sie schmiegte sich mit ihrem Glas in der Hand in die

Couch und sagte: »Mein Verlobter hat diese kleine Hündin, die er vor dem Tierheim gerettet hat. Und ich liebe sie – ich meine, sie ist ein Hund, natürlich liebe ich sie. Aber manchmal sehe ich, wie zärtlich und geduldig er mit ihr ist, und ich fühle diese Leere in mir und denke: Welches Recht habe ich, ihm die Möglichkeit zu nehmen, Vater zu werden?«

»Will er denn Vater werden?«

»Er sagt Nein, aber ...« Sara wollte nicht über Wills private Ansichten sprechen. Er hatte mehr als einmal zu ihr gesagt, dass er zu viel über die schlimmen Dinge wusste, die einem Kind widerfahren konnten, als dass ihm wohl dabei wäre, selbst eins in die Welt zu setzen.

Und dennoch.

»Weißt du, was ich hasse?«, fragte Sloan. »Offen gestanden, hasse ich vieles, aber ich hasse es *wirklich*, wenn jemand sagt: ›Nichts geschieht ohne Grund.‹ Im Ernst jetzt? Was soll denn der Grund sein?«

Sara schüttelte den Kopf, denn sie war genauso ahnungslos. »Ich mag: ›Die Zeit heilt alle Wunden.‹«

»Leider hält sie einen nicht davon ab, sich in einem Marriott die Seele aus dem Leib zu kotzen.«

Sara hob das Glas, um ihr zuzuprosten.

Sloan prostete zurück. »Wie findest du: ›Wenigstens hat es dich stärker gemacht‹?«

»Ja, einer meiner Favoriten. Vergewaltigung als charakterbildende Maßnahme.«

Sie prosteten sich wieder zu.

Sloan sagte: »Meine Lieblingsfrage ist: ›Hast du Nein gesagt?‹«

»Echt verrückt, aber es ist schwer, durch ein Klebeband zu sprechen.«

»Tja, tut mir leid, aber wenn er dich nicht deutlich Nein sagen hört, ist es keine Vergewaltigung.«

Sara lachte. »Wie steht es mit: ›Hast du versucht, dich zu wehren?‹«

»Das ist mein absoluter Favorit«, sagte Sloan. »Alle glauben immer, es ist leicht, einem Kerl in die Eier zu treten, aber sie sind schwerer zu finden, als man denkt.«

»›Wie ist es mit Schreien. Hast du das versucht?‹«

»Klar, das ist einfach. Vorausgesetzt, deine Stimmbänder sind nicht gelähmt.«

»›Was hast du überhaupt dort gemacht?‹«

»›Was hast du angehabt?‹«

»›Hast du die falschen Signale gesendet?‹«

Sloan lachte. »Wenn das mir passiert wäre, hätte ich ihm die Augen ausgekratzt.‹«

»Klar, aber ich war mit Handschellen gefesselt.«

»Meine Handgelenke waren ans Bett gebunden.«

Sara wusste, sie hatten aufgehört, das Spiel zu spielen.

Sloan führte das Glas zum Mund, aber sie trank nicht. »Vielleicht hätte ich ihn beißen sollen, zum Beispiel ins Ohr wie Mike Tyson. Oder in die Nase. Ins Gesicht, irgendetwas. Aber ich habe es nicht getan. Ich lag nur da und habe darauf gewartet, dass es vorbei ist.«

Sara beobachtete, wie Sloan das Glas in den Händen drehte.

»Ich bin freiwillig mit ihm ausgegangen. Wir waren offiziell verabredet. Ich habe zu viel getrunken. Wir haben beide zu viel getrunken.« Sloan stellte ihr leeres Glas auf den Tisch. »Weißt du, wenn du trinkst und setzt dich ans Steuer eines Autos, und du fährst jemanden tot, dann heißt es nicht entschuldigend, oh, nüchtern würdest du niemals irgendwen töten. Du kannst unmöglich ein Mörder sein. Geh mit Gott.«

»Nein«, sagte Sara.

Sloan legte den Kopf in den Nacken und sah zur Decke hinauf. »Ich hätte meinen Mann nicht kennengelernt, wenn ich nicht vergewaltigt worden wäre. Ich wäre in Atlanta geblieben.

Ich wäre wahrscheinlich die erste oder zweite Mrs. Mason James geworden.«

Sara wartete.

»Er heißt Paul«, sagte Sloan. »Ich weiß, als Frau seinen Mann zu lieben, klingt fast schräg, aber ich liebe ihn wirklich. Er unterstützt mich. Er hört mir zu. Und er macht etwas wirklich Erstaunliches. Manchmal unterhalten wir uns, und er sagt: Du hast recht.«

»Meiner macht das auch.« Sara merkte, dass sie beim Gedanken an Will lächeln wollte. »Ich habe Frauen nie verstanden, die lieber geduldet als geliebt werden.«

»Du sprichst von mir und meinem ersten Mann.« Sloan richtete sich wieder auf und goss Champagner in ihr Glas nach. »Und von meinem zweiten. Beinahe dem dritten. Ich habe keine Ahnung, warum ich sie alle geheiratet habe. Ich musste eine Menge Frösche ficken, bis ich Paul traf.«

»Nachdem es passiert war, dachte ich, ich würde nie wieder einen Frosch ficken.«

Sloan lächelte schief. »Mason hat mich angerufen, als seine erste Tochter zur Welt gekommen war. Er wollte sich entschuldigen. Er sagte, jetzt, da er Vater war, hätte er es kapiert.«

Sara verdrehte die Augen. Es war ein Joke im Internet – Männer, die Töchter hatten und plötzlich verstanden, dass Vergewaltigung, sexuelle Belästigung und Missbrauch tatsächlich irgendwie böse waren. »Bei mir hat er sich nie entschuldigt.«

»Ich würde es im Grunde keine Entschuldigung nennen. Er hat mir erzählt, dass er sich entschuldigen *wollte*. Er hat es aber nicht wirklich *getan*.« Sie räusperte sich, um Mason nachzuäffen. »›Ich sage dir, Sloany, es ist wirklich sehr bewegend, in die Augen meines kleinen Mädchens zu schauen. Mir schwillt die Brust dabei von dem Bedürfnis, sie zu beschützen. Mir ist jetzt klar geworden, dass das, was dir passiert ist, wirklich schrecklich war.‹«

Sara bemühte sich, ihr Lachen nicht bitter klingen zu lassen. »Wenn du die Medizin einmal aufgibst, könntest du als Masons Stimmdouble arbeiten.«

»Nun ja.« Sloan war wieder zurückhaltend geworden. Sie überlegte immer noch, ob sie dieses Gespräch führen konnte. Schließlich blickte sie Sara an. »Ich bin nicht ganz von allen Informationen abgeschnitten. Ich weiß, dass der Sohn von Mac und Britt wegen Vergewaltigung vor Gericht steht.«

»Hat es dich überrascht?«

»Es überrascht mich nie, wenn jemand vergewaltigt wird.«

Sara ging es genauso. »Sie haben den Fall gestern mit einem Vergleich beigelegt. Er ist straffrei geblieben.«

»Das bleiben sie im Allgemeinen.« Sloan legte den Kopf wieder in den Nacken und sah zur Decke. »Bevor du da unten auch nur ein Wort gesagt hast, hatte ich so eine Ahnung, dass du wegen Britt hier bist.«

»Wieso?«

»Sie ist so eine bösartige Fotze. Du hast ihren Sohn attackiert. Sie musste sich ihren Teil von dir holen.« Sloan blickte Sara wieder in die Augen. »Ich habe nie wissentlich etwas vor dir verborgen. Ich möchte, dass du das weißt.«

Sara dachte wieder an die Aufnahme-App. Ihr Telefon war noch immer in der Tasche. Sie ließ es dort und sagte. »Okay.«

»Ich war wirklich am Boden zerstört nach dem, was mir passiert ist. Du verstehst das.«

»Ja.«

»Ich bin als Assistenzärztin in einen anderen Staat gegangen, um von ihm wegzukommen.«

»Mason hat mir erzählt, dass der Mann das Medizinstudium geschmissen hat.«

»Nein.« Sloan schüttelte den Kopf. »Er war immer noch an der Emory University. Ich musste ihn jeden Tag sehen, während des gesamten Studiums. Wir machten zusammen Visiten.

Es war eine langsame, zermürbende Art von Folter, so zu tun, als lachte ich über seine Witze, statt aus Leibeskräften zu schreien.«

Sara biss sich auf die Zunge, um nicht nach dem Namen des Mannes zu fragen. Sie musste es Sloan in ihrem eigenen Tempo machen lassen.

»Nachdem ich vergewaltigt wurde, habe ich heftig zu trinken angefangen.« Sie deutete auf die fast leere Champagnerflasche. »So was war damals mein Frühstück.«

»Sloan …«

»Wage es nicht, Mitleid mit mir zu haben«, warnte sie. »Ich meine es verdammt ernst.«

Sara nickte, aber die Schuldgefühle waren unvermeidlich. Ihre schlimmsten Befürchtungen, welche Wirkung ihr Besuch auf Sloan haben könnte, bewahrheiteten sich gerade vor ihren Augen.

»Ich wollte mit dir Kontakt aufnehmen, nachdem du vergewaltigt wurdest. Mason sagte, ich soll dich in Ruhe lassen. Wahrscheinlich zu Recht. Schließlich habe ich ihn hinter deinem Rücken gevögelt. Aber ich hatte diese Fantasie, ich könnte … Ich weiß nicht, wie ich es nennen soll, deine Missbrauchs-Mentorin sein oder so.«

Beide lächelten. Alle wollten etwas tun. Niemand wusste, was.

»Was hat Britt dir erzählt?«, fragte Sloan.

»Dass meine Vergewaltigung mit etwas in Zusammenhang stand, was an dem Abend auf der Freitagsparty passiert ist.«

Sloan sah aufrichtig überrascht aus. »Hat sie dir gesagt, wie es zusammenhing?«

Sara öffnete den Mund zu einer Antwort, aber Sloan beantwortete die Frage selbst.

»Britt wird dir nichts gesagt haben. Sie treibt immer ihre Psychospielchen. Sie gibt sich nach außen hin feministisch, aber sie kann nur stark sein, wenn jemand anderer schwach ist. Du weißt, dass Mac sie misshandelt hat, oder?«

Sara hatte das Gefühl, dass sich ein Puzzleteilchen einfügte. Sie hatte es immer leicht beunruhigend gefunden, dass Britt nie von Macs Seite gewichen war, aber jetzt verstand sie, dass Mac es so gewollt hatte. »Seelisch?«

»Und körperlich«, sagte Sloan. »Hast du die Blutergüsse nie bemerkt?«

Sara hatte viele Dinge nicht bemerkt. »Ich habe nicht so viel Zeit mit ihr verbracht.«

»Sie war nach einem Bandscheibenvorfall in der Halswirbelsäule nicht mehr als Medizinerin tätig. Ich weiß nicht genau, was passiert ist, aber ich glaube, dass Mac sie die Treppe hinuntergestoßen hat. Das Timing ergibt Sinn. Britt hat ein Gehalt beigesteuert, solange sich Mac durch seine Ausbildung kämpfte, aber nachdem er seinen Facharzt abgeschlossen hatte, stellte er sicher, dass Britt zu Hause blieb. Nicht, dass sie irgendwem leidgetan hätte.« Sloan lachte trocken. »Sie ist ein schlechtes Opfer, du verstehst?«

Sara verstand. Die Leute hatten jede Menge Mitleid mit Frauen, die die *richtige* Sorte Opfer waren – sympathisch, duldsam, leicht von Tragik umweht. Britt war zu wütend, zu grausam, und alle hatten nur ein Gefühl von Karma, wonach sie bekommen hatte, was ihr zustand.

Aber Sara war nicht hier, um darüber zu sprechen, ob Britt McAllister Mitleid verdiente. Sie holte tief Luft, bevor sie fragte: »Kannst du mir sagen, woran du dich von der Freitagsparty vor fünfzehn Jahren erinnerst? Oder irgendetwas, das um diese Zeit herum passiert ist?«

Sloan war verständlicherweise zurückhaltend, aber sie gab sich einen Ruck. »Cam war betrunken. Er lallte. Er ging immer zur Toilette und übergab sich, dann kam er zurück und soff weiter. Mehr oder weniger das, was er am Wochenende immer tat, aber diesmal war es erkennbar schlimmer. Ich würde es Komasaufen mit Buße nennen.«

Sara nickte. »Daran erinnere ich mich ebenfalls.«

»Ich habe Mason permanent gebeten, sich um ihn zu kümmern. Dafür zu sorgen, dass er geht.«

»Mason hat ihm die Autoschlüssel weggenommen.«

»Mein Held …«, sagte Sloan. »Cam war außer sich, weil er eine Patientin verloren hatte.«

»Merit Barrowe«, sagte Sara. »Sie kam zwei Wochen vor der Party in die Notaufnahme. Sie war mit Drogen betäubt und vergewaltigt worden. Sie hatte dann auf der Toilette einen tonisch-klonischen Anfall und starb.«

»Ich habe ihren Namen nie vergessen«, sagte Sloan. »Cam war wütend wegen ihres Todes. Er erzählte mir, dass sich die Polizei nicht die Mühe gemacht hatte, zu ermitteln, was passiert war. Der zuständige Cop war wohl ein totales Arschloch. Cam sagte ihm, das Mädchen sei unter Drogen gesetzt und vergewaltigt worden, aber der Bursche glaubte ihm entweder nicht, oder es war ihm egal.«

Sara wartete, bis sie fortfuhr.

»Cam sammelte alle möglichen Unterlagen, Akten und was-weiß-ich-alles zusammen, um zu beweisen, dass Merit vergewaltigt und ermordet worden war. Er war wie besessen davon. Er wollte mir die Beweise zeigen. Er bettelte ständig, ich solle mit zu ihm in seine Wohnung gehen. Ich sagte, das komme absolut nicht infrage.« Sloan schaute Sara in die Augen. »Ich meine, wer zwei Mal auf dieselbe Nummer hereinfällt …«

Sara hätte beinahe ihr Glas fallen lassen. »Cam war der Mann, der dich vergewaltigt hat?«

Sloan betrachtete sie aufmerksam. »Hat dir Mason das nicht gesagt?«

Sara konnte nur den Kopf schütteln.

»Das überrascht mich. Er tratscht mehr als meine Dreizehn-jährige. Andererseits ist es vielleicht auch nicht so überraschend. Er wird jeden aus der Gang schützen. Das ist ihr Kodex.« Sloan beugte sich vor und griff nach der Champagnerflasche. Dann änderte sie ihre Absicht und lehnte sich wieder im Sessel zu-rück. »Die erste Woche im Medizinstudium. Cam bat mich, mit ihm auszugehen. Er war nicht mein Typ. Teigig, leicht vertrot-telt, Trinker und Kettenraucher. Trotzdem war ich begeistert. Du weißt, wie das ist. Deine Ansprüche sinken, Hauptsache jemand, der in deinen Zeitplan passt.«

Sara stand immer noch unter Schock wegen der Neuigkeit. Sie zwang sich, zu nicken, damit Sloan fortfuhr.

»Ich habe mir ein neues Kleid gekauft, tief ausgeschnitten na-türlich, und Overknee-Lederstiefel. Er lud mich in *Everybody's Pizza* ein. Gibt es den Laden noch?«

Sara schüttelte den Kopf. »Er hat vor ein paar Jahren ge-schlossen.«

»Wir tranken eine Menge Bier.« Sloan starrte die Champa-gnerflasche an. »Er lud mich zu sich nach Hause ein. Ich fand es nett. Auf diese Weise kriegt man mich. Wenn man seinen ganzen Bullshit beiseiteließ, war er witzig und kam auf eine niedliche Weise ernsthaft rüber. Wir spazierten zu seiner Woh-nung, und ich weiß noch, dass es wenig kribbelte, als er meine Hand hielt.«

Sara sah, wie Sloan anfing, ihren Ehering um den Finger zu drehen.

»Wir schmusten auf der Couch herum. Es gefiel mir. Mir wurde klar, dass ich ihn wiedersehen wollte, und sie rufen dich nie zurück, wenn du sie beim ersten Date ranlässt, also …« Sloan holte tief Luft. »Ich sagte, ich würde jetzt gehen. Er fing wieder an, mich zu küssen, und wollte, dass ich über Nacht blieb, beteuerte, dass er es ernst mit mir meinte. Und ich habe ihm geglaubt. Also ging ich ins Schlafzimmer mit ihm.«

Sara sah, wie Sloan aufstand. Sie lief, Hände in den Hüften, im Zimmer auf und ab.

»Alles war sehr ordentlich in seiner Wohnung. Das ist mir am stärksten ins Auge gesprungen. Ich bin mit Brüdern aufgewachsen. Sie werfen alles durcheinander, lassen Klamotten auf dem Boden liegen, aber nicht so Cam. Er hatte sogar sein Bett auf eine Weise gemacht, wie man es in einem Hotel sieht. Ich riss noch einen Witz darüber, ob er damit rechne, dass ich vor seinem Zauber in die Knie gehe.« Sie war am Fenster stehen geblieben und schaute zum Fluss hinaus. Ihre Haltung hatte sich verändert. Sie wollte über das Geschehene sprechen, ohne sich an diesen dunklen Ort zurückzuversetzen. »Wir küssten uns wieder. Alles wurde heiß und schwer. Und dann drückte er meine beiden Hände über dem Kopf aufs Bett. Richtig fest, sodass ich mich nicht bewegen konnte. Ich mag das nicht, ich mochte es früher schon nicht, und jetzt todsicher nicht mehr. Ich sagte, er soll mich loslassen. Sein Griff wurde fester. Ich versuchte mich herauszuwinden, aber …«

Sara sah, wie Sloans rechte Hand zum linken Handgelenk ging. Ihre Stimme war leise in dem großen Raum.

»Sein Gesicht veränderte sich völlig. Es war, als würde eine Maske weggezogen. In einem Moment war er dieser liebe, charmante Kerl und im nächsten ein zähnefletschendes Ungeheuer. Er zwang meine Beine auseinander und drückte mich mit seinem ganzen Gewicht nieder. Ich bekam kaum noch Luft. Er war mindestens fünfundzwanzig Kilo schwerer als ich.«

Sloan drehte sich zu Sara herum und lehnte sich mit dem Rücken ans Fenster.

»Es ist verrückt, denn zunächst geriet ich nicht mal in Panik. Stattdessen blitzte dieses Bild in meinem Kopf auf, als ich das Schlafzimmer betreten und er das Licht angemacht hatte. Ich sah ein langes schwarzes Seidenband am Kopfbrett hängen. An seinem Ende war eine Schlaufe, eine Art Laufknoten. Das also dachte ich, als er mich fesselte – du verdammte Idiotin, warum hast du dieses Seil nicht bemerkt?«

Sara hielt den Mund. Sie wusste, wie sinnlos es wäre, Sloan zu sagen, dass es nicht ihre Schuld war.

»Er hat weiter versucht ... Ich kann es nicht küssen nennen. Er rammte mir seine Zunge in den Rachen. Als ob ... ich weiß nicht ... als ob er mein Gesicht ficken wollte. Mein Kiefer schmerzte davon. Unsere Zähne stießen ständig zusammen. Hat dein Kerl das auch getan?«

Sara nickte.

»Eine großartige Erinnerung, die man da für den Rest seines Lebens mit sich herumschleppt, was?« Sloan fasste sich an den Hals. »Paul war der erste Mann, den ich küssen konnte, ohne an den Geschmack von Cams fürchterlichem Amoxicillin zu denken. Weißt du noch, dass er es wie eine Wasserflasche immer bei sich hatte? Er trank es gegen seine Akne.«

Sara hatte es vergessen, aber jetzt erinnerte sie sich sofort wieder. Cam hatte das Antibiotikum direkt aus der Flasche geschluckt. Es hatte einen widerlich süßlichen Geschmack, fast wie Hustensaft.

»Ich habe Nein gesagt, das immerhin. Jedes Mal, wenn ich zu schreien versuchte, hat er mir die Zunge in den Mund gesteckt. Er hat mich gebissen, gekratzt, mir sogar Haare ausgerissen.« Sloans Hand fuhr an ihren Hinterkopf. »Er hat mich vergewaltigt. Kein Kondom, vielen Dank auch. Wenigstens war es nur vaginale Penetration, aber mein Gott, es hat so wehgetan. Er hat die Augen nicht geschlossen, er blinzelte kaum. Er grunzte in einem fort wie ein Schwein und stieß so heftig in mich, dass ich ständig gegen das Kopfbrett schlug. Es hat nicht lange gedauert, was vermutlich ein Segen war. Er spritzte in mein Gesicht ab. Dann band er mich los. Und hat sich bei mir bedankt! Kannst du dir das vorstellen? ›Danke, das habe ich gebraucht.‹ Dann ist er hinausgegangen, um eine Zigarette zu rauchen.«

Sara sah Sloan nervös die Hände wringen.

»Ich wusste nicht, was ich anderes tun sollte, als mich abzu-
wischen und anzuziehen.« Sie zuckte mit einer Schulter. »Ich
stand unter Schock. War wie betäubt. Und ich wollte unbedingt
weg, bevor er es noch einmal versuchte. Er stand auf der Ein-
gangstreppe seines Apartmentgebäudes, als ich ging. Er küsste
mich auf den Mund, und ich ließ es geschehen. Ich sagte nichts.
Ich stieß ihn nicht weg. Alles, was ich denken konnte, war,
dass ich schnellstens einen Bluttest machen musste. Ich war zu
Recht besorgt, dass ich mir etwas von ihm geholt haben könnte.
Oder schwanger geworden. Oder beides. Aber ich sagte: Bis
später. Und er sagte: Hat Spaß gemacht heute Nacht. Ich rufe
dich morgen an.«

Sara konnte die Selbstvorwürfe, die durch Sloans Kopf tob-
ten, praktisch hören. Sie spiegelten wahrscheinlich ihre eigenen wider. Nach all den Jahren war ihr das *Hätte-ich-doch-nur*
noch immer gegenwärtig, als hätte ihn irgendein Zauberwort,
eine magische Handlung aufhalten können.

Sloan wischte sich über die Augen. »Ich hatte diese Vorstellung, dass ich stark war. Cam hat sie zerstört. Eigentlich war
es sogar Mord, denn nachdem er mich vergewaltigt hatte, war
ich nie wieder ich selbst. Ich habe mich nie mehr vollkommen
sicher gefühlt. Ich konnte nie mehr jemandem völlig vertrauen.
Selbst bei meinem Mann, dem ich vertraue wie niemandem
sonst, sind es nur neunundneunzig Prozent. Dieses eine restli-
che Prozent ist für immer verloren.«

Sara war in einzigartiger Weise dazu befähigt, sie zu verstehen.

»Ich konnte mir nicht eingestehen, dass ich vergewaltigt
worden war«, sagte Sloan. »Es dauerte etwa eine Woche, bis
ich akzeptierte, was geschehen war, und dann war zu viel Zeit
vergangen. Das heißt es doch immer, oder? Warum hast du so
lange gewartet, bis du zur Polizei gegangen bist? Und was hätte

ich der Polizei sagen sollen? Ich habe mich mit ihm betrunken. Ich bin mit zu ihm nach Hause gegangen, in der festen Absicht, mich von ihm vögeln zu lassen. Dann habe ich es mir anders überlegt. Er zwang mich trotzdem. Und das war vor fast zwanzig Jahren. Ausgeschlossen, dass mir jemand geglaubt hätte.«

Sara wusste, dass sich in der Zwischenzeit nicht so wahnsinnig viel verändert hatte. Immer hieß es, dass sein Wort gegen ihres stand, als hätte das Wort einer Frau genauso viel Gewicht wie das eines Mannes.

»Er rief mich am nächsten Tag tatsächlich an. Er fragte, ob wir ausgehen wollten. Ich geriet in Panik. Ich sagte, ich hätte schon etwas vor. Ein paar Tage später rief er wieder an. Bat mich wieder, mit ihm auszugehen. Ich brachte ständig neue Ausreden vor – dass ich in die Bibliothek müsste oder lernen, auf ein Geburtstagsfest eingeladen sei oder familiäre Verpflichtungen hätte. Er war sehr hartnäckig. Ich hätte beinahe Ja gesagt, nur damit es aufhörte.«

Sara wusste, dass sie nicht übertrieb.

»Ich ließ es mir mehr als einen Monat lang gefallen. Dann fing er an, im Seminar mit mir zu flirten. Man zog mich damit auf, dass er liebeskrank sei. Eines Tages folgte er mir zu meiner Wohnung, und ich bin explodiert. Ich schrie ihn an: Warum sollte ich mit dir ausgehen, nachdem du mich vergewaltigt hast?«

Sloan wischte sich Tränen aus den Augen.

»Er war entsetzt. Oder zumindest tat er so. Er fing zu weinen an. Was mich wirklich wütend machte. In dieser ganzen beschissenen Zeit hatte ich nie geweint. Und da heulte nun dieser miese Vergewaltiger mitten auf der Straße wie ein kleines Kind und erwartete ernsthaft, dass ich ihn tröstete?«

Sara hörte den Widerhall ihrer eigenen Empörung in Sloans Stimme.

»Er sagte fortwährend, es sei ein Missverständnis gewesen. Er hätte gedacht, ich würde auf ihn stehen. Er möge mich wirklich. Er hätte angenommen, dass ich es so wollte. Ich meine, ich bin mit ihm nach Hause gegangen. Ich war diejenige, die ihn geküsst hat. Ich bin ihm in sein Schlafzimmer gefolgt. Der Teil, wo ich wiederholt Nein gesagt habe, wo ich schreien wollte, wo ich mich gewehrt habe, weil es sich anfühlte, als würde er mich mit Schleifpapier bearbeiten – an nichts davon konnte er sich erinnern. Zu viel Alkohol.«

Sara sah, wie sich Sloan zurücklehnte und die Champagnerflasche anstarrte. Sie hätte sie sichtlich gern ausgetrunken.

»Im Nachhinein bin ich in gewisser Weise froh, dass er mich gefesselt hatte. Andernfalls würde es sich schwammig anfühlen.«

Sara glaubte zu wissen, was Sloan meinte, aber sie fragte dennoch nach: »Schwammig?«

»Man kann das ganze andere Zeug wegdiskutieren, aber nicht, wenn jemand gegen seinen Willen an ein Bett gefesselt wird. Das Ganze ist nicht annähernd so glasklar wie in deinem Fall, aber es ist etwas, an dem man sich festhalten kann.«

Sara nickte automatisch. Es gab eine verrückte Art von Hierarchie unter Vergewaltigungsopfern. Sara wurde als eine derer betrachtet, die Glück gehabt hatten. Das Verbrechen war himmelschreiend offensichtlich. Sie war eine weiße Mittelschichtärztin, mit bestem Leumund und starker Unterstützung durch die Familie. Der Detective war einfühlsam gewesen, der Staatsanwalt voller gerechter Empörung, und die Jury hatte etwas wie Gerechtigkeit hergestellt.

Weniger als ein Prozent aller Vergewaltigungen führten zu einer Verurteilung wegen eines Gewaltverbrechens.

»So habe ich ihn in die Enge getrieben«, sagte Sloan. »Als ich Cam zur Rede stellte, hatte er für alles eine Ausrede, aber dann fragte ich: Wenn du dachtest, ich wollte es so, warum musstest du mich dann fesseln?«

»Hatte er eine Antwort?«

»Nichts. Er war aufrichtig vor den Kopf gestoßen. Ich habe es an seinem Gesicht gesehen. Er kannte den Unterschied zwischen Sex und Vergewaltigung tatsächlich nicht.« Sloan fing wieder an, sich die Handgelenke zu reiben. »Ich wollte gehen, aber er lief mir nach. Er fragte ständig: Habe ich dich vergewaltigt? Habe ich dich wirklich vergewaltigt? Es ging so weit, dass ich sagte, ich würde die Polizei rufen, wenn er mich nicht in Ruhe ließ. Ich hatte nicht die Absicht, ihn zu beruhigen. Er erwartete, dass ich alles besser machte. Ehrlich gesagt war das der Grund, warum ich Atlanta verlassen habe. Ich kam fast damit klar, dass ich vergewaltigt worden war. Aber ich kam nicht damit klar, dass Cam so tat, als sei er das verdammte Opfer.«

Sloan versuche es mit einem Achselzucken abzutun, aber sie war noch immer zu wütend. »Das ist alles. So war es.« Sie verschränkte die Hände. »Nachdem ich die Emory verlassen hatte, sah ich Cam noch ein paarmal, aber nie allein. Ich traf mich heimlich mit Mason in Atlanta, und er führte mich zum Essen aus, und wie zufällig war Cam da. Ich kann selbst nicht glauben, wie lange ich gebraucht habe, um für mich einzustehen. Ich war so eine verdammte Idiotin.«

»Was hat dann schließlich dazu geführt, dass du dich von ihnen allen losgesagt hast?«

»Du«, sagte Sloan. »Sie redeten so hässlich über das, was dir passiert war. Ich habe nie mitgemacht, aber ich habe dich auch nicht verteidigt, was sich sehr viel schlimmer anfühlt.«

Sara würde ihr keine Vorwürfe machen. »Weißt du noch, was sie Hässliches gesagt oder getan haben? War es etwas Bestimmtes?«

»Eigentlich nicht. Und ich habe in dieser Zeit zu viel getrunken. Ich erinnere mich nicht mehr.«

»Kannst du mir etwas über die Freitagsparty erzählen?«

»Cam ließ mich einfach nicht in Ruhe. Ich bat Mason wiederholt, etwas zu unternehmen, aber Mason hatte sich in den Kopf gesetzt, wir könnten *das Missverständnis klären.*«

Das klang ganz nach Mason. »Du sagtest vorhin, Cam wollte dir unbedingt mitteilen, dass er Nachforschungen über Merit Barrowes Tod anstellte?«

»Ja. Er unterstrich es, als könnte es ihn reinwaschen. Dann fing er wieder zu weinen an und erzählte mir, dass er mich immer geliebt hatte.«

Saras Magen drehte sich mitsamt dem vielen Alkohol um. »Das hat er gesagt – dass er dich geliebt hat?«

»Ja.« Sie nickte langsam, in der Erinnerung verloren. »Ich kann nicht beschreiben, wie angewidert ich war. Er hörte nicht auf, von seinem Kreuzzug zu sprechen, damit Merit Gerechtigkeit widerfuhr, als könnte das eine das andere auslöschen. Und das kann es tatsächlich nicht. Einmal im Leben ein anständiger Mensch zu sein, wiegt nicht auf, dass du den ganzen Rest deines Lebens ein Arschloch warst. Vor allem, wenn du nicht einmal dazu stehst, verdammt.«

»Falls es dir ein Trost ist, Cams Kreuzzug hat gerade mal zwei Wochen gedauert«, erklärte Sara. »Er hat mit den Nachforschungen über Merits Vergewaltigung aufgehört, als ihm der Detective, der den Fall bearbeitet hat, anbot, eine Trunkenheitsfahrt unter den Tisch fallen zu lassen.«

»Bist du dir sicher, dass es nur eine Trunkenheitsfahrt war?«

Sara schien es, als fügte sich ein weiteres Puzzleteil ein. »Du glaubst nicht, dass du die erste Frau warst, die Cam vergewaltigt hat.«

»Das Seil war bereits am Kopfbrett des Betts festgemacht«, sagte Sloan. »Die Art, wie er mich gepackt, auf das Bett geworfen, gefesselt hat – das erfordert Übung.«

Sara hatte dasselbe von dem Mann gedacht, der sie vergewaltigt hatte. Er war zu schnell, zu fokussiert gewesen, als dass es sein erstes Mal gewesen sein konnte. »Hat Cam je etwas aufgeschrieben oder dir Nachrichten geschickt?«

»Wieso?«

Sara war bewusst, dass Sloan die Frage nicht beantwortet hatte, aber sie antwortete trotzdem. »Merit Barrowe hat Drohnachrichten erhalten. Dani Cooper, die mutmaßlich von Britts und Macs Sohn vergewaltigt wurde, hat ebenfalls welche erhalten. Und es gibt eine gewisse Überschneidung zu dem, was mir passiert ist.«

»Cam ist tot.«

»Ich weiß.«

Sloan beugte sich vor und stützte die Ellbogen auf die Knie. »Er hat mich angerufen, bevor er sich umgebracht hat.«

»Wann?«, fragte Sara.

»Unmittelbar bevor er abgedrückt hat, der Polizei zufolge.« Sie verschränkte die Hände. »Meine Nummer war die letzte, die er gewählt hat. Die Detectives sind bei mir in der Arbeit erschienen. Sie haben vermutlich erwartet, mich in Tränen ausbrechen zu sehen, aber ich habe noch nie in meinem Leben so gelacht. Die Erleichterung hat mein Gehirn geflutet wie Helium. Ich hatte tatsächlich das Gefühl, ich würde vom Boden abheben. Mir war bis zu diesem Moment nicht bewusst gewesen, welches Gewicht ich mit mir herumgeschleppt hatte, wissend, dass Cam Carmichael noch immer da draußen in der Welt war.«

Sara sehnte sich nach dieser Art von Erleichterung. »Was hat Cam am Telefon gesagt?«

»Den gleichen Bockmist wie zuvor, dass er mich liebt, mich heiraten will und noch mehr solchen Quatsch. Dann hat er sich entschuldigt. Er sagte, ich sollte wissen, dass er sich nie vergeben habe. Ich meine – gut so. Er sollte sich auch nicht vergeben. Er hätte mich beinahe zerstört.« Sloan verschränkte die Arme wieder. »Dann sagte er, er hätte ein Paket zu mir in die Arbeit geschickt. Er sagte: Tu damit, was du für richtig hältst.«

Sara war an den Rand der Couch vorgerutscht. »Was war in dem Paket?«

»Ein USB-Stick.«

Sara öffnete überrascht den Mund. Cams Laptop. Die passwortgeschützten Dateien. Die beschädigten Links der Chat-Website. Er hatte eine Datenspur hinterlassen.

»Ich habe mir den Inhalt nie angesehen. Es tut mir leid, aber ich dachte …« Die Muskeln in ihrem Hals zuckten, als sie ihre Gefühle zu beherrschen versuchte. »Cam war tot. Ich dachte, wenn ich mir ansehe, was auf dem USB-Stick ist, und wenn etwas Schreckliches darauf ist, dann eröffne ich ihm eine weitere Möglichkeit, mich zu verletzen.«

Sara konnte ihrem Gedankengang nicht widersprechen. »Hat Cam eine Andeutung gemacht, was sich auf dem Stick befindet?«

»Nein, tut mir leid.«

Sara fiel ein, dass Sloan ihre Frage vorhin nicht beantwortet hatte. »Hat er dir eine Nachricht hinterlassen?«

»Ja.«

»Was stand darin?«

»Persönliches Zeug. Über jene Nacht.« Sloan brauchte einen Moment. Sie blickte wieder zur Decke. »Er schrieb, dass er mich immer geliebt hat. Und dass er wünschte, alles wäre anders gekommen. Und dass ich ein wunderbarer Mensch sei, und er wisse, ich würde das Richtige tun.«

»Was ist das Richtige?«

Sloan schloss für einen Moment die Augen. »Bist du dir sicher, dass du das willst?«

Sara hatte zum ersten Mal den Eindruck, dass Sloan etwas für sich behielt. Sie ging die letzten Minuten der Unterhaltung in Gedanken noch einmal durch. Sloan hatte gesagt, Cam habe ihr ein Paket geschickt. Ein acht Jahre alter USB-Stick war etwa halb so breit wie eine Visitenkarte und kaum dicker als ein Smartphone.

»Ich verstehe deine Frage nicht«, sagte sie. »Warum sollte ich mir nicht sicher sein?«

»Du kannst es nicht ungeschehen machen«, sagte Sloan. »Es ist dieselbe Wahl, die ich bei dem USB-Stick hatte. Siehst du es dir an und riskierst, auf eine neue Weise verletzt zu werden, oder fährst du einfach mit deinem Leben fort?«

Sara wusste nicht, worin die Wahl bestehen sollte. »Jetzt hörst du dich wirklich an wie Mason.«

»Es hat seinen Wert, weiterzugehen.«

»Das kannst du leicht sagen. Cam ist tot.«

Sloan lehnte sich zurück. »Nichts ist leicht.«

»Du hattest vorhin recht. Ich bin nicht aus einer Laune heraus hierhergeflogen. Glaubst du, ich habe nicht bedacht, welchen Preis ich dafür zahle? Oder meine Freunde zahlen? Der Mann, den ich heiraten werde?« Sara konnte nichts anderes tun, als zu betteln. »Bitte, Sloan. Was hat dir Cam sonst noch geschickt?«

Sloan holte tief Luft und hielt den Atem einige Sekunden lang an. Statt einer Antwort hob sie ihre Handtasche vom Boden auf, zog ihr Handy heraus und wählte eine Nummer. Dann hielt sie das Gerät ans Ohr und wartete, bis sich jemand meldete.

»Paul, in der untersten Schublade meines schwarzen Aktenschranks im Keller ist ein verschließbarer Plastikbeutel. Du musst ihn mitbringen, wenn du zu mir in die Stadt kommst.« Sie hielt einen Moment inne. »Ja, genau der.«

Sara wartete, bis Sloan das Gespräch beendet hatte.

»Was ist in dem Beutel?«

»Merit Barrowes Unterwäsche.«

14

Will wartete am Eingang des Riverside Dining Rooms im Country Club, der, wie der Name verhieß, einen eindrucksvollen Blick auf den Fluss bot. An den runden Tischen saßen zumeist Männer, die meisten in legerer Geschäftskleidung, manche in Golf-Outfits, einige wenige in Anzug und Krawatte. Anwälte, Ärzte, Banker, Privatleute, die von ihrem Vermögen lebten. Will freute sich nicht darauf, in seine John-Trethewey-Tarnung zu schlüpfen. Er fühlte sich viel wohler, wenn er sich als Schlägertyp oder Dieb ausgab. Man musste dasselbe Maß an Anspruchshaltung ausstrahlen, aber sie entsprang dem Bewusstsein, dass man allen die Scheiße aus dem Leib prügeln konnte, und nicht, dass man sie kaufen konnte.

Der Unterschied war kein feiner.

Wenigstens durften sich Schlägertypen bequem kleiden. Will hatte nach der Befragung von Leighann Park einen Abstecher ins Einkaufszentrum gemacht, um die idiotischen Klamotten vom letzten Mal zurückzugeben und neue auszusuchen. Die enge Jeans war diesmal von einem italienischen Designer, und Will musste gegen die Vorstellung ankämpfen, dass er aussah, als trüge er eine mittelalterliche Schamkapsel. Die Diesel-Boots gehörten jetzt offenbar zu seinem Styling. Was das Oberteil anging, hatte er sich für etwas Ähnliches wie das Kaschmir-Polohemd entschieden, das Sara für ihn ausgesucht hatte. Der Preis war horrend gewesen. Will hatte Schweiß auf dem Apparat hinterlassen, als er seine Kreditkarte in das Lesegerät steckte.

Die Tür hinter ihm ging auf, und Will drehte sich um. Männer in schreiend bunten Golfhosen. Kein Richie, obwohl sie sich vor fünf Minuten hatten treffen wollen. Will nahm an, jemanden warten zu lassen, gehörte zum Verhaltensmodus reicher Leute. Er ließ den Blick wieder durch den Speisesaal schweifen und hielt nach der Hostess Ausschau, sah aber nur Bedienungen, die geschäftig herumwuselten. Falls eine von ihnen bemerkt hatte, dass Will wartete, so hatte sie es jedenfalls nicht weitergesagt. Sie huschten lautlos über den grell gemusterten Teppich. Die handgewebten cremefarbenen und braunen Kringel sollten die Flecken kaschieren, aber nichts half gegen die Rotweinspuren, die aussahen, als wäre Blut in die Ecke gespritzt. Will lernte soeben etwas über unvorstellbar teure Country Clubs: dass sie nämlich weniger gut in Schuss gehalten wurden als ein durchschnittliches Holiday Inn.

Er rieb die Narbe an seinem Kinn. Die Stoppel fühlten sich rau an. Er musste sich unbedingt rasieren, bevor Sara nach Hause kam, und sich außerdem das schmierige Styling-Gel aus dem Haar spülen. Er schaute auf seine Armbanduhr. Sloan war offenbar dazu bereit gewesen, mit Sara zu sprechen. Einerseits hatte er erwartet, Sara werde ihn zehn Minuten nach ihrem letzten Gespräch anrufen, um zu sagen, dass es ein Reinfall war. Andererseits wusste er genau, dass Sara Menschen sehr geschickt dazu bringen konnte, das Richtige zu tun.

Sein Telefon summte. Will sah eine Nachricht von Faith. Sie hatte ihm ein Emoji mit erhobenem Daumen geschickt. Heute Nachmittag arbeitete sie mit dem Betrugsteam. Aber früher oder später würde Amanda herausfinden, was sie trieben. In vielen Fällen war es leichter, um Vergebung zu bitten als um Erlaubnis. Amanda hatte es nie geschätzt, Adressatin von Bitten zu sein.

»Mr. Trethewey?« Die Hostess war endlich aufgetaucht. Sie war dünn und sehr jung und trug einen schwarzen Rock und eine weiße Bluse, genau wie in einem Holiday Inn.

»Hier entlang, bitte«, sagte sie.

Er folgte ihr durch den Speisesaal und rief sich in Erinnerung, warum er hier war. Mit seiner genähten Hand, dem nur langsam heilenden Schnitt im Augenwinkel und den Preisschildern, die er sich hinten in Hose und Oberteil gestopft hatte, war jeder Schritt eine Folter. Er bemühte sich, das alles auszublenden, und ließ John Trethewey übernehmen. Einen Mann, der vor einer MeToo-Anklage floh. Den Vater eines mürrischen Sohns namens Eddie, der einen bemerkenswert ähnlichen Lebensweg wie Faiths Sohn Jeremy hatte. Den Ehemann einer enttäuschten Frau. Ein Arschloch auf der Suche nach einem Neustart.

Die Hostess platzierte ihn nicht an einem der runden Tische, sondern öffnete stattdessen eine Tür auf der Rückseite. Neben der Tür war ein vergoldetes Schild, das zu entziffern sich Will nicht die Mühe machte. Er war mehr an den Männern in dem privaten Bereich des Speisesaals interessiert.

Richie Dougal hatte ein paar Freunde mitgebracht.

Mac McAllister saß an dem rechteckigen Tisch neben Chaz Penley.

»John.« Richie stand auf, um Will die Hand zu schütteln. »Du erinnerst dich an …«

»Chaz«, sagte Will. Er kannte das Bild des Mannes von Faiths verrückter Pinnwand. Blond, blaue Augen, ziemlich aus der Form geraten. Sie hatte einen Witz darüber gemacht, dass er aussah, als hätte er die Trapp-Familie an die Nazis verraten. »Ich hätte dich fast nicht wiedererkannt. Schätze, du treibst nicht allzu viel Sport dieser Tage.«

»Ich sehe, du bist immer noch ein Arschloch, Trethewey.« Chaz grinste und drückte Will kräftig die Hand. »Wo hast du gesteckt?«

»Hier und dort.« Will nahm gegenüber von Mac Platz. Er legte sein Telefon mit der Bildschirmseite nach unten auf den Tisch und vergaß nicht, die Aufnahme-App zu aktivieren. Eine Kellnerin erschien wie aus dem Nichts, stellte ihm einen Drink hin und füllte sein Wasserglas. Die anderen Männer ignorierten sie, deshalb tat Will es ebenfalls.

»Ich war in Texas«, sagte er. »Was für ein Höllenloch. An dem einen Tag hast du keinen Strom, am nächsten sollst du dein Wasser abkochen. Das ganze Land geht vor die Hunde.«

»Kein Scheiß«, sagte Richie. »Ihr solltet die Schlaglöcher in meiner Straße sehen.«

»Was ist mit deiner Hand passiert?«, fragte Chaz.

Will blickte auf den Verband. Sara hatte den richtigen Jargon mit ihm geübt. »Bin gerade so an einer Boxerfraktur vorbeigeschrammt. Zum Glück kann ich noch eine Spritze halten.«

Chaz warf einen Blick zu Mac, eine stille Bestätigung, dass Will die Frage nicht wirklich beantwortet hatte.

Die Kellnerin fragte: »Darf ich Ihnen sonst noch etwas bringen, meine Herren?«

Richie ignorierte sie weiter und sagte zu Will: »Wir waren so frei, Steaks zu bestellen. Hoffentlich okay für dich?«

Will sagte zu Chaz: »Bist du dir sicher, dass du nicht lieber einen Salat willst?«

Alle lachten, aber Chaz' verkrampfte Haltung verriet, dass der Schlag gesessen hatte.

Mac entließ die Kellnerin, indem er den Kopf senkte. Sie ging rückwärts hinaus und schloss die Tür.

»Hübsche Titten, die Kleine«, sagte Chaz.

»In der Tat.« Richie trank sein Glas Scotch leer. Ein zweites wartete vor ihm auf dem Tisch. »John, danke, dass du so kurzfristig kommen konntest. Es tut mir nur leid, dass wir uns nicht auf dem Golfplatz treffen konnten. Hast du mal gespielt hier?«

»Nicht viel. Ich bevorzuge Tennis, Basketball. Etwas, das den Puls hochjagt.«

»Typisch Orthopäde, immer voll auf die Knochen«, sagte Chaz, aber der Witz kam nicht an.

Will setzte sein Schweigen ein, um den Witz noch mehr absaufen zu lassen. Er ließ sich Zeit damit, seine Stoffserviette auszurollen und auf seinen Schoß zu legen. Die Dynamik zwischen den drei Männern war nicht schwer zu durchschauen. Mac war der Chef. Er hatte noch nichts gesagt, seit Will den Raum betreten hatte. Richie war wie ein Labrador, wollte unbedingt gefallen, machte die ganze Zeit Small Talk. Chaz handelte zielgerichteter und wollte aus Will Informationen herauskitzeln. Er stand in der Befehlskette eindeutig höher. Ebenso eindeutig genoss es Mac, ihn schikanieren zu lassen.

»Nun denn«, sagte Will. »Sosehr ich ein kostenloses Steak zu schätzen weiß, warum bin ich hier?«

Mac sagte noch immer nichts, aber Richie und Chaz grinsten wie Krokodile.

»Wir wollten dich wieder in Atlanta willkommen heißen«, sagte Richie.

»Ich wusste gar nicht, dass Eliza noch lebende Verwandte hat«, ergänzte Chaz.

Will zuckte mit den Achseln. »Nie eine schlechte Idee, sich bei einer reichen Tante einzuschleimen.«

»Sie steht an der Schwelle des Todes«, sagte Chaz.

Will lehnte sich zurück und wartete darauf, dass sie fortfuhren.

Richie nahm sein zweites Glas in Angriff.

Endlich sprach auch Mac. »Was ist mit deiner Hand passiert?«

Will blickte wieder auf den Verband. »Es ist mir nicht gelungen, eine auslösende Situation zu vermeiden.«

Chaz prustete los. Will wusste, der Mann hatte vor sechzehn Jahren im Rahmen seines Deals wegen Trunkenheit am Steuer ein Anti-Aggressionstraining absolvieren müssen. Der Spruch stammte eins zu eins aus dem Grundkurs »Wie man seinen Zorn beherrscht«.

Mac fragte: »Frau? Kind?«

Will trank aus seinem Wasserglas und tat, als müsste er seine Gereiztheit dämpfen. »Eddie ist ein wenig älter als Tommy. Du weißt, wie sie dann sind. Glauben, sie können ihren alten

Herrn herausfordern. Urinstinkt. Man muss sie in ihre Schranken weisen.«

Die drei Männer wechselten wieder einen Blick. Nicht missbilligend. Berechnend.

Will setzte sein Glas ab. »Apropos Söhne, ich habe gehört, Tommy ist bei dem Prozess gerade noch so davongekommen.«

Mac sah Will einen Moment lang an, ehe er antwortete. »Wenn man es davonkommen nennen will, dass ich einen Scheck über zwei Millionen Dollar ausstellen musste.«

»Ein geringer Preis dafür, dass Britt nicht wegen des guten Rufs ihres teuren kleinen Schatzes herumjammern muss.«

Mac gestattete sich ein Lächeln. »In der Tat.«

Will schob seinen Scotch zu Richie hin. »Ich bin auf Schmerzmittel. Bedien dich.«

Richie krallte sich das Glas wie ein Bär, der seine Tatze in einen Honigtopf taucht.

»Ich habe versucht, dich in den sozialen Medien zu finden, Trethewey«, sagte Chaz. »Du bist ein Geist.«

»Gut so«, sagte Will. »Dafür habe ich einen Haufen Geld hingelegt.«

»Was ist in Texas passiert?«, fragte Mac.

Wills Blick war wie aus Stahl. »Woher die Neugier?«

»Ich mache nur Konversation«, sagte Mac. »Wir sind doch alle Freunde.«

»Sind wir das?« Will warf die Stoffserviette auf den Tisch. »Ihr habt euch viel Mühe gegeben, um mich hierherzulotsen. Ich muss zugeben, ich war neugierig, aber langsam fühlt sich das Ganze wie ein gottverdammtes Verhör an.«

»Warte.« Mac hob beschwichtigend die Hände, damit Will sitzen blieb. »Verzeih, wenn wir dich in die Mangel genommen haben. Aber wir haben dich eben eine Weile nicht gesehen.«

»Denkt nicht, dass ich das nicht bemerkt hätte«, sagte Will. »Die Sache mit Cam habe ich auf einem gottverdammten Kongress aufgeschnappt. Wäre nett gewesen, zur Trauerfeier eingeladen zu werden. Er war derjenige, der mich überhaupt erst in die Gang gebracht hat.«

Richie hatte die Zunge in die Wange geschoben.

»Cam hat dich zu uns geführt?«, fragte Mac. »Das wusste ich gar nicht mehr.«

»Du scheinst eine Menge Dinge zu vergessen«, sagte Will. »Ich weiß, ich lief mehr am Rand mit, aber wer, glaubt ihr, hat ihm den Job am Bellevue besorgt? Nicht ein Wort des Dankes von euch Arschlöchern, dass ich ihn aus der Stadt geschafft habe. Wisst ihr, wie übel das geworden wäre, wäre er hiergeblieben?«

»Entschuldigung«, sagte Richie. »Waren harte Zeiten.«

Will gab sich offen feindselig und schlug mit der Faust auf den Tisch. »Ich musste zweieinhalbtausend Kilometer zwischen meine Familie und Cams verdammtes loses Mundwerk legen. Was für ein Desaster.«

Niemand sagte etwas.

»Also, was ist das hier?«, fragte Will. »Wollt ihr euch vergewissern, dass ich euer Geheimnis für mich behalten habe? Glaubt ihr, ich würde mich wieder in Atlanta blicken lassen, wenn dem nicht so wäre?«

Die Männer verstummten. Will hätte nicht zu sagen vermocht, ob er zu weit gegangen war. Es war nichts weiter zu hören als das Klappern von Besteck auf Porzellan aus dem Hauptspeisesaal. Er behielt die Nerven und sah ihnen einzeln in die Augen. Alle erwiderten den Blick und forschten in seinem Gesicht, als könnten sie seine Gedanken lesen.

Was wusste er? Was wollte er? Wie viel hatte ihm Cam erzählt?

»Nein«, sagte Richie schließlich. »Wir sind nicht besorgt deinetwegen.«

Man sah ihnen an, dass sie alle sehr besorgt waren.

Mac fragte: »Wie hast du Cam gleich noch mal kennengelernt?«

Will stöhnte hörbar. »Ach, komm. Was mir Cam erzählt hat, ist mit Cam gestorben, soweit es mich betrifft. Ich habe inzwischen ganz andere Probleme als einen erbärmlichen Säufer, der nicht damit klarkam, wenn es ein bisschen rauer abging.«

Mac hatte Will nicht aus den Augen gelassen. Er hatte eine Kälte an sich, die bisher nicht so deutlich zutage getreten war. Will dachte an die tiefe Freude, die Sara beschrieben hatte, als sie zum ersten Mal ein schlagendes Herz gesehen hatte. Mac McAllister hatte in seinem ganzen Leben sicher nie etwas mit Freude betrachtet.

»Wie auch immer.« Will schlug wieder auf den Tisch. »Was wollt ihr von mir? War es das?«

Ehe jemand antworten konnte, ging die Tür auf, und zwei Kellnerinnen trugen das Mittagessen auf. Steaks mit Ofenkartoffeln. Noch mehr Scotch. Gläser mit Eistee. Das Schweigen war unangenehm, während Essen und Getränke serviert wurden. Die Frauen huschten rückwärts aus dem Raum, als würden sie einen Thronsaal verlassen.

Chaz und Richie griffen nach ihrem Besteck und begannen zu essen. Nur Mac und Will rührten sich nicht.

»Wie sehen deine Pläne in Atlanta aus, John?«, fragte Mac.

Will zuckte mit den Acheln. »Mir Arbeit suchen. Meine Familie ernähren. Was sollte ich sonst machen?«

Chaz schmatzte mit den Lippen, als er fragte: »Eliza hilft nicht dabei?«

»Vielen Dank, aber ich lebe lieber nicht unter der Knute dieses alten Miststücks.« Will fiel etwas ein, was Faith von der Website der Chatgruppe vorgelesen hatte. »Wenn es nach mir ginge, müsste ihr mal jemand mit seinem Schwanz das Maul stopfen.«

Richie lachte bellend, was keine Überraschung war. Aber dann lachte auch Chaz. Und Mac fing ebenfalls zu lachen an. Er beugte sich tatsächlich vor und packte die Tischkante mit beiden Händen, als müsste er sich festhalten, um nicht vor Lachen vom Stuhl zu fallen. Sie alle lachten so heftig, dass Will sich schließlich gezwungen sah, einzustimmen.

»Heilige Scheiße.« Chaz hieb auf den Tisch. »Gut gesagt.«

»Cam hat dich wirklich in die Gruppe gebracht, was?«

Will grinste immer weiter, er wusste nicht, was gerade passiert war, aber offensichtlich war er der dunklen Ader, die diese reichen, privilegierten Männer wie ein Fluss durchzog, sehr nahe gekommen.

Richie hob das Glas. »Auf Cam.«

»Cam«, sagte Chaz.

Mac hob sein Glas. »Einer der großen Meister.«

»Bevor der Scheißer es mit der Angst zu tun bekam.« Richie schüttete seinen Drink hinunter.

Will fiel ein und durchforstete im Stillen sein Gehirn, wie er das Wort *Meister* noch einmal zur Sprache bringen konnte. Was meinten sie damit, dass Cam es mit der Angst zu tun bekam? Hatte es etwas mit Merit Barrowe zu tun? Will sah keinen Weg, es herauszufinden. Er musste sich damit begnügen, seinen Gewinn einzustreichen. Sie hatten sich alle entspannt. Die Vernehmung von John Trethewey war vorbei. Er wusste nicht recht, was ihr plötzliches Vertrauen bewirkt hatte, aber er hütete sich, es überzustrapazieren. Will griff nach Messer und Gabel und versuchte, das Steak mit seiner verletzten Hand zu schneiden.

Mac fing ebenfalls zu essen an. »Du hast uns erzählt, dass dein Sohn gerade dabei ist, an der Tech abzuschließen?«

»Wenn er den Arsch hochkriegt.« Will aß einen Bissen von dem Steak und unterdrückte ein Würgen. Das Fleisch war voller Knorpel und höchst seltsam gewürzt. Er hatte sogar im Waisenheim besser gegessen. »Eddie macht irgendwas mit

Polymeren. Offen gestanden interessiert mich nur, was die Headhunter zu zahlen bereit sind.«

»3M, richtig?« Richie hatte am Vortag ebenfalls aufgepasst. »Nicht übel.«

»Er will in der Welt herumkommen.« Faith hatte so viel von der Firma geredet, dass er einen kleinen Vortrag halten konnte. »Sie haben eine Zentrale in Sydney. Keine schlechte Idee, ihn da auf Distanz zu halten. Ihn auf eigenen Füßen stehen zu lassen.«

»Gutes Geld?« Chaz leckte die Gabel ab, seine Zunge schnellte vor wie bei einem Reptil.

»Gut genug, um ihn nach Sydney zu bringen.« Will musste sich zwingen, das Fleisch zu schlucken. Er machte sich über die Kartoffel her, weil er dachte, dass niemand eine Ofenkartoffel verpfuschen könnte. Er hatte sich getäuscht. »Und seine Mutter dazu. Ich freue mich auf einen Monat voller Frieden, wenn sie ihn später besucht.«

»Du hast ja alles geplant«, sagte Mac.

»Hoffen wir nur, der Blödmann meistert das Vorstellungsgespräch.«

Richie sagte: »Was ist mit …«

Plötzlich war ein Geräusch zu hören, wie das Wimmern eines Hundes. Will merkte, wie die John-Trethewey-Identität zu verrutschen begann. Das Geräusch erinnerte ihn an die Hunde am Morgen, als er wegen Eliza ausgerastet war. Er blickte am Tisch herum, aber niemand schien etwas bemerkt zu haben. Sie achteten überhaupt nicht auf ihn. Die drei Männer sahen einander an wie eine Gruppe Teenagerjungs, die gerade entdeckt haben, dass es Pornografie gab.

Das Wimmern ertönte wieder. Es kam von Macs Seite des Tischs.

»Willst du es ihm zeigen?«, fragte Richie.

Chaz klaubte sich Fleischfasern aus den Zähnen. »Du solltest es ihm zeigen.«

»Was zeigen?«, fragte Will.

Mac griff in die Tasche und holte sein iPhone hervor. Das Wimmern hielt an, bis er den Bildschirm entsperrte. Er tippte ein paarmal darauf, dann gab er das Gerät an Richie weiter.

Will hielt den Mund, als Richie mit seinem Stuhl näher rückte. Er zeigte Will den Bildschirm. Er war viergeteilt, mit jeweils einer anderen Ansicht vom Inneren eines Hauses. Will nahm an, die App war an ein Überwachungssystem gekoppelt, aber die Kameras befanden sich in privaten Bereichen: Schlafzimmer, Bad, Wohnzimmer, Küche.

Es musste das Haus der McAllisters sein, das Herrenhaus mit dem Tor und dem Personal. Die Räume waren palastartig, in einem gebrochenen Weiß gestylt wie in einer Architekturzeitschrift. Die Linse hatte einen Blaseneffekt, was bedeutete, die Kameras waren versteckt, und das wiederum bedeutete, Mac bewegte sich auf dünnem Eis. Es war in Georgia verboten, jemanden ohne Zustimmung in einem nicht-öffentlichen Bereich aufzunehmen.

Will dachte an den GPS-Tracker an Britts Wagen, den AirTag an ihrem Schlüssel. Sie wusste, dass Mac sie überwachte. Also wusste sie sicher auch von den Kameras.

»Schau dir das an.« Richie tippte auf eins der Felder, um auf die Küche zu zoomen. Der Ton war voll aufgedreht. Will hörte Wasser laufen. Die Kamera befand sich über der Spüle und war direkt auf Britt McAllister gerichtet.

Ihr Gesicht war ausdruckslos, beinahe zu unbewegt. Will dachte an das Valium, das Sara in der Toilette des Gerichtsgebäudes in Britts Tasche gesehen hatte. Britt hatte eindeutig etwas eingenommen. Ihre Augenlider waren schwer, der Mund schlaff, während sie von Hand abspülte. Sie trug einen verführerischen schwarzen Slip wie die gelangweilte Hausfrau in einem Sexfilmchen. Nur dass sie schweißgebadet war. Der Seidenstoff klebte an ihrer Haut. Ihr Haar war strähnig. Sie wischte sich mit einem Küchenhandtuch übers Gesicht.

»Mac hat vor einer Stunde die Heizung aufgedreht.« Chaz bürstete das Essen vom Tisch, das ihm aus dem Mund gefallen war. Hämische Freude lag auf seinem Gesicht. »Der Alarm ertönt, wenn sie in Sichtweite der Kameras ist.«

»Sie kann kein Fenster aufmachen?«, fragte Will.

»Nicht, ohne dass Mac die Paniktaste drückt.« Richie lachte. »Er kontrolliert die Beleuchtung, die Jalousien, die Schlösser.«

»Was ist mit dem Personal?«

»Das kommt zweimal in der Woche«, sagte Mac. »Britt arbeitet nicht. Sie hat jede Menge Zeit, sich um das Haus zu kümmern.«

Will setzte ein widerliches Grinsen auf, ein Spiegelbild von Macs Gesicht. Eliza hatte es richtig beschrieben. Er war wie ein Zuhälter, und wie jeder Zuhälter auf dem Planeten wollte er totale Kontrolle.

»Zeig ihm, wie man das Ding macht, Rich«, sagte Chaz.

Richie blickte fragend zu Mac.

Mac gab mit einem knappen Kopfnicken die Erlaubnis.

»Hier.« Richie zeigte auf das Icon eines Notenschlüssels am unteren Bildschirmrand. »Tipp darauf.«

Will blickte wieder zu Mac. Sein Kinn war leicht aufwärts gerichtet. Seine selbstzufriedene Miene war dieselbe, die er getragen hatte, als Will Richie schikaniert und Chaz wegen seines Gewichts aufgezogen hatte. Was immer in der Gang geschah, Mac befand sich im Zentrum davon. Er fuhr darauf ab, Menschen leiden zu sehen.

»Los«, sagte Mac. »Tipp auf den Notenschlüssel.«

Will tat es.

Die plötzliche, ohrenbetäubend laute Musik ließ ihn zusammenzucken. Die Echtzeitreaktion im Haus war noch eindrucksvoller. Britt machte einen Satz von der Spüle rückwärts und stieß einen Schrei aus, als der Death-Metal-Sound losbrach. Die Musik, die durch die Küche dröhnte, brachte die kleinen Lautsprecher des Smartphones an ihre Grenzen. Britt presste die Hände auf die Ohren und schrie und schrie, als sie zu Boden sank und sich mit offenem Mund an die Küchenschränkte kauerte.

Will spürte, wie Mac ihn beobachtete und seine Reaktion abschätzte. Er zwang sich zu einem Grinsen, einer Annäherung an Macs Selbstzufriedenheit, seine Schmierigkeit, seine ausgeprägte Freude am Missbrauch seiner Frau.

Auf dem Bildschirm hatte Britt jetzt den Kopf zwischen den Knien, ihre Schultern wogten auf und ab. Sie versuchte, nicht zu hyperventilieren.

Richie wollte das Telefon wegziehen, aber Will hielt ihn am Handgelenk fest und drückte auf das Notenschlüsselsymbol. Die Death-Metal-Musik verstummte. Will ließ seine Augen verschwimmen, als er auf den Schirm blickte, damit er Britts anhaltendes Entsetzen nicht sehen musste. Gegen den Ton ließ sich nichts tun. Britt heulte so heftig, dass sie kaum noch Luft bekam.

Will fuhr sich mit der Zunge über die Lippen. Er schaute zu Mac, dann wieder auf den Bildschirm. »Wie lange bleibt sie so?«

»Nicht lange«, sagte Mac. »Zehn, vielleicht fünfzehn Minuten.«

Zehn, vielleicht fünfzehn Minuten.

Will hatte solche Panik selbst schon erlebt, aber nicht mehr seit seiner Kindheit. Zehn Minuten. Fünfzehn Minuten. Selbst eine Minute fühlte sich an, als müsste man sterben. Wie viele Male hatte Mac Britt das schon angetan? Wie viele Männer hatten über ihr Leiden gelacht?

Britt holte jetzt mit offenem Mund Luft, um sich zu beruhigen. Will betrachtete die übrigen Symbole am unteren Bildrand. Ein Thermometer. Ein Vorhängeschloss. Ein Auto.

»Du kontrollierst die Schlösser?«, fragte er.

»Ich kontrolliere alles«, berichtigte Mac. »Einschließlich ihres Autos.«

»Der Halunke hat ihr auf der 285er den Motor abgestellt, als sie hundertzwanzig fuhr«, sagte Richie. »Sie hat sich wortwörtlich in die Hose gemacht.«

»Sie stieg wegen des Geruchs dann nicht mehr in den Wagen.« Chaz lachte, als er die Schale der Ofenkartoffel zusammenklappte und sich in den Mund schob. »Das Miststück ist am nächsten Tag zum Autohändler gegangen und hat das Geld für einen neuen Wagen auf den Tisch gelegt.«

»Macs Geld«, sagte Richie.

Will zwang sich, immer weiter zu grinsen, und fragte Mac: »Sie kommt nicht dahinter, wie sie verhindern kann, dass du sie manipulierst?«

»Du weißt, wie Frauen sind«, sagte Mac. »Sie hat kein Talent für Technik.«

»Sie will es gar nicht verhindern«, meinte Richie. »Es gefällt ihr.«

Will betrachtete wieder Britt auf dem Schirm. Sie klammerte sich an die Küchentheke, rang immer noch darum, sich zu beruhigen. Falls es ihr tatsächlich gefiel, konnte sie das verdammt gut verbergen.

»Sie zahlt es ihm mit der Kreditkarte heim«, sagte Chaz. »Was hat diese Handtasche letztes Mal gekostet? Hunderttausend?«

»Hundertzehn«, sagte Mac.

»Das ist es wert.«

Will schob Richie das Telefon hin und versuchte sich nicht anmerken zu lassen, wie gern er den Tisch umgeworfen und jedem einzelnen Arschloch in diesem Raum die Scheiße aus dem Leib geprügelt hätte. »Ich verstehe deinen Schmerz, Mann. Meine hat nach Texas alle ihre Karten bis zum Anschlag belastet.«

»*Ihre* Karten?«, fragte Richie.

Will lachte wie ein Mann, der nicht die Hälfte des Einkommens seiner zukünftigen Ehefrau verdiente. »Gutes Argument.«

»Wie hast du es geschafft, sie bei Fuß zu halten mit deiner …« Richie fuchtelte mit der Hand.

Will wartete, bis er den Satz beendete.

Richie sah aus, als wäre ihm nicht wohl dabei. »Du sagtest, es gab da ein MeToo-Problem.«

»Worum ging es denn?«, fragte Chaz.

Will gab sich wieder feindselig. »Es ging um meinen Schwanz. Wollt ihr ihn sehen?«

»Nein-nein-nein.« Chaz hob beschwichtigend die Hände. »Wollte mich nur vergewissern, dass alles geklärt ist. Du hast die Verschwiegenheitsvereinbarung und alles unter Dach und Fach?«

»Sehe ich aus, als wäre ich im Gefängnis, du blöder Wichser?« Richie wirkte peinlich berührt, fragte aber: »War es so schlimm?«

Will trank von seinem Eistee und antwortete nicht.

»Was ist mit deiner Frau?«, fragte Mac.

Will zuckte mit den Achseln. »Eheliches Zeugnisverweigerungsrecht. Sie durfte nicht aussagen.«

»Texas ist ein Staat mit Zugewinngemeinschaft. Sie hätte die Hälfte von allem bekommen, wenn sie gegangen wäre.«

»Nicht mit dem Ehevertrag«, sagte Will. »Das ist eine gute Sache, die ich von Eliza gelernt habe. Lass eine Schlampe nie deine Finanzen kontrollieren.«

»Wirst du erben?«, fragte Mac. »Bist du deshalb wieder da?«

»Das möchte ich ihr geraten haben.« Will wusste nicht, wohin die Befragung führen sollte, aber er stand kurz davor, es sich nicht weiter gefallen zu lassen. »Es sei denn, sie will im beschissensten Pflegeheim sterben, das ich finde.«

»Ich habe meine Schwiegermutter in so einem geparkt«, sagte Chaz. »Stank nach Urin. Das eine Mal, als ich dort war, habe ich buchstäblich gewürgt.«

Mac grinste höhnisch. »Manche Frauen haben es verdient, in ihrer eigenen Pisse zu schmoren.«

Wieder gab es großes Gelächter am Tisch.

Von all den Dingen, über die sie gelacht hatten, traf dies hier Will am tiefsten. Sie sprachen von Sara. Ihm wurde plötzlich heiß. Seine Muskeln spannten sich an. Ein heftiger Schmerz durchzuckte ihn, als er reflexhaft die Faust ballte. Er durfte diese Männer nicht totschlagen – es hätte seine Tarnung ruiniert. Aber er konnte sie dazu bringen, dass sie weiterredeten, denn jedes Wort aus ihrem Mund konnte sie einer Gefängniszelle näherbringen.

»Apropos Pisse«, sagte Will. »Ich hätte viel dafür gegeben, Lintons Gesicht zu sehen, als sie von Tommys Vergleich erfuhr.«

»Scheiße«, sagte Mac. »Dafür hätte ich glatt noch eine Million draufgelegt.«

»Ich bin dabei«, sagte Chaz. »Hoffen wir, die Sache hat damit ein Ende.«

»Das wäre verdammt noch mal ratsam«, meinte Richie. »Falls sich Sankt Sara nicht noch mal gefesselt in einer Klokabine wiederfinden will.«

Eine neue Runde lautstarkes Gelächter. Wieder zwang sich Will, einzustimmen, aber er hatte die Faust so kräftig geballt, dass er Blut an der Naht durchsickern spürte.

»Also: Warum bist du nach Atlanta zurückgekommen?«, wollte Chaz erneut von Will wissen. »Du hattest doch sicher auch andere Möglichkeiten.«

Will schmeckte Blut im Mund. Er hatte sich auf die Innenseite der Wange gebissen. »Eddie war bereits an der Tech. Die Frau wollte in seiner Nähe sein. Etwas musste ich ihr geben.«

»Du solltest sie an die Kandare nehmen«, riet Mac. »Du weißt, sie wird dich nicht verlassen. Warum sich nicht ein bisschen amüsieren?«

Will nickte. »Vielleicht kannst du mir zu der Firma einen Kontakt herstellen, die dein Überwachungssystem installiert hat.«

Mac hob eine Augenbraue. »Ich würde es niemals riskieren, mich so angreifbar zu machen. Die Sache war ein Vater-Sohn-Projekt.«

Will hätte nicht überrascht sein dürfen. Er hatte den Obduktionsbericht von Dani Cooper gesehen. Tommy war der sprichwörtliche Apfel, der nicht weit vom Stamm gefallen war.

»Hast du Kinder?«, fragte er Chaz.

»Chuck ist ein bisschen jünger als Tommy, aber die beiden sind immer gut miteinander ausgekommen.« Chaz wandte sich an Richie. »Was ist mit Megan, hat sie sich wieder eingekriegt?«

»Nur wenn es um mein Geld geht«, sagte Richie. »Ihr habt keine Ahnung, was für ein Glück ihr mit euren Söhnen habt. Ich bin absolut für Frauenrechte, aber sie gehen viel zu weit.«

»Wem sagst du das.« Chaz starrte immer noch Will an. »Du hast gesagt, du kannst immer noch eine Spritze halten. Du operierst also nicht?«

Will trank von dem Tee, um sich das Blut aus dem Mund zu spülen. Er schlüpfte wieder in seine John-Trethewey-Rolle und spulte etwas von dem Text ab, den Sara mit ihm eingeübt hatte. »Ich habe ein bisschen PRP-Therapie gemacht, Stammzellen, Cortison, Tramadol. Keine Versicherung. Bar im Voraus. Und noch was obendrauf, wenn ich den mobilen Anästhesisten dazuhole, den sie alle wollen. Ist ein gutes Geschäft.«

»Wir machen das viel im Großraum Atlanta«, sagte Chaz. »Hauptsächlich über Privatpraxen, aber immer mehr Krankenhäuser steigen ein. Es ist sehr lukrativ, wie du sagst.«

Will hielt sich an seinem Glas fest. »Denkt ihr daran, euch zu Orthopädie herabzulassen?«

»Wir sind Investoren«, sagte Mac. »Wir suchen nach Praxen, die einen schnellen Umschwung brauchen, stöbern neue Einnahmequellen auf, machen bestehende Dienste mit einem Concierge-Modell zu Geld.«

»Concierge-Orthopädie?« Das also war der wahre Grund, warum sie John Trethewey zum Lunch eingeladen hatten. Deshalb stellten sie so pointierte Fragen. Sie wollten sich vergewissern, dass sein MeToo-Fall in Texas abgeschlossen war, weil sie die Möglichkeit sahen, noch mehr Geld zu verdienen.

»Mit Entlastungsschuhen und Splints ist nicht viel Profit zu machen«, sagte er.

»Das ist der Punkt, an dem der Mitgliedsbeitrag ins Spiel kommt«, sagte Richie. »Chaz?«

Chaz übernahm und begann loszureden über Klienten mit hohem Nettovermögen, den nie versiegenden Vorrat an Babyboomern auf der Suche nach Wunderkuren, damit sie sich jünger fühlten. Will täuschte Interesse vor und versuchte das Rauschen seines Pulsschlags in den Ohren zu ignorieren. Er hatte unzählige Male verdeckt gearbeitet. Man hatte ihn halb totgeprügelt und ihm einen Pistolenlauf in den Mund geschoben, er war einer Leibesvisitation unterzogen worden, und einmal hätte man ihm beinahe die Hand abgehackt, aber nie hatte er ein solches Verlangen verspürt, seine Tarnung abzulegen, wie jetzt gerade. Hätte er geglaubt, ungestraft damit durchzukommen, hätte er jedem dieser psychopathischen Scheißkerle eine Kugel ins Gesicht geschossen.

»Es ist uns klar, dass es viel zu bedenken gibt«, sagte Chaz. »Lass dir ruhig Zeit.«

»Aber nicht *zu viel* Zeit«, fügte Mac hinzu.

»Wir wissen, du wirst gründlich darüber nachdenken wollen«, meinte Richie.

»Worüber genau denke ich nach?«, fragte Will. »Ihr macht es die ganze Zeit schon spannend, aber wo ist die Pointe?«

»Die Pointe«, sagte Mac, »ist, dass wir dich in einer dieser Praxen unterbringen. Du wärst unser Mann im Unternehmen.

Lernst die Organisation kennen. Lässt uns wissen, wo wir das Skalpell ansetzen müssen.«

Will zwang sich, die Fäuste zu lockern. Ein Stück Naht an der Hand war aufgeplatzt. Etwas Blut war auf die italienische Jeans getropft. »Wie ein Spion?«

»Nicht *wie* ein Spion, ein *echter* Spion«, sagte Richie. »Wir streben danach, unsere Rendite zu maximieren. Du gehst rein, sagst uns, wo wir kürzen müssen und wo aufdoppeln. Denk nicht langfristig, sondern unmittelbar – was können wir auf der Stelle tun, damit der Laden auf dem Papier gut aussieht?«

»Es ist uns egal, wenn er nach dem Verkauf vor die Hunde geht«, sagte Chaz. »Nicht unser Problem.«

»Was bekomme ich?«, sagte Will. »Im Grunde verlangt ihr zwei Jobs von mir.«

»Du wirst entschädigt«, sagte Mac. »Sagen wir, zwei Prozent des Verkaufspreises?«

Will lachte. »Zwei Prozent sind ein Witz. Und wohin gehe ich, wenn ihr verkauft habt?«

»Geh zum Nächsten. Hol dir die nächsten zwei Prozent. Du wärst nicht der Erste. Wir haben festgestellt, dass das Modell sehr einträglich für alle Beteiligten ist.«

Will schüttelte den Kopf. »Zwei Prozent ist indiskutabel. Ich muss ein paar ernsthafte Zahlen sehen. Und vergesst nicht, wer meine Tante ist. Ihre Anwälte nehmen euch auseinander, wenn ihr mich hereinlegt.«

Mac wirkte angemessen beeindruckt. »Wir sind alle hier, um Geld zu verdienen. Wir sorgen für unsere Leute.«

»Ich gehöre nicht zu *euren Leuten*«, sagte Will. »Ich will eine richtige Teilhaberschaft. Ich meine, das habe ich mir verdient. Und nicht nur wegen Cam. Vor sechzehn Jahren war ich damit zufrieden, am Rand zu stehen. Jetzt nicht mehr.«

Wieder trat längeres Schweigen ein. Er hatte einen Nerv getroffen.

»Du bist nach der Tortur in Texas wohl durchs Feuer gegangen, was?«, sagte Mac.

Will lehnte sich zurück. »Das bin ich. Es hat mich stärker gemacht. Klüger.«

»Ist das so?«

»Habt ihr über mich oder meinen Fall etwas im Internet gefunden?«, fragte Will. »Ich bin ein Geist, weil ich weiß, was ich tue.«

»Damit hat er nicht unrecht«, sagte Chaz. »Unsere Leute konnten nichts über ihn finden.«

Will mutmaßte, dass ihm das Raum für eine härtere Gangart verschaffte. »Ich war lange genug ein braver Junge. Ich habe ein bisschen Spaß verdient.«

Mac lachte höhnisch. »Du bittest um ganz schön viel.«

»Ich bitte um nichts«, präzisierte Will. »Ich nehme es mir.«

Chaz und Richie saßen jetzt praktisch auf der Stuhlkante.

Will hielt den Blick auf Mac gerichtet, denn Mac war der Boss.

»Wir sollten die Sache ein andermal weiter besprechen«, sagte Mac schließlich. »Warum kommst du nicht zu unserer Freitagsparty? Bring Eddie mit. Dann lernt er Tommy kennen. Chaz hat Chuck dabei.«

»Wie heißt dein Mädchen?«, wollte Will von Richie wissen. »Maggie?«

»Megan. Sie wird nicht dabei sein.« Richie hatte sich bisher nie so klar geäußert. Er war ein beschissener Vater, aber er hatte offenbar das Bedürfnis, seine Tochter zu beschützen. »Sie hat mit all dem nichts zu tun.«

»Ganz recht«, bestätigte Chaz, als wäre es etwas, worauf sie sich bereits geeinigt hatten.

»Also«, sagte Mac. »Wir sehen dich und Eddie bei der Freitagsparty?«

Will studierte sie einzeln. Mac mit dem herrisch gereckten Kinn. Richie mit den wässrigen Säuferaugen. Chaz mit seinem feuchten Reptilienmund. Sie hatten sich Will gegenüber geöffnet, aber nicht genug. Er musste ihnen beweisen, dass sie ihm trauen konnten. Immer noch blickte er von außen auf ihr finsteres Treiben. Wenn er sie vor Gericht bringen wollte, musste er mittendrin sein.

»Sicher«, sagte Will.

Jetzt brauchte er nur noch einen Sohn.

15

»Mein Sohn.« Faith packte Jeremy bei den Schultern und drehte ihn von der verrückten Pinnwand weg. »Wenn ich sage, das geht dich nichts an, dann kannst du mir das ruhig glauben.«

Jeremy versuchte trotzdem, hinzuschauen. »Als du meine Hilfe gebraucht hast, ging es mich etwas an.«

»Nein.« Faith zog eine Dose Kekse aus dem Vorratsschrank, um ihn abzulenken. »Ich habe deine Hilfe für den Laptop und das iPhone gebraucht, und das hast du fantastisch gemacht.«

»Ich hab es nur so halb hinbekommen.« Er öffnete die Keksdose. »Ich kann die passwortgeschützten Dateien knacken, wenn du mir mehr Zeit gibst.«

»Du solltest deine Zeit darauf verwenden, dir zu überlegen, was du morgen Abend zu dem Essen bei 3M anziehen wirst.« Sie versuchte, seinen Haarschopf zu bändigen. »Vielleicht könnte ich dir noch rasch die Haare schneiden?«

Er schlug ihre Hand fort. »Mom!«

»Ich will nur helfen. Diese Konzernfritzen sind wahnsinnig steif und verknöchert. Mit deinem süßen Wuschelhaar und deinem Jeans-und-Hoodie-Look wirst du nicht gut ankommen.«

»Was weißt du über Leute in Konzernen?«

»Ich habe genügend von ihnen verhaftet.« Faith klopfte ihm auf die Schulter. »Komm schon, Junge. Ich brauche das Zimmer, um zu arbeiten. Mach dich auf die Socken.«

Jeremy wollte noch immer nicht weichen. »Ich habe noch eine halbe Stunde Zeit, bis ich mich mit Trevor und Phoenix treffe. Ich dachte, ich hänge so lange auf der Couch ab.«

Normalerweise hätte es Faith als Geschenk angesehen, dass ihr Sohn tatsächlich Zeit unter ihrem Dach verbringen wollte, aber sie sah es nicht gern, wenn er der Küche zu nahe kam. »Okay, aber nur bis Will und Sara hier sind. Ich will nicht, dass du in diese Geschichte involviert bist, verstanden?«

»Alles klar.« Jeremy nahm die Kekse und verließ mit großen Schritten den Raum.

Faith zählte bis zwanzig, dann spähte sie um die Ecke. Jeremy hatte *die Haltung* eingenommen, wie sie es nannte: die Wirbelsäule in die Rundung der Couch gekrümmt, Kopfhörer auf den Ohren, die Füße in Socken an der Kante des Kaffeetischs eingehängt, XBox-Konsole in der Hand. Rein theoretisch waren es *ihre* Kopfhörer und *ihre* Spielekonsole, aber so war das eben, wenn man Mutter war – nichts gehörte einem wirklich noch allein.

Sie drehte sich wieder zur Küche um und schickte rasch eine Nachricht an Aiden, dass sie das Treffen heute Abend leider verschieben mussten. Dann ignorierte sie das sehr reale Gefühl der Enttäuschung, denn Faith war nicht die Sorte Frau, die sich etwas daraus machte, allein in ihrem Bett zu schlummern.

Sie schaute auf die verrückte Pinnwand, die noch immer fadenlos war, aber nur weil Faith diese Ehre Will überlassen wollte. Es galt zwei Verbindungen herzustellen.

Erstens: Dani Cooper hatte eine Nachricht mit den Worten »Das bin ich« geschickt bekommen. Genau diese Worte waren auf Leighann Parks linke Brust geschrieben worden.

Zweitens: Merit Barrowe, Dani Cooper und Leighann Park fehlte jeweils der linke Schuh.

Faith hatte Fotos von Merits Sneakern, Danis schwarzen Plateausandalen und Leighanns mitternachtsblauen Samtschuhen ausgedruckt.

Die eine Sache, die Faith mit Bestimmtheit wusste, war die: dass diese jungen Frauen mehr Geld für Schuhe ausgeben konnten, als sie selbst in diesem Alter für Essen zur Verfügung gehabt hatte.

Sie zwang sich, den Blick von der verrückten Wand, demnächst mit Fäden, abzuwenden. Sie listete im Kopf ihre Arbeit der letzten zwei Stunden auf. Die Stapel mit den Ausdrucken auf dem Tisch waren wohlgeordnet: Abschriften der Chats vom Vergewaltigerclub, die Akten, die Martin Barrowe von Cam Carmichael entwendet hatte, eine Kopie von Leighann Parks Zeugenaussage, Dani Coopers Fallakte, Handynachrichten und Obduktionsbericht, ein USB-Stick mit der Audioaufnahme, die Will von Leighanns Befragung gemacht hatte, Kopien der drei Fotos aus verschiedenen Blickwinkeln, die Faith von den Worten auf Leighanns Brust geknipst hatte.

Faith schauderte und begrub die Fotos tiefer in dem Stapel, für den Fall, dass Jeremy wieder hereinspaziert kam.

Cams Laptop stand noch auf der Küchentheke, die passwortgeschützten Dateien mussten noch geöffnet werden. Vielleicht konnten die Datenbearbeiter des GBI die beschädigten Videodateien von der Chat-Website wiederherstellen. Vielleicht fanden sie eine versteckte Information auf Merit Barrowes uraltem iPhone.

Vielleicht.

Der wichtigste Punkt war Faiths Wunschliste von Unterlagen, deren Herausgabe sie durch richterliche Anordnung erzwingen wollte: der Eintrag auf GoDaddy über den Eigentümer der Chat-Website, das Personalverzeichnis des Grady

Hospital vor fünfzehn Jahren, die Liste von Morehouse-Praktikanten aus derselben Zeit, Eugene Edgertons Kontoauszüge sowie die Bankauszüge des amtlichen Leichenbeschauers, der Merits Obduktion verpfuscht hatte, Telefonnummern aus Merits Handy.

Alles war vorbereitet, um es Amanda zu zeigen. Jetzt mussten sie nur noch einen Weg finden, wie sie ihr den Fall präsentieren konnten, ohne dass sie wie ein Wildschwein auf sie losging und ihnen die Bäuche aufschlitzte.

Faith schaute wieder nach Jeremy. Er trug immer noch ihre Kopfhörer und spielte Grand Theft Auto. Sie wusste, dass er die Lautstärke so aufgedreht hatte, dass es ihm die Trommelfelle zerriss, aber sie wollte nicht riskieren, dass ihr Sohn etwas hörte, was er nicht hören sollte. Sie setzte sich an den Tisch und stellte den Ton an ihrem Laptop leise.

Spiralblock und Kugelschreiber lagen schon bereit. Sie öffnete ihren Maileingang und suchte die Audiodatei von Wills Mittagessen mit Mac, Richie und Chaz im Country Club heraus. Er hatte sie auf einige der schlimmsten Stellen vorbereitet, aber sie ahnte, dass es das, was sie gleich hören würde, nicht weniger schwierig machte.

Sie drückte auf Play.

Leises Klappern von Besteck auf Tellern war zu hören, gemurmelte Konversation. Dann einige Male ein gedämpftes Klicken, als Will das Telefon auf den Tisch legte. Seine Stimme kam wie ein Flüstern aus dem Lautsprecher des Laptops.

Ich war in Texas. Was für ein Höllenloch. An dem einen Tag hast du keinen Strom, am nächsten sollst du dein Wasser abkochen. Das ganze Land geht vor die Hunde.

Faith krümmte sich innerlich bei seinem Tonfall. Will war beängstigend gut darin, wie ein Typ zu klingen, der in einen Country Club gehört. Sie schloss die Augen und versuchte, sich die Umgebung vorzustellen, aber alles, was sie heraufbeschwören konnte, war die Szene beim Abendessen im Film *Titanic*, als Jack die verfeinerte Luft der Ersten Klasse atmen durfte.

Sie schüttelte den Kopf, um ihn frei zu bekommen, und konzentrierte sich auf die Stimmen der Männer. Sie machten Small Talk: Wills verletzte Hand, dass Chaz abnehmen musste, die Titten der Kellnerin. Faith stützte den Kopf in die Hände und gab sich Mühe, herauszuhören, welche Stimme zu wem gehörte. Richie Dougal, Chaz Penley, Mac McAllister. Ihre Fotos hingen am Küchenschrank, aber keiner von ihnen klang so, wie sie es sich vorgestellt hatte. Richie näselte ein wenig, Chaz' Stimme war sehr hoch. Macs war leise, aber er war eindeutig der Typ Mann, der daran gewöhnt war, dass andere an seinen Lippen hingen. Er sprach wenig, aber wenn er es tat, dann mit chirurgischer Präzision.

Was ist mit deiner Hand passiert? Was ist in Texas passiert? Cam hat dich in die Gruppe gebracht? Daran erinnere ich mich nicht.

Faith hatte schnell erfasst, dass es Mac gefiel, wenn Will die anderen Männer drangsalierte. Wenn sie einem ihrer Kinder einen Ratschlag gegeben hatte, wie sie mit tyrannischen Typen umgehen sollten, hatte sie immer empfohlen, die andere Wange hinzuhalten. Bei Will allerdings hörte sie mit Freuden, wie er zurückschlug. Es war ihm gelungen, Cam frühzeitig zur Sprache zu bringen, so zu tun, als sei er eingeweiht gewesen, was die Geschehnisse rund um die Ermittlung im Fall Merit Barrowe anging. Er ließ es sich sogar anrechnen, Cam aus Atlanta weggeschafft zu haben. Und dann hatte er einen Spruch fallen lassen, den ihm Faith aus den Abschriften der Chats übermittelt hatte. Er sprach von seiner Tante oder vielmehr John Tretheweys Tante.

Wenn ihr mich fragt, müsste ihr mal jemand mit seinem Schwanz das Maul stopfen.

Faith drehte es den Magen um, als die Männer daraufhin in lautstarkes Gelächter ausbrachen. Während sie immer weiterlachten, betrachtete sie noch einmal ihre Fotos. Ein Klinikarzt, ein Herzspezialist, ein Nephrologe. Sie sahen alle so normal aus, wie Menschen, denen man vertrauen würde.

Sie zwang sich, wegzusehen.

Die Aufnahme von dem Mittagessen ging weiter. Faith nahm jetzt einen veränderten Tonfall wahr. Sie fühlte sich nun wohler mit John Trethewey. Ließen offener erkennen, wer sie waren. Der widerliche Witz über den Knebel für seine Tante war Wills Entree in den Club gewesen. Sie hörte, wie die Männer auf Cam Carmichael tranken, als wäre er ein Wikinger auf dem Weg nach Walhall.

Richie: Auf Cam.

Chaz: Cam.

Mac: Einer der großen Meister.

Chaz: Bevor es der Scheißer mit der Angst zu tun bekam.

»Verdammt.« Faith hielt die Aufnahme an.

Sie durchforstete die Abschrift der Chats, bis sie gefunden hatte, was sie suchte. 007, 004, 003 und 002 sprachen über eine Bemerkung, die Prudence Stanley bei einem ihrer vielen Abendessen gemacht hatte.

007: Sie muss mal richtig durchgefickt werden, damit sie lockerer wird. 002: Fangen wir ernsthaft wieder damit an? 004: Ohne mich. Bin draußen. 007: Würde ihre Möse gern kurz und klein ballern. Sie teilen wie das Rote Meer. 003: Blut ist ein Schmiermittel, Meister.

Faith hatte zu viele Vampirfilme gesehen. Sie hatte sich bei dem Wort *Meister* nichts gedacht, weil es in einem Atemzug mit Blut erwähnt wurde, aber an dem Wort war möglicherweise mehr dran. Es wurde wie ein Titel verwendet, und dass es zwei Mal auftauchte und in Bezug auf Cam benutzt wurde, war ein deutliches Signal.

Sie warf einen Blick über die Schulter zu Jeremy, ehe sie die Aufnahme aus dem Country Club weiterlaufen ließ. Trotz der früheren Ungezwungenheit unter den vier Männern wurde die Unterhaltung nun wieder leicht angespannt. Faith brach der Schweiß aus, als Will weitere Fragen beantwortete, insbesondere über seine Frau und den Sohn. Sie wusste nicht, was sie nervöser machte: Will wie ein Arschloch daherreden zu hören, oder dass er Jeremys Lebenslauf einem Phantom-Sohn namens Eddie unterschob.

Bei dem Geräusch wie von einem wimmernden Hund zog sich ihr Magen zusammen.

Will hatte sie wegen der elektronischen Folterung von Mac an seiner Frau Britt vorgewarnt, aber es in Echtzeit ablaufen zu hören, war grauenhaft. Faith hatte schon von dieser Form häuslichen Missbrauchs gelesen. Es war für jede Frau eine Qual, mit einem Mann zu leben, der sie misshandelte, aber dass Mac das Internet einsetzte, um Britt zu überwachen und zu beherrschen, war ein neues Level von Sadismus. In der Death-Metal-Musik schwangen Nazi-Untertöne mit. Faith stellte den Ton so leise wie möglich, um Britts panisches Kreischen zu dämpfen. Sie wollte sich die Frau nicht zusammengekrümmt auf dem Boden vorstellen. Sie wollte sich Britt McAllister nicht als Opfer denken, zumal diese die Angewohnheit hatte, andere Frauen zu Opfern zu machen.

Faith war fix und fertig, als es vorbei war. Ein Detail aus Dani Coopers Zivilprozess fiel ihr ein: Der Server, der die Überwachungskameras am Haus der McAllisters aufzeichnete, war in der Nacht, in der Dani starb, defekt gewesen. Es gab keine Videos, auf denen man sie beim Eintreffen am Haus oder beim Wegfahren in Tommys Mercedes sah. Faith fragte sich, ob es stattdessen Aufnahmen aus dem Inneren des Hauses gab.

Sie machte einen Vermerk in ihrer langen Liste von Punkten, denen sie nachgehen musste, falls dieser Nicht-Fall zu einem Fall wurde. Dann erhöhte sie die Lautstärke wieder und lauschte dem Fortgang der Unterhaltung. Die Dollarsummen, mit denen diese Männer um sich warfen, als wären es Pfefferminzpastillen, waren schwindelerregend. Faith hatte immer gemeint, reiche Leute würden nicht über Geld sprechen, aber das galt vermutlich nur in Gegenwart von armen Menschen. Sie war fast am Ende der Aufnahme angelangt, als sie ein merkwürdiges Klicken hörte. Sie drehte den Ton noch etwas lauter und ging zehn Sekunden zurück, um es noch einmal zu hören.

Chaz: Ich habe meine Schwiegermutter in so einem geparkt.

Will: Ich hätte viel dafür gegeben, Lintons Gesicht zu sehen, als sie von Tommys Vergleich erfuhr.

Faith sprang wieder zurück. Da war eindeutig ein Klicken, eine kaum wahrnehmbare Veränderung der Hintergrundgeräusche zwischen den Äußerungen von Chaz und Will. Sie runzelte die Stirn. Warum sollte er die Aufnahme bearbeiten? Das hatte er noch nie getan.

Es ging um Sara.

Chaz musste etwas über Sara gesagt haben, was Faith nicht hören sollte.

Sie kämpfte gegen ihre angeborene Neugier an. Aiden war nicht der einzige nervige Beagle, der sich für einen Hinweis die Seele aus dem Leib kläffte. Faith hasste es, wenn jemand etwas zu verheimlichen versuchte. Es war eines der Merkmale, die sie zu einer guten Polizistin und einer penetranten Mutter machte. Sie musste nun die Entscheidung treffen, es auf sich beruhen zu lassen. Wenn Will etwas Persönliches über Sara verbarg, dann tat er es sicher aus gutem Grund. Davon abgesehen hatte Faith Sara bereits gelinkt, als sie Jack Allen Wright nachgestellt hatte.

Dennoch hinterließ die Entscheidung einen schlechten Geschmack in ihrem Mund.

Faith hörte sich die Aufnahme bis zum Ende an, aber es kam nichts mehr über Sara oder Cam, nichts, was nicht mit dem Zweck ihrer Einladung zum Mittagessen an John Trethewey zu tun hatte. Sie lauschte dem aggressiven Vorschlag, Will zu einem Spion in einer ihrer Praxen zu machen. Sie war beeindruckt, wie geschickt Will dies zu seinem Vorteil wendete. Er war schockierend gut darin, in die Haut anderer Menschen zu schlüpfen. Faith hatte keine Ahnung, wie er das machte. So meisterhaft sie auch selbst log – sie hielt es immer nur über kurze Strecken durch.

Die Aufnahme endete, nachdem sie Will erklärt hatten, was er über das Treffen am Freitag wissen musste. *Zwangloser Business-Look. Drinks gehen auf uns. Ein paar von den Mitläufern werden da sein. Davie, Mark, Jackson, Benjamin, Layla, Kevin, vielleicht lässt sich sogar die verrückte Blythe sehen. Bring auf jeden Fall Eddie mit. Wir würden uns sehr freuen, wenn er die Jungs kennenlernt.*

Faith schaute in ihre Notizen.

Meister.

Sie blätterte die Seiten durch und suchte nach den Profilen, die sie für die anonymen Teilnehmer des Chats erstellt hatte. 001: Royce? 002: Mac? 003: Richie? 004: Mason. 005: Chaz? 006: Cam. 007: Bing?

Faith zerbrach sich den Kopf über die Fragezeichen. Heute Morgen war sie sich ihrer Vermutungen noch ziemlich sicher gewesen, aber nun, da sie Wills Aufnahme gehört hatte, überdachte sie ihre Liste noch einmal. Jetzt erschien ihr Mac definitiv eher als 007. Andererseits schien er sich nicht die Hände schmutzig machen zu wollen. Er hatte seinen eigenen Sohn dazu angestiftet, Britt zu stalken und zu schikanieren. Bei dem Gedanken, dass Mac die Installation der Überwachung ein Vater-Sohn-Projekt genannt hatte, konnte einem übel werden.

Unter all den Dingen, die Faith beunruhigten, ragte das hundeähnliche Wimmern heraus.

Einerseits fragte sich Faith, warum Britt nicht fortging, auch wenn sie wusste, dass es nie so einfach war. Häusliche Gewalt war eines der kompliziertesten Verbrechen – teils körperliche Gewalt, teils Zwangskontrolle, teils Gehirnwäsche, teils Freiheitsberaubung. Ob das Opfer in einer Villa oder einem Wohnwagen lebte, es gab alle möglichen Gründe, zu bleiben. Isolation, Scham, Verdrängung, Angst, die Kinder zu verlieren, obdachlos zu werden, und die sehr reale Gefahr von Gewalttätigkeit, denn die gefährlichste Zeit für das Opfer war die, wenn es versuchte, den Mann zu verlassen, der es missbrauchte. Jemandem zu raten, einfach zur Tür hinauszugehen, war leicht, wenn einem nie jemandem eine Tür bis hin zum Schädelbruch gegen den Kopf geschlagen hatte.

Das war einer der vielen Gründe, warum Faith niemals einem Mann die Kontrolle über ihre Finanzen einräumen würde.

»Mom!«, rief Jeremy. »Will ist da!«

Faith drehte sich um, als Will die Küche betrat. Er war allein.

»Wo ist Sara?«, fragte sie.

»Noch in der Luft. Sie musste warten, bis Sloans Mann in die Stadt kam.« Will sah angespannter aus als üblich. »Cam hat Sloan während des Medizinstudiums vergewaltigt.«

»Scheiße«, flüsterte Faith. Sie stand auf, um nach Jeremy zu sehen. Er hatte wieder *die Haltung* eingenommen, mit den Kopfhörern auf den Ohren. »Wie?«, fragte sie. »Ich meine, was ist passiert?«

»Date Rape. Cam hat versucht, es als Missverständnis hinzustellen. Er hat ihr Leben ruiniert und mit seinem einfach weitergemacht.« Will setzte sich an den Tisch, was merkwürdig war. Normalerweise lümmelte er irgendwo angelehnt herum.

Er setzte sich nur, wenn Amanda im Raum war. »Unmittelbar bevor Cam sich erschoss, schickte er Sloan ein Päckchen mit einem USB-Stick, einem Brief und Merit Barrowes Unterwäsche aus der Nacht, in der sie starb.«

Faith sank auf ihren Stuhl. »Scheiße.«

»Der USB-Stick und der Brief sind nicht mehr da, Sloan hat sie weggeworfen.« Will zuckte mit den Achseln, aber er wusste, wie wertvoll beides gewesen wäre. »Sara hat die Unterwäsche. Die Beweismittelkette ist beschissen. Das Zeug lag acht Jahre lang in einem Plastikbeutel in Sloans Keller.«

Faith bemühte sich, diesen plötzlichen Strom an Informationen zu verarbeiten. »Aber wenn an der Unterwäsche Merits DNA ist, und wenn wir eine DNA-Spur von einem Mitglied des Vergewaltigerclubs ...«

»Der Vergewaltigerclub.«

Faith zuckte zusammen, als er die Worte aussprach, jede Silbe betonend. Jetzt, da sie es hörte, klang es schrecklich unbedacht. Sie stand auf, ging zur Wand und nahm die Überschrift ab, und sie schickte ein kleines Dankgebet zum Himmel, dass Sara den Zettel mit der Überschrift nicht gesehen hatte. »Wir müssen sämtliche DNA auf der Unterwäsche sequenzieren. Dann müssen wir einen Weg finden, um DNA-Proben von den Typen vom Country Club zu bekommen. Niemand von ihnen ist im System. Deshalb sind sie so viele Jahre lang davongekommen.«

»Wir können morgen bei der Freitagsparty DNA sammeln«, sagte Will. »Unsere eigenen Leute als Bedienungen einsetzen und die Gläser mitnehmen.«

»Das wird eine Menge Geld kosten. Amanda wird nicht glücklich sein ...«

Will zuckte mit den Achseln. Nichts von all dem würde Amanda glücklich machen.

»Sloan wusste nichts von der Chat-Website«, sagte er. »Sie war seit fünfzehn Jahren nicht mehr in Atlanta und hat den

Kontakt mit Mason einige Monate nach dem Überfall auf Sara abgebrochen.«

»Einige Monate?«

»Ein Trauma trifft jeden anders.«

»Was uns zu Britt führt«, sagte Faith. »Ich habe mir gerade in Erinnerung gerufen, dass es nie leicht ist, eine Missbrauchssituation zu verlassen.«

»Die Angst vor dem Unbekannten ist ein starker Antrieb«, sagte Will. »Wenn du genügend verprügelt wirst, kannst du dir ein Leben, in dem dich niemand verprügelt, irgendwann nicht mehr vorstellen.«

Faith wusste, er sprach aus Erfahrung. Seine Ex-Frau war so oft beschissen behandelt worden, dass sie mit einem anständigen Mann nichts mehr anzufangen wusste.

»Du hast keine Fäden gespannt?« Er blickte auf die Fotos der drei verschiedenen Frauenschuhe auf dem Tisch. »Wir haben zwei Verbindungen, die Schuhe und das ›Das bin ich‹.«

»Ich dachte, du willst vielleicht alles miteinander verknüpfen.«

Will hielt seine verletzte Hand hoch, um zu zeigen, dass er es nicht konnte. »Hast du aus der Audioaufnahme vom Mittagessen irgendwelche Erkenntnisse gewonnen?«

»Mac hat Cam einen der größten Meister genannt.«

»Bevor der Scheißer es mit der Angst zu tun bekam.« Will zitierte Chaz. »Was noch?«

Faith dachte an den Abschnitt, den Will bearbeitet hatte, aber sie sagte: »Sie klingen allesamt wie Monster.«

»Weil sie welche sind.« Will ließ die verletzte Hand auf dem einzigen nicht von Papieren bedeckten Fleck auf der Tischplatte ruhen. Blut war durch den Verband gesickert, und seine Finger waren angeschwollen. Faith verkniff es sich, ihm ein Schmerzmittel anzubieten, denn Wills Reaktion auf Schmerz war stoisches Ertragen.

Er fragte: »Du hast das hier vorbereitet, um es Amanda zu präsentieren?«

»Ja.« Faith wurde jedes Mal flau im Magen, wenn sie an Amandas wahrscheinliche Reaktion dachte. »Ich habe bereits alles eingescannt. Ich lade es in den Server hoch, falls wir nach morgen Vormittag noch am Leben sind.«

»Gehen wir es durch. Die großen Zusammenhänge. Was haben wir?«

»Merit Barrowe, Dani Cooper, Leighann Park.« Faith verschränkte die Arme und lehnte sich zurück. »Das APD rührt Merit oder Dani nicht an, aber sie untersuchen den Überfall auf Leighann. Sie sind nicht halbherzig dabei. Die Presse verfolgt die Sache genau, die Polizeiführung hat ein Auge darauf. Ich habe mit dem für Sexualverbrechen zuständigen Ermittler gesprochen, ein gewisser Adam Humphrey. Er sieht ein bisschen aus wie ein Frettchen, aber er nimmt diese Scheiße ernst. Er wird es nicht vermasseln wie Donnelly. Er will zeigen, wie man eine Ermittlung wegen sexueller Gewalt richtig handhabt.«

»Traut ihm Leighann?«

»Adam arbeitet daran, aber er wird sie dazu bringen. Die Körpergröße ist schon mal kein Problem. Er ist kleiner als ich.« Faith konnte nicht länger still sitzen. Sie sammelte die Schuhfotos zusammen und klebte sie an den Küchenschrank. »Wie geht es Sara?«

»Nicht so toll«, sagte Will, aber er sah selbst nicht so toll aus. Faith hatte ihn auf der Aufnahme über seine Tante Eliza reden hören. Sie hatte keine Ahnung, wie die Beziehung zwischen den beiden war, aber die Tatsache, dass sie starb, war sicher nichts, womit er leicht fertigwurde.

Was Faith als Nächstes sagen wollte, würde sein Leben nicht einfacher machen.

»Ich habe mir alle vier Fälle angesehen und versucht, Übereinstimmungen zu finden. Merit, Dani, Leighann, Sara.«

Will nickte. »Saras Fall passt nicht zu den drei anderen. Die Vorgehensweise ist anders. Der Hausmeister wurde gefasst. Er war nicht vorsichtig. Er hat allein gehandelt.«

Faith spulte drei Stück rotes Garn von dem Knäuel, das sie von ihrer Mutter hatte, ab. Natürlich gab sie ihm recht, aber sie musste die Theorie auf die Probe stellen. »Britt sagte, es gibt eine Verbindung.«

»Edgerton ist die Verbindung.«

Faith drehte sich um. Er schien sich seiner Sache sehr sicher zu sein.

»Schau dir die Zeitleiste an«, sagte Will, denn Will wollte immer die Zeitleiste anschauen. »Geh fünfzehn Jahre zurück. Merit Barrowe wird entführt, mit Drogen betäubt und vergewaltigt. Sie schafft es ins Grady, stirbt aber. An einer Überdosis, die einen Anfall auslöst. Niemanden außer ihrer Familie scheint es zu interessieren. Edgerton ermittelt nicht. Cam stochert herum und stellt seine eigenen Nachforschungen an, aber Edgerton weiß, wie er ihn sich vom Hals schafft. Am Ende läuft es darauf hinaus, dass alles in Vergessenheit geraten soll.«

Faith bedeutete ihm mit einem Nicken, fortzufahren.

»Zwei Wochen später wird Sara vergewaltigt. Ihr Fall verursacht eine Menge Aufmerksamkeit. Er ist nicht wie der von Merit. Er ist in allen Zeitungen. Alle reden darüber. Das Grady Hospital ist beteiligt, weil Sara dort arbeitet. Die Emory University, weil sie über deren Fellowship-Programm ans Grady kam. Die Polizeiführung schaut genau hin. Saras Fall lässt sich unmöglich unter den Teppich kehren.«

Faith griff die Erzählung auf. »Edgerton kam am Tag nach Saras Vergewaltigung zu Cam und bestach ihn, damit er seine Privatermittlung einstellte.«

»Okay, aber denk dir mal Edgerton vollkommen weg«, sagte Will. »Folgendes Szenario: Du bist der diensthabende Detective von Bezirk 5. Du bekommst Merits Fall. Dann angelst du dir zwei Wochen später Saras Fall. Du bist eine gute Polizistin. Du willst deinen Job erledigen. Was tust du?«

»Beide Fälle bearbeiten«, sagte Faith. »Zwei Vergewaltigungen innerhalb von zwei Wochen, beide in oder in der Nähe des Grady Hospital. Das eine Opfer eine Studentin, das andere eine Ärztin. Das ist etwas für eine Task Force. Ich lasse uniformierte Beamte Klinken putzen. Andere Detectives sichten Aufnahmen von Überwachungskameras, nehmen sich frühere Fälle vor, gehen alte Aufzeichnungen durch. Ich befrage Merits Freundin, ihre Professoren, den Morehouse-Praktikanten. Ich suche nach Schnittstellen mit Sara – Zeugen, unbeteiligte Zuschauer, Kollegen, Orte, Veranstaltungen, Dienstpläne. Ich schaue, ob irgendwelche Namen in beiden Fällen auftauchen.«

»Richtig«, sagte Will. »Jetzt stell dir vor, du bist Eugene Edgerton und wurdest dafür bezahlt, die Vergewaltigung und den Tod von Merit Barrowe unter den Teppich zu kehren. Was du auch tust. Dann wird Sara vergewaltigt.«

»Und ich gerate in Panik«, sagte Faith. »Die ganze Aufmerksamkeit rund um Sara wird auch Aufmerksamkeit auf Merit ziehen. Ich muss Merits Fall als Tod durch Überdosis kategorisieren, damit ihr Name nicht auftaucht, wenn sie nach ähnlichen Angriffen in der Gegend suchen. Ich zwinge Cam, die Sterbeurkunde zu ändern. Ich stelle sicher, dass der amtliche Leichenbeschauer keine Fragen stellt. Ich lasse meine Vorgesetzten wissen, dass die beiden Fälle nichts miteinander zu tun haben – Merits Fall war eine Überdosis. Es ist eine Tragödie, aber sie war Studentin, so was kommt vor. Inzwischen arbeite ich wie besessen an Saras Fall. Binnen vier Stunden habe ich den Hausmeister hinter Gittern. Ich liefere dem Staatsanwalt alles, was er für einen wasserdichten Fall braucht. Wright wandert ins Gefängnis. Sara geht zurück nach Hause. Ich stehe wie ein gottverdammter Held da.«

»Also?«, drängte Will.

Faith schwieg und überlegte. Sie verstand es immer noch nicht.

»Die Verbindung ist, dass es keine Verbindung gibt«, sagte Will. »Eugene Edgerton hat dafür gesorgt. Er hat Merits Fall abgeschottet. Er hat hinsichtlich der Umstände ihres Todes gelogen, damit keine großflächigere Ermittlung ausgelöst wurde. Er hat den Mann geschützt, der Merit Barrowe vergewaltigt und ihren Tod verursacht hat.«

»Scheiße«, sagte Faith, was offensichtlich ihre Standardantwort für den Abend war. »Wäre Sara nicht vergewaltigt worden, würden wir Merit Barrowes Namen nicht einmal kennen.«

»Wenn Britt McAllister den Mund gehalten hätte, würden wir Merits Namen ebenfalls nicht kennen. Wer immer Edgerton bestochen hat, er hat sein Geld gut angelegt.« Wills Stimme klang rau. Er schaute auf die Uhr. Er dachte an Sara. »Wozu es auch gut sein mag, aber Sloan glaubte nicht, dass sie Cams erstes Opfer war. Sie war sich offenbar ziemlich sicher, dass Cam schon früher vergewaltigt hatte.«

»Das ist im Allgemeinen so.« Faith gab den roten Faden auf. Sie setzte sich wieder an den Tisch. »Wir nehmen an, dass Merit von jemandem aus dem Vergewaltigerclub überfallen wurde, richtig?«

Will nickte. »Die Nachrichten, die Merit vor fünfzehn Jahren bekommen hat, ähneln denen, die an Dani und Leighann geschickt wurden. Wir wissen wegen des ›Das bin ich‹, dass Dani und Leighann in Verbindung stehen.«

»Okay. Wusste Cam vor fünfzehn Jahren also, dass Merit ein Opfer des Vergewaltigerclubs war?« Faith rieb sich mit beiden Händen das Gesicht. »Nennen wir ihn einfach *den Club*, okay?«

Wieder nickte Will. »Nach Saras Meinung wusste Cam, dass jemand aus dem Club für das verantwortlich war, was Merit zugestoßen war. Vergewaltigung und Körperverletzung sind in der Notaufnahme des Grady nicht ungewöhnlich. Merit war nicht das erste Opfer, das Cam behandelt hat, aber sie war das einzige, das ihn völlig aus der Fassung brachte. Etwas machte *klick* bei ihm. Er sah plötzlich, dass das, was der Club tat, was *er* tat, falsch war.«

Faith war in der Verlegenheit, dem Mann etwas zugutehalten zu müssen. »Cam dürfte klar gewesen sein, dass es zu seiner eigenen Verhaftung führen würde, wenn er Edgerton mit der Nase auf den Club stieß. Sie wären niemals untergegangen, ohne Cam mit in die Tiefe zu reißen.«

»Trinker sind nicht gerade berühmt für strategische Planung«, sagte Will. »Und überleg mal: Der Typ war immer noch in seinen Zwanzigern und hatte sich bereits eine Anzeige wegen Trunkenheit am Steuer eingehandelt. Er war ein waschechter Alkoholiker. Etwas quälte ihn. Er wusste, was er tat, war falsch. Er suchte Absolution in jeder Flasche. Er sah Merit als seine große Chance zur Wiedergutmachung, und Edgerton biss nicht an. Ich bin kein Anhänger der Theorie, dass Verbrecher gefasst werden wollen, aber Cam Carmichael wollte wirklich gefasst werden.«

»Ja nun, Gedanken und Gebete.« Faith wusste, dass Wills Ex ebenfalls mit Drogen- und Alkoholabhängigkeit gekämpft hatte, aber sie wollte Cam noch immer nicht davonkommen lassen. »Er hätte uns allen einen Gefallen tun und sich diese Waffe früher an den Kopf setzen können.«

»Mehr oder weniger das Gleiche hat Britt zu Sara gesagt.«

»Lieber Himmel.« Faith erschrak über den Vergleich. »Lass uns über das sprechen, was mit Leighann Park passiert ist.«

Will wartete.

»Jemand hat einen Kreis in ihre linke Kniekehle gezeichnet«, sagte Faith. »Sie ist Linkshänderin, aber ich habe mal versucht, es bei mir mit der rechten Hand und dem rechten Knie zu machen. Ich bin weiß Gott nicht mehr so beweglich wie eine

Zwanzigjährige, aber mein Kreis war Murks. Und vergiss das mit dem Ausmalen, ohne über den Rand zu schmieren. Leighann sagte, der Kreis war genau in der Mitte der Kniekehle und vollkommen rund. Sie kann ihn unmöglich selbst gezogen haben.«

»Hat ihn dieser Freund gesehen? Jake Calley?«

»Ja. Er wollte ein Foto machen, aber sie ließ ihn nicht. Sie war verständlicherweise zu Tode erschrocken.«

Will rieb sich das Kinn. »Jemand hat den Kreis gezeichnet. Jemand wusste, dass sie in der Bibliothek nach einem Buch gesucht hat. Jemand hat ihr Nachrichten geschickt. Jemand hat ihre Wohnung durchsucht. Jemand wusste, dass sie einen Spiegel in der Schublade aufbewahrt.«

»›Das bin ich‹«, zitierte Faith.

»Was ist mit Dani Cooper?«

Faith ging die Liste durch. »Jemand wusste, dass sie ehrenamtlich bei einem Wahlkampf mitarbeiten wollte. Jemand wusste, dass sie ein Mal am Oberschenkel hatte. Jemand wusste, dass sie Papier und Bleistift in der Nachttischschublade aufbewahrte.«

»Was würdest du tun, wenn jemand anfinge, dir solche Nachrichten zu schicken?«

»Die Nummer zurückverfolgen und …« Faith begriff, dass er meinte, wenn sie als normaler Mensch handelte. »Ich weiß es nicht. Es würde mir auf jeden Fall eine scheiß Angst einjagen. Das sind persönliche, intime Dinge. Worauf willst du hinaus?«

»Aber würdest du dich mit ihnen auseinandersetzen? Die Sache ist nämlich die, dass die Frauen zurückgeschrieben haben. Sie hätten ihn blockieren können, aber sie haben es nicht getan. Ist es also wie bei Spam, und der Vergewaltiger verschickt eine Unmenge von Nachrichten und hofft, dass zumindest eine darauf anbeißt? Oder ist es zielgerichteter, in dem Sinn, dass der Vergewaltiger seine Hausaufgaben erledigt und sorgfältig die

Frauen auswählt, von denen er glaubt, dass sie am ehesten auf ihn reagieren werden?«

Faith schüttelte den Kopf. »Wenn der Vergewaltiger das Opfer kennt, dann kennt das Opfer den Vergewaltiger. Leighann hat den Kerl im Club nicht erkannt. Soweit wir wissen, hat Merit den Mann, der sie entführt hat, nicht namentlich genannt. Dani hat Sara ebenfalls keinen Namen gesagt.«

»Du hast die Aufnahme mit Richie, Mac und Chaz gehört. Sie klangen wie ein Team, nicht wahr? Wo jeder seine Rolle hatte, sei es, dass sie mir ihren Dreck mit der Unternehmensspionage schmackhaft machen wollten oder herauszufinden versuchten, wie viel ich über Cam wusste. Sie haben sich die Bälle immer zugespielt.«

Faith nickte für sich, denn mit einem Mal und zum Glück begann alles einen Sinn zu ergeben. »Sie arbeiten als Team. Einer verschickt die Nachrichten. Einer durchsucht die Wohnung. Einer belauscht ihre Gespräche. Einer überwacht sie.«

»Einer vergewaltigt sie.«

Faith nahm den Stapel mit den Abschriften der Chat-Gruppe zur Hand. »007 prahlt mit all den Frauen, mit denen er Sex hat. Die anderen Typen stacheln ihn an. Vielleicht beschreibt er keine Eroberungen? Vielleicht beschreibt er Vergewaltigungen.«

Will wartete, bis sie fortfuhr.

Faith las vor. »007: Ich kann euch verraten, Jungs, die Dame von gestern Abend hatte eine enge kleine Muschi. Ich musste sie aufstemmen wie eine Sardinenbüchse. 003: Musstest du dein Taschenmesser benutzen? 002: Ist sie eingeschlafen?«

Will schwieg, während Faith nach einem weiteren Eintrag suchte.

»Das hier war vier Monate später«, sagte sie. »007: Warum sind Blonde immer so laut? 004: Ich liebe es, wenn sie schreien. 003: Vielleicht hat sie geschrien, weil dein Schwanz die Größe eines Pontiac hat. 002: Matchbox oder Hot Wheels? 007: Sie mochte es jedenfalls tief und hart. 004: Meine Herren, ich glaube, das ist nichts für mich.«

»Mason.« Will biss die Zähne zusammen. »Sie halten Abstände zwischen den Vergewaltigungen ein. Du hast gestern gesagt, dass normalerweise vier Monate zwischen den Chats liegen, oder? Das macht also mindestens drei Frauen im Jahr über einen Zeitraum von sechzehn Jahren.«

»Achtundvierzig Opfer. Großer Gott.« Faith überflog lautlos weitere Passagen. Ihre Theorie, wie der Club arbeitete, ließ alles in einem völlig anderen Licht erscheinen.

Sie las: »007: Konnte von dieser kreischenden Schlampe nicht schnell genug wegkommen. 002: Fangen wir ernsthaft wieder damit an? 003: Ich liebe Mädels mit großen Titten. 007: Sie waren salzig. 003: Als würde man einen Luftballon drücken oder einen Bohnensack? 007: Als würde man eine Fahrradhupe drücken, den Lauten nach zu schließen, die sie von sich gegeben hat.«

Will fragte: »Wenn 007 der Vergewaltiger ist, woher weiß 003 dann, wie groß die Brüste der Frau sind?«

Faith blickte zu Cams Laptop. »Die beschädigten Dateien auf der Seite waren Videos.«

»Videoüberwachung?«

»Das würde Sinn ergeben, wenn sie sich abwechseln. Es ist außerdem verdammt clever, denn wenn einer von ihnen erwischt wird, hat er nichts mit den anderen zu tun. Die Anklage wäre nichts wert. Mit einem guten Anwalt könnte sie fallen gelassen werden.«

»Sie können sich gute Anwälte leisten«, sagte Will. »Sie sind daran gewöhnt, sich aus Schwierigkeiten herauszukaufen. Schau dir Tommys Prozess an. Die Coopers haben einem Vergleich zugestimmt, weil Macs Privatdetektive diese alten Fotos ausgegraben haben, die Dani ihrem Freund mal geschickt hat. Solche Dinge aufzustöbern kostet Geld.«

Faith kramte nach den Screenshots der Nachrichten, die Dani vor ihrem Tod erhalten hatte.

»›Ich weiß, du liebst den Blick auf den Park von deinem Eckzimmer aus‹«, las sie vor.

»Er weiß das, weil er sie beobachtet hat«, sagte Will. »Was ist mit Leighann?«

Faith fand Leighanns Zeugenaussage. Sie las vor: »›In einer der Nachrichten schrieb der Creeper, dass er mich in einem weißen T-Shirt und einem rosa Slip in meinem Schlafzimmer herumspazieren sah, und ich bin ausgerastet, denn genau das hatte ich am Abend zuvor an, als ich beim Telefonieren in meinem Zimmer herumgelaufen bin. Er muss mich also durch die Fenster gesehen haben, weil ich vergessen hatte, die Jalousien zuzumachen.‹«

Faith legte die Aussage beiseite. Sie betrachtete die Dokumentenstapel, ihren fast vollen Notizblock, den Laptop, das iPhone, die Berge von Daten. »Was ist die eine Frage, die Amanda stellen wird – und auf die wir keine Antwort haben werden?«

»Wo ist der Fall?«, sagte Will. »Das APD kümmert sich um Leighann. Niemand hat uns gebeten, etwas zu ermitteln. Wo kommt das GBI ins Spiel?«

»Sie wird uns in Leighanns Fall zwängen müssen«, sagte Faith. »Amanda kann mit Sicherheit den einen oder anderen Gefallen einfordern. Leute tun zu lassen, was sie will, das beherrscht sie wirklich exzellent.«

Will schaute wieder auf die Uhr. Er würde ständig auf die Uhr schauen, bis Sara gelandet war. »Sie führen ihre Söhne in den Club ein, nicht wahr? Tommy und Chuck. Und jetzt werden sie vermutlich wollen, dass John Trethewey seinen Eddie vorsprechen lässt.«

Faith hatte dasselbe gedacht. »Leighann sagte, der Typ im Club sei attraktiv gewesen. Auf Chaz, Mac oder Richie passt diese Beschreibung ganz sicher nicht. Sie sind nur ein Haufen feister, ekliger, fünfzigjähriger Perverser. Und wenn man überlegt, was sie alles treiben – überwachen, belauschen, auskundschaften. Sie müssten entsprechend aussehen, um überhaupt so nah an diese jungen Frauen heranzukommen. Ein alter Sack würde auffallen.«

»Das ist eine weitere gute Frage. Wie wählen sie die Opfer aus?«

Faith zuckte die Achseln. »Die Kids heute stellen jede Sekunde ihres Lebens ins Internet. Da gibt es Dating-Apps, Messenger-Dienste, SnapChat. Wenn wir nur Zugriff auf alle hätten!«

Will studierte schweigend die Pinnwand. »Mac scheint derjenige zu sein, der das Kommando führt, richtig?«

»Richtig.«

»Dann wäre es logisch, wenn er auch derjenige wäre, der die Opfer auswählt.«

»Falls Dani irgendeine Verbindung zu Mac hatte, wäre es bei Tommys Prozess herausgekommen.«

»Sie war mit seinem Sohn befreundet«, sagte Will. »Tiefer wird niemand nachgeforscht haben.«

Faith dachte über etwas anderes nach. »Diese Gesellschaft, die sie betreiben. CMM&A. Das C steht wahrscheinlich für Chaz. Das M ist Mac. Wir nehmen an, M und A ist *Mergers & Acquisitions,* Fusionen und Übernahmen von Firmen. Aber was, wenn das M für Mason steht, und A ist jemand, von dem wir nichts wissen?«

Will starrte sie an. Es war eindeutig eine Klatsche für seine Dyslexie, aber das würde ihr Will nicht sagen.

Faith formulierte es neu. »Diese Typen setzen ihre Initialen auf alles – die Website-Adresse, den Firmennamen. Es gibt eine Initiale, zu der wir keinen Namen haben. Der Name müsste mit A anfangen.«

»Könnte es ein zweiter Vorname sein?«, fragte er.

»Möglich.« Faith schrieb einen Vermerk in ihre Liste von Punkten, denen sie offiziell nachgehen mussten. Ein Haustier, ein verstorbener Verwandter, eine Highschool-Freundin. Das Datenverarbeitungsteam des GBI war unglaublich gut darin, die verrücktesten persönlichen Informationen aufzustöbern. »Wir können Sara fragen, wenn sie landet.«

»Lassen wir sie heute Nacht schlafen«, sagte Will. »Sie will morgen Vormittag bei dem Gespräch mit Amanda die Führung übernehmen und versuchen, die Schuld auf sich zu lenken.«

»Ausgerechnet bei Amanda?«, fragte Faith. »Die ist wie ein Kamel, was Schuld angeht. Die ermüdet nie.«

»Du bist diejenige, die sie bestrafen wird. Meine Zeit kommt später. Ich muss zu der Party gehen. Du bist entbehrlich.«

Faith drehte es den übersäuerten Magen um. Amanda war nicht nur ihre Vorgesetzte, sondern auch die beste Freundin ihrer Mutter. Sie war Jeremys und Emmas Patentante. Sie nannten sie Tante Mandy, so wie auch Faith und ihr älterer Bruder sie immer genannt hatten, denn sie gehörte zur Familie.

Nichts von all dem würde Amanda davon abhalten, Faith für den Rest ihrer unrühmlichen Polizeilaufbahn Hintergrundchecks für Glücksspiel- und Alkohollizenzen durchführen zu lassen.

»Wir werden bei der Party massive Überwachung brauchen. Bedienungspersonal, das die DNA einsammelt. Ein paar von unseren Leuten, die das Lokal füllen. Vielleicht kann dieser FBI-Typ, an den ich bei der Miliz-Geschichte in Mississippi ausgeliehen war, einspringen. Er schuldet uns einen Gefallen.«

Faith spürte eine plötzliche Hitzewallung. »Wen meinst du?«

»Van«, sagte Will. »Du hast letztes Jahr mit ihm zusammengearbeitet.«

Aiden Van Zandt.

»Das Arschloch mit der Brille?«, fragte sie.

Er sah sie neugierig an.

»Du weißt, ich traue Männern nicht, die eine Brille tragen. Warum können sie nicht sehen?« Faith tippte auf ihren Laptop, um ihn zu wecken. Sie musste Will von Aiden ablenken. »Wie heißt der Laden, in dem ihr euch trefft?«

»*Andalusia*. Es ist ein Restaurant an der Pharr Road mit angeschlossener Bar. Sieht nach einem After-Work-Schuppen aus.«

Faith begann die Suche einzugeben. Ihre Finger waren schweißnass. Will beobachtete sie noch immer aufmerksam.

Er sagte: »Hipster, Banker, Anwälte. Typen aus dem noblen Wohnviertel. Kann sein, dass wir das APD anzapfen müssen, um einen Jungen zu finden, der sich als mein Sohn ausgibt.«

Faith fuhr sich mit der Zunge über die Lippen. Sie blinzelte zu viel. Ihre Haut juckte. Sie war wie eine Schautafel für verräterische Anzeichen. »Viel Glück dabei, einen Cop zu finden, der nicht wie ein Cop aussieht.«

»Ich kann das machen.«

Faith fuhr herum. Jeremy stand im Eingang zur Küche. Die Kopfhörer hingen um seinen Hals, denn er hatte die ganze Zeit zugehört.

»Ich kann mich als Eddie ausgeben«, sagte er.

Faith würde ihn wegen des Lauschens später zusammenstauchen. »Du solltest dich vor zwanzig Minuten mit deinen Freunden treffen.«

»Ich habe ihnen abgesagt.« Jeremy legte die Kopfhörer auf die Anrichte. »Ich kann das doch machen. Ich kann so tun, als wäre ich Wills Sohn.«

Faith unterdrückte ein Augenrollen. »Kommt überhaupt nicht infrage.«

»Überleg doch mal, Mom. Kein Cop wird in der Lage sein, wie ein Tech-Student zu reden. Oder wie einer auszusehen. Tommy und Chuck werden ihn auf eine Meile Entfernung durchschauen.«

Will stand auf. »Ich sollte besser mit den Hunden rausgehen, bevor Sara nach Hause kommt.«

»Mom, ich …«, begann Jeremy.

Faith brachte ihn mit einem wütenden Blick zum Schweigen. Sie wartete, bis sie Will die Haustür hinter sich schließen hörte.

»Okay, erstens sag nicht *Tommy* und *Chuck*, als würdest du dazugehören, denn das tust du nicht. Und zweitens wirst du deinen dürren Arsch morgen Abend zu dem Essen bei 3M bewegen, deshalb ist der Fall geschlossen, Inspector Gadget.«

Jeremy zeigte eine beunruhigende Miene. Er lachte nicht oder zog seine Mutter auf. Er war sehr ernst. »Ich habe 3M abgesagt.«

Faith war so schockiert, dass sie kaum reagieren konnte. »Du hast *was*?«

»Ich habe abgesagt. Ich will nicht bei 3M arbeiten.«

Faith musste erst einmal tief Luft holen.

Sie hatte eine schreckliche Ermittlung wegen zahlreicher Vergewaltigungen am Hals, und ihr Sohn fand, es wäre ein guter Zeitpunkt, um eine Granate mitten in sein perfekt geplantes Leben zu werfen. Die Luft im Raum reichte nicht aus, um ihre Lunge zu versorgen. Sie stand vom Tisch auf, damit sie ihm in die Augen blicken konnte.

»Okay«, sagte sie. »Du hast andere Möglichkeiten. Dupont ist gut. Oder Dow.«

»Ich weiß, dass ich andere Möglichkeiten habe.«

»Gut.« Sie bemühte sich, nicht ängstlich zu klingen. Seit sie Jeremy zum ersten Mal im Arm gehalten hatte, hatte Faith schreckliche Angst davor gehabt, arbeitslos zu werden. »Du machst in zwei Monaten deinen Abschluss an der Tech. Dann stehen dir alle Wege offen.«

»Ja.« Dieser beunruhigende Ausdruck wich nicht aus Jeremys Gesicht. »Und ich habe mir überlegt, vielleicht auf einem vorgezeichneten Weg zu bleiben. Vielleicht zum APD zu gehen, so wie du und Grandma.«

Faith begann zu lachen. Und lachte immer weiter. Sie lachte so heftig, dass sie sich den Bauch halten musste. Es klang wie das Bellen eines Seehunds. Dann so, als würgte der Seehund an einem Oktopus. Dann kam wieder das Bellen. Sie wischte sich die Tränen aus den Augen. »Junge, das musst du unbedingt mit deiner Großmutter machen, wenn sie aus Vegas zurückkommt. Sie wird sich in die Hose pinkeln.«

Jeremys Miene war versteinert. »Ich habe dir gerade erklärt, dass ich zum Atlanta Police Department gehen will. Warum lachst du?«

»Weil es ein Witz ist.« Sie lachte wieder. Er trieb es zu weit. »Du machst einen Abschluss als Chemie-Ingenieur an einer der angesehensten öffentlichen Einrichtungen des Landes. Du wirst in einem Büro arbeiten und Anzug und Krawatte tragen.«

»Onkel Will trägt einen dreiteiligen Anzug zur Arbeit.«

»Weil Onkel Will ein Idiot ist«, fauchte Faith. »Wieso nimmst du ihn als Beispiel? Dein richtiger Onkel mag ein Arschloch sein, aber wenigstens ist er Arzt.«

»Wen soll ich mir sonst als Beispiel nehmen?«, fragte Jeremy. »Victor war der einzige Typ, den ich kannte, aber du musstest ja hergehen und ein Kind mit ihm machen.«

»Hey, langsam, das war keine Absicht«, sagte Faith. »Und willst du mir ernsthaft erzählen, dass dein Großvater nicht jeden Nachmittag für dich da war, wenn du aus der Schule gekommen bist? Er war mit dir im Wissenschaftscamp und im Orchester …«

»Okay, Mom, ich hab's verstanden. Ja, Grandpa war für mich da. Ich vermisse ihn jeden Tag. Aber du musst mir zuhören.« Jeremy schaute ihr direkt in die Augen, was das Furchteinflößendste an der ganzen Unterhaltung war. »Ich sage das nicht aus heiterem Himmel, okay? Ich habe viel darüber nachgedacht.«

Faith war zumute, als wäre sie in einen Hammerschlag gelaufen. Er meinte es ernst. Es durfte verdammt noch mal nicht wahr sein. »Du wirst *nicht* Polizist werden.«

»Du bist Polizistin. Grandma war Polizistin. Tante Mandy ist Polizistin.« Jeremy stieß aufgebracht den Zeigefinger in ihre Richtung. »Was willst du mir wirklich sagen, Mom? Denkst du, ich bin nicht taff genug? Denkst du, ich verkrafte es nicht?«

»Ich will sagen, dass du mein Kind bist!«, schrie Faith. Natürlich verkraftete er es nicht. Er hatte noch nicht einmal seinen Babyspeck verloren. Seine Wangen waren wie die eines Backenhörnchens. »Du kannst alles mit deinem Leben machen, Jeremy – alles. Dein ganzes wunderbares Leben liegt vor dir ausgebreitet. Du hast Möglichkeiten, von denen ich nur träumen konnte.«

»Soll ich meine Träume aufgeben, um deine zu leben?«

»Träume?« Das Wort wirbelte durch ihren Kopf. Faith brauchte einen Moment, um wieder zu Atem zu kommen. Sie fing am ganzen Leib zu zittern an. Bestimmt würde sie gleich einen Herzinfarkt erleiden. Sie musste sich anstrengen, um nicht zu brüllen.

»Hör mir zu.« Sie packte ihn an den Armen, weil sie gern ein wenig Verstand in ihn geschüttelt hätte. »Du willst von der Pike auf Polizist lernen? Ich sage dir, wie das ist. Du hältst hinter jemandem an, weil er zu schnell gefahren ist, und du weißt nicht, ob er auf dich schießen oder ein Messer ziehen wird oder …«

»Ich weiß, wie der Job aussieht.«

»Du weißt es nicht, Baby. Es ist … Es ist gefährlich. Es ist zu gefährlich.«

»Du und Grandma, ihr habt mir immer erzählt, es ist *nicht* gefährlich.«

»Wir haben gelogen!«, schrie sie. »Wir haben dich beide die ganze Zeit angelogen!«

»Na großartig, Mom. Vielen Dank auch.« Er entfernte sich einige Schritte, aber dann drehte er sich wieder um. »Ich bin ein erwachsener Mann. Ich brauche die Erlaubnis meiner Mutter nicht.«

»Du bist kein erwachsener Mann!« Faith konnte es nicht fassen. »Willst du wirklich wissen, wie der Job ist? Willst du es wissen?«

»Denkst du, du schaffst es, mir die Wahrheit zu sagen?«

»Zum Teufel, ja, das schaffe ich. Der Job ist verdammt beschissen. Es ist hart, du arbeitest zu allen Tages- und Nachtzeiten für eine miese Bezahlung und erlebst Menschen in ihren allerschlechtesten Momenten. Sie erschießen sich wegen einem Paar Socken, schlagen ihre Frau tot oder erwürgen ihre Kinder, und du kommst nach Hause und denkst die ganze Zeit, dass du deine verdammte Waffe lieber in den Safe sperrst, damit du nicht in Versuchung kommst, sie zu benutzen.«

Jeremy sah geschockt aus. Sie sah ihn schlucken.

Sie hatte zu viel gesagt. Es war alles zu viel.

Er schluckte wieder. »Fühlst du dich tatsächlich so?«

Faith konnte nicht mehr zurück. »Manchmal.«

Er hielt ihrem Blick einige Sekunden lang stand, ehe er zu Boden schauen musste.

»Es tut mir leid, Baby«, sagte sie. »Ich …«

»Du hilfst auch Menschen. Ich weiß es. Du hast es mir erzählt.«

»Du hilfst vielleicht einem Menschen, aber der Rest hasst dich.« Faith hatte noch nie so ehrlich mit ihm gesprochen. »Ich muss mir so viel Scheißdreck gefallen lassen, nur um meine Arbeit zu machen. Weißt du, wie viele Arschlöcher mir schon an den Hintern gefasst haben oder mich sonstwo begrapschen wollten? Wie viele mich bespuckt, mir tatsächlich ins Gesicht gespuckt haben, wie viele eine obszöne Bemerkung gemacht oder damit gedroht haben, mich zu vergewaltigen, wenn ich nicht den Mund halte? Und nicht wenig davon kam von den Jungs in Uniform, Jeremy. Die Bruderschaft schließt Schwestern nicht ein.«

Er schüttelte unbelehrbar den Kopf. »Das ist nicht die Sorte Polizist, die ich sein werde.«

Sie hätte ihm am liebsten wieder ins Gesicht gelacht. Er war so verdammt naiv. »Niemand glaubt, dass er diese Sorte Polizist sein wird.«

»Schaust du die Nachrichten, Mom? Es hat seinen Grund, warum Cops gehasst werden.«

»Ob ich die Nachrichten gesehen habe? Natürlich habe ich sie gesehen. Alle Leute, mit denen ich rede, haben die Nachrichten gesehen. Warum, glaubst du, hassen sie mich so sehr? Warum, glaubst du, trauen sie mir nicht? Warum muss ich sie bitten, zu verstehen, dass ich helfen will?«

»Genau deshalb will ich es machen.« Jeremy klang noch schriller. »Man kann das System nicht von außen verändern. Ich will nicht den ganzen Tag in einem Labor sitzen. Ich will etwas bewirken.«

»Du willst etwas bewirken – das ist es?« Sie nahm einen Hauch von Erleichterung wahr. »Wunderbar, mein Junge. Such dir einen netten Job in der Industrie, wo du eine Menge Geld verdienst, und dann spende, was du kannst, für gute …«

»Ich werde nicht andere Leute dafür bezahlen, dass sie die Arbeit für mich erledigen.«

»Ach, Herrgott noch mal. Hör mir zu. Du veränderst den Job nicht. Der Job verändert dich.«

»Das weißt du nicht.«

»Ich lebe es!«, schrie Faith. »Weißt du, warum ich Innendienst habe? Nicht weil Will in einem anderen Auftrag unterwegs war. Sondern weil dieser Mann – dieser widerliche, sadistische Mann – Frauen verstümmelt, vergewaltigt und gefoltert hat, und ich kann nachts nicht die Augen schließen, ohne zu sehen, was er ihren Körpern angetan hat. Seine Bissspuren waren auf ihren Brüsten. Er hat ihnen die Haut abgezogen. Er hat Gegenstände in ihnen zurückgelassen. Er besaß nicht einmal den Anstand, sie zu töten. Er hat sie allein sterben lassen. Niemand konnte sie retten. Ich konnte sie nicht retten!«

Faiths Stimme hallte durch das Haus. Sie bebte so heftig, dass sie schwankte.

Jeremy senkte wieder den Blick. Er biss sich auf die Unterlippe, um das Zittern zu unterdrücken. Er hatte Tränen in den Augen.

Sie hatte wieder zu viel gesagt, aber er musste die Wahrheit kennen. »Ich habe es nicht mehr ertragen. Amanda hat mir Innendienst verordnet, weil ich kurz davor stand, durchzudrehen, okay? Will redet ständig davon, dass ich eine posttraumatische Belastungsstörung habe, denn ich habe zweifelsfrei eine. Ich bin wütend und sprunghaft. Ich schlafe nicht. Das Einzige, was ich tun will, ist: Ich will an diesem idiotischen Fall arbeiten, der mich meine Stellung kosten wird. Das macht dieser Job mit dir. Er nimmt dir alles. Alles, außer dir, mein Schatz. Ich werde es nicht zulassen. Ich kann es nicht zulassen. Du wirst das nicht tun.«

Jeremy blickte weiter zu Boden.

Ohne ihr Schreien wirkte das Haus totenstill. Sie hörte den Trockner im Obergeschoss laufen, das Tropfen des Wasserhahns im Bad, denn sie setzte jeden Tag ihr Leben aufs Spiel, um Menschen zu helfen, die sie hassten, aber sie konnte sich trotzdem keinen verdammten Klempner leisten.

»Mom.« Jeremys Stimme klang angestrengt. »Warum hast du mir das nicht gesagt?«

»Weil es meine Aufgabe ist, dich zu beschützen.« Sie legte die Hand auf ihr Herz, damit es nicht aus ihrer Brust sprang. »Bitte, Baby. Bitte, lass mich dich beschützen.«

Er schwieg sehr lange. Zu lange. Er war abwägend, ihr Sohn. Nachdenklich, überlegt, wissenschaftlich. Er bedachte alles so gründlich, welche Schuhe er kaufen und welche Filme er sehen sollte, und was er zum Abendessen bestellte. Nichts geschah bei Jeremy je spontan. Nicht die Absage des Essens bei 3M. Nicht die Mitteilung, dass er Polizist werden wollte. Nicht die Aussage, es sei sein Traum, wie seine Mutter, Großmutter und Tante die Uniform zu tragen.

Und doch hatte Faith einen Moment lang Hoffnung, bis er anfing, langsam den Kopf zu schütteln.

Er sah sie wieder an. Sah ihr direkt in die Augen. »Du kannst mir nicht vorschreiben, was ich mit meinem Leben anfangen soll.«

Tränen liefen ihr übers Gesicht. Sie war dabei, ihn zu verlieren. »Das kann ich sehr wohl. Ich habe dich auf die Welt gebracht.«

»Ein Mal«, sagte er. »Vor zweiundzwanzig Jahren.«

Faith hätte gern gelacht, aber sie hatte zu viel Angst. »Jeremy, bitte.«

Seine gebückte Haltung war verschwunden. Er hatte sich aufgerichtet, sich angespannt, und blickte auf sie hinunter. Er war so groß. Wann war er so groß geworden?

»Warum kündigst du nicht?«, fragte er.

Auf diese Frage gab es keine Antwort.

»Wenn du deinen Job so sehr hasst, warum kündigst du nicht?«

»Jeremy.« Faith legte die Hände wieder auf seine Arme. Sie suchte verzweifelt nach einem Ausweg. Noch nie hatte sie sich so sehr gewünscht, ihre Mutter wäre hier. »Das ist eine schwerwiegende Entscheidung. Lass uns alles mit Grandma besprechen, wenn sie nach Hause kommt.«

»Sie kommt erst am Sonntag«, sagte er. »Will braucht morgen Abend jemanden für diesen verdeckten Einsatz.«

Faith ließ die Hände sinken. Die Arroganz eines Cops hatte er allemal. »Weißt du, wie lange Beamte ausgebildet werden, bevor sie an verdeckten Einsätzen teilnehmen dürfen? Die psychologischen Beurteilungen, die Außeneinsätze, die juristischen Lehrgänge, die vielen Jahre harter Arbeit?«

»Ich bin ein Tech-Student, genau wie Eddie. Ich kenne Will seit fünf Jahren. Ich bin im selben Alter wie Tommy und Chuck. Ich war schon im *Andalusia*. Ich weiß, wie man als Student in einer Bar auszusehen hat.«

Sie konnte nur den Kopf schütteln. »Glaubst du, es ist so einfach?«

»Ich habe die Aufnahme gehört, Mom. Will kommt mit seinem Sohn nicht gut aus. In einer Ecke zu schmollen, habe ich super drauf. Wenn man dir glauben darf, ist es eine meiner herausragenden Fähigkeiten.« Jeremy verschränkte die Arme. »Sag mir, dass ich mich irre.«

»Du irrst dich, weil es Polizeiarbeit ist. Nichts läuft so, wie du es planst. Die Leute sind verrückt. Sie werden von Dingen geleitet, die dir unbegreiflich sind.«

»Du erzählst mir immer, dass man Dinge lernt, indem man sie tut.«

»Ich rede von deiner gottverdammten Wäsche, nicht davon, dein Leben zu riskieren.«

»Okay«, sagte er. »Was, wenn ich es furchtbar finde?«

Ausnahmsweise wusste Faith keine Antwort.

»Ich könnte diesen Undercover-Einsatz mitmachen, dabei feststellen, dass ich es hasse, und beschließen, doch lieber mit 3M Kontakt aufzunehmen. Oder mit Dupont. Oder Dow. Sie würden mich zurückrufen. Ich habe einen Abschluss als Chemie-Ingenieur von einer der angesehensten öffentlichen Einrichtungen des Landes.«

Er war verdammt noch mal schlauer, als ihm guttat.

Zum Glück war Faith noch schlauer. »Die Entscheidung

liegt nicht bei mir, Junge. Sie liegt bei Amanda. Du willst das machen? Dann musst du dir eine lange Hose anziehen und Tante Mandy um Erlaubnis fragen.«

Er grinste, denn sie war schnurstracks in seine Falle gelaufen. »Abgemacht.«

16

Will stand vor Amandas geschlossener Bürotür und sah Faith zum Ende des Flurs laufen. Dort machte sie auf dem Absatz kehrt und kam zu ihm zurück. Sie murmelte vor sich hin. Ihre Augen waren rot und geschwollen, ihre Kleidung verknittert. Selbst Will sah, dass ihr Haar anders aussah als sonst.

Die Sache mit Jeremy brachte sie um. Faith wollte nicht, dass ihr Sohn Polizist wurde, aber sie hatte nicht die Macht, ihn daran zu hindern. Entweder sie stellte sich hinter seine Entscheidung, oder er würde es ihr sein Leben lang übel nehmen. Keine der beiden Möglichkeiten sah nach etwas aus, womit sie leben konnte. Sie hatte Will erzählt, dass sie letzte Nacht drei Stunden lang am Telefon mit ihrer Mutter hysterisch geheult hatte, ehe sie sich schließlich auf Jeremys Stockbett in den Schlaf geweint hatte.

Wills Abend mit Sara war weniger dramatisch verlaufen, aber immer noch schmerzhaft genug. Wie versprochen hatte Will ihr sowohl die Aufnahme von Leighann Park als auch die nicht bearbeitete Audiodatei des Mittagessens mit Mac, Chaz und Richie geschickt. Sara hatte sich im Flugzeug alles angehört, aber sie hatte nicht darüber reden wollen, als sie nach Hause kam. Sie hatte es kaum unter die Dusche geschafft, dann war sie ins Bett gefallen. Sie war von den Flügen erschöpft gewesen, mitgenommen von der Unterhaltung mit Sloan, tief verstört wegen Leighann Park und schwer verkatert, weil sie tagsüber getrunken hatte. Letzteres würde Will einfach hinnehmen müssen. Er hatte sich unaufgeregt gegeben, aber es störte ihn.

Es störte ihn sehr.

»Scheiße«, murmelte Faith und blieb vor Will stehen. »Wie lange dauert das noch?«

»Sara erzählt ihr alles.« Will schaute auf seine Armbanduhr. Sara war seit fast einer halben Stunde in Amandas Büro. Ihre Detailversessenheit hatte so ihre Nachteile. »Willst du im Pausenraum warten?«

»Nein, ich möchte nicht zusehen, wie du ein Dutzend Snickers verschlingst, während ich Kamillentee trinke, der aus einem Plastikbehälter kommt.« Faith fuhr sich mit der Hand durch das unordentliche Haar. »Er ist unten, Will. Er wartet in der Eingangshalle. Und er trägt einen verdammten Anzug.«

Sie meinte Jeremy. Will hatte ihn gesehen, als er in das Gebäude gekommen war. Der Junge hatte das Haar so ordentlich gescheitelt, dass er aussah, als würde er für seine Schulfotos anstehen.

»Er hat es nicht drauf, oder?«, sagte Faith. »Er hat nicht das, was es für den Job braucht.«

Will zuckte mit den Achseln, denn man wusste nicht, was man draufhatte, bis man mit dem Arsch in die Schusslinie geriet. »Sie setzen ihn nicht von heute auf morgen in einen Streifenwagen. Er wird eine Ausbildung durchlaufen. Er könnte aussortiert werden.«

»Mein Sohn wird nicht aussortiert werden«, sagte Faith. »Er hat einen Collegeabschluss. Er ist Evelyn Mitchells Enkel. Sie schleifen ihn am Kragen durch die Polizeiakademie, wenn es sein muss.«

Will konnte ihr nicht widersprechen. Faith mochte Wills schlechten Geruch an sich haben, aber ihre Mutter zählte immer noch zum APD-Adel.

»Ich kann das nicht«, sagte Faith. »Du wirst das Reden übernehmen müssen.«

Will war normalerweise nicht der, der sprach. Er suchte nach einem gefahrlosen Thema. »Es war kalt heute Morgen. Betty fröstelte, als ich mit den Hunden draußen war. Saras Greyhounds haben Pullover. Vielleicht sollte ich …«

Faith sah ihn an, als wäre er nicht ganz dicht. »Nein, du Blödmann. Da drin. Bei Amanda. Du wirst das Reden übernehmen müssen. Ich kann es nicht.«

Will strich seine Weste glatt. Normalerweise war Faith diejenige, die Amanda mit Fragen durchlöcherte, aber er sagte: »Kein Problem.«

Die Tür ging auf. Sara schien überrascht, sie wie zwei unartige Schüler vor dem Büro des Direktors warten zu sehen. »Ich habe sie auf den neuesten Stand gebracht«, sagte sie. »Keine Ahnung, wie es lief. Sie hatte nicht sehr viel zu sagen.«

»Scheiße«, flüsterte Faith. »Mein Sohn will sich umbringen lassen. Meine Tochter wird in zwei Tagen heimkommen. Mein Haus ist ein Saustall. Mein Leben geht in die Brüche. Ich sehe aus, als hätte man mir eine Schaufel ins Gesicht geschlagen. Ich bin kurz davor, meinen Job zu verlieren.«

»Ich komme morgen vorbei und helfe dir, die verrückte Pinnwand abzumachen«, sagte Sara.

»Danke. Wir werden sehen, ob ich das hier überlebe.« Faith hob ihre Aktentasche vom Boden auf. Sie warf Will einen verzweifelten Blick zu, ehe sie in Amandas Büro ging.

Will blieb zurück und fragte Sara: »Was machen deine Kopfschmerzen?«

Sara antwortete nicht und hielt seine verletzte Hand fest. Sie hatte sie nicht noch einmal genäht, weil keine Zeit geblieben war. »Hast du dein Antibiotikum genommen?«

Er nickte.

»Ich habe in der Arbeit einiges aufzuholen. Es wird spät werden heute Abend.« Sie legte die flache Hand an seine Wange. »Ich habe Faith versprochen, dass ich die Chat-Abschriften durchsehe und nachschaue, ob ich den Nummern Namen zuordnen kann. Nicht nur Masons.«

Will knirschte mit den Zähnen. Er hasste es, den Namen Mason aus ihrem Mund zu hören. »Es wird heute Abend in der Bar Tonaufnahmen geben. Vielleicht tragen sie dazu bei, deine Erinnerung aufzufrischen.«

»Nein«, sagte sie. »Ich will wirklich nicht hören, wie Jeremy dich Dad nennt.«

Sara strich ihm noch einmal über die Wange, ehe sie sich entfernte. Sie ließ eine Aura von Traurigkeit zurück. Will wusste, es war sinnlos, ihr nachzulaufen. Nicht alles ließ sich heilen.

»Wilbur«, bellte Amanda. »Wir fangen nicht an ohne Sie.«

Will wartete, bis Sara um die Ecke gebogen war, dann wappnete er sich für die Hölle, die er gleich betreten würde.

Amanda saß wie eine Hyäne hinter ihrem Schreibtisch. Ihre Klauen ruhten auf der ledernen Schreibunterlage. Ihr Rückgrat war durchgedrückt. Ihr Blick folgte Will mit einem Ausdruck von Mordlust durch den Raum.

Faith kauerte wie ein Teenager vor ihr, der Inhalt ihrer Aktentasche hatte sich auf den Boden ergossen.

Will setzte sich auf den anderen Stuhl. Er kauerte nicht.

»Wieso habe ich das Gefühl, der einzige Mensch in einem Muppet-Film zu sein?«, fragte Amanda.

Will war immer ein wenig beunruhigt, wenn sie popkulturelle Bezüge herstellte. »Ma'am, ich …«

»Warum berichtet mir Dr. Linton, die keine Ermittlerin ist, von den Ermittlungsschritten, die sie in den letzten Tagen unternommen hat, um drei ungeklärte Verbrechen aufzuklären, von denen keines in den Zuständigkeitsbereich dieser Dienststelle fällt?«

Will öffnete den Mund, aber Amanda hielt den Zeigefinger in die Höhe.

»Meine Rechtsmedizinerin fliegt mal eben nach New York, einer meiner Agents treibt sich in einem Country Club herum, eine andere Agentin drückt sich um ihre Dienstpflichten, und ich soll jetzt aus dem Stand eine Sting-Operation koordinieren, für die ich das APD ins Boot holen muss, ganz zu schweigen davon, dass ich den letzten Rest meines Budgets für einen Fall verpulvere, der offiziell nicht einmal eine GBI-Ermittlung ist.«

»Es ist meine Schuld«, sagte Will.

Amanda sah ihn mit hochgezogener Augenbraue an.

»Sara ist mit der Sache zu mir gekommen, aber ich habe entschieden, sie zu verfolgen. Ich habe Faith mit hineingezogen. Ich habe sie dazu überredet, mich zu decken, als ich eigentlich für das Betrugsteam hätte arbeiten müssen. Das geht alles zu meinen Lasten.«

Amanda hatte nicht geblinzelt, seit er den Raum betreten hatte. »Dr. Linton hat mir den Eindruck vermittelt, dass die Schuld allein bei ihr liegt.«

»Dr. Linton irrt.«

»Ist das so?«, fragte Amanda. »Haben Sie im DeKalb County ein paar Fäden gezogen, damit Jack Allen Wright mit einem Exemplar von *Supertitten* unter der Matratze erwischt wurde?«

Wills Mund wurde trocken. Sara wusste nichts von Wright, und das hieß, Amanda hatte es allein herausgefunden. Was wiederum bedeutete, dass sie ihnen wie üblich zwei Schritte voraus war.

Sie war noch nicht am Ende angelangt. »Haben Sie Ihre Kontakte beim APD angezapft, damit Sie offiziell mit einer zweiundzwanzigjährigen Frau sprechen durften, die sechsunddreißig Stunden lang entführt und vergewaltigt wurde?«

Will sagte: »Ich habe mit Donnelly über die Möglichkeit gesprochen, dass es laufende Fälle geben könnte, die er vielleicht untersuchen will. Das Ganze fing mit dem Dani-Cooper-Prozess an. Es gab Ähnlichkeiten zwischen ...«

Faith stöhnte. »Herrgott noch mal, Amanda. Du weißt, wir stecken beide bis zum Hals mit drin. Was willst du von uns hören?«

Amanda visierte sie an wie ein Laserstrahl. »Du bewegst dich auf dünnem Eis.«

»Brich es«, sagte Faith. »Schmeiß mich ins eiskalte Wasser. Das ist mir egal. Nur mach es schnell.«

Amanda sah aus, als wäre sie bereit, ihr die Bitte zu erfüllen. Will öffnete den Mund, um einzugreifen, aber Amanda tat etwas, was er sie nur sehr selten tun sah.

Sie gab nach.

»Also gut.« Sie lehnte sich zurück. »Was glauben wir? Was wissen wir? Was können wir beweisen?«

Will rieb sich den Kiefer und sah Faith an. Sie war gleichermaßen perplex. Amanda forderte sie auf, ihr den Fall darzulegen. Will würde ihr keine Zeit lassen, es sich anders zu überlegen. Er fing sofort zu reden an.

»Was wir glauben, ist Folgendes: Mac McAllister, Chaz Penley, Richie Dougal und vielleicht zwei, drei weitere Männer spähen seit sechzehn Jahren Frauen aus, um sie zu vergewaltigen. Sie teilen sich die Arbeit auf, damit kein Einzelner von ihnen mit einem bestimmten Opfer in Verbindung gebracht werden kann. Einer stalkt sie. Einer schickt Drohnachrichten. Vielleicht ein anderer setzt sie unter Drogen. Wieder ein anderer transportiert sie. Noch ein anderer – wir glauben, dass sie ihn den Meister nennen – vergewaltigt sie. Sie wechseln sich mit den Aufgaben ab, damit keiner von ihnen verwundbarer ist als die anderen. Es ist wie bei einer Terrorzelle. Auf diese Weise sind sie so lange unentdeckt geblieben. Man muss sie als Einheit sehen, um dem Verbrechen nachzuspüren.«

Faith schaltete sich ein. »Was wir wissen: Merit Barrowe, Dani Cooper und Leighann Park waren alle Opfer, die zum Modus Operandi der Gruppe passen. Die Ähnlichkeiten zwischen ihren Fällen sind zu ausgeprägt, um nur zufällig zu sein, auch wenn sie fünfzehn Jahre auseinanderliegen. Alle haben Drohnachrichten erhalten. Alle wurden mit Drogen betäubt, entführt und vergewaltigt. Allen fehlte nach dem Überfall der linke Schuh. Dani hat eine Nachricht mit den Worten ›Das bin ich‹ bekommen. Als Leighann nach der Tat aufwachte, hatte der Täter ›Das bin ich‹ mit Permanentmarker auf ihre linke Brust geschrieben.«

Will schloss ab. »Was wir beweisen können: Die linken Schuhe werden als Trophäe behalten. Nur das verbindet die drei Frauen. Wir haben sonst nichts gefunden.«

Amanda legte die Fingerspitzen zusammen, während sie nachdachte. »Der Überfall auf Dr. Linton hängt wie damit zusammen?«

»Gar nicht«, sagte Will. »Britt McAllister ist verzweifelt. Sie will, dass Sara Mac und die Gang stoppt. Sie weiß, was passiert. Sie glaubt, sie kann ihren Sohn davor schützen.«

»Dafür ist es ein bisschen zu spät«, sagte Amanda. »Ich habe Dr. Linton angewiesen, Merit Barrowes Unterwäsche den Forensikern zu übergeben. Die Verjährungsfrist für Vergewaltigung beträgt in Georgia fünfzehn Jahre, aber diese Frist beginnt neu, wenn DNA entdeckt wird. Wobei die DNA nichts anderes als eine reine Tatsachenfeststellung sein wird. Ohne Zeugen kann mühelos behauptet werden, dass der Sex einvernehmlich war. Was uns zu Merits Tod führt. Selbst mit dem toxikologischen Bericht lässt sich unmöglich beweisen, dass sie für die Überdosis nicht selbst verantwortlich war. Eo ipso, kein Fall.«

»Die Leighann-Park-Ermittlung ist ebenfalls kein Selbstläufer«, sagte Faith. »Sie erinnert sich an nichts. Wir können möglicherweise DNA aus ihrer Kleidung gewinnen, aber auch dann ist es nur eine Anklage wegen Vergewaltigung, nicht wegen Mordes. Sie ist keine so tolle Zeugin. Wofür sie nichts kann. Aber Geschworene können voreingenommene Ärsche sein. Ist sie zu hübsch, heißt es, sie hat ihn verführt. Ist sie nicht hübsch genug, lügt sie, um Aufmerksamkeit zu bekommen. Wenn der Vergewaltiger gut aussieht, müsste er Frauen niemals zum Sex zwingen. All das spricht dafür, dass der Kerl straffrei bleibt. Bestenfalls bekennt er sich zu einem geringeren Vergehen, wird vielleicht als Sexualstraftäter registriert und lebt sein Leben ansonsten unbehelligt weiter.«

Will übernahm wieder. »Bei Dani Cooper haben wir sogar noch weniger. Und wir sind uns ziemlich sicher, dass es weitere Opfer gibt, aber wir wissen nicht, wer sie sind.«

»Wie viele Opfer? Wie viele Jahre?«, fragte Amanda.

»Mindestens drei im Jahr«, sagte Faith. »Und es reicht sechzehn Jahre zurück.«

»Also«, sagte Amanda, »haben wir es nicht mit einzelnen Verbrechen zu tun. Es ist ein Fall von krimineller Verschwörung.«

»RICO?« Will gab es ungern zu, aber genau deshalb hätten sie Amanda schon die ganze Zeit gebraucht.

Sie bezog sich auf Georgias *Racketeer Influenced and Corrupt Organizations*-Gesetz. Auf Bundesebene war RICO ursprünglich als Instrument gegen die Mafia gedacht gewesen. Georgia hatte die Definition erweitert, und, was am wichtigsten war, es musste kein Unternehmen existieren, damit der Tatbestand der Organisierten Kriminalität erfüllt war. Man musste nur ein Muster an gesetzwidrigem Verhalten nachweisen. Der Staat hatte es mit unterschiedlichem Erfolg angewandt, um von Wirtschaftsprüfern bis hin zu Rappern gegen alle möglichen Leute vorzugehen.

»Fassen Sie für mich zusammen«, sagte Amanda.

»Bei RICO kann sich die fünfjährige Verjährungsfrist bis zum Datum der Entdeckung der letzten Tat zurückerstre-

432

cken. Die Mindeststrafe ist fünf Jahre, die Höchststrafe zwanzig.«

Faith fuhr fort. »Die infrage kommenden Verbrechen schließen jede Tat oder Tatandrohung ein, die mit Mord, Entführung, Freiheitsberaubung, schwerer Körperverletzung, Bestechung, Behinderung der Justiz und Handel mit gefährlichen Drogen zu tun hat.«

»Damit sind Merit Barrowe, Dani Cooper und Leighann Park eingeschlossen«, konstatierte Amanda. »Weiter.«

»2019 hat der Staat Zuhälterei und erzwungene Anbahnung hinzugefügt«, sagte Faith. »Die Chat-Abschriften könnten das Argument stützen. Und wenn es uns gelingt, diese beschädigten Videos auf der Website zugänglich zu machen, käme noch Verbreitung obszönen Materials mit digitalen Mitteln dazu.«

»Ich muss die Sache juristisch absichern, aber was ich höre, gefällt mir.« Amanda machte sich eine Notiz. »Hat jemand von euch eine Theorie, auf welche Weise die Opfer ausgewählt werden?«

Dieselbe Frage war am Abend zuvor aufgetaucht. Will antwortete: »Wir glauben, dass McAllister sie auswählt, aber das ist nur ein Bauchgefühl. Wir wissen es nicht mit Bestimmtheit. Wir können es nicht beweisen.«

»Und wir wissen nicht, *wie* er sie auswählt«, sagte Faith.

»Soziale Medien?«, schlug Amanda vor. »Über seinen Sohn? Wie heißt er gleich wieder?«

»Tommy«, sagte Will. »Tommy ist mit Dani Cooper aufgewachsen, so wurde sie also ausgewählt. Chaz Penley hat einen Sohn namens Chuck, der etwa in Tommys Alter ist. Vielleicht hat einer von ihnen Leighann in einer Kneipe oder auf einer Studentenparty entdeckt.«

»Und Merit Barrowe?«

»Keine Ahnung«, sagte Faith. »Der Fall wurde nicht untersucht, weil der Detective, Eugene Edgerton …«

»… korrupt war«, sprach Amanda zu Ende. »Hast du deine Mutter letzte Nacht nach ihm gefragt?«

Faith setzte eine säuerliche Miene auf. »Woher weißt du, dass ich letzte Nacht mit meiner Mutter gesprochen habe?«

Amandas nachgiebige Phase war vorbei. »Evelyn ist seit vierzig Jahren meine beste Freundin. Wen, glaubst du, hat sie angerufen, nachdem sie mit dir gesprochen hatte? Du kannst froh sein, dass sie mich nicht mit einem Betäubungsgewehr zu dir geschickt hat.«

Faith blähte die Nasenlöcher, aber sie sagte nichts.

»Evelyn kannte Eugene damals«, sagte Amanda. »Er ist vorzeitig in Ruhestand gegangen. Hat ein Haus am Lake Lanier gekauft.«

»Ein Haus am See?« Will kannte die Gegend. Die aktuellen Immobilienpreise dort lagen bei zwei Millionen aufwärts. »Dann hatte er wirklich Dreck am Stecken.«

»In der Tat.«

Faith wandte sich an Amanda. »Wieso hast du vorhin gefragt, wie die Opfer ausgewählt wurden?«

»Das ist der Schwachpunkt in der Kette. Wenn wir herausfinden, wie die Mädchen ausgewählt werden, wird es uns zu dem Mann führen, der verantwortlich ist. Und wenn wir den haben, wird er uns die anderen ausliefern.« Amanda breitete die Arme aus und zuckte mit den Schultern. »Verlasst euch drauf. Ich hatte mein ganzes Leben lang mit mächtigen Männern zu tun. Sie stürzen sich nie ins eigene Schwert. Sie versuchen, alle in ihrer Umgebung niederzumähen. Was noch?«

»Ich habe Cam Carmichaels Laptop und Merit Barrowes Telefon«, sagte Faith. »Wir brauchen die IT-Abteilung, um sieben passwortgeschützte Dateien zu knacken. Es gibt außerdem beschädigte Videos auf der Website. Ich weiß nicht, ob sie sich reparieren lassen, aber ich bin keine Computerspezialistin.«

Amanda ließ die Hand im Gelenk kreisen, damit Faith fortfuhr.

Faith legte ihren Spiralblock auf den Schreibtisch und schlug ihn auf. »Ich habe eine Liste von Unterlagen, deren Herausgabe wir durch richterlichen Beschluss erwirken müssen.«

Amanda fuhr mit dem Zeigefinger die Seite hinunter. »GoDaddy wird mindestens zwei Wochen brauchen, bis sie Informationen über die Eigentümer einer Website herausrücken. Beim Grady wird es maximal sieben Tage dauern. Edgertons Bankauszüge brauchen einen Monat oder länger. Für den Leichenbeschauer gilt dasselbe. Es ist so lange her, dass sie vielleicht gar keine mehr haben. Warum ist Cam Carmichael hier nicht drauf? Wir müssen uns seine Kontoauszüge ebenfalls ansehen. Eine Anzeige wegen Trunkenheit im Straßenverkehr verschwinden zu lassen, ist nichts. New York ist eine teure Stadt. Er ist im letzten Moment dorthin gezogen. Kaution, Anschaffungen, Umzugskosten, die laufende Miete in Atlanta. Ich bezweifle, dass ein Trinker und Vergewaltiger viel für Notzeiten beiseitegelegt hat.«

Faith machte einen neuen Eintrag auf ihrer Liste.

»Was ist mit ›Aufnahmen von Überwachungskameras‹ gemeint?«, fragte Amanda.

»Vom Inneren des Hauses«, sagte Faith. »Mac hat einige Räume visuell und akustisch überwacht. Er misshandelt seine Frau auf digitalem Weg.«

»Ein Schlafzimmer, ein Bad, ein Wohnzimmer und die Küche«, ergänzte Will.

»Lass es auf der Liste, aber wir werden mehr brauchen, als wir im Moment haben, wenn wir das Haus durchsuchen wollen. Das APD ist nicht die einzige Organisation im Staat, die nicht gegen eine Wand aus McAllisters Geld ankämpfen will.« Amanda schob den Notizblock zu Faith zurück. »Wo werden die Opfer gefangen gehalten?«

Will sah Faith an.

Faith sah Will an.

Ein weiterer Grund, Amanda ins Boot zu holen. Sie hatten die Frage vollkommen außer Acht gelassen, aber die Frauen waren entführt worden, was hieß, sie mussten irgendwo festgehalten worden sein. Leighann fehlten sechsunddreißig Stunden. Bei Merit Barrowe gab es eine Lücke von mindestens zwei Stunden. Niemand wusste, wie Dani Cooper schlussendlich im Grady Hospital gelandet war. Das GPS in Tommys Mercedes war nicht online gewesen. Die Überwachungskameras, die die Stadt an fast jeder Ecke installiert hatte, zeigten entweder in die falsche Richtung oder waren defekt.

Faith sagte: »Da ist eine Sache aufgetaucht, als ... als ich mir die Gesellschaft angesehen habe, für die Richie Dougal arbeitet. CMM&A.«

»Du hast sie dir angesehen?«, fragte Amanda.

»Jawohl, ich«, sagte Faith. »Die Gesellschaft hat ein Ladenlokal in einem Gebäude namens Triple Nickel am Buford Highway. Ich habe es überprüfen lassen. Es gibt einen Schreibtisch und ein Telefon, einige Stühle und eine Tür nach hinten raus. Die Leute vom Nagelstudio nebenan sagen, man sieht nie jemanden kommen oder gehen, aber Leighann war betäubt. Es ist nicht so, dass sie geschrien hätte. Es gibt einen Hintereingang. Man könnte leicht rein- und rausschleichen, ohne gesehen zu werden.«

»Du hast es überprüfen lassen?« Amanda ließ die Frage einige Sekunden lang im Raum stehen, ehe sie fortfuhr. »Setz es auf deine Liste, aber wir können das Gebäude nicht überwachen. Dafür haben wir kein Geld, keine Manpower und im Moment keine rechtliche Handhabe.«

Faith nickte und setzte es auf die Liste.

»Gehen wir noch einmal zu den Drohnachrichten«, sagte Amanda. »Wie ist er an die Telefonnummern gekommen?«

Will sah Faith wieder an und sie ihn. Noch etwas, das sie nicht bedacht hatten. Der Mann, der die gruseligen Nachrichten geschickt hatte, musste irgendwie an die Telefonnummern der Frauen gekommen sein.

»Geht zurück zu Merit Barrowe«, sagte Amanda. »Vor fünfzehn Jahren wurden die meisten Handyverträge noch minütlich abgerechnet. iPhones waren eine sehr teure Neuheit. Wir benutzten noch Blackberrys. Wenn man eine Nummer herausgab, dann die Festnetznummer.«

»Wurden noch Schecks ausgestellt?«, fragte Faith. »Wenn man in einem Laden mit Scheck bezahlte, musste man seine Telefonnummer angeben. Wenn jemand hinter einem stand, konnte er mithören.«

»Das wäre in Erwägung zu ziehen«, sagte Amanda. »Dr. Linton hat mir erzählt, dass sich Leighann Park an einen Schaffellteppich erinnert.«

»Er ist bei Dani oder Merit nicht aufgetaucht«, sagte Will. »Aber die eine starb, bevor sie etwas sagen konnte, und der Fall der anderen wurde nie untersucht.«

»Was ist mit dem Geräusch, das Leighann gehört hat? Dieses mechanische Schnurren?«

»Du kannst es selbst anhören. Ich habe alle Audiodateien auf einem USB-Stick – Leighanns Befragung, Wills Mittagessen im Country Club. Ich habe außerdem die Obduktionen, Zeugenaussagen und Ermittlungsnotizen eingescannt. Alles ist startklar. Ich brauche nur noch eine Fallnummer, und ich kann es in den Server hochladen.«

»Hoffen wir, dass ich dir eine geben kann«, sagte Amanda. »Ich werde einen sehr großen Gefallen beim APD einfordern müssen, damit die Sache heute Abend über die Bühne gehen kann. Leighann Parks Fall erregt viel Aufsehen. Die Medien sind ganz heiß darauf. Wir werden sehr vorsichtig sein müssen.«

Will hatte gesehen, wie Faith die Faust ballte. Politische Winkelzüge interessierten sie nicht. Sie dachte an ihren Sohn.

Amanda hatte es ebenfalls gesehen. »Was soll ich wegen Jeremy unternehmen?«

Faith legte ihren Kugelschreiber beiseite und lehnte sich zurück. Tränen traten ihr in die Augen.

Will fand, es war ein guter Zeitpunkt, um sich zu verabschieden.

Amanda hielt ihn zurück. »Setzen Sie sich.«

Will setzte sich wieder. Faith schniefte und fuhr sich mit dem Handrücken über die Nase. Der Raum fühlte sich plötzlich sehr klein an.

»Evelyn und ich haben dich früher auf Observierungen mitgenommen«, sagte Amanda zu Faith. »Zwei Frauen in einem Kombi, mit einem Baby auf dem Rücksitz. Niemand hat uns auch nur angesehen. Wir waren unsichtbar.«

Will hörte Faith wieder schniefen. Er sehnte sich danach, selbst unsichtbar zu sein.

»Einmal waren wir vor einer Pfandleihe postiert«, sagte Amanda. »Der Täter hat schwarz für gestohlene Rolex-Uhren bezahlt. Wir gehen rein und schnappen uns den Kerl. Wir schleifen ihn in Handschellen aus dem Laden, als wir sehen, dass jemand im hinteren Teil von Evelyns Kombi ist. Eins der Straßenmädchen brauchte einen Ort, wo sie die Beine breitmachen konnte, und hat den Kerl in Evelyns Fahrzeug bedient. Der ganze Wagen hat gewackelt. Du hast die ganze Nummer über selig geschlafen.«

»Die ganze Nummer über?«, fragte Faith. »Ihr habt ihn zu Ende machen lassen?«

»Es hat ja nicht lange gedauert«, sagte Amanda. »Faith, du bist in diese Welt hineingeboren worden. Weißt du noch, wie Ev und ich immer Fotos und Hinweise an deine Kinderzimmerwand geklebt haben?«

Faith warf Will einen warnenden Blick zu, als könnte er die verrückte Pinnwand in ihrer Küche zur Sprache bringen.

»Evelyn hat dich immer zu beschützen versucht, aber du warst so ein neugieriges Kind. Ich weiß noch, einmal hat sie dich mitten in der Nacht auf dem Küchenboden gefunden, wo du ihre Fallakten gelesen und Obduktionsfotos angeschaut hast.« Amanda hielt inne. »Erinnert dich das an Jeremy?«

»Ich habe die Fotos nicht angeschaut.«

»Weil du zimperlich bist«, sagte Amanda. »Aber du hast die Berichte gelesen. Du wolltest mit von der Partie sein. Und als du Evelyn erzählt hast, dass du zum APD gehen willst, hat es ihr das Herz gebrochen.«

»Sie war stolz auf mich.«

»Sie hatte schreckliche Angst«, sagte Amanda. »Wir haben an diesem Wochenende fast einen halben Karton Tequila geleert.«

Faith wischte sich mit der Faust Tränen aus dem Gesicht. Will dachte an das Taschentuch in seiner Gesäßtasche. Auf Amandas Schreibtisch waren Papiertücher. Er konnte die Packung näher zu Faith schieben. Er konnte ihr ein Taschentuch anbieten. Er konnte aber auch schweigend dasitzen und versuchen, mit dem Kunstlederbezug zu verschmelzen.

»Dein Vater hat dir fünftausend Dollar geboten, wenn du das College abschließt, statt zur Polizei zu gehen. Weißt du noch?«

Faith fuchtelte mit der Hand in Wills Richtung. »Muss er das wirklich alles mit anhören?«

Will musste nicht. Er machte erneut Anstalten, aufzustehen, aber Amanda bedeutete ihm, sitzen zu bleiben.

»Wilbur, haben Sie Faith einmal erzählt, wie Sie beim GBI gelandet sind?«, fragte Amanda.

Will rieb sich das Kinn. Jetzt verstand er, warum sie ihn zwang, zu bleiben.

»Will hat es bei der Army versucht. Er hat es bei McDonald's versucht. Er hat es mit Ladendiebstahl versucht. Er hat es mit dem Gefängnis von Atlanta versucht.«

Will spürte, wie Faith ihn anstarrte. Er hatte ihr nichts von all dem erzählt, weil es sie nichts anging.

Amanda fuhr fort. »Ich habe alle Hebel in Bewegung gesetzt, damit er beim GBI unterkommt. Cops, Richter, Bewährungsbeamte – wo immer ich Druck machen konnte, habe ich Druck gemacht. Ich wollte ihn auf keinen Fall den falschen Weg einschlagen lassen. Und ganz bestimmt wollte ich ihn nicht irgendwo arbeiten lassen, wo ich nicht auf ihn aufpassen konnte.«

Will blickte auf seine verletzte Hand. Seine Finger pochten. Er fragte sich, wie lange er das Antibiotikum wohl einnehmen musste.

»Ich möchte dir eine Frage stellen«, sagte Amanda. »Auf wen würdest du dich verlassen, damit er Jeremy den Rücken freihält? Auf Leo Donnelly? Oder auf den Mann, der neben dir sitzt?«

Will sah, dass Faith widersprechen wollte, aber Amanda hatte recht. Faith konnte nicht Jeremys Entscheidungen treffen, aber sie konnte ihn in eine bessere Richtung lenken.

»Heute Abend in der Bar«, sagte Faith. »Wie würde das ablaufen?«

»Wir behandeln Jeremy als Informanten, auf diese Weise sind wir in puncto Haftung abgesichert.«

»Na wunderbar.«

»Es ist nur ein Papier, Faith. Er ist alt genug, um den Wisch zu unterschreiben.«

»Er wird es nicht hassen.« Faith fuhr sich wieder über die Augen. »Jeremy hat gesagt, er wird es vielleicht hassen, aber das wird nicht passieren. Es ist aufregend. Es ist gefährlich. Und er ist zweiundzwanzig. Er denkt nicht darüber nach, wie es in zehn Jahren sein wird.«

»Er wartet unten.« Amanda warf einen Blick auf ihr Smartphone, bevor sie es umdrehte. Sie wandte sich an Faith. »Sag mir, was dein Gefühl ist. Holen wir ihn in den Schoß der Familie, oder verstoßen wir ihn?«

»Was meine Gefühle angeht, ertrinke ich in ihnen, weil es so viele sind.« Sie fuchtelte mit den Armen. »Er ist nach dem Gesetz erwachsen. Ich kann ihn nicht in seinem Zimmer einsperren. Und ich bin die Letzte, die beurteilen kann, ob es eine schlechte Idee ist oder nicht, weil er mein Baby ist und ich schreckliche Angst habe, ihn zu verlieren.«

»Eichhörnchen verlieren drei Viertel der Nüsse, die sie vergraben. Auf diese Weise gibt es neue Bäume.«

»Findest du, das ist ein guter Zeitpunkt für eine Nuss-Metapher?«

Amanda seufzte. »Bring den Laptop und das Telefon zu den IT-Technikern hinunter. Bestell Liz, sie soll unverzüglich damit anfangen. Ich rufe sie später mit einer Fallnummer an. Sag Caroline, sie soll Jeremy heraufschicken.«

Faith stopfte alles wieder in ihre Aktentasche und klemmte sich den Karton Kleenex von Amandas Schreibtisch unter den Arm, bevor sie hinausging.

Will machte Anstalten, ihr zu folgen, aber er fing einen Blick von Amanda auf und setzte sich wieder. Vermutlich würde er auch als lebendes Beispiel für Jeremy herhalten müssen. Er umklammerte die Armlehnen des Sessels. Ein stechender Schmerz fuhr in seine Hand.

»Sara hat mir erzählt, wobei Sie sich den Finger verletzt haben«, sagte Amanda.

Will lachte. Sara hatte ihr sicher nichts erzählt.

Amanda räumte den Fehlschlag mit einem Seufzer ein. »Wie geht es Eliza?«

»Sie stirbt.«

»Wird auch langsam Zeit«, meinte Amanda. »Wen erwarten Sie für heute Abend? Mac, Chaz und Richie werden da sein. Wer noch?«

»Mason James.« Will hasste Masons Namen in seinem Mund fast so sehr, wie er ihn in Saras Mund hasste. »Royce Ellison und Bing Forster. Blythe Creedy kommt vielleicht. Es gibt außerdem eine Gruppe, die sie Mitläufer nennen, insgesamt also zehn, vielleicht fünfzehn Leute. Richie hat mir nur Vornamen genannt, als er mich einlud. Ich schätze, sie tun, als würden sie mich kennen, weil Mac mich in der Gruppe akzeptiert.«

»Wie viele Leute brauchen wir unsererseits?«

»Ich habe den Plan des Lokals im Netz gefunden. Sie vermieten es für Partys«, sagte Will. »Der Barbereich ist groß, vielleicht dreißig mal sechzig Meter, mit etwa zwanzig Stehtischen und acht Sitznischen an der Wand, die die Bar vom Restaurant trennt. Ich denke, wir werden wenigstens drei Bedienungen zum Einsammeln der DNA brauchen. Ich hätte gern zwei Leute beim Eingang und zwei an der Hintertür, dazu einen draußen. Wir müssen jemanden im Restaurant haben für den Fall, dass sich welche von ihnen aus der Bar dorthin verirren. Es gibt eine überdachte Raucherzone hinter dem Gebäude. Idealerweise haben wir dort ebenfalls jemanden.«

»Zehn Leute«, sagte Amanda. »Ich kann mich im Restaurant einrichten. Ich bin in dem Alter, in dem man wieder unsichtbar wird. Der Detective, der Leighann Parks Fall bearbeitet, Adam Humphrey: Wir brauchen ihn vor Ort. Faith darf nicht im Gebäude sein, sie ist zu nah dran. Ich setze sie in die mobile Kommandozentrale, mit Charlie Reed an den Monitoren. Er wird dafür sorgen, dass sie ruhig bleibt. Ich kann ein paar Frauen aus dem Betrugsteam abziehen. Wen haben wir noch?«

»Aiden Van Zandt schuldet uns einen Gefallen. Er ist ein zuverlässiger Bursche. Es wäre gut, ihn dabeizuhaben.« Will sagte es Faith zuliebe. Sara hatte ein paar Nächte zuvor gesehen, wie der FBI-Agent ihr Haus verließ. »Wir haben nicht genügend Zeit, um den Laden zu verwanzen. Wie sieht es mit Bodycams, Knopfhörern und Mikros aus?«

»Alles davon steht bereit.« Amanda hatte begonnen, eine Liste anzulegen. »Angesichts der Tatsache, dass Sie die Operation leiten, zögere ich, mich auf das APD zu stützen, was Manpower angeht. Falls Sie Hilfe brauchen, werden sie nicht gerade angerannt kommen. Ich werde wohl ein paar von den alten Mädchen aus dem Ruhestand holen müssen. Ist das okay für Sie?«

Will nickte. Er wusste, Amandas alte Mädchen waren Hard-core-Polizistinnen. »Was ist mit Jeremy?«

»Wir brauchen jemanden, der sich nur als John Tretheweys Sohn ausgibt«, sagte sie. »Wenn er nervös ist, unberechenbar oder mürrisch, oder wenn er etwas Dummes macht, dann können Sie es in die Rolle einbauen. Das ist keine Operation, bei der es um Leben und Tod geht. Niemand wird mit der Wimper zucken, wenn ein zweiundzwanzig Jahre alter Kerl in Anwesenheit seines Vaters einen Koller kriegt. Oder nur gelangweilt herumsitzt. Er muss nichts anderes tun, als zu sagen, dass er Eddie heißt.«

Will war sich dessen nicht so sicher. »Aus professioneller Sicht ist es eine schlechte Idee. Er ist Faiths Sohn. Mein Fokus wird darauf gerichtet sein, ihn zu schützen, statt an Informationen zu gelangen. Er weiß nicht, was er tut. Schlimmer noch, er sieht es als Spiel.«

»Diesen Gedanken werde ich ihm austreiben«, sagte Amanda. »Sie sollten wissen, dass das Ganze kein Jux für Jeremy ist. Er will sich nicht vor seinen Pflichten drücken und rebelliert nicht etwa gegen seine Mutter. Er hat Evelyn bereits letztes Jahr erzählt, dass er zur Polizei gehen möchte.«

Will folgerte, dass dies keine Information war, die Evelyn mit Faith geteilt hatte. »Und?«

»Ev nahm ihm das Versprechen ab, zu warten, bis er seinen Abschluss gemacht hat. Sie dachte, er würde das Interesse verlieren.«

»Faith hat das Interesse auch nicht verloren.«

»Faith war eine alleinerziehende Neunzehnjährige, die einen Jungen versorgen musste und sich nichts sehnlicher wünschte, als nicht länger mit ihren Eltern unter einem Dach zu wohnen. Ihre Prioritäten waren andere.«

»Was sind Jeremys Prioritäten?«

»Die Gleichen wie bei Ihnen. Er will das Richtige tun. Er will Menschen helfen. Er will sich als Mann beweisen.«

Will rieb sich das Kinn. Er hatte bisher immer nur zwei Gesichtsausdrücke bei Amanda gekannt: Herablassung und Gereiztheit. Er wusste nicht, was sie jetzt dachte. »Glauben Sie wirklich, Sie können Jeremy zum GBI drängen?«

»Bei Ihnen hat es funktioniert, oder?« Amanda erwartete erkennbar keine Antwort. »Ich habe vergessen, Sara die Perlen zu zeigen. Ihr Hals ist eher lang. Sie wird etwas brauchen, was den hochgeschlossenen Kragen auflockert. Aber, wie gesagt, kein Druck. Möglicherweise hat ihre Mutter etwas, das ihr besser gefällt.«

Will hatte das Gefühl, in eine Zeitverschiebung geraten zu sein. Sie sprach schon wieder in einer anderen Sprache.

»Ich nehme an, mit all Ihren außerdienstlichen Aktivitäten hatten Sie keine Zeit, sich mit Tanzstunden zu beschäftigen.«

Will hatte sich Hochzeitstänze auf YouTube angesehen. Vater-Tochter, Mutter-Sohn, Bräutigam-Schwester, Braut-Bruder, Flashmob, Striptease. Jeder hatte sein Ding. »Sara hat den Vater-Tochter-Tanz gestrichen. Langsamer Tanz bedeutet schließlich nur Hin-und-her-Wiegen, ich denke, das kriege ich hin.«

»Oh.« Amanda klaubte ein imaginäres Staubkorn von ihrem Schreibtisch.

Will betrachtete ihren Salz-und-Pfeffer-Haarschopf. Sein Körper verriet ihm, dass er etwas übersah. Sein Kragen war ihm plötzlich zu eng. Er hatte zu schwitzen begonnen.

»Hi, Tante Mandy.« Jeremy kam mit einem breiten, dämlichen Grinsen ins Büro, das ihm Amanda mit einem schneidenden Blick aus dem Gesicht zauberte. »Ich meine Chief ... Deputy Chief ... äh ... Ms. Wagner.«

Amanda ließ ihn in der Stille schmoren.

Jeremy blickte Hilfe suchend zu Will, aber Will war nicht hier, um zu helfen. Er fand, das Mindeste, was er für Faith tun konnte, war, ihrem Sohn höllische Angst zu machen.

»Ma'am«, sagte Jeremy schließlich zu Amanda. »Danke für Ihre Zeit. Ich wollte um Erlaubnis ... offiziell um Erlaubnis bitten, an der verdeckten Operation heute Abend im *Andalusia* mitwirken zu dürfen.«

Amanda dehnte das Schweigen noch einen Moment lang aus. »Begründen Sie Ihre Bitte.«

Jeremy machte Anstalten, sich zu setzen, dann ließ er es lieber sein. »Ich erfülle das Profil von Wills Sohn Eddie. Ich bin im richtigen Alter. Ich habe gewissermaßen seinen Stallgeruch. Ich studiere an der Tech. Ich habe von klein auf meine Mom und meine Großmutter beobachtet. Ich weiß, dass Polizeiarbeit schwer ist. Ich weiß, dass es so etwas wie eine typische Operation nicht gibt. Es kann immer etwas schiefgehen. Darauf muss man vorbereitet sein. Ich bin bereit.«

»Bist du bereit, mit Tommy McAllister und Chuck Penley zu reden?«

Jeremys Selbstvertrauen erhielt einen Dämpfer, aber er setzte eine tapfere Miene auf.

»Sie werden mit dir reden wollen«, sagte Amanda. »Sie werden einzig und allein deshalb dabei sein. Es ist eine Vater-Sohn-Zusammenkunft. Die Söhne können nicht nur dumm herumsitzen.«

Jeremy nickte so heftig, dass ihm die Haare in die Augen fielen.

»Wir üben es gleich einmal in einem Rollenspiel«, sagte Amanda. »Will ist Tommy McAllister. Jeremy, du tust, als wärst du Eddie Trethewey.«

Will ließ sich Zeit beim Aufstehen. Er war einen halben Kopf größer als Jeremy und hatte zwanzig Kilo zusätzliche Muskeln. Will hatte verdeckt in Gefängnissen gearbeitet. Im Knast lernte man die Kunst der Gewalttätigkeit. Wenn man sie wirklich beherrschte, musste man seine Fäuste nicht benutzen. Man sah einen Kerl auf eine bestimmte Weise an. Man schüchterte ihn so sehr ein, dass er sich unterwarf, weil man mit seiner Haltung, seiner offenkundigen Kraft, seiner kaltschnäuzigen Verachtung für das Leben die Botschaft übermittelte, dass man ihm eher ein Messer ins Auge stechen würde, als ihn gewinnen zu lassen.

Jeremys Adamsapfel hüpfte auf und ab wie an einer Angelschnur, als er zu Will aufschaute.

»Bereit?«, fragte Will.

Jeremy nickte.

»Hey, Mann.« Er boxte ihn leicht an die Schulter. Er borgte sich einen Spruch von Chaz. »Nette Titten, die Kellnerin.«

Jeremy konnte sich ein Grinsen nicht verkneifen.

Will musste sich in Erinnerung rufen, dass das Faiths Junge war, andernfalls hätte er seiner Schulter einen spürbar stärkeren Schlag verpasst. »Ist diese Situation komisch?«

Jeremy warf einen Blick zu Amanda.

»Schau nicht sie an. Schau mich an.« Will ragte über Jeremy auf. »Tommy McAllister hat eine Frau vergewaltigt. Sie ist gestorben. Ist das komisch? Wirst du lachen, wenn du ihn siehst?«

»Ich habe nicht …«

»Du hast die Akten auf dem Tisch deiner Mutter gelesen. Du hast gelesen, was mit diesen Mädchen passiert ist. Du hast ein paar von den Aufnahmen gehört. Das ist kein Spiel. Drei

Frauen wurden entführt und vergewaltigt. Zwei von ihnen sind gestorben. Ist das komisch?«

Jeremy war kreideweiß im Gesicht geworden. »Nein, Sir.«

»Ich weiß, was du denkst«, sagte Will. »Du sagst dir: Ich krieg es hin, wenn es die reale Situation ist. Das hier ist nur Training. Aber so funktioniert das nicht. Du übst es, damit du beim Einsatz nicht darüber nachdenken musst.«

Jeremy nickte wieder.

»Tommy McAllister und Chuck Penley wollen nicht die Kumpel von Eddie Trethewey werden, weil sie einsam sind. Sie versuchen herauszufinden, ob du es draufhast, eine Frau zu vergewaltigen.«

»Okay, ja.« Jeremy holte rasch Luft. »Was werden sie sagen?«

»Sie werden dich testen, Druck ausüben, deine Grenzen ausloten. *Titten* wird längst nicht das schlimmste Wort sein.«

Diesmal grinste Jeremy nicht.

»Sie werden klein anfangen. Sie werden die Kellnerin schikanieren. Wenn du das okay findest, werden sie sich eine Frau an der Bar aussuchen. Sie werden mies über sie reden – widerliche Scheiße. Ficken, blasen, lecken. Sie werden checken, wie du reagierst. Wie du sie ansiehst. Du wirst kein Selbstbewusstsein ausstrahlen können. Du musst an deiner Wut arbeiten.«

»Wut auf sie?«

»Auf mich«, stellte Will richtig. »Dein Dad ist ein Arschloch. Er respektiert dich nicht. Er hält dich für einen Versager. Du hasst ihn dafür, aber du willst ihm auch beweisen, dass er sich täuscht.«

»Du hast in Texas etwas Schlimmes getan«, sagte Jeremy. »Du wurdest eines sexuellen Übergriffs beschuldigt. Alle meine Freunde zu Hause haben es erfahren. Alle wissen, dass du schuldig bist. Die Eltern meiner Freundin haben sie gezwungen, mit mir Schluss zu machen. Du bist nach Atlanta gezogen, ohne vorher mit mir darüber zu reden. Mom weint die ganze Zeit. Ich weiß, sie wird dich des Geldes wegen nicht verlassen, und ich hasse sie dafür, aber ich will ebenfalls nicht arm sein. Ich würde mein Auto verlieren, meinen monatlichen Scheck. Ich würde wahrscheinlich das Studium abbrechen müssen. Mein Leben wird vorbei sein. Und das alles, weil du deinen Schwanz nicht in der Hose behalten konntest.«

Will blickte nach unten. Jeremy hatte den Finger in Wills Brust gestoßen. Der Junge war klug genug, aufzuhören.

»Hast du letzte Nacht gegoogelt ›Wie schreibe ich eine Entstehungsgeschichte‹?«, fragte Will.

Jeremy erbleichte genau wie Faith, wenn sie ertappt wurde. Dennoch sagte er: »Spielt es eine Rolle? Ich muss nicht einmal mit ihnen reden. Ich werde klarmachen, dass ich nicht darauf stehe.«

»Will heißen?«, fragte Amanda.

»Wenn sie mich auf die Probe stellen wollen, kann ich sagen, sie sollen den Mund halten.« Jeremy zuckte mit den Achseln. Die Geste war typisch Faith durch und durch. Die Logik ebenfalls. »Ich werde nicht dort sein, um mich in den besten Freund von Tommy und Chaz zu verwandeln. Ich bin kein Cop und kein Ermittler. Ich werde nicht den Hinweis aufspüren, der den Fall löst und alle hinter Gitter bringt. Das ist Wills Job. Ich muss einfach nur dabei sein. Hab ich recht, Dad?«

Die letzte Frage war an Will gerichtet. Der fand es beunruhigend, sie zu hören. Er verstand jetzt, warum der Gedanke Sara gestört hatte.

»Jeremy, geh raus und schließ die Tür«, sagte Amanda.

Will setzte sich wieder, als die Tür ins Schloss fiel. Er würde Amanda nicht sagen müssen, dass der Junge gerade mit ihnen gespielt hatte, denn es war offensichtlich, dass der Junge gerade mit ihnen gespielt hatte. »Soll ich Faith sagen, dass er es macht?«

»Evelyn wird es tun.« Amanda drehte ihr Handy um und fing zu tippen an. »Sie hat den Nachtflug von Vegas nach L. A. genommen, dann hat sie kehrtgemacht und ist nach Atlanta geflogen. Sie ist direkt vom Flughafen hierhergefahren. Sie ist bereits im Haus.«

»Das war eine verdammt lange Nacht.«

Amanda blickte von ihrem Telefon auf. »So etwas tun Mütter eben.«

17

Will stand vor der mobilen Kommandozentrale und wartete darauf, dass ihn Sara zurückrief. Richie hatte gesagt, die Party würde um sieben beginnen. Will beabsichtigte, zwanzig Minuten später mit Jeremy aufzutauchen. Amanda hatte ihre Leute im Verlauf der letzten Stunde nach und nach eingeschleust. Ein paar ihrer alten Mädchen, die sie aus dem Ruhestand geholt hatte. Einige Agenten aus Bernice' Betrugseinheit. Adam Humphrey, den APD-Detective, der Leighann Parks Fall bearbeitete. Sie alle hatten den Gebäudeplan studiert, sich die Ein- und Ausgänge eingeprägt, die Engstellen zur Kenntnis genommen und die besten Fluchtrouten erkundet, und trotzdem wurde Will das Gefühl nicht los, dass etwas Schlimmes passieren würde.

Deshalb war Jeremy eine Ablenkung. Will musste sich auf den Job konzentrieren, aber alles, woran er im Moment denken konnte, war die Sicherheit von Faiths Jungen.

Er lehnte sich an den Bus. Das leise Schnurren des Generators wurde vom Lärm an einer Laderampe übertönt, an der gearbeitet wurde. Sie hatten zwei Straßen vom *Andalusia* entfernt hinter einem Kaufhaus geparkt. Der Ort war abgeschirmt, aber nicht ruhig. Sattelschlepper entluden ihre Fracht. Einige Arbeiter starrten Will unverblümt an. Er konnte es ihnen nicht verübeln. Für nicht Eingeweihte sah er wahrscheinlich wie ein Zuhälter aus, der darauf wartete, ein paar seiner Mädchen zu einer Party zu schleppen.

Die mobile Kommandozentrale hatte früher genau diesem Zweck gedient. Sie war ein umgebauter Partybus, den das GBI von einem Drogenhändler konfisziert und mit Monitoren und Computern ausgerüstet hatte, um in relativem Komfort Bösewichte auszuspionieren. Will trug wieder sein Idioten-Outfit, die enge Jeans mit einem Blutfleck von seiner verletzten Hand, die Diesel-Boots und ein tailliertes Hemd mit einem sonderbaren Paisleymuster.

Dieser letzte Artikel war kein weiterer Erwerb aus dem Einkaufszentrum, sondern eine Leihgabe der Abteilung Spezialermittlungen beim GBI. Das Paisleymuster verbarg das Glasfaserkabel, das das Mikrofon im Kragen und die Lochkamera in einem Knopf in der Mitte seiner Brust mit Strom versorgte. Das Kabel schlängelte sich an Wills Bein zu einem Sender hinunter, der an seinem Knöchel befestigt war. Wills Jeans schmiegte sich um das schmale, schwarze Kästchen, was kein Problem war, aber er hätte lieber seinen Knöchelhalfter mit der Sig Sauer Nitron Compact getragen, die ihm Sara zum Geburtstag geschenkt hatte.

Wills Handy vibrierte. Er vergewisserte sich, dass der Sender aus war, bevor er das Gespräch annahm. Er wollte nicht, dass jedes Wort von ihm im Bus zu hören war.

»Alles in Ordnung?«, fragte er Sara.

»Jetzt ja«, sagte sie. »Isabelle hat einen von Tessas Ohrringen in den Müllschlucker geworfen. Ich musste die Antriebsradplatte mit einem Inbusschlüssel ausbauen.«

Will hielt es für einen der größten Vorteile, wenn man mit der Tochter eines Klempners zusammenlebte. Er hörte, wie sich Sara in der Küche bewegte. Die Halsbänder der Hunde klingelten, denn es war ihre Abendessenszeit. Sara schnalzte zweimal mit der Zunge, und die Greyhounds beruhigten sich. Nur Bettys Halsband klingelte noch, denn Will war leicht rumzukriegen, und Sara mischte sich nicht ein.

»Wie geht es Faith?«, fragte sie.

»Nicht so toll.« Will warf einen Blick zum Bus. Die Fenster waren getönt, aber er nahm an, Faith stand noch starr in der Ecke und sah zu, wie Charlie Reed ihren Sohn verkabelte. Glücklicherweise konnte Jeremy eine Brille tragen, sodass es nicht nötig war, eine Kamera in seinem Hemd unterzubringen. Die schwarze Kunststofffassung passte zu seiner studentischen Ausstrahlung. Die hochauflösende Linse im Bügel war vollkommen unsichtbar. Dennoch war es ein Problem, weil er ständig nervös an das Brillengestell fasste. Will hoffte nur, es wirkte eher wie ein Tick, als dass es ihn auf der Stelle verriet.

»Was machen deine Kopfschmerzen?«, fragte er Sara.

»Endlich vorbei. Erinnere mich daran, es beim nächsten Mal langsamer angehen zu lassen.«

Will hoffte, es würde kein nächstes Mal geben.

Sie deutete sein Schweigen mühelos. »Hast du mir etwas zu sagen?«

Will beobachtete, wie ein Gabelstapler eine Palette mit Kisten bewegte. Er hatte als Lagerarbeiter gejobbt, um sich das College zu finanzieren. Es war eine Schinderei gewesen, aber schließlich konnte Will ein Motorrad kaufen, er hatte ein Dach über dem Kopf und leistete sich hin und wieder ein Essen, das nicht aus der Mikrowelle kam. Dann war die Frau, die seine erste Ehefrau werden sollte, wie ein Wirbelwind aufgetaucht und hatte alles gestohlen, was er besaß, um ihre Sucht zu finanzieren.

»Ich mache mir Sorgen wegen Jeremy«, sagte er. »Ich arbeite nicht gern mit einer unbekannten Größe.«

»Es gibt jede Menge Leute, die ein Auge auf ihn haben.«

»Ja.« Selbst Will spürte, wie angespannt das Gespräch verlief. Er rückte wohl besser mannhaft heraus damit. »Ich bin nicht so begeistert davon, wenn du dich tagsüber betrinkst.«

»Tatsächlich?« Sara lachte. »Ich habe mich gestern Abend gewundert, dass du noch gehen konntest, so sehr hast du herumgedruckst.«

Will lächelte unwillkürlich. »Tut mir leid. Ich weiß, es ist meine Sache, damit fertigzuwerden.«

»Wir haben beide unsere Sachen, mit denen wir fertigwerden müssen.«

Will hörte eine Spur Traurigkeit in ihrer Stimme. Er wusste, sie dachte an das, was sie vor fünfzehn Jahren verloren hatte. Er wusste auch, dass er nichts sagen konnte, was es besser machte.

»Ich sollte lieber anfangen, diese Chat-Abschriften zu lesen«, sagte sie. »Ruf mich an, wenn du auf dem Heimweg bist.«

»Hey«, sagte Will. »Ich vergesse es immer zu sagen, aber ich liebe dich über alles.«

»Was für ein verrückter Zufall. Ich liebe dich nämlich auch über alles.«

Will wartete, bis sie aufgelegt hatte. Er behielt das Telefon in der Hand, als er die Tür vom Bus öffnete. Das plötzliche grelle Licht brachte ihn zum Blinzeln. Charlie Reed saß an der Konsole und testete die Übertragung von Jeremys Brille. Wie vorausgesehen, stand Faith stocksteif in der Ecke und registrierte jede seiner Bewegungen. Jeremy war nicht der einzige Grund, warum sie sich derart ins Hemd machte. Aiden Van Zandt passte gerade die Kamera in seinem Cowboyhut an. Amanda und Evelyn unterhielten sich mit Kate Murphy, die mit ihnen beim APD Karriere gemacht hatte. Murphy diente zurzeit als Executive Assistant Director of Intelligence beim FBI. Sie war außerdem zufällig Aidens Mutter.

Faith warf Will einen Blick voll ungezügelter Panik zu, als er die Stufen zum Bus hinaufstieg.

»Jeremy.« Will wartete, bis der Junge auf ihn achtete. »Hör auf, deine Brille zu berühren. Du verrätst dich.«

»Sorry.« Jeremy konnte nicht anders. Er berührte die Brille erneut. »Sorry.«

Will stand vor ihm. »Bist du nervös?«

Jeremy nickte, sagte aber: »Ist das eine Fangfrage? Wie, wenn ich Nein sage, erklärst du, dass ich es sein sollte, und wenn ich bejahe, sagst du, ich kann nicht mitmachen?«

Will packte Jeremy an den Schultern, um ihn zu stabilisieren. »Hör auf, zu viel nachzudenken. Schlüpf wieder in deine Rolle: wütender Sohn eines Arschlochs. Nicht daran interessiert, irgendwelchen Scheiß mit den anderen Arschlöchern zu reden. Okay?«

Jeremys Kopf ging auf und ab. »Okay.«

Will nahm ein iPhone zur Hand, das Charlie auf die Konsole gelegt hatte. Es gab keine Bildschirmsperre. Die IT-Abteilung des GBI hatte ein digitales Profil für Eddie Trethewey erfunden.

Will gab Jeremy das Gerät. »Das ist genau wie dein iPhone. Die Kontakte sind reiner Schwindel, aber jeder Anruf, den du machst, geht an dieses Steuerpult hier. Entweder Charlie oder deine Mom werden sich melden, je nachdem, welchen Kontakt du wählst. E-Mails, Textnachrichten sind ebenfalls alle frei erfunden, aber falls sie jemand liest, klingen sie sinnvoll. Die Fotos zeigen einen Haufen Frauen. Such dir eine aus, die deine Freundin ist, für den Fall, dass es zur Sprache kommt.«

Jeremys Finger hinterließ eine Schweißspur, als er über den Schirm wischte.

»Wenn du Hilfe brauchst, klick fünfmal schnell hintereinander auf den Seitenknopf«, erklärte Will.

»So funktioniert mein Telefon auch«, sagte Jeremy. »Alle iPhones, meine ich. Du klickst fünfmal, und es fragt dich, ob du die Polizei rufen möchtest.«

»Das hier fragt nicht. Es macht den Anruf einfach, und *die Polizei* wird deine Mom sein, die mit einer Schrotflinte über den Parkplatz rennt. Verstanden?«

»Ja, Sir.«

»Will?« Charlie hielt einen Mini-Knopfhörer mit einer Pinzette. Das Ding war klein genug, dass es in den Gehörgang passte, ohne dass man es sah, aber nicht so klein, dass es bis ans Trommelfell rutschen konnte. »Bereit?«

Will bemühte sich, nicht zu schaudern, als Charlie das Gerät einführte. Die Kunststoffstöpsel neigten dazu, heiß zu werden, aber die Tonqualität war gut. Er würde jede Unterhaltung mithören können, die Jeremy führte. Im Moment war schweres Atmen alles, was Will hörte. Er warf einen Blick zu Faith. Sie musste dafür sorgen, dass sich der Junge in den Griff bekam.

»Lass uns ein bisschen Luft schnappen, Kumpel«, sagte sie.

»Team eins hat gerade Position bezogen.« Charlie rollte seinen Sessel zu der Batterie von Monitoren. »Wir sollten Team zwei bis in zehn Minuten reinschicken. Die Bar füllt sich allmählich.«

Will schaute über Charlies Schulter. Zwölf Schirme zeigten zwölf verschiedene Blickwinkel. Die Hälfte der Überwachungsmannschaft war bereits an Ort und Stelle.

Die drei GBI-Agenten, die sich als Bedienungspersonal ausgaben, waren zuständig für das Einsammeln von Gläsern, weggeworfenen Servietten oder woraus immer sich möglicherweise DNA-Profile der Clubmitglieder erstellen ließen.

Adam Humphrey saß auf einer Bank vor der Eingangstür. Der Posten roch nach Alibi-Job, aber der Detective schien zufrieden zu sein, dass er mit von der Partie war.

Team eins war an einem Hochtisch im vorderen Teil der Bar. Dona Ross und Vickye Porter waren zwei von Amandas alten Mädchen. Dona hatte ihre Handtasche auf den Tisch gelegt, sodass die darin versteckte Kamera die lange Holztheke erfasste.

Evelyn und Amanda waren Team zwei. Beide hatten ebenfalls versteckte Kameras in ihren Handtaschen. Sie würden im hinteren Teil der Bar Position beziehen und sich so ausrichten, dass sie beide Toilettentüren sowie den Ausgang zum Raucherbereich hinter dem Gebäude aufzeichneten.

Draußen würde Aiden an einem der beiden Picknicktische stationiert sein. Die Kamera in seinem Cowboyhut zeigte jeweils in die Richtung, in die er den Kopf drehte.

Kate Murphy würde an einem Tisch im Restaurant sitzen. Die Kamera in der Brosche an ihrem Blazer würde jeden erfassen, der die Bar verließ.

Alle würden mithilfe ihrer Handys Tonaufnahmen machen, aber nur Jeremy und Will waren mit Mikrofonen und Kameras verkabelt, weil nur diese beiden mit den Verdächtigen sprechen würden: Mac und Tommy McAllister, Richie Dougal, Chaz und Chuck Penley, Royce Ellison und Mason James.

»Baby.«

Faith war mit Jeremy draußen, aber ihre Stimme war ein Flüstern in Wills Ohr. Er suchte das Schaltpult nach einer Möglichkeit ab, die Zuspielung zu deaktivieren. Drei der Lautstärkeknöpfe waren verschieden beschriftet, aber Charlies Handschrift überstieg Wills Fähigkeiten.

»Hol mal tief Luft«, sagte Faith.

Will hörte Jeremy schnaufen wie ein Rennpferd.

Faith fragte: »Würdest du dich wohler fühlen, wenn ich in meinem Wagen bliebe statt im Bus?«

»Es ist dein Job, im Bus zu sein«, sagte Jeremy. »Davon abgesehen würdest du lügen und trotzdem zuhören.«

»Will ist nicht als dein Babysitter hier. Verstehst du das?«

»Ja.«

Faith schniefte, was bedeutete, dass sie wieder weinte. Will blickte verzweifelt auf die Beschriftungen. »Hat das ein Huhn geschrieben?«, fragte er.

»Sorry.« Charlie lachte und zeigte auf die mittlere. »Das bist du. Links ist Jeremy, rechts Amanda.«

Will stellte den mittleren Knopf leiser. Faiths Weinen verklang.

»Will?« Charlie hatte seine Kopfhörer aufgesetzt. »Ist dein Transmitter an?«

Will bückte sich und legte den Schalter an dem schmalen Kästchen am Knöchel um. »Test? Test?«

Charlie passte einige der Regler an. »In Ordnung.«

Amanda klatschte in die Hände. »Aufgepasst, Leute. Wir müssen heute Abend sehr vorsichtig sein.«

Evelyn nahm übertrieben Habachtstellung ein. Kate Murphy zeigte einen amüsierten Gesichtsausdruck. Sie hatte wahrscheinlich seit Jahrzehnten von niemandem mehr Befehle erhalten.

»Will, Ihre Aufgabe ist es, sich weiter bei der Gruppe einzuschmeicheln«, sagte Amanda. »Wir werden die Sache heute Abend nicht knacken, aber Sie können bedeutende Fortschritte machen. Wenn Sie Informationen aus den Typen herauskitzeln können, umso besser, aber unser Fokus liegt darauf, DNA-Proben einzusacken. Das vorrangige Ziel ist Mac McAllister, gefolgt von Richie Dougal, dann Chaz Penley. Notfalloptionen sind Tommy McAllister und Chuck Penley, über die wir einen verwandtschaftlichen DNA-Abgleich machen können. Sobald wir ihre Profile haben, können wir sie mit der DNA an Merit Barrowes Unterwäsche vergleichen. Wenn wir eine Übereinstimmung finden, haben wir einen Ansatzpunkt. Verstanden?«

Will nickte. »Verstanden.«

»Aiden«, sagte Amanda. »Ich möchte, dass Sie in die Kommunikation einbezogen sind. Charlie, schließen Sie ihn an, damit er mithören kann. Wenn Jeremy etwas passiert, möchte ich, dass Sie schleunigst in der Bar auftauchen. Das ist heute Abend Ihr Job: Jeremy absichern. Ist das klar?«

»Ja, Ma'am.« Aiden hielt Charlie sein Ohr hin. An der Art, wie der Mann das Gesicht verzog, sah Will, dass er schon früher solche winzigen Ohrstöpsel getragen hatte. Charlie setzte den Knopf ein, dann machte er eine neue Beschriftung für das Schaltpult. Sie begannen die Lautstärke zu testen.

Amanda wandte sich an Kate. »Du hast etwas dabei?«

Will biss die Zähne zusammen. So viel dazu, dass es nicht um Leben und Tod ging.

Kate klopfte auf ihre Handtasche. »Gesichert und geladen.«

»Ich habe meinen Revolver«, sagte Evelyn.

»Bewahrst du ihn immer noch in einer Crown-Royal-Tasche auf?«

Alle lachten über den offensichtlichen Insidergag.

Amanda hörte als Erste wieder auf. Sie schaute auf ihre Uhr. »Kate, nimm deine Position im Restaurant ein. Aiden, Sie ebenfalls. Will, Evelyn, ihr bleibt noch. Charlie, wir brauchen den Bus.«

»Meine Damen.« Aiden tippte auf dem Weg zur Tür an seinen Cowboyhut.

Charlie bot Kate seine Hand. Sie glitt praktisch die Stufen hinunter. Will entging nicht, dass der Frau eine gewisse Eleganz zu eigen war. Sie war in Amandas Alter, aber sie wirkte, als stammte sie aus einer anderen Epoche.

»Faith?« Amanda schnippte mit den Fingern, damit sie wieder hereinkam. »Auf geht's.«

Faith schleppte sich müde die Stufen hinauf. In dem Blick, den sie ihrer Mutter zuwarf, lag das nackte Verlangen, dass Evelyn all das irgendwie zum Verschwinden bringen möge.

Will studierte die Zuspielungen auf der Batterie von Monitoren. Der Eingang von außen. Von innen. Drei verschiedene Ansichten von drei verschiedenen Agents, die mit Drinks und Snacks herumsausten und so taten, als wären sie Bedienungspersonal. Die Bar war nur halb voll. Männer und Frauen in Business-Kleidung standen herum, tranken und schaufelten sich Erdnüsse in den Mund. Will blickte forschend in ihre Gesichter. Von der Gang war nichts zu sehen, aber Will ging davon aus, dass sich bereits einige von den Mitläufern eingefunden hatten. Der harte Kern des Clubs würde um sieben erscheinen, genau pünktlich. Die populären Kids kamen immer als letzte.

»Jeremy braucht noch eine Minute«, sagte Faith zu Amanda.

Will drehte die Lautstärke wieder auf. Alles, was er hörte, war Jeremys schwerer Atem. Was immer Faith dem Jungen erzählt hatte, es hatte ihn nicht aufgemuntert. Jeremy holte mit offenem Mund tief Luft, dann kotzte er sich wieder aus. Die Spritzer hallten durch Wills Kopf. Er regelte die Lautstärke herunter. Amanda trat ans Pult und passte ihren Ohrstöpsel ebenfalls an.

Evelyn musste Jeremy nicht hören, um zu wissen, was los war. »Du machst ihn nervös«, sagte sie zu Faith.

Faith wischte sich über die Nase. »Hast du mich mit Leo Donnelly zusammengespannt?«

»Wie bitte?«

»Als ich zum Morddezernat kam, wurde ich dem faulsten Detective in der ganzen Truppe zugeteilt.«

Evelyn blinzelte Amanda zu, aber sie sagte zu Faith: »Das war Pech.«

»Ach ja?«, fragte Faith. »Oder hast du dafür gesorgt, dass ich mit einem Partner zusammen war, der nie als Erster durch die Tür gehen würde?«

Evelyn täuschte Verwunderung vor. »Warum sollte ich das tun?«

»Warum bin ich beim GBI gelandet, als du in den Ruhestand gegangen bist?«

»Das war Glück«, fiel Amanda ein.

»Ach ja?«, wiederholte Faith. »Oder habt ihr beide meine Laufbahn die ganze Zeit bis ins Kleinste gemanagt?«

»Haben wir das?«, fragte Evelyn, aber niemand machte sich die Mühe, zu antworten. »Mandy, ich bin im Wagen, wenn du mich brauchst.«

Faith biss sich auf die Unterlippe, als müsste sie sich davon abhalten, zu explodieren. Will nahm an, sie verdrängte den offenen Tab in ihrem Laptop, der mit dem Tracker verbunden war, den sie am Wagen ihres Sohnes versteckt hatte.

»Faith«, sagte Amanda. »Du kannst immer noch den Stecker ziehen. Will kann irgendwelche Ausreden vorbringen.«

»Es ist zu spät.« Sie schüttelte den Kopf. »Jeremy wird beim APD landen. Ich werde ihn nicht beschützen können. Moms Einfluss wird früher oder später enden. Ihre Leute gehen alle in den Ruhestand. Die Neuen hassen mich wegen Will.«

»Hast du an das FBI gedacht?«, fragte Amanda. »Aiden könnte auf ihn aufpassen. Er ist sichtlich begierig darauf, dich glücklich zu machen.«

Faith öffnete den Mund. Dann schloss sie ihn wieder. Dann sperrte sie ihn wieder auf. »Ist denn nichts in meinem Leben vor eurer Schnüffelei sicher?«

»Nicht wirklich.«

Will passte die Lautstärke von Jeremys Mikro wieder an. Zum Glück hatte der Junge zu kotzen aufgehört. Er bekam gerade von seiner Großmutter die Leviten gelesen.

»… und da ist mein Schweigen im ganzen letzten Jahr noch nicht einmal mitgezählt.«

»Ja, Ma'am«, sagte Jeremy.

»Also gut, Ende des Vortrags. Das ist deine eine Chance, mein Junge. Entweder du packst es oder du packst dich.«

»Ja, Ma'am.«

Will hörte Jeremy schniefen, woraus ein Prusten wurde, wie es meistens geschah, wenn man sich übergeben hatte, wie sich Will von seinem eigenen ersten verdeckten Einsatz her erinnerte. Er war nur wenig älter als Jeremy gewesen. Amanda hatte ihm nicht angedroht, dass er sich packen könnte, aber sie hatte keine Skrupel gehabt, ihm zu sagen, er solle aufhören, zu jammern, und verdammt noch mal seinen Job erledigen.

Er nahm Bewegung auf dem Monitor wahr. Dona hatte ihre Handtasche so bewegt, dass sie einfing, wie Richie Dougal in die Bar spaziert kam. Richie sah sich stirnrunzelnd um, dann steuerte er schnurstracks die Theke an, um sich einen Drink zu holen.

Amanda hatte es ebenfalls gesehen. »Will, Sie gehen zuerst. Ev und ich werden noch fünf Minuten warten, damit Sie und Jeremy Zeit haben, sich niederzulassen.«

Will tauschte sein Handy gegen eines, das Charlie ihm gab. Er sagte zu Faith: »Jeremy schafft das, okay? Alles wird nach Plan verlaufen. Ich werde nicht zulassen, dass deinem Sohn etwas passiert.«

Faith wollte ihm verzweifelt gern glauben, aber ausnahmsweise brachte sie kein Wort heraus. Charlie kam ihm an der Treppe entgegen und gab Will mit einem entschlossenen Nicken zu verstehen, dass er sich um Faith kümmern würde. Die Operation konnte losgehen. Will fand Jeremy hinter dem Bus. Der Junge sah aus, als hätte ihm irgendwer jedes einzelne Gelenk im Körper versteift. Will zog sein Taschentuch heraus und gab es Jeremy. Die Zeit, ihm Angst zu machen, war vorbei. Jetzt musste Jeremy verdammt noch mal seine Arbeit machen.

»Alles gut?«, fragte Will.

»Ja, kein Problem. Alles gut.«

Jeremys Stimme hallte in Wills Ohr nach. Gott sei Dank drehte Charlie die Lautstärke für den Ohrstöpsel herunter.

»Kannst du einen Wagen mit Gangschaltung fahren?«

Jeremy nickte.

Will warf ihm den Schlüssel für seinen Porsche zu. Er traf Jeremy an der Brust, und der Junge schaffte es mit knapper Not, ihn zu erwischen, bevor er auf den Boden fiel. Er sah verlegen aus, was nicht das war, was Will damit erreichen wollte. Er konnte nichts weiter tun, als zu seinem Wagen zu gehen und zu warten, bis Jeremy einstieg. Dann dauerte es, bis Jeremy herausgefunden hatte, wie man die Tür öffnete.

Beide waren erst einmal mit ihren Sitzen beschäftigt. Jeremy musste seinen nach vorn schieben. Will musste seinen zurückschieben, denn die letzte Person auf dem Beifahrersitz war Faith gewesen, deren Beine etwa so lang waren wie die eines durchschnittlichen Pudels.

Jeremy hielt den Schlüssel in die Höhe, als hätte er keine Ahnung, wohin damit.

Will sagte: »Das Zündschloss ist drüben …«

»… auf der linken Seite.« Jeremy steckte den Schlüssel ein. »Ich hab's.«

Will hörte, wie der Wagen ansprang. Der Sitz vibrierte, als der Auspuff röhrte. Er sagte: »Ich habe letzten Sommer einen High-Torque-Anlasser eingebaut. Warmstarts haben funktioniert, aber ich wollte keinen externen Magnetschalter.«

Jeremy sah ihn mit exakt demselben Blick an wie Faith, als er ihr von dem neuen Teil erzählt hatte. »Ich verstehe nur Bahnhof, Mann.«

»Fahren wir.«

Jeremy ließ den Wagen vorsichtig anrollen. Er hatte nicht gelogen, was die Gangschaltung anging, aber der Sechszylinder hatte einhundertachtzig Pferde unter der Motorhaube, von denen kein einziges gern langsam lief. Das Auto ruckte, als er um das Gebäude bog. Jeremy trat auf die Bremse, dann aufs Gas, was sie im Tandem vor- und zurückschnellen ließ.

»Deine Tante Amanda hat mir beigebracht, wie man fährt«, sagte Will.

Jeremy sah zu ihm herüber, und Will stellte sich vor, dass Faith in diesem Moment mit demselben überraschten Gesichtsausdruck neben Charlie im Bus saß.

»Sie hatte einen Audi A8 Quattro mit dem langen Radstand. Das Ding war wie ein Panzer«, sagte Will.

Jeremy hielt an einer Ampel. »Ich erinnere mich an das Auto. Es war dunkelgrün.«

»Hellbraunes Leder innen«, sagte Will. »Sie hatte den Sitz immer so weit vorn, dass das Lenkrad praktisch ihre Brust berührte.«

Jeremy lachte. »Das ist immer noch so.«

»Ich bin bei meiner ersten Fahrt auf der Straße über einen Randstein gefahren. Es gab einen Platten im Hinterreifen.« Will brach bei der Erinnerung immer noch der Schweiß aus. »Ich hätte fast einen Herzinfarkt bekommen. Ich war mir sicher, sie bringt mich um.«

»Und?«

»Sie hat es nicht getan. Ich musste den Reifen wechseln. Und dann ließ sie mich einen neuen auf Raten abstottern. Hab fast ein Jahr dafür gebraucht.«

Jeremy bog auf die Hauptstraße, als die Ampel umschaltete. »Ich weiß, das GBI bezahlt nicht viel, aber selbst meine Mom kann sich einen neuen Reifen leisten.«

»Ich war damals noch auf dem College«, sagte Will. »Amanda wollte mich rekrutieren. Bis dahin war ich nur Motorrad gefahren. Sie sagte, ich müsse die Fahrprüfung bestehen, bevor ich auf der Akademie genommen werde.«

Jeremy passte jetzt genau auf. Faith wahrscheinlich ebenfalls. »Amanda rekrutiert keine Agenten. Das war nie ihr Job.«

Will wusste keine Antwort, denn es stimmte.

Jeremy bog auf den Parkplatz. Neonbeleuchtete Bar-Schilder blinkten in den Fenstern. Blaue, türkise und grüne Federn säumten wie Fächer den Eingang. Pfauenstatuen lugten aus dem Gras entlang der Gehwege. Sie hatten das *Andalusia Bar & Grill* erreicht, das seiner Website zufolge nach Flannery O'Connors Farm benannt war, nicht nach der autonomen Region in Spanien.

»Das APD zahlt mehr als das GBI«, sagte Jeremy dann.

»Wenn es dir ums Geld geht, würde ich an deiner Stelle bei 3M bleiben.«

Jeremy kaute auf der Innenseite seiner Wange, während er suchend über den Parkplatz kreuzte. »Hat Mom dich dazu angestiftet?«

Will deutete auf einen freien Platz. »Da drüben.«

Jeremy parkte den Wagen und schaute Will an. »Ich komme klar, okay? Du musst nicht den Babysitter für mich spielen.«

Er war Faiths Sohn. Will musste natürlich den Babysitter für ihn spielen. Trotzdem durfte er ihn nicht demütigen. Er nickte. »Gut.«

Will stieg aus und ließ den Blick über den Parkplatz schweifen. Er hätte im Country Club sein können. Alle Autos waren Luxusmarken, hauptsächlich SUVs. Die Kennzeichen waren aus Fulton und Gwinnett County. Er sah keinen Maserati MC20 in *Rosso Vicente*, aber Mason James war am Ende des Tages wahrscheinlich müde. Das Ein- und Aussteigen würde seinem Rücken und den Knien bei dem tief gelegten Sportwagen einiges abverlangen.

Will holte das GBI-Handy aus der Gesäßtasche. Die erfundenen Daten waren auf John Trethewey zugeschnitten, aber der Knopf an der Seite diente nicht dazu, Hilfe zu rufen. Will klickte ihn dreimal an, und die Aufnahmen von Jeremys Brille kamen auf den Schirm. Er sah den Jungen nach unten blicken, als er den Schlüssel in das Türschloss vom Porsche steckte. Dann sah Will sich selbst, wie er in sein Handy schaute, während Jeremy auf ihn zukam.

Will klickte einmal, um die Live-Einspielung zu beenden. Er ließ das Telefon wieder in die Tasche gleiten. Dann gingen er und Jeremy zum Eingang.

Adam Humphrey hatte den Arm über die Lehne der Bank gelegt. Sein Blick ging über Will, während er auf die Straße hinausschaute. Will wusste, die Kamera in seiner Brille lieferte die Bilder an den Bus. Als Adam wieder in seine Richtung schaute, nickte Will leicht und hoffte, Faith würde es als Aufmunterung verstehen.

Er ließ Jeremy die Tür öffnen. Er dachte, das wäre sicher die Art von Machtspielchen, die John Trethewey abziehen würde. Will musste jetzt alles vergessen, was ihm sonst noch durch den Kopf ging – die Sorge um Faith, ihren Sohn, Amanda, Sara, selbst Aiden Van Zandt, denn der war ein netter Kerl, und Faiths Historie mit Männern wies in Richtung einer unschönen Trennung –, und sich ganz darauf konzentrieren, ein Arschloch von Orthopäde zu sein, der sich vor einer drohenden Anklage wegen Vergewaltigung aus Texas davongeschlichen hatte.

»Richie!«, rief er dröhnend durch den Raum.

Richie stutzte, dann brachte ein Lächeln des Wiedererkennens seine unglaublich weißen Zahnkronen zur Geltung. »Lieber Himmel, wir sind die Einzigen hier. Noch nicht einmal die Mitläufer hielten es für nötig, zu erscheinen.«

»Scheiß auf sie«, sagte Will. »Das ist mein Junge, Eddie.«

»Eddie.« Richie musterte Jeremy von Kopf bis Fuß. »Freut mich, dich kennenzulernen.«

»Klar.« Jeremy holte sein Handy heraus und ließ Richie seinen Scheitel sehen, während er anfing, eine Nachricht zu tippen.

Will sah Richie kopfschüttelnd an. Richie schüttelte ebenfalls den Kopf.

»Also gut, Kleiner.« Will packte Jeremy an der Schulter. »Zisch ab. Die Erwachsenen müssen reden.«

Jeremy ging mit federnden Schritten zum dritten Tisch neben der Hintertür, genau der Tisch, zu dem er gehen sollte. Zwei Agenten aus Bernice' Betrugsteam hatten ihn besetzt gehalten und entfernten sich nun, damit er ihn haben konnte.

Will nahm auf einem Barhocker neben Richie Platz. Er konnte Jeremy im Spiegel hinter den Spirituosenflaschen sehen. Eine weitere Agentin von Bernice, die als Kellnerin fungierte, ging mit einem vollen Tablett hinter ihm vorbei.

»Tut mir leid wegen des Jungen«, sagte er zu Richie. »Das hat er von seiner Mutter.«

»Du musst dich nicht entschuldigen«, sagte Richie. »Immerhin ist er mitgekommen. Meine Tochter hält mich für ein faschistisches, sexistisches Schwein. Sie ruft mich nie zurück, außer wenn sie etwas will.«

Will hörte den Knopfhörer in seinem Ohr knistern. Charlie hatte die Lautstärke für Jeremys Mikro wieder erhöht. Will überflog rasch den Raum. Zehn Agenten würden den Laden für einen traurigen Alkoholiker an der Bar absichern. »Wo ist der Rest der Gang, Mann? Bin ich zu früh dran oder zu spät?«

»Du bist schon richtig. Sie sind verdammte Arschlöcher.« Richie schüttete seinen Drink hinunter und machte ein Zeichen, dass er einen neuen wollte. »Es wird immer schwerer, sie aus ihren Löchern zu locken. Niemand hat mehr Achtung vor der Tradition.«

»Ein paar Traditionen respektieren sie doch sicher«, sagte Will.

Richie schüttelte den Kopf, aber Will konnte nicht sagen, ob er nicht jetzt oder gar nicht meinte.

»Sir?«

Will erkannte Louisa Jennings aus Bernice' Truppe. Die Frau nahm vorsichtig Richies Glas weg und ersetzte es durch ein neues. Wenigstens hatten sie eine DNA-Probe bei dieser gigantischen Verschwendung von Zeit und Ressourcen gewonnen.

Will bestellte: »Einen Old Pappy, aber anständig.«

Louisa stellte ein Glas auf die Theke. Der Old-Pappy-Bourbon unter der Theke war durch Eistee ersetzt worden. Sie schenkte ihm großzügig ein.

»Ich dachte, Blythe wollte erscheinen«, sagte Will.

»Du weißt doch, dass sie die Männer immer nur scharfmacht. Sagt, sie kommt, und dann kommt sie doch nicht. Kein Wunder, dass Royce so verdammt neurotisch ist.«

»Kann nicht schaden, wenn Mason herumschnüffelt.«

»Ach, das.« Richie tat die Affäre mit einer Handbewegung ab. »Mason hat alle Ehefrauen bestiegen. Außer Britt. Dieses Eis kann nur Mac brechen.«

Will nahm sein Glas Tee und schüttete es hinunter. »Wer hat diesen Laden überhaupt ausgesucht? Nichts als Banker und hässliche alte Hexen.«

»Mac gefällt es hier. Nicht weit von zu Hause.« Richie machte ein Zeichen für seinen dritten Drink an der Bar, der eindeutig nicht der dritte an diesem Abend war. »Wie fandest du unsere Präsentation gestern?«

Will zuckte mit den Achseln. »War interessant.«

»Aber?«

»Ich weiß nicht, ob ich ein Spion sein will. Oder unter Macs Fuchtel stehen.«

»Das ist keine unkluge Einstellung, mein Freund.« Richie sah zu, wie sein Glas mit einem dreifachen Scotch gefüllt wurde. Will bekam noch etwas Eistee. »Versteh mich nicht falsch. Ich bin froh, einen Job zu haben, aber mit Mac ist nicht leicht zu arbeiten. Und Britt – na ja, du weißt ja, wie hinterfotzig sie sein kann.«

»Was ist mit Chaz?«

»Solange die Schecks hereinkommen, ist er in Ordnung.« Richie ließ es diesmal langsamer angehen und nippte nur, statt das ganze Glas auf einmal hinunterzuschütten. »Aber ich sag dir was – und vielleicht kannst du es nachvollziehen –, es ist ein verdammt einsames Leben, nach allem, was wir durchgemacht haben. Du kannst von Glück sagen, dass du deine Familie noch hast.«

Will zog eine Augenbraue fragend in die Höhe.

»Der MeToo-Scheißdreck.« Richies Stimme war ein heiseres Flüstern. »Ich hätte nie gedacht, dass ich meine Frau und meine Tochter vermissen würde. Ich habe mir fast zwanzig Jahre lang den Arsch aufgerissen, um ihnen ein angenehmes Leben zu ermöglichen, und kaum wird es brenzlig, lassen sie mich beide im Stich. Keine Geburtstagsfeste. Kein Thanksgiving. Zum Teufel, es kommt noch so weit, dass ich mein Weihnachtsessen aus einem Pappkarton mampfe. Megan lässt mich nicht einmal an ihrer Abschlussfeier teilnehmen. Sie sagt, es wäre ihr zu peinlich.«

»So viel einfacher ist es für mich auch nicht«, sagte Will. »Die Frau geht mir immer noch massiv an die Eier. Ich sage ständig zu ihr: Du hast dich entschieden, zu bleiben, also setz gefälligst ein freundliches Gesicht auf, oder such dir jemand anderen, der dein Leben finanziert.«

»Und, schluckt sie es?«

»Bruder«, sagte Will. »Die schluckt schon lange nichts mehr, wenn du weißt, was ich meine.«

Richie lachte schallend. »Himmel, nichts fühlt sich so gut an wie ein warmer, feuchter Mund.«

Will hob das Glas und schaute wieder nach Jeremy. Der Junge starrte immer noch auf sein Handy. Will wusste nicht, ob er seine Rolle zu spielen versuchte oder einfach nur den Kopf gesenkt hielt, aber so oder so war er froh, dass Jeremy sich nicht aus seiner Ecke rührte.

»Wie ist der Stand der Dinge, meine Herren?«

Will hätte sich denken können, dass Mason James wie ein Typ aus einem Gangsterfilm der Dreißigerjahre klingen würde. Er drehte sich langsam auf dem Hocker herum. Mason trug Jeans und ein enges Button-down-Hemd, genau wie Will. Dennoch gelang es ihm irgendwie, auszusehen, als hätte er Tausende Dollar mehr für sein Outfit ausgegeben. Selbst seine Stiefel sahen schärfer aus.

»Trethewey«, sagte Mason. »Lang nicht gesehen.«

Will drückte ihm die Hand ein wenig kräftiger als nötig. Mason schien es nichts auszumachen. Er schlug Will auf die Schulter. Er war fast so groß wie Will, aber das lag zum Teil daran, dass er das Haar vorne zu einer Art Entenbürzel hochfrisiert hatte.

»Was treibst du immer so, Johnny-Boy? Hattest ein bisschen Ärger in Texas, hab ich gehört.«

»Ich bezweifle, dass du es gehört hast. Ich habe einen Haufen Geld dafür bezahlt, dass du es nicht hörst.«

»Natürlich. Nichts Unangenehmes.« Mason schlug ihm noch einmal auf die Schulter. »Wo bist du gelandet? War es die Orthopädie?«

Sara hatte ihm erzählt, warum sie ihn als Orthopäden ausgegeben hatte. »Ja, die Abteilung Schrauben und Sägen.«

Mason lachte, und Will lachte ebenfalls, auch wenn es ihn schier umbrachte, den Vollidioten über Saras Bemerkung lachen zu hören.

»Die nächste Runde geht auf mich, Leute.« Mason zog seine Platinkarte aus einer dicken Lederbrieftasche. »Aber übertreibt es nicht. Demnächst werden Schulgebühren fällig.«

»Du kannst es dir leisten, Arschloch.« Chaz Penley war zu der Gruppe gestoßen. Er schüttelte Will die Hand und gab ihm einen Klaps auf den Arm. »John. Schön, dass du kommen konntest.«

Will sah hinter ihm eine jüngere Version von Chaz herumstehen. »Himmel, ist das Chuck? Ist dir wie aus dem Gesicht geschnitten.«

»Chuck, das ist Dr. Trethewey.« Chaz schob seinen Sohn in Wills Richtung, »Wo ist dein Junge?«

»Drüben in der Ecke, mit der Nase im Handy.« Will zeigte auf Jeremy. »Geh Eddie Hallo sagen, Chuck.«

Chuck gefiel es eindeutig nicht, von einem Fremden herumkommandiert zu werden, aber ebenso eindeutig war er nicht daran interessiert, sich mit den widerwärtigen Freunden seines Vaters zu betrinken.

»Wo sind die Mitläufer?«, fragte Chaz. »Über wen sollen wir uns lustig machen?«

»Nicht über Richie«, sagte Mason. »Oder will jemand darüber reden, wie er das Haar über seine Glatze kämmt?«

Will blendete das Gelächter der einander frotzelnden Männer aus. Er blickte in den Spiegel. Chuck hatte sich Jeremy gegenüber gesetzt. Will hörte ihre Stimmen im Ohr.

»… keine Ahnung, warum er wollte, dass ich in diesen bescheuerten Laden mitkomme«, sagte Chuck.

»Bei mir das Gleiche«, sagte Jeremy. »Ich halt es in der Nähe von dem Arschloch nicht aus.«

»Ist Tommy da?«

»Wer ist Tommy?«

»Johnny-Boy.« Masons Hand war schon wieder an Wills Schulter, was früher oder später dazu führen würde, dass ihm die Hand gebrochen wurde. »Wie geht es deiner Frau?«

»Die wird immer schöner«, sagte Will, aber nur um die Enttäuschung auf Masons Gesicht zu sehen.

»Schlecht für mein Geschäft, aber gut für dich, würde ich sagen.« Mason erholte sich schnell. »Erzähl uns, was du wirklich treibst.«

»Ich probiere ein paar Angebote aus.« Will drehte sich so, dass Mason seine Schulter loslassen musste. »Ich weiß noch nicht, ob wir in Atlanta bleiben. Der Frau gefällt es hier, aber Eddie macht in ein paar Monaten seinen Abschluss. Ich selbst würde die Westküste vorziehen.«

»Diese woken Scheißer dort?« Richie lallte bereits. »Ich würde mich von dort fernhalten, John. Der ganze Staat geht vor die Hunde.«

»Wirklich erstaunlich, wie sie es geschafft haben, die viertstärkste Wirtschaft in der Welt aufzubauen.« Mason blinzelte Will zu. »Gute geschäftliche Möglichkeiten für Männer wie uns. Keine Versicherung. Cash auf den Tisch.«

Will nahm an, er sprach von dem vielen Geld, das sich mit Babyboomern verdienen ließ.

»John.« Richies Hand lag auf seinem Arm. »Hör nicht auf ihn. Du musst den Kopf eine Weile einziehen, glaub mir.«

Will wies ihn mit einem Blick zurecht. »Mein Kopf ist meine Sache.«

»Von welchem Kopf redet ihr?« Mac war endlich aufgetaucht. Er machte sich nicht die Mühe, Tommy vorzustellen, der bereits auf dem Weg zu dem Tisch im hinteren Teil der Bar war. Will kannte Tommy von den Fotos, aber er hätte ihn mühelos anhand von Saras Beschreibung erkannt. Das arrogant gereckte Kinn weckte noch mehr den Wunsch, ihm in die Fresse zu hauen, als Masons Gesicht.

»John.« Mac legte Will an Masons Stelle nun die Hand auf die Schulter. »Einen nett aussehenden Jungen hast du. Kämmt ihm seine Mutter noch das Haar?«

Will schnaubte genervt. »Sie hält ihm noch den Pimmel, wenn er pisst.«

Erneut ausgelassenes Gelächter.

Will drehte sich und zwang Macs Hand von seiner Schulter. Er winkte Louisa. Sein Blick ging zum Spiegel. Tommy hatte sich neben Chuck gesetzt. Suzan, ein weiteres Mitglied der Betrugseinheit, räumte die alten Gläser ab und stellte neue hin. Chuck Penleys DNA war gesichert. Jetzt brauchten sie nur noch Proben von Mac und Mason.

»Sorry, Mann«, murmelte Jeremy aus Wills Ohrknopf. »Ich hab meinem Dad gesagt, dass ich in einer halben Stunde hier weg bin.«

»Bestellst du dir ein Uber?«, fragte Tommy. »Ich weiß von einer Hausparty, die drüben in Brookhaven steigt.«

»Bin nicht interessiert.«

Chuck und Tommy sahen einander an. Sie waren Zurückweisungen nicht gewöhnt.

»Sir?« Louisa stand hinter der Bar.

»Räumen Sie das Zeug hier ab«, sagte Will. »Schenken Sie meinem Freund nach. Pappy für mich und …«

»Zweimal Bruichladdich«, unterbrach Chaz. »Mason?«

»Sorry, Leute. Ich habe morgen früh eine Operation.«

»Bei mir ist es genauso. Ich kann nicht lange bleiben. Wollte nur unbedingt ein Wort mit John wechseln.«

Will merkte, wie er immer gereizter wurde. Mac und Mason würden sich nicht vor den DNA-Proben drücken. »Ich weiß nicht, ob ich einem Mann trauen kann, der nicht trinkt.«

Mac schien irritiert zu sein, aber die Bemerkung wirkte. »Scotch«, sagte er zu Louisa. »Aber mit einem Spritzer Wasser, um Himmels willen.«

Louisa begann einzuschenken. Will warf wieder einen Blick zu dem Söhne-Trio. Jeremy starrte immer noch auf sein Handy. Tommy und Chuck waren sichtlich nicht glücklich darüber. Rüdes Schweigen erschien Jeremy vermutlich als eine sichere Taktik, aber Will hatte Männer schon wegen geringerer Kränkungen in Wut geraten sehen.

Er hörte, wie Chuck Jeremy in ein Gespräch zu verwickeln versuchte. »Du bist also an der Tech?«

»Mhm«, sagte Jeremy.

»Kennst du Bradley Walford?«, fragte Tommy.

»Nö.«

»Was studierst du?«

Jeremy seufzte. »Ist zu kompliziert zu erklären.«

»John.« Mac tauchte neben Will auf. Er nahm seinen Scotch mit Wasser in die Hand. »Ich hoffe, wir waren gestern nicht zu fordernd. Chaz neigt dazu, dummes Zeug zu reden.«

»Allerdings.« Er stieß mit seinem Glas an Macs. »Auf alte Freunde.«

»Äh … ja.« Mac trank nicht, sondern stellte das Glas wieder auf die Theke. »Können wir uns einen Moment ungestört unterhalten?«

Will schob das Glas mit dem Handrücken in Macs Richtung. »Sicher.«

Mac runzelte die Stirn. Er war normalerweise nicht derjenige, der herumdirigiert wurde. Dennoch nahm er den Scotch und gab Will ein Zeichen, ihm zu folgen.

Will versuchte nicht, Jeremy zu ignorieren, als er in den hinteren Teil der Bar ging. John Trethewey würde seinen Sohn im Auge behalten und ihn ermutigen, Freundschaft mit den Söhnen der Männer zu schließen, die ihn anstellen wollten.

Jeremy sah von seinem Handy auf, aber er schaute rasch wieder weg.

In seinem Ohr hörte Will Chuck sagen: »Dein Dad ist irgendwie ein Arschloch.«

»Er ist nicht *irgendwie* ein Arschloch«, sagte Jeremy. »Er *ist* ein Arschloch.«

»Was hat er angestellt?«, fragte Tommy. »Kann nicht schlimmer sein als Richie. Der Typ hat ein Loch in die Wand gebohrt, damit er sich einen runterholen konnte, wenn sich seine Patientinnen nebenan auszogen. Eine Schwester hat ihn beim Wichsen erwischt.«

Jeremy sagte nichts. Seine Aufmerksamkeit galt nach wie vor dem Handy.

Will kam an Amanda und Evelyn vorbei. Ihre Handtaschen zeigten zu den Toiletten und zur Tür des Raucherbereichs. Beide schauten nicht zu Will.

»Ich komme gleich zur Sache, John.« Mac stellte sein Glas auf das Fensterbrett. »Was du gestern über Cam gesagt hast, dass du dich um unseren Freund gekümmert und ihn aus der Stadt geschafft hast – mir ist klar geworden, dass ich dir nie richtig dafür gedankt habe.«

Will spürte sein Herz schneller schlagen. Er hatte gehofft, Cam zur Sprache bringen zu können. Trotzdem zuckte er mit den Achseln, als wäre es nicht wichtig. »Ich habe getan, was ich tun musste.«

»Na ja, nein. Tatsache ist, du hättest nichts tun müssen. Du warst nie beteiligt an unseren …« Mac schien nach dem richtigen Wort zu suchen. »Aktivitäten.«

»Habt ihr es so genannt?«, fragte Will. »Ich kann es nicht wissen, denn ihr habt mich ja nie hineinschmecken lassen.«

»Ich weiß nicht, was dir Cam erzählt hat, aber es war viel Gerede. Hauptsächlich Gerede. Er war derjenige, der es in die Tat umgesetzt hat und …« Mac unterbrach sich wieder. Trotz all seinen Machtspielen war er nicht sehr überzeugend. »Was Cam getan hat, war gewissenlos. Wir hatten keine Ahnung, dass er die Fantasie tatsächlich auslebte.«

»Die Fantasie?«, fragte Will.

»Natürlich waren wir alle angewidert, als wir es erfahren haben.« Mac griff zu seinem Glas und trank endlich. »Man denkt an alles Mögliche, ja? Man hat diese Ideen im Kopf, und man redet darüber, aber im echten Leben, in der Realität, ist es nichts, was man je in die Tat umsetzt.«

»Das waren eine Menge *Mans*.«

Mac lachte schuldbewusst. »Ich bin normalerweise nicht derjenige, der diese Gespräche führt.«

»Kein Scheiß«, sagte Will. »Wer führt sie denn?«

Mac trank seinen Scotch leer und stellte das Glas wieder aufs Fensterbrett. »Wegen des Jobangebots …«

»Ich bin nicht interessiert.«

»Ah. In Ordnung.« Mac schaute zur Gruppe.

Will drehte sich um, aber er konnte nicht feststellen, wen Mac anschaute.

»Wie viel?«, fragte Mac. »Darauf läuft es letzten Endes doch hinaus. Wie viel hast du dir vorgestellt?«

Will brauchte einen Moment, bis er begriff, was Mac sagen wollte. Cam. Die Fantasie. Das Jobangebot. Sie wollten John Trethewey kaufen. Aber Mac musste es selbst sagen. »Wie viel wofür?«

»Für dein Schweigen, natürlich.«

»Mein Schweigen worüber?«

Mac begann sich zu winden. Er blickte wieder zur Bar, wahrscheinlich hielt er nach dem Mann Ausschau, der das normalerweise übernahm. Will schaute ebenfalls. Chaz? Richie? Mason?

»Sag mir«, sagte Mac. »Was genau hat Cam geteilt?«

»Du meinst die Website?« Will sah die Arroganz aus Macs Gesicht schmelzen. »Oder das kleine Rundlaufverfahren, das ihr mit den Mädchen abgezogen habt?«

Mac wischte sich mit der Hand über den Mund. »Okay, dann hat dir Cam also eine ganze Menge erzählt.«

»Gerade genug, um mir Appetit zu machen«, sagte Will. »Was ihr da laufen hattet, war clever gemacht. Ein bisschen Spaß haben, während deine Kumpel dir den Rücken freihalten. Das hätte ich in Texas gebrauchen können. Und ich würde jetzt gern davon profitieren.«

»Warum, denkst du, ist es aktuell ein Thema?«

»Ich habe von Tommys Prozess gelesen. Ihr führt ihn in die Familientradition ein, was? Das gefällt mir. Es hat eine hübsche Symmetrie.« Will schaute zu Jeremy. »Ich wünschte, mein Junge hätte die Eier, so etwas zu tun.«

»Selbstvertrauen war nie Tommys Schwäche.«

»Vielleicht hat er zu viel davon. Er wäre fast erwischt worden. Hat er sich an den Plan gehalten?«

Mac wischte sich wieder über den Mund. »Ich bin nur befugt, über Geld zu verhandeln.«

Will sah Mac an, dass er nicht mehr lange durchhalten würde. Das Schlimmste, was jetzt passieren konnte, war, dass jemand seinen Platz einnahm, der gerissener war. Der einzige Ersatz, der infrage kam, war Chaz Penley. Was die gehässigen Blicke erklärte, die der Mann in ihre Richtung warf. Chaz zwang Mac offenbar dazu, sich zur Abwechslung selbst die Hände schmutzig zu machen. Vielleicht war der Zusammenhalt der Gang nicht mehr so groß. Tommys Verfahren hatte sicher allen einen Schrecken eingejagt.

»Wie viel, glaubst du, ist mein Schweigen wert?«, fragte Will.

»Wären … Ich weiß nicht, vielleicht etwas im mittleren sechsstelligen Bereich?«

Wills Mund wurde trocken. Mac McAllister bot ihm eine halbe Million Dollar an. »Was sollte ich wohl mit so viel Geld anfangen? Ist ja nicht so, dass ich es auf die Bank legen kann.«

»Krypto?«

»Fick dich selbst.«

Mac hielt Will auf, bevor er weggehen konnte. »Wir können dich über die Gesellschaft bezahlen.«

Will drehte sich wieder um. »Wie würde das funktionieren?«

»Ein Gehalt«, sagte Mac. »Alles ganz offiziell. Wir führen Steuern, Sozialabgaben und das alles ab.«

Er listete Straftaten nach Bundesrecht auf, als wäre es ein Einkaufszettel. »Eure Lösung besteht darin, das Geld zu halbieren?«

»Nein, so habe ich es nicht gemeint«, sagte Mac. »Sagen wir, wir gehen auf einen siebenstelligen Betrag. Wir könnten dich binnen eines Jahres ausbezahlt haben. Einen Teil in bar, für kleinere Anschaffungen. Der Hauptteil als Gehalt, sodass auf dem Papier alles korrekt ist. Du kannst bei den Zahlen sicher noch etwas deichseln. Steuerberater können sehr kreativ sein, wenn es darauf ankommt.«

Will hatte keine Ahnung, wie sich eine Million im Laufe von zwölf Monaten auszahlen ließ, aber es war keine Summe, die man in einer Bilanz verstecken konnte.

»Wir sollten dieses Gespräch fortsetzen, ja?«

Will erkannte einen vollständigen Rückzug, wenn er einen sah. Mac musste mit der Gruppe reden. »Ich werde normalerweise für meine Zeit bezahlt.«

Macs Grinsen verriet ihn. Er glaubte, Will in der Falle zu haben. »Was ist dein Stundensatz?«

»Fangen wir mit fünfundzwanzigtausend an.« Will brauchte ihn in der Größenordnung einer schweren Straftat. »In bar.«

»Das kann ich einrichten.«

»Was ist mit dem Papierkram?«, fragte Will. »Wie bekomme ich mein Gehalt?«

»Ich kann die Unterlagen nach deinen Wünschen aufsetzen lassen«, sagte Mac. »Arbeitsvertrag, Anmeldung beim Finanzamt und so weiter. Du läufst bei uns als Berater.«

»Wie Richie?«

Mac runzelte die Stirn, aber er wollte nicht das ganze Spiel verraten. »Was meinst du damit, John? Du vergisst das irre Gerede unseres trunksüchtigen, depressiven und sehr toten Freundes, und wir statten dich mit einem kleinen Polster für eine weiche Landung aus. Sind wir uns einig?«

Will tat, als überlegte er. Das Bargeld war ein guter Anfang, aber wenn Mac das Geld über die Gesellschaft wusch, setzte er sich einer Anklage wegen kommerzieller Bestechung aus. Im Augenblick konnte Mac behaupten, er hätte nur so dahergeredet. Will musste das Geld in der Hand haben, das Gehalt musste auf ein fingiertes Konto überwiesen sein, damit es ein wasserdichter Fall wurde.

»Treffen wir uns morgen im Club«, sagte Will. »Wir können …«

»Arschloch!« Tommys Stimme drang schrill in Wills Ohr.

Er drehte sich um. Tommy war laut genug gewesen, damit sich auch alle anderen im Raum umdrehten. Sein Gesicht war wutverzerrt. Er sagte zu Jeremy: »Du bist ein noch größerer Arsch als dein blöder Vater.«

Jeremy zuckte mit den Achseln, aber er war sichtlich nervös. »Wenn du meinst.«

»Spar dir dein *Wenn du meinst*, Arschloch.«

Will wollte zu ihnen gehen, aber Mac legte ihm die Hand auf den Arm. »Lass es die beiden selbst klären.«

»Tom«, sagte Chuck. »Beruhige dich, Alter. Er hat nur …«

»Halt dich verdammt noch mal raus!« Tommy stieß Chuck brachial gegen den Tisch. Stühle fielen um. Gläser zerbrachen. Jeremy hätte fast sein Handy fallen lassen, als er zur Seite sprang. Sein Mund stand offen. Er sah verwirrt aus, ahnungslos, verängstigt und – was am schlimmsten war – vollkommen allein.

»Verpisster Scheißkerl!« Tommy holte mit der Faust aus.

Er ging nicht auf Chuck los.

Er bedrohte Jeremy.

Will durchquerte den Raum mit vier großen Schritten. Er ließ Tommy in Ruhe. Stattdessen packte er Jeremy am Kragen und zerrte ihn zur Hintertür, denn er würde nicht zulassen, dass Faiths Junge verdroschen wurde. Die Nachtluft wehte ihm kalt ins Gesicht. Will roch Zigarettenrauch und schales Bier. Aiden stand auf, er hatte die Fäuste geballt. Will bedeutete ihm mit einem Blick, sich rauszuhalten. Ein Paar saß an einem der Picknicktische. Sie liefen schnell in die Bar, als Will Jeremy so heftig stieß, dass er stolperte, aber nicht so heftig, dass er hinfiel.

»Himmel!« Jeremy zog sein Hemd zurecht. »Will …«

Will hörte ihn abrupt abbrechen. Er drehte sich um.

Chuck beobachtete sie aus der offenen Tür.

»Willst du mich umbringen?« Jeremy nestelte weiter an seinem Hemd herum. Er war erkennbar durch den Wind. Trotzdem bemühte er sich, seine Tarnung aufrechtzuerhalten. »Herrgott noch mal, Dad! Was zum Teufel soll das?«

»Du kleiner Scheißer.« Will stieß ihm gegen die Brust. »Ich hab dir gesagt, Tommy ist Macs Junge. Du willst dein Taschengeld behalten? Den Wagen? Dein schönes Leben? Dann versau mir das nicht.«

Chuck hatte ein vertrautes Grinsen im Gesicht, als Will sich der Tür zuwandte, aber er war intelligent genug, zur Seite zu treten, damit Will vorbeikonnte.

Will ließ den Blick über die Bar schweifen. Amanda und Evelyn saßen noch an ihrem Tisch. Beide schauten in Amandas Smartphone, wahrscheinlich verfolgten sie die Live-Zuspielung aus Jeremys Brille.

Mac war wieder bei der Gang. Die Männer lachten wie zuvor, scherzten, schlugen sich auf die Schultern. Mac sah Will mit einem Achselzucken an – *Was will man machen?* Chaz grinste, als er Will zu ihnen winkte.

Will ging nicht gleich hin. Er bog zur Herrentoilette ab, schloss dort die Tür und lehnte sich dagegen. Er holte sein Telefon heraus und drückte dreimal auf den Knopf. Er sah, was Jeremy sah. Chuck Penley stand vor ihm.

»Bis zu deinem Abschluss musst du Frieden halten«, sagte Chuck gerade.

»Er ist ein Schwanzlutscher.« Jeremy klang immer noch schwer mitgenommen, aber er gab sich Mühe. »Ich kann auf mich selbst aufpassen. Er muss nicht dazwischengehen, als wäre er meine gottverdammte Mutter.«

»Klar, Mann«, sagte Chuck, aber er klang nicht überzeugt.

Jeremy schaute zu dem leeren Hintereingang. »Er würde es nie riskieren, Mac anzupissen. Alles, was ihn interessiert, ist das Geld.«

»Mac ist nicht angepisst. Er liebt es, uns aufeinanderzuhetzen. Sie alle lieben es.« Chuck zog ein Päckchen Zigaretten aus der Jackentasche. »Willst du eine?«

Das Bild auf dem Schirm schwenkte hin und her, als Jeremy den Kopf schüttelte.

Will entdeckte Aiden Van Zandt im Halbdunkel. Der FBI-Agent war immer noch angespannt, bereit, sofort einzugreifen, wenn Jeremy ihn brauchte. Es ließ sich nicht sagen, ob Chuck wusste, dass er da war. Was Will mit Sicherheit sagen konnte, war, dass Faith in diesem Moment wahrscheinlich auf die Monitore im Bus einschrie. Sie würde Jeremy anflehen, verdammt noch mal die Schnauze zu halten, zu gehen und in Wills Wagen zu warten, bis es Zeit war, nach Hause zu fahren.

Jeremy ging nicht.

Er fragte Chuck: »Was für ein Problem hat er eigentlich?«

»Tom?« Chuck blies Rauch aus dem Mundwinkel. »Du hast von dem Prozess gehört, oder?«

»Er hat dieses Mädchen vergewaltigt.«

»Bro! *Angeblich* vergewaltigt!« Chuck hatte ein hässliches Lachen. »Dani war in Ordnung. Ich meine, sie konnte eingebildet sein, aber sie war okay.«

»Sie ist gestorben.«

»Damit hatte Tom nichts zu tun.« Chuck blies wieder Rauch aus. »Sie hat seinen Wagen zu Schrott gefahren. Es war ihre Schuld.«

Jeremy blickte zu Boden. Will konnte sehen, dass der Schnürsenkel von seinem Sneaker aufging. Der Saum seiner Jeans war zerrissen. Faith rannte in diesem Augenblick wahrscheinlich über den Parkplatz. Sie würde nicht auf Jeremy böse sein. Sie würde auf Will böse sein. Er hatte versprochen, auf ihren Sohn aufzupassen, und Will hatte ihn am Schlafittchen durch eine Bar geschleift und ihn draußen dem Sohn eines Sadisten überlassen.

»Hat er es getan?«, fragte Jeremy.

»Sie vergewaltigt?« Chuck zog wieder an seiner Zigarette. »Nicht wirklich. Ich meine, Dani wurde von der Hälfte der Kerle in der Highschool durchgevögelt, es ist also nicht so, als wäre ihre Muschi nicht im Geschäft gewesen. Hatte den höchsten Bodycount in der Nachbarschaft.«

»Waren sie zusammen?«

»Ach was, Mann. Sie hatte Tom unter Freund eingeordnet. Der Arme hatte seit Jahren ein Ziehen in den Eiern wegen ihr. Wundert mich, dass er sie nicht früher flachgelegt hat.«

»Ohne Frage.« Jeremy blickte wieder auf seine Schuhe. »War sie heiß?«

»Wahnsinnig heiß«, sagte Chuck. »Aber verklemmt. Wie Britt, schätze ich. Mein Dad sagt, es braucht eine Rettungsschere, um Britt McAllisters Knie auseinanderzukriegen.«

Jeremys Lachen hörte sich für Will gezwungen an, aber Chuck schien es nicht zu bemerken.

»Willst du was sehen?«, fragte er.

Jeremys Brille bewegte sich, als er mit den Schultern zuckte. »Sicher.«

»Du darfst es aber niemandem sagen, okay?« Chuck betrachtete ihn aufmerksam. »Ich meine es ernst. Das ist schlimmes Zeug.«

Erneutes Achselzucken. »Klar.«

Chuck machte einen letzten Zug von der Zigarette, bevor er sie ins Gras schnippte. Er holte das Handy heraus, tippte darauf herum und hielt es in die Höhe, sodass Jeremy es sehen konnte.

Das Bild war eingefroren.

Dani Cooper.

Vollkommen nackt. Die Augen geschlossen. Kopf im Nacken. Sie lag auf einem weißen Schaffell.

»Wer ist das?«, fragte Jeremy.

»Tom hat es mir geschickt.« Chuck grinste. »Drück auf Play.«

Jeremys Finger tippte auf den Schirm.

Will legte die Hand ans Ohr, um besser zu hören, aber es war still genug in der Toilette, um alles mitzubekommen, was auch Jeremy hörte. Das gedämpfte Reiben von Haut an Haut. Das leise Stöhnen. Das rhythmische Klatschen. Das Lachen, das einem das Blut gefrieren ließ. Will war zumute, als flösse gemahlenes Glas durch seine Adern. Er verdrehte die Augen zur Decke. Es gab nichts, was er tun konnte.

Faiths Sohn sah ein Video von Dani Coopers Vergewaltigung.

18

Faith bewegte sich durch ihre Küche wie durch Treibsand. Sie schloss die Jalousien zum Schutz vor der Vormittagssonne. Sie hatte sich eine weitere Nacht im Bett hin und her geworfen, sich Sorgen gemacht, geweint. Sie hatte sich nicht mehr so übermüdet gefühlt, seit sich Emma im Frühjahrsurlaub eine RS-Virusinfektion geholt hatte.

Sie blieb stehen und lauschte nach Jeremy. Er schlief noch oben in seinem Zimmer. Alles, was sie hörte, war der tropfende Wasserhahn im Bad. Faith freute sich immer, wenn ihr Sohn über Nacht blieb, aber diesmal war es etwas anderes. Sie wusste nicht mehr, wann sich Jeremy zuletzt auf die Couch gelegt und den Kopf in ihren Schoß gebettet hatte. Er hatte nicht direkt geweint, aber die Tatsache, dass er es eindeutig gern getan hätte, reichte, damit ihr Herz in tausend Stücke zersprang.

Das Video.

Chuck hatte nur drei Minuten einer offenbar viel längeren Aufnahme abgespielt. Faith hatte es in der Mobilen Kommandozentrale mitangesehen, und sie hatte alles mit den Augen ihres Sohnes gesehen …

Dani Cooper mit dem Kopf im Nacken, leicht geöffnetem Mund und geschlossenen Augen, nicht in Ekstase, sondern weil sie bis zur Besinnungslosigkeit von Drogen betäubt war. Ihr nackter Körper war das einzig Farbige im Raum. Die Wände waren weiß gestrichen. Der Betonboden war weiß. Der Schaffellteppich war leuchtend weiß, aber mit Flecken darauf. Manche Fellbüschel waren zu trockenen Klumpen verklebt.

Das Stöhnen der jungen Frau verfolgte Faith immer noch. Dani war irgendwo zwischen Wachsein und Schlaf aufgenommen worden. Falls ihr bewusst gewesen war, was passierte, dann war es eine segensreiche Wirkung der Droge, dass sie sich später nicht mehr daran erinnern konnte, als sie ins Grady gekommen war.

Der Mann, der sie entführt hatte, war auf dem Video nicht zu erkennen, aber seine Hände kamen ins Bild, wenn er sich an dem erschlafften Körper zu schaffen machte. Keine Ringe an den Fingern, keine Uhr. Keine besonderen Merkmale, aber es waren die Hände eines jungen Mannes, mit glatter Haut und einem dunklen Haarflaum auf den Knöcheln, deshalb musste Faith annehmen, dass sie Tommy McAllister gehörten.

Sein kaltblütiges Lachen war auf dem Video zu hören, wenn er Dani für die Kamera in verschiedene Posen brachte, sie zur Seite, auf den Rücken, auf den Bauch drehte und dabei näher heran und wieder zurück zoomte. Er behandelte sie nicht wie eine Puppe, weil man mit einer Puppe sanfter umgehen würde. Er stieß und schob sie, steckte ihr die Finger in den Mund, zwischen die Beine. Die Kamera ging nah an ihre Brüste heran, ihren Intimbereich, bevor er sie auf einem Stativ befestigt und den Akt der Vergewaltigung aufgenommen hatte.

Faith setzte sich an den Küchentisch und rieb sich die Augen. Sie hatte ihren Teil an Ekelhaftem im Laufe ihrer Polizeilaufbahn gesehen. Das Video schaffte es mühelos unter die fünf schrecklichsten Dinge, die sie mitangesehen hatte. Und wenn

man dann noch einrechnete, dass ihr Sohn es gesehen hatte ...
Es gab keine Worte, um ihre Seelenqual zu beschreiben.

Am schlimmsten, am wenigsten akzeptabel aber war, dass Jeremy trotzdem noch zur Polizei gehen wollte.

Faith presste die Stirn auf den Tisch. Sie öffnete den Mund und holte einige Male tief Luft. Das Einzige, was sie davon abhielt, zu schreien, war die Gewissheit, dass am Ende des Tages jemand für das bezahlen würde, was ihr Sohn mitansehen musste.

Für Amandas Plan waren zwei Teams nötig, die aus zwei verschiedenen Richtungen zuschlugen. Sie nannte es Operation Domino, weil ein Teil das andere umwerfen würde, und danach würde hoffentlich der ganze Rest fallen.

Will führte das erste Team an. Er traf Mac McAllister am Nachmittag zum Lunch im Country Club. Mac sollte fünfundzwanzigtausend Dollar in bar mitbringen sowie die Anstellungsunterlagen für eine weitere Million Dollar.

Das GBI verfügte bereits über eine Tonaufnahme, in der Mac zugab, dass das Schmiergeld als Gegenleistung für John Tretheweys Schweigen gezahlt wurde. Die Geldübergabe war gut, aber der Gehaltsscheck würde der endgültige Sargnagel für Mac McAllister sein. Sobald das Geld auf John Tretheweys Konto gelandet war, würde Mac wegen Überweisungsbetrugs, Steuerhinterziehung, kommerzieller Bestechung und Geldwäsche angeklagt werden. Er musste mit fünf bis fünfundzwanzig Jahren rechnen, und er würde nach einem Weg suchen, das Gefängnis zu umgehen.

An diesem Punkt kam das zweite Team ins Spiel.

Amanda hatte ohne Mühe einen richterlichen Beschluss zur Durchsuchung von Chuck Penleys iPhone erhalten. Jeremys Brille hatte das Dani-Cooper-Video aufgezeichnet. Sie hatten außerdem aufgezeichnet, wie Chuck gesagt hatte, dass Tommy McAllister ihm das Video geschickt hatte. Diese beiden

Informationen lieferten mehr als genug juristische Rechtfertigung, um Chucks Telefon zu durchsuchen.

Sobald das Gerät konfisziert wurde, musste man kein Genie sein, um sich zusammenzureimen, dass John Tretheweys Sohn zur Polizei gegangen war. Chaz Penley würde eine Heidenangst haben, dass das Video nicht das Einzige war, was die Tretheweys besprachen. Er würde verzweifelt versuchen, seinen Arsch und den seines Sohnes zu retten.

Die einzige Frage war, welcher der beiden Männer zuerst überlaufen würde. Sie hatten nur ein Faustpfand in der Tasche. Würde Mac den Vergewaltigerclub für ein milderes Urteil ans Messer liefern? Würde Chaz es tun? Oder würden die beiden sich bei einem Prozess zerfleischen, Berge von Geld verbrennen, ihren Ruf und ihre Karriere zerstören, ihre Familien verlieren, weil sie hofften, dass eine Jury sie für unschuldig befand?

Egal, wie sie sich entschieden, der Vergewaltigerclub konnte die Bombe unmöglich überleben, die in Kürze hochgehen würde. Wenn Amanda es richtig anstellte, würden die Dominosteine bis zum Ende der Woche allesamt krachend umstürzen.

Faith war für beide Operationen nicht berücksichtigt worden, aber sie war entschlossen, ihren Teil beizutragen. Sie setzte sich auf und nahm den Stapel von Seiten aus dem Drucker. Das IT-Team hatte die beschädigten Dateien auf der Chat-Website nicht wiederherstellen können. Gott sei Dank hatten sie mit den passwortgeschützten Dateien auf Cam Carmichaels Laptop mehr Glück gehabt.

Es waren alles PDFs. Cam hatte Screenshots von Chat-Abschriften gemacht, die am Tag nach Sara Lintons Vergewaltigung von der Website gelöscht worden waren. Die Posts stellten eine Art Entstehungsgeschichte des Clubs dar. Der erste Eintrag war vor sechzehn Jahren erfolgt. Anders als die späteren Einträge, die hauptsächlich von 002, 003, 004 und 007 stammten, schien sich noch die ganze Gruppe zu beteiligen.

002: Ihr Idioten müsst vorsichtiger sein. 005: Seit wann hast du etwas zu sagen? 001: Gut gesprochen. 003: Warum sollten wir auf dich hören? 002: Ihr wärt fast erwischt worden, ihr dummen Scheißer. 004: Sorry, Leute, das hat nichts mit mir zu tun. 006: Verdammter Feigling. 002: Und du nicht? 007: Was sollten wir deiner Ansicht nach tun? 003: Ich bin für jeden Spaß zu haben, aber ich gehe dafür nicht ins Gefängnis, nur dass ihr Bescheid wisst. 005: Ich auch nicht, ihr Arschlöcher müsst das also klären.

Faith notierte sich das Datum. Sie würde mit Adam Humphrey Kontakt aufnehmen müssen, vielleicht wäre er bereit, die Datenbank des APD anzuzapfen. Es war der Beweis dafür, dass Merit Barrowe nicht das erste Opfer des Clubs gewesen war. Offenbar war der Vergewaltiger der Frau beinahe erwischt worden. Wahrscheinlich hatte Opfer null jemandem in der Gruppe nahegestanden. Das kunstvolle Verwischen ihrer Spuren bei Dani Cooper und Leighann Park ließ auf bewusste Planung schließen. Die Abschriften enthüllten, wie sie zu dieser Lösung gelangt waren.

006: Wir sollten die Aufgaben aufteilen. 002: Genau. 001: Erklärung? 006: Es wie einen Fall in der Notaufnahme behandeln. Spezialisten einsetzen. 002: Ah, der große Unfallchirurg spricht. Im Ernst, jetzt fangen wir wieder damit an. 007: Sei nicht so ein Miststück. 006: Ich suche nach einer Lösung. 003: Okay, du bist nicht weit weg. 002: Die Sache muss aufgegliedert werden. 006: Genau das versuche ich die ganze Zeit zu sagen.

Faith hatte ihren Notizblock aufgeschlagen. Sie suchte die Liste ihrer Profile für die Chatgruppe. Sie hatte angenommen, dass 006 Cam Carmichael war. Er war der einzige Unfallchirurg im Club. Sie setzte einen Haken hinter seinen Namen, bevor sie weiterlas.

005: Hast du je daran gedacht, dass einer von uns gern mal an der Reihe wäre? 001: Seit wann hast du die Eier, den Meister zu spielen? 003: Kein Meister hier, ich schau gern zu. 005: Wir schauen alle gern zu, aber einige von uns würden sich gern den Schwanz nass machen. 006: Rotieren wie ein Facharzt in der Notaufnahme. Jeder darf mal dran sein. 002: Kannst du verdammt noch mal mit der Notaufnahme aufhören? Wir wissen alle, wie man ein Skalpell hält. 007: Er hat recht. 006: Dann werden wir es genauso machen. 002: Wer stellt einen Dienstplan auf? 007: Was denkst du denn, wer? 002: Warum bleiben alle Zeitpläne immer an mir hängen?

Faith fuhr mit dem Zeigefinger an den Profilen entlang. Sie hatte darauf getippt, dass 002 Mac McAllister war, aber 002 besaß ein gewisses Maß an Gehässigkeit, das Faith am Vorabend in Macs Stimme nicht gehört hatte. Sie blickte zu der verrückten Pinnwand hinauf. Chaz Penley war ein starker Bewerber. Ekelhaft, gehässig, organisiert. Beim Mittagessen im Country Club war er für die Zahlen zuständig gewesen und hatte am aggressivsten versucht, John Trethewey an Bord zu holen.

Das hieß, 007 konnte Mac sein. In späteren Posts sprach er von seinen Eroberungen, bei denen es sich nach Faiths jetzigem Verständnis um Vergewaltigungen handelte. Sie hätte ihren nächsten Gehaltsscheck darauf verwettet, dass die beschädigten Videodateien auf der Website der ähnelten, die Tommy von Dani Cooper aufgenommen hatte. Britt hatte gesagt, Tommy sei dabei, wie sein Vater zu werden. Lernte er von dem Mann, den sie den Meister nannten?

Faith versuchte, das Video aus dem Kopf zu verbannen. Sie wandte sich wieder ihren Profilen zu.

Nach dem Ausschlussverfahren musste 003 Richie Dougal sein. Er schaute gern zu. Am Abend zuvor hatte Tommy enthüllt, dass es zu Richies MeToo-Problem gekommen war, weil

Richie ein Loch in eine Wand gebohrt hatte, damit er beobachten konnte, wie sich seine Patientinnen auszogen.

Sie setzte einen weiteren Haken auf ihrer Liste.

Royce Ellison oder Bing Forster konnten 001 oder 005 sein. Oder Faith war komplett auf dem Holzweg, weil alle diese Sadisten anfingen, wie mittleres Management zu klingen.

002: Auszufüllende Positionen? 005: Meister, Versklaver. 006: Herrgott, müssen wir auch noch wie eine Bande Rassisten klingen? 002: Es ist wichtig, politisch korrekt zu bleiben, wenn wir über Stalking, Belästigung, Entführung, Betäubung und Vergewaltigung junger Frauen sprechen. 007: Dann sind das also die Positionen? 002: Mit Rotation. Die Bank kann zuschauen. 005: Ich bin einverstanden. 006: Ja. 001: Ja. 003: Sicher. 007: Ich gebe das Ziel für das nächste Quartal bekannt, wenn ich Einzelheiten habe.

Faith musste einen Moment innehalten. Es war tatsächlich so einfach gewesen. Ein Stalker. Einer, der sie mit Nachrichten ängstigte. Ein Entführer. Einer, der sie mit Drogen betäubte. Ein Vergewaltiger. Fünf verschiedene Männer. Sieben Mitglieder im Club. Mason hatte sich frühzeitig herausgenommen. Cam hatte sich eine Kugel in den Kopf geschossen. Royce und Bing waren am Vorabend nicht in der Bar gewesen, dafür Chuck und Tommy. Sie wurden eindeutig in den Club eingeführt.

Womit sie wieder bei dem waren, was Britt vier Tage zuvor zu Sara gesagt hatte …

Ich kann die anderen nicht aufhalten, aber ich kann meinen Jungen retten.

Faith glaubte nicht, dass das möglich war. Am Abend zuvor war Tommy bereit gewesen, Jeremy wegen einer Meinungsverschiedenheit über ein vor zwei Jahren bei einem Footballspiel gegebenes Foul zu verprügeln. Er war unberechenbar, jähzornig und neigte zu Gewalt. Er hatte sich dabei gefilmt, wie er Dani Cooper vergewaltigte. Er war glaubhaft beschuldigt worden, ein Mädchen in der Mittelschule vergewaltigt zu haben. Er hatte die Polizei zu der Familie geführt, weil er im Grundschulalter einen Nachbarshund gequält hatte.

Es ging nicht darum, Tommy zu retten. Es ging darum, die Leute in seiner Umgebung vor ihm zu retten.

Faith zwang sich, die verbleibenden Screenshots zu lesen. Der Dienstplan war von 002 gepostet worden. Jeder hatte eine Aufgabe zugeteilt bekommen. Alle wechselten sich ab. Ersatzleute waren nicht erlaubt. 007 wählte eindeutig die Opfer aus. Faith überflog die Zeilen auf der Suche nach seiner Nummer.

007: Habe euch Nachricht mit Foto von Zielperson geschickt. 007: Zieladresse geschickt. 007: Telefonnummer für Zielperson kommt demnächst.

Alle Männer schrieben dieselbe Antwort.

001: Bestätigt. 002: Bestätigt. 003: Bestätigt. 005: Bestätigt. 006: Bestätigt.

Mason James war an diesen Machenschaften in auffälliger Weise nicht beteiligt, aber Faith nahm an, er hatte die Chats gelesen. 004 hatte acht Jahre später noch auf die Seite geschaut, als sie erfuhren, dass sich Cam dauerhaft aus dem Vergewaltigerclub verabschiedet hatte.

Faith hörte einen Wagen in ihre Einfahrt biegen. Sara hatte angeboten, ihr beim Entfernen der Sachen von der Pinnwand zu helfen, damit Emma nicht bemerkte, dass ihr Hello-Kitty-Klebeband verschwunden war, und sich womöglich in einem Tobsuchtsanfall auf den Küchenboden warf.

»Hallo?« Saras Stimme war leise im Flur. Faith hatte gesagt, sie solle einfach hereinkommen, sodass sie Jeremy nicht weckte.

»Bin in der Küche.« Faith stapelte die sieben Seiten zusammen und legte sie auf die übrigen Chat-Abschriften. Sie würde ein paar Aktenordner brauchen. Hoffentlich konnte die IT-Abteilung etwas mit den Bergen von Papierkram anfangen.

»Guten Morgen.« Sara legte ihre Handtasche auf die Arbeitsfläche. Es zog sie wieder zu der Pinnwand. Die roten, purpurnen, rosa und gelben Streifen Bastelpapier sahen wie ein missglücktes Kunstprojekt von Schülern aus. »Ich habe auf dem Weg hierher mit Will gesprochen. Er ist um ein Uhr mit Mac im Country Club verabredet.«

Faith würde erst erleichtert sein, wenn es vorbei war.

»Gibt es etwas über Merit Barrowes Unterwäsche?«

»Das Labor hat zwei verschiedene DNA-Stränge gefunden. Wir werden eine Probe von Martin Barrowe für einen Verwandtschaftsabgleich mit dem weiblichen Profil brauchen. Das zweite Profil ist männlich, unbekannt.« Sara blickte zu den gelben Papierstreifen. »Es wird das ganze Wochenende dauern, bis alle DNA-Proben von gestern Abend abgeglichen sind. Nur die von Mason nicht. Er hat kein Glas angerührt.«

»Ist das ungewöhnlich?«

»Ich weiß es nicht«, gab Sara zu. »Es ist lange her, seit wir zusammen aus waren.«

Faith bemerkte, wie widerwillig sich Sara von der verrückten Wand löste. Sie sah aus, als wäre ihre Nacht genauso erholsam gewesen wie die von Faith.

»Will ist fix und fertig wegen Jeremy«, sagte Sara.

»Will hat absolut alles richtig gemacht.« Faith hatte heute Morgen bereits zweimal mit ihm gesprochen. »Ich hätte fast damit leben können, dass Jeremy geschlagen wurde. Aber seine

Brille hätte kaputtgehen können. Dann hätten Tommy und Chuck die Elektronik für die Kamera gesehen, und alles wäre umsonst gewesen.«

»Sieht Jeremy es auch so?«

»Ja. Leider.« Faith biss sich auf die Unterlippe, um nicht wieder zu weinen. »Er will immer noch zur Polizei.«

»Ich könnte mit ihm reden«, bot Sara an. »Es gibt andere Wege, um zu dienen. Ich habe im letzten Herbst einen Forensik-Kurs in Quantico gemacht. Die haben lauter coole Werkzeuge. Du kennst bestimmt jemanden, der ihn dort unterbringen könnte.«

Faith hätte am liebsten gelacht. Quantico bedeutete FBI. »Wissen denn alle, dass ich Aiden treffe?«

Sara musste nicht antworten. »Kate Murphy ist großartig.«

»Sie ist Furcht einflößend.« Faith wusste nicht, wie sie sich Aidens Mutter gegenüber verhalten sollte. Die Frau war zu tüchtig, zu gut aussehend, zu sehr anders als alles, was Faith je sein würde. »Themawechsel: Bist du schlauer, was die Chat-Profile angeht, nachdem du die Stimmen gehört hast? Ich bin mir ziemlich sicher, dass Cam 006 ist. Mason ist 004. Mac könnte 007 sein.«

»Genau das denke ich auch.« Sara lehnte sich an die Küchentheke. »002 hat ein verräterisches Merkmal. Er wiederholt ständig die Phrase ›Fangen wir ernsthaft wieder damit an?‹«

So viel zu Faiths Fähigkeiten als Ermittlerin. Sie wühlte in den Seiten der Abschrift. Der Satz fiel ihr ins Auge.

007: Sie muss richtig durchgefickt werden, damit sie lockerer wird. 002: Fangen wir ernsthaft wieder damit an?

007: Ich konnte nicht schnell genug von dem kreischenden Miststück weg. 002: Fangen wir ernsthaft wieder damit an?

007: Ah, der große Unfallchirurg spricht. 002: Im Ernst, jetzt fangen wir damit wieder an? 007: Sei nicht so ein Miststück.

Faith fiel noch etwas auf. »002 redet ständig 007 schwach an. Wer hätte den Mumm, Mac *Fucking* McAllister schwach anzureden?«

»Keiner. Also ist Mac entweder nicht 007 oder …« Sara zuckte mit den Achseln. Sie war in derselben Sackgasse gelandet wie Faith. »Ich bin mit der Nachricht an Merit Barrowe ein bisschen weitergekommen. Das hört sich für mich nach Cam an.«

Faith suchte den Screenshot von Merits Handy heraus. Sie las: »›Wer will dir den Tag verschönern, indem er dir sagt, wie schön du bist? Wer träumt sehr viel mehr von dir, als er sollte? Wer ist ein bisschen kaputter als alle andern? Wer ist jemand, der das Vergnügen deiner Gesellschaft nicht verdient? Wer ist der Mensch, der dich enttäuschen wird, wenn du herausfindest, wer ich bin?‹«

»Es ist irgendwie armselig«, sagte Sara. »Ich bin kaputt. Ich verdiene deine Gesellschaft nicht. Du wirst enttäuscht sein, wenn du erfährst, wer ich bin.«

Faith nickte, denn es erschien ihr jetzt offensichtlich. »Er hat es wahrscheinlich romantisiert, sich eingeredet, er würde einen Liebesbrief schreiben, statt sie schlicht und einfach zu stalken. Dann kommt Merit ins Grady, und er sieht aus nächster Nähe, welchen Schaden sie angerichtet haben.«

»Sloan Bauer hat mir erzählt, Cam sei entsetzt gewesen, als sie ihn anprangerte, weil er sie vergewaltigt hatte. Offenbar hatte er nie daran gedacht, den Unterschied zwischen Sex und sexueller Gewalt zu lernen.« Sara verschränkte die Arme. Sie klang nicht mitfühlend. »Cam versuchte die Gang zu stoppen, indem er sich bei Merits Sterbeurkunde querstellte, den Obduktionsbericht an sich nahm, ihre Unterwäsche aufbewahrte. Dann hat ihm Edgerton einen bequemen Ausweg geboten.«

»Die Glock hat Cam einen bequemen Ausweg geboten.«
Faith seufzte schwer. Sie musste einen Weg finden, diese Tiere zu stoppen. »Der Name der Gesellschaft – CMM&A. Sagt dir die Initiale A etwas?«

Sara schüttelte den Kopf. »Alles an der Sache ist so frustrierend. Wir wissen inzwischen so viel, aber wir stehen immer noch dort, wo wir schon in der ersten Nacht waren.«

Faith wusste, was sie meinte. »Wir können nichts beweisen. Der Club ist seit sechzehn Jahren aktiv, und im Augenblick ist Tommy der Einzige, den man wegen Vergewaltigung anklagen wird. Und wer weiß, ob das vor Gericht Bestand hat. Sein Gesicht ist auf dem Video nicht zu sehen.«

»Sprechen wir es durch«, sagte Sara. »Welche Fragen hast du außerdem?«

»Für das mechanische Schnurren, das Leighann Park beschrieben hat, gibt es keine Erklärung. Wir wissen nicht, wie sie an die Telefonnummern der Opfer herankommen. Oder wie sie überhaupt ausgewählt werden. Amanda glaubt, das ist der Schlüssel, um herauszufinden, wer in der Gruppe das Sagen hat. Stell eine Verbindung zwischen dem Meister und den Opfern her, und du hast den Fall geknackt. Dann sind da die Schuhe.« Faith zeigte auf die Fotos, die sie an die Schränke neben der Spüle geklebt hatte. »Merits Air-Jordan-Sneaker, Danis Stella-McCartney-Schuhe, Leighanns Marc-Jacobs-Pumps. Das sind offenbar Trophäen. Auf solchen Scheiß fahren Jurys ab. Wer sich den Schuh anziehen muss, der war's.«

Sara studierte die Fotos. »Ich mag diesen Blockabsatz.«

»Gut.« Faith hatte keine Absätze mehr getragen, seit Emma ihr Kreuz in ein Trampolin verwandelt hatte. »Das einzige andere Detail ist der Schaffellteppich. Leighann hat ihn bei ihrer Befragung beschrieben. Er taucht außerdem in dem Video von Dani auf. Hat für mich ausgesehen, als gäbe es eine beträchtliche Menge DNA auf diesem Fell. Was meinst du?«

Sara presste die Lippen zusammen.

»Hast du das Video nicht angesehen? Es ist auf dem Server.«

Sara schüttelte den Kopf. »Ich wollte es Will nicht noch einmal durchmachen lassen. Und bei all dem Zeug schlafe ich in letzter Zeit ohnehin schon schlecht genug.«

»Wem sagst du das«, seufzte Faith. »Bis zu dieser Woche dachte ich, die schlimmste Nachricht, mit der mich Jeremy überraschen könnte, wäre die, dass ich Großmutter werde, bevor ich vierzig bin.«

»Es tut mir so leid. Ich kann mir gar nicht vorstellen, wie beängstigend das gestern Abend für dich gewesen sein muss.«

»Ich bin wirklich froh, dass Will dabei war.« Faith wischte sich über die Augen. Sie erwähnte nicht, dass sie auch froh gewesen war, weil Aiden anwesend war. »Niemand sagt einem vorher, dass ein Leben als Mutter vor allem bedeutet, wie benommen herumzulaufen und sich zu fragen, was zum Teufel gerade passiert ist.«

Sara sah auf ihre Hände hinunter. Sie hatte angefangen, ihren Ring zu drehen. Faith fragte sich nicht, woran sie dachte, denn sie wusste, woran sie dachte. Sara wäre liebend gern wie benommen herumgelaufen.

Faith stapelte einige Papiere. Dann ordnete sie die Stapel. Das Tropfen des Wasserhahns im Obergeschoss trug zu der unbehaglichen Atmosphäre bei.

»Schick mir ein Foto von dem Hahn«, sagte Sara. »Ich kann im Internet einen bestellen.«

»Das kannst du?«

»Ich bin die Tochter eines Klempners.« Sara lächelte. »Tessa kann es dir reparieren. Ihr könntet eine Verabredung zum Spielen für Emma und Isabelle daraus machen.«

Es war der reine Zauber, der sich hier vor Faiths Augen entfaltete. »Das würde ihr sehr gefallen. Es würde mir sehr gefallen.«

»Dann ist das geregelt.«

Faith kam nicht von der erzwungenen Fröhlichkeit in Saras Stimme los. Sie musste es fragen: »Wird es dir nie zu viel, Dinge für andere Leute in Ordnung zu bringen?«

Sara schüttelte den Kopf, aber nicht, um zu verneinen. Sie wollte ausdrücken, dass sie nicht darüber sprechen konnte. Sie gestikulierte rund um die Küche. »Wo sollen wir anfangen?«

Faith stöhnte wie eine alte Frau, als sie aufstand. »Lass uns die verrückte Pinnwand abbauen. Und zerbrich dir nicht den Kopf wegen vorsichtig sein. Ich weiß bereits, dass die Farbe mit dem Klebeband abgeht.«

Sara war die größere von beiden. Sie fing mit den Hängeschränken an und zupfte an den vielen Streifen Klebeband rund um die Spalte »*Verbindung*«.

Was dir passiert ist. Was Dani passiert ist. Das hängt alles zusammen.

»Ich kann nicht glauben, dass ich meine Schränke für eine zugedröhnte reiche Schlampe geopfert habe, die in einer Toilette ihre verdammte Klappe nicht halten konnte.« Faith zog die roten Streifen mit Britts Toilettenaussagen unter den Magneten hervor. »Ich frage mich die ganze Zeit, ob Britt wirklich so stoned war. Ich weiß, sie hat geweint, aber vielleicht vor Erleichterung. Sie könnte dich von Anfang an benutzt haben. Wir geben ihr genau das, was sie haben wollte. Tommy ist geschützt. Der Club wird wahrscheinlich mit seinem Treiben aufhören, wenn Mac fort ist.«

»Ich weiß nicht. Einesteils denke ich, es war ein Ausrutscher von ihr. Dann wieder muss ich daran denken, dass sie eine der technisch versiertesten Chirurginnen war, die ich je gesehen habe. Sie hat ohne Frage einen sehr präzisen Schnitt bei mir gesetzt.« Sara zupfte vorsichtig an einer weiteren Ecke Klebestreifen. »Britt gehört zu den Frauen, die behaupten, dass sie besser mit Männern zurechtkommen, aber Tatsache ist, dass Frauen ihren Bullshit hassen und Männer sie mögen, weil sie andere Frauen schlechtmacht.«

Faith hatte während ihrer gesamten Polizeilaufbahn mit dieser Sorte Frauen zu kämpfen gehabt. »Will sagt, dass Britt ebenso Opfer wie Täterin ist. Ich schätze, er spricht aus Erfahrung.«

Sara zuckte zusammen, als ein großes Stück Farbe abging. Sie sprach nie über Wills Privatangelegenheiten, und Faith wusste, sie würde jetzt nicht damit anfangen. »Gehen wir unsere Liste mit Fragen wieder durch. Was ist mit dem Geräusch, das Leighann gehört hat?«

Faith machte eine Zeichnung von Emma am Kühlschrank fest. Sie stellte entweder einen Pandabären oder eine Dose schwarze Bohnen dar. »Das einzige Schnurren, das mir einfällt, ist eine elektrische Insektenfalle.«

Sara hörte auf, Band abzupulen. »War es ein Schnurren oder mehr ein mechanisches Surren?«

»Was meinst du?«

»Als ich klein war, hat mein Dad im Elektromarkt einen Camcorder gekauft. In unserem Keller liegen immer noch Hunderte von Bändern.«

Faith lächelte trotz der Umstände. »Mein Dad hatte auch einen.«

»Erinnerst du dich an das Geräusch, das sie beim Zoomen gemacht haben?«

Faith fiel es jetzt wieder ein. Es war genau wie das Geräusch, das Leighann beschrieben hatte – ein mechanisches Schnurren, wenn der Bildstabilisator im Tandem mit dem Autofokus arbeitete.

»Das Video war HD, sie benutzen also kein VHS.«

»Digital ist noch besser. Die Metadaten werden Ort, Datum, Uhrzeit preisgeben, vielleicht sogar den Besitzer der Kamera.«

»Wenn wir an dieses Schaffell kommen, werden wir DNA von allen haben, die darauf lagen.«

»Wenn«, wiederholte Sara, denn dieser Fall war voller Wenns, und nichts ging voran. »Hast du auf dem Video etwas wie ein Zoom-Geräusch gehört?«

Faith schüttelte den Kopf. Sie erinnerte sich nur an das furchtbare Stöhnen. »Ich war zu sehr damit beschäftigt, die Nerven zu verlieren, um auf etwas Bestimmtes zu lauschen.«

»Du sagst, das Video ist auf dem Server?« Sara griff in ihre Handtasche und zog ein Paar AirPods heraus.

»Mein Kopfhörer ist im Wohnzimmer.« Faith setzte sich an den Tisch. Sie klappte ihren Laptop auf und verband Saras AirPods mit ihrem Mac. Sara war mit Faiths Kopfhörer zurück, als sie sich in den GBI-Server einloggte.

»Ich kann es mir allein anschauen«, bot Sara an. »Du musst es nicht noch einmal sehen.«

Faith wartete, bis Sara sich gesetzt hatte, dann öffnete sie die Datei. Sie drehte die Lautstärke auf und setzte ihren Kopfhörer auf, dann wartete sie, bis Sara die AirPods im Ohr hatte, ehe sie auf *Play* drückte.

Das Video war beim zweiten Mal genauso entsetzlich. Wie Danis Arme und Beine bewegt wurden. Wie ihr Körper geschändet wurde. Ihr schlaffes Gesicht, denn sie hatte keine Ahnung, wo sie war oder was geschah.

Faith schloss die Augen und konzentrierte sich auf den Ton. Schweres Atmen. Ein lachender Mann. Bewegung. Schmatzende Lippen. Danis flacher Atem.

Ssrr-ssrr.

Faith öffnete die Augen. Sie starrte Sara an. Beide erkannten das Geräusch. Der Bildstabilisator. Der Autofokus.

Faith nahm ihren Kopfhörer ab. Sie musste nichts weiter hören und klickte auf den Balken, um das Video anzuhalten.

»Faith.« Sara presste die Hand auf ihr Herz. »Die Nacktbilder von Dani. Die ihren Eltern gezeigt wurden. Britt hat mir erzählt, dass sie ein Ex-Freund von Dani auf einem alten Handy gefunden hat. Sie sagte, sie waren schlimm. Schlimm genug, damit die Coopers einem Vergleich zugestimmt haben.«

»Okay.«

»Als wir in der Umkleide waren«, sagte Sara, »hat Britt mir die Fotos beschrieben. Sie sagte, Danis Augen seien geschlossen gewesen, aber man habe ihr Gesicht gesehen. Dass sie ihre Brüste gedrückt und ihre Schamlippen aufgespreizt habe. Das sind genau die Posen, in die Dani gebracht wurde. Die Fotos waren nicht von einem Freund in der Highschool. Das sind Standbilder von dem Video. Schau.«

Faith sah, wie Sara zu den verschiedenen Aufnahmen vor- und zurückspielte. Dani hatte keine Kontrolle über ihre Motorik. Sie ließ die Hände dort, wo man sie platzierte. Auf ihren Brüsten. Zwischen ihren Beinen. Selbst jemand, der nur flüchtige Kenntnisse in Bildbearbeitung hatte, konnte diese Posen so aussehen lassen, als wären sie freiwillig eingenommen worden.

»Glaubst du, Britt wusste von dem Video?«, fragte Faith.

»Ich kann sie fragen. Mac wird in zwei Stunden mit Will im Country Club sein. Ich kann zu ihr nach Hause fahren. Vielleicht ist sie bereit, zu reden.«

»Was, wenn Mac dich über die Kameras sieht?«

»Will kann ihn davon abhalten, auf sein Handy zu schauen.«

Faith bezweifelte es nicht, aber es gab ein Problem. »Wir müssen Amanda informieren. Ich habe genug davon, auf eigene Faust zu handeln.«

»Einverstanden«, sagte Sara. »Aber das könnte ein weiterer Dominostein sein. Britt wird zweifellos zu Mac halten, was die Bestechungsvorwürfe angeht, aber sie wird nicht zu ihm halten, wenn Tommys Leben auf dem Spiel steht. Sie wird Mac den Wölfen zum Fraß vorwerfen.«

»Wäre so ein Deal für dich in Ordnung?«, fragte Faith. »Tommy davonkommen zu lassen, damit Mac ins Gefängnis muss?«

»Nein. Tommy gehört ebenfalls ins Gefängnis. Das ist nicht verhandelbar.«

Faith durfte sie nicht glauben lassen, dass es so einfach war. »Wie du dir das Funktionieren der Justiz wünschst, ist eine Sache. Wie sie tatsächlich funktioniert, ist eine andere.«

»Dann gewinnt Britt also wieder?«

Faith hatte keine Antwort darauf. Es war nicht nur Britt. Tommy McAllister würde weiter Frauen verletzen, bis jemand einen Weg fand, ihn aufzuhalten. Unglücklicherweise würden viele weitere Frauen leiden, ehe das geschah.

Sara dachte erkennbar dasselbe. Sie lehnte sich zurück und ließ langsam den Atem entweichen. Sie starrte auf das angehaltene Bild von Dani auf dem Bildschirm im Laptop. Wahrscheinlich dachte sie an das Versprechen, das sie Dani vor drei Jahren gegeben hatte.

Oder auch nicht.

Sara setzte sich auf und zeigte auf den Schirm. »Kannst du diesen Bereich vergrößern und verstärken?«

»Den Bereich um den Leberfleck?«

Sara nickte.

Faith machte einen Screenshot, dann öffnete sie ihn in J-Pixia, einer kostenlosen Bildbearbeitungssoftware. Sie stellte die Filter ein, bis der Leberfleck dunkler und Danis Haut heller wurde. Sie begriff, dass es Sara nicht um den Fleck ging. Sie wollte die Narbe sehen, die zwei bis drei Zentimeter darüber und darunter verlief. Die Haut hatte leichte Dellen, fast wie eine Punktur. Die blauen Linien von Danis Adern teilten sich, wie die Strömung eines Flusses um einen Felsen. Faith passte die Farbe an, bis die Narbe rosa wurde.

Dann fiel ihr etwas vom ersten Abend ein, an dem sie die Pinnwand angelegt hatten. »Du sagtest, die Narbe sei alt, wahrscheinlich aus Danis Kindheit?«

Sara antwortete nicht. Sie schüttelte den Kopf. Sie sah verwirrt aus. »Hatte Leighhann sichtbare Narben?«

»Äh …« Faith schob die Papierstapel umher, bis sie die drei Fotos fand, die sie von Leighanns Brust gemacht hatte: nah, weit, von der Seite.

Sara wählte die Seitenansicht.

Leighann hatte den Arm über den Kopf gehoben, damit die Brust frei lag und Faith die Worte dokumentieren konnte, die um ihre Brustwarze geschrieben waren. Zu diesem Zeitpunkt hatte Faith nicht auf die verblasste Narbe an Leighanns linker Seite geachtet. Jetzt sah sie, dass sich die schmale rosa Linie einige Zentimeter unter ihrer Achselhöhle befand und wie ein Pfeil auf ihre Brust zeigte.

Das bin ich.

»Wo ist Merits Obduktionsbericht?«, fragte Sara.

Faith fand die gefaxten Seiten auf Anhieb.

Sie zeigte auf die drei X auf dem Körperdiagramm. Sie waren an derselben Stelle wie Leighann Parks Narbe. »Der Leichenbeschauer hat eine Tätowierung angegeben, aber was, wenn es eine Narbe war? Was, wenn ihn Edgerton gezwungen hatte, die Bezeichnung in Tätowierung abzuändern? Das würde erklären, warum er die Tätowierung nicht beschrieb.«

»Warum sollte Edgerton wollen, dass die Narbe als Tätowierung bezeichnet wurde?«

Sara legte den Bericht wieder auf den Tisch. Die Verwirrung war aus ihrem Gesicht gewichen. »Es kann nicht das sein, was ich denke.«

»Was denkst du denn, was es ist?«

Sara blickte Faith an. »Nach einer offenen Herzoperation hat man eine Sternotomie-Narbe, ja? Der Chirurg bricht dein

Brustbein auf. Er klammert es wieder zusammen. Schließt den Einschnitt. Du hast eine signifikante Narbe, die senkrecht in der Mitte deiner Brust verläuft und bis zu fünfundzwanzig Zentimeter lang sein kann.«

Faith hatte keine Ahnung, wohin das führte. »Keins der Opfer hatte eine Narbe in der Mitte der Brust.«

»Richtig.« Sara hielt das Foto von Leighanns Brust in die Höhe. »Diese Narbe stammt von einer linksseitigen anterolateralen Minithorakotomie. Man verwendet diese Art von Eingriff, um einen ASD oder VSD zu reparieren – einen Atriumseptumdefekt oder einen Ventrikelseptumdefekt, also ein Loch zwischen den beiden oberen oder unteren Herzkammern.«

Faith sah, wie Sara das Körperdiagramm von Merit Barrowes Obduktion in die Höhe hielt.

Sie zeigte auf die drei Kreuze. »Dieselbe Stelle, eine linksseitige anterolaterale Minithorakotomie-Narbe. Wahrscheinlich dasselbe Verfahren.«

Sara drehte den Laptop zu Faith.

Sie zeigte auf die Narbe unterhalb von Dani Coopers Leberfleck. »Transfemoraler Zugang für einen linksseitigen Herzkatheter. Wenn der ASD klein genug ist, kann man ein spezielles Implantat durch den Katheter einführen. Der Druck im Inneren des Herzens hält es an Ort und Stelle, bis das Gewebe darüberwächst.«

Faith war vollkommen ahnungslos. »Ich kenne viele dieser Worte, aber zusammengenommen ergeben sie keinen Sinn für mich.«

»Als ich am Grady war, nahm Dr. Nygaard an einer Erprobung teil, um minimalinvasive Herzchirurgie durch Minithorakotomie mit peripherer Punktion zu testen. Patienten erhielten nach dem Zufallsprinzip die Gelegenheit, daran teilzunehmen. Die meisten Eltern kleiner Mädchen stimmten zu. Die Ergebnisse sind ähnlich. Es ist eine kosmetische Frage. Ihre Töchter sollten lieber mit einer minimalen Narbe an der Seite aufwachsen als mit einer dreißig Zentimeter langen Narbe in der Mitte der Brust.«

Faith war jetzt im Bilde. Sie wartete, bis Sara fortfuhr.

»Dr. Nygaard ist Linkshänderin wie ich, deshalb zog sie es vor, von der linken Seite hineinzugehen. Alle ihre chirurgischen Assistenzärzte und Fellows wurden für den linksseitigen Zugang ausgebildet, außer wenn der rechtsseitige vorteilhafter war. Wenn sie nicht im OP waren, begleiteten die Fellows Dr. Nygaard im Klinikalltag. Sie trafen Patientinnen zur Nachbehandlung, halfen, potenzielle Kandidaten zu evaluieren, kümmerten sich um ängstliche Eltern, erklärten ihnen das Verfahren.«

Jetzt verstand Faith. »Alle Fellows und Assistenzärzte von Dr. Nygaard.«

»Wo muss man immer eine aktuelle Adresse und Telefonnummer angeben?«

»In einer Arztpraxis.«

»Merit, Dani, Leighann. So werden die Opfer ausgewählt. Mac McAllister hat an ihren Herzen gearbeitet.«

19

Sara saß allein auf dem Beifahrersitz von Amandas Lexus. Der Motor lief, damit die Heizung eingeschaltet blieb. Frank Sinatra sang leise aus den Lautsprechern. Amanda lehnte an Saras BMW, der gegenüber vom Lexus stand. Sie hatte den Kopf gesenkt und sprach in ihr Telefon.

Es schien eine angespannte Unterhaltung zu sein.

Sie führte ein Konferenzgespräch mit dem Staatsanwalt von Fulton County und dem Büro des Generalstaatsanwalts von

Georgia. Sie koordinierten eine Art Sting-Operation. Sara würde an Britt McAllisters Tür klopfen. Diesmal verließen sie sich nicht auf Saras Gedächtnis oder ihre Fähigkeit, ihre Erinnerungen auf eine Karteikarte zu kritzeln. Sie trug eine jägergrüne Cordjacke mit einer eingebauten Kamera im Knopf an der linken Brusttasche und einem Mikrofon im rechten Revers. Der Sender war in der Seitentasche. Amanda besprach sich mit den Juristen, weil sie sichergehen wollte, dass sie alles genau nach Vorschrift machten und die Aufnahme vor Gericht zugelassen wurde.

Sie wussten nicht, ob Mac die Videos der Kameras im Haus aufbewahrte. Sie wussten nicht, wo der Server war. Sie hatten keine Ahnung, ob er die Festplatten per Fernbedienung löschen konnte, so wie er die Außenkameras am Haus in der Nacht von Danis Tod gelöscht hatte.

Amanda hatte angefangen, zwischen den beiden Autos auf und ab zu laufen. Ihre Gestik zeugte von Frustration, aber wenn Sara eines über Amanda Wagner wusste, dann das: Sie fand immer einen Weg.

Aber wofür?

Ein Teil von Sara wurde den Gedanken nicht los, dass sie sich sehr viel Mühe machten, wenn man bedachte, in wie viele Sackgassen Britt sie schon geführt hatte. Sie hatte über *sie* geklagt, aber nicht gesagt, wer *sie* waren. Sie hatte Cam ins Spiel gebracht, aber Cam war tot. Sie hatte ihnen den Weg zu Merit Barrowe gewiesen, aber es gab nichts, was sie in dieser Sache tun konnten. Sie hatte von einem Zusammenhang zwischen Sara und Dani Cooper gesprochen, aber die offensichtlichste Verbindung war, dass beide vergewaltigt wurden. Was sie mit fast einer halben Million weiterer Amerikanerinnen jährlich verband.

Die wahre Verbindung war Mac.

Britt hatte nie vorgehabt, Sara in Richtung Mac zu lenken. Ihr unbedachter, durch Drogen hervorgerufener Anfall von

Ehrlichkeit in der Toilette des Gerichts war ein Fehler gewesen. Seitdem war Britt gezwungen gewesen, die Scherben aufzukehren. Sie hatte Merit Barrowes Namen fallen lassen. Sie hatte Cam als Verdächtigen präsentiert. Sie hatte seinen Namen und seinen Ruf in den Schmutz gezogen. Alles auf einen Toten zu schieben, war keine schlechte Strategie, aber Britt wusste nicht, dass Sara das Video von Dani gesehen hatte, dass sie die Chat-Abschriften, die Obduktionsberichte und Cams Zeugenaussage gelesen hatte. Vor allem aber hatte Britt irgendwie vergessen, dass Sara eine verdammt gute Ärztin war.

Die Fellowship-Programme für Assistenzärzte waren dafür gedacht, eine allseitige Ausbildung in vielen Disziplinen zu gewährleisten, aber in praktischer Hinsicht schienen sie einzig dazu zu dienen, einen völlig zu entmutigen. Lange Arbeitszeiten. Schlechte Bezahlung. Kein Respekt. Sehr wenig Anerkennung. Im ersten Jahr strampelte man mehr oder weniger hilflos herum und versuchte, niemanden umzubringen. Den Titel Assistenzarzt hatte man sich erst verdient, wenn man es ins zweite Jahr geschafft hatte. Jede Assistenzarztzeit ist anders, aber alle Assistenzärzte durchlaufen in der Regel Blöcke klinischer Rotation in ihrer Spezialdisziplin: Notfallmedizin, innere Medizin, Kindermedizin, Psychiatrie, Neurologie oder Chirurgie. Ein Block kann vier bis neun Wochen dauern, und während man an diesem Block arbeitet, erledigt man alle Aufgaben, vom Ausfüllen des Papierkrams über die gründliche Untersuchung von Patienten bis zur Assistenz bei Operationen am offenen Herzen.

Sara hatte sich in ihrem ersten Block bei Dr. Nygaard in die pädiatrische Herz-Lungen-Chirurgie verliebt. Genau wie Mac, aber aus anderen Gründen. Bei der Operation an einem Kinderherzen ging es um mehr. Entsprechend hoch war das Prestige. Beide hatten darum gewetteifert, möglichst oft in Dr. Nygaards Team zu rotieren. Sie hatten um das Ausbildungsprogramm bei ihr konkurriert. Beiden war das Fellowship angeboten worden. Nur einer von ihnen war in der Lage gewesen, es annehmen zu können.

Und dann hatte er sie für seine kranken Triebe ausgebeutet.

Sara schaute in ihr Handy. Sie hatte mit Dani Coopers Eltern gesprochen. Dani war mit einem Vorhofseptumdefekt zur Welt gekommen, der häufigsten Form von ASD. Ihre Ärzte hatten sich dafür entschieden, erst einmal abzuwarten, ob sich das fünf Millimeter große Loch von allein schließen würde. Im Alter von sechs Jahren hatte Dani von Erschöpfung und Herzrhythmusstörungen berichtet, deshalb war ihr ein Katheter in die Femoralarterie eingeführt worden, um das Loch zu flicken.

Dr. Nygaard war die Chirurgin gewesen.

Und Mac McAllister ihr Assistent.

Faith hatte Leighann Parks Mutter angerufen. Die junge Frau war ebenfalls im Grady behandelt worden. Sie war mit einem ASD zur Welt gekommen, der behoben wurde, als sie im Alter von sieben Jahren Symptome zu zeigen begann.

Dr. Nygaard war die Chirurgin gewesen.

Und Mac McAllister ihr Assistent.

Faith hatte außerdem mit Martin Barrowe gesprochen. Er war ein Teenager gewesen, als seine Schwester starb, deshalb hatte er einige Anrufe bei Angehörigen machen müssen, um die Fakten herauszufinden. Merit war mit einer Mitralklappeninsuffizienz zur Welt gekommen. Ein künstlicher Ring war implantiert worden, um die Klappe zu verstärken. Die Operation war am Grady Hospital durchgeführt worden. Niemand in der Familie wusste noch, wer sie ausgeführt hatte, aber sie hatten gewusst, dass Merit jedes Jahr zu einer Nachsorgeuntersuchung erscheinen musste, um sicherzustellen, dass der Ring einwandfrei funktionierte.

Solche routinemäßigen Nachsorgetermine wurden in der Regel von Assistenzärzten der Chirurgie erledigt.

Mac McAllister war Dr. Nygaards Assistenzarzt in der Zeit gewesen, als Merit starb.

Mac war der Schlüssel zur Lösung des Falls, nach dem Amanda suchte. Er hatte die Opfer ausgewählt. Er hatte die Vergewaltigung von Merit Barrowe ermöglicht oder daran teilgenommen. Er hatte bei Leighann langfristig geplant und gewartet, bis sie in ihren Zwanzigern war, ehe er zuschlug. Dani war vermutlich ebenfalls vorgemerkt gewesen, aber Tommy hatte es irgendwie verpfuscht. Niemand wusste, wie viele ehemalige Patienten Mac der Meister auf seiner Liste von Zielpersonen stehen hatte. In den letzten sechzehn Jahren hatte er wahrscheinlich Tausende von Säuglingen und Kindern in ihren verwundbarsten Augenblicken gesehen. Dann hatte er beobachtet und gewartet, bis sie alt genug waren, um seine kranken Fantasien zu erfüllen.

Als Gerichtsmedizinerin hatte Sara entsetzliche Beispiele von Grausamkeit gesehen, aber als Ärztin und Chirurgin, als eine Frau, die früher die Ehre hatte, die Herzen vieler Kinder zu reparieren, konnte sie nicht umhin, zu denken, dass Mac McAllister einer der verderbtesten Menschen war, die je das Antlitz der Erde besudelt hatten. Die Verletzung der Beziehung zwischen Arzt und Patient war unaussprechlich.

Die Autotür ging auf. Amanda hatte ihren Anruf beendet und stieg wieder in den Wagen. Anstatt etwas zu sagen, griff sie in Saras Jackentasche und holte das schlanke schwarze Kästchen heraus, das mit den Kabeln für Mikrofon und Kamera im Jackenfutter verbunden war. Das Licht des Senders brannte nicht, aber sie steckte die Kabel trotzdem aus.

Sie sagte: »Was wir von Britt brauchen, ist Folgendes: Wie viel weiß sie über den Club? Wer sind die Mitglieder? Wie lange war er tätig? Wie wurde Tommy in den Club eingeführt?«

»Sie wird Tommy nicht verraten.«

»Machen Sie klar, dass Tommy bereits auf frischer Tat ertappt worden ist. Wir haben das Video von Dani. Keine Jury, die diese Aufnahme sieht, wird zu dem Urteil kommen, dass er unschuldig ist. Das Einzige, was Britt jetzt noch tun kann, ist, Bedingungen auszuhandeln, mit denen sie leben kann. Wenn sie uns die Informationen über Mac und den Club liefert, stellen wir sicher, dass ihr Sohn nicht im Gefängnis stirbt.«

Saras Magen zog sich zusammen. Was sie anging, hatte Tommy es verdient, im Gefängnis zu sterben. »Britt weiß, dass ich keinen rechtlich verbindlichen Deal anbieten kann.«

»Sie sind nicht dort, um zu verhandeln. Sie sind dort, um zu helfen«, sagte Amanda. »Lassen Sie sie glauben, dass Sie sich als Freundin an sie wenden. Überzeugen Sie sie, dass Sie Tommys Wohl im Auge haben. Sie sind auf ihrer Seite. Halten Sie ihre Hand, seien Sie fürsorglich, erscheinen Sie mitfühlend, sogar verständnisvoll, damit sie Ihnen genügend traut, um sich zu öffnen.«

Sara wusste nicht, ob sie zu einem solchen Maß an Falschheit fähig war. »Wie viel darf ich ihr verraten?«

»So viel oder wenig, wie nötig ist, um sie zum Reden zu bringen«, sagte Amanda. »Alle anderen Teile sind an Ort und Stelle. Die Dominosteine werden fallen. Es geht nur noch darum, wem es gelingt, auszuweichen.«

»Was, wenn Tommy im Haus ist?«

»Er ist im Country Club und spielt mit Freunden Golf. Die mobile Kommandozentrale steht bereits für Wills Operation in der Straße. Tommy wird das Gelände nicht verlassen, ohne dass wir es erfahren.«

»Britt wird Personal im Haus haben. Auf dem Grundstück.«

»An einem Samstag?«, fragte Amanda. »Ich habe das Anwesen seit acht Uhr morgens beobachten lassen. Niemand ist gekommen. Tommy ist um zwölf Uhr aufgebrochen. Mac ist vor fünf Minuten weggefahren.«

»Okay.« Sara hatte außerdem auf Wills Aufnahme gehört, dass Britt nur zweimal in der Woche Personal im Haus hatte. »Was ist mit den Kameras im Haus? Mac bekommt eine Meldung, wenn Britt einen der Räume mit Kamera betritt.«

»Ich habe Will angewiesen, dafür zu sorgen, dass Mac sein Handy ausschaltet. Angesichts der Tatsache, dass die beiden angeblich eine Straftat begehen, wird es nicht schwer sein, darum zu bitten.«

Sara sah ein weiteres Problem. »Diese Leute leben von Klatsch. Irgendwer wird Britt anrufen, sobald der Durchsuchungsbeschluss für Chuck Penleys Handy in Kraft gesetzt wird.«

»Das wird erst geschehen, nachdem Sie das Haus verlassen haben, und Chaz Penley wird als Erstes seinen Anwalt anrufen, der den beiden raten wird, zu niemandem ein Wort zu sagen.« Amanda drehte sich im Sitz und blickte Sara an. »Darf ich Ihnen einen Rat geben?«

Sara nickte. Sie konnte wirklich einen gebrauchen.

»Als Wilbur ein Junge war, habe ich es so eingefädelt, dass mein Bezirk den Weihnachtsmann für das Kinderheim gespielt hat. Natürlich habe ich seinen Namen gezogen. Er war sehr künstlerisch begabt. Ich habe ihm eine dieser Zaubertafeln zum Zeichnen gekauft, die man schüttelt, um sie zu löschen. Die mit dem roten Rahmen und den weißen Knöpfen.«

»Etch-A-Sketch.«

»Ja, genau das«, sagte Amanda. »Ich sagte zu ihm, während er eine Zeichnung machte, sollte er an alle Dinge denken, die ihn quälten. Die bösen Pflegeeltern, die Kinder, die ihn schikanierten, seine verachtenswerte Tante und ihren Mann, an alles und jeden, was ihm je wehgetan hatte. Und wenn er dann mit der Zeichnung fertig war, musste er nichts weiter tun als schütteln, um alles verschwinden zu lassen. Es einfach zu vergessen.«

Sara kaute auf ihrer Unterlippe. Die Geschichte erklärte vieles an Will.

»Mein Rat an Sie ist jetzt, das Gleiche zu tun«, sagte Amanda. »Vergessen Sie, was das alles für Sie persönlich bedeutet. Hören Sie auf, sich den Kopf über Faith, Jeremy und Will zu zerbrechen und darüber, was Sie vor fünfzehn Jahren erlebt haben. Blenden Sie Britts Engherzigkeit und Gehässigkeit aus. Schütteln Sie alles fort und konzentrieren Sie sich darauf, Britt McAllister auf unsere Seite zu ziehen. Sie stellt unsere größte Chance dar, diese Männer aufzuhalten. Sie muss uns die Wahrheit sagen. Verstanden?«

Sara nickte. »Verstanden.«

»Öffnen Sie das Handschuhfach.«

Sara tat es. Das Fach enthielt nur einen Gegenstand: eine purpurfarbene Crown-Royal-Tasche, in der jedoch keine der auffällig geformten Flaschen mit Canadian Whiskey war. Sara wusste, dass sie eine Waffe in der Hand hatte, sobald sie die Tasche anhob. Sie zog die goldene Kordel auf und holte einen Revolver mit kurzem Lauf hervor. Die Waffe war klein, ein wenig länger als ein Dollarschein, und lag perfekt in ihrer Hand. Will war der Waffenexperte, aber selbst Sara wusste, dass der Revolver alt war. Er sah aus wie etwas, das Inspector Columbo in der Tasche seines Regenmantels stecken haben wollte.

»Das war meine erste Reservewaffe. Smith & Wesson, 38er Single Action«, sagte Amanda. »Es ist dasselbe Modell, das Angie Dickinson mit sich führte, als sie im Film *Police Woman* Pepper Anderson spielte.«

Sara erfuhr heute alle möglichen Dinge über Amanda. Sie drehte den Zylinder. Die Waffe war geladen. Es gab keine Sicherung. Alles, was man tun musste, war, den Hahn zurückzuziehen und abzudrücken.

»Warum steckt er in einer Crown-Royal-Tasche?«, fragte Sara.

»Die verhindert, dass Fussel von der Handtasche an den Schlagbolzen kommen. Zu meiner Zeit galt es als nicht damenhaft, wenn eine Frau ein Halfter trug«, sagte Amanda. »Nehmen Sie die Waffe nur, wenn Sie sich wohl dabei fühlen, sie zu benutzen.«

Sara wusste, wie man sie benutzte, aber sie war unentschlossen, ob ihr dabei wohl sein würde. Dennoch steckte sie die Waffe wieder in die Whiskey-Tasche und verstaute sie in ihrer Handtasche. Sie schaute auf die Uhr am Armaturenbrett.

12.52 Uhr.

Will sollte in acht Minuten Mac treffen.

»Was denken Sie, wie die Aussichten sind, dass Mac tatsächlich ins Gefängnis wandert?«, fragte sie.

»Ich denke, sie sind gut. Und selbst wenn nicht, gegen den Staat und die Bundesregierung zu kämpfen, ist sehr teuer. Er wird seinen Ruf verlieren, und früher oder später wird seine Praxis zusammenbrechen. Das Haus wird futsch sein, die Autos, der Country Club. Nichts tut reichen Leuten so weh, als wenn man sie arm macht.«

Sara wusste, es gab weitaus schlimmere Dinge. »Das sind Wirtschaftsverbrechen. Am Ende wird er in einem vergleichsweise angenehmen Gefängnis Körbe flechten.«

Amanda sagte: »Dr. Linton, wenn Sie das machen, müssen Sie voll und ganz dahinterstehen.«

Sara blickte auf ihre Hände hinab. Sie hatte wieder angefangen, ihren Ring zu drehen. Sie drehte die Handflächen nach oben. Sie würde nie vergessen, wie es sich angefühlt hatte, Danis Herz in der Hand zu halten. Die Karte ihrer Arterien hatte sie an eine topografische Zeichnung erinnert. Rechte Koronararterie. Ramus interventricularis posterior. Linke Koronararterie. Ramus circumflexus.

Leighann Park. Merit Barrowe. Dani Cooper.

Mac war in gewisser Weise dafür verantwortlich gewesen, dass ihre Herzen schlugen, aber statt Ehrfurcht zu empfinden, weil er dazu fähig war, sie zu heilen, hatte er sie zur Vernichtung ausgewählt.

»Ich bin voll und ganz dabei«, sagte sie.

»Braves Mädchen.« Amanda ging daran, die Kabel wieder in den Sender zu stecken. »Eins noch: Erzählen Sie Will nicht, dass Sie das tun. Er muss sich auf Mac McAllister konzentrieren, nicht auf Sie.«

»Ich kann nicht …«

»Falls Sie denken, dass mich Ihr moralischer Kompass leitet, dann lassen Sie sich eines Besseren belehren«, sagte Amanda. »Das ist *mein* Zirkus. Will ist *mein* Affe. Verstanden?«

Sara wusste nicht, was ärgerlicher war – was Amanda gesagt hatte, oder wie sie es gesagt hatte. Dennoch brachte sie ein knappes »Ja, Ma'am« heraus.

Amanda aktivierte den Sender. Sie überprüfte, ob das grüne Licht an war, dann schob sie ihn wieder in Saras Jackentasche. Sie brauchten keine Kommandozentrale für eine Person. Der Empfänger war in der Becherhalterung und hatte die Größe eines altmodischen Walkie-Talkies. Ein Kabel verband ihn mit einem Tablet-Computer. Amanda hielt sich einen Kopfhörer ans Ohr, um sich zu vergewissern, dass alles funktionierte. Sara blickte auf den Schirm des Tablets. Die Knopfkamera an ihrer Jacke zeigte, wie Amanda das Tablet hielt. Die Auflösung war hoch, aber sie würde ein wenig Abstand zu Britt halten müssen, um das Gesicht der Frau einzufangen.

»Seien Sie vorsichtig mit dem Mikro«, sagte Amanda. »Es ist sehr empfindlich. Wenn Sie sich also am Hals kratzen, Ihre Jacke zu stark bewegen oder, Gott bewahre, es berühren, wird von der Tonaufnahme nichts zu hören sein.«

Sara legte die Finger ans Revers. Sie konnte das winzige Mikrofon spüren.

»Ja, genau das sollten Sie nicht tun.« Amanda legte den Kopfhörer beiseite. »Der Sender hat eine Reichweite von einer halben Meile. Ich werde eine Straße weiter stehen. In dem Park gegenüber von den McAllisters ist viel Betrieb. Ich will nicht riskieren, dass jemand die Polizei oder Britt wegen eines verdächtigen Fahrzeugs anruft. Wir brauchen ein Alarmwort für den Fall, dass Sie in Schwierigkeiten sind.«

Sara hatte sich das Anwesen der McAllisters auf Street View angesehen. Falls sie in Schwierigkeiten war, würde Amanda eine große Kreuzung überqueren, eine kurvenreiche Straße entlangfahren, das Tor durchbrechen und die Zufahrt hinter sich bringen müssen, die so lang wie ein Footballfeld war. Dann würde sie Sara in dem Haus finden müssen, das wahrscheinlich an die tausend Quadratmeter hatte.

»*Lucky be a Lady? Strangers in The Night? New York, New York?*«, schlug Sara vor.

»Wenn Sie nach Vorschlägen für Hochzeitslieder suchen, wäre *Fly Me to The Moon* natürlich erste Wahl.« Amanda hatte die Sinatra-Klassiker sofort erkannt. »Der Witz bei einem Alarmwort ist, dass es sich leicht in eine Unterhaltung einbauen lässt, sodass die Person, die Ihnen gefährlich wird, keinen Verdacht schöpft.«

»Etch-A-Sketch«, sagte Sara.

Amanda nickte. »Bereit, wenn Sie es sind.«

Sara stieg aus dem Wagen. Die kalte Luft brachte sie zum Frösteln. Sie hatte zu schwitzen begonnen, seit Amanda sie angewiesen hatte, das Handschuhfach zu öffnen. Würde sie wirklich mit einer geladenen Waffe in Britt McAllisters Haus gehen? Sie war Ärztin, keine Polizistin.

Sie war außerdem der einzige Mensch, mit dem Britt möglicherweise reden würde.

Sara stieg in ihren BMW und ließ den Motor an. Die Uhr zeigte 12.56 Uhr. Sie achtete darauf, dass ihre Knopfkamera nicht auf ihr Handy gerichtet war, als sie Will einen erhobenen Daumen schickte, denn sie hatte ihm selbstverständlich gesagt, dass sie das tat. In einem Monat würden sie verheiratet sein. Sie würde nicht die Sorte Ehefrau sein, die ihren Mann belog.

Will schickte rasch seinen eigenen erhobenen Daumen. Sie sah die kleinen Punkte tanzen, dann schickte er eine Stoppuhr. Der Countdown hatte begonnen. Er hatte Mac dazu gebracht, sein Telefon auszuschalten.

Sara atmete langsam aus, ehe sie den Gang einlegte.

Amandas Lexus folgte in einigem Abstand, als Sara tief nach Buckhead hineinfuhr. Als Sara zum ersten Mal Atlanta besucht hatte, war in dem Gewerbegebiet ein Pornokino gewesen, aber jetzt war das Village voller Luxusläden und Restaurants, die zwanzig Dollar für einen Hamburger verlangten. Sie bog in eine Seitenstraße, und Beton machte rasch Platz für üppig grüne Parks, alten Baumbestand und großzügig bemessene Anwesen. Andrews Drive. Habersham. Argonne. Viele der Häuser gingen bis auf die Zeit des Ersten Weltkriegs zurück. Die ausufernde Bautätigkeit hatte während der Großen Depression nicht aufgehört. Die Gegend hatte sich im Laufe der Jahre exponentiell ausgedehnt, und wie in allen Städten überall waren die Schwarzen und die arme Bevölkerung von wohlhabenden weißen Eliten verdrängt worden.

Mac und Britt McAllister waren fraglos alles davon. Ihr Ziegelhaus im Colonial-Revival-Baustil lag auf einem sanft gewellten, wunderschön angelegten Grundstück von mindestens einem Hektar Größe. Sara hatte auf den Satellitenbildern einen Swimmingpool mit Pool House, einen Tennisplatz, einen Bolzplatz, ein Gästehaus, Parkmöglichkeiten für rund zwanzig Autos und wenigstens fünf Garagenplätze gesehen.

Sie schaute wieder in den Rückspiegel. Amanda hielt ihren Lexus gerade am Straßenrand an. Sara fuhr weiter. Sie bog links in die Straße der McAllisters ein. Keine anderen Autos waren zu sehen. Ein Mann und eine Frau schoben einen Kinderwagen. Ein weiteres Paar ging mit einem älteren Kind in Richtung Park.

Sara dachte an ihre Unterhaltung mit Sloan Bauer in New York. Sie hatten über Leute gelästert, die Vergewaltigung als eine charakterformende Erfahrung bezeichneten. Sloan hatte gesagt, sie hätte ihren Mann ohne den Missbrauch nicht kennengelernt. Sara wäre höchstwahrscheinlich nicht in einem spektakulären Eigenheim in Buckhead gelandet, wenn sie nicht vergewaltigt worden wäre, aber sie war sich ebenso sicher, dass sie die Freude erlebt hätte, ein Kind in sich heranwachsen zu spüren.

Eine Nachricht erschien auf ihrem Handy.

Amanda: *Test?*

Sie wollte überprüfen, ob das Mikrofon sendete.

Sara sagte: »Kahnbein, Mondbein, Dreiecksbein, Erbsenbein, Trapezium …«

Eine weitere Nachricht tauchte auf.

Amanda: *Gut*

Sara nahm an, sie wollte den Rest der Handknochen nicht hören. Sie nahm außerdem an, dass sie aufhören sollte, sich verrückt zu machen.

Sie vermied es, auf die Uhr zu schauen, als sie die Straße entlangfuhr, aber das Zählen in ihrem Kopf ließ sich nicht aufhalten. Amanda würde nicht Sekunden brauchen, um zu ihr zu gelangen, sondern Minuten. Sehr lange Minuten. Dann würde sie zu dem schmiedeeisernen Tor kommen. Und der Airbag in Amandas Wagen würde aufgehen, wenn es ihr gelang, das Tor zu durchbrechen.

Dann … dann … dann …

Sara bog in die Einfahrt und hielt neben der Sprechanlage. Auf beiden Flügeln des imposanten Tors prangte ein kursives M. Sara hätte nicht darauf gewettet, dass der Lexus mit dem Tor fertigwurde, aber dieser Wettstreit würde hoffentlich nie stattfinden. Sie ließ ihr Fenster herunter und drückte den Knopf, um zum Haus hinaufzurufen. Sie blickte direkt in die Kamera über der Sprechanlage. Sara konnte sich vorstellen, wie Britt im

Haus auf Saras Gesicht blickte und mit sich stritt, ob sie sich melden sollte.

Britt traf schließlich ihre Entscheidung. Nach einem lauten statischen Rauschen sagte sie: »Was willst du hier?«

»Ich muss mit dir reden.«

»Verpiss dich.«

Das statische Rauschen war weg. Britt hatte aufgelegt.

Sara drückte den Knopf noch einmal. Nichts. Als sie zum dritten Mal drückte, hielt sie den Finger lange genug darauf, um ihrer Sache Nachdruck zu verleihen.

Das Rauschen kam zurück. »Was ist?«

»Willst du verhindern, dass Tommy ins Gefängnis geht?«

Britt schwieg. Sara konnte peppige Musik im Hintergrund hören. Einige Sekunden vergingen. Dann noch ein paar. Britt hängte den Hörer wieder ein.

Sara umklammerte das Lenkrad. Sie blickte auf das Tor. Sie würde nicht aufgeben. Sie würde darüberklettern, wenn es sein musste.

Zum Glück musste sie es nicht tun. Das Tor schwang auf.

Sara holte tief Luft, ehe sie den Wagen in Gang setzte. Sie rollte die Kurven der Einfahrt hinauf. Es gab einen Teich. Eine Brücke spannte sich über einen sprudelnden Bach. Schließlich kam das Haus in Sicht. Sara musste zugeben, dass es spektakulär war. Die ionischen Marmorsäulen des Portikus schienen das prächtige, dreiteilige Fenster im ersten Stock zu tragen. Die Verzierungen der Simse waren aus demselben butterfarbenen Marmor gearbeitet. Die Zufahrt endete am höchsten Punkt des Hügels in einem Rondell, in dessen Mitte Wasser aus einem wie eine Urne geformten Springbrunnen plätscherte. Buchsbaumhecken säumten die geschotterte Zufahrt. In der Ferne konnte Sara einen Laubbläser hören, der inoffizielle Wappenvogel von Atlanta.

Britt stand in der offenen Eingangstür, als Sara aus dem Wagen stieg. Sie trug Sportkleidung, eine fliederfarbene Jogginghose und ein passendes Tanktop, dazu als Accessoires eine dicke Goldkette, Tennisarmbänder und ihren klobigen Verlobungsring. Sie hatte die Arme verschränkt. Auf ihrer gebräunten Haut lag ein leichter Schweißfilm. Das erklärte die peppige Musik. Es musste ein komplettes Fitnessstudio im Haus geben. Britt schenkte ihrem Körper offenbar dieselbe besessene Aufmerksamkeit, die sie früher der Medizin geschenkt hatte. Ihre Bizepse waren wohldefiniert. Die Stunden auf dem Tennisplatz hatten ihre Schultermuskulatur geformt.

»Was soll das heißen, dass Tommy ins Gefängnis geht?«, fragte Britt. »Ist das irgendein perverser Witz?«

Sara beschloss, sofort aufs Ganze zu gehen. »Dachtest du, ich würde nicht herausfinden, dass die Fotos, die ihr Dani Coopers Eltern gezeigt habt, von dem Video stammen, das Tommy aufgenommen hat?«

Britt stemmte die Hände in die Hüften. »Ich weiß nicht, wovon du redest.«

Sara stieg die Treppe hinauf.

»Was hast du vor?«

»Ich werde dieses Gespräch nicht auf deiner Eingangsveranda führen.«

»Sieht das verdammt noch mal wie eine *Veranda* für dich aus?« Britt deutete auf die Säulen. »Philip Trammell Shutze hat diesen Marmor persönlich in einem italienischen Steinbruch ausgesucht.«

»Meine Herren, wie eindrucksvoll.« Sara sah sie an und wartete.

Britt machte auf dem Absatz kehrt und stapfte ins Haus.

Sara strich mit der Hand über eine der Marmorsäulen, als sie ihr folgte. Die Eingangshalle war nicht so eindrucksvoll, wie man es von außen erwartet hätte. Zwei getrennte Flure führten in den rechten und den linken Flügel. Eine bescheidene Treppe führte in einem Bogen ins Obergeschoss. Der Kronleuchter war modern und zu klein für den Raum. Der Teppich war weiß, die Wände waren weiß. Die Dielenböden waren fleckig weiß. An den Wänden hingen Kohlezeichnungen von Frauenkörpern auf weißem Papier. Es wirkte wie in ein Sanatorium in den Zwanzigerjahren.

»Hast du das Haus selbst eingerichtet?«, fragte Sara.

»Du bist nicht zu einem Höflichkeitsbesuch hier«, sagte Britt. »Von welchem Video sprichst du?«

»Von dem, das Tommy aufgenommen hat, als er Dani Cooper vergewaltigt hat.«

Britts Mine verriet nichts. »Sieht man Tommys Gesicht? Ein besonderes Merkmal, das ihn identifiziert?«

Sara hütete sich, zu lügen. Britt hatte zumindest Teile des Videos gesehen. »Die Metadaten werden zeigen, wo es aufgenommen wurde, wer es aufgenommen hat, Datum, Uhrzeit, alles.«

Britt zuckte nur mit den Achseln. »Metadaten kann man fälschen. Jeder Computerspezialist wird das vor Gericht bezeugen.«

Sara sah Britt an, dass sie nur mäßig beunruhigt war. Sie hatte zu viel Geld, um sich wirklich zu fürchten.

»Warum hast du mit all dem angefangen? In der Toilette im Gericht«, fragte sie. »Warum?«

»Ich habe gar nichts angefangen.« Britt hatte die Stimme gesenkt. »Was willst du erreichen, Sara? Du kannst keine eigenen Kinder haben und versuchst deshalb, mir meinen Sohn wegzunehmen?«

Die Anschuldigung schmerzte nicht mehr so sehr wie beim ersten Mal. Was Sara auffiel, war, dass Britt ständig das Gleiche sagte. Vielleicht hatte sie ihre Schärfe eingebüßt. Vor fünfzehn Jahren ging ihre Grausamkeit mehr in die Richtung von tausend Nadelstichen.

»Nun?«, fragte Britt.

Sara ahmte ihr Schulterzucken nach. »Du hast recht. Ich kann keine Kinder bekommen. Aber nicht ich nehme dir Tommy weg. Das tut Mac, und zwar vor deiner Nase.«

»Blödsinn«, sagte Britt. »Du warst immer eifersüchtig auf Mac. Du erträgst es nicht, dass er sein Leben nach seinen eigenen Bedingungen führt.«

»Wenn jemand behauptet, er lebt nach seinen eigenen Bedingungen, zahlt immer irgendwer den Preis dafür.«

Britt lachte höhnisch. »Sankt Sara und ihre Landjugend-Sinnsprüche.«

»Hier kommt einer vom GBI«, sagte Sara. »Was glauben wir? Was wissen wir? Was können wir beweisen?«

»Und?«

Sara klaubte es für sie auseinander. »Wir wissen, dass Mac zu einer Gruppe von Männern gehört, die Frauen vergewaltigen. Wir wissen, sie arbeiten dezentral – jeder hat seine eigene, ihm zugewiesene Aufgabe. Wir wissen, die Opfer werden gestalkt. Sie werden bedroht. Sie werden gefilmt. Ihre Wohnungen werden durchsucht. Und wenn die Zeit dann reif ist, werden sie mit Drogen betäubt. Entführt. Vergewaltigt.«

Britts Gesicht war aschfahl geworden, aber sie war ausgebildete Geburtshelferin. Sie blieb auch unter Druck gelassen. »In welche Kategorie fällt diese Theorie? Glaube? Wissen? Beweis?«

»Wir wissen es. Wir brauchen Hilfe, um es zu beweisen. Und du brauchst Hilfe, wenn du verhindern willst, dass Tommy ins Gefängnis geht.«

»Er ist nicht auf dem Video von Dani.«

»Wie viel davon hast du gesehen?«

Britt wandte den Blick ab. »Tommy ist unschuldig. Du kannst nichts beweisen.«

»Etwas, das ich über Geschworene bei Strafverfahren gelernt habe, ist, dass sie sich häufig einen Dreck um Beweise scheren. Sie interessieren sich nicht für Wissenschaft oder Experten. Sie gehen nach ihrem Bauchgefühl, und wenn sie dieses Video sehen, wird ihnen übel.«

»Der Richter wird es nicht als Beweismittel zulassen.«

»Der Richter wird es zulassen, weil das Video der ganze Fall ist.« Sara ließ ihr keine Zeit, sich neu zu ordnen. »Woher, glaubst du, weiß das GBI überhaupt von dem Video?«

Britts überraschter Gesichtsausdruck verriet, dass sie über diese Frage bisher nicht nachgedacht hatte.

»Tommy hat es jemandem geschickt. Dieser Jemand hat Tommy verraten. Allein der Besitz des Videos ist eine Straftat.« Sara fand, jetzt war ein guter Zeitpunkt für eine Lüge. »Das GBI hat einen Deal angeboten, wenn er gegen Tommy aussagt. Die entsprechenden Papiere wurden heute Morgen unterzeichnet. Tommy wird noch im Laufe des Tages in Haft genommen werden.«

Britts Hand ging an ihren Hals. Ihre Haut hatte sich gerötet. »Wer?«

»Das findest du heraus, wenn die Anklage bekannt gegeben wird.«

Britt strich sich über den Hals. Sie überlegte, versuchte alle Fallstricke zu erkennen. Normalerweise war Mac derjenige, der sich um alles kümmerte. Sie war überfordert.

»Hier entlang«, sagte sie schließlich.

Sara folgte ihr in den langen Flur, der zur rechten Hausseite führte. Es gab eine Ankleide, einen Schminkraum, eine geräumige Bibliothek mit einem weißen Chesterfield-Sofa und einem Fernsehsessel. Nichts Persönliches war zu sehen. Keine Familienfotos oder Nippes. Keine Diplome oder Auszeichnungen. Das extreme Maß an Ordnung und Sauberkeit war beunruhigend. Nirgendwo war ein Stäubchen zu entdecken.

Britt durchquerte das Wohnzimmer mit seinem riesigen Fernsehschirm und der üppig gepolsterten Sitzgarnitur. Die

Küchenschränke waren weiß, die Arbeitsflächen aus Marmor. Die Wasserhähne waren golden, genau wie die Griffe an den Schränken. In eine Nische war eine weiße Lederbank eingebaut. Ein Flur auf der Rückseite führte offenbar zur Schlafsuite. Sara konnte eine weiße Bank am Fußende des Bettes sehen. Die Laken waren weiß. Die Wände waren weiß. Der Teppich war weiß.

Tatsächlich war bis auf die Bücher in der Bibliothek, die Obstschale auf der Kücheninsel und die grüne Packung Papiertücher daneben alles, was sie im Haus gesehen hatte, weiß oder golden gewesen. Selbst die Poolabdeckung, die Sara durch die großen Fenster zum Garten sah, war weiß. Sonnenlicht fiel ein und ließ alles aseptisch sauber erscheinen. Das viele Licht war vermutlich sehr günstig für die versteckten Kameras, die den offenen Wohnbereich einfingen.

Will hatte die Räume beschrieben, die er auf Macs Telefon gesehen hatte. Die geräumige Küche. Das monochrome Wohnzimmer. Das Elternschlafzimmer mit dem Himmelbett. Das Bad mit zwei WCs und einer riesigen begehbaren Dusche.

Soviel Sara wusste, gab es keine Kameras in der Eingangshalle. Keine in den langen Fluren, die von ihr abgingen. Britt hatte sie zu zwei der vier Räume im hinteren Teil geführt, die Mac überwachen konnte.

Zog sie eine Show ab? Rief sie um Hilfe? Erwartete sie, dass eine Warnung auf Macs Telefon ihn dazu veranlasste, nach Hause zu eilen und sie zu retten?

»Wir können uns hierhin setzen.« Britt entfernte ihre lederne Tennistasche von einem der acht Kapitänsstühle rund um die große Insel. Sie warf die Tasche auf den Boden. Der Schläger ragte wie das Ruder eines Schiffs heraus. »Für die Couch bin ich zu verschwitzt.«

Sara nahm gegenüber von Britt Platz, sodass die Knopfkamera Britts Gesicht einfing. Sie ließ ihre Handtasche auf die

Arbeitsfläche fallen. Der schwere, dumpfe Aufschlag erinnerte sie daran, dass sich Amandas Revolver darin befand. Sie warf einen Blick in den hinteren Flur zum Schlafzimmer. Das Licht schien auf den Schrank und ließ ein weißes Dreieck am Ende des Flurs aufscheinen. Sara empfand ein überwältigendes Unbehagen. Sie hoffte, Amanda hatte recht damit, dass außer Britt niemand im Haus war.

»Wie kann ich Tommy helfen?«, fragte Britt. »Wie würde das aussehen?«

Sara dachte daran, dass Amanda gesagt hatte, sie solle den Eindruck erwecken, auf Britts Seite zu sein. Ihr fiel außerdem etwas ein, was Faith gesagt hatte: Am besten hielt man einen Verdächtigen davon ab, einen Anwalt anzurufen, indem man ihn aufforderte, einen Anwalt anzurufen.

»Zunächst einmal solltest du mit einem Anwalt sprechen. Hast du eigenes Geld? Ein eigenes Konto?«

»Wieso?«

»Weil du einen Anwalt brauchst, der für dich arbeitet. Nicht für Mac.«

»Okay.« Britt nickte. »Und dann?«

»Der Anwalt wird sich wegen eines Deals an das GBI wenden. Du kannst Tommys Leben gegen Macs tauschen. Aber du musst ehrlich sein«, fügte Sara an. »Und es muss eine Information sein, für die Mac ins Gefängnis geht.«

»Was, wenn Mac nichts damit zu tun hat?«

Unter anderen Umständen hätte Sara gelacht. Nach allem, was passiert war, versuchte Britt ihn immer noch zu schützen. »Das GBI weiß, dass Mac beteiligt ist.«

»Woher?«

Sara hatte nichts zu verlieren. »Alle vergewaltigten Frauen waren Macs Patientinnen.«

»Das ist lächerlich. Er operiert Kinder.«

»Was ich dir jetzt sage, fällt unter die Dinge, die das GBI beweisen kann«, sagte Sara. »Alle Opfer wurden als Patientinnen von Mac bestätigt. Er hat sie behandelt. Er hat mitgeholfen, ihr Leben zu retten. Dann hat er gewartet, bis sie erwachsen waren, und sie vergewaltigt.«

Britt wandte den Blick ab. Endlich hatte etwas ihre harte Schale durchbrochen. Sie schluckte hörbar. Tränen schossen ihr aus den Augen. Sie griff nach einem Papiertaschentuch und schüttelte den Kopf. Sie wollte es nicht glauben.

»Merit Barrowe hat Mac während seiner Assistenzzeit aufgesucht. Mac war Fellow, als Leighann Park und Dani Cooper operiert wurden. Das GBI wird sich die Namen aller Patientinnen besorgen, die er je angerührt hat, und mit gemeldeten Überfällen auf Frauen abgleichen. Es ist nur eine Frage der Zeit, bis die Liste länger wird.«

Britt zog ein weiteres Tuch aus dem Karton. »Was, wenn Mac bereit ist, auszusagen?«

»So läuft das nicht«, sagte Sara. »Man bekommt nichts im Tausch gegen geringer Belastete, sonders andersherum. Mac ist der Anführer.«

»Du irrst dich«, sagte sie. »Mac steht nicht ganz oben. Das ist Mason. Mason ist der Chef.«

Sara war so überrascht, dass sie fast nicht antworten konnte. Wären die Chat-Abschriften nicht gewesen, hätte sie vielleicht tatsächlich geglaubt, was Britt sagte. »Woher weißt du, dass es Mason ist?«

»Ich hatte vor ein paar Jahren etwas mit ihm. Du weißt, wie gern er prahlt. Er hat mir alles erzählt. Wie es anfing. Was sie taten. Ich kann gegen ihn aussagen. Ich kann Daten, Namen, Einzelheiten liefern.«

Sara bezweifelte die Affäre nicht, aber der Mann, der das Kommando führte, war verschwiegen und gerissen. Mason war beides nicht. Und sie hatte nicht vergessen, wo sie saßen. Britt hatte Sara in die Küche geführt, weil sie wollte, dass Mac hörte, was sie sagte. Auf diese Weise würden sich ihre und Macs Aussagen nicht widersprechen.

Sara spielte mit und fragte: »Wann fing es an?«

Britt antwortete nicht. Sie griff in die Obstschale und zog ein Albuterol-Inhaliergerät heraus. Mac hatte in seiner Assistenzarztzeit eine Asthma-Erkrankung entwickelt. Sara hatte ihn unzählige Male einen Zug aus seinem Inhalationsgerät nehmen sehen. Jetzt sah sie, wie Britt das Gerät endlos auf der Anrichte kreisen ließ, so wie Sara ihren Ring drehte, wenn sie eine Verbindung zu Will spüren musste.

Britt war von Mac gequält worden. Erniedrigt. Sie hatte gesehen, wie er ihren eigenen Sohn verdorben hatte. Aber erstaunlicherweise suchte sie immer noch nach Wegen, ihn zu schützen.

Sara wartete noch einen Moment, ehe sie wiederholte: »Wann hat es angefangen?«

»Mit Merit Barrowe.« Britt schniefte. Ihre Tränen waren verschwunden. »Deshalb habe ich dir ihren Namen in dem Dampfbad gesagt. Ich wusste, du würdest dir ihren Fall ansehen. Ich hatte gehofft, er würde dich zu Mason führen.«

Merit Barrowe war nicht das erste Opfer gewesen. Sara wusste aus den Chat-Abschriften, dass es zuvor mindestens noch einen weiteren Überfall gegeben hatte. Alle hatten panische Angst gehabt, weil sie fast erwischt worden wären.

»Okay«, sagte Sara. »Wie fing es an?«

Britt hielt das Inhalationsgerät in der Hand. »Zuerst hielten sie es alle für ein Spiel. Mädchen verfolgen, ihnen Angst machen. Mason wollte es auf eine höhere Stufe heben. Er hat eine der Zielpersonen vergewaltigt. Die anderen fanden es heraus, aber sie unternahmen nichts dagegen. Sie waren wütend, weil sie es nicht zu sehen bekamen.«

Sara fiel die Verwendung des Wortes Zielperson auf. So hatte 007 die Opfer in der Chatgruppe genannt. »Wie ging es weiter?«

»Mason beschloss, dass sie das Risiko teilen mussten.« Britt hielt das Inhalationsgerät fest umklammert. »Er sagte, sie würden rotieren wie die Spezialisten in der Notaufnahme. Jeder Mann würde seine Spezialaufgabe bekommen. Durch dieses System konnten sie alles abstreiten. Falls einer wegen einer Nachricht an ein Mädchen erwischt wurde, konnte man ihn nicht damit in Verbindung bringen, dass er ihr gefolgt war. Solche Sachen.«

Sara kaute auf ihrer Unterlippe. Eine weitere große Lüge. In den Chats hatte 006 den Vorschlag gemacht, dass sie rotieren sollten wie die Spezialisten in der Notaufnahme. 002 hatte ihn verspottet – *Der große Unfallchirurg spricht.* Cam Carmichael war der einzige Unfallchirurg in der Gruppe gewesen.

»Was ist mit Cam?«, fragte sie.

»Cam war erbärmlich. Er trank zu viel. Er redete zu viel.« Britt fing wieder an, das Inhalationsgerät zu drehen. Das Kugellager darin scharrte an das Metall. »Cam schickte den Mädchen gern Nachrichten. Er redete sich ein, ihnen Liebesbriefe zu schreiben. Er bezeichnete sich als Romantiker. Der Idiot glaubte allen Ernstes, er würde Sloan Bauer eines Tages heiraten, während allen klar war, dass sie es nicht ertrug, in einem Raum mit ihm zu sein.«

Das zumindest klang wie die Wahrheit. »Dann sah Cam Merit Barrowe im Grady Hospital, und ihm wurde klar, dass das, was sie taten, falsch war.«

»Wenn man seiner Geschichte glaubt«, sagte Britt. »Mason musste Cam Geld geben, damit er aus Atlanta verschwand. Er hat es über einen Zwischenmann abgewickelt, einen von den Mitläufern. Ein gewisser John Trethewey.«

Eine weitere nachweisbare Lüge. Außerdem der Beweis dafür, dass Britt sehr viel besser im Bilde war, als sie ursprünglich gedacht hatten. »John, der Orthopäde?«

»Cam hat ihm gegenüber alles ausgeplaudert, was lief. Das Einzige, was Cam verstummen ließ, war eine Glock.«

»Und Geld war alles, was nötig war, damit Cam wegging?«

»Er hatte eine Anzeige wegen Trunkenheit am Steuer bekommen«, sagte Britt. »Es gab einen Detective, den Mason aus der Notaufnahme kannte und der sich um solche Dinge kümmerte. Sie haben ihn alle irgendwann einmal benutzt. Bis auf Mac. Er war an nichts beteiligt, was mit der Polizei zu tun hatte.«

Sara versuchte, sie mehr in Richtung Wahrheit zu schieben. »Dann hat Mason also die Frauen vergewaltigt, aber Chaz, Richie, Royce, Bing, Cam und Mac haben die ganze Basisarbeit erledigt? Haben die Mädchen verfolgt, ihnen Nachrichten geschrieben. Sind in ihre Häuser eingestiegen, haben sie gestalkt und aufgenommen?«

»Am Anfang haben sich alle bei allen Aufgaben abgewechselt, aber dann fanden sie ihre Nischen. Am Ende war es so, dass Mason hauptsächlich die Taten begangen hat«, sagte Britt. Es war eine feige Art, sich um das Wort Vergewaltigung zu drücken. »Mac hat nie rotiert. Er ist nie eingebrochen oder hat jemanden aufgenommen. Er ist ihnen manchmal gefolgt. Zu seiner Belustigung. Mehr war das Ganze nicht für ihn – ein kleiner Spaß.«

Sara bezweifelte, dass es die verfolgten Frauen spaßig gefunden hatten. »Und?«

»Richie hat sie gern aufgenommen. Durch ihre Fenster, in ihren Fahrzeugen oder in einem Café.« Britt schien nicht bewusst zu sein, dass sie umfangreiche Kenntnis vom Inhalt der Videos offenbarte. »Du weißt sicherlich, warum Richie vom Krankenhaus entlassen wurde. Er ist ein widerlicher Perverser.«

Sie waren alle widerlich. »Was ist mit Bing und Royce?«

»Bing war nie beteiligt. Royce ist früh ausgestiegen. Er hat Mason nie verziehen, dass er Blythe hinter seinem Rücken gebumst hat, deshalb hat er die Gang verlassen.« Britt zuckte mit den Achseln, als würde sie vom Verlust einer Spielerin in ihrer Tennismannschaft reden. »Aber Chaz – Chaz hat es geliebt. Er hat Ma-Mason immer angestachelt. Du weißt, wie sehr Mason Aufmerksamkeit genießt. Er hat die ganze Zeit damit geprahlt. Es war widerlich, ihm zuhören.«

Sara ignorierte den Ausrutscher. Britt hätte beinahe Mac statt Mason gesagt, denn von ihm sprach sie. Ihr Gatte war der Meister. Er war derjenige, der die Zielpersonen auswählte. Er war derjenige, der Dutzende von Frauen vergewaltigt hatte.

»Wer wollte Tommy mit einbeziehen?«

Britt stellte das Inhalationsgerät senkrecht auf die Arbeitsfläche. »Mason.«

»Was ist mit Chuck?«

»Penley?« Britt wurde auf dem falschen Fuß erwischt. Sie blickte forschend in Saras Gesicht und versuchte fieberhaft zu ergründen, woher die Frage kam.

»Das GBI weiß eine Menge, Britt«, sagte Sara. »Auf diese Weise tricksen sie dich aus. Sie stellen Fragen, auf die sie die Antwort bereits kennen.«

»Versuchst du, mich auszutricksen?«

»Ich versuche, dir zu helfen.«

Britt lachte kurz und durchdringend. Sie nahm das Inhalationsgerät wieder in die Hand. »Was willst du sonst noch wissen? Oder bestätigt bekommen?«

»Was ist mit Dani passiert?«, fragte Sara.

Britt schaute zur Decke. Sie hatte bis jetzt die Fassung bewahrt. Sie holte tief Luft und ließ sie langsam entweichen. Dann noch einmal.

Sara erkannte den Bewältigungsmechanismus. Über Dani zu sprechen, konnte bedeuten, dass Tommy ins Spiel kam. Britt würde ab jetzt noch vorsichtiger sein.

»Das Drogenregime ist kompliziert und …« Britt unterbrach sich. »Man muss sie zu den richtigen Zeiten verabreichen.«

Sara dachte, sie sollte aufschreiben, in welcher Weise Britt sich ständig selbst belastete. »Rohypnol und Ketamin?«, fragte sie.

Britt sah sie mit einer Mischung aus Wachsamkeit und Respekt an. »Mason wurde gerufen, um das Problem zu beheben.«

Sara vermerkte, dass sie nicht gesagt hatte, wer um Hilfe gerufen hatte. »Welches Problem?«

»Es gab eine Unterkorrektur. Die Sorge war Atemdepression. Sie wachte auf. Es gab einen Kampf. Sie versuchten, sie zu bändigen. Dani entwischte. Sie schaffte es in den Wagen.«

»Tommys Wagen.«

Britt ignorierte die Klarstellung. »Sie fuhr zum Krankenhaus. Sie krachte in den Rettungswagen. Und dann eilte Sankt Sara zu Hilfe.«

Sara überging die Stichelei und konzentrierte sich stattdessen auf die vage Sprache, die Britt benutzte. Man konnte klarer ausdrücken, was passiert war. »Tommy machte sich Sorgen wegen Danis flacher Atmung. Er reduzierte den Drogencocktail. Dani wachte auf. Tommy rief um Hilfe. Dani wehrte sich. Jemand schlug sie mit einem dumpfen Gegenstand. Es gelang ihr dennoch, zu entkommen.«

Britt schürzte die Lippen. »Ich kenne die Einzelheiten nicht. Ich habe erst im Nachhinein davon erfahren.«

»Wo wurde Dani festgehalten?«

Britt schüttelte den Kopf. »Ich habe keine Ahnung.«

Sara wusste genau, wohin Tommy Dani gebracht hatte. In dieses Mausoleum mit seinen weißen Wänden und weißen Möbeln. Irgendwo hier gab es einen fleckigen Schaffellteppich. Eine Digitalkamera. Ein Stativ. Professionelle Beleuchtung. Dorthin hatte Mac seine Opfer gebracht. Dort hatte Tommy gelernt, der Mann zu werden, der er heute war.

Und Britt hatte die ganze Zeit unter einem Dach mit ihnen gelebt.

»Genügt das dem GBI für einen Deal?«, fragte Britt. »Ich habe dir alles über Mason gesagt, was ich weiß. Über alles, was sie getrieben haben. Tommy und Mac hatten bestenfalls am Rande damit zu tun. Mason ist der Anführer. Er sollte ins Gefängnis gehen.«

Sara hatte von Anfang an befürchtet, dass es Zeitverschwendung wäre, aus Britt McAllister die Wahrheit herausbekommen zu wollen. Britt hatte so viele Möglichkeiten gehabt, sich diesem Wahnsinn zu entziehen. Doch jedes Mal hatte sie sich wieder in die Sicherheit ihrer toxischen Existenz zurückgezogen. Sie war nach Macs Sadismus genauso süchtig wie nach ihren kleinen blauen Pillen.

»Du warst so eine gute Ärztin«, sagte Sara.

Britt wirkte bestürzt über das Kompliment.

»Ich weiß, wir sind nie gut miteinander ausgekommen, aber ich habe nie daran gezweifelt, dass dir deine Patienten am Herzen lagen. Du warst so freundlich zu ihnen. Es war die eine Sache, die mich davon abgehalten hat, dich zu hassen.«

Britt lachte höhnisch. »Vielen Dank.«

»Es ist noch nicht zu spät«, sagte Sara. »Es wäre nicht leicht, aber du könntest wieder im medizinischen Bereich tätig werden. Du könntest ehrenamtlich arbeiten, reisen oder mit Kindern arbeiten, deinen Doktor machen oder anderen Frauen helfen. Du könntest Tommy zeigen, dass seine Mutter Respekt verdient hat.«

Britt schaute perplex. »Wovon zum Teufel redest du da?«

»Warum beschützt du ihn immer?«, fragte Sara. »Schon als Mac ein unbedeutender Arzt im Praktikum war, hast du ihn wie einen Gott behandelt. Ist sein Ego wirklich so zerbrechlich? Würde ihm der Schwanz abfallen, wenn er zugeben müsste, dass er sich geirrt hat?«

»Du verstehst das nicht«, sagte Britt. »Dein Leben ist so klein im Vergleich zu meinem.«

Sara wusste, worauf das hinauslief. »Weil ich keine Mutter bin?«

»Ja.« Britts Antwort war so einfach. »Nur eine Mutter versteht so etwas.«

»Stell mich auf die Probe.«

»Ich kann mein Kind nicht im Stich lassen. Mac hat bereits zu viel Einfluss auf sein Leben. Tommy verehrt ihn so.« Ihre Stimme wurde härter. »Wenn ich Mac verlasse, ist Tommy für immer verloren. Und Mac wird mich durch ein neues, jüngeres Modell ersetzen. Alle unsere Freunde werden sich für Mac und sein Spielzeug entscheiden. Ich werde als verdorrtes altes Weib enden und einsam sein, und Mac ist immer noch der König der Welt.«

»Das hört sich nicht nach Liebe an. Es klingt, als könntest du Mac nicht gewinnen lassen.«

»Zwischen beidem besteht kein Unterschied«, sagte Britt. »Wir sind seit zweiundzwanzig Jahren zusammen. Ein Wettkampf ist alles, was uns geblieben ist. Wie kann ich ihn verletzen? Wie kann er mich verletzen?«

Sara wusste, wie Mac Britt verletzte. »Er misshandelt dich.«

Britt sah verdattert aus. Sie hatte geglaubt, es sei ein Geheimnis.

»Schon damals im Grady haben alle die blauen Flecken gesehen«, sagte Sara. »Du hast einen GPS-Tracker an deinem Schlüsselbund, deinem Wagen. Mac verfolgt jede Bewegung von dir. Du kannst nicht atmen, ohne dass er es erfährt.«

»Er weiß nicht alles.« Britt hatte die Augenbrauen gehoben. Sie sprach von dem, was sie Sara im Laufe der letzten Tage erzählt hatte, aber selbst jetzt hatte sie noch so viel Angst vor ihm, dass sie die Worte in Sichtweite seiner Kameras nicht aussprechen konnte. »Du bist wie niemand sonst dazu qualifiziert, zu verstehen, wie heikel Macs Arbeit ist. Kinder und ihre Eltern verlassen sich auf ihn. Niemand sonst kann tun, was Mac kann. Die Belastung kann unerträglich sein. Wenn er sich mit der einen oder anderen Spielerei ablenkt, ist das nichts im Vergleich zu dem, was er der Welt schenkt. Ich opfere mich mit Freuden für ihn.«

»Viele Leute können, was Mac kann«, sagte Sara. »Und selbst wenn es nicht so wäre, gäbe es ihm nicht das Recht, dich zu missbrauchen.«

»Es ist nicht Missbrauch. Es ist ein Zwang«, sagte Britt. »Durch alles, was Mac tut, und immer, wenn er mich verletzt, will er in Wahrheit sagen, dass er mich noch wahrnimmt. Weißt du, wie viele siebenundvierzigjährige Frauen das von ihren Ehemännern sagen können? Mac hat mich immer wahrgenommen. Er liebt mich.«

Sara schüttelte fassungslos den Kopf. Diese Denkweise machte sie sprachlos.

»Hier.« Britt deutete auf ihre lederne Tennistasche. »Die hat ihn zehntausend gekostet.«

Sara sah, wie sie den Schläger herauszog und ihn beiläufig auf die Arbeitsfläche warf. Das Chanel-Logo war deutlich auf dem Griff zu sehen.

»Sechstausend, und ich benutze ihn zum Aufwärmen.« Britt zeigte auf ihren Schmuck. »Dieses Halsband hat achtzehntausend Dollar gekostet. Der Armreif zwanzig. Ich habe mir einen neuen Verlobungsring gekauft. Vier Karat. Neunzigtausend. Der Ehering kostete dreißig.«

»Dann ist es also in Ordnung, dass Mac dich misshandelt, weil du dir teuren Kram kaufst, der niemanden interessiert?«

»Es interessiert alle, Sara. Das ist es, was du nie verstehen wirst. Du hast diesen billigen Ring am Finger, und du denkst, er macht dich zu etwas Besonderem, aber du wirst früh genug dahinterkommen. Du wirst auch nicht jünger. Du kannst ihn irgendwann nicht mehr mit einer straffen Muschi und prallen Titten bei der Stange halten.« Britt stützte sich auf der Kücheninsel ab. »Wie du ihre Aufmerksamkeit erlangst, wie du sie behältst, darauf kommt es an. Eine Ehe ist ein blutiger Sport. Wer etwas anderes behauptet, der lügt.«

Sara wusste, dass sie sich irrte. Ihre erste Ehe war anders gewesen. Ihre Beziehung mit Will war nicht so. »Du entscheidest dich dafür, einen blutigen Sport daraus zu machen.«

»Weißt du, wie viele zwanzigjährige Schlampen da draußen nur darauf warten, mich zu ersetzen? Sie müssen nur mit den Augen rollen, und ich bin Geschichte. Egal, wie viele Mahlzeiten ich auslasse, wie viel ich trainiere oder wie viele Nadeln man mir ins Gesicht steckt, ich kann mit der Jugend nicht konkurrieren. Es ist kein fairer Wettkampf.«

»Dann lass es sein.«

Britts Lachen war so hart wie ihr Gesicht. »Du dummes Miststück. Glaubst du wirklich, es ist so einfach? Männer können tun, was sie wollen. Sie können Frauen wie einen Tampon behandeln. Wir saugen ihre Wut und ihren Missbrauch auf, und wenn wir zu besudelt sind von ihrem Schleim, wechseln sie uns gegen einen neuen aus.«

»Du redest nur von einer bestimmten Sorte Männer.«

»Sie sind alle so. Sie nehmen und nehmen und geben dir nichts.« Britt hielt das Inhalationsgerät in die Höhe. »Weißt du, wie oft ich Mac schon gebeten habe, sein verdammtes Albuterol nicht überall herumliegen zu lassen? Es ist die eine Sache, um die ich ihn bitte – wirklich die einzige –, und er bringt es einfach nicht fertig.«

Britt riss eine Schublade auf und warf das Inhalationsgerät zu dem Müll darin. Kugelschreiber, Kleingeld, Kaugummipäckchen, Bonbons.

»Wenn es einen Gott gibt, bekommt Mac in seinem Wagen einen Asthmaanfall und kracht frontal in einen verdammten Bus«, sagte Britt.

Sara blickte zu der geschlossenen Schublade. Ein weiteres Puzzleteil hatte sich eingefügt. Als Kinderärztin hatte sie Albuterol verschrieben. Das Medikament verursachte einen trockenen Mund und hinterließ einen kreideartigen Nachgeschmack. Sie riet ihren Patienten immer, zuckerfreien Kaugummi zu kauen oder Bonbons zu lutschen, weshalb ihr Atem oft süßlich roch.

Merit Barrowe hatte Cam erzählt, der Atem des Mannes, der sie vergewaltigt hatte, habe süßlich gerochen, wie Hustensaft.

Leighann Park hatte Faith erzählt, der Atem des Mannes, der sie vergewaltigt hatte, habe süßlich gerochen, wie Kirschbonbons.

Und doch konnten sie mit dieser Information wie bei allem, was Britt preisgegeben hatte, nichts anfangen. Glauben und Wissen waren nicht dasselbe wie ein Beweis.

»Diese Unterhaltung war reine Zeitverschwendung für mich«, sagte Britt. »Tommy hatte nichts mit diesem Video zu tun. Es ist offensichtlich ein Deepfake. Irgendwer versucht ihn hereinzulegen. Nicht ausgeschlossen, dass du es bist. Ich würde jederzeit gern beschwören, welchen Groll du immer gegen Mac hegtest.«

Sara lachte überrascht auf. »Du hast dich gerade zwanzig Minuten lang hinsichtlich aller möglichen Straftaten selbst belastet. Du wusstest, wann die Gang sich zusammengefunden hat. Du kanntest das Drogenregime, den Inhalt der Stalkervideos. Du wusstest, wie sie vorgegangen sind. Du wusstest über Dani Bescheid. Dass sie mit Drogen betäubt und geschlagen wurde. Du wusstest …«

»Viel Glück im Zeugenstand damit. Beim nächsten Mal wird dich unser Anwalt nicht mit Glacéhandschuhen anfassen.« Britt riss die Tennistasche vom Boden hoch. »Du bist nichts als eine eifersüchtige, unfruchtbare Fotze.«

Sara spürte, dass ihr Tränen kommen wollten. Sie hasste es, dass Britt sie immer noch verletzen konnte.

»Du kannst jetzt gehen.« Britt öffnete Reißverschlüsse an der Tasche und holte einen Spielplan heraus. »Ich muss den nächsten Monat vorbereiten. Der Spielplan bleibt immer an mir hängen.«

Sara stellte es die Nackenhaare auf. Die Worte kamen ihr auf eine unheimliche Weise bekannt vor.

Britt bemerkte die Veränderung. »Was ist?«

Sara war sprachlos. Etwas stimmte nicht. Sie zitterte, und ihr wurde übel.

»Herrgott noch mal.« Britt klatschte den Spielplan auf die Arbeitsfläche. »Fangen wir ernsthaft wieder damit an?«

Sara stockte der Atem. Sie musste sich zwingen, auszuatmen. Genau diese Phrase war ständig in den Chat-Abschriften aufgetaucht. 007 machte eine höhnische oder sexistische Bemerkung, und 002 antwortete: *Fangen wir ernsthaft wieder damit an?*

Sara holte noch einmal Luft, damit sie sprechen konnte. »Du hast gesagt, Bing war nicht an der Gruppe beteiligt.«

Britt blickte auf. »Und?«

Sieben Mitglieder in der Gruppe. Sieben Nummern in den Chat-Abschriften. Und Faith hatte die Frage aufgeworfen: Wer hätte den Mumm, Mac *Fucking* McAllister schwach anzureden?

Seine Frau.

»Das warst du«, sagte Sara. »Du bist 002 in der Chat-Gruppe.«

Britt blähte die Nasenlöcher. Sie strich über den Spielplan. »Du redest wirres Zeug.«

»Wir haben die Chat-Website gefunden. Du hast mitgeholfen, die Regeln auszuarbeiten, damit ihnen allen nichts passiert«, sagte Sara. »Auf diese Weise erhältst du dir Macs Aufmerksamkeit. Du hilfst ihm seit sechzehn Jahren, andere Frauen zu vergewaltigen.«

Die Muskeln in Britt Hals waren straff gespannt. »Ich weiß nichts von einer Website.«

»Doch, das tust du«, sagte Sara. »Du hast unter 002 gepostet. Cam unter 006. Mason war 004. Er wusste, was vor sich ging, aber es war ihm egal. Mac war 007. Er ist der Meister. Er sucht die Zielpersonen aus. Du hast den Plan aufgestellt. Du verteilst die Aufgaben. Du legst die Regeln fest. Und dieses Haus hier, diese Irrenanstalt, ist der Ort, an dem Mac sich dabei filmt, wie er seine früheren Patientinnen vergewaltigt.«

Britt stand vollkommen reglos. Das Einzige, was sie verriet, war die Hautrötung, die sich von ihrer Brust aufwärts arbeitete. »Ich sagte, du sollst gehen.«

»Oder was?«, fragte Sara. »Rufst du die Polizei?«

Britt legte die Hand auf die Küchentheke. »Du ... verstehst nicht.«

»Weil ich keine Mutter bin?«, fragte Sara. »Du benutzt das Wort ständig, als wüsste ich nicht genau, was *du* bist. Mac ist nicht der einzige Sadist in diesem Haus. Du hast diese Frauen im Grunde selbst vergewaltigt. Tommy wäre nicht so, wie er ist, wärst du nicht so eine grauenhafte Mutter.«

Britts Eispanzer bekam Risse. Tränen standen in ihren Augen, ihre Lippen bebten.

Dann packte sie den Tennisschläger und schwang ihn.

»O Gott!« Sara riss die Hände hoch, um den Schlag abzublocken. Der Rand des Schlägers traf ihr linkes Handgelenk. Sie hörte einen Knochen brechen, aber sie war zu benommen, um den Schmerz zu spüren.

Britt holte zu einem Rückhandschlag aus.

Sara tastete mit der rechten Hand nach ihrer Handtasche. Sie hatte keine Zeit, nach dem Revolver zu suchen, sondern benutzte die Handtasche als Schild. Der Schläger rutschte an ihrem Boden ab. Saras Kopf wurde nach hinten gerissen. Ihre Nase brach. Sie ließ den Riemen los. Der Revolver fiel mit dem restlichen Inhalt aus der Tasche und landete auf dem Boden.

Die Zeit blieb stehen.

Keine der beiden rührte sich.

Nur dass Britt nicht auf den Revolver starrte, sondern ihre Aufmerksamkeit richtete sich auf das schmale schwarze Kästchen, das aus Saras Jackentasche gefallen war. Die Kabel steckten noch in den Buchsen. Das grüne Licht war an.

»Was ...« Britt atmete so schwer, dass sie kaum sprechen konnte. »Was ist das?«

Sara keuchte ebenfalls. Ihr Handgelenk pochte. Sie konnte die Finger nicht bewegen. Sie würde es nie und nimmer bis zu der Waffe schaffen. In der Ferne hörte sie eine Polizeisirene heulen. Amanda war noch eine Straße entfernt. Dann eine Kreuzung. Eine weitere Straße. Ein Tor. Dann die Zufahrt. Das Haus.

»Es ist ein Sender«, sagte Sara. »Die Polizei hat dich die ganze Zeit beobachtet. Das Kabel geht zu der Kamera in diesem Knopf.«

Britts Blick folgte Saras Zeigefinger.

»Hörst du die Sirene?« Luft pfiff durch Saras gebrochene Nase. Sie hielt sich das gebrochene Handgelenk. Distaler Speichenbruch. Der ursprüngliche Schock war einem beinahe lähmenden Schmerz gewichen. »Sie werden bald hier sein.«

Britt ließ den Tennisschläger langsam sinken. Sie sah Sara nicht an, sondern blickte direkt in die Knopfkamera. »Ich war es. Ich habe Dani geschlagen. Sie hat versucht, zu entkommen. Ich habe sie in die Garage verfolgt und geschlagen. Ich dachte, dass sie tot ist. Ich habe sie dort liegen lassen.«

Saras Herz schauderte bei dem Geständnis.

»Der Tennisschläger ist noch in der Garage. Es ist der Babolat Pure Aero Plus in Limettengrün. Ich habe versucht, ihn sauber zu machen, aber ihr Blut ist in den Rillen eingetrocknet. Meine DNA ist am Griffband. Ich war es.«

Sara interessierte nur der Tennisschläger, den Britt in der Hand hielt. Die Frau war unberechenbar, da ihr die Handlungsalternativen ausgingen. Die Sirene von Amandas Wagen war viel zu weit entfernt. Genau wie der Revolver auf dem Boden.

»Mac hat keiner von ihnen etwas getan«, sagte sie in die Kamera. »Sie waren nur ein kleiner Zeitvertreib, um den Stress abzubauen. Die Mädchen wussten nicht einmal, was geschah. Die meisten haben sich nie beklagt, oder wenn sie es taten, haben sie das Geld genommen. Es war gutes Geld. Sie wollten gar nicht zur Polizei. Es ging ihnen gut hinterher. Allen ging es gut.«

Sara biss sich auf die Zunge. Keiner war es gut gegangen.

»Ich habe nicht nur die Regeln aufgestellt«, sagte Britt. »Ich habe die Website angelegt. Ich habe die Aufgaben verteilt. Ich kannte ihre Vorlieben, wusste, wofür sie am besten geeignet waren. Sie haben die Mädchen hierhergebracht, weil ich es ihnen gesagt habe. Ich habe sie gefilmt. Ich habe alle Videos aufgenommen. Sie sind auf dem Server im Keller gespeichert. Alles war von mir inszeniert. Ich trage die alleinige Schuld. Ich übernehme die volle Verantwortung.«

Die Sirene kam näher.

Britt hörte sie ebenfalls. Sie schaute auf den Tennisschläger hinunter, schwang ihn aber nicht noch einmal, sondern legte ihn auf die Arbeitsfläche.

Dann bückte sie sich und hob die Waffe auf.

»Britt!« Sara stieß sich aus dem Stuhl hoch.

Die Anstrengung war unnötig. Britt richtete die Waffe nicht auf Sara.

Sie drückte sich die Mündung an die Schläfe.

»Dieses Geständnis sind meine letzten Worte. Ich schwöre, dass es die Wahrheit ist.« Britt sprach immer noch in die Kamera. »Tommy, Mac, ich liebe euch.«

»Leg die Waffe weg«, sagte Sara. »Bitte.«

»Ich will nicht, dass meine Jungs das sehen.« Britt trat einen Schritt rückwärts. Dann noch einen. Sie ging in den Flur zum Schlafzimmer. Weg von Saras Kamera. Weg von Macs Kameras. »Lass mich einfach gehen, Sara. Lass mich gehen.«

Sara hatte nicht die Absicht, sie gehen zu lassen. Britt würde für ihre Verbrechen zur Rechenschaft gezogen werden. Sara hatte es Dani versprochen. Sie hatte es sich geschworen. Die Coopers hatten Gerechtigkeit verdient. Leighann Park. Merit Barrowes Familie. Sie alle verdienten eine Art von Gerechtigkeit. Sara wankte in den Flur. Die Schmerzen waren so stark, dass ihr übel wurde. Ihre Nase pulsierte. Die linke Hand war vollkommen taub. Sie presste das Handgelenk an den Körper.

Britt verschwand in der Ankleide.

Sara ging ihr nach. Britt stand in der Mitte des Raums, die Waffe immer noch an den Schädel gedrückt. Die Ankleide war leuchtend rosarot gestrichen, als gehörte sie einem Teenager. Ein Kristallleuchter hing an der Decke. Die Einbauten waren maßgefertigt. Schuhe und Kleidung im Wert von Hunderttausenden Dollar füllten jeden verfügbaren Winkel.

Bis auf einen Bereich.

Es gab einen Vorraum zu der Ankleide. Die Schiebetür stand offen. Weiße Wände. Weißer Boden. Ein verdreckter Schaffellteppich. Eine Digitalkamera. Ein Stativ. Professionelle Beleuchtung.

»Hier hat es stattgefunden.« Britt stand vor einem dreiteiligen Spiegel. Ihre Hand zitterte so sehr, dass die Mündung der Waffe gegen ihren Schädel schlug. »Mac mag es, wenn ich zuschaue. Er will, dass ich mich integriert fühle.«

Ein lauter Knall brachte die Luft zum Zittern. Amanda war durch das Tor gebrochen. Die Sirene heulte, als sie die Zufahrt hinaufraste.

»Wir teilen …« Britt schluckte. »Wir teilen das. Es ist etwas, das er nur mit mir tut.«

Sara schaute nicht zu Britt und nicht in den weißen Raum oder auf den fleckigen Teppich. Sie blickte auf die Reihen von Schuhen. Es waren keine Louboutins oder Jimmy Choos. Es waren Sneaker, Slipper, Flip-Flops. Keine Paare, immer nur der linke Schuh. Die Scheinwerfer in der Decke waren abwärts gerichtet wie in der Auslage eines Geschäfts. Fast fünfzig Schuhe insgesamt. Drei von ihnen kannte Sara von den Fotos an Faiths verrückter Pinnwand.

Ein Air Jordan Flight 23.

Eine Plateausandale von Stella McCartney.

Ein Samtpumps von Marc Jacobs.

»Meine Trophäen.« Britt klang stolz, froh, dass endlich alles ans Licht kam. »Ich habe sie an mich genommen. Ich war das. Das alles. Er mag andere Frauen haben, aber ich bin diejenige, zu der er sie nach Hause bringt. Mac weiß, dass ich ihn beschützen werde. Ich habe ihn immer beschützt.«

Sara konnte nicht verarbeiten, was sie hörte. Ihr einziges Ziel war, Britt davon abzuhalten, dass sie abdrückte. »Britt, leg die Waffe weg. Tommy braucht dich immer noch.«

»Versuch nicht, mich zu retten, Sankt Sara. Nach allem, was ich dir angetan habe.«

»Es spielt keine Rolle. Wir finden einen Weg.«

»Aber du kennst die Lösung noch immer nicht, oder?«

»Nein.« Sara ignorierte den neckischen Tonfall. »Ich kenne die Lösung nicht. Warum verrätst du sie mir nicht?«

»Ich bin der Grund, warum Jack Allen Wright dich vergewaltigt hat.«

Die Sirene verstummte.

Saras Blick verengte sich.

Eine Art Taubheit überfiel ihren ganzen Körper. Ihre Sinne wurden stumpf. Alles, was sie hörte, war der leise Klang von Britts Stimme.

»Ich wusste, dass du das Facharzt-Fellowship bekommen würdest. Ich durfte nicht zulassen, dass du es Mac wegnimmst.«

Sara merkte, wie Blut durch ihre Kehle rann.

»Jack war besessen von dir. Ich habe gesehen, wie er dich fotografiert hat, dir gefolgt ist, Dinge aus deiner Handtasche geklaut und Haare von dir eingesammelt hat. Es ist sehr leicht, einen Mann zu den Gewalttaten zu überreden, die er ohnehin begehen will.«

Sara schluckte das Blut.

»Ich sagte zu Jack, dass du dich für etwas Besseres hältst, als er es war. Dass du jeden Mann im Krankenaus vögelst – außer ihn. Es brauchte nicht viel, um ihn in dieser Nacht so weit zu bringen. Ich habe die Handschellen in seinen Spind gelegt. Ich habe die Brechwurz in deine Limonade gegeben, damit dir schlecht wurde. Ich habe die Personaltoilette verriegelt und das Absperrband vor die anderen Kabinen gespannt. Ich sagte Jack genau, wo du sein würdest und wann du dort sein würdest. Es war, als würde man ein Spielzeug aufziehen und es in die gewünschte Richtung schubsen. Er hat den Rest erledigt.«

Sara blinzelte, und sie war wieder in der Toilette. An die Haltegriffe gefesselt. Den Mund mit Klebeband verschlossen. Der beißende Geruch von Reinigungsmitteln. Der Geruch ihres eigenen Urins. Blut, das aus der Wunde in ihrer Seite tropfte, das Leben drohte sie zu verlassen, doch alles, woran sie denken konnte, war der Geschmack seines dreckigen Mauls, als er ihre Kiefer aufzwang, um sie zu küssen.

»Es war so brillant.« Britt lächelte immer weiter. »Es war mehr, als ich mir erträumen konnte. Ich meine, er hat tatsächlich ein Messer in dich gerammt.«

Von den Tränen verschwamm Saras Blick.

»Du denkst, ich bin eine mitleiderregende Hausfrau?« Britt ließ die Waffe auf ihrer Schulter ruhen. »Ich habe Jack dazu gebracht, dich zu vergewaltigen. Ich habe Edgerton dazu gebracht, den Fall Barrowe verschwinden zu lassen. Und den Leichenbeschauer dazu, seinen Bericht zu ändern. Ich ließ Mac seinen Spaß haben. Ich habe ihn beschützt. Ich habe dafür gesorgt, dass er das Fellowship erhielt. Ich habe uns diese Existenz aufgebaut, diese prächtige Existenz. Ich habe unseren wunderbaren Jungen großgezogen. Ich bin unglaublich.«

Sara spürte, wie ihre Knie nachgaben. Die Last war zu schwer.

»Du wärst beinahe geblieben, nachdem es passiert war«, sagte Britt. »Aber dann hattest du deine Eileiterschwangerschaft, und ich dachte, was für ein Geschenk! Was für ein gottverdammtes Geschenk. Davon erholt sie sich nie wieder. Niemals. Und ich behielt recht.«

Sara klapperte mit den Zähnen. Der Schmerz war unerträglich. Alles, was sie verloren hatte. Das Facharztstipendium. Ihre sorgfältig geplante Zukunft. Das Gefühl von Sicherheit. Die Fähigkeit, vollkommen zu vertrauen, uneingeschränkt zu lieben. Ihre Kinder – zwei Mädchen. Tessa würde drei haben. Sie würden Nachbarn sein und ihre Kinder zusammen großziehen. Und nichts davon war wegen Britt McAllister geschehen.

»Wie …« Sara schnürte es die Kehle zu. »Wie konntest du nur so grausam sein?«

Britt zuckte mit den Achseln. »Das bin ich.«

Sie setzte den Revolver an die Schläfe. Und drückte ab.

Nichts geschah. Nicht einmal ein Klicken war zu hören.

»Sara!« Amanda war im Haus und rannte den Flur entlang. Ihre Schritte hallten wie Trommelschläge. Sie war in die falsche Richtung gelaufen.

Britt betrachtete den Revolver und versuchte herauszufinden, warum er nicht losgegangen war.

Sara griff an das Mikrofon in ihrem Revers und hielt die Hand darüber. »Zieh den Hahn mit dem Daumen zurück.«

Britt zog den Hahn zurück.

Sie setzte die Waffe an die Schläfe.

Dieses Mal funktionierte es.

EINE WOCHE SPÄTER

Will stand in seiner Küche an der Spüle und trocknete ab, während Faith das Geschirr wusch. Das Wetter war wärmer geworden. Im Gartengrill rauchten die letzten Reste vom Mesquite-Holz. Er blickte aus dem Fenster zu Sara und ihrer Schwester. Sie saßen am Gartentisch mit jeweils einem Kind auf dem Schoß, Tessa mit Isabelle, Sara mit Emma. Saras Nase war gebrochen, und ihr Arm steckte in einem Castverband, trotzdem brachte sie es irgendwie fertig, Seifenblasen durch einen Zauberstab zu pusten. Die Mädchen streckten die kleinen Hände danach aus, um sie zum Platzen zu bringen. Die Blasen, die sie nicht erwischten, schnappte sich Betty. Saras Greyhounds lagen im Gras, aber sie waren zu faul, um mehr zu tun, als zuzusehen.

Er hatte noch nie Gäste zum Essen bei sich zu Hause gehabt. Tatsächlich waren überhaupt noch nie so viele Leute bei ihm gewesen. Jeremy, Aiden, Saras Eltern und ihre höchst exzentrische Tante waren alle da gewesen und bereits wieder gegangen. Faith, Tessa und ihre Kinder waren die einzigen Nachzügler. Was nett war, aber auch eine Erinnerung daran, warum Will nie so viele Leute bei sich zu Gast gehabt hatte. Er brauchte keinen Arzt, der ihm sagte, dass er ein introvertierter Mensch war. Wenngleich es einer gewissen Ärztin Freude zu machen schien, ihn ständig darauf hinzuweisen.

»Hey«, sagt Faith. »Pass auf. Mir geht der Platz aus.«

Will raffte einen Berg Gabeln zusammen und legte sie auf ein Papiertuch. Bevor Sara in sein Leben getreten war, hatte er nur zwei Schalen, zwei Teller, zwei Gabeln, zwei Messer und zwei Löffel besessen. Sie hatte im Lauf des letzten Jahres weitere Dinge eingeschmuggelt. Die Lintons hatten sehr genaue Vorstellungen davon, wie man angemessen tafelte. Ihr Vater benutzte bei jeder Mahlzeit mehrere Gabeln. Ihre Mutter fand Wegwerfgeschirr und -besteck moralisch anstößig.

Nicht, dass sich Will beschwert hätte. Sie scharten sich alle um Sara während ihrer Genesung. In den ersten Tagen waren sie nicht von ihrer Seite gewichen. Nicht zum ersten Mal stellte er fest, dass Sara einen großen Teil ihrer Kraft aus ihrer Familie zog.

Faith stupste ihn mit dem Ellbogen an. »Wie geht es Sara?«

Er stupste zurück. »Frag sie.«

»Das habe ich.« Faith stupste ihn noch einmal. »Sie sagt, sie versucht damit fertigzuwerden. Ich kann mir nicht vorstellen, wie. Dieses Video von Britt war brutal. Was sie Sara über Jack Allen Wright erzählt hat – ich weiß nicht, ob ich mich davon je erholen könnte.«

Will nahm einen weiteren Teller zur Hand.

»Komisch, wie am Ende der Ton plötzlich weg ist.«

Will gab ihr den Teller zurück. »Du hast eine schmutzige Stelle übersehen.«

Faith kratzte einen Streifen Ketchup mit dem Fingernagel ab. »Bist du böse auf Amanda, weil sie Sara zu Britt fahren ließ?«

»Es war Saras Entscheidung«, sagte Will. »Im Nachhinein ist man immer schlauer. Amanda hätte Sara nicht einmal in die Nähe dieses Hauses gelassen, wenn sie gewusst hätte, wozu Britt fähig war. Ich bin nur froh, dass es nicht schlimmer ausgegangen ist.«

»Du bist heute aufreizend diplomatisch.« Faith fing mit einem weiteren Teller an. »Ich bin nicht über jedes Ergebnis der Sache froh. Ich habe es gründlich satt, Britts Botox-Visage überall zu sehen. Man könnte meinen, ein Star ist gestorben.«

Will fühlte mit ihr. Zum ersten Mal in seinem Erwachsenenleben schaltete er morgens nicht mehr die Nachrichten ein. Er ging nur ins Internet, wenn es unbedingt sein musste.

»Alles, was die Leute interessiert, ist Britt, das irre Miststück«, sagte Faith. »Dass fast fünfzig Frauen im Lauf von sechzehn Jahren vergewaltigt wurden, juckt niemanden.«

»Was ist mit der Liste?«, fragte Will. Das APD hatte eine Excel-Tabelle mit allen *Zielpersonen* auf Britts Laptop gefunden, aber sie hatte nur die Initialen verwendet. »Haben sie schon irgendwelche Opfer ausfindig machen können?«

»Es ist schwierig wegen der ärztlichen Schweigepflicht. Die Arztpraxen und Krankenhäuser widersetzen sich der richterlichen Anordnung. Einige Frauen haben sich von sich aus gemeldet, aber sie wollen nicht offiziell aussagen. Sie haben Angst, dass sie Todesdrohungen erhalten und von Reportern gejagt werden, wenn ihre Namen bekannt werden. Gleichzeitig schert sich die Presse einen Dreck um Dani Coopers Eltern oder Leighann Park. Martin Barrowe könnte genauso gut nicht existieren. Es geht die ganze Zeit nur um Britt. Keine Frau wird so gefeiert wie eine böse Frau.«

Will hatte es selbst gesehen. Britt McAllister war auf der Titelseite jeder Zeitung und jeder Website. Sie war zu mehreren Memes geworden, meist mit einem Tennisschläger. Ihre früheren Freundinnen im Country Club gaben Exklusivinterviews. *Dateline* und *48 Hours* hatten eilig Beiträge produziert. Hulu drehte eine Dokumentation. Ein anderer Streamingdienst arbeitete an einer Serie. Genau wie HBO.

Britt hatte endlich einen Weg gefunden, die Männer in ihrem Leben in den Schatten zu stellen.

Glücklicherweise funktionierte die Justiz nicht über Clickbaits und die Zahl der Ansichten. Die Aufnahme, die die

Kamera an Saras Jacke gemacht hatte, hatte alles in einen Zusammenhang gebracht, aber den endgültigen Sargnagel lieferte die Wissenschaft.

Danis und Leighanns DNA auf dem Schaffell stellte den Bezug zu Mac und Tommy McAllister her. Chaz Penleys DNA war an den Wänden des weißen Raums, die von Richie Dougal auf dem Boden der Ankleide. Als wäre das noch nicht genug, enthielt ein Server im Keller mehr als dreißig Videos. Der Server war mit der Heimkino-Anlage verbunden. Der Club hatte sich nicht damit begnügt, Frauen zu terrorisieren – sie hatten ihre Methoden anschließend kritisch diskutiert. Sara hatte es mit den Fallbesprechungen ihrer Assistenzarztzeit verglichen.

»Weißt du, warum ich außerdem angefressen bin?« Faith hatte alle Teller gespült. Sie fing jetzt mit den Eiscremeschüsselchen an. »Das ganze Verdienst für die Lösung des Falls wird dem APD zugerechnet. Der Polizeichef wirkt auf dem Podium wie ein Rockstar. Leo Donnelly steht bei jeder Pressekonferenz hinter ihm. Wir haben uns den Arsch aufgerissen. Wir hätten unsere Jobs verlieren können. Die Hälfte der Farbe an meinen Küchenschränken hat sich abgelöst. Jeremy hat in der Bar seinen Hals riskiert. Sara wurde von einer Wahnsinnigen attackiert. Das GBI sollte die Ehrenrunde laufen, finde ich.«

Will war ebenfalls angefressen, aber das war der Deal, den Amanda mit dem Büro des Generalstaatsanwalts von Georgia und dem Bezirksstaatsanwalt von Fulton County ausgehandelt hatte. »Wenigstens wurde Saras Name herausgehalten.«

»Wir werden alle herausgehalten.«

Will sah zu ihr hinunter. »Was hast du erfahren?«

»Denkst du, das APD sagt mir etwas?« Nicht einmal Faith konnte so gut lügen. Sie hatte immer noch ihre Quellen. »Sie haben nichts zu Royce Ellison. Es war schlau von ihm, so früh auszusteigen. Chuck Penley hat im Austausch gegen eine Bewährungsstrafe sein Herz ausgeschüttet. Er behauptet, er hatte nichts mit Dani zu tun. Er will es erst hinterher erfahren haben, traute seinen Augen nicht, als er das Video sah, konnte aber nichts tun, bla, bla, bla. Alles Bockmist.«

»Hat Chuck gesagt, was mit Dani passiert ist?«

»Tommy hat sich die Kante gegeben, er hat dann mit Dani gestritten und beschlossen, dass er sich seine eigene Zielperson von der Liste aussucht. Mac und Britt waren an dem Abend ausgegangen. Tommy hat den Drogenmix verpfuscht. Er hat seine Eltern voller Panik angerufen. Die kamen nach Hause und haben sein Problem behoben. Gewissermaßen.« Faith zuckte mit den Achseln. »Britt hat nicht gelogen, was die DNA an dem Tennisschläger betrifft. Sie war diejenige, die Dani niedergeschlagen hat. Aber da es sich um Mord zur Vertuschung einer anderen Straftat handelt, sind sie alle schuldhaft. Mac und Tommy versuchen einen Deal auszuhandeln, um der Todesstrafe zu entgehen. So oder so werden beide wahrscheinlich im Gefängnis sterben.«

Will nahm eines der Schüsselchen zur Hand. Sara hatte recht. Er brauchte wirklich mehr Arbeitsfläche. »War es Mac, der Tommy für den Club rekrutiert hat?«

»Chuck bleibt sehr vage, was die Einzelheiten angeht. Er sagt, Tommy hat die Vergewaltigungsvideos zufällig entdeckt, als er noch in der Mittelschule war.« Faith zuckte wieder mit den Achseln. »Wer weiß, was als Nächstes passiert ist, aber Tommy gefiel offenbar, was er sah. Vielleicht gefiel es Chuck ebenfalls. Ich würde jede Summe darauf wetten, dass dieses Arschloch nicht zum letzten Mal mit der Polizei gesprochen hat.«

Will hätte nicht dagegen gewettet. »Was ist mit Richie Dougal?«

»Es wird dich nicht überraschen, zu hören, dass Dr. med. Spanner einen ausgewachsenen Munddurchfall entwickelt hat. Er hat gegen die Zusicherung, in zehn Jahren wieder draußen zu sein, genau erzählt, was mit Leighann passiert ist. Richie war derjenige, der sie gefilmt hat. Britt hat ihr die Nachrichten geschrieben. Tommy hat sie im *Downlow* entführt. Mac hat sie vergewaltigt. Chaz hat sie vor ihrem Wohngebäude abgelegt.« Faith spülte eine Schale. »Das war Richies Faustpfand. Er hat ihnen Chaz geliefert. Chaz bekommt zwanzig Jahre.«

Zwanzig Jahre im Gefängnis waren für einen Mann wie Chaz Penley wie eine Ewigkeit. »Irgendwie riskant, Leighann Park während Tommys Verfahren ins Visier zu nehmen.«

»Oh ja. Anscheinend fahren diese stinkreichen und erfolgreichen Typen darauf ab, enorme Risiken in Kauf zu nehmen, um mit Menschen zu spielen.«

Sie hatte sich den sarkastischen Ton verdient. Will fragte: »Wer hat denn nun den Kreis in Leighanns Kniekehle gezeichnet?«

»Dieselbe Psychopathin, die ›Das bin ich‹ auf ihre Brust geschrieben hat.« Faith ließ das Wasser aus der Spüle ablaufen. »Britt hat Leighann beschattet, um Details aus ihrem Leben in Erfahrung zu bringen. Leighann ist bei einer Party am Pool eingedöst. Britt kam angerauscht wie ein Weißer Wanderer.«

»Sie war eher der Nachtkönig, er hat …«

»Egal«, sagte sie. »Sie schließen alle Deals ab, was bedeutet, es gibt keine Prozesse, und Sara wird nicht wegen des Videos aussagen müssen. Das bedeutet des Weiteren, niemand nimmt es auseinander, und das ist wahrscheinlich gut so, oder?«

Will stapelte die Dessertschälchen. Sein kleiner Finger schmerzte immer noch von dem Kampf gegen Saras Wand, den er verloren hatte. »Und Mason?«

»Keine DNA. Keine Beweise. Keine Anklage.« Faith stemmte die Hand in die Hüften. »Mason war als der Eigentümer der Chat-Website registriert, aber er sagt, das war ein Verwaltungsfehler. Er hat Dutzende andere Seiten für Dienste und Produkte, die sich automatisch erneuern. Das APD lässt ihn in Ruhe. Ich sage dir, wenn du auf einer flauschigen Wolke durchs Leben segeln willst, macht es sich bezahlt, einen weißen Penis zu haben.«

Wills weißer Penis war zufrieden damit, Sara zu haben. »Haben sie sich dieses Unternehmen angesehen, das er zusammen mit Mac und Chaz betreibt?«

»Das ist absolut legal. Das Büro am Triple Nickel haben sie für die Ablage medizinischer Unterlagen benutzt. Deshalb so viel Security. Sie haben Geld wie Heu verdient. Und das A im Namen – das war Britt. Ihr Mädchenname war Anslinger.« Faith gab ihm weitere Schälchen zum Aufräumen. »Das Geschäft war ihre Idee. Sie war diejenige, die die Präsentationen für die Arztpraxen erstellt hat, damit sie als Paket an Krankenhäuser und Investoren gehen konnten. Sie hat sich um die Finanzen gekümmert. Sie hat entschieden, welche Praxen sie ansprechen sollten. Sie hat ihnen ihre Aufgaben zugewiesen. Lieber Himmel, stell dir vor, Britt hätte ihren Verstand benutzt, um Gutes zu tun statt Böses.«

Britts Name hatte Masons im Pantheon der Namen ersetzt, die Will nie mehr hören wollte.

»Das APD hat das Haus der McAllisters im Zuge der Dani-Cooper-Ermittlung durchsucht. Warum haben sie den Server im Keller nicht gefunden?«

»Im Durchsuchungsbeschluss war konkret festgelegt, dass sie nur nach den DVRs der Überwachungskameras suchen durften, die in einem Raum neben der Garage aufbewahrt wurden. Der Anwalt der McAllisters stellte sicher, dass sie nicht herumstöberten. Die Cops wurden nicht einmal in die Nähe von Britts Vergewaltigungsraum gelassen.« Faith wischte die Arbeitsfläche mit einem Papiertuch ab. »Ich habe Wohnmobile gesehen, die wegen eines Tütchens Hasch komplett zerlegt wurden. Die Verfassung ist eine feine Sache für den, der sie sich leisten kann.«

Will zog die Besteckschublade auf. »Ich kann den Rest von dem Zeug aufräumen.«

»Keine Gabel mehr da.« Faith warf ein paar Gabeln in das Fach. »Bist du dir sicher, dass es Sara gut geht?«

Er richtete die Gabeln, sodass sie alle in dieselbe Richtung zeigten. »Wie sieht es bei dir aus? Geht es dir gut?«

Normalerweise hätte Faith die Frage zurückgegeben, aber sie lehnte sich an die Anrichte. »Ich ziehe eine Tochter in einer Welt groß, in der man ihr selbst die Schuld geben oder ihr nicht zuhören wird, wenn sie mit Drogen betäubt und vergewaltigt wird, in einem Staat, der sie an einer vorzeitigen Plazenta-Ablösung sterben lassen würde, und mein Sohn will auf einem Gebiet arbeiten, wo schockierend viele seiner potenziellen Kollegen häuslicher Gewalt beschuldigt werden und trotzdem im Dienst bleiben dürfen. Also ja, es geht mir prächtig.«

»Ist Jeremy nicht nächste Woche zur Besichtigung in Quantico?«

Faith verdrehte die Augen. »Letzte Woche hat er mir erzählt, dass er zum Abendessen bei 3 M ist.«

Will richtete die Löffel aus. Er dachte an etwas, was Jeremy in Amandas Büro gesagt hatte: dass er nicht den entscheidenden Hinweis finden würde, der den Fall löste und alle hinter Gitter brachte. Genau das hatte der Junge aber getan, wenn Will es richtig bedachte, aber er hatte nicht die Absicht, es zu Faith zu sagen.

Stattdessen sagte er: »Emma freut sich anscheinend, wieder zu Hause zu sein.«

Faith schnaubte durch die Nase. »Du hättest sie gestern sehen sollen. Der Käse auf ihrem Sandwich hat fast den Teller berührt, was offenbar ein Tor zur Hölle geöffnet hat.«

»Ich weiß, der letzte Fall macht dir immer noch zu schaffen.«

Faith knüllte das Papiertuch zusammen.

»Schüttle ihn weg«, sagte er. »Stell ihn dir als eine Etch-A-Sketch-Zeichnung vor. Lösch ihn aus deinem Kopf.«

»Woher hast du denn diesen weisen Rat?«

Er hatte erst vor Kurzem erfahren, dass er ihn einmal von Amanda erhalten hatte. »Ich will damit nur sagen, dass es manchmal vielleicht besser ist, Dinge auf sich beruhen zu lassen.«

»Welche Dinge genau?«

»Wir haben der Gang das Handwerk gelegt. Martin Barrowe und Danis Eltern können einen Schlussstrich ziehen. Leighann wird die Männer, die sie missbraucht haben, ins Gefängnis wandern sehen. Britt hat sich selbst vom Spielbrett gefegt.« Er schlug einen privateren Ton an. »Wenn du die Verluste kassierst, musst du auch die Gewinne einstreichen. Jeremy ist ein guter Junge. Emma ist intelligent und witzig. Aiden ist ein handfester Typ. Sara wird wieder gesund. Amanda setzt uns wieder im Außendienst ein. Das sind alles positive Sachen.«

»He, langsam.« Faith hob die Hände, als müsste sie ihn stoppen. »Was soll denn diese Gefühlsduselei? Zeigst du mir jetzt gleich an der Puppe, wo der böse Mann dir wehgetan hat?«

»Du sagst immer, ich soll mehr reden.«

»Aber nicht wie Oprah Winfrey.« Sie warf das Papierknäuel auf die Arbeitsfläche. »Du lieber Himmel. Ich fange gleich an, Milch abzusondern.«

Weitere Milchbezüge blieben ihm erspart, weil die Tür aufging. Emma und Isabelle kamen in die Küche gehüpft. Sie schrien nicht, was eine begrüßenswerte Entwicklung war. Die Hunde waren sichtlich müde von den Aktivitäten des Tages. Tessa kam als Nächste herein, nach ihr Sara. Sie schaute nach Will, als sie ihre Sneakers abstreifte. Die Blutergüsse unter ihren Augen hatten sich grün verfärbt. Die blaue Fiberglasschiene würde mindestens weitere sechs Wochen an ihrem Arm bleiben. Ihre Finger waren noch geschwollen. Dir Ärzte hatten ihr den Verlobungsring abzwicken müssen.

»Also gut, Schätzchen, Zeit, nach Hause zu watscheln.« Faith setzte sich Emma auf die Hüfte. Trotz aller Klagen leuchtete Faith praktisch vor Liebe, wenn sie mit ihren Kindern zusammen war. »Gib Onkel Will einen Kuss.«

Will bot ihr seine Wange für einen nassen Schmatz. Dann war natürlich Isabelle an der Reihe. Er blendete die anderen Verabschiedungen aus und beobachtete Sara. Sie bewegte sich jetzt freier. Der schlimmste Schmerz hatte endlich nachgelassen. Sie war dabei, sich von den Opiaten zu entwöhnen, die man ihr im Krankenhaus verschrieben hatte, denn das tat man, wenn man nicht mit einer Sucht zu kämpfen hatte.

Sara legte ihm die gesunde Hand auf die Schulter. »Tessa und Isabelle adoptieren ein Kätzchen.«

Tessa fügte an: »Mom und Dad helfen mir, die Wohnung zu kaufen. Wir dachten, wir runden die Familie ab.«

Faith sagte: »Eine Katze verwandelt ein Ins-Haus-Kommen in ein Nachhausekommen.«

Aus irgendeinem Grund lachten alle.

Sara lächelte Will an.

Will lächelte Sara an.

»Okay«, sagte Faith zu Emma. »Verduften wir.«

Es gab weitere Umarmungen und wortreiche Verabschiedungen, denn offenbar wusste niemand mehr einen kräftigen Händedruck zu schätzen. Sara folgte allen für eine letzte Runde Lebewohls zur Tür. Will blieb in der Küche. Er zog das nasse Geschirrtuch gerade und hängte es zum Trocknen über den Wasserhahn.

»Danke, Liebster.« Sara stand in der Küchentür. »Danke für den wundervollen Tag. Danke, dass du über die albernen Witze meines Vaters gelacht hast. Danke fürs Saubermachen.«

»Zu schade, dass du diese Schiene trägst. Ich weiß, wie gern du Geschirr spülst.«

Sie konnte sich ein Grinsen nicht verkneifen. »Und ich weiß, wie gern du unter Leuten bist, die erwarten, dass du mit ihnen sprichst.«

»Ich glaube, es wird noch so weit kommen, dass ich Faiths Küchenschränke streiche.«

»Ich glaube, du hast recht.« Sie wies mit einem Kopfnicken zum Wohnzimmer. »Komm, wir setzen uns aufs Sofa. Von Gesprächen in Küchen habe ich erst mal genug.«

Will wischte sich die Hände an seiner Jeans ab. Sie hatte Gespräch gesagt, als wünschte sie sich ein richtiges Gespräch. Er ging ins Wohnzimmer. Sara war bereits auf der Couch. Die Greyhounds lagen halb übereinander auf ihrem Bett. Betty war noch in der Küche und schlabberte Wasser. Er hörte ihr Halsband an der Metallschale klimpern. Sie würden das Haus nach der Hochzeit umbauen, aber im Moment hatte es genau die richtige Größe.

»Hättest du gern eine Katze?«, fragte Will.

»Ich hätte sehr gern mehrere, aber Greyhounds sind darauf dressiert, flauschige Tiere zu jagen.« Sie schmiegte sich in die Kissen und legte ihren Arm hoch. »Stellt Faith immer noch Fragen darüber, was wirklich in Britts Ankleide passiert ist?«

»Ich glaube, sie weiß, dass der Ton nicht von allein ausgefallen ist.« Will hob Saras Füße in seinen Schoß, als er auf der Couch Platz nahm. »Sie fragt, weil sie neugierig ist, nicht weil sie etwas in der Sache unternehmen will. Das Video erzählt eine glaubhafte Geschichte. Die Waffe ist nicht losgegangen, als Britt abdrückte. Sie hat sie angestarrt. Sie ist dahintergekommen, was sie tun muss. Sie hat sich in den Kopf geschossen. Niemand macht sich Gedanken, wieso das Mikro plötzlich abgedämpft war. Und es wird ohnehin nicht zur Sprache kommen. Sie schließen alle einen Deal mit der Staatanwaltschaft. Deine Seite der Geschichte wird nicht erzählt werden.«

Sara nickte, aber sie wirkte nicht erleichtert. »Beihilfe zum Selbstmord ist in Georgia strafbar.«

»Du hast Britt darüber aufgeklärt, wie ein Revolver funktioniert. Sie hätte sich nicht erschießen müssen. Sie hätte die Waffe genauso gut auf dich richten können.« Er sah sie an. Noch immer keine Erleichterung auf ihrem Gesicht. Das war auch nicht das Gespräch, das sie führen wollte. Über dieses Thema hatten sie im Laufe der Woche immer wieder einmal gesprochen. »Was quält dich sonst noch?«

»Ich finde es schrecklich, dass ich mich besser fühle, nachdem mir Britt das alles erzählt hat.« Sara richtete den Blick zur Decke. Ihre Brust hob sich, als sie tief Luft holte. »Nachdem ich vergewaltigt wurde, war ich tief besorgt, dass ich vielleicht etwas falsch gemacht hätte. Habe ich ihn unabsichtlich verführt? Oder mit ihm geflirtet? Habe ich eine falsche Botschaft ausgesandt? Und ich weiß, dass es Unsinn ist. Vergewaltigung ist kein Sex. Es ist keine intime Beziehung. Aber das Wissen darum, dass Britt den Hausmeister dazu angestiftet hat, mich zu überfallen, dass sie ihn manipuliert hat, nimmt mir einen Teil dieser Schuldgefühle.«

Will fühlte sich gut damit, weil er wusste, dass Britt richtig angepisst wäre, könnte sie Sara hören.

Sie stieß ihn mit dem Fuß an. »Stört es dich, dass ich dir keine Kinder schenken kann?«

»Nein.« Er mochte Emma und Isabelle, aber er mochte es auch, wenn sie wieder gingen. »Stört es dich, dass mein Gehirn nicht für Wortspiele verkabelt ist?«

»Ich finde es anbetungswürdig, wie dein Gehirn verkabelt ist.« Sie streckte den gesunden Arm aus, damit er ihr helfen konnte, sich aufzusetzen. »Wenn Britt McAllister etwas bewiesen hat, dann das: dass es dich nicht zu einem besseren Menschen macht, wenn du Mutter bist.«

Will war mit Kindern aufgewachsen, die im Stich gelassen wurden. Armut hatte viele von ihnen in staatliche Obhut geführt. Sehr wenige der Mütter waren so böse gewesen wie Britt.

»Wirst du Tessa erzählen, was in der Ankleide wirklich passiert ist?«

»Es war schwer genug, die ganzen anderen Umstände zu erklären. Ich will, dass meine Familie nie mehr meinetwegen ins Krankenhaus eilen muss. Mom und Dad werden wahrscheinlich nie mehr nach Hause fahren.« Tränen traten in ihre Augen. Sie hasste es, ihre Familie in Unruhe zu stürzen. »Ich kann Tessa die Wahrheit nicht sagen. Es ist nicht fair, sie dieses Geheimnis mit sich herumschleppen zu lassen. Ich bin mir nicht einmal sicher, ob es dir gegenüber fair ist.«

»Wir haben vereinbart, dass wir immer ehrlich zueinander sein werden.«

»Hast du die Unterlagen von Elizas Stiftung gelesen?«

Will wusste, das war jetzt das Gespräch. Er war sich nicht sicher, ob er schon dazu bereit war. »Ich habe sie in meine Sprach-App eingescannt. Es war merkwürdig, den Namen Sara Trent zu hören.«

»Willst du, dass ich deinen Nachnamen annehme?«

Er schüttelte den Kopf, weil ihm sein Nachname nie etwas bedeutet hatte. »Du hast die Unterlagen ebenfalls gelesen. Was denkst du?«

»Dass sie verdammt noch mal ein bisschen spät damit dran ist, Waisenkindern zu helfen.«

Will hörte den Zorn in ihrer Stimme. »Aber?«

»Mit so viel Geld ließe sich viel Gutes tun.«

»Wie zum Beispiel?«

»Na ja, zunächst einmal müsstest ja nicht du derjenige sein, der die Entscheidungen trifft.« Sara verschränkte ihre Finger mit seinen. Zusammengenommen hatten sie ein intaktes Händepaar. »Du könntest jemanden ernennen, der einem Ausschuss vorsteht. Dieser könnte entscheiden, wie man Jugendliche unterstützt, wenn sie zu alt für das Pflegesystem geworden sind. Mietbeihilfen, Übernahme von Studien- oder Ausbildungsgebühren, Gesundheitskosten, Fortbildung, Unterweisung in Finanzangelegenheiten. Das Geld könnte Leben verändern. Es könnte den Kreislauf der Armut unterbrechen, verhindern, dass sie ins Gefängnis kommen. Dazu beitragen, dass ihre eigenen Kinder in Wohlstand aufwachsen.«

Will wusste, dass Sara in ihrer Kindheit und Jugend ein Verständnis für Finanzen vermittelt worden war. Nicht ohne Grund machte Tessa eine Ausbildung zur Hebamme, während sie gleichzeitig eine Eigentumswohnung für dreihunderttausend Dollar kaufte. »Wen sollte ich ernennen?«

Sara zuckte mit den Schultern, aber sie hatte offenbar einen Namen im Sinn. »Amanda hat dir geholfen, durch das System zu steuern. Es war dir damals nicht bewusst, aber sie war von Anfang an da. Wenn alleinstehende Frauen Kinder adoptieren dürften, hätte sie dich mit nach Hause genommen.«

Bettys Krallen klackerten über den Fußboden, während sie zu ihrem Samtkissen spazierte. Will sah, wie sie sich gewohnheitsmäßig ein paarmal im Kreis drehte, bevor sie sich niederließ. Dann legte sie den Kopf auf die Pfoten.

»Ich habe meine Waffe in den Safe gesperrt, bevor die Kinder kamen«, sagte Will. »Dabei habe ich Amandas Perlen gesehen.«

»Sind sie nicht wunderschön?« In Saras Stimme lag eine Spur Ehrfurcht. »Ich habe nie zuvor echte Perlen in der Hand gehalten. Sie sind exquisit.«

Will war aufgefallen, dass sie nicht vollkommen rund waren, und darum ging es. »Inwiefern unterscheiden sie sich von falschen Perlen?«

»Ich bin froh, dass du fragst, denn ich habe es nachgeschlagen.« Sie lächelte wieder. »Sie sind schwerer. Sie sind organisch, deshalb fühlen sie sich zunächst kalt an, aber sie erwärmen sich auf deiner Haut. Sie haben eine gröbere Textur. Wenn sie natürlich gebildet werden, sondert die Molluske winzige konzentrische Schichten von Perlmutt in eine Matrix ab. Man sieht die Unvollkommenheiten. Jede Perle ist einzigartig.«

Er liebte es, wie sie immer alles wissen wollte. »Wirst du sie zur Hochzeit tragen?«

»Ich möchte es gern. Sie werden großartig zu meinem Kleid aussehen. Und Amanda ist wichtig für dich, deshalb ist sie auch wichtig für mich.« Sara nahm seine Hand. »Ich glaube, sie weiß, dass ich den Ton absichtlich gedämpft habe. Ich habe es vorher in ihrem Wagen praktisch geprobt.«

»Hat sie es noch einmal zur Sprache gebracht?«

»Nein, aber sie hat mich getadelt, weil ich das Alarmwort nicht gesagt habe. Offenbar war ein Schlag mit dem Tennisschläger an meinen Kopf nicht Hinweis genug, dass etwas nicht stimmte. Dann hat sie mich mit diesem Blick angesehen, bei dem man nicht weiß, ob sie dich gleich umbringen oder dir den Rücken tätscheln wird.«

Will kannte diesen Blick nur zu gut. »Ich habe über die Hochzeit nachgedacht. Ich weiß, du hast alles geplant, aber ich wollte auch noch etwas tun.«

»Es ist *unsere* Hochzeit. Du kannst alles tun, was du willst.«

Will war sich da nicht so sicher. Er war nicht begeistert, dass die Chiavari-Stühle doppelt so viel kosteten wie die klassischen Klappstühle. »Du hast gesagt, du willst den Tanz nicht mit deinem Vater eröffnen, aber vielleicht könntest du mit deiner Schwester tanzen, und ich könnte Amanda bitten, mit mir zu tanzen.«

Sara sah nicht so überrascht aus, wie er gedacht hatte. Es war eher so, als würde etwas plötzlich einen Sinn für sie ergeben. »Sie fragt ständig nach der Hochzeit, weil sie dabei sein will!«

»Ich denke, sie hat sich ihren Platz dort verdient.«

»Ich denke, du hast recht.« Das Lächeln war wieder da. »Wir können Sinatra spielen. *Fly Me to The Moon.*«

»Es gibt von Springsteen eine Coverversion von …«

»Nein«, sagte Sara, womit das offenbar geklärt war. »Ich muss dir noch etwas sagen.«

Will hoffte, es ging nicht um die Hochzeit.

»Du hast letzte Woche zu Eliza gesagt, dass du keine Familie hast. Aber Amanda war immer deine Familie. Und Tessa, Isabelle, meine Eltern und vor allem ich – wir alle sind jetzt ebenfalls deine Familie.«

Die Mitteilung traf ihn auf eine merkwürdige Weise. Er sah Betty wieder an. Sie kratzte sich inzwischen am Ohr. Die Namensplakette klingelte wie der Klöppel einer Glocke.

»Ich habe deinen Verlobungsring zur Juwelierin gebracht«, sagte er. »Sie meint, es wird etwa eine Woche dauern.«

Sie hielt ihre geschwollene Hand hoch. »Ich mache mir mehr Sorgen wegen des Eherings dazu. Es könnte sein, dass wir ihn für die Trauung durch einen Donut ersetzen müssen.«

»Ich habe gefragt, wie man den Kratzer aus dem Glas bekommt.« Will betrachtete wieder Betty, auch wenn er spürte, dass Sara ihn ansah. »Ich weiß, dass Eliza nur Scheiße erzählt, aber es klingt logisch, dass meine Mutter den Kratzer gern ausgebessert hätte. Sie war ein Teenager. In diesem Alter mag man es nicht, wenn etwas nicht perfekt ist.«

»Was hat die Juwelierin gesagt?«

»Dass ich es wahrscheinlich selbst reparieren kann. Man mischt eine Paste aus Backpulver und Wasser. Dann nimmt man ein Mikrofasertuch und reibt mit kräftigen kreisförmigen Bewegungen, bis der Kratzer herauspoliert ist.«

»Kräftige kreisförmige Bewegungen mit deinen Fingern zu machen, ist etwas, was du sehr gut beherrschst.«

Will wurde bewusst, dass er zu nervös für Frotzeleien war. Vielleicht wollte er ebenfalls ein Gespräch führen. »Sie hat außerdem gesagt, dass manche Frauen den Verlobungsring nicht mehr tragen, wenn sie verheiratet sind. Sie tragen nur noch den Ehering. Vor allem, wenn sie viel mit den Händen arbeiten.«

Sara streckte die Hand aus und drehte seinen Kopf so, dass er sie ansehen musste. »Versuchst du mir etwas zu sagen?«

Will wusste nicht genau, was er zu sagen versuchte. »Deine Schuhe sind richtig teuer. Und du trägst hübsche Sachen. Was großartig ist. Du arbeitest so hart. Du hast es verdient, dein Geld so auszugeben, wie du willst. Aber ich möchte nicht, dass man deinen Verlobungsring sieht und sich fragt, warum ich dir nicht etwas gekauft habe, das du mit Stolz tragen kannst.«

»Ich war nie stolzer als in dem Moment, in dem du mir den Ring an den Finger gesteckt hast. Dein Herz steckt in diesem Glas. Deine Geschichte. Es schmerzt mich, ihn nicht am Finger zu haben.« Sie klang so verdammt ernst. »Will, ich möchte keinen Ring für andere Leute tragen. Ich will deinen Ring für dich tragen.«

Er sah ihr in die Augen. Sie weinte jetzt.

»Meine Mutter hat vor fünfzehn Jahren etwas zu mir gesagt«, fuhr sie fort. »Es war an dem Abend der Freitagsparty. Ich hatte gerade das Facharzt-Fellowship angeboten bekommen. Alles fügte sich aufs Schönste. Ich hatte jeden Aspekt meines Lebens vorgezeichnet. Meine Mutter sagte, dass ich nicht alles planen könne. Ob es zum Guten oder zum Schlechten sei, etwas würde sich verändern.«

Will hielt ihre Hand fest.

»Sie bezeichnete es als eine tiefgreifende Chance, weil Veränderungen einem zeigen, wer man wirklich ist. Und sie behielt recht. Nach dieser Nacht war mein gesamtes Leben ein anderes. Die Person, die ich werden würde, existierte nicht mehr. Ich hatte zwei Möglichkeiten. Ich konnte zusammen mit ihr untergehen, oder ich konnte darum kämpfen, mir die Teile von ihr zurückzuholen, auf die es ankam. Ich behaupte nicht, dass ich dankbar bin für diese Lektion. Das bin ich wahrlich nicht. Aber ich bin dankbar, dass es mich zu einer Frau gemacht hat, die weiß, wie sie dich lieben muss.«

Will spürte einen Kloß in der Kehle. Er sah zu, wie sich Betty wieder auf ihrem Kissen niederließ. Seine Augen waren feucht geworden. »Du weißt, dass das für immer ist, oder?«

»Ich weiß es.«

DANKSAGUNG

Mein erster Dank geht wie immer an Kate Elton und Victoria Sanders. Emily Krump hat wertvolle Orientierungshilfen zu Kindern und Schnaps geboten (neben anderen Themen). Danke an das Team von Victoria Sanders Associates, insbesondere an Diane Dickensheid und Bernadette Baker-Baughman. Bei der William Morris Agency leistet Hilary Zaitz Michael Erstaunliches, wofür ich unendlich dankbar bin. Heidi Richter-Ginger und Liz Dawson sind weiterhin sachkundige Kätzchen-Hüterinnen. Es wäre nachlässig von mir, wenn ich mich nicht bei meinen Global-Publishing-Program-Leuten von HarperCollins rund um die Welt bedankte, die sich immer so gut um mich kümmern – vor allem, als ich in Amsterdam Fahrrad fahren wollte, denn was zum Teufel habe ich mir dabei gedacht, Miranda?

Shanda Londons Mann, Shane McRoberts, hat einen sehr großzügigen Beitrag zur Writer's Police Academy geleistet, damit ihr Name in diesem Roman auftaucht. Daniel Starer von Research for Writers hat gewissenhaft versucht, das Zitat »Sprich aus der Narbe, nicht aus der Wunde« zuzuordnen. Greg Guthrie und Patricia Friedman haben einige juristische Fragen beantwortet. Ich bin dankbar für Dona Robertson und die vielen aktuellen und ehemaligen Agents des GBI, die meine ermüdenden Fragen immer freundlich beantworten.

Seit zwanzig Jahren hilft mir Dr. David Harper außerordentlich geduldig dabei, Sara wie eine Ärztin klingen zu lassen. Ich muss hier klarstellen, dass ich einige Zeitabläufe in der Herz-Lungen-Chirurgie verkürzt dargestellt und damit wahrscheinlich viele Herz-Lungen-Chirurgen verärgert habe; aber nehmen Sie bitte zur Kenntnis, dass nicht David daran schuld ist, sondern ausschließlich ich, weil ich eine erfundene Geschichte schreibe, die ich vorantreiben muss. Weil wir gerade von medizinischen Experten sprechen: Ich möchte ein Hoch auf alle Beschäftigten im Gesundheitswesen ausrufen, die in den letzten Jahren so viel durchgemacht haben. Ihr werdet geschätzt, ihr werdet anerkannt, und ihr seid wunderbar. Ach ja, und es sollte sich eigentlich von allein verstehen, aber ihr seid außerdem besser als Google.

Die in diesem Buch zitierten Statistiken zu Vergewaltigung und Missbrauch stammen aus mehreren Quellen, darunter Archives of Sexual Behavior, RAINN, National Intimate Partner and Sexual Violence Survey, vom CDC und dem US-Justizministerium. Wo es abweichende Angaben gab, habe ich einen Mittelwert verwendet. Mehr als vierzig Prozent der amerikanischen Frauen und zwanzig Prozent der Männer erfahren in ihrem Leben irgendeine Form sexueller Gewalt. Weniger als zwanzig Prozent dieser Vorfälle werden der Polizei gemeldet, und noch weniger werden verfolgt. RAINN.org ist eine gute Quelle für Opfer und Überlebende, die Unterstützung suchen. Wenn euch nicht wohl dabei ist oder wenn es nicht sicher ist, von zu Hause auf die Seite zuzugreifen – die örtlichen Bibliotheken bieten in der Regel einen Zugang an, der nicht nachverfolgt werden kann. Wie immer ihr entscheidet, seid gewiss, dass ihr nicht allein seid.

Ein letzter Dank geht an meinen Dad, den stursten Menschen, den ich kenne, und an D. A., die sich mit der zweitstursten Person in meiner Familie herumschlagen muss. Du bist, wie immer, mein Herz.